TRADUÇÃO
MARCIA MEN
PARK
MICHAEL CRICHTON

JURASSIC PARK

TÍTULO ORIGINAL:
Jurassic Park

COPIDESQUE:
Luara França

REVISÃO:
Juliana Brandt

CAPA:
Pedro Inoue

PROJETO GRÁFICO E DIAGRAMAÇÃO:
Desenho Editorial

DADOS INTERNACIONAIS DE CATALOGAÇÃO NA PUBLICAÇÃO (CIP)
(CÂMARA BRASILEIRA DO LIVRO, SP, BRASIL)

C928j Crichton, Michael
Jurassic Park / Michael Crichton ; traduzido por Marcia Men. - 4. ed. - São Paulo : Editora Aleph, 2022.
528 p. ; 16,1cm x 23,1cm. – (Jurassic Park ; v.1)

Tradução de: Jurassic Park
ISBN: 978-85-7657-534-4

1. Literatura americana. 2. Ficção científica. 3. Dinossauros. 4. Genética. I. Men, Marcia. II. Título. III. Série.

2022-2990 CDD 813.0876
CDU 821.111(73)-3

ELABORADO POR VAGNER RODOLFO DA SILVA - CRB-8/9410

ÍNDICES PARA CATÁLOGO SISTEMÁTICO:
11. Literatura americana: ficção científica 813.0876
2. Literatura americana: ficção científica 821.111(73)-3

COPYRIGHT © MICHAEL CRICHTON, 1990
COPYRIGHT © EDITORA ALEPH, 2015

(EDIÇÃO EM LÍNGUA PORTUGUESA PARA O BRASIL)
TODOS OS DIREITOS RESERVADOS.
PROIBIDA A REPRODUÇÃO, NO TODO OU EM PARTE, ATRAVÉS
DE QUAISQUER MEIOS.

ALL RIGHTS RESERVED INCLUDING THE RIGHTS OF
REPRODUCTION IN WHOLE OR IN PART IN ANY FORM.

Rua Bento Freitas, 306 - Conj. 71 - São Paulo/SP
CEP 01220-000 • TEL 11 3743-3202
www.editoraaleph.com.br

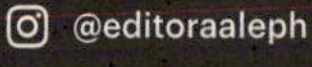

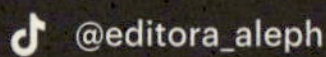

PARA A—M
E
T

NOTA À EDIÇÃO BRASILEIRA

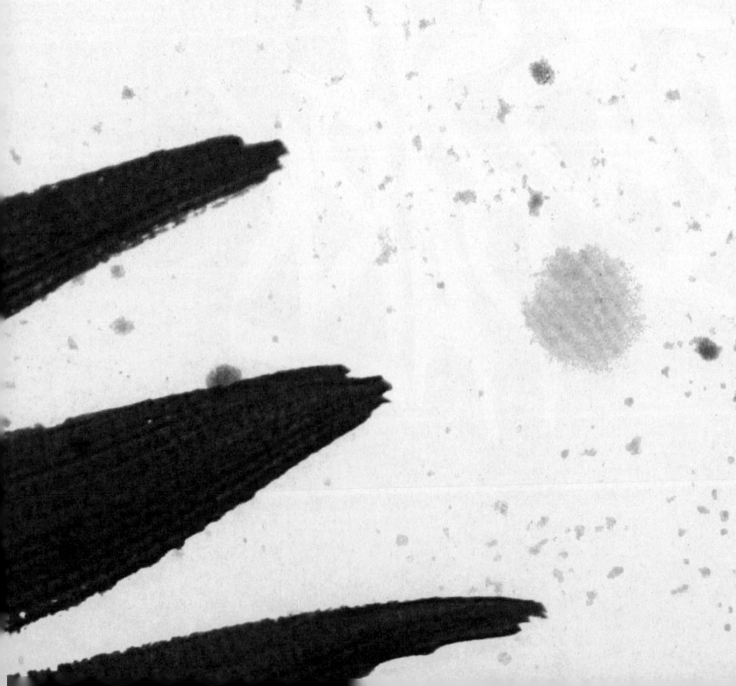

Os dinossauros sempre fizeram parte do imaginário humano, como seres de caráter quase mítico. Mesmo depois que os sinais deixados por esses fantásticos animais foram finalmente desvendados pela tecnologia e pela especialização de profissionais da área, imaginar bestas por vezes com dimensões corporais tão inacreditavelmente maiores que as nossas, vivendo em uma era geológica tão distante, mas ao mesmo tempo tão próxima ao surgimento do homem, é algo que pode beirar o surreal.

O fascínio de Michael Crichton pelos dinossauros o fez imaginar a incrível possibilidade de o ser humano coabitar com eles um espaço, mesmo que limitado. Crichton estudou Medicina e se especializou em outras áreas científicas. Em sua ficção, percebe-se a preocupação de que tudo seja cientificamente embasado, o que nos faz vislumbrar, mesmo que por um momento, que um dia essa história poderia se tornar real.

Publicado em 1990, Jurassic Park continua fascinando leitores de todas as gerações com sua trama apaixonante, aterradora e cheia de ação. Verdadeiro clássico da ficção científica, foi eternizado por Steven Spielberg no filme homônimo de 1993, uma das maiores bilheterias do cinema de todos os tempos.

Ao final desta edição, o leitor encontrará uma entrevista concedida por Crichton à revista *Cinefantastique*, às vésperas do lançamento do filme que viria a consagrar a obra como um ícone da cultura pop, além de um posfácio preparado especialmente para o público brasileiro pelo jornalista e crítico do site *Omelete*, Marcelo Hessel.

Seja bem-vindo ao Jurassic Park!

Os editores

"Répteis são repugnantes por causa de seu corpo frio, cor pálida, esqueleto cartilaginoso, pele imunda, aspecto feroz, olhos calculistas, cheiro ofensivo, som ríspido, habitação sórdida e veneno terrível; por conseguinte, seu Criador não exerceu Seus poderes para fazer muitos deles."

Carlos Lineu, 1797

"Você não pode trazer de volta uma nova forma de vida."

Erwin Chargaff, 1972

INTRODUÇÃO

“O incidente Ingen”

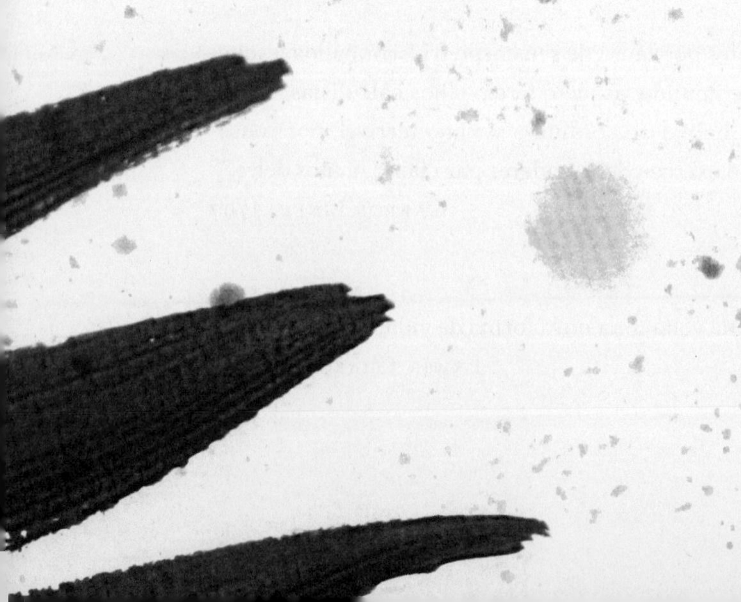

O final do século 20 testemunhou uma corrida do ouro científica de proporções assombrosas: o afã precipitado e furioso para comercializar a engenharia genética. Esse empreendimento ocorreu tão rapidamente, e com tão poucos comentários para quem não era da área, que suas dimensões e implicações mal foram compreendidas por completo.

A biotecnologia promete a maior revolução da história humana. No final do século 21, seu efeito terá superado o da energia atômica e dos computadores em nossas vidas cotidianas. Nas palavras de um especialista: "A biotecnologia vai transformar cada aspecto da vida humana: nosso tratamento médico, nossa comida, nossa saúde, nosso entretenimento e nosso próprio corpo. Nada jamais voltará a ser o mesmo. Ela vai literalmente mudar a face do planeta".

No entanto, a revolução biotecnológica difere das transformações científicas do passado em três importantes aspectos.

Primeiro, ela tem uma base ampla. Os Estados Unidos entraram na era atômica por meio do trabalho de apenas uma instituição de pesquisa, em Los Alamos. Entraram na era dos computadores pelos esforços de cerca de uma dúzia de empresas. Mas a pesquisa biotecnológica está sendo desenvolvida agora em mais de duzentos laboratórios, só nos Estados Unidos. Quinhentas corporações gastam cinco bilhões de dólares por ano nessa tecnologia.

Segundo, muito dessa pesquisa é impensada ou frívola. Esforços para criar trutas mais claras a fim de obter melhor visibilidade nos riachos, árvores quadradas para facilitar o corte e células odoríferas injetáveis para possibilitar que uma pessoa esteja sempre cheirando a seu perfume favorito podem parecer uma piada, mas não são. Na verdade, o fato de a biotecnologia poder ser aplicada a indústrias tradicionalmente sujeitas aos caprichos da moda, tais como cosméticos e atividades de lazer, eleva a preocupação sobre o uso extravagante dessa poderosa nova tecnologia.

Terceiro, o trabalho não é controlado. Ninguém o supervisiona. Nenhuma lei federal o regula. Não há uma política governamental coerente, nem nos Estados Unidos, nem em outro lugar do mundo. E porque os produtos da biotecnologia vão desde drogas a colheitas agrícolas, passando pela neve artificial, uma política inteligente é difícil.

Porém, o mais perturbador é o fato de que não se encontram vigias nem entre os próprios cientistas. É notável que quase todo cientista em pesquisa genética esteja também envolvido no comércio de biotecnologia. Não há observadores imparciais. Todos têm algo em jogo.

A comercialização de biologia molecular é o evento ético mais impressionante na história da ciência, e aconteceu a uma velocidade incrível. Por quatrocentos anos, desde Galileu, a ciência sempre foi uma investigação livre e aberta dos mecanismos da natureza. Cientistas sempre ignoraram fronteiras nacionais, mantendo-se acima das preocupações transitórias da política e mesmo das guerras. Cientistas sempre se rebelaram contra o caráter secreto da pesquisa, chegando a desgostar da ideia de patentear suas descobertas por encararem seu trabalho como sendo em benefício de toda a humanidade. E por muitas gerações as descobertas dos cientistas tiveram, de fato, uma característica peculiarmente altruísta.

Quando, em 1953, dois jovens pesquisadores da Inglaterra, James Watson e Francis Crick, decifraram a estrutura do DNA, seu trabalho foi saudado como um triunfo do espírito humano, da busca centenária pela compreensão do universo de maneira científica. Esperava-se, com toda a confiança, que a descoberta deles fosse altruisticamente ampliada para o bem maior da humanidade.

Contudo, isso não ocorreu. Mais de trinta anos depois, quase todos os colegas cientistas de Watson e Crick estão envolvidos em um tipo completamente diferente de empreendimento. A pesquisa em genética molecular se transformou em um projeto vasto e multibilionário, e suas origens podem ser retraçadas não até 1953, mas até abril de 1976.

Essa foi a data da reunião, agora famosa, na qual o investidor Robert Swanson abordou o bioquímico Herbert Boyer, da Universidade da Califórnia. Os dois concordaram em fundar uma empresa para explorar as técnicas de divisão dos genes criadas por Boyer. O empreendimento, Genentech, rapidamente se tornou a maior e mais bem-sucedida das startups de engenharia genética.

Subitamente, parecia que todos queriam ficar ricos. Novas empresas eram anunciadas quase toda semana, e cientistas acorreram para explorar a pesquisa genética. Em 1986, pelo menos 362 cientistas, inclusive 64 da National Academy, faziam parte dos conselhos de empresas de biotecnologia. O número dos que detinham participação ou ofereciam consultorias era muito maior do que isso.

É preciso enfatizar quanto essa mudança de atitude foi importante. No passado, cientistas teóricos tinham uma visão esnobe em relação aos negócios. Eles viam a busca de dinheiro como intelectualmente desinteressante, adequada apenas aos comerciantes. E fazer pesquisas para a indústria, mesmo em laboratórios de prestígio como Bell ou IBM, servia apenas para aqueles que não conseguiam uma indicação para a universidade. Assim, a atitude deles era fundamentalmente crítica ao trabalho daqueles que praticavam a ciência aplicada e à indústria em geral. Esse antagonismo de longa data manteve os cientistas universitários livres de laços contaminantes com a indústria, e, sempre que surgia um debate sobre assuntos tecnológicos, havia cientistas imparciais disponíveis para discuti-los em níveis mais elevados.

Mas isso já não acontece mais. Há muito poucos biólogos moleculares e pouquíssimas instituições de pesquisa sem afiliações comerciais. Os velhos tempos se foram. A pesquisa genética continua, em um ritmo mais acelerado do que nunca. Mas é feita em segredo, às pressas e por lucro.

Nesse clima comercial, era provavelmente inevitável que surgisse uma empresa tão ambiciosa quanto a International Genetic Technologies, Inc., de Palo Alto. Da mesma forma, não é surpresa alguma que a crise genética criada por ela não tenha sido relatada. Afinal, a pesquisa da InGen foi conduzida em segredo; o incidente em questão ocorreu na mais remota região da América Central – e menos de vinte pessoas estavam lá para testemunhá-lo. Dessas, poucas sobreviveram.

Mesmo no final, quando a International Genetic Technologies solicitou a proteção do Capítulo 11 na Corte de Falências dos Estados Unidos, em San Francisco, no dia 5 de outubro de 1989, o processo chamou pouca atenção na imprensa. Parecia tão comum: InGen era a terceira pequena empresa americana de bioengenharia a falir naquele ano, e a sétima desde 1986. Poucos documentos da corte vieram a público, já que os credores eram consórcios de investimentos japoneses, como Hamaguri e Densaka, empresas que tradicionalmente se abstinham de publicidade. Para evitar esclarecimentos desnecessários, Daniel Ross, da Cowan, Swain & Ross, conselheiro da InGen, também representou os investidores japoneses. E a petição um tanto insólita do vice-cônsul da Costa Rica foi ouvida a portas fechadas. Dessa forma, não é surpreendente que, dentro de um mês, os problemas da InGen fossem acertados de maneira amigável e discreta.

Os envolvidos na negociação, incluindo a distinta comissão de conselheiros científicos, assinaram um termo de confidencialidade, e nenhum deles fala sobre o que aconteceu; porém, muitas das principais figuras do "incidente InGen" não são signatários e estão dispostos a discutir os extraordinários eventos que levaram àqueles últimos dois dias em agosto de 1989, em uma remota ilha junto à costa oeste da Costa Rica.

PRÓLOGO

A MORDIDA DO RAPTOR

A chuva tropical caía em camadas encharcadas, martelando o teto enrugado do prédio da clínica, rugindo ao descer pelas calhas metálicas, salpicando no chão em uma torrente. Roberta Carter suspirou e olhou para fora pela janela. Da clínica, mal podia ver a praia ou o mar logo além, escondidos em uma neblina baixa. Isso não era o que ela esperava quando veio à vila de pescadores de Bahía Anasco, no oeste da Costa Rica, para passar dois meses como médica visitante. Bobbie Carter esperava sol e relaxamento depois de dois extenuantes anos de residência em medicina de emergência no Michael Reese, em Chicago.

Ela já estava na Bahía Anasco há três semanas. E tinha chovido todos os dias.

Todo o restante era ótimo. Ela gostava do isolamento da Bahía Anasco e da simpatia dos habitantes. A Costa Rica tinha um dos vinte melhores sistemas de saúde no mundo, e mesmo nesse remoto vilarejo litorâneo, a clínica era bem conservada e dispunha de amplos suprimentos. O paramédico do local, Manuel Aragón, era inteligente e bem treinado. Bobbie podia atender os pacientes da mesma forma que fizera em Chicago.

Mas a chuva! A chuva constante, inacabável!

Do outro lado da sala de exames, Manuel inclinou a cabeça.

– Ouça – disse ele.

– Acredite, estou escutando – respondeu Bobbie.

– Não. *Ouça.*

E então ela escutou outro som misturado ao da chuva, um rumor mais grave que se ampliou e emergiu até ficar claro: a batida rítmica de um helicóptero. Ela pensou: *Eles não podem estar voando em um tempo desses.*

Mas o som aumentou gradualmente, e então o helicóptero irrompeu, baixo, através da neblina oceânica. Rugiu lá no alto, circulou e retornou. Ela viu o helicóptero voltar para cima da água, perto dos barcos de pesca, depois se aproximar pela lateral da instável doca de madeira e voltar para a praia.

Estava procurando um lugar onde pousar.

Era um Sikorsky de barriga grande, com uma faixa azul na lateral e as palavras "InGen Construction". Aquele era o nome da construtora que estava fazendo um novo resort em uma das ilhas próximas. Diziam que o resort era espetacular e bastante complicado; várias pessoas da região estavam trabalhando na construção, cujas obras já duravam mais de dois anos. Bobbie podia imaginá-lo – um daqueles imensos resorts americanos com piscinas e quadras de tênis, onde os hóspedes podiam se divertir e tomar seus daiquiris sem ter nenhum contato com a vida real do país.

Ela imaginou o que seria tão urgente naquela ilha para que o helicóptero precisasse voar com essa chuva. Através do para-brisa, ela viu o piloto exalar, aliviado, quando pousou na areia molhada da praia. Homens uniformizados saltaram para fora e abriram a grande porta lateral. Ela ouviu gritos frenéticos em espanhol e Manuel a cutucou.

Eles estavam chamando por um médico.

Dois tripulantes negros carregaram um corpo flácido até ela, enquanto um homem branco gritava ordens. O homem usava uma capa de chuva amarela. Cabelo ruivo aparecia ao redor das bordas de seu boné de beisebol do Mets.

– Tem algum médico aqui? – perguntou para ela quando Bobbie se aproximou correndo.

– Eu sou a dra. Carter – respondeu ela. A chuva caía em gotas pesadas, batendo em sua cabeça e seus ombros. O homem ruivo olhou para ela com uma expressão séria. Bobbie estava vestindo um short jeans e uma regata. Tinha um estetoscópio sobre o ombro, a campânula já enferrujada pela maresia.

– Ed Regis. Temos um homem muito doente aqui, doutora.

– Então é melhor levá-lo para San José – disse ela. San José era a capital, a apenas vinte minutos de distância pelo ar.

– Íamos levá-lo, mas não conseguimos passar pelas montanhas com esse tempo. Você vai ter que tratá-lo aqui.

Bobbie caminhou rapidamente ao lado do ferido enquanto o carregavam para a clínica. Ele era uma criança, não tinha mais que dezoito anos. Erguendo a camisa empapada de sangue, ela viu um talho grande ao longo do ombro e outro na perna.

– O que aconteceu com ele?

– Acidente na construção – gritou Ed. – Ele caiu. Uma das escavadeiras passou por cima dele.

O menino estava pálido, tremendo, inconsciente.

Manuel estava de pé ao lado da porta verde gritante da clínica, acenando com o braço. Os homens trouxeram o paciente por ali e o colocaram na mesa no centro da sala. Manuel começou a preparar uma entrada intravenosa e Bobbie focou o ponto de luz em cima do garoto, inclinando-se para examinar os ferimentos. Imediatamente, pôde ver que aquilo não parecia nada bom. Era quase certo que o garoto morreria.

Uma grande laceração rasgava desde o ombro até o torso. Nas bordas da ferida, a carne estava dilacerada. No centro, o ombro estava deslocado, os pálidos ossos expostos. Um segundo corte atravessava os pesados músculos da coxa, fundo o bastante para revelar a pulsação da artéria femoral logo abaixo. Sua primeira impressão foi de que a perna dele havia sido partida em duas.

– Conte-me de novo sobre esses ferimentos – pediu Bobbie.

– Eu não vi – disse Ed. – Eles falaram que a escavadeira o arrastou.

– É quase como se ele tivesse sido atacado por um animal – disse Bobbie Carter, cutucando a ferida. Como a maioria dos médicos de emergência, ela podia se lembrar em detalhe dos pacientes que atendera mesmo anos antes. Ela tinha visto dois ataques de animais. Um foi uma criança de dois anos, atacada por um rottweiler. O outro tinha sido um espectador de circo, bêbado, que teve uma reunião com um tigre-de-bengala. Em ambos, os ferimentos eram similares. O ataque de um animal tem uma aparência diferente dos demais ferimentos.

– Atacado? – disse Ed. – Não, não. Foi uma escavadeira, acredite em mim. – Ed lambeu os lábios enquanto falava. Ele estava ansioso, agia como se tivesse feito algo de errado. Bobbie imaginou o motivo. Se eles estavam usando trabalhadores locais sem experiência na construção do resort, os acidentes deviam ser frequentes.

Manuel perguntou:

– Você quer que eu faça lavagem?

– Quero – disse ela. – Depois que você fizer a contenção.

Ela se abaixou um pouco mais, investigou o ferimento com as pontas dos dedos. Se uma escavadeira tivesse passado por cima dele, a terra teria sido forçada bem fundo na ferida. Mas não havia nenhuma terra, apenas uma espuma escorregadia e pegajosa. E a ferida tinha um odor estranho, um tipo de fedor putrefato, um cheiro de morte e decomposição. Ela nunca tinha sentido um cheiro parecido antes.

– Há quanto tempo isso aconteceu?

– Uma hora.

Novamente ela percebeu como Ed Regis estava tenso. Ele era um desses tipos nervosos e ansiosos. E não parecia um capataz de construção. Era mais como um executivo. E estava obviamente lidando com um problema que ultrapassava suas habilidades.

Bobbie Carter se voltou para os ferimentos. De alguma forma, não acreditava que estivesse olhando para um trauma mecânico. Não tinha a aparência de algo assim. Nenhum resquício de terra no local da ferida, e nenhuma marca de esmagamento. Trauma mecânico de qualquer tipo – um acidente de carro ou em uma fábrica – sempre tinha algum indício de esmagamento. Aqui, entretanto, não havia nenhum. Em vez disso, a pele do homem estava dilacerada – rasgada – atravessando o ombro, e outro rasgo na coxa.

Parecia mesmo um ataque animal. Por outro lado, a maior parte do corpo não tinha marca alguma, o que não era comum em um ataque desse tipo. Ela olhou outra vez para a cabeça, os braços, as mãos...

As mãos.

Ela sentiu um calafrio quando olhou para as mãos do rapaz. Havia pequenos cortes nas duas palmas e hematomas nos pulsos e antebraços. Ela tinha trabalhado em Chicago tempo suficiente para saber o que aquilo significava.

– Certo – disse ela. – Espere lá fora.

– Por quê? – disse Ed, preocupado. Ele não gostou daquilo.

– Você quer que eu o ajude ou não? – respondeu ela, empurrando-o para fora e fechando a porta na cara dele. Ela não sabia o que estava acontecendo, mas não gostava daquilo. Manuel hesitou.

– Continuo a lavar?

– Continue – disse ela. Depois apanhou sua pequena Olympus automática. Tirou várias fotos dos ferimentos, mudando a luz para uma exposição melhor. Pareciam mesmo mordidas, pensou. E então o rapaz gemeu, ela pôs a câmera de lado e se inclinou sobre ele. Os lábios dele se moveram, a língua espessa.

– *Raptor* – disse ele. – *Lo sa raptor...*

Ao ouvir essas palavras, Manuel congelou, dando um passo para trás, horrorizado.

– O que isso quer dizer? – perguntou Bobbie.

Manuel balançou a cabeça.

– Eu não sei, doutora. *"Lo sa raptor" no es español.*

– Não? – Soava como espanhol para ela. – Então, por favor, continue limpando.

– Não, doutora. – Ele franziu o nariz. – Cheiro ruim. – Ele fez o sinal da cruz sobre o próprio torso.

Bobbie voltou a olhar para a espuma escorregadia espalhada pela ferida. Tocou-a, esfregando a gosma entre os dedos. Quase como se fosse saliva...

Os lábios do rapaz machucado se moveram.

– Raptor – murmurou ele.

Em um tom de horror, Manuel disse:

– Ele o mordeu.

– O que o mordeu?

– Raptor.

– O que é um raptor?

– Significa *hupia.*

Bobbie franziu o cenho. Os costa-riquenhos não eram especialmente supersticiosos, mas ela ouvira os *hupia* sendo mencionados no vilarejo anteriormente. Diziam que eles eram fantasmas noturnos, vampiros sem rosto que sequestravam crianças pequenas. De acordo com a crença, os *hupia* haviam morado nas montanhas da Costa Rica, mas agora residiam nas ilhas próximas.

Manuel estava recuando, murmurando e fazendo o sinal da cruz.

– Não é normal, esse cheiro – disse ele. – É o *hupia.*

Bobbie estava prestes a mandar que ele voltasse ao trabalho quando o jovem ferido abriu os olhos e se sentou na mesa. Manuel gritou, aterrorizado. O garoto gemeu e girou a cabeça, olhando à esquerda e à direita com olhos arregalados, e então vomitou um jato de sangue. Ele começou imediatamente a ter convulsões, seu corpo vibrando, e Bobbie o agarrou, mas ele tremeu até cair da mesa para o chão de concreto. E vomitou de novo. Havia sangue por todo canto. Ed abriu a porta, dizendo:

– O que raios está acontecendo?

Mas quando viu o sangue, ele virou o rosto com a mão na boca. Bobbie estava procurando por um bastão para colocar entre as mandíbulas cerradas do garoto, mas mesmo enquanto o fazia sabia que era inútil, e, com um último puxão espasmódico, ele relaxou e ficou imóvel.

Ela tentou uma respiração boca a boca, mas Manuel agarrou-lhe ferozmente o ombro, puxando-a para trás.

– Não – disse ele. – O *hupia* vai passar para você.

– Manuel, pelo amor de Deus...

– *Não.* – Ele a encarava impetuosamente. – Não. Você não entende dessas coisas.

Bobbie olhou para o corpo no chão e percebeu que não importava; não havia possibilidade alguma de ressuscitá-lo. Manuel chamou os outros homens, que voltaram para dentro da sala e levaram o corpo. Ed apareceu, limpando a boca com as costas da mão e resmungando:

– Tenho certeza de que você fez tudo o que podia.

E então ela assistiu enquanto os homens levavam o corpo embora, de volta para o helicóptero, que se elevou trovejando para o céu.

– É melhor assim – disse Manuel.

Bobbie estava pensando nas mãos do menino. Elas estavam cobertas de cortes e hematomas, um padrão consistente de ferimentos de defesa. Ela tinha quase certeza de que ele não morrera em um acidente de construção; tinha sido atacado, e erguera as mãos para se defender.

– Onde fica essa ilha de onde eles vieram? – perguntou ela.

– No oceano. Talvez a 150, 200 quilômetros de distância.

– Bem longe para um resort – disse ela.

Manuel observava o helicóptero.

– Espero que eles não voltem nunca.

Bem, pensou ela, ao menos tinha as fotos. Mas quando voltou para a mesa, viu que sua câmera havia sumido.

Mais tarde naquela noite, a chuva finalmente parou. Sozinha no quarto atrás da clínica, Bobbie folheava seu esfarrapado dicionário de espanhol. O menino tinha dito "raptor" e, apesar dos protestos de Manuel, ela suspeitava que fosse uma palavra em espanhol. E de fato, ela a encontrou no dicionário. Significava "violador" ou "sequestrador".

Aquilo fez com que ela parasse. O sentido da palavra era suspeitosamente próximo do significado de *hupia*. É claro que ela não acreditava na superstição. E nenhum fantasma tinha cortado aquelas mãos. O que o garoto estava tentando lhe contar?

Do quarto ao lado, ela ouviu gemidos. Uma das mulheres do vilarejo estava no primeiro estágio do parto, e Elena Morales, a parteira local, cuidava dela. Bobbie entrou no quarto da clínica e gesticulou para que Elena saísse por um momento.

– Elena...

– *Sí,* doutora?

– Você sabe o que é um raptor?

Elena era uma mulher forte e grisalha, tinha sessenta anos e um ar prático de quem não aceitava tolices. Na noite, sob as estrelas, seu semblante ficou preocupado e ela disse:

– Raptor?

– Exato. Conhece essa palavra?

– *Sí.* – Elena assentiu. – Significa... uma pessoa que vem à noite e leva embora uma criança.

– Um sequestrador?

– Isso mesmo.

– Um *hupia?*

Toda a postura dela mudou.

– Não diga essa palavra, doutora.

– Por que não?

– Não fale de *hupia* agora – disse Elena com firmeza, indicando com a cabeça a direção de onde vinham os gemidos da parturiente. – Não é sábio dizer esta palavra agora.

– Mas um raptor morde e corta suas vítimas?

– Morde e corta? – disse Elena, perplexa. – Não, doutora. Nada disso. Um raptor é um homem que leva um bebê novinho. – Ela parecia irritada com essa conversa, impaciente para dar-lhe um fim. Elena começou a voltar para a clínica. – Vou chamar a senhora quando ela estiver pronta, doutora. Acho que mais uma hora, talvez duas.

Bobbie olhou para as estrelas e escutou o pacífico roçar das ondas na areia. Na escuridão, ela via as sombras dos pesqueiros ancorados junto à praia. A cena era tão calma, tão normal, que ela sentiu ser tolice falar de vampiros e bebês sequestrados.

Ela voltou ao seu quarto, lembrando-se outra vez de que Manuel insistiu não se tratar de uma palavra espanhola. Por curiosidade, olhou no pequeno dicionário de inglês, e, para sua surpresa, encontrou a palavra ali também:

RAPTOR*SM* [DERIV. DO LAT. *RAPTOR* SAQUEADOR, FR. *RAPTUS*]: AVE DE RAPINA.

PRIMEIRA ITERAÇÃO

"Nos primeiros desenhos da curva fractal, poucas pistas da estrutura matemática subjacente serão vistas."

Ian Malcolm

QUASE O PARAÍSO

Mike Bowman assoviava alegremente enquanto guiava o Land Rover pela Reserva Biológica Cabo Blanco, no litoral oeste da Costa Rica. Era uma linda manhã de julho e a estrada diante dele era espetacular: agarrada à borda de um penhasco, com vista para a selva e o azul do Pacífico. De acordo com os guias de viagem, Cabo Blanco era uma área intacta, quase um paraíso. Ver o local agora fez Bowman sentir que suas férias estavam de volta aos trilhos.

Bowman, de 36 anos, trabalhava com construção e venda de imóveis em Dallas e tinha vindo à Costa Rica com a esposa e a filha para um descanso de duas semanas. Na verdade, a viagem havia sido ideia da esposa dele. Durante semanas, Ellen não parou de falar sobre os maravilhosos parques nacionais da Costa Rica, e como seria bom que Tina os visse. E então, quando eles chegaram, ficaram sabendo que Ellen tinha uma consulta marcada com um cirurgião plástico em San José. Foi a primeira vez que Mike Bowman ouviu falar sobre as excelentes e muito baratas cirurgias plásticas disponíveis na Costa Rica, e também de todas as luxuosas clínicas particulares em San José.

É claro que eles tiveram uma briga horrível. Mike sentia que ela havia mentido para ele, e ela tinha mesmo. Ele bateu o pé sobre a cirurgia plástica. Era ridículo de qualquer forma: Ellen tinha apenas trinta anos e era uma mulher linda. Cacete, ela tinha sido rainha do baile de formatura em seu último ano na Rice, e aquilo não fazia nem dez anos. Mas Ellen tinha tendência a ser insegura e preocupada. E, nos últimos anos, parecia que o que mais a preocupava era perder sua boa aparência.

Isso, e todo o resto.

O Land Rover chacoalhou ao passar em um buraco, espirrando lama. Sentada ao lado dele, Ellen disse:

– Mike, tem certeza de que essa é a estrada certa? Não vemos mais ninguém há horas.

– Tinha outro carro, uns quinze minutos atrás – argumentou ele. – Lembra? Um azul?

– Indo no sentido contrário...

– Querida, você queria uma praia deserta – disse ele –, e é isso que você vai ter.

Ellen balançou a cabeça, duvidando.

– Espero que você esteja certo.

– É, pai, espero que você esteja certo – disse Christina, do banco traseiro. Ela tinha oito anos.

– Confiem em mim, estou certo. – Ele dirigiu em silêncio por um momento. – É lindo, não é? Olha só essa vista. Linda.

– É bacana – disse Tina.

Ellen pegou o estojo de pó compacto e se olhou no espelho, pressionando sob os olhos. Suspirou e guardou o estojo.

A estrada começou a inclinar-se numa descida e Mike Bowman se concentrou na direção. De repente uma pequena figura escura atravessou a estrada em um borrão e Tina berrou:

– Olha! *Olha!*

Mas a criatura já tinha sumido dentro da selva.

– O que era aquilo? – perguntou Ellen. – Um macaco?

– Talvez um macaco-esquilo – respondeu Bowman.

– Posso contar ele também? – disse Tina, pegando seu lápis. Ela estava fazendo uma lista de todos os animais que via na viagem para um projeto escolar.

– Não sei – disse Mike, em dúvida.

Tina consultou as imagens no guia de viagem e completou:

– Acho que não era um macaco-esquilo. Era só outro bugio.

Eles já haviam visto vários macacos-bugios na viagem.

– Ei – disse ela, mais animada. – De acordo com este livro, "as praias de Cabo Blanco são frequentadas por vários animais selvagens, inclusive bugios, macacos-prego da cara branca, preguiças de três dedos e quatis". Você acha que a gente vai ver uma preguiça de três dedos, pai?

– Aposto que sim.

– Mesmo?

– É só olhar no espelho.

– Muito engraçadinho, pai.

A estrada derramava-se pela selva na direção do mar.

Mike Bowman sentiu-se um herói quando eles finalmente chegaram à praia: um crescente de mais de três quilômetros de areia branca, totalmente deserto. Estacionou o Land Rover na sombra das palmeiras que circundavam a praia e apanhou os potes de comida. Ellen colocou o traje de banho e comentou:

– Honestamente, não sei *como* vou conseguir perder esse peso.

– Você está ótima, meu bem. – Na verdade, ele pensava que ela estava magra demais, mas aprendeu a não mencionar isso.

Tina já estava correndo pela praia.

– Não se esqueça de que precisa passar filtro solar – disse Ellen.

– Depois – gritou Tina, olhando para trás. – Vou ver se tem alguma preguiça.

Ellen Bowman olhou para a praia e as árvores ao redor.

– Será que ela vai ficar bem?

– Meu bem, não há ninguém em quilômetros – disse Mike.

– Será que tem cobras?

– Ah, pelo amor de Deus – disse Mike Bowman. – Não tem cobra em praia.

– Bem, talvez tenha...

– Meu bem – cortou ele com firmeza. – Cobras têm sangue frio. Elas são répteis. Não conseguem controlar a temperatura do próprio corpo. Aquela areia está a mais de trinta graus. Se uma cobra aparecesse, iria cozinhar. Acredite em mim. Não há cobras na praia.

Ele observou sua filha galopar pela praia, um pontinho escuro na areia branca.

– Deixe ela ir. Deixe ela se divertir.

Ele passou o braço em volta da cintura da esposa.

Tina correu até ficar exausta, depois se jogou na areia e alegremente rolou até a beira da água. O mar estava morno e quase não havia ondas.

Ela se sentou um pouco, retomando o fôlego, e então olhou para trás na direção dos pais e do carro para ver a distância que tinha percorrido.

Sua mãe acenou, chamando-a de volta. Tina acenou em resposta, contente, fingindo não compreender. Tina não queria passar filtro solar. E não queria voltar e escutar sua mãe falando sobre perder peso. Queria ficar bem ali e, talvez, ver uma preguiça.

Tina havia visto uma preguiça dois dias antes, em um zoológico em San José. Ela lembrava um personagem dos Muppets e parecia inofensiva. De qualquer forma, ela não conseguia se mexer com rapidez; Tina podia escapar facilmente de uma.

Agora sua mãe estava chamando seu nome e Tina resolveu sair do sol e ir para longe da água, para a sombra das palmeiras. Nessa parte da praia, as palmeiras pendiam sobre um emaranhado retorcido de raízes de mangue, o que bloqueava qualquer possibilidade de passagem. Tina se sentou na areia e chutou as folhas secas do mangue. Notou muitos rastros de pássaros na areia. A Costa Rica era famosa por seus pássaros. Os guias diziam que havia três vezes mais pássaros na Costa Rica do que nos Estados Unidos e no Canadá juntos.

Na areia, algumas das pegadas de três dedos eram tão pequenas e leves que mal podiam ser vistas. Outras eram grandes e penetravam mais fundo no solo. Tina olhava à toa para os rastros quando ouviu um piado, seguido de um farfalhar na folhagem do mangue.

Será que preguiças faziam um som como o dos pássaros? Tina achava que não, mas não tinha certeza. O barulho provavelmente era de alguma ave marinha. Ela esperou em silêncio, sem se mover, escutando a folhagem sussurrar de novo, e finalmente viu a fonte dos ruídos. A alguns metros, um lagarto emergiu das raízes do mangue e olhou para ela.

Tina prendeu a respiração. Um animal novo para sua lista! O lagarto ficou de pé nas patas traseiras, equilibrando-se em sua cauda grossa, e a encarou. Assim, de pé, ele tinha quase trinta centímetros de altura, era verde-escuro e tinha faixas marrons nas costas. Suas minúsculas pernas dianteiras terminavam em pequenos dedinhos que se remexiam no ar. O lagarto inclinou a cabeça enquanto olhava para ela.

Tina achou o bicho fofinho. Meio que lembrava uma salamandra grande. Ela levantou a mão e mexeu os dedos em resposta.

O lagarto não parecia assustado. Ele veio na direção dela, andando ereto nas pernas traseiras. Era pouca coisa maior do que uma galinha, e, como uma galinha, balançava a cabeça enquanto andava. Tina pensou que ele daria um ótimo bicho de estimação.

Ela notou que o lagarto deixava um rastro de três dedos exatamente igual ao dos pássaros. Ele se aproximou ainda mais de Tina. Ela manteve o corpo imóvel, sem querer assustar o pequeno animal. Estava encantada que ele chegasse tão perto, mas se lembrou de que este era um parque nacional. Todos os animais dali deviam saber que estavam protegidos. Esse lagarto provavelmente era manso. Talvez até esperasse que ela fosse lhe dar um pouco de comida. Infelizmente, ela não tinha nada. Devagar, Tina estendeu a mão, a palma aberta, para mostrar que não carregava comida.

O lagarto parou, inclinou a cabeça e piou.

– Desculpa – disse Tina. – É que eu não tenho nada, mesmo.

E aí, sem nenhum aviso, o lagarto saltou na mão estendida. Tina podia sentir os dedinhos dos pés dele beliscando a pele de sua palma, e sentia o surpreendente peso do corpo do animal pressionando seu braço para baixo.

E então o lagarto subiu correndo pelo braço dela, na direção do rosto.

– Eu só queria poder vê-la daqui – disse Ellen Bowman, espremendo os olhos contra a luz do sol. – Só isso. Só ver.

– Tenho certeza de que ela está bem – disse Mike, mexendo no pacote de comida preparado pelo hotel. Havia frango grelhado e um tipo de pão recheado de carne. Não que Ellen fosse comer nada daquilo.

– Você acha mesmo que ela não sairia da praia? – disse Ellen.

– Acho, meu bem, acho sim.

– Eu me sinto tão isolada aqui – disse Ellen.

– Pensei que era isso que você queria – disse Mike Bowman.

– Era, sim.

– Bem, então qual é o problema?

– Eu só queria conseguir vê-la, só isso – disse Ellen.

Foi quando eles escutaram a voz da filha vindo da praia, carregada pelo vento. Ela estava gritando.

PUNTARENAS

– Acho que ela está bem confortável agora – disse o dr. Cruz, baixando a aba plástica da tenda de oxigênio ao redor de Tina, que dormia. Mike Bowman estava sentado ao lado da cama, perto de sua filha. Mike achava que o dr. Cruz provavelmente era bom em seu trabalho; ele falava em um inglês excelente, resultado de seu treinamento em centros médicos de Londres e Baltimore. Dr. Cruz irradiava competência, e a Clínica Santa María, um moderno hospital em Puntarenas, era imaculada e eficiente.

Mesmo assim, Mike Bowman se sentia nervoso. Não havia como ignorar o fato de que sua única filha estava muito mal, e que eles estavam longe de casa.

Quando Mike alcançara Tina, ela gritava histericamente. Todo o seu braço esquerdo estava ensanguentado, coberto com uma profusão de pequenas mordidas, cada uma do tamanho de uma impressão digital. E havia salpicos de uma espuma grudenta no braço dela, como uma saliva espumosa.

Ele a carregou pela praia. Quase de imediato, o braço dela começou a se avermelhar e inchar. Mike não iria se esquecer tão cedo da viagem frenética de volta à civilização, o Land Rover com tração nas quatro rodas escorregando e deslizando na subida pela trilha lamacenta das colinas, enquanto sua filha gritava de medo e dor, o braço ficando cada vez maior e mais vermelho. Muito antes de eles terem chegado aos limites do parque, o inchaço se espalhara até o pescoço de Tina, que começou a sentir dificuldade para respirar...

– Agora ela vai ficar bem? – disse Ellen, olhando através da tenda plástica de oxigênio.

– Creio que sim – disse o dr. Cruz. – Eu dei a ela outra dose de esteroides e a respiração está muito mais fácil. E vocês podem ver que o edema no braço já está bem reduzido.

Mike Bowman disse:

– Sobre aquelas mordidas...

– Ainda não temos nenhuma identificação – disse o médico. – Eu mesmo nunca vi mordidas como aquelas antes. Mas vocês podem notar que estão desaparecendo. Já está bem difícil de percebê-las. Felizmente, eu tirei fotografias para referência. E lavei o braço dela para coletar algumas amostras da saliva grudenta – uma para análise aqui, uma segunda para enviar aos laboratórios em San José e uma terceira, que manteremos congelada, caso seja necessária. Você está com o desenho que ela fez?

– Sim – respondeu Mike Bowman. Ele entregou ao doutor o rascunho que Tina havia desenhado em resposta às questões dos oficiais na admissão.

– Este é o animal que a mordeu? – perguntou dr. Cruz, olhando para a imagem.

– É – disse Mike Bowman. – Ela falou que era um lagarto verde, do tamanho de uma galinha ou um corvo.

– Não conheço nenhum lagarto assim. Ela o desenhou de pé nas patas traseiras...

– Isso mesmo. Ela disse que ele andava nas patas traseiras.

O semblante do dr. Cruz ficou sério. Olhou para a pintura mais um pouco e continuou:

– Não sou um especialista. Pedi ao dr. Guitierrez que nos visitasse aqui. Ele é um pesquisador sênior na Reserva Biológica de Carara, do outro lado da baía. Talvez ele possa identificar o animal para nós.

– Não tem ninguém de Cabo Blanco? – perguntou Bowman. – Foi lá que ela foi mordida.

– Infelizmente, não – disse dr. Cruz. – Cabo Blanco não tem uma equipe permanente e já faz algum tempo que nenhum pesquisador trabalha lá. Vocês provavelmente foram as primeiras pessoas a pisar naquela praia em vários meses. Mas tenho certeza de que você vai perceber que o dr. Guitierrez entende bastante do assunto.

O dr. Guitierrez revelou-se um homem barbudo, vestindo bermudas cáqui e camisa. A surpresa é que ele era dos Estados Unidos. Ele foi apresentado aos Bowman, dizendo em um suave sotaque sulista:

– Senhor e senhora Bowman, como vão, um prazer conhecê-los.

Então explicou que era um biólogo de campo vindo de Yale e que trabalhara na Costa Rica durante os últimos cinco anos. Marty Guitierrez examinou Tina minuciosamente e ergueu o braço dela com gentileza, olhando de perto para cada uma das mordidas com uma lanterninha, medindo-as depois com uma pequena régua de bolso. Após algum tempo, Guitierrez se afastou, assentindo para si mesmo como se tivesse compreendido algo. Em seguida, inspecionou as polaroides e fez várias perguntas sobre a saliva, a qual Cruz disse que ainda estava sendo testada no laboratório.

Finalmente, ele se voltou para Mike Bowman e a esposa, que esperavam, tensos.

– Acho que Tina vai ficar bem. Só quero esclarecer alguns detalhes – disse ele, tomando notas com uma caligrafia precisa. – Sua filha disse que foi mordida por um lagarto verde de aproximadamente trinta centímetros de altura, que caminhou de pé sobre as patas traseiras até a praia, vindo do manguezal?

– Está correto, isso mesmo.

– E o lagarto fez algum tipo de vocalização?

– Tina disse que ele piou ou guinchou.

– Como um rato, você diria?

– Isso.

– Bem, então – disse o dr. Guitierrez –, eu conheço esse lagarto.

Ele explicou que, das seis mil espécies de lagartos do mundo, não mais do que uma dúzia andava de pé sobre as patas traseiras. Dessas, apenas quatro encontravam-se na América Latina. E, a julgar pela coloração, o lagarto só podia ser um dos quatro.

– Tenho certeza de que o lagarto era um *Basiliscus amoratus,* um basilisco listrado encontrado aqui na Costa Rica e em Honduras. De pé sobre as patas traseiras, eles às vezes chegam até a trinta centímetros.

– São venenosos?

– Não, sr. Bowman. Nem um pouco. – Guitierrez explicou que o inchaço no braço de Tina era uma reação alérgica. – De acordo com a literatura especializada, 14% das pessoas têm uma forte alergia a répteis, e sua filha parece ser uma delas.

– Ela gritava, dizia que estava doendo demais.

– Provavelmente estava. A saliva réptil contém serotonina, o que causa uma dor tremenda. – Ele voltou-se para Cruz. – A pressão sanguínea dela baixou com anti-histamínicos?

– Baixou – respondeu Cruz. – Prontamente.

– Serotonina – disse Guitierrez. – Sem dúvida.

Ainda assim, Ellen Bowman continuava inquieta.

– Mas por que um lagarto a morderia, para começo de conversa?

– Mordidas de lagarto são bastante comuns – disse Guitierrez. – Cuidadores de animais nos zoológicos são mordidos o tempo todo. Outro dia mesmo eu ouvi que um lagarto havia mordido o braço de uma menininha em Amaloya, a cerca de cem quilômetros de onde vocês estavam. Logo, mordidas acontecem. Só não tenho certeza do motivo para a sua filha ter tantas mordidas. O que ela estava fazendo naquele momento?

– Nada. Ela disse que estava sentada, imóvel, porque não queria assustá-lo e fazer com que fosse embora.

– Sentada e imóvel – disse Guitierrez, franzindo o cenho. Ele balançou a cabeça. – Bem. Acho que não temos como dizer exatamente o que aconteceu. Animais selvagens são imprevisíveis.

– E aquela saliva espumosa no braço dela? – perguntou Ellen. – Eu fico pensando em raiva...

– Não, não. Um réptil não pode transmitir raiva, sra. Bowman. Sua filha sofreu uma reação alérgica à mordida de um lagarto basilisco. Nada de mais sério.

Mike Bowman então mostrou a Guitierrez o desenho que Tina fizera.

– Eu aceitaria isso como um desenho do lagarto basilisco – disse Guitierrez. – Alguns detalhes estão errados, é claro. O pescoço está comprido demais, e ela desenhou as pernas traseiras com apenas três dedos, em vez de cinco. A cauda é grossa demais e erguida demais. Mas, de resto, presta-se perfeitamente como um lagarto do tipo que estávamos falando.

– Mas Tina disse especificamente que o pescoço era comprido – insistiu Ellen Bowman. – E ela disse que havia três dedos nos pés dele.

– Tina é bastante observadora – argumentou Mike Bowman.

– Tenho certeza de que ela é – disse Guitierrez, sorrindo. – Porém, ainda acho que sua filha foi mordida por um *Basiliscus amoratus* comum e teve uma severa reação herpetológica. O tempo de curso normal com a medicação é de doze horas. Ela deve estar bem pela manhã.

No moderno laboratório no porão da Clínica Santa María, foi recebida a informação de que o dr. Guitierrez identificara o animal que mordeu a menina americana como um inofensivo lagarto basilisco. Imediatamente, a análise da saliva foi interrompida, apesar de um fracionamento preliminar ter mostrado várias proteínas de peso molecular extremamente alto e atividade biológica desconhecida. Mas o técnico da noite estava ocupado e colocou as amostras da saliva na prateleira de espera do refrigerador.

Na manhã seguinte, o funcionário diurno conferiu a prateleira de espera com os nomes dos pacientes em alta. Vendo que BOWMAN, CHRISTINA L. estava agendada para alta naquela manhã, o funcionário jogou fora as amostras de saliva. No último instante, ele notou que uma das amostras tinha a etiqueta vermelha, o que queria dizer que deveria ser enviada ao laboratório da universidade em San José. Ele retirou o tubo de teste do cesto de lixo e o enviou para lá.

– Vá lá. Diga obrigada ao dr. Cruz – disse Ellen Bowman, empurrando Tina adiante.

– Obrigada, dr. Cruz – disse Tina. – Eu me sinto muito melhor agora. – Ela estendeu a mão e apertou a do médico, e então disse: – Você está com uma camisa diferente.

Por um momento, dr. Cruz pareceu perplexo; depois sorriu.

– Isso mesmo, Tina. Quando eu trabalho a noite toda no hospital, de manhã eu troco minha camisa.

– Mas não a gravata?

– Não. Só minha camisa.

Ellen Bowman disse:

– Mike falou que ela era observadora.

– E certamente é. – Dr. Cruz sorriu e apertou a mão da garotinha com seriedade. – Desfrute o resto das suas férias na Costa Rica, Tina.

– Eu vou, sim.

A família Bowman tinha começado a sair quando o dr. Cruz disse:

– Ah, Tina, você se lembra do lagarto que te mordeu?

– Aham.

– Lembra-se dos pés dele?

– Aham.

– Ele tinha dedinhos?

– Tinha.

– Quantos dedinhos ele tinha?

– Três – disse ela.

– Como você sabe disso?

– Porque eu olhei – disse ela. – De qualquer forma, todos os pássaros na praia fazem marcas na areia com três dedos, assim. – Ela ergueu a mão, os três dedos do meio bem abertos. – E o lagarto também fazia esse tipo de marca na areia.

– O lagarto deixava marcas como um pássaro?

– Aham. Ele andava como um pássaro também. Ele balançava a cabeça para cima e para baixo, assim.

Ela deu alguns passos balançando a cabeça.

Depois que os Bowman tinham partido, o dr. Cruz resolveu relatar essa conversa a Guitierrez na estação biológica.

– Devo admitir que a história da menina é intrigante – disse Guitierrez. – Estive fazendo algumas pesquisas também. Não estou mais certo de que ela foi mordida por um basilisco. Aliás, nem um pouco certo.

– Então, o que pode ter sido?

– Bem, não vamos especular prematuramente. Aliás, você ouviu falar de alguma outra mordida de lagarto no hospital?

– Não, por quê?

– Se ouvir, meu amigo, me avise.

A PRAIA

Marty Guitierrez se sentou na praia e assistiu ao sol descer mais um pouco no céu até faiscar duramente na água da baía e seus raios alcançarem debaixo das palmeiras, no lugar em que ele se sentava sob os mangues, na praia de Cabo Blanco. Até onde podia determinar, estava sentado próximo ao ponto em que a garotinha americana estivera, dois dias antes.

Embora fosse verdade, como ele dissera aos Bowman, que mordidas de lagarto fossem comuns, Guitierrez nunca tinha ouvido falar de um basilisco mordendo alguém. E certamente nunca ouvira nada sobre alguém ser hospitalizado por causa de uma mordida de lagarto. Além disso, o raio das mordidas no braço de Tina parecia ligeiramente grande demais para um basilisco. Quando ele voltou à estação de Carara, checou a pequena biblioteca de pesquisa de lá, mas não encontrou nenhuma referência a mordidas de lagarto basilisco. Em seguida conferiu a International BioSciences Services, uma base de dados digital americana, porém ali também não encontrou nenhuma referência a mordidas de basilisco ou hospitalização por mordidas de lagarto.

Então ligou para o oficial médico em Amaloya, que confirmou que um bebê de nove dias, enquanto dormia em seu berço, havia sido mordido no pé por um animal que a avó – a única pessoa a vê-lo de fato – disse ser um lagarto. Subsequentemente, seu pé inchou e o bebê quase morreu. A avó descreveu o lagarto como sendo verde com listras marrons. Ele mordera o bebê várias vezes antes que a mulher o espantasse.

– Estranho – disse Guitierrez.

– Não, parecido com todos os outros – respondeu o oficial médico, acrescentando que ele tinha ouvido falar de outros incidentes de mordidas: uma criança em Vásquez, o vilarejo mais próximo subindo a costa, havia sido mordida enquanto dormia. E outra em Puerta Sotrero. Todos esses incidentes haviam ocorrido nos últimos dois meses. Todos envolviam bebês e crianças dormindo.

Um padrão tão novo e distinto levou Guitierrez a suspeitar da presença de uma espécie até então desconhecida de lagarto. Isso era particularmente provável de ocorrer na Costa Rica. Com apenas 120 quilômetros de largura em seu ponto mais estreito, o país era menor que o estado do Maine. Ainda assim, dentro de seu limitado espaço, a Costa Rica tinha uma diversidade notável de hábitats biológicos: costas litorâneas tanto no Atlântico como no Pacífico; quatro cadeias de montanhas separadas, incluindo picos de 3.500 metros e vulcões ativos; mata atlântica, florestas de altitude, zonas temperadas, manguezais pantanosos e desertos áridos. Tamanha diversidade ecológica sustentava uma espantosa diversidade de vida animal e vegetal. A Costa Rica tinha três vezes mais espécies de pássaros do que toda a América do Norte. Mais de mil espécies de orquídeas. Mais de cinco mil espécies de insetos.

Novas espécies eram descobertas o tempo todo, a uma velocidade que aumentara em anos recentes, por um motivo triste. A Costa Rica estava sendo desmatada, e quando as espécies da selva perdiam seus hábitats, mudavam-se para outras áreas, algumas vezes transformando também seu comportamento.

Portanto, o surgimento de uma nova espécie era perfeitamente possível. Mas, junto com a empolgação por uma nova espécie, vinha a preocupante possibilidade de novas doenças. Lagartos eram portadores de doenças virais, incluindo um número considerável das que podiam ser transmitidas ao homem. A mais séria era a encefalite central sáuria, ou ECS, que causava um tipo de doença do sono em seres humanos e cavalos. Guitierrez sentia que era importante encontrar esse novo lagarto, no mínimo para testá-lo para doenças.

Sentado na praia, ele assistiu ao sol cair mais um pouco e suspirou. Talvez Tina Bowman tivesse visto um novo animal, talvez não. Guitierrez certamente não vira nada. Naquela manhã, mais cedo, ele havia pegado a pistola de pressão, carregado o pente com dardos de ligamina e partido para a praia esperando encontrá-lo. Mas o dia fora desperdiçado. Logo ele teria que começar a subida da colina, voltando da praia; não queria dirigir por aquela estrada no escuro.

Guitierrez ficou de pé e começou a voltar para a praia. Um pouco mais adiante, viu os contornos de um bugio, caminhando pela borda do pântano do manguezal. Guitierrez se afastou, indo na direção da água. Se havia um bugio, provavelmente haveria outros nas copas das árvores, e bugios tendiam a urinar em intrusos.

Entretanto, esse bugio em particular parecia estar sozinho e andava devagar, pausando frequentemente para se sentar sobre as pernas traseiras. O macaco tinha algo em sua boca. Quando Guitierrez chegou perto, viu que ele estava comendo um lagarto. A cauda e as pernas traseiras pendiam das mandíbulas do macaco. Mesmo a distância, Guitierrez podia ver as listras marrons contra o verde.

Guitierrez jogou-se no chão e mirou a pistola. O bugio, acostumado a viver em uma reserva protegida, encarou-o, curioso. Ele não fugiu, mesmo quando o primeiro dardo passou assoviando por ele, inofensivo. Quando o segundo atingiu-o na coxa, o bugio berrou de raiva e surpresa, largando o resto de sua refeição enquanto corria para dentro da floresta.

Guitierrez levantou-se e se aproximou. Não estava preocupado com o macaco; a dose de tranquilizante era pequena demais para lhe causar algo além de uns poucos minutos de tontura. Ele já pensava no que fazer com sua nova descoberta. Guitierrez poderia escrever o relato preliminar pessoalmente, mas os restos teriam que ser enviados para os Estados Unidos para uma identificação positiva, é claro. Para quem ele deveria enviá-los? O especialista reconhecido da área era Edward H. Simpson, professor emérito de zoologia na Universidade Columbia, em Nova York. Simpson, um elegante ancião de cabelos brancos penteados para trás, era a maior autoridade mundial em taxonomia de lagartos. Provavelmente, pensou Marty, ele enviaria seu lagarto para o dr. Simpson.

NOVA YORK

O dr. Richard Stone, chefe do Laboratório de Doenças Tropicais do Centro Médico da Universidade Columbia, destacava com frequência que o nome conjurava um lugar mais grandioso do que era na verdade. No início do século 20, quando o laboratório ocupava todo o quarto andar do Prédio de Pesquisa Biomédica, equipes de técnicos trabalhavam para eliminar os flagelos da febre amarela, malária e cólera. Mas sucessos médicos – e laboratórios de pesquisa em Nairóbi e São Paulo – haviam feito do LDT um lugar muito menos importante do que fora um dia. Agora, com uma fração de seu tamanho anterior, ele empregava apenas dois técnicos em tempo integral, e ambos estavam preocupados primordialmente em diagnosticar doenças de nova-iorquinos que viajavam para o exterior. A confortável rotina do laboratório estava despreparada para o que viria a receber naquela manhã.

– Ah, muito bom – disse a técnica do Laboratório de Doenças Tropicais, lendo o selo da alfândega. – Fragmento parcialmente mastigado de um lagarto costa-riquenho não identificado. – Ela franziu o nariz. – Esse aqui é todo seu, dr. Stone.

Richard Stone atravessou o laboratório para inspecionar o recém-chegado.

– Este é o material do laboratório de Ed Simpson?

– É – respondeu ela. – Mas não sei por que eles mandaram um lagarto para *nós*.

– A secretária dele ligou – disse Stone. – Simpson está em uma viagem de campo em Bornéu durante o verão, e, como há uma dúvida de doença transmissível por esse lagarto, ela pediu ao nosso laboratório para dar uma olhada. Vamos ver o que temos aqui.

O cilindro de plástico branco era do tamanho de meio galão de leite. Vinha com trincos de metal e uma tampa de rosca. Estava etiquetado como "Contêiner Internacional de Espécime Biológico" e coberto de adesivos e alertas em quatro línguas. Os alertas tinham o objetivo de impedir que o cilindro fosse aberto por oficiais da alfândega desconfiados.

Aparentemente, os avisos funcionaram; conforme Richard Stone passou a grande lanterna ao redor, pôde ver que os selos estavam intactos. Stone ligou a unidade de tratamento de ar, calçou luvas de plástico e pôs uma máscara no rosto. Afinal, o laboratório havia recentemente identificado espécimes contaminados com febre equina venezuelana, encefalite B japonesa, vírus da floresta de Kyasanur, vírus Langat e Mayaro. Só aí ele desatarraxou a tampa.

Houve um sibilo de gás escapando e uma fumaça branca borbulhou para fora. O cilindro ficou gelado. Dentro dele, via-se um saquinho de sanduíche vedado contendo algo verde. Stone abriu um tecido cirúrgico na mesa e chacoalhou o saquinho para que o conteúdo saísse. Um pedaço de carne congelada atingiu a mesa com um baque surdo.

– Humm – observou a técnica. – Parece ter sido comido.

– Parece mesmo – continuou Stone. – O que eles querem com a gente?

A técnica consultou os documentos que tinham vindo junto.

– Um lagarto anda mordendo crianças locais. Eles questionam a identificação da espécie e estão preocupados com doenças transmitidas pela mordida. – Ela mostrou um desenho infantil de um lagarto, com a assinatura TINA no topo. – Uma das crianças desenhou um retrato do lagarto.

Stone olhou para a imagem.

– Obviamente, não podemos verificar a espécie – disse Stone. – Mas podemos checar doenças com facilidade, se conseguirmos algum sangue desse fragmento. Do que estão chamando esse animal?

– *Basiliscus amoratus* com uma anomalia genética para três dedos – disse ela, lendo.

– Certo. Vamos começar. Enquanto você espera que ele descongele, tire um raio X e faça fotos para registro. Assim que tivermos sangue, comece a testar anticorpos até obtermos algumas correspondências. Me avise se houver algum problema.

Antes da hora do almoço, o laboratório tinha sua resposta: o sangue do lagarto não mostrava nenhuma reatividade a antígenos virais ou bacterianos. Eles tinham feito perfis de toxicidade também, e descobriram apenas uma correspondência positiva: o sangue era levemente reativo à peçonha da cobra-real indiana. Mas essa reatividade cruzada era comum entre espécies répteis, e o dr. Stone não julgou o fato digno de nota, deixando de incluí-lo no fax que sua técnica enviou ao dr. Martin Guitierrez naquela mesma tarde.

Não houve questionamento algum quanto ao processo de identificação do lagarto; aquilo iria aguardar pelo retorno do dr. Simpson. Ele ainda estaria fora por várias semanas, e sua secretária perguntou se o LDT poderia, por favor, manter o fragmento do lagarto durante esse período. Dr. Stone devolveu-o ao saco plástico e enfiou-o no congelador.

Martin Guitierrez leu o fax do Centro Médico de Columbia/Laboratório de Doenças Tropicais. Era breve:

objeto de pesquisa: *Basiliscus amoratus* com anomalia genética (enviado pelo escritório do dr. Simpson).

materiais: segmento posterior, ? animal parcialmente comido.

procedimentos executados: raio x, exame microscópico, RTX imunológico para doenças virais, parasitárias e bacterianas.

resultados: Nenhuma evidência histológica ou imunológica para doença transmissível ao homem nesta amostra de *Basiliscus amoratus*.

Richard A. Stone, MD, diretor

Guitierrez fez duas suposições com base nesse memorando. A primeira, de que sua identificação do lagarto como um basilisco havia sido confirmada pelos cientistas na Universidade Columbia. E a segunda, de que a ausência de doença transmissível significava que os episódios recentes de mordidas esporádicas de lagartos não representavam uma ameaça séria à saúde da Costa Rica. Pelo contrário, ele sentiu que suas hipóteses originais estavam corretas: de que uma espécie de lagarto havia sido empurrada da floresta para um novo hábitat e estava entrando em contato com os moradores dos vilarejos. Guitierrez tinha certeza de que em mais algumas semanas os lagartos sossegariam e os episódios de mordidas terminariam.

A chuva tropical caía em grossas camadas encharcadas, martelando o teto enrugado da clínica na Bahía Anasco. Era quase meia-noite; a energia elétrica tinha caído devido à tempestade, e a parteira, Elena Morales, trabalhava à luz da lanterna quando ouviu um som de piado, quase um guincho. Pensando tratar-se de um rato, rapidamente colocou uma compressa na testa da mãe e foi para o quarto ao lado checar o recém-nascido. Quando sua mão tocou a maçaneta, ela ouviu o piado de novo e relaxou. Evidentemente, era apenas um pássaro, voando pela janela para sair da chuva. Os costa-riquenhos diziam que, quando um pássaro visita um recém-nascido, ele traz boa sorte.

Elena abriu a porta. O bebê jazia em um berço de vime, envolto em um cobertor leve, com apenas o rosto exposto. Ao redor do berço, três lagartos verde-escuros se agachavam como gárgulas. Quando viram Elena, eles inclinaram a cabeça e olharam curiosamente para ela, mas não fugiram. À luz da lanterna, Elena viu o sangue pingando de seus focinhos. Piando suavemente, um lagarto abaixou-se e, com um rápido chacoalhar da cabeça, arrancou um pedaço de carne do bebê.

Elena correu adiante, gritando, e os lagartos fugiram para a escuridão. Todavia, muito antes de alcançar o berço, ela pôde ver o que eles tinham feito ao rosto do bebê, e soube que a criança devia estar morta. Os lagartos se espalharam pela noite chuvosa, guinchando e piando, deixando para trás apenas rastros sangrentos de três dedos, como de pássaros.

O FORMATO DOS DADOS

Posteriormente, quando estava mais calma, Elena Morales decidiu não relatar o ataque dos lagartos. Apesar do horror que havia visto, ela começou a se preocupar com o fato de que talvez fosse criticada por ter deixado o bebê desprotegido. Assim, disse à mãe que o bebê havia se asfixiado e relatou a morte nos formulários que enviou a San José como SMSI – Síndrome da Morte Súbita Infantil. Essa síndrome causava mortes inexplicáveis entre crianças muito novas; era comum, e seu relatório não foi contestado.

O laboratório da universidade em San José que analisou a amostra de saliva do braço de Tina Bowman fez várias descobertas extraordinárias. Havia, conforme se esperava, bastante serotonina. Todavia, entre as proteínas salivares, havia um verdadeiro monstro: massa molecular de 1.980.000, uma das maiores proteínas conhecidas. A atividade biológica ainda estava sendo estudada, mas parecia ser um veneno neurotóxico relacionado ao veneno de cobra, embora mais primitivo em sua estrutura.

O laboratório também detectou traços minúsculos de gama-amino hidrolase metilamina. Como essa enzima era uma marca de engenharia genética e nunca encontrada em animais selvagens, os técnicos presumiram se tratar de um contaminante do laboratório e não a incluíram no relato quando ligaram para o dr. Cruz, o médico indicado em Puntarenas.

O fragmento de lagarto repousava no congelador da Universidade Columbia, aguardando pelo retorno do dr. Simpson, que não deveria chegar em menos de um mês. E assim talvez as coisas tivessem continuado, não tivesse uma técnica chamada Alice Levin entrado no Laboratório de Doenças Tropicais, visto a foto de Tina Bowman e dito:

– Ah, essa foi a criança que desenhou o dinossauro?

– O quê? – disse Richard Stone, virando-se lentamente para ela.

– O dinossauro. Não é o que está desenhado? Meu filho desenha dinossauros o tempo todo.

– Isso é um lagarto – disse Stone. – Da Costa Rica. Alguma menina de lá desenhou um retrato dele.

– Não – disse Alice Levin, balançando a cabeça. – Olhe para ele. É bem claro. Cabeça grande, pescoço longo, de pé sobre as patas traseiras, cauda grossa. É um dinossauro.

– Não pode ser. Só tem trinta centímetros de altura.

– E daí? Havia dinossauros pequenos naquela época. Acredite, eu sei. Tenho dois meninos, sou uma especialista. Os menores dinossauros tinham menos de trinta centímetros. Minissauros ou algo assim, não sei. Esses nomes são impossíveis de se gravar. Você nunca vai aprender esses nomes se tiver mais que dez anos.

– Você não está entendendo. Este é um retrato de um animal contemporâneo. Eles nos mandaram um fragmento do animal. Está no congelador agora.

Stone foi pegá-lo, chacoalhando o saquinho até o fragmento sair.

Alice Levin olhou para o pedaço congelado de perna e cauda e deu de ombros. Ela não tocou nele.

– Eu não sei – disse ela. – Mas aquilo parece um dinossauro pra mim.

Stone balançou a cabeça.

– Impossível.

– Por quê? – disse Alice Levin. – Poderia ser um resto ou remanescente ou seja lá como os chamam.

Stone continuou balançando a cabeça. Alice era ignorante; era apenas uma técnica que trabalhava no laboratório de bacteriologia no final do corredor. E tinha uma imaginação ativa. Stone se lembrou da vez que ela pensou estar sendo seguida por um dos atendentes cirúrgicos...

– Sabe – disse Alice Levin –, se isso é um dinossauro, Richard, pode ser importante.

– Não é um dinossauro.

– Alguém o analisou?

– Não.

– Bem, leve para o Museu de História Natural ou algo assim. Você deveria levar, mesmo.

– Eu ficaria envergonhado.

– Quer que eu leve para você?

– Não. Não quero.

– Você não vai fazer nada?

– Absolutamente nada. – Ele colocou o saquinho de volta no congelador e bateu a porta. – Não é um dinossauro, é um lagarto. E seja lá o que for, ele pode esperar até o dr. Simpson voltar de Bornéu para identificá-lo. E acabou, Alice. Esse lagarto não vai a lugar nenhum.

SEGUNDA ITERAÇÃO

"Com desenhos subsequentes da curva fractal, mudanças súbitas podem surgir."

Ian Malcolm

A PRAIA DO MAR INTERIOR

Alan Grant se agachou, o nariz a centímetros do solo. A temperatura beirava os 40 °C. Seus joelhos doíam, apesar das joelheiras protetoras que usava. Seus pulmões ardiam devido à irritante poeira alcalina. Suor pingava de sua testa para o chão. Mas Grant não pensava no desconforto. Toda a sua atenção estava focada no quadrado de terra de quinze centímetros diante dele.

Trabalhando pacientemente com uma picareta dental e um pincel artístico de pelo de camelo, expôs o pequeno fragmento de mandíbula em forma de L. Ele tinha apenas dois centímetros de comprimento e não era mais grosso que o mindinho de Grant. Os dentes eram uma fileira de pequenos pontinhos e possuíam o característico ângulo medial. Pedacinhos de osso se soltaram enquanto ele cavava. Grant parou por um instante para pintar o osso com fixador látex antes de continuar a exposição. Não havia dúvida de que aquela era a mandíbula de um filhote de dinossauro carnívoro. Seu dono morrera 79 milhões de anos antes, com cerca de dois meses de idade. Com alguma sorte, Grant talvez encontrasse também o resto do esqueleto. Se isso ocorresse, seria o primeiro esqueleto completo de um bebê carnívoro...

– Ei, Alan!

Alan Grant olhou para cima, piscando à luz do sol. Baixou os óculos escuros e esfregou a testa com as costas do braço.

Ele estava agachado em uma encosta erodida nos descampados dos arredores de Snakewater, Montana. Sob o grande bojo azul do céu, colinas arredondadas e afloramentos expostos de calcário desmoronado se alastravam por quilômetros em todas as direções. Não havia uma árvore, nem um arbusto. Nada além de rocha estéril e vento lamentoso.

Os visitantes achavam os descampados depressivamente sombrios, mas, quando Grant olhava para essa paisagem, via algo totalmente diferente. Aquela terra estéril era o que restara de outro mundo, muito diferente, que havia desaparecido oitenta milhões de anos antes. Em sua mente, Grant via-se em uma baía quente e pantanosa que formava a costa litorânea de um grande mar interior. Esse mar interior tinha mais de 1.500 quilômetros de largura, estendendo-se por todo o caminho desde as recém-formadas Montanhas Rochosas até os picos agudos e escarpados dos Apalaches. Todo o oeste dos Estados Unidos estivera coberto de água.

Naquele tempo, havia finas nuvens no céu acima da região, escurecido pela fumaça dos vulcões próximos. A atmosfera era mais densa, rica em dióxido de carbono. As plantas cresciam com rapidez ao longo do litoral. Não havia peixes nessas águas, mas existiam ostras e lesmas. Pterossauros mergulhavam para retirar algas da superfície. Alguns dinossauros carnívoros rondavam as praias pantanosas do lago, movendo-se entre as palmeiras. E a distância havia uma ilhota com cerca de oito mil metros quadrados. Contornada por vegetação densa, essa ilha formava um santuário protegido onde rebanhos de dinossauros bico-de-pato herbívoros botavam seus ovos em ninhos comunais e criavam seus filhotes guinchantes.

Ao longo dos milhões de anos que se seguiram, o lago alcalino e verde pálido foi ficando mais raso e finalmente desapareceu. A terra exposta vergou e rachou sob o calor. E a ilha, com seus ovos de dinossauro, tornou-se a encosta erodida no norte de Montana que Alan Grant agora escavava.

– Ei, *Alan*!

Ele ficou de pé, um quarentão barbudo, de peito forte. Escutou o estrépito do gerador portátil e o matraquear distante da britadeira cortando a densa rocha da colina mais próxima. Viu os jovens trabalhando ao redor da britadeira, retirando os grandes pedaços de rocha após avaliá-los em busca de fósseis. Ao pé da encosta, ele viu as seis tipis – as tendas cônicas de seu acampamento –, a barraca comunal aberta e o trailer que servia como laboratório de campo. E viu Ellie acenando para ele da sombra do laboratório de campo.

– Visita! – disse ela, e apontou para o leste.

Grant viu a nuvem de poeira e o Ford sedã azul sacolejando pela estrada esburacada na direção deles. Olhou para o relógio: bem na hora. Na outra encosta, os jovens ergueram os olhos com interesse. Eles não recebiam muitas visitas em Snakewater, e tinha havido muita especulação sobre o que um advogado da Agência de Proteção Ambiental poderia querer com Alan Grant.

Mas Grant sabia que paleontologia, o estudo da vida extinta, havia, em anos recentes, tomado uma relevância inesperada para o mundo moderno. O mundo moderno se transformava velozmente, e questões urgentes sobre clima, desflorestamento, aquecimento global e a camada de ozônio com frequência pareciam ser passíveis de resposta, ao menos em parte, com informações do passado. Informações que os paleontólogos podiam fornecer. Ele fora chamado como testemunha especialista duas vezes nos últimos anos.

Grant começou a descer a colina para se encontrar com o carro.

O visitante tossiu na poeira branca enquanto fechava a porta do carro.

– Bob Morris, APA – disse ele, estendendo a mão. – Trabalho com o escritório de San Francisco.

Grant se apresentou e disse:

– Você parece estar com calor. Quer uma cerveja?

– Por Deus, quero.

Morris se aproximava dos trinta anos, usava uma gravata e calças sociais. Carregava uma maleta. Seus sapatos brogue estalavam nas rochas conforme eles caminhavam para o trailer.

– Logo que eu subi a colina, achei que isso fosse uma reserva indígena – disse Morris, apontando para as tendas cônicas.

– Não – disse Grant. – É só o melhor jeito de se viver por aqui.

Grant explicou que em 1978, no primeiro ano das escavações, eles tinham trazido tendas octaédricas ao estilo da Encosta Norte do Alasca, as mais avançadas disponíveis. Mas elas sempre se desmantelavam com o vento. Eles tentaram outros tipos de tendas, com o mesmo resultado. Finalmente, começaram a erguer as tendas cônicas, que tinham mais espaço interno, eram mais confortáveis e mais estáveis no vento.

– Essas são tipis dos Blackfoot, construídas ao redor de quatro estacas – disse Grant. – As dos Sioux são construídas ao redor de três. Mas aqui era território dos Blackfoot, então pensamos que...

– Aham – disse Morris. – Muito adequado. – Ele estreitou os olhos para a paisagem desolada e balançou a cabeça. – Há quanto tempo você está aqui?

– Cerca de sessenta caixas – disse Grant. Quando Morris pareceu surpreso, ele explicou: – Nós medimos o tempo em cerveja. Começamos em junho com cem caixas. Já acabamos com cerca de sessenta até o momento.

– Sessenta e três, para sermos exatos – disse Ellie Sattler, quando eles alcançaram o trailer. Grant se divertiu ao ver Morris encarando-a boquiaberto. Ellie estava vestindo um short jeans e uma camisa amarrada na cintura. Ela tinha 24 anos e exibia um bronzeado profundo. Seu cabelo loiro estava preso para trás.

– Ellie nos faz seguir em frente – disse Grant, apresentando-a. – Ela é muito boa no que faz.

– O que ela faz? – perguntou Morris.

– Paleobotânica – respondeu Ellie. – Também faço as preparações padrão para o campo.

Ela abriu a porta e eles entraram.

O ar-condicionado no trailer só baixava a temperatura até 29 °C, mas já parecia mais fresco após o calor do meio do dia. O trailer tinha uma série de mesas longas de madeira, com minúsculos espécimes de osso organizadamente dispostos, identificados e rotulados. Um pouco mais distantes estavam pratos e potes de cerâmica. Havia um forte odor de vinagre.

Morris olhou para os ossos.

– Pensei que dinossauros fossem grandes – disse ele.

– Eles eram – confirmou Ellie. – Mas tudo o que você vê aqui veio de bebês. Snakewater é importante principalmente por causa do número de ninhos de dinossauros aqui. Até começarmos este trabalho, quase não havia conhecimento de bebês dinossauros. Apenas um ninho havia sido encontrado, no deserto de Gobi. Nós descobrimos uma dúzia de ninhos de hadrossauros, todos completos, com ovos e ossos de bebês.

Enquanto Grant ia até o refrigerador, ela mostrou a Morris os banhos de ácido acético, usados para dissolver o calcário dos ossos delicados.

– Eles se parecem com ossos de galinha – disse Morris, olhando dentro dos pratos de cerâmica.

– Parecem – disse ela. – São muito semelhantes a pássaros.

– E aqueles? – disse Morris, apontando através da janela do trailer para pilhas de ossos grandes lá fora, embrulhados em plástico grosso.

– Refugos – respondeu Ellie. – Ossos que estavam fragmentados demais quando os retiramos do solo. Nos velhos tempos nós simplesmente os descartaríamos, mas hoje em dia os enviamos para testes genéticos.

– Testes genéticos? – perguntou Morris.

– Aqui está – interrompeu Grant, enfiando uma cerveja na mão dele. Deu outra para Ellie. Ela tomou a sua, jogando a cabeça para trás. Morris olhava fixamente.

– Somos bastante informais por aqui – disse Grant. – Quer dar um pulo no meu escritório?

– Claro – respondeu Morris.

Grant o levou até o final do trailer, onde havia um sofá rasgado, uma cadeira murcha e uma mesinha de canto maltratada. Grant desabou no sofá, que estalou e exalou uma nuvem de pó quase como de giz. Ele se recostou, apoiou as botas em cima da mesinha e gesticulou para que Morris se sentasse na cadeira.

– Fique à vontade.

Grant era professor de paleontologia na Universidade de Denver e um dos principais pesquisadores em sua área, mas nunca ficava confortável com as amenidades sociais. Ele se via como um homem feito para o ar livre e sabia que todo o trabalho importante em paleontologia era feito ao ar livre, com suas próprias mãos. Grant tinha pouca paciência para os acadêmicos, os curadores de museus, para o que ele chamava de Caçadores de Dinossauros das Xícaras de Chá. E fazia esforços para se distanciar desse grupo, tanto no vestuário quanto no comportamento, chegando a fazer suas palestras de calças jeans e tênis.

Grant observou enquanto Morris decorosamente espanava o assento da cadeira antes de se sentar. Morris abriu sua maleta, vasculhou entre seus papéis e olhou de novo para Ellie, que levantava ossos do banho de ácido com pinças na outra extremidade do trailer, sem lhes dar atenção.

– Você deve estar imaginando por que eu estou aqui.

Grant assentiu.

– É um longo caminho para se percorrer, sr. Morris.

– Bem – disse Morris –, indo direto ao ponto, a APA está preocupada com as atividades da Fundação Hammond. Você recebe algum financiamento deles.

– Trinta mil dólares por ano – disse Grant, concordando. – Pelos últimos cinco anos.

– O que você sabe sobre a fundação?

Grant encolheu os ombros.

– A Fundação Hammond é uma fonte respeitada de bolsas acadêmicas. Eles financiam pesquisas no mundo todo, incluindo vários pesquisadores de dinossauros. Sei que eles sustentam Bob Kerry, da Tyrrell, em Alberta, e John Weller no Alasca. Provavelmente muitos mais.

– Você sabe por que a Fundação Hammond sustenta tantas pesquisas com dinossauros?

– Claro. É porque o velho John Hammond é um maluco por dinossauros.

– Você se encontrou com Hammond?

Grant deu de ombros.

– Uma ou duas vezes. Ele vem aqui para visitas breves. Ele é bastante idoso, sabe? E excêntrico, do jeito que os ricos às vezes são. Mas sempre muito entusiasmado. Por quê?

– Bem – disse Morris –, a Fundação Hammond é, na verdade, uma organização deveras misteriosa. – Ele pegou uma cópia xerocada de um mapa-múndi marcado com pontos vermelhos e passou-a para Grant. – Essas são as escavações que a fundação financiou no ano passado. Notou algo estranho nelas? Montana, Alasca, Canadá, Suécia... São todas no norte. Não há nada abaixo do paralelo 45. – Morris retirou mais mapas. – É a mesma coisa, ano após ano. Projetos com dinossauros ao sul, em Utah, no Colorado ou no México, nunca são financiados. A Fundação Hammond sustenta apenas escavações em locais frios. Nós gostaríamos de saber por quê.

Grant folheou os mapas rapidamente. Se era verdade que a fundação sustentava apenas escavações em locais frios, então isso era um comportamento estranho, porque alguns dos melhores pesquisadores estavam trabalhando em climas quentes, e...

– E há outros enigmas – disse Morris. – Por exemplo, qual é a relação entre dinossauros e âmbar?

– Âmbar?

– Exato. É a resina amarela dura vinda da seiva seca de árvores...

– Eu sei o que é âmbar – disse Grant. – Mas por que pergunta isso?

– Porque, ao longo dos últimos cinco anos, Hammond tem adquirido quantidades imensas de âmbar da América, Europa e Ásia, inclusive muitas peças de joalheria com qualidade digna de museu. A fundação gastou dezessete milhões de dólares em âmbar. Eles agora possuem a maior coleção particular desse material no mundo.

– Não entendo.

– Ninguém entende. Até onde podemos perceber, não faz nenhum sentido. Âmbar é facilmente sintetizado. Não tem valor comercial ou de defesa. Não existe motivo para acumulá-lo. Mas Hammond tem feito exatamente isso, ao longo de muitos anos.

– Âmbar – disse Grant, balançando a cabeça.

– E a ilha dele na Costa Rica? – prosseguiu Morris. – Dez anos atrás, a Fundação Hammond alugou uma ilha do governo da Costa Rica. Supostamente para montar uma reserva biológica.

– Não sei nada a respeito disso – disse Grant, com uma expressão séria.

– Eu não consegui descobrir muito – continuou Morris. – A ilha fica a 160 quilômetros da costa oeste. É muito inclemente e fica em uma área do oceano em que a combinação de vento e corrente a deixa quase que perpetuamente coberta em neblina. Chamavam-na de Ilha das Nuvens. Isla Nublar. Pelo visto, os costa-riquenhos ficaram pasmos que alguém a quisesse. – Morris procurou por algo na maleta. – O motivo para eu mencioná-la é que, de acordo com os registros, você recebeu honorários como consultor em relação a essa ilha.

– Recebi? – disse Grant.

Morris passou uma folha de papel para Grant. Era uma cópia de um cheque emitido em março de 1984 pela InGen Inc., Farallon Road, Palo Alto, Califórnia. Preenchido em nome de Alan Grant no total de doze mil dólares. Na borda de baixo, o cheque estava marcado como SERVIÇOS DE CONSULTORIA/COSTA RICA/HIPERESPAÇO JUVENIL.

– Ah, é claro – disse Grant. – Eu me lembro disso. Foi esquisito pra caramba, mas eu me lembro. E não tinha nada a ver com uma ilha.

Alan Grant encontrou a primeira leva de ovos de dinossauro em Montana em 1979, e muitas outras nos dois anos seguintes, mas não conseguira publicar suas descobertas até 1983. Seu trabalho, com um relatório sobre um rebanho de dez mil dinossauros bico-de-pato vivendo ao longo da praia de um vasto mar interior, construindo ninhos comunitários de ovos na lama, criando seus filhotes no rebanho, fizeram de Grant uma celebridade da noite para o dia. A noção de instintos maternais em dinossauros gigantes – e os desenhos de bebês fofinhos enfiando os focinhos para fora dos ovos – era atraente no mundo todo. Grant foi cercado de convites para entrevistas, palestras, livros. Caracteristicamente, ele recusou todos, desejando apenas continuar com suas escavações. Mas foi durante aqueles dias frenéticos no meio dos anos 1980 que a corporação InGen o abordou com um pedido para serviços de consultoria.

– Você já tinha ouvido falar na InGen antes? – indagou Morris.

– Não.

– Como eles entraram em contato com você?

– Por telefone. Foi um homem chamado Gennaro ou Gennino, algo assim.

Morris assentiu.

– Donald Gennaro – disse ele. – Ele é o conselheiro legal da InGen.

– Enfim, ele queria saber sobre os hábitos alimentares dos dinossauros. E me ofereceu honorários para escrever um trabalho sobre isso para ele. – Grant tomou sua cerveja e depois colocou a lata no chão. – Gennaro estava particularmente interessado em dinossauros jovens. Bebês e jovens. O que eles comiam. Acho que ele pensou que eu saberia a respeito disso.

– E sabia?

– Não muito, na verdade. Eu disse isso a ele. Tínhamos encontrado muito material esquelético, mas possuíamos pouquíssimos dados relativos à dieta. Mas Gennaro disse que sabia que nós não havíamos publicado tudo, e ele queria qualquer coisa que tivéssemos. E ofereceu um valor bem alto. Cinquenta mil dólares.

Morris retirou um gravador e colocou-o sobre a mesinha.

– Você se importa?

– Não, vá em frente.

– Aí Gennaro telefonou para você em 1984. O que aconteceu depois?

– Bem, você vê nossa operação aqui. Cinquenta mil dólares sustentariam dois verões inteiros de escavação. Eu disse a ele que faria o que pudesse.

– Então concordou em escrever um trabalho para ele.

– Concordei.

– Sobre os hábitos alimentares de dinossauros jovens.

– Isso.

– Você se encontrou com Gennaro?

– Não. Apenas nos falamos por telefone.

– Gennaro disse por que queria essa informação?

– Disse. Ele estava planejando um museu para crianças, e queria colocar bebês dinossauros. Disse que estava contratando vários consultores acadêmicos e deu os nomes deles. Havia paleontólogos como eu, um matemático chamado Ian Malcolm e dois ecologistas. Um analista de sistemas. Um bom grupo.

Morris anuiu, tomando notas.

– E você aceitou a consultoria?

– Aceitei. Concordei em enviar a ele um resumo do nosso trabalho: o que sabíamos sobre os hábitos dos dinossauros bico-de-pato que encontramos.

– Que tipo de informação você enviou? – perguntou Morris.

– Tudo: comportamento na construção de ninhos, extensões territoriais, hábitos alimentares, comportamento social. Tudo.

– E como Gennaro respondeu?

– Ele ficava ligando várias vezes. Até no meio da noite. Os dinossauros comeriam isso? Comeriam aquilo? A mostra deveria incluir isso? Eu nunca entendi por que ele estava tão preocupado. Digo, dinossauros são importantes, sim, mas não *tão* importantes. Eles estão mortos há 65 milhões de anos. Era de se pensar que os telefonemas pudessem esperar até de manhã.

– Entendo – disse Morris. – E os cinquenta mil dólares?

Grant balançou a cabeça.

– Eu me cansei de Gennaro e cancelei a coisa toda. Nós estabelecemos o valor em doze mil. Isso deve ter sido em meados de 1985.

Morris fez uma anotação.

– E a InGen? Algum outro contato com eles?

– Não desde 1985.

– E quando a Fundação Hammond começou a financiar sua pesquisa?

– Eu teria que dar uma olhada – disse Grant. – Mas acho que foi mais ou menos nessa época. Por volta de 1985.

– E você conhece Hammond apenas como um ricaço entusiasta por dinossauros.

– Exato.

Morris fez outra anotação.

– Olha – disse Grant –, se a APA está tão preocupada com John Hammond e o que ele está fazendo, as escavações de dinossauros no norte, as compras de âmbar, a ilha na Costa Rica, por que vocês simplesmente não perguntam a ele sobre isso?

– No momento, não podemos.

– Por que não?

– Porque não temos nenhuma evidência de transgressão. Porém, pessoalmente, acho que está claro que John Hammond está violando a lei.

– Meu primeiro contato foi com o Gabinete de Transferência de Tecnologia – explicou Morris. – O GTT monitora os envios de tecnologia americana que podem ter importância militar. Eles ligaram para dizer que a InGen tinha duas áreas de possível transferência ilegal de tecnologia. Primeiro, a InGen enviou três Cray XMP para a Costa Rica. A InGen caracterizou isso como uma transferência entre divisões corporativas e disse que eles não seriam revendidos. Mas o GTT não podia imaginar para que diabos alguém precisaria de tanta potência na Costa Rica.

– Três Cray – disse Grant. – Isso é algum tipo de computador?

Morris balançou a cabeça em afirmação.

– Supercomputadores muito potentes. Para ter uma noção, três Cray representam mais poder computacional do que qualquer outra companhia privada possui nos Estados Unidos. E a InGen enviou as máquinas para a Costa Rica. É preciso imaginar o porquê.

– Eu desisto. Por quê? – perguntou Grant.

– Ninguém sabe. E os Hood são ainda mais preocupantes – continuou Morris. – Hood são sequenciadores automatizados de genes, máquinas que decifram o código genético por si mesmas. Eles são tão novos que ainda não foram colocados nas listas de restrição. Mas qualquer laboratório de engenharia genética provavelmente tem um, se for capaz de pagar o valor de meio milhão de dólares. – Ele folheou suas anotações. – Bem, parece que a InGen enviou *vinte e quatro* sequenciadores Hood para a ilha deles na Costa Rica. Outra vez, foi dito que se tratava de uma transferência entre divisões e não uma exportação – disse Morris. – Não havia muito que o GTT pudesse fazer. Eles não estão oficialmente preocupados com o uso. Mas a InGen está obviamente montando uma das mais poderosas instalações de engenharia genética no mundo em um país obscuro da América Central. Um país sem regulamentação. Esse tipo de coisa já aconteceu antes.

Já tinham ocorrido casos de empresas americanas de bioengenharia se mudarem para outro país para não ser impedidas por regulamentos e regras. O mais flagrante, explicou Morris, foi o caso da raiva Biosyn.

Em 1986, a Corporação Genética Biosyn, de Cupertino, testou uma vacina contra a raiva desenvolvida por bioengenharia em uma fazenda no Chile. Eles não informaram o governo do Chile nem os agricultores envolvidos. Simplesmente lançaram a vacina.

A vacina consistia em um vírus vivo da raiva, geneticamente modificado para ser não virulento. Mas a virulência não havia sido testada; a Biosyn não sabia se o vírus ainda podia causar a raiva ou não. Pior: o vírus tinha sido modificado. Normalmente, não se pode contrair raiva a menos que a pessoa seja mordida por um animal. Mas a Biosyn modificara o vírus para atravessar os alvéolos pulmonares; era possível ser infectado simplesmente inalando-o. A equipe da Biosyn levou esse vírus vivo da raiva até o Chile em uma bagagem de mão, em um voo comercial. Morris com frequência imaginava o que teria acontecido se a cápsula tivesse arrebentado durante o voo. Todos no avião poderiam ter sido infectados com a raiva.

Era um escândalo. Era irresponsável. Era de uma negligência criminosa. Mas não foi tomada nenhuma ação contra a Biosyn. Os agricultores que haviam, sem saber, arriscado suas vidas eram camponeses ignorantes; o governo do Chile tinha uma crise econômica com a qual se preocupar; as autoridades americanas não tinham jurisdição sobre o caso. Assim, Lewis Dodgson, o geneticista responsável pelo teste, ainda trabalhava na Biosyn. A empresa continuava tão temerária quanto antes. E outras indústrias americanas estavam correndo para montar instalações em países estrangeiros que não possuíam refinamento sobre a pesquisa genética. Países que percebiam a engenharia genética como qualquer outro desenvolvimento de alta tecnologia e, dessa forma, davam-lhe as boas-vindas em suas terras, inconscientes dos perigos apresentados por ela.

– E foi assim que começou nossa investigação da InGen – disse Morris. – Há cerca de três semanas.

– E o que você já descobriu de fato? – questionou Grant.

– Não muito – admitiu Morris. – Quando eu voltar a San Francisco, provavelmente teremos que fechar essa investigação. E eu acho que já terminei por aqui. – Ele começou a guardar as coisas na maleta. – Aliás, o que *significa* "hiperespaço juvenil"?

– É só um rótulo enfeitado para o meu relatório. "Hiperespaço" é um termo para espaço multidimensional, como um jogo da velha tridimensional. Se você tomar todos os comportamentos de um animal, alimentação, movimento e sono, você pode planejar o animal dentro de um espaço multidimensional. Alguns paleontólogos se referem ao comportamento de um animal como ocorrendo dentro de um hiperespaço ecológico. "Hiperespaço juvenil" se referiria apenas ao comportamento dos dinossauros jovens, se você quiser ser tão pretensioso quanto possível.

No extremo oposto do trailer, o telefone tocou. Ellie atendeu. Ela disse:

– Ele está numa reunião no momento. Pode ligar mais tarde?

Morris fechou a maleta e ficou de pé.

– Obrigado pela sua ajuda e pela cerveja – disse ele.

– Sem problema – disse Grant.

Grant caminhou com Morris pelo trailer até a porta na outra ponta.

Morris disse:

– Hammond já pediu algum material físico da sua escavação? Ossos, ovos, qualquer coisa assim?

– Não – disse Grant.

– A dra. Sattler mencionou que vocês fazem algum trabalho genético por aqui...

– Bem, não exatamente – disse Grant. – Quando removemos fósseis que estão quebrados ou, por algum outro motivo, não são adequados para a preservação em museus, enviamos os ossos para um laboratório que os esmaga e tenta extrair proteínas para nós. As proteínas são, então, identificadas e o relatório é enviado para nós.

– Qual é esse laboratório? – perguntou Morris.

– Serviços Médicos e Biológicos, em Salt Lake.

– Como você o escolheu?

– Pelo preço.

– O laboratório não tem nada a ver com a InGen? – indagou Morris.

– Não que eu saiba – respondeu Grant.

Eles chegaram à porta do trailer. Grant a abriu e sentiu a baforada de ar quente do exterior. Morris parou para colocar os óculos escuros.

– Uma última coisa – disse Morris. – Suponhamos que a InGen não estivesse realmente montando uma exposição de museu. Há alguma outra coisa que eles poderiam ter feito com a informação contida no relatório que você lhes entregou?

Grant riu.

– Claro. Eles poderiam alimentar um hadrossauro bebê.

Morris riu também.

– Um hadrossauro bebê. Isso seria algo digno de ser visto. Qual era o tamanho deles?

– Mais ou menos assim – disse Grant, erguendo as mãos a cerca de quinze centímetros uma da outra. – Do tamanho de um esquilo.

– E quanto tempo até que eles chegassem ao tamanho adulto?

– Três anos – disse Grant. – Mais ou menos.

Morris estendeu a mão.

– Bem, mais uma vez, obrigado por sua ajuda.

– Vá com calma dirigindo na volta – disse Grant. Ele observou por um momento enquanto Morris voltava ao carro, depois fechou a porta do trailer.

Grant disse:

– O que você acha?

Ellie deu de ombros.

– Ingênuo.

– Gostou da parte em que John Hammond é o malvado arquivilão? – Grant riu. – John Hammond é tão sinistro quanto Walt Disney. Aliás, quem telefonou?

– Ah – disse Ellie –, era uma mulher chamada Alice Levin. Ela trabalha no Centro Médico de Columbia. Você a conhece?

Grant chacoalhou a cabeça.

– Não.

– Bem, era algo sobre identificar alguns restos. Ela quer que você ligue para ela assim que possível.

ESQUELETO

Ellie Sattler afastou uma mecha do cabelo loiro para longe do rosto e voltou sua atenção para os banhos ácidos. Ela tinha seis deles em uma fileira, em concentrações molares que iam de 5% a 30%. Precisava ficar de olho nas soluções mais fortes, pois elas poderiam devorar o calcário e começar a erodir os ossos. E ossos de bebês dinossauros eram muito frágeis. Ela se maravilhava por eles terem sido preservados depois de oitenta milhões de anos.

Ela ouviu distraidamente enquanto Grant dizia:

– Senhorita Levin? Aqui é Alan Grant. Sobre o que é isso de... Você tem o quê? Um *o quê?* – Ele começou a rir. – Ah, eu duvido muito, senhorita Levin... Não, eu realmente não tenho tempo, sinto muito... Bem, eu daria uma olhada, sim, mas posso garantir desde já que é um lagarto basilisco. Mas... sim, você pode fazer isso. Tudo bem. Envie agora. – Grant desligou e balançou a cabeça. – Esse povo.

– Qual era o assunto? – perguntou Ellie.

– Algum lagarto que ela está tentando identificar – disse Grant. – Ela vai me mandar um fax da radiografia. – Ele foi até o fax e aguardou enquanto a transmissão se completava. – Incidentalmente, tenho uma nova descoberta para você. Uma boa.

– É?

Grant anuiu.

– Encontrei-a um pouquinho antes de o rapaz aparecer. Na colina sul, horizonte quatro. Bebê velocirraptor: mandíbula e dentição completa, então não existe dúvida sobre a identidade. E o local parece intacto. Podemos até conseguir um esqueleto completo.

– Isso é fantástico. Qual a idade?

– Bem jovem. Dois, no máximo quatro meses.

– E é definitivamente um velocirraptor?

– Definitivamente – disse Grant. – Talvez nossa sorte tenha finalmente mudado.

Pelos dois anos anteriores em Snakewater, a equipe havia escavado apenas hadrossauros bico-de-pato. Eles já possuíam evidência de vastos rebanhos desses dinossauros herbívoros vagando pelas planícies do Cretáceo em grupos de dez ou vinte mil, como os búfalos vagariam posteriormente.

Contudo, a questão que os desafiava cada vez mais era: onde estavam os predadores?

Eles esperavam que predadores fossem raros, é claro. Estudos das populações de predador/presa em parques de caça na África e na Índia sugeriam que, *grosso modo*, havia um carnívoro predador para cada quatrocentos herbívoros. Isso significava que um rebanho de dez mil bicos-de-pato sustentaria apenas 25 tiranossauros. Portanto, era improvável que eles fossem encontrar os restos de um predador grande.

Mas onde estariam os predadores menores? Snakewater tinha dúzias de lugares para ninhos – em alguns deles, o solo era literalmente coberto com fragmentos de cascas de ovos –, e muitos dinossauros pequenos comiam ovos. Animais como o dromeossauro, o ovirraptor, o velocirraptor e o coelurus – predadores que iam de 90 centímetros a 1,80 metro – deviam ser encontrados em abundância por aqui.

Mas eles não haviam descoberto nenhum até agora.

Talvez esse esqueleto de velocirraptor significasse mesmo que a sorte deles tinha mudado. E um bebê! Ellie sabia que um dos sonhos de Grant era estudar a criação de filhotes de dinossauros carnívoros, como já havia estudado o comportamento dos herbívoros. Talvez aquele fosse o primeiro passo na direção desse sonho.

– Você deve estar bastante empolgado – disse Ellie.

Grant não respondeu.

– Eu disse que você deve estar empolgado – repetiu Ellie.

– Meu Deus – disse Grant. Ele encarava o fax.

Ellie olhou por cima do ombro de Grant para a radiografia e expirou devagar.

– Você acha que é um *amassicus*?

– Acho – disse Grant. – Ou um *triassicus.* O esqueleto é tão leve.

– Mas não é um lagarto – disse ela.

– Não. Isso não é um lagarto. Nenhum lagarto com três dedos esteve neste planeta por duzentos milhões de anos.

O primeiro pensamento de Ellie foi de que ela devia estar olhando para uma fraude – uma fraude engenhosa e habilidosa, mas uma fraude, mesmo assim. Todo biólogo sabia que a ameaça de uma fraude era onipresente. A mais famosa delas, o homem de Piltdown, tinha passado quarenta anos sem ser detectada, e seu perpetrador ainda era desconhecido. Mais recentemente, o distinto astrônomo Fred Hoyle havia declarado que o fóssil de um dinossauro alado, o *Archaeopteryx*, em exposição no Museu Britânico, era uma fraude. (Mais tarde, o fóssil se provou genuíno.)

A essência de uma fraude bem-sucedida era apresentar a cientistas o que eles esperavam ver. E, aos olhos de Ellie, a imagem da radiografia do lagarto estava perfeitamente correta. O pé com três dedos era bem equilibrado, com a garra medial menor. Os restos ósseos do quarto e do quinto dedos estavam localizados mais acima, perto da junta metatarsal. A tíbia era forte e consideravelmente mais longa do que o fêmur. No quadril, o acetábulo era completo. A cauda mostrava 45 vértebras. Era um jovem *Procompsognathus*.

– Essa radiografia poderia ser falsificada?

– Não sei – disse Grant. – Mas é quase impossível falsificar um exame desses. E o *Procompsognathus* é um animal obscuro. Mesmo pessoas que conhecem dinossauros nunca ouviram falar dele.

Ellie leu o bilhete.

– Espécime adquirido na praia de Cabo Blanco, em 16 de julho... Aparentemente um bugio estava comendo o animal, e isso foi tudo que pôde ser recuperado. Ah... e aqui diz que o lagarto atacou uma menininha.

– Duvido – disse Grant. – Mas talvez tenha. O *Procompsognathus* era tão pequeno e leve que presumimos que fosse um necrófago, alimentando-se apenas de criaturas mortas. E pode-se dizer que o tamanho – ele mediu rapidamente – é de cerca de vinte centímetros até os quadris, o que significa que o animal completo deve ter cerca de trinta centímetros de altura. Quase do tamanho de uma galinha. Mesmo uma criança deve parecer bem apavorante para ele. Talvez mordesse um bebê, mas não uma criança.

Ellie franziu a testa para a imagem da radiografia.

– Você acha que isso pode ser realmente uma redescoberta legítima? – disse ela. – Como o celacanto?

– Talvez – disse Grant.

O celacanto era um peixe de 1,50 metro de comprimento que se pensava extinto há cerca de 65 milhões de anos, até que um espécime foi retirado do oceano em 1938. Mas havia outros exemplos. O gambá pigmeu da montanha australiano era conhecido apenas por meio de fósseis até que um exemplar vivo foi encontrado em uma lata de lixo em Melbourne. E um fóssil de dez mil anos de um morcego frugívoro da Nova Guiné foi descrito por um zoólogo que, não muito tempo depois, recebeu um espécime vivo pelo correio.

– Mas pode ser real? – persistiu ela. – E a era?

Grant assentiu.

– A era é um problema.

A maioria dos animais redescobertos eram adições razoavelmente recentes aos registros fósseis: tinham de dez a vinte mil anos de idade. Alguns tinham poucos milhões de anos; no caso do celacanto, 65 milhões de anos. Mas o espécime para o qual estavam olhando era muito, muito mais velho que isso. Dinossauros haviam morrido no período Cretáceo, 65 milhões de anos atrás. Tinham florescido como espécie de vida dominante no planeta no Jurássico, há 190 milhões de anos. E surgiram no Triássico, aproximadamente 220 milhões de anos atrás.

O *Procompsognathus* viveu durante o início do período Triássico – uma era tão distante que nosso planeta sequer parecia o mesmo. Todos os continentes eram unidos em um aglomerado chamado Pangeia, que se estendia desde o Polo Norte até o Polo Sul – um vasto continente de bosques e florestas, com alguns grandes desertos. O Oceano Atlântico era um lago raso entre o que se tornaria África e Flórida. O ar era mais denso. A terra era mais quente. Havia centenas de vulcões em atividade. E foi nesse ambiente que o *Procompsognathus* viveu.

– Bem – disse Ellie –, sabemos que alguns animais sobreviveram. Crocodilos são basicamente animais triássicos vivendo nos dias de hoje. Tubarões são triássicos. Então sabemos que já aconteceu antes.

Grant concordou.

– E o negócio é – disse ele –, de que outra forma podemos explicar isso? Ou é uma falsificação, o que eu duvido muito, ou é uma redescoberta. O que mais poderia ser?

O telefone tocou.

– Alice Levin de novo – disse Grant. – Vamos ver se ela irá nos enviar o espécime. – Ele atendeu e olhou para Ellie, surpreso. – Sim, eu aguardo o sr. Hammond. É claro.

– Hammond? O que ele quer? – disse Ellie.

Grant chacoalhou a cabeça e então falou ao telefone:

– Sim, sr. Hammond. Sim, é bom ouvir sua voz também... Sim... – Ele olhou para Ellie. – Ah, foi? Sim? É mesmo?

Ele cobriu o bocal com a mão e disse:

– Continua tão excêntrico como sempre. Você tem que ouvir isso.

Grant apertou o botão do viva-voz e Ellie ouviu uma voz rouca de velhice falando rapidamente:

– ... um inferno de aborrecimento vindo de um camarada da APA, parece ter saído por aí sem pensar, por conta própria, correndo pelo país e falando com as pessoas, agitando as coisas. Acredito que ninguém tenha ido até aí para vê-lo, não é?

– Na verdade – disse Grant –, alguém veio me ver, sim.

Hammond bufou.

– Era o que eu temia. Um espertinho chamado Morris?

– Isso, o nome dele era Morris – respondeu Grant.

– Ele está procurando todos os nossos consultores – continuou Hammond. – Foi ver o Ian Malcolm outro dia... Sabe quem é, aquele matemático do Texas? Foi a primeira vez que ouvi falar nele. Estamos tendo uma dificuldade dos diabos para dar conta disso, é típico do funcionamento do governo: não existe nenhuma reclamação, nenhuma acusação, só o assédio de um rapazinho sem supervisão, que está correndo por aí à custa do contribuinte. Ele incomodou você? Atrapalhou o seu trabalho?

– Não, não, ele não me incomodou.

– Bem, é uma pena, de certo modo – disse Hammond –, porque eu tentaria arranjar uma injunção para impedi-lo se ele tivesse incomodado. De qualquer forma, pedi para nossos advogados ligarem para a APA para descobrir qual é o problema deles. O chefe do gabinete declarou que não sabia que estava acontecendo uma investigação! Tente você entender isso. Maldita burocracia, é do que se trata. Diabos, acho que esse rapaz está tentando ir até a Costa Rica, cutucar por lá, entrar na nossa ilha. Você sabia que temos uma ilha por lá?

– Não – disse Grant, olhando para Ellie –, eu não sabia.

– Ah, sim, nós a compramos e começamos nossa operação, humm, quatro ou cinco anos atrás. Eu não me lembro exatamente. Chama-se Isla Nublar. Uma ilha grande, a uns 150 quilômetros da costa. Vai ser uma reserva biológica. Um lugar maravilhoso. Selva tropical. Sabe, você deveria vê-la, dr. Grant.

– Parece interessante – disse Grant –, mas realmente...

– Está quase terminada agora, sabe – disse Hammond. – Eu lhe enviei um material a respeito. Você recebeu meu material?

– Não, mas nós estamos bem longe da...

– Talvez eu vá hoje. Dar uma olhada. A ilha é simplesmente linda. Tem tudo. Estamos construindo coisas por lá há trinta meses. Você pode imaginar. Um grande parque. Abre em setembro do ano que vem. Você realmente deveria ir ver.

– Parece maravilhoso, mas...

– Na verdade – disse Hammond –, vou insistir para que a veja, dr. Grant. Eu sei que vai achá-la a seu gosto. Vai achar o lugar fascinante.

– Estou no meio de... – disse Grant.

– Olha, vou lhe dizer uma coisa – emendou Hammond, como se a ideia acabasse de lhe ocorrer. – Vou levar algumas das pessoas que serviram como consultores para lá esse fim de semana. Passar alguns dias, dar uma olhada. Tudo pago por nós, é claro. Seria incrível se você nos desse a sua opinião.

– Infelizmente não posso – respondeu Grant.

– Ah, é só um fim de semana – disse Hammond, com a persistência irritante e alegre de um velho. – É só o que estou pedindo, dr. Grant. Eu não gostaria de interromper o seu trabalho. Sei como ele é importante. Acredite, eu sei disso. Jamais interromperia seu trabalho. Mas você poderia dar um pulo lá nesse fim de semana e estar de volta na segunda-feira.

– Não, eu não posso. Acabo de encontrar um novo esqueleto e...

– Sim, ótimo, mas ainda acho que você deveria ir... – disse Hammond, sem ouvir de verdade.

– E acabamos de receber evidência de uma descoberta bastante intrigante e notável, que parece ser um procompsógnato vivo.

– Um o quê? – perguntou Hammond, desacelerando. – Eu não entendi direito. Você disse um procompsógnato vivo?

– Isso mesmo. É um espécime biológico, um fragmento de um animal coletado na América Central. Um animal vivo.

– Não acredito. Um animal vivo? Que extraordinário.

– Exatamente. Nós também achamos. Então, você vê, esse não é o melhor momento para eu partir...

– América Central, você disse?

– Isso.

– De onde na América Central, você sabe?

– Uma praia chamada Cabo Blanco, não sei exatamente onde...

– Entendo – Hammond pigarreou. – E quando esse, humm, espécime chegou às suas mãos?

– Hoje mesmo.

– Hoje, entendi. Hoje. Entendo. Sim. – Hammond pigarreou outra vez.

Grant olhou para Ellie e articulou com os lábios: *O que está havendo?*

Ellie balançou a cabeça. *Parece incomodado.*

Grant mexeu a boca novamente: *Veja se Morris ainda está por aqui.*

Ela foi até a janela e olhou, mas o carro de Morris já tinha sumido. Ela voltou.

No viva-voz, Hammond tossiu.

– Ah, dr. Grant. Você já contou a alguém sobre isso?

– Não.

– Bom, muito bom. Bem. Sim. Vou lhe falar com franqueza, dr. Grant, estou tendo um pequeno problema com essa ilha. Esse negócio da APA está surgindo na hora errada.

– Como assim? – disse Grant.

– Bem, nós tivemos nossos problemas e alguns atrasos... Digamos que estou sob certa pressão aqui, e eu gostaria que você desse uma olhada nessa ilha para mim. Que me desse sua opinião. Eu vou lhe pagar os honorários habituais de consultor aos fins de semana, ou seja, vinte mil por dia. Seriam sessenta mil por três dias. E se você puder levar também a dra. Sattler, ela receberia o mesmo valor. Precisamos de uma botânica. O que me diz?

Ellie olhou para Grant enquanto ele respondia:

– Bem, sr. Hammond, essa quantia financiaria totalmente nossas expedições pelos próximos dois verões.

– Bom, bom – disse Hammond, insipidamente. Ele parecia distraído agora, os pensamentos em outro lugar. – Eu quero que isso seja tranquilo... Agora, estou enviando o jato corporativo para apanhá-lo naquele aeroporto particular a leste de Choteau. Sabe de onde estou falando? Fica a apenas duas horas de carro de onde vocês estão. Estejam lá às cinco da tarde amanhã, eu estarei esperando. Levarei vocês diretamente para lá. Você e a dra. Sattler conseguem pegar esse avião?

– Acho que sim.

– Bom. Faça uma mala leve. Vocês não precisam de passaportes. Estou ansioso para vê-lo. Até amanhã – disse Hammond, e desligou.

COWAN, SWAIN & ROSS

O sol do meio-dia de San Francisco jorrava para dentro do escritório de advocacia Cowan, Swain & Ross, conferindo à sala uma alegria que Donald Gennaro não sentia. Ele escutava ao telefone e olhava para seu chefe, Daniel Ross, gélido como um agente funerário em seu terno escuro de risca de giz.

– Eu entendo, John – disse Gennaro. – E Grant concordou em vir? Bom, bom... Sim, me parece ótimo. Meus parabéns, John.

Ele desligou o telefone e voltou-se para Ross.

– Não podemos mais confiar em Hammond. Ele está sob muita pressão. A APA o está investigando, ele está atrasado na programação de seu resort costa-riquenho e os investidores estão ficando nervosos. Houve muitos rumores de problemas por lá. Muitos trabalhadores morreram. E agora esse negócio de um *procompsi seja lá o que for* vivo no continente...

– O que isso significa? – perguntou Ross.

– Talvez nada – respondeu Gennaro. – Mas Hamachi é um dos nossos principais investidores. Recebi um relatório na semana passada do representante de Hamachi em San José, a capital da Costa Rica. De acordo com ele, algum novo tipo de lagarto está mordendo crianças no litoral.

Ross piscou.

– Novo lagarto?

– Exato – disse Gennaro. – Não podemos enrolar com isso. Precisamos inspecionar aquela ilha logo. Eu pedi ao Hammond para arranjar inspeções semanais independentes no local pelas próximas três semanas.

– E o que diz Hammond?

– Ele insiste que não há nada errado na ilha. Diz que tomou todas essas precauções de segurança.

– Mas você não acredita nele.

– Não. Não acredito.

Donald Gennaro tinha chegado à Cowan, Swain com experiência em banco de investimentos. Os clientes de alta tecnologia da Cowan e Swain frequentemente precisavam de capitalização, e Gennaro os ajudava a encontrar o dinheiro. Uma de suas primeiras tarefas, em 1982, tinha sido acompanhar John Hammond enquanto o ancião, na época com quase setenta anos, arrecadava o financiamento para começar a corporação InGen. Eles acabaram levantando quase um bilhão de dólares e Gennaro se lembrava daquilo como um passeio maluco.

– Hammond é um sonhador – disse Gennaro.

– Um sonhador potencialmente perigoso – disse Ross. – Nós não deveríamos ter nos envolvido. Qual é a nossa posição financeira?

– A empresa é dona de 5%.

– Geral ou limitado?

– Geral.

Ross balançou a cabeça.

– Jamais deveríamos ter feito isso.

– Pareceu sábio naquele momento – disse Gennaro. – Diabos, foi há oito anos. Pegamos essa porcentagem no lugar de alguns honorários. E, se você se lembra, o plano de Hammond era extremamente especulativo. Ele estava realmente forçando a barra. Ninguém acreditava que ele fosse realmente conseguir.

– Pois aparentemente ele conseguiu. Em todo caso, eu concordo que esteja mais do que na hora de uma inspeção. E os seus especialistas de campo?

– Estou começando com os especialistas que Hammond já contratou como consultores, no início do projeto. – Gennaro jogou uma lista na mesa de Ross. – O primeiro grupo é composto por um paleontólogo, uma paleobotânica e um matemático. Eles vão até lá esse fim de semana. Eu irei com eles.

– Eles vão lhe falar a verdade?

– Acho que sim. Nenhum deles teve muito a ver com a ilha, e um deles, Ian Malcolm, o matemático, foi abertamente hostil ao projeto desde o início. Insistiu que nunca funcionaria, jamais poderia funcionar.

– E quem mais?

– Só um técnico: o analista de sistemas. Para revisar os computadores do parque e consertar alguns bugs. Ele deve estar lá na sexta-feira de manhã.

– Ótimo – disse Ross. – Você está fazendo os arranjos?

– Hammond pediu para que ele mesmo fizesse as ligações. Acho que ele quer fingir que não está encrencado, que é apenas um convite social. Que está exibindo a ilha.

– Tudo bem. Mas certifique-se de que isso aconteça. Fique em cima. Eu quero essa situação na Costa Rica resolvida em uma semana. – Ross se levantou e saiu da sala.

Gennaro discou e ouviu o assovio de um radiofone. Então escutou uma voz dizer:

– Aqui é o Grant.

– Olá, dr. Grant, aqui quem fala é Donald Gennaro. Sou conselheiro geral da InGen. Nós conversamos há alguns anos, não sei se o senhor se lembra...

– Eu me lembro – disse Grant.

– Bem – continuou Gennaro. – Eu acabo de desligar o telefone, estava falando com John Hammond, que me deu a boa notícia de que o senhor virá até a nossa ilha na Costa Rica...

– Vou – disse Grant. – Acho que vamos para lá amanhã.

– Bem, eu queria apenas estender meus agradecimentos ao senhor por fazer isso com um prazo tão curto. Todos na InGen apreciam esse esforço. Também convidamos Ian Malcolm, que, como o senhor, foi um dos consultores iniciais, para ir até lá. Ele é matemático na Universidade do Texas, em Austin.

– John Hammond mencionou isso.

– Bem, muito bom. Eu também irei, na verdade. Aliás, esse espécime que o senhor encontrou de um pro... procom... como é?

– Procompsógnato.

– Isso. O senhor está com o espécime em sua posse, dr. Grant? O próprio espécime?

– Não. Eu vi apenas uma radiografia. O espécime está em Nova York. Uma mulher da Universidade Columbia ligou para mim.

– Bem, eu gostaria de saber se o senhor poderia me dar os detalhes disso. Então eu poderia descrever esse espécime para o sr. Hammond, que está muito empolgado a respeito. Tenho certeza de que o senhor vai querer ver o espécime pessoalmente, também. Talvez eu possa até entregá-lo diretamente na ilha enquanto vocês estiverem por lá.

Grant lhe deu a informação.

– Bem, está ótimo, dr. Grant – disse Gennaro. – Minhas lembranças a Sattler. Espero ver ambos amanhã.

E Gennaro desligou.

PLANOS

– Isso acabou de chegar – disse Ellie no dia seguinte, indo até o final do trailer com um volumoso envelope pardo. – Um dos meninos trouxe da cidade. É do Hammond.

Grant notou o logotipo azul e branco da InGen enquanto abria o envelope. Dentro dele não havia nenhuma carta, apenas uma pilha de papéis. Retirando tudo, ele descobriu que se tratava de plantas. Estavam reduzidas, formando um livro grosso. Na capa estava escrito: INSTALAÇÕES PARA HÓSPEDES DO RESORT ISLA NUBLAR (CONJUNTO COMPLETO: ALOJAMENTO SAFÁRI).

– O que raios é isso? – disse ele.

Quando abriu o livro, uma folha de papel caiu.

```
Queridos Alan e Ellie,

Como vocês podem imaginar, ainda
não dispomos de muita coisa para
servir como material promocional
formal. Mas isto deve lhes dar uma
ideia do projeto da Isla Nublar.

Eu acho que é muito interessante!

Mal posso esperar para discutir
isso com vocês! Torço para que
possam se juntar a nós!

                        Lembranças,
                              John.
```

– Não entendo – disse Grant. Ele folheou as páginas. – Isso são plantas de arquitetura.

Ele voltou à página inicial:

CENTRO DE VISITANTES/ALOJAMENTO RESORT ISLA NUBLAR

CLIENTE	InGen, Palo Alto, Califórnia.
ARQUITETOS	Dunning, Murphy & Associados, Nova York. Richard Murphy, sócio designer; Theodore Chen, designer sênior; Sheldon James, sócio administrativo.
ENGENHEIROS	Harlow, Whitney & Fields, Boston, estruturais; A. T. Misikawa, Osaka, mecânicos.
PAISAGISMO	Shepperton Rogers, Londres; A. Ashikiga, H. Ieyasu, Kanazawa.
ELÉTRICA	N. V. Kobayashi, Tóquio. A. R. Makasawa, consultor sênior.
COMPUTADORES C/C	Integrated Computer Systems, Inc., Cambridge, Mass. Dennis Nedry, supervisor do projeto.

Grant voltou-se para as plantas. Elas exibiam carimbos de SEGREDOS INDUSTRIAIS – NÃO COPIAR e PRODUTO DE TRABALHO CONFIDENCIAL – PROIBIDA A DISTRIBUIÇÃO. Cada folha era numerada e tinha no topo: "Estas plantas representam as criações confidenciais de InGen Inc. Você deve ter assinado o documento 112/4A ou pode sofrer processo".

– Parece bastante paranoico para mim – disse ele.

– Talvez haja um motivo – sugeriu Ellie.

A página seguinte era um mapa topográfico. Ele mostrava a Isla Nublar como uma gota invertida, larga ao norte, estreitando-se ao sul. A ilha tinha quase treze quilômetros de comprimento e o mapa a dividia em várias grandes seções.

A seção norte estava marcada como ÁREA PARA VISITANTES e continha estruturas denominadas "Chegada de Visitantes", "Centro de Visitantes/Administração", "Eletricidade/Dessalinização/Suporte", "Res. Hammond" e "Alojamento Safári". Grant podia ver o contorno de uma piscina, os retângulos de quadras de tênis e rabiscos redondos representando plantas e arbustos.

– Parece mesmo um resort – disse Ellie.

Seguiam-se páginas detalhadas sobre o Alojamento Safári propriamente dito. Nos esboços de elevação, o alojamento parecia dramático: um prédio comprido e baixo com uma série de formas piramidais no teto. Mas havia pouco sobre as outras construções na área de visitantes.

E o resto da ilha era ainda mais misterioso. Até onde Grant podia dizer, ela era, em sua maioria, espaço aberto. Uma rede de estradas, túneis e prédios afastados, além de um longo lago raso que parecia ser artificial, com represas e barreiras de concreto. Mas, em sua maior parte, a ilha dividia-se em duas grandes áreas curvas com pouquíssimo desenvolvimento. Cada área estava marcada por códigos: /P/PROC/V/2A, /D/TRIC/L/5(4A+1), /LN/OTHN/C/4(3A+1) e /VV/HADR/X/11(6A+3+3DB).

– Há alguma explicação para os códigos? – disse ela.

Grant passou pelas páginas rapidamente, mas não conseguiu encontrar nada.

– Talvez tenham retirado a explicação – disse ela.

– Estou te falando – disse Grant. – Paranoicos.

Ele olhou para as grandes divisões curvas, separadas umas das outras pela rede de estradas. Havia apenas seis divisões na ilha toda. E cada divisão era separada da estrada por um fosso de concreto. No exterior de cada fosso, havia uma cerca com um raiozinho ao lado. Aquilo os intrigou até que finalmente conseguiram decifrar seu significado: as cercas eram eletrificadas.

– Isso é estranho – disse Ellie. – Cercas eletrificadas em um resort?

– Quilômetros disso – disse Grant. – Cercas elétricas e fossos, juntos. E geralmente uma estrada ao lado deles também.

– Exatamente como um zoológico.

Eles voltaram ao mapa topográfico e olharam com atenção as linhas dos contornos. As estradas tinham sido dispostas de modo estranho. A principal corria de norte a sul, bem no meio das colinas centrais da ilha, inclusive havia uma seção da estrada que parecia ter sido literalmente cortada na lateral de um penhasco, acima de um rio. Começava a parecer que eles tinham feito um esforço deliberado para deixar essas áreas abertas como grandes cercados, separados das estradas por fossos e cercas elétricas. E as estradas eram elevadas, acima do nível do chão, para que fosse possível ver por cima das cercas...

– Sabe – disse Ellie –, algumas dessas seções são enormes. Olhe pra isso. Esse fosso de concreto tem nove metros de largura. É como uma fortificação militar.

– Assim como esses prédios – disse Grant.

Ele tinha notado que cada divisão aberta tinha alguns prédios, geralmente localizados em cantos fora da vista. Mas os prédios eram de concreto puro, com paredes espessas. Em elevações vistas de lado, eles pareciam fortalezas de concreto com janelas pequenas. Como os bunkers nazistas de velhos filmes de guerra.

Naquele momento, eles ouviram uma explosão abafada e Grant deixou os papéis de lado.

– De volta ao trabalho – disse ele.

– *Fogo!*

Houve uma leve vibração e, em seguida, contornos em linhas amarelas tracejaram pela tela do computador. Dessa vez a resolução era perfeita, e Alan Grant teve um vislumbre do esqueleto, lindamente definido, o longo pescoço arqueado para trás. Era, inquestionavelmente, um velocirraptor bebê, e parecia estar em perfeitas...

A tela ficou preta.

– Odeio computadores – disse Grant, apertando os olhos sob o sol. – O que aconteceu agora?

– Perdemos as informações do integrador – disse um dos jovens. – Só um minuto.

O rapaz se abaixou para olhar para o emaranhado de fios saindo da parte traseira do computador portátil alimentado a bateria. Eles tinham colocado o computador em cima de uma caixa de cerveja no topo da Colina Quatro, não muito distante do aparelho que chamavam de Tambor.

Grant se sentou na lateral da colina e olhou para seu relógio. Disse a Ellie:

– Teremos que fazer isso à moda antiga.

Um dos jovens escutou.

– Ah, Alan...

– Olha – disse Grant –, eu tenho um avião para pegar. E eu quero o fóssil protegido antes de ir.

Quando se começa a expor um fóssil, é preciso continuar, ou se corre o risco de perdê-lo. Visitantes imaginavam que a paisagem dos descampados era imutável, mas na verdade ela estava continuamente em erosão, literalmente diante de seus olhos; o dia todo era possível ouvir o retinir dos pedregulhos rolando pela encosta dilacerada. E sempre havia o risco de uma tempestade; mesmo uma chuva breve podia arrastar um fóssil delicado. Portanto, o esqueleto parcialmente exposto por Grant corria risco e precisava ser protegido até seu retorno.

A proteção de fósseis consistia basicamente em uma lona encerada sobre o local e uma trincheira ao redor do perímetro para controlar o escoamento de água. A questão era o tamanho requerido para a trincheira do fóssil do velocirraptor. Para decidir isso, eles estavam usando tomografia sônica computadorizada, ou TSC. Este era um procedimento novo, no qual Tambor disparava um projétil de chumbo macio no solo, dando início a ondas de choque que eram lidas pelo computador e reunidas em uma imagem semelhante a uma radiografia da encosta. Eles vinham utilizando esse método durante todo o verão, com resultados variáveis.

Tambor estava a seis metros de distância agora, uma grande caixa prateada sobre rodas, com um guarda-chuva no topo. Ele lembrava um carrinho de sorvete estacionado de modo incongruente nos descampados. Tambor tinha dois jovens assistentes carregando o próximo projétil de chumbo macio.

Até o momento, o TSC só localizava a extensão dos achados, auxiliando a equipe de Grant a cavar com mais eficiência. Entretanto, os jovens afirmavam que, dentro de alguns anos, seria possível gerar uma imagem tão detalhada que a escavação seria redundante. Daria para ter uma imagem perfeita dos ossos em três dimensões, e isso prometia uma era totalmente nova de arqueologia sem escavações.

Mas nada disso havia acontecido ainda. E o equipamento que funcionava de modo impecável no laboratório da universidade se provou lamentavelmente delicado e instável no campo.

– Quanto tempo mais? – disse Grant.

– Já resolvemos, Alan. Não está ruim.

Grant foi olhar a tela do computador. Viu o esqueleto completo, traçado em amarelo forte. Era, de fato, um espécime jovem. A característica mais proeminente do *Velociraptor* – a garra de um dedo só, que em um animal adulto era uma arma curva de quinze centímetros, capaz de rasgar sua presa – era, nesse filhote, do tamanho de um espinho de roseira. Na tela, mal era visível. De qualquer forma, o *Velociraptor* era um dinossauro leve; um animal de ossos tão delicados quanto um pássaro, e presumivelmente tão inteligente quanto um.

Aqui o esqueleto aparecia em perfeita ordem, exceto pela cabeça e pelo pescoço, inclinados para trás, na direção do traseiro. Essa flexão do pescoço era tão comum em fósseis que alguns cientistas formularam uma teoria para explicá-la, sugerindo que os dinossauros teriam se extinguido por envenenamento por alcaloides desenvolvidos nas plantas. O pescoço curvado supostamente revelava os estertores de morte dos dinossauros. Grant havia finalmente posto um fim nessa teoria, demonstrando que muitas espécies de pássaros e répteis passavam por uma contração *post mortem* dos ligamentos posteriores do pescoço, o que flexionava a cabeça para trás de um modo bastante característico. Não tinha nenhuma relação com a causa da morte, mas, sim, com a forma como a carcaça secava ao sol.

Grant percebeu que esse esqueleto em especial também tinha sofrido uma torção lateral, de modo que a perna e o pé direitos estavam erguidos acima da espinha dorsal.

– Ele parece meio distorcido – disse um dos rapazes. – Mas não acho que seja o computador.

– Não – disse Grant. – Foi só o tempo. Muito, muito tempo.

Grant sabia que as pessoas não conseguiam imaginar o tempo geológico. A vida humana era vivida em uma escala totalmente diferente.

Uma maçã apodrecia em pouco tempo. Prataria escurecia em poucos dias. Uma pilha de compostagem se decompunha em uma estação. Uma criança crescia em uma década. Nenhuma dessas experiências humanas cotidianas preparava as pessoas para imaginar o significado de oitenta milhões de anos – a extensão de tempo que havia transcorrido desde que esse animalzinho morrera.

Na sala de aula, Grant tentara diferentes comparações. Se você imaginasse o tempo de vida humano de sessenta anos comprimido em um dia, então oitenta milhões de anos ainda seriam 3.652 anos – mais velho do que as pirâmides. O velocirraptor estava morto havia muito tempo.

– Não parece muito aterrorizante – disse um dos jovens.

– Ele não era – disse Grant. – Pelo menos, não até crescer. – Esse bebê provavelmente foi um carniceiro, alimentando-se de carcaças mortas pelos adultos, depois de os grandes animais se fartarem e deitarem-se ao sol para se aquecer. Carnívoros podiam comer até 25% do peso de seu corpo em uma única refeição, e isso os deixava sonolentos depois. Os pequenos tremeriam e tropeçariam nos corpos indulgentes e sonolentos dos adultos, arrancando mordidinhas do animal morto. Os bebês provavelmente eram bichinhos fofos.

Mas um velocirraptor adulto era algo completamente diferente. Comparando-se por tamanho, o velocirraptor era o dinossauro mais voraz que já havia vivido. Embora relativamente pequenos – com cerca de noventa quilos, o tamanho de um leopardo –, os velocirraptors eram rápidos, inteligentes e violentos, capazes de atacar com mandíbulas afiadas, antebraços munidos de garras poderosas e a garra solitária e devastadora nos pés.

Velocirraptors caçavam em bandos e Grant achava que aquilo devia ser uma visão impressionante: uma dúzia desses animais correndo a toda velocidade, saltando nas costas de um dinossauro muito maior, rasgando o pescoço e golpeando as costelas e a barriga...

– Não temos mais tempo – disse Ellie, trazendo-o de volta.

Grant deu instruções para a trincheira. Pela imagem do computador, eles sabiam que o esqueleto repousava em uma área relativamente pequena; uma valeta ao redor de um quadrado de dois metros seria suficiente. Enquanto isso, Ellie prendeu a lona que cobria a lateral da encosta. Grant ajudou-a a firmar as últimas estacas.

– Como o bebê morreu? – perguntou um dos jovens.

– Duvido que consigamos descobrir – respondeu Grant. – A taxa de mortalidade de bebês no mundo selvagem é alta. Nos parques africanos, ela chega a 70% entre alguns carnívoros. Pode ter sido qualquer coisa: doença, separação do grupo, qualquer coisa. Sabemos que esses animais caçavam em bandos, mas não sabemos nada sobre seu comportamento social, em um grupo.

Os estudantes assentiram. Todos tinham estudado comportamento animal e sabiam, por exemplo, que, quando um novo macho assume a liderança de um grupo, a primeira coisa que faz é matar todos os filhotes. A razão, aparentemente, era genética: o macho evoluiu para disseminar seus genes tanto quanto possível, e, ao matar os filhotes, ele fazia todas as fêmeas entrarem no cio para poder emprenhá-las. Isso também evitava que as fêmeas desperdiçassem seu tempo nutrindo a cria de outro macho.

Talvez o bando de caça dos velocirraptors também fosse governado por um macho dominante. Eles sabiam tão pouco sobre os dinossauros, pensou Grant. Depois de 150 anos de pesquisa e escavação no mundo todo, ainda não sabiam quase nada sobre como os dinossauros tinham realmente sido.

– Temos que ir – disse Ellie –, se pretendemos chegar a Choteau às cinco.

HAMMOND

A secretária de Gennaro entrou, apressada, com uma nova maleta. O objeto ainda tinha as etiquetas de preço penduradas.

– Sabe, sr. Gennaro – disse ela com severidade –, quando o senhor se esquece de fazer as malas, me faz pensar que na verdade não quer ir nessa viagem.

– Talvez tenha razão – disse Gennaro. – Vou perder o aniversário da minha filha.

Sábado era o aniversário de Amanda, e Elizabeth havia convidado vinte barulhentas crianças de quatro anos para a festa, além de Cappy, o Palhaço, e um mágico. Sua esposa não tinha ficado feliz em ouvir que Gennaro estava saindo da cidade. Amanda também não.

– Bem, fiz o melhor que pude com tão pouco tempo – disse sua secretária. – Aí tem um par de tênis de corrida do seu tamanho, bermudas e camisas cáqui e um conjunto de barbear. Uma calça jeans e um moletom, caso esfrie. O carro está lá embaixo para levá-lo ao aeroporto. O senhor precisa sair agora se quiser pegar o voo.

Ela saiu. Gennaro percorreu o corredor, arrancando as etiquetas da valise. Quando passou pela sala de reuniões toda de vidro, Dan Ross deixou a mesa e veio para fora.

– Tenha uma boa viagem – disse Ross. – Mas sejamos muito claros sobre uma coisa. Eu não sei quão ruim essa situação realmente é, Donald. Mas, se houver um problema naquela ilha, queime até os alicerces.

– Meu Deus, Dan... Estamos falando de um grande investimento.

– Não hesite. Não pense a respeito. Só queime. Está me ouvindo?

Gennaro anuiu.

– Ouvi – disse ele. – Mas Hammond...

– Dane-se o Hammond – disse Ross.

– Meu garoto, meu garoto – disse a conhecida voz rouca. – Como tem passado, meu garoto?

– Muito bem, senhor – respondeu Gennaro. Ele se reclinou na poltrona acolchoada de couro do jato Gulfstream II enquanto voava para o leste, na direção das Montanhas Rochosas.

– Você não me liga mais – censurou Hammond. – Fiquei com saudade, Donald. Como vai sua encantadora esposa?

– Ela está bem. Elizabeth está bem. Nós temos uma menininha agora.

– Maravilhoso, maravilhoso. Crianças são uma alegria. Ela iria se divertir no nosso novo parque na Costa Rica.

Gennaro tinha se esquecido de como Hammond era baixo; sentado na cadeira, seus pés não tocavam o carpete. Ele balançava as pernas enquanto conversava. Havia algo de infantil no sujeito, apesar de Hammond estar agora com... o quê? Setenta e cinco? Setenta e seis? Algo assim. Ele parecia mais velho do que Gennaro se lembrava; mas, por outro lado, Gennaro não o via fazia quase cinco anos.

Hammond era espalhafatoso, um artista nato, e por volta de 1983 possuía um elefante que carregava por aí em uma jaulinha. O elefante tinha cerca de 23 centímetros de altura e trinta de comprimento. Era perfeitamente formado, exceto pelas presas, atrofiadas. Hammond levava o elefante consigo para reuniões de financiamento. Gennaro geralmente o carregava para dentro da sala, a jaula coberta por uma mantinha, como um abafador de bule, e Hammond fazia seu discurso de sempre sobre os prospectos para o desenvolvimento do que ele chamava de "biologia para o consumidor". E então, no momento mais dramático, Hammond retirava a manta para revelar o elefante. E pedia dinheiro.

O elefante era sempre um sucesso retumbante; seu corpo pequenino, pouco maior do que o de um gato, prometia maravilhas inauditas vindas do laboratório de Norman Atherton, o geneticista de Stanford que era parceiro de Hammond no novo empreendimento.

Mas enquanto Hammond falava do elefante, deixava muita coisa de fora. Por exemplo: ele estava construindo uma companhia de genética, no entanto o elefante minúsculo não tinha sido produzido por nenhum procedimento genético; Atherton havia simplesmente selecionado um embrião de elefante-anão e o gestado em um útero artificial com modificações hormonais. Aquilo era uma bela façanha por si só, mas em nada semelhante ao que Hammond sugeria ter sido feito.

Além disso, Atherton não tinha sido capaz de replicar seu elefante em miniatura, apesar de ter tentado. Para começo de conversa, todo mundo que o via queria um. O elefante ainda era propenso a gripes, especialmente durante o inverno. Os espirros vindos da pequena tromba enchiam Hammond de temor. E, às vezes, o elefante prendia a tromba entre as barras da jaula e espirrava, irritado, como se tentasse se libertar; de vez em quando também pegava infecções ao redor da tromba. Hammond sempre se preocupava com a possibilidade de o elefante morrer antes de Atherton conseguir um substituto.

Hammond também escondia dos possíveis investidores o fato de que o comportamento do elefante havia mudado substancialmente no processo de miniaturização. A criaturinha podia se parecer com um elefante, mas agia como um roedor violento, movendo-se com rapidez e exibindo um temperamento terrível. Hammond desencorajava as pessoas de afagar o elefante para evitar dedos mordidos.

E, apesar de Hammond falar com confiança de sete bilhões de dólares em lucros já em 1993, seu projeto era intensamente especulativo. Hammond tinha visão e entusiasmo, mas não havia certeza alguma de que seu plano fosse funcionar. Particularmente porque Norman Atherton, o cérebro por trás do projeto, estava com câncer terminal – o que era um ponto final que Hammond se esquecia de mencionar.

Ainda assim, com a ajuda de Gennaro, Hammond conseguiu seu dinheiro. Entre setembro de 1983 e novembro de 1985, John Alfred Hammond e seu "Portfólio Paquiderme" levantaram 870 milhões em capital de risco para financiar sua proposta empresarial, a International Genetic Technologies, Inc. E eles poderiam ter conseguido ainda mais, se não fosse pela insistência de Hammond em manter segredo absoluto e não oferecer retorno algum do capital por, no mínimo, cinco anos. Aquilo afastara muitos investidores. No final, eles tiveram de aceitar, em sua maioria, consórcios japoneses. Os japoneses eram os únicos investidores que tinham a paciência necessária.

* * *

Sentado na poltrona de couro do jato, Gennaro pensava sobre como Hammond era evasivo. O velho estava agora ignorando o fato de que o escritório de advocacia de Gennaro o havia forçado a embarcar nessa viagem. Em vez disso, Hammond se comportava como se estivessem participando de um passeio de lazer.

– É uma pena que não tenha trazido sua família com você, Donald – disse ele.

Gennaro deu de ombros.

– É o aniversário da minha filha. Vinte crianças já estavam convidadas. O bolo e o palhaço também já estavam programados. Você sabe como é.

– Ah, eu compreendo – disse Hammond. – As crianças encasquetam com as coisas.

– Enfim, o parque está pronto para visitantes? – perguntou Gennaro.

– Bem, não oficialmente – disse Hammond. – Mas o hotel já está construído, então há um lugar para ficar...

– E os animais?

– Os animais estão todos lá, é claro. Todos em seus lugares.

Gennaro disse:

– Eu me lembro que na proposta original você previa um total de doze...

– Ah, estamos muito além disso. Temos 238 animais, Donald.

– Duzentos e trinta e oito?

O velho riu, contente com a reação de Gennaro.

– Você não vai acreditar. Temos *rebanhos* deles.

– Duzentos e trinta e oito... Quantas espécies?

– Quinze espécies diferentes, Donald.

– Isso é incrível – disse Gennaro. – É fantástico. E todas aquelas outras coisas que você queria? As instalações? Os computadores?

– Tudo, tudo – disse Hammond. – Tudo naquela ilha é de ponta. Você vai ver com seus olhos, Donald. É perfeitamente maravilhoso. É por isso que essa... *preocupação*... é tão equivocada. Não existe absolutamente problema algum com a ilha.

Gennaro disse:

– Então não deve haver problema nenhum em uma inspeção.

– E não há – disse Hammond. – Mas isso atrasa as coisas. Tudo tem que parar para a visita oficial...

– Você já teve atrasos de qualquer forma. Você adiou a inauguração.

– Ah, *isso*. – Hammond puxou o lenço de seda vermelha no bolso de seu casaco. – Estava fadado a acontecer. Fadado a acontecer.

– Por quê? – indagou Gennaro.

– Bem, Donald, para explicar isso, precisamos voltar ao conceito inicial do resort. O conceito do parque de diversões mais avançado do mundo, combinando o que há de mais avançado nas tecnologias eletrônica e biológica. Não estou falando de brinquedos. Todo mundo tem *brinquedos*. Coney Island tem *brinquedos*. E, hoje em dia, todo mundo tem ambientes animatrônicos. A casa mal-assombrada, o covil dos piratas, o oeste selvagem, o terremoto: todo mundo tem essas coisas. Então nos propusemos a fazer atrações biológicas. Atrações *vivas*. Atrações tão espantosas que capturariam a imaginação do mundo todo.

Gennaro teve que sorrir. Era quase o mesmo discurso, palavra por palavra, que ele usara com os investidores, tantos anos atrás.

– E jamais podemos nos esquecer do objetivo supremo do projeto na Costa Rica: ganhar dinheiro – disse Hammond, olhando pelas janelas do jato. – Montes e montes de dinheiro.

– Eu me lembro – disse Gennaro.

– E o segredo para ganhar dinheiro com um parque é limitar seus custos com pessoal. Os vendedores de comida, bilheteiros, equipes de limpeza, equipes de manutenção. Fazer um parque que funcione com uma equipe mínima. Foi por isso que investimos em tanta tecnologia de computação: automatizamos sempre que possível.

– Eu me lembro...

– Mas o fato é que, quando se colocam todos os animais e todos os sistemas de computação juntos, você encontra problemas inesperados. Quem já teve um enorme sistema de computação rodando de acordo com o planejado? Ninguém, que eu saiba.

– Então você teve apenas atrasos normais de um iniciante?

– Isso mesmo. Atrasos normais.

– Eu ouvi falar que ocorreram alguns acidentes durante a construção. Alguns trabalhadores morreram...

– Tivemos vários acidentes. E um total de três mortes. Dois trabalhadores morreram construindo a estrada do despenhadeiro. Outro morreu como resultado de um acidente com uma escavadeira em janeiro. Mas não tivemos nenhum outro acidente em meses. – Hammond colocou sua mão no braço do homem mais jovem. – Donald, acredite em mim quando digo que tudo na ilha está indo de acordo com o planejado. Tudo naquela ilha está perfeitamente *bem*.

O interfone tocou. O piloto disse:

– Afivelem os cintos de segurança, por favor. Estamos pousando em Choteau.

CHOTEAU

Planícies secas se estendiam até colinas longínquas. O vento vespertino soprava poeira e rolava folhas pelo concreto rachado. Grant estava de pé com Ellie perto do jipe e aguardava enquanto o esguio jato Grumman circulava para o pouso.

– Odeio depender dos caras do dinheiro – resmungou Grant.

Ellie encolheu os ombros.

– Faz parte do trabalho.

Apesar de muitos campos científicos, tais como a física e a química, terem financiamento federal garantido, a paleontologia continuava dependendo massivamente de patronos particulares. Colocando de lado sua própria curiosidade sobre a ilha na Costa Rica, Grant compreendia que, se John Hammond pedisse sua ajuda, ele a daria. Era assim que o patrocínio funcionava, que sempre tinha funcionado.

O jatinho pousou e se dirigiu rapidamente a eles. Ellie colocou a bolsa no ombro. O jato parou e uma comissária de bordo em um uniforme azul abriu a porta.

Dentro, ele se surpreendeu com como o avião era apertado, a despeito da mobília luxuosa. Grant teve que se encolher quando foi apertar a mão de Hammond.

– Dr. Grant e dra. Sattler – disse Hammond. – Muita gentileza de vocês se juntarem a nós. Permitam que eu apresente meu sócio, Donald Gennaro.

Gennaro era um homem atarracado e musculoso, com cerca de 35 anos, vestindo um terno Armani e óculos com armação metálica. Grant antipatizou com ele na hora. Eles apertaram as mãos rapidamente. Quando Ellie apertou a mão dele, Gennaro disse, surpreso:

– Você é uma mulher.

– Essas coisas acontecem – disse ela, e Grant pensou: *Ela também não gosta dele.*

Hammond virou-se para Gennaro.

– Você sabe, é claro, o que o dr. Grant e a dra. Sattler fazem. Eles são paleontólogos. Eles desenterram dinossauros. – E então começou a rir, como se achasse a ideia muito engraçada.

– Assumam seus lugares, por favor – a comissária disse, fechando a porta. Imediatamente o avião começou a se mover.

– Vocês devem nos desculpar – disse Hammond –, mas estamos com um pouco de pressa. Donald acha importante que cheguemos lá logo.

O piloto anunciou o tempo de voo como sendo quatro horas até Dallas, onde eles iriam reabastecer, e de lá prosseguiriam para a Costa Rica, chegando na manhã seguinte.

– E por quanto tempo ficaremos na Costa Rica? – perguntou Grant.

– Bem, isso, na verdade, depende – disse Gennaro. – Temos algumas coisas a esclarecer.

– Aceite a minha palavra a respeito – disse Hammond, voltando-se para Grant. – Não vamos ficar por lá mais do que 48 horas.

Grant afivelou o cinto de segurança.

– Essa sua ilha para onde estamos indo... Eu nunca ouvi nada sobre ela antes. É algum segredo?

– De certo modo – disse Hammond. – Temos sido muito, muito cuidadosos em nos certificar de que ninguém saiba sobre ela, até o dia em que finalmente abrirmos a ilha para um público surpreso e embevecido.

ALVO DE OPORTUNIDADE

A Corporação Biosyn, de Cupertino, Califórnia, nunca havia convocado uma reunião de emergência com seus diretores. Os dez homens sentados agora na sala de conferência estavam irritadiços e impacientes. Eram oito horas da noite. Eles estiveram conversando entre si pelos últimos dez minutos, mas lentamente acabaram ficando em silêncio. Remexiam papéis. Olhavam ostensivamente para seus relógios.

– Pelo que estamos esperando? – perguntou um deles.

– Mais um – disse Lewis Dodgson. – Precisamos de mais um. – Ele olhou para seu relógio. O escritório de Ron Meyer dissera que ele estava chegando no avião das seis vindo de San Diego. Ele já deveria estar aqui agora, mesmo contando com o tráfego do aeroporto.

– Você precisa de quórum? – indagou outro diretor.

– Isso – disse Dodgson. – Precisamos.

Aquilo os calou por um momento. Um quórum significava que lhes seria pedido que tomassem uma decisão importante. E eles realmente tomariam, embora Dodgson preferisse não ter convocado reunião nenhuma. Mas Steingarten, o chefe da Biosyn, tinha sido firme.

– Você precisa conseguir a concordância deles para isso, Lew – dissera ele.

Dependendo de para quem se perguntasse, Lewis Dodgson era famoso como o mais agressivo geneticista de sua geração, ou o mais temerário. Com 34 anos, calvo, feições aquilinas e temperamento intenso, ele tinha sido dispensado da pós-graduação da Johns Hopkins por planejar terapia genética em pacientes humanos sem obter os protocolos adequados do órgão federal responsável. Contratado pela Biosyn, ele conduzira o controverso teste da vacina da raiva no Chile. Agora, era o chefe de desenvolvimento de produtos na Biosyn, o que supostamente consistia em "engenharia reversa": pegar um produto de um concorrente, desmanchá-lo, aprender como funcionava e então fazer sua própria versão. Na prática, envolvia espionagem industrial, boa parte dela direcionada à corporação InGen.

Na década de 1980, algumas companhias de engenharia genética começaram a perguntar: "Qual é o equivalente biológico de um walkman da Sony?". Essas empresas não estavam interessadas em fármacos ou saúde; interessavam-se por entretenimento, esportes, atividades de lazer, cosméticos e animais domésticos. A demanda percebida da "biologia para o consumidor" nos anos 1990 era alta. Ambas as empresas, InGen e Biosyn, estavam trabalhando nesse campo.

A Biosyn já havia obtido certo sucesso, criando uma nova truta, mais clara, sob contrato com o Departamento de Caça e Pesca do estado de Idaho. Essa truta era visualizada mais facilmente nos rios, e dizia-se ser um avanço na pesca com vara. (Ao menos, eliminara as reclamações ao Departamento de Caça e Pesca de que não havia trutas nos rios.) O fato de que a truta clara às vezes morria queimada pelo sol e de que sua carne era esponjosa e insípida não era discutido. A Biosyn ainda estava trabalhando nisso, e...

A porta se abriu; Ron Meyer entrou na sala e deslizou para uma cadeira. Dodgson agora tinha atingido seu quórum. Imediatamente, ficou de pé.

– Cavalheiros – disse ele –, estamos aqui hoje para considerar um alvo de oportunidade: a InGen.

Dodgson rapidamente revisou todo o histórico até ali. O início da InGen em 1983, com investidores japoneses. A compra de três supercomputadores Cray XMP. A aquisição de Isla Nublar, na Costa Rica. O acúmulo de âmbar. As doações incomuns para zoológicos ao redor do mundo, desde a New York Zoological Society até o Ranthapur Wildlife Park, na Índia.

– A despeito de todas essas evidências – disse Dodgson –, ainda não tínhamos ideia de para onde a InGen estava se dirigindo. A companhia parecia obviamente focada em animais, e havia contratado pesquisadores com um interesse no passado: paleobiólogos, filogeneticistas de DNA, e daí por diante. E então, em 1987, a InGen comprou uma empresa obscura chamada Millipore Plastic Products em Nashville, Tennessee. Ela havia recentemente patenteado um novo plástico com as características da casca de ovo aviária. Esse plástico podia ser moldado como um ovo e usado para desenvolver embriões de aves. A partir do ano seguinte, a InGen tomou toda a produção desse plástico para seu próprio uso.

– Dr. Dodgson, isso tudo é muito interessante...

– Ao mesmo tempo – prosseguiu Dodgson –, começaram a fazer obras na Isla Nublar envolvendo aterros massivos, inclusive um lago raso com três quilômetros de comprimento no centro da ilha. Planos para instalações de um resort foram divulgados com um alto grau de confidencialidade, mas parece que a InGen construiu um zoológico particular de grandes dimensões na ilha.

Um dos diretores adiantou-se e disse:

– Dr. Dodgson. *E daí?*

– Não é um zoológico comum – disse Dodgson. – Esse zoológico é único no mundo. Parece que a InGen fez algo realmente extraordinário. Eles conseguiram clonar animais do passado, animais já extintos.

– Que animais?

– Animais que eclodem de ovos, e que requerem bastante espaço em um zoológico.

– Que animais?

– Dinossauros – disse Dodgson. – Eles estão clonando dinossauros.

A consternação que se seguiu foi inteiramente injustificada, na opinião de Dodgson. O problema com os homens do dinheiro era que eles não entendiam as coisas: eles investiam em uma área, mas não sabiam o que era possível.

De fato, havia discussões sobre a clonagem de dinossauros na literatura técnica desde 1982. A cada ano que passava, a manipulação de DNA se tornava mais fácil. Material genético já havia sido extraído de múmias egípcias, e do couro de um quagga, um animal africano semelhante à zebra que se tornara extinto por volta de 1880. Em 1985, parecia possível que o DNA de quagga fosse reconstituído e um novo animal fosse criado. Caso conseguissem, seria a primeira criatura trazida de volta da extinção pela reconstrução de seu DNA. Se isso era possível, o que mais poderia ser feito? O mastodonte? O tigre-dentes-de-sabre? O dodô?

Ou até mesmo um dinossauro?

Claro, não se sabia da existência de nenhum DNA de dinossauro em ponto algum do mundo. Mas ao esmagar grandes quantidades de ossos de dinossauros talvez fosse possível extrair fragmentos de DNA. Antigamente, pensava-se que a fossilização eliminava todo o DNA. Agora isso era reconhecido como falso. Se fossem recuperados fragmentos suficientes de DNA, talvez fosse possível clonar um animal vivo.

Em 1982, os problemas técnicos pareciam insuperáveis. No entanto, teoricamente, não havia barreira. Era simplesmente difícil, caro e improvável de funcionar. Contudo, era possível; se alguém se incomodasse em tentar.

A InGen, aparentemente, havia decidido tentar.

– O que eles fizeram – disse Dodgson – foi construir a maior atração turística na história do mundo. Como vocês sabem, os zoológicos são extremamente populares. No ano passado, o número de americanos que visitaram zoológicos foi maior do que o público de todos os jogos de beisebol e futebol americano combinados. E os japoneses adoram zoológicos. Existem cinquenta no Japão, e mais outros sendo construídos. E a InGen pode cobrar quanto quiser pela entrada nesse zoológico. Dois mil dólares por dia, dez mil dólares por dia... E ainda há os produtos de merchandising. Os livros ilustrados, camisetas, videogames, bonés, bichos de pelúcia, histórias em quadrinhos e animais de estimação.

– Animais de estimação?

– É claro. Se a InGen consegue fazer dinossauros em tamanho natural, eles também podem fazer dinossauros pigmeus como animais domésticos. Que criança não vai querer um dinossauro como bicho de estimação? Um bichinho patenteado para seu próprio deleite. A InGen venderia milhões deles. E ela irá criá-los de forma que esses dinossauros de estimação só possam comer comida da InGen...

– Meu Deus! – exclamou alguém.

– Exatamente – disse Dodgson. – O zoológico é o cerne de um empreendimento imenso.

– Você disse que esses dinossauros serão patenteados?

– Serão. Animais criados geneticamente agora podem ser patenteados. A Suprema Corte decidiu isso a favor de Harvard em 1987. A InGen será a dona de seus dinossauros, e mais ninguém poderá produzi-los legalmente.

– O que nos impede de criar nossos próprios dinossauros? – perguntou alguém.

– Nada, exceto pelo fato de eles terem uma vantagem de cinco anos. Será quase impossível alcançá-los antes da virada do século.

Ele fez uma pausa.

– Obviamente, se pudéssemos obter amostras dos dinossauros, poderíamos aplicar engenharia reversa neles e produzir os nossos, com modificações suficientes no DNA para evadir as patentes deles.

– Podemos obter amostras dos dinossauros deles?

Dodgson pausou.

– Acredito que possamos, sim.

Alguém pigarreou.

– Não haveria nada ilegal a respeito disso...

– Ah, não – disse Dodgson rapidamente. – Nada ilegal. Estou falando de uma fonte legítima do DNA deles. Um funcionário descontente, lixo jogado fora de maneira imprópria, algo assim.

– O senhor tem uma fonte legítima, dr. Dodgson?

– Tenho. Mas temo que haja um pouco de urgência para essa decisão, porque a InGen está passando por uma pequena crise, e minha fonte terá que agir dentro das próximas 24 horas.

Um longo silêncio desceu sobre o recinto. Os homens olharam para a secretária, tomando notas, e o gravador na mesa diante dela.

– Não vejo a necessidade de uma resolução formal sobre isso – disse Dodgson. – Apenas de uma impressão da sala, no sentido de vocês acharem que eu devo proceder...

Lentamente, as cabeças se moveram para cima e para baixo.

Ninguém falou. Ninguém entrou nos registros. Todos apenas concordaram silenciosamente.

– Obrigado por terem vindo, cavalheiros – disse Dodgson. – Eu assumo a partir daqui.

AEROPORTO

Lewis Dodgson entrou na cafeteria da área de embarque do aeroporto de San Francisco e olhou rapidamente ao redor. Seu homem já estava lá, aguardando no balcão. Dodgson sentou-se perto dele e colocou a maleta no chão entre os dois.

– Está atrasado, camarada – disse o homem. Ele olhou para o chapéu de palha que Dodgson estava usando e riu. – O que isso deveria ser, um disfarce?

– Nunca se sabe – disse Dodgson, suprimindo sua raiva. Por seis meses, ele cultivara pacientemente esse homem, que tinha ficado mais insolente e arrogante a cada reunião. Mas não havia nada que Dodgson pudesse fazer a respeito; ambos sabiam exatamente o que estava em jogo.

O DNA projetado por bioengenharia era, ponto a ponto, o material mais valioso no mundo. Uma simples bactéria microscópica – pequena demais para ser vista a olho nu, mas contendo os genes para uma enzima presente em ataques do coração, estreptoquinase, ou para "gelo negativo", que evitava danos de geada em plantações – poderia valer cinco bilhões de dólares para o comprador certo.

E aquele fator da vida tinha criado um novo e bizarro mundo de espionagem industrial. Dodgson era especialmente habilidoso nisso. Em 1987, ele convencera uma geneticista descontente a abandonar a Cetus pela Biosyn e a levar consigo cinco tipos de bactéria produzidas por engenharia. A geneticista simplesmente colocou uma gota de cada uma delas nas unhas de uma das mãos e saiu pela porta.

Mas a InGen apresentava um desafio maior. Dodgson queria mais do que DNA bacteriano; queria embriões congelados, e sabia que a InGen guardava seus embriões com as medidas de segurança mais criteriosas. Para obtê-los, precisava de um empregado da InGen que tivesse acesso aos embriões, estivesse disposto a roubá-los e pudesse passar pelo sistema de segurança. Tal pessoa não era fácil de se encontrar.

Mais cedo naquele ano, Dodgson finalmente localizara um funcionário suscetível. Embora essa pessoa em particular não tivesse acesso ao material genético, Dodgson manteve o contato, encontrando-se com o sujeito mensalmente no restaurante Carlos'n'Charlie's no Vale do Silício, oferecendo ajuda em pequenas coisas. E, agora que a InGen estava convidando contratados e conselheiros para visitar a ilha, era o momento que Dodgson estivera esperando – porque isso significava que seu homem teria acesso aos embriões.

– Vamos direto ao assunto – disse o homem. – Eu tenho dez minutos até o meu voo.

– Você quer repassar tudo mais uma vez? – disse Dodgson.

– Nem a pau, dr. Dodgson. Eu quero ver a droga do dinheiro.

Dodgson virou o fecho da maleta e abriu-a alguns centímetros. O homem olhou para baixo casualmente.

– Isso é tudo?

– É metade. Setecentos e cinquenta mil dólares.

– Certo. – O homem virou-se, bebeu seu café. – Está bem, dr. Dodgson.

Dodgson rapidamente trancou a maleta.

– Isso é por todas as quinze espécies, você se lembra.

– Eu me lembro. Quinze espécies, embriões congelados. E como eu vou transportá-los?

Dodgson entregou ao homem uma lata grande de espuma de barbear Gillette.

– É isso?

– É isso.

– Eles podem olhar minha bagagem...

Dodgson deu de ombros.

– Aperte em cima – disse ele.

O homem pressionou, e creme de barbear branco se amontoou em sua mão.

– Nada mau. – Ele limpou a espuma na beira do prato. – Nada mau.

– A lata é um pouco mais pesada do que de costume, só isso. – Para a criação da lata, o time técnico de Dodgson trabalhara sem descanso nos últimos dois dias. Rapidamente, ele mostrou ao outro como funcionava.

– Quanto gás congelante tem aí dentro?

– O bastante para 36 horas. Os embriões precisam estar de volta a San José ao final desse prazo.

– Aí é com o seu cara no barco – disse o homem. – É melhor garantir que ele tenha um cooler portátil a bordo.

– Farei isso.

– E vamos apenas revisar o preço...

– O acordo continua o mesmo. Cinquenta mil na entrega de cada embrião. Se eles forem viáveis, cinquenta mil adicionais por cada um.

– Tudo bem. Apenas certifique-se de ter o barco à espera na doca leste da ilha, sexta à noite. Não a doca norte, aonde chegam os grandes barcos de suprimentos. A doca leste. É uma pequena doca de serviços. Entendeu?

– Entendi. Quando estará de volta a San José?

– Provavelmente no domingo. – O homem se afastou do balcão.

Dodgson se inquietou.

– Tem certeza de que sabe como manusear o...

– Sei – disse o sujeito. – Acredite em mim, eu sei.

– Também achamos – disse Dodgson – que a ilha mantém contato constante por rádio com o quartel-general corporativo da InGen na Califórnia, então...

– Olha, eu já dei um jeito nisso. Relaxe e deixe o dinheiro a postos. Eu quero tudo na manhã de domingo, no aeroporto de San José, em dinheiro vivo.

– Ele estará à sua espera. Não se preocupe.

MALCOLM

Pouco antes da meia-noite, ele entrou no avião no aeroporto de Dallas: um homem alto, magro e calvo de 35 anos, vestido totalmente de preto – camisa preta, calça social preta, meias pretas, tênis pretos.

– Ah, dr. Malcolm – disse Hammond, sorrindo com polidez forçada.

Malcolm sorriu.

– Olá, John. Sim, temo que sua velha nêmese esteja aqui.

Malcolm apertou as mãos de todos, dizendo rapidamente: *Ian Malcolm, como vai? Eu faço contas.* Grant achou que ele parecia mais entretido com o passeio do que qualquer outra coisa.

Certamente Grant reconhecia o nome dele. Ian Malcolm era um dos mais famosos matemáticos da nova geração abertamente interessados em "como o mundo real funciona". Esses eruditos quebravam a tradição enclausurada da matemática de várias maneiras importantes. Primeiro, porque eles usavam computadores constantemente, uma prática que os matemáticos tradicionais reprovavam. Segundo, eles trabalhavam quase que exclusivamente com equações não lineares, em uma área emergente chamada teoria do caos. Terceiro, eles pareciam se importar que sua matemática descrevesse algo que de fato existisse no mundo real. E, finalmente, como se para enfatizar sua emersão da academia para o mundo, eles se vestiam e falavam com o que um matemático antigo chamou de "um deplorável excesso de personalidade". Na verdade, eles se comportavam com frequência como astros do rock.

Malcolm se sentou em uma das poltronas acolchoadas. A comissária lhe perguntou se ele queria uma bebida. Ele disse:

– Coca Diet. Batida, não mexida.

O ar úmido de Dallas flutuou pela porta aberta. Ellie disse:

– Não está um pouco quente para preto?

– Você é extremamente bonita, dra. Sattler – disse ele. – Eu poderia olhar para suas pernas o dia todo. Mas não; na verdade, preto é uma cor excelente para o calor. Se você se lembrar da radiação do corpo negro, preto é, realmente, melhor no calor. Radiação eficiente. De qualquer forma, eu visto apenas duas cores, preto e cinza.

Ellie o encarava, boquiaberta.

– Essas cores são apropriadas para qualquer ocasião – prosseguiu Malcolm – e ficam bem juntas, caso eu calce por engano um par de meias cinza com minhas calças pretas.

– Mas você não acha chato usar só duas cores?

– De maneira alguma. Acho libertador. Acredito que a minha vida tenha valor, e não quero desperdiçar tempo pensando em *roupas* – disse Malcolm. – Não quero pensar sobre *o que eu vou vestir* de manhã. De verdade, consegue imaginar algo mais tedioso que a moda? Esportes profissionais, talvez. Homens crescidos golpeando bolinhas, enquanto o resto do mundo paga para aplaudir. Mas, no geral, acho moda ainda mais tediosa que esportes.

– O dr. Malcolm – explicou Hammond – é um homem de opiniões fortes.

– E maluco como o chapeleiro – disse Malcolm alegremente. – Mas você deve admitir, esses são assuntos nada banais. Vivemos em um mundo de obviedades terríveis. É *óbvio* que você vai se comportar assim, *óbvio* que vai se importar com aquilo. Ninguém para e pensa nas obviedades. Não é espantoso? Na sociedade da informação, ninguém pensa. Nós esperávamos banir o papel, mas na verdade acabamos banindo o pensamento.

Hammond voltou-se para Gennaro e ergueu as mãos.

– Foi você que o convidou.

– E foi uma sorte, também – disse Malcolm. – Porque parece que você tem um problema sério.

– Não temos problema nenhum – disse Hammond rapidamente.

– Eu sempre declarei que essa ilha seria impraticável – disse Malcolm. – Previ isso desde o início. – Ele pegou uma maleta de couro macio. – E acredito que, a esta altura, todos saibamos qual será o resultado final. Você vai ter que encerrar as atividades desse negócio.

– Encerrar atividades! – Hammond pôs-se de pé, bravo. – Isso é ridículo.

Malcolm deu de ombros, indiferente à explosão de Hammond.

– Eu trouxe cópias do meu trabalho original para vocês darem uma olhada – disse ele. – O trabalho de consultoria original que fiz para a InGen. A matemática é meio pegajosa, mas eu posso orientá-los por ela. Está saindo agora?

– Tenho algumas ligações para fazer – disse Hammond, indo para a cabine adjacente.

– Bem, é um longo voo – disse Malcolm para os outros. – Ao menos meu trabalho lhes dará algo que fazer.

O voo durou a noite toda.

Grant sabia que Ian Malcolm tinha sua parcela de detratores, e podia entender por que alguns julgavam seu estilo abrasivo demais e suas aplicações da teoria do caos superficiais demais. Grant folheou o trabalho, olhando as equações.

Gennaro disse:

– Seu trabalho conclui que a ilha de Hammond está fadada a fracassar?

– Correto.

– Por causa da teoria do caos?

– Correto. Para ser mais preciso, por causa do comportamento do sistema no espaço fásico.

Gennaro jogou os papéis de lado e disse:

– Pode explicar isso na nossa língua?

– Certamente – disse Malcolm. – Vejamos de onde temos que começar. Você sabe o que é uma equação não linear?

– Não.

– Atratores estranhos?

– Não.

– Certo – disse Malcolm. – Vamos voltar ao princípio. – Ele fez uma pausa, olhando para o teto. – A física foi muito bem-sucedida em descrever certos tipos de comportamento: planetas em órbita, naves espaciais indo para a lua, pêndulos, molas e bolas rolando, esse tipo de coisa. O movimento regular dos objetos. Isso é descrito pelo que chamamos de equações lineares, e matemáticos podem resolver essas equações com facilidade. Temos feito isso há centenas de anos.

– Ok – disse Gennaro.

– Mas há outro tipo de comportamento com o qual a física lida muito mal. Por exemplo, qualquer coisa relacionada a turbulência. Água saindo de uma fonte. Ar se movendo sobre uma asa de avião. Clima. Sangue fluindo através do coração. Eventos turbulentos são descritos por equações não lineares. Elas são difíceis de resolver. Na verdade, são geralmente impossíveis de resolver. Então a física nunca compreendeu toda essa classe de eventos. Até cerca de dez anos atrás. A nova teoria que descreve todos eles se chama teoria do caos. A teoria do caos nasceu originalmente das tentativas de fazer modelos climáticos em computadores na década de 1960. O clima é um sistema grande e complicado, a saber, a atmosfera da Terra e suas interações com o terreno e o sol. O comportamento desse sistema grande e complicado sempre desafiou a compreensão. Assim, naturalmente, não podíamos prever o tempo. Mas o que os primeiros pesquisadores aprenderam com os modelos de computação foi que, ainda que se pudesse compreender, não seria possível predizer. A previsão do tempo era absolutamente impossível, já que o comportamento do sistema depende sensivelmente de suas condições iniciais.

– Não entendi – disse Gennaro.

– Se eu usar um canhão para disparar uma bala de um dado peso, a uma dada velocidade e a certo ângulo de inclinação; e se eu então disparar uma segunda bala com quase o mesmo peso, velocidade e ângulo, o que vai acontecer?

– As duas balas vão cair quase no mesmo lugar.

– Certo – disse Malcolm. – Isso é dinâmica linear.

– Ok.

– Mas se eu tiver um sistema climático e der início com uma certa temperatura, uma certa velocidade do vento e uma certa umidade; e se eu então repeti-lo com quase a mesma temperatura, vento e umidade, o segundo sistema não vai se comportar quase do mesmo jeito. Ele vai se afastar e rapidamente se tornará *muito* diferente do primeiro. Tempestades em vez de luz do sol. Isso é dinâmica não linear. Eles são sensíveis às condições iniciais: diferenças minúsculas são amplificadas.

– Acho que entendi – disse Gennaro.

– Um atalho possível é o "efeito borboleta". Uma borboleta bate suas asas em Pequim e o clima em Nova York muda.

– Então o caos é todo aleatório e imprevisível? – disse Gennaro. – É isso?

– Não – respondeu Malcolm. – Na verdade, nós encontramos regularidades escondidas dentro da variedade complexa do comportamento de um sistema. É por isso que agora o caos se tornou uma teoria muito ampla, usada para estudar tudo, desde o mercado de ações até multidões revoltosas, passando pelas ondas cerebrais durante a epilepsia. Qualquer tipo de sistema complexo em que existiam confusão e imprevisibilidade. Podemos encontrar uma ordem subjacente. Estão acompanhando?

– Estamos – disse Gennaro. – Mas o que é essa ordem subjacente?

– Ela é caracterizada essencialmente pelo movimento do sistema dentro do espaço fásico – disse Malcolm.

– Meu Deus – disse Gennaro. – Tudo o que eu queria saber é por que você acha que a ilha de Hammond não vai funcionar.

– Eu sei – disse Malcolm. – Vou chegar lá. A teoria do caos diz duas coisas. A primeira é que sistemas complexos, como o clima, têm uma ordem subjacente. A segunda é o contrário disso: que sistemas simples podem produzir comportamento complexo. Por exemplo, bolas de bilhar. Você atinge uma bola de bilhar e ela começa a rebater nas laterais da mesa. Em teoria, é um sistema bastante simples, quase newtoniano. Como você pode saber a força aplicada na bola e a massa da bola, e pode calcular os ângulos nos quais ela vai atingir as bordas da mesa, pode também prever o comportamento futuro da bola, enquanto ela continua rodando de um lado para o outro. Teoricamente, você seria capaz de prever onde ela estaria daqui a três horas.

– Ok – concordou Gennaro.

– Mas, na verdade – disse Malcolm –, o fato é que você não pode prever mais do que alguns poucos segundos do futuro. Porque quase imediatamente pequenos efeitos, imperfeições na superfície da bola, minúsculas depressões na madeira da mesa, começam a fazer diferença. E não leva muito tempo até que eles superem seus cálculos cuidadosos. Então esse sistema simples de uma bola de bilhar em uma mesa se mostra um comportamento imprevisível.

– Ok.

– E o projeto de Hammond – disse Malcolm –, animais dentro de um ambiente de zoológico, é outro sistema aparentemente simples que vai eventualmente apresentar um comportamento imprevisível.

– Você sabe disso por causa de...

– Teoria – disse Malcolm.

– Mas não seria melhor se você olhasse a ilha para verificar o que ele de fato fez?

– Não. Isso é totalmente desnecessário. Os detalhes não importam. A teoria me diz que a ilha começará a se comportar de modo imprevisível com rapidez.

– E você está confiante na sua teoria.

– Ah, sim – disse Malcolm. – Totalmente confiante. – Ele se recostou na poltrona. – Existe um problema com aquela ilha. Ela é um acidente esperando para acontecer.

ISLA NUBLAR

Com um gemido, os rotores começaram a girar acima deles, lançando sombras na pista do aeroporto de San José. Grant ouviu os estalos em seus fones de ouvido enquanto o piloto falava com a torre.

Eles apanharam outro passageiro em San José, um homem chamado Dennis Nedry, que havia voado para se encontrar com eles. Ele era gordo e desleixado, estava comendo uma barra de chocolate e havia um pedaço derretido em seus dedos, além de pedacinhos de papel-alumínio em sua camisa. Nedry resmungara algo sobre os computadores na ilha e não se ofereceu para apertar a mão de ninguém.

Através da bolha de acrílico, Grant observou o concreto do aeroporto se afastar sob seus pés e a sombra do helicóptero acompanhá-los enquanto iam para o oeste, na direção das montanhas.

– É uma viagem de cerca de quarenta minutos – disse Hammond, de um dos assentos no fundo.

Grant viu as colinas baixas crescendo, e então estavam passando através de nuvens intermitentes, emergindo na luz do sol. As montanhas eram agrestes, embora ele estivesse surpreso com a intensidade do desmatamento, acres e acres de encostas desnudas e erodidas.

– A Costa Rica – disse Hammond – tem um controle populacional melhor do que o de outros países na América Central. Contudo, mesmo assim, a terra foi amplamente desmatada. A maior parte do desflorestamento aconteceu durante os últimos dez anos.

Eles saíram das nuvens já do outro lado das montanhas e Grant viu as praias da costa oeste. Eles passaram sobre um pequeno vilarejo costeiro.

– Bahía Anasco – disse o piloto. – Um vilarejo de pescadores. – Ele apontou para o norte. – Subindo a costa por ali, você vê a reserva Cabo Blanco. Eles têm praias lindas.

O piloto dirigiu-se diretamente para o oceano. A água ficou verde, depois um verde-mar profundo. O sol brilhava sobre a água. Era por volta de dez da manhã.

– Só mais alguns minutos agora – disse Hammond –, e já devemos ver a Isla Nublar.

A Isla Nublar, explicou Hammond, não era uma ilha verdadeira. Era, na verdade, um monte submarino, uma elevação de rocha vulcânica no fundo do mar.

– A origem vulcânica pode ser vista na ilha toda – disse Hammond. – Há gêiseres de vapor em muitos lugares, e o chão é quase sempre quente. Por causa disso, e também devido às correntes predominantes, a área da Isla Nublar está sempre coberta por neblina. Quando chegarmos lá vocês verão... Ah, aqui estamos.

O helicóptero acelerou adiante, perto da água. Na frente deles, Grant viu uma ilha, rude e escarpada, erguendo-se agudamente do oceano.

– Deus do céu, parece Alcatraz – disse Malcolm.

Suas encostas cobertas por florestas estavam envolvidas em nevoeiro, dando à ilha uma aparência misteriosa.

– Muito maior, é claro – disse Hammond. – Quase treze quilômetros de comprimento e cerca de cinco no ponto mais largo; mais ou menos 35 quilômetros quadrados. Isso faz dela a maior reserva ecológica animal no norte da América.

O helicóptero começou a ascender e dirigir-se à extremidade norte da ilha. Grant estava tentando enxergar para além da densa névoa.

– Em geral, não é assim tão fechada – disse Hammond. Ele soou preocupado.

Na ponta norte da ilha, as colinas eram mais altas, erguendo-se mais de seiscentos metros acima do oceano. Os topos estavam cobertos de nevoeiro, mas Grant viu despenhadeiros brutais e o oceano se batendo abaixo. O helicóptero ergueu-se acima das montanhas.

– Infelizmente – disse Hammond –, temos que pousar na ilha. Eu não gosto de fazer isso, porque perturba os animais. E às vezes é meio emocionante...

A voz de Hammond foi interrompida quando o piloto disse:

– Começando nossa descida agora. Segurem-se, pessoal.

O helicóptero começou a descer e foi imediatamente coberto pela neblina. Grant ouviu um bipe eletrônico repetitivo pelos fones de ouvido, mas não conseguia enxergar absolutamente nada; em seguida, começou a discernir de maneira imprecisa os galhos verdes dos pinheiros atravessando a bruma. Alguns dos galhos estavam próximos.

– Raios, como ele está fazendo isso? – perguntou Malcolm, mas ninguém respondeu.

O piloto deu uma olhada à esquerda, depois à direita, mirando a floresta de pinheiros. As árvores ainda estavam perto. O helicóptero desceu com rapidez.

– Meu Deus – disse Malcolm.

O bipe ficou mais alto. Grant olhou para o piloto. Ele estava concentrado. Grant olhou para baixo e viu uma cruz gigante e fluorescente sob a bolha de acrílico a seus pés. Havia luzes piscando nas pontas da cruz. O piloto corrigiu levemente sua posição e pousou no heliporto. O som dos rotores foi sumindo e morreu.

Grant suspirou e soltou seu cinto de segurança.

– Temos que descer rápido assim – disse Hammond – por causa do cisalhamento do vento. Isso acontece com frequência e com força nesse pico, e... bem, estamos a salvo.

Alguém estava correndo até o helicóptero. Um homem com um boné de beisebol e cabelos ruivos. Ele abriu a porta e disse alegremente:

– Oi, sou Ed Regis. Bem-vindos à Isla Nublar, pessoal. E olhem onde pisam, por favor.

Uma trilha estreita descia pela colina. O ar estava úmido e frio. Conforme desciam, a neblina ao redor deles ficava mais leve, e Grant pôde ver melhor a paisagem. Parecia, pensou ele, com o noroeste do Pacífico, a Península Olímpica.

– Isso mesmo – disse Regis. – A ecologia primária é a floresta tropical decídua. Bastante diferente da vegetação do continente, que é mais próxima da floresta tropical clássica. Mas esse é um microclima que só ocorre em elevações, nas encostas das montanhas mais ao norte. A maior parte da ilha é tropical.

Lá embaixo, eles podiam ver os tetos brancos de grandes prédios, aninhados entre as plantas. Grant se surpreendeu: a construção era elaborada. Eles desceram mais, saindo do nevoeiro, e agora ele podia ver toda a extensão da ilha, alastrando-se para o sul. Como Regis dissera, ela era, em sua maior parte, coberta por floresta tropical.

Ao sul, assomando sobre as palmeiras, Grant viu um tronco solitário sem nenhuma folha, apenas um grande toco curvo. E então o toco se mexeu e virou para encarar os recém-chegados. Grant percebeu que não estava olhando para uma árvore.

Ele estava olhando para o pescoço curvo e gracioso de uma criatura imensa, que se erguia quinze metros no ar.

Ele estava olhando para um dinossauro.

– Meu Deus – disse Ellie com suavidade. Todos eles encaravam o animal acima das árvores. – Meu *Deus.*

Seu primeiro pensamento foi de que o dinossauro era extraordinariamente belo. Os livros os retratavam como criaturas muito grandes e atarracadas, mas esse animal de pescoço longo tinha graça, quase dignidade em seus movimentos. E ele era rápido – não havia nada pesado ou entediado em seu comportamento. O saurópode olhou para eles, alerta, e fez um som baixo de trombeta, semelhante ao de um elefante. Logo depois, uma segunda cabeça ergueu-se acima da folhagem, e então uma terceira e uma quarta.

– Meu Deus – disse Ellie mais vez.

Gennaro estava sem palavras. Ele sabia o tempo todo o que esperar – sabia havia anos –, mas, de alguma forma, jamais acreditara que aconteceria, e agora estava em silêncio, chocado. O incrível poder da nova tecnologia genética, que ele anteriormente considerara apenas teorias em um discurso exagerado de vendas – esse poder se tornava subitamente claro para ele. Esses animais eram tão grandes! Eles eram enormes! Grandes como uma casa! E havia tantos deles! Dinossauros de verdade, caramba! Tão reais quanto se podia imaginar.

Gennaro pensou: vamos fazer uma fortuna com esse lugar. Uma *fortuna.*

Ele rezava a Deus para que a ilha fosse segura.

Grant estava de pé em uma trilha na encosta da montanha, com a névoa em seu rosto, olhando fixamente os pescoços cinzentos elevando-se acima das palmeiras. Ele sentia-se tonto, como se o chão estivesse descendo rápido demais. Tinha dificuldade para recobrar o fôlego. Isso porque estava olhando para algo que jamais esperou ver em sua vida. Mas, ainda assim, ele estava vendo.

Os animais na neblina eram apatossauros perfeitos, saurópodes de porte médio. Sua mente assombrada fez as associações acadêmicas: herbívoros norte-americanos, surgidos no final do Jurássico. Comumente chamados de "brontossauros". Descobertos por E. D. Cope em Montana, 1876. Espécime associado à formação em camadas Morrison, localizadas em Colorado, Utah e Oklahoma. Recentemente, Berman e McIntosh o reclassificaram como diplodoco baseado na aparência do crânio. Tradicionalmente, pensava-se que o *Brontosaurus* passava boa parte de seu tempo em água rasa, o que o ajudaria a suportar seu grande peso. Embora esse animal claramente não estivesse na água, estava se movendo com rapidez excessiva, a cabeça e o pescoço passando sobre as palmeiras de modo muito ativo... Um modo surpreendentemente ativo...

Grant começou a rir.

– O que foi? – disse Hammond, preocupado. – Algo errado?

Grant apenas chacoalhou a cabeça e continuou a rir. Ele não podia lhes dizer que a graça era o fato de ele ter visto o animal por apenas alguns segundos, mas já ter começado a aceitá-lo – e utilizar suas observações para responder a questões de sua área que estavam havia muito sem resposta.

Ele ainda estava rindo quando viu um quinto e um sexto pescoços surgirem acima das palmeiras. Os saurópodes observaram as pessoas chegando. Eles fizeram Grant se lembrar de girafas grandes demais: tinham o mesmo olhar agradável e meio estúpido.

– Presumo que eles não sejam animatrônicos – disse Malcolm. – São muito semelhantes aos reais.

– Realmente são – disse Hammond. – Bem, deveriam ser, não deveriam?

A distância, eles ouviram o som de trompetes de novo. Primeiro um animal o fez, e então os outros se juntaram a ele.

– Esse é o chamado deles – disse Ed Regis. – Estão nos dando as boas-vindas à ilha.

Grant ficou de pé e ouviu por um momento, em transe.

– Vocês provavelmente querem saber o que acontece em seguida – dizia Hammond enquanto continuava pela trilha. – Agendamos um passeio completo pelas instalações e uma viagem para ver os dinossauros no parque depois, hoje à tarde. Eu me juntarei a vocês para o jantar, e responderei a quaisquer questões que ainda restarem. Agora, se vocês puderem acompanhar o sr. Regis...

O grupo seguiu Ed Regis até os prédios mais próximos. Acima da trilha, uma placa rústica pintada à mão dizia: "Bem-vindo ao Jurassic Park".

TERCEIRA ITERAÇÃO

"Detalhes surgem mais claramente à medida que a curva fractal é redesenhada."

Ian Malcolm

Eles entraram em um túnel verde formado por palmeiras curvadas no topo, levando-os para o principal prédio de visitantes. Em todo lugar, plantas vastas e elaboradas enfatizavam a sensação de que estavam entrando em um mundo novo, um mundo tropical e pré-histórico, e deixando o normal para trás.

Ellie disse a Grant:

– Eles parecem muito bons.

– Parecem – disse Grant. – Eu quero ver bem de perto. Quero levantar os dedos de seus pés e inspecionar as garras, sentir a pele, abrir suas mandíbulas e dar uma olhada nos dentes. Até então, não terei certeza. Mas, é, eles parecem bons.

– Suponho que isso influencie um pouco a sua área de trabalho – disse Malcolm.

Grant chacoalhou a cabeça.

– Isso muda tudo – disse ele.

Por 150 anos, desde a descoberta de ossos gigantescos de animais na Europa, o estudo dos dinossauros fora um exercício de dedução científica. Paleontologia era essencialmente um trabalho de detetive, em busca de pistas nos ossos fósseis e nas trilhas de gigantes há muito desaparecidos. Os melhores paleontólogos eram aqueles que conseguiam tirar as conclusões mais inteligentes.

E todas as grandes disputas da paleontologia se desenrolavam assim – inclusive o debate amargo, no qual Grant era uma figura essencial, sobre a possibilidade de os dinossauros terem sangue quente.

Os cientistas sempre haviam classificado os dinossauros como répteis, criaturas de sangue frio que retiravam do ambiente o calor de que necessitavam para viver. Um mamífero podia metabolizar comida para produzir calor corporal, mas um réptil, não. Em certo momento, um punhado de pesquisadores – liderados principalmente por John Ostrom e Robert Bakker, em Yale – começou a suspeitar que o conceito de dinossauros lentos e de sangue frio era inadequado para explicar os registros fósseis. À moda clássica da dedução, eles tiraram suas conclusões de várias linhas de evidência.

A primeira era a postura: lagartos e répteis eram esparramados, com pernas curvas, abraçando o solo para obter calor. Lagartos não tinham energia para ficar de pé sobre as patas traseiras por mais do que poucos segundos. Mas os dinossauros mantinham-se de pé sobre pernas retas e vários caminhavam eretos sobre as patas traseiras. Entre os animais vivos, a postura ereta ocorria apenas em mamíferos e pássaros, animais de sangue quente. Assim, a postura dos dinossauros sugeria o sangue quente.

Em seguida, estudaram o metabolismo, calculando a pressão necessária para empurrar o sangue pelos mais de cinco metros de pescoço de um braquiossauro, e concluíram que isso só seria possível com um coração de quatro câmaras e sangue quente.

Eles estudaram trilhas, rastros fósseis deixados na lama, e concluíram que os dinossauros corriam com a mesma velocidade que um ser humano; tal atividade implicava sangue quente. Encontraram restos de dinossauros acima do Círculo Ártico, em um ambiente frígido, inimaginável para um réptil. E os novos estudos de comportamento de grupo, baseados amplamente no próprio trabalho de Grant, sugeriam que os dinossauros tinham uma vida social complexa e criavam seus filhotes, ao contrário dos répteis. As tartarugas abandonam seus ovos. Mas os dinossauros provavelmente não.

A controvérsia do sangue quente se estendeu com violência por quinze anos, antes que uma nova percepção dos dinossauros como animais ativos e de movimentos rápidos fosse aceita – mas isso não ocorreu sem o nascimento de animosidades duradouras. Em convenções, ainda havia colegas que não falavam uns com os outros.

Contudo, agora, se dinossauros podiam ser clonados, ora, o campo de estudo de Grant mudaria instantaneamente. O estudo paleontológico dos dinossauros estava acabado. Todo o empreendimento – as salas de museu com seus esqueletos gigantes e rebanhos de alunos ecoando, os laboratórios universitários com suas bandejas de ossos, os trabalhos de pesquisa, as revistas – tudo isso iria acabar.

– Você não parece chateado – disse Malcolm.

Grant balançou a cabeça.

– Tem sido discutido na área. Muitas pessoas imaginaram que isso estava prestes a acontecer. Mas não tão rápido.

– A história da nossa espécie – disse Malcolm, rindo. – Todo mundo sabe que está vindo, mas não tão rápido.

Enquanto desciam pela trilha, não podiam mais ver os dinossauros, mas ainda podiam escutá-los, trombeteando baixinho a distância.

Grant disse:

– Minha única pergunta é: onde eles conseguiram o DNA?

Grant estava ciente da séria especulação em laboratórios de Berkeley, Tóquio e Londres de que eventualmente talvez fosse possível clonar um animal extinto, como um dinossauro – se você conseguisse algum DNA de dinossauro com o qual trabalhar. O problema era que todos os dinossauros conhecidos eram fósseis, e a fossilização destruía a maior parte do DNA, substituindo-o por material inorgânico. É claro que se um dinossauro fosse congelado, ou preservado em um pântano, ou mumificado em um ambiente desértico, então seu DNA talvez fosse recuperável.

Mas ninguém jamais descobrira um dinossauro congelado ou mumificado. Assim, clonagem era, portanto, impossível. Não havia *o que* clonar. Toda a tecnologia genética moderna era inútil. Era como ter uma máquina Xerox, mas nenhum original para copiar.

Ellie disse:

– Não se pode reproduzir um dinossauro real, porque não se consegue o DNA de um dinossauro real.

– A menos que haja algum jeito em que nós não pensamos.

– Como o quê? – perguntou ela.

– Não sei – respondeu Grant.

Além de uma cerca, eles chegaram a uma piscina que caía em uma série de cascatas e piscinas menores de pedra. A área tinha sido decorada com samambaias imensas.

– Isso não é extraordinário? – disse Ed Regis. – Especialmente em um dia de nevoeiro, essas plantas contribuem muito para a atmosfera pré-histórica. Essas são samambaias jurássicas autênticas, é claro.

Ellie parou para olhar as samambaias com mais atenção. Sim, era exatamente como ele dissera: *Serenna veriformans,* uma planta encontrada com abundância em fósseis com mais de duzentos milhões de anos, agora recorrente apenas nos pântanos do Brasil e da Colômbia. Mas fosse lá quem tivesse decidido colocar essa samambaia em especial ao lado da piscina obviamente não sabia que os esporos da *veriformans* continham um alcaloide betacarbolina letal. Até mesmo o simples toque das atraentes folhagens verdes poderia deixar alguém doente, e, se uma criança comesse um bocado, a morte era quase certa – a toxina era cinquenta vezes mais venenosa do que a do loendro.

As pessoas eram tão ingênuas a respeito disso, pensou Ellie. Elas escolhiam as plantas apenas pela aparência, como escolheriam um quadro para a parede. Nunca lhes ocorria que elas fossem, de fato, seres vivos, executando todas as funções vitais como respiração, ingestão, excreção, reprodução – e defesa.

Mas Ellie sabia que, na história da Terra, as plantas haviam evoluído de maneira tão competitiva quanto os animais, e, em alguns aspectos, com mais ferocidade. O veneno na *Serenna veriformans* era um pequeno exemplo do elaborado arsenal químico de armas que as plantas desenvolveram. Havia os terpenos, que as plantas espalhavam para envenenar o solo ao redor delas e inibir concorrentes; alcaloides, que as deixavam intragáveis para insetos e predadores (e crianças); e feromônios, usados para comunicação. Quando um abeto de Douglas era atacado por abelhas, ele produzia uma substância química redutora do apetite – assim como todos os outros abetos de Douglas em outras partes da floresta. Isso ocorria em resposta a um aleloquímico de alerta secretado pelas árvores que estavam sob ataque.

As pessoas que imaginavam que a vida na Terra consistia em animais movendo-se sobre um pano de fundo verde tinham uma compreensão profundamente equivocada do que estavam vendo. Aquele pano de fundo verde estava completamente vivo. As plantas cresciam, se moviam, retorciam e reviravam, lutando pelo sol; e elas sempre interagiam com os animais – algumas desencorajando, com cascas e espinhos; outras, envenenando; e outras, ainda, alimentando-os para auxiliar sua própria reprodução, para espalhar seu pólen e suas sementes. Era um processo dinâmico e complexo que ela nunca deixava de achar fascinante. E que ela sabia que a maioria das pessoas simplesmente não entendia.

Mas, se o plantio de samambaias letais junto à piscina servia de indicação, então estava claro que os projetistas do Jurassic Park não tinham sido tão cuidadosos quanto deveriam.

– Não é simplesmente maravilhoso? – dizia Ed Regis. – Se vocês olharem logo ali adiante, poderão ver nosso Alojamento Safári. – Ellie viu um prédio baixo e dramático, com uma série de pirâmides de vidro no teto. – É onde vocês vão ficar, aqui no Jurassic Park.

A suíte de Grant era toda em tons de bege, a mobília de *rattan* em estampas verdes com inspiração na selva. O quarto não estava de todo pronto; havia pilhas de madeira no armário e pedaços de fita isolante no piso. Havia uma TV no canto, com um cartão em cima:

```
Canal 2: Planalto do Hipsilofodonte
Canal 3: Território Tricerátopos
Canal 4: Pântano Saurópode
Canal 5: Cantinho Carnívoro
Canal 6: Estância Estegossauro
Canal 7: Vale Velocirraptor
Canal 8: Pico do Pterossauro
```

Ele achou os nomes irritantemente fofos. Grant ligou a televisão, mas só captou estática. Ele a desligou e foi para o quarto, jogando a maleta na cama. Diretamente acima da cama havia uma grande claraboia piramidal. Aquilo criava uma sensação de acampamento, como dormir sob as estrelas. Infelizmente, o vidro precisava ser protegido por barras pesadas, de modo que sombras listradas caíam sobre a cama.

Grant fez uma pausa. Ele tinha visto os planos para o alojamento e não se lembrava de barras na claraboia. De fato, aquelas barras pareciam ter sido uma adição um tanto crua. Uma moldura de aço preto havia sido construída do lado de fora das paredes de vidro e as barras, fundidas à moldura.

Intrigado, Grant foi do quarto para a sala de estar. Sua janela dava para a piscina.

– Aliás, aquelas samambaias são venenosas – disse Ellie, entrando no quarto dele. – Mas você notou algo nos quartos, Alan?

– Eles mudaram algumas coisas.

– É, acho que sim. – Ela caminhou pelo quarto. – As janelas são pequenas – disse ela. – E o vidro é temperado, instalado em uma moldura de aço. As portas têm tranca de aço. Isso não deveria ser necessário. E você reparou na cerca quando nós entramos?

Grant assentiu. Todo o alojamento estava abrigado dentro de uma cerca com barras de aço com uma polegada de espessura. A cerca tinha sido graciosamente incluída no paisagismo e pintada de preto para lembrar ferro fundido, mas nenhum esforço cosmético podia disfarçar a espessura do metal ou sua altura de 3,5 metros.

– Acho que a cerca também não estava nos planos – disse Ellie. – Me parece que eles transformaram esse lugar em uma fortaleza.

Grant olhou para seu relógio.

– Vou me certificar de perguntar o motivo – disse ele. – O passeio começa em vinte minutos.

QUANDO OS DINOSSAUROS DOMINAVAM A TERRA

Eles se encontraram no prédio dos visitantes: dois andares, todo de vidro com vigas e suportes pretos anodizados e expostos. Grant achou tudo determinadamente *high-tech*.

Havia um pequeno auditório dominado por um *Tyrannosaurus rex* robô, postado ameaçadoramente junto à entrada de uma área de exibição chamada QUANDO OS DINOSSAUROS DOMINAVAM A TERRA. Um pouco mais distante havia outras exposições: O QUE É UM DINOSSAURO? e O MUNDO MESOZOICO. Mas as exibições não estavam completas; havia fios e cabos por todo o piso. Gennaro subiu no palco e falou com Grant, Ellie e Malcolm, sua voz ecoando levemente no recinto.

Hammond sentou-se no fundo, as mãos cruzadas sobre o peito.

– Estamos prestes a conhecer as instalações – disse Gennaro. – Tenho certeza de que o sr. Hammond e sua equipe nos mostrarão tudo em seu melhor ângulo. Antes de ir, eu gostaria de revisar por que estamos aqui, e o que eu preciso decidir antes de partirmos. Basicamente, como vocês todos já perceberam, esta é uma ilha na qual se permite que dinossauros geneticamente modificados se movam em um ambiente semelhante ao de um parque natural, formando uma atração turística. A atração ainda não está aberta a turistas, mas estará dentro de um ano. Agora, minha pergunta para vocês é simples. Esta ilha é segura? É segura para visitantes, e está contendo os dinossauros com segurança?

Gennaro reduziu a iluminação e continuou:

– Há duas evidências com as quais precisamos lidar. Em primeiro lugar, há a identificação do dr. Grant de um dinossauro previamente desconhecido no continente da Costa Rica. Esse dinossauro é conhecido apenas por um fragmento parcial. Ele foi encontrado em julho deste ano, depois de supostamente ter mordido uma menina americana em uma praia. O dr. Grant pode falar mais sobre isso posteriormente. Eu já solicitei que o fragmento original, que está em um laboratório em Nova York, seja transportado até aqui para que possamos inspecioná-lo diretamente. Enquanto isso, há uma segunda evidência. A Costa Rica tem um excelente serviço médico, que rastreia todo tipo de dados. Desde março, existem relatos de lagartos mordendo bebês em seus berços – e também, devo acrescentar, mordendo idosos que estavam dormindo profundamente. Essas mordidas de lagartos foram relatadas esporadicamente em vilarejos costeiros de Ismaloya até Puntarenas. Depois de março, não foram mais registradas mordidas de lagarto. Contudo, eu tenho esse gráfico do Serviço de Saúde Pública de San José sobre mortalidade infantil nas cidades da costa oeste este ano.

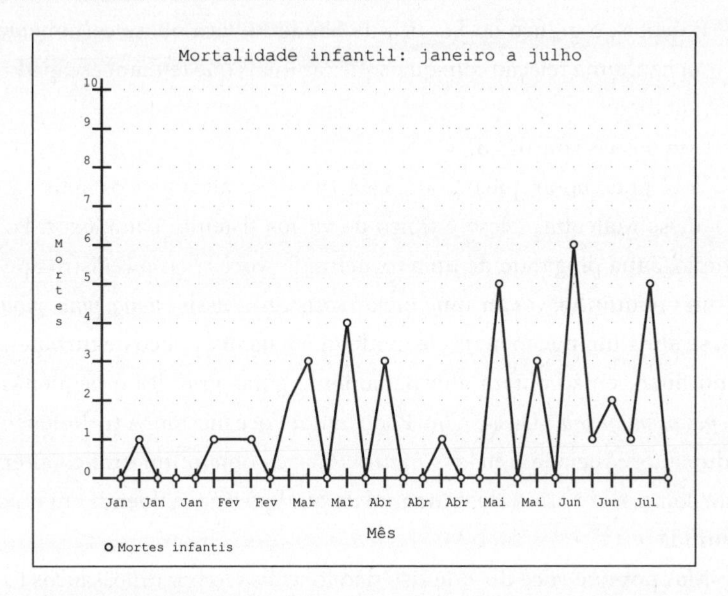

Ele continuou:

– Chamo a atenção de vocês para as duas características nesse gráfico – disse Gennaro. – Primeiro, a mortalidade infantil está baixa nos meses de janeiro e fevereiro, então tem um pico em março, depois fica baixa de novo em abril. Mas de maio em diante, fica alta até julho, o mês em que a menina americana foi mordida. O Serviço de Saúde Pública sente que há algo afetando a mortalidade infantil, e que isso não está sendo registrado pelos trabalhadores nos vilarejos costeiros. A segunda característica é esse intrigante pico quinzenal, que parece sugerir a ocorrência de algum fenômeno de alternação.

As luzes voltaram a aumentar.

– Certo – prosseguiu Gennaro. – Quero alguma explicação para essa evidência. Agora, há alguma...

– Podemos nos poupar de muito trabalho – disse Malcolm. – Eu explico isso para você agora.

– Explica? – disse Gennaro.

– Claro – disse Malcolm. – Para começo de conversa, alguns animais muito provavelmente saíram da ilha.

– Ah, merda – rosnou Hammond, do fundo da sala.

– E depois, o gráfico do Serviço de Saúde Pública quase certamente não tem nenhuma relação com quaisquer animais que tenham escapado.

Grant disse:

– Como você sabe disso?

– Você pode notar que o gráfico alterna picos altos e picos mais baixos – disse Malcolm. – Isso é típico de vários sistemas complexos. Por exemplo, água pingando de uma torneira. Se você abrir o registro apenas um pouquinho, vai ter um gotejar constante, assim: *ping, ping, ping*. Mas, se abrir um pouco mais, de modo que haja um pouco de turbulência no fluxo, então obterá alternadamente gotas grandes e pequenas. *Ping ping... ping ping...* Desse jeito. Pode tentar você mesmo. A turbulência produz alternância, é uma assinatura. E você obtém um gráfico alternante como esse para o alastramento de qualquer nova doença em uma comunidade.

– Mas por que você diz que isso não foi causado por dinossauros fugitivos? – perguntou Grant.

– Porque é uma assinatura não linear – respondeu Malcolm. – Seriam necessárias centenas de dinossauros fugitivos para causá-la. E eu não acho que centenas tenham escapado. Portanto, concluo que algum outro fenômeno, como uma nova variedade de gripe, está causando as flutuações vistas no gráfico.

Gennaro continuou:

– Mas você acha que dinossauros escaparam?

– Provavelmente escaparam.

– Por quê?

– Por causa do que vocês estão tentando fazer aqui. Olha, essa ilha é uma tentativa de recriar um ambiente natural do passado. De produzir um mundo isolado onde criaturas extintas possam vagar livremente. Correto?

– Correto.

– Porém, do meu ponto de vista, tal tarefa é impossível. A matemática disso é tão autoevidente que nem precisa ser calculada. É como se eu lhe perguntasse se, com uma renda de um bilhão de dólares, é preciso pagar imposto. Você não precisa puxar sua calculadora para checar. Você sabe que é necessário pagar. Da mesma forma, eu sei, de maneira clara, que não se pode duplicar a natureza com sucesso dessa forma, ou esperar que se possa isolá-la.

– Por que não? Afinal, existem zoológicos...

– Zoológicos não recriam a natureza – disse Malcolm. – Vamos ser claros. Zoológicos pegam a natureza que já existe e modificam-na *sutilmente* para criar jaulas para animais. Mesmo essas modificações mínimas com frequência fracassam. Os animais fogem com regularidade. Mas um zoológico não é um modelo para este parque. Este parque está tentando algo muito mais ambicioso. Algo muito mais próximo da construção de uma estação espacial na Terra.

Gennaro balançou a cabeça.

– Eu não entendo.

– Bem, é muito simples. Exceto pelo ar, que flui com liberdade, tudo neste parque tem que ser isolado. Nada entra, nada sai. Os animais mantidos aqui jamais devem se misturar com os ecossistemas mais amplos da terra. Eles jamais devem escapar.

– E jamais escaparam – comentou Hammond com desdém.

– Tal isolamento é impossível – disse Malcolm, sem se exaltar. – Simplesmente não pode ser feito.

– Pode. É feito o tempo todo.

– Desculpe – disse Malcolm –, mas você não sabe do que está falando.

– Seu moleque arrogante – bufou Hammond. Ele se levantou e saiu da sala.

– Cavalheiros, cavalheiros – apaziguou Gennaro.

– Me desculpe – continuou Malcolm –, mas a questão permanece. O que chamamos de "natureza" é, na verdade, um sistema complexo de sutileza muito maior do que estamos dispostos a aceitar. Fazemos uma imagem simplificada da natureza e então avacalhamos tudo. Eu não sou um ambientalista, mas você precisa entender o que não está entendendo. Quantas vezes esse ponto precisa ser declarado? Quantas vezes precisamos ver a evidência? Nós construímos a represa de Assuã e dizemos que ela vai revitalizar o país. Em vez disso, ela destrói o fértil Delta do Nilo, produz infestação parasitária e acaba com a economia do Egito. Nós construímos a...

– Com licença – disse Gennaro. – Mas acho que ouvi o helicóptero. Provavelmente é o espécime para o dr. Grant olhar.

Ele saiu da sala. Todos o seguiram.

No sopé da montanha, Gennaro estava gritando acima do som do helicóptero. As veias de seu pescoço estavam saltadas.

– Você fez *o quê?* Convidou *quem*?

– Pega leve – disse Hammond.

Gennaro gritou:

– Você está *maluco*, é?

– Olha aqui – disse Hammond, endireitando as costas. – Acho que temos que deixar algo bem claro...

– Não – interrompeu Gennaro. – Não, *você* precisa que eu deixe algo bem claro. Isso não é um passeio social. Não é uma excursão de fim de semana...

– Esta é a minha ilha – continuou Hammond –, e eu posso convidar quem eu quiser.

– Esta é uma investigação séria da sua ilha porque seus investidores estão preocupados que ela esteja fora de controle. Achamos que este é um lugar muito perigoso, e...

– Você não vai encerrar minhas atividades, Donald...

– Vou, sim, se eu precisar...

– Este lugar é seguro – disse Hammond –, não importa o que aquele maldito matemático esteja dizendo...

– Não é...

– E eu vou demonstrar que ele é seguro...

– E eu quero que você os coloque de volta naquele helicóptero agora mesmo.

– Não posso – disse Hammond, apontando para as nuvens. – Ele já está partindo.

E, de fato, o ruído dos rotores estava sumindo.

– Droga – disse Gennaro –, você não percebe que está arriscando sem necessidade?

– Ah, ah – respondeu Hammond. – Continuamos isso mais tarde. Não quero chatear as crianças.

Grant se virou e viu duas crianças descendo pela encosta, guiadas por Ed Regis. Havia um menino de óculos com cerca de onze anos, e uma menina um pouco mais nova, talvez com sete ou oito anos, seu cabelo loiro enfiado debaixo de um boné de beisebol dos Mets e uma luva de beisebol jogada sobre o ombro. Os dois desceram agilmente pela trilha que vinha do heliporto e pararam a alguma distância de Gennaro e Hammond.

Baixinho, Gennaro disse:

– Meu Deus.

– Agora, pega leve – disse Hammond. – Os pais deles estão se divorciando e eu quero que eles tenham um fim de semana divertido aqui.

A menina acenou, insegura.

– Oi, vovô – disse ela. – Chegamos.

O PASSEIO

Tim Murphy viu logo que havia algo errado. Seu avô estava no meio de uma discussão com o homem mais jovem e de rosto vermelho diante dele. E os outros adultos, um pouco afastados, pareciam constrangidos e desconfortáveis. Alexis também sentiu a tensão, porque ficou para trás, jogando sua bola de beisebol para cima. Ele precisou empurrá-la.

– Vai lá, Lex.

– Vai você, Timmy.

– Não seja amarelona – disse ele.

Lex fitou-o de cara feia, mas Ed Regis disse, alegre:

– Vou apresentá-los a todo mundo e então poderemos fazer o passeio.

– Eu tenho que ir ao banheiro – disse Lex.

– Vou só apresentar vocês antes – disse Ed Regis.

– Não, eu tenho que ir.

Mas Ed Regis já estava fazendo as apresentações. Primeiro ao avô deles, que beijou ambos, e então ao homem com quem ele estava discutindo. O homem era musculoso e seu nome era Gennaro. O resto das apresentações foi um borrão para Tim. Havia uma loira vestindo bermudas e um homem barbudo de jeans e camisa havaiana. Ele parecia do tipo que gostava de natureza. Depois um universitário gordo que tinha algo a ver com computadores, e finalmente um homem magro de roupa preta que não ofereceu a mão, apenas fez um gesto com a cabeça. Tim tentava organizar suas impressões, e estava olhando para as pernas da loira, quando de repente percebeu que sabia quem era o barbudo.

– Sua boca está aberta – disse Lex.

Tim disse:

– Eu conheço ele.

– Ah, é *claro.* Você acabou de ser apresentado a ele.

– Não – disse Tim. – Eu tenho o livro dele.

O barbudo disse:

– Que livro é esse, Tim?

– *O mundo perdido dos dinossauros.*

Alexis fungou e disse:

– Papai diz que Tim tem dinossauros no cérebro.

Tim mal a escutou. Ele estava pensando no que sabia sobre Alan Grant. Um dos principais defensores da teoria de que os dinossauros possuíam sangue quente, o professor Grant tinha feito muitas escavações no local chamado de Colina dos Ovos, em Montana, famosa pela quantidade de ovos de dinossauros encontrados ali. Ele encontrara a maioria dos ovos de dinossauro que já haviam sido descobertos. Também era um bom ilustrador, e desenhava as imagens para seus próprios livros.

– Dinossauros no cérebro? – disse o barbudo. – Bem, na verdade, eu tenho esse mesmo problema.

– Papai diz que dinossauros são muito estúpidos – disse Lex. – Ele diz que Tim deveria passear ao ar livre e praticar mais esportes.

Tim ficou envergonhado.

– Pensei que você tinha que ir ao banheiro – disse ele.

– Daqui a pouco – disse Lex.

– Pensei que estava com pressa.

– Sou eu que devo saber, não acha, Timothy? – disse ela, colocando as mãos nos quadris e imitando a pose mais irritante da mãe.

– Que tal isso – disse Ed Regis. – Por que não vamos todos para o centro de visitantes e podemos começar nosso passeio de lá?

Todos começaram a caminhar. Tim ouviu Gennaro sussurrar para seu avô:

– Eu poderia matar você por causa disso.

E então Tim olhou para cima e viu que o dr. Grant tinha vindo caminhar ao lado dele.

– Quantos anos você tem, Tim?

– Onze.

– E há quanto tempo se interessa por dinossauros? – perguntou Grant.

Tim engoliu seco.

– Já faz um tempinho – disse ele. Sentia-se nervoso em estar conversando com o dr. Grant. – Nós vamos a museus às vezes, quando eu consigo convencer minha família a ir. Meu pai.

– Seu pai não tem um interesse especial nisso?

Tim assentiu e contou a Grant sobre a última visita de sua família ao Museu de História Natural. Seu pai havia olhado para um esqueleto e dito:

– Esse é dos grandes.

Tim dissera:

– Não, pai, esse é médio, um camptossauro.

– Ah, não sei, não. Parece bem grande para mim.

– Não é nem adulto, pai.

Seu pai olhou com atenção para o esqueleto.

– O que ele é, jurássico?

– Credo. Não. Cretáceo.

– Cretáceo? Qual a diferença entre cretáceo e jurássico?

– Só uns cem milhões de anos.

– Cretáceo é mais antigo?

– Não, pai, jurássico é mais antigo.

– Bem – dissera o pai, dando um passo para trás –, ele parece bem grande para mim. – E voltara-se para Tim em busca de concordância. Tim sabia que era melhor concordar com o pai, então apenas resmungou alguma coisa. E eles seguiram para outra exposição.

Tim ficou de pé diante de um esqueleto, um *Tyrannosaurus rex,* o predador mais poderoso que a Terra já havia conhecido, por um longo tempo. Finalmente, seu pai disse:

– Para o que você está olhando?

– Estou contando as vértebras – respondeu Tim.

– As vértebras?

– Na espinha dorsal.

– Eu sei o que são vértebras – disse o pai dele, irritado. Ele ficou ali mais um pouco e então disse: – Por que você está contando?

– Acho que estão erradas. Os tiranossauros deviam ter só 37 vértebras na cauda. Esse tem mais.

– Você está querendo me dizer – disse o pai dele – que o Museu de História Natural tem um esqueleto que está errado? Não posso acreditar nisso.

– Está errado – repetiu Tim.

O pai dele saiu pisando duro até um segurança no canto.

– O que você fez agora? – perguntou-lhe sua mãe.

– Não fiz nada – respondeu Tim. – Só falei que o dinossauro está errado, só isso.

E então seu pai voltou com uma expressão engraçada, porque é claro que o segurança dissera a ele que o tiranossauro tinha vértebras demais na cauda.

– Como você sabia disso? – perguntara seu pai.

– Eu li – disse Tim.

– Isso foi incrível, filho – disse ele, e pôs a mão no ombro de Tim, dando um apertão. – Você sabe quantas vértebras aquela cauda devia ter. Eu nunca vi nada parecido. Você realmente tem dinossauros no cérebro.

E então seu pai disse que queria pegar a segunda metade do jogo dos Mets na TV e Lex disse que também queria, então eles foram embora do museu. E Tim não viu nenhum outro dinossauro, que fora o motivo para eles terem ido até lá, para começo de conversa. Mas era assim que as coisas aconteciam na família dele.

Que as coisas *costumavam* acontecer na família dele, Tim se corrigiu. Agora que seu pai estava se divorciando de sua mãe, as coisas provavelmente seriam diferentes. Seu pai já havia saído de casa e, apesar de ser estranho a princípio, Tim gostou. Ele achava que sua mãe tinha um namorado, mas não podia ter certeza, e é claro que jamais mencionaria isso para Lex. A garota estava de coração partido por ter sido separada do pai, e nas últimas semanas ela tinha ficado tão insuportável que...

– Era o 5027? – perguntou Grant.

– Desculpe, o quê? – disse Tim.

– O tiranossauro no museu. Era o 5027?

– Era – respondeu Tim. – Como você sabia?

Grant sorriu.

– Eles vêm falando de consertá-lo há anos. Mas é capaz que agora nunca o façam.

– Por quê?

– Por causa do que está acontecendo aqui – respondeu Grant –, na ilha do seu avô.

Tim chacoalhou a cabeça. Ele não entendia do que Grant estava falando.

– Minha mãe disse que é só um resort, sabe, com natação e tênis.

– Não exatamente – disse Grant. – Eu explico enquanto caminhamos.

Agora eu sou uma porcaria de uma babá, pensou Ed Regis, descontente, batucando com o pé enquanto esperava no centro de visitantes. Era isso o que o velho havia lhe dito: "Cuide dessas crianças como uma águia, elas são sua responsabilidade durante o fim de semana".

Ed Regis não gostara nada disso. Ele se sentia aviltado. Não era uma maldita babá. Aliás, falando nisso, também não era a porcaria de um guia turístico, nem mesmo para pessoas muito importantes. Ele era o chefe de relações públicas do Jurassic Park e tinha muita coisa a preparar até a abertura, dali a um ano. Só a coordenação das empresas de RP em San Francisco e Londres e as agências de Nova York e Tóquio já era um trabalho de tempo integral – especialmente porque as agências não podiam saber ainda qual era a verdadeira atração do resort. Todas as empresas estavam projetando teasers de campanhas, nada específico, e estavam descontentes. Gente criativa precisa ser mimada. Eles precisam de encorajamento para fazer seu melhor. Ele não podia desperdiçar seu tempo guiando cientistas em passeios.

Mas esse era o problema com a carreira em relações públicas – ninguém vê você como profissional. Regis estivera na ilha várias vezes nos últimos sete meses, e ainda empurravam serviços esquisitos para cima dele. Como naquele episódio em janeiro. Harding é que devia ter cuidado daquilo. Harding ou Owens, o capataz. Em vez disso, a responsabilidade tinha caído sobre Ed Regis. O que ele sabia sobre cuidar de um trabalhador doente? E agora ele era um maldito guia turístico e uma babá. Voltou-se e contou as cabeças. Ainda faltava um.

Foi quando, lá no fundo, ele viu a dra. Sattler emergir do banheiro.

– Certo, pessoal, vamos começar nosso passeio no segundo andar.

* * *

Tim foi com os outros, seguindo o sr. Regis até o segundo andar do edifício pela escadaria preta suspensa. Eles passaram por uma placa que dizia:

ÁREA RESTRITA

SOMENTE PESSOAL AUTORIZADO
DEPOIS DESTE PONTO

Tim sentiu um arrepio quando viu aquela placa. Eles seguiram pelo corredor do segundo andar. Uma parede era de vidro, dando para uma sacada com palmeiras na leve bruma. Na outra parede havia portas desenhadas, como escritórios: ADMINISTRAÇÃO DO PARQUE... SERVIÇOS DE HÓSPEDES... GERENTE-GERAL...

No meio do corredor, chegaram a uma divisão de vidro marcada com outra placa:

RISCO BIOLÓGICO

CUIDADO
RISCO
BIOLÓGICO

Este laboratório obedece aos protocolos genéticos USG P4/EK3

Debaixo dela, havia outros avisos:

CUIDADO

SUBSTÂNCIAS TERATOGÊNICAS
EVITAR EXPOR MULHERES
GRÁVIDAS A ESTA ÁREA

PERIGO

ISÓTOPOS RADIOATIVOS EM
USO — POTENCIAL
CARCINÓGENO

Tim ficava cada vez mais empolgado. Substâncias teratogênicas! Coisas que produziam monstros! Aquilo o animou, e ele ficou desapontado ao ouvir Ed dizer:

– Não se preocupem com as placas, estão ali apenas por motivos legais. Posso lhes assegurar que tudo é perfeitamente seguro.

Ele os levou pela porta. Havia um segurança do outro lado. Ed Regis voltou-se para o grupo:

– Vocês podem ter notado que temos um mínimo de pessoal aqui na ilha. Podemos administrar esse resort com um total de vinte pessoas. É claro, teremos mais quando houver hóspedes aqui, mas no momento temos apenas vinte. Essa é a nossa sala de controle. Todo o parque é controlado daqui.

Eles pararam diante das janelas e espiaram para dentro de uma sala escura que parecia uma versão reduzida de um centro de Controle de Missão. Havia um mapa de vidro transparente vertical do parque, e de frente para ele uma fileira de iluminados consoles de computadores. Algumas das telas exibiam dados, mas a maioria mostrava imagens de vídeos da área ao redor do parque. Havia só duas pessoas lá dentro, de pé e conversando.

– O homem à esquerda é nosso engenheiro-chefe, John Arnold – Regis apontou para um sujeito magro em uma camisa social de manga curta e gravata, fumando um cigarro – e, ao lado dele, nosso administrador, o sr. Robert Muldoon, o famoso caçador branco de Nairóbi. – Muldoon era um homem robusto com roupa cáqui e óculos de sol pendurados no bolso da camisa. Ele olhou para o grupo, deu um breve aceno com a cabeça e voltou às telas dos computadores.

– Tenho certeza de que querem ver essa sala – disse Regis –, mas, antes, vamos ver como obtemos DNA de dinossauro.

A placa na porta dizia EXTRAÇÕES e, como todas as portas no prédio do laboratório, era aberta com um cartão de segurança. Ed Regis colocou o cartão no espaço indicado; a luz piscou e a porta se abriu.

Lá dentro, Tim viu uma saleta banhada em luz verde. Quatro técnicos em aventais de laboratório olhavam para microscópios duplos ou para imagens em alta resolução nas telas de vídeo. A sala estava cheia de pedras amarelas. As pedras estavam em prateleiras de vidro, em caixas de papelão, em grandes bandejas móveis. Cada pedra estava etiquetada e numerada com tinta preta.

Regis apresentou Henry Wu, um homem esguio com cerca de trinta anos.

– O dr. Wu é nosso geneticista-chefe. Vou deixar que ele explique o que fazemos aqui.

Henry Wu sorriu.

– Vou tentar, pelo menos – disse ele. – Genética é um pouco complicada. Mas vocês provavelmente estão imaginando de onde vem nosso DNA de dinossauro.

– Essa questão passou pela minha mente – disse Grant.

– Na verdade – continuou Wu –, há duas fontes possíveis. Usando a técnica de extração de anticorpos de Loy, às vezes conseguimos DNA diretamente dos ossos de dinossauros.

– Que tipo de produção? – perguntou Grant.

– Bem, a maioria da proteína solúvel é filtrada durante a fossilização, mas 20% das proteínas ainda são recuperáveis esmagando-se os ossos e usando o procedimento de Loy. O próprio dr. Loy o utilizou para obter proteínas de marsupiais australianos extintos, assim como células sanguíneas de antigos restos humanos. Sua técnica é tão refinada que pode funcionar até com meros cinquenta nanogramas de material. Ou seja, cinquenta bilionésimos de um grama.

– E você adaptou essa técnica aqui? – indagou Grant.

– Apenas como um plano B – respondeu Wu. – Como pode imaginar, uma extração de 20% é insuficiente para o nosso trabalho. Precisamos de toda a cadeia de DNA para realizar a clonagem. E conseguimos isso aqui. – Ele ergueu uma das pedras amarelas. – Do âmbar, a resina fossilizada de seiva de árvores pré-históricas.

Grant olhou para Ellie, então para Malcolm.

– Isso foi muito inteligente – disse Malcolm, assentindo.

– Eu ainda não entendi – admitiu Grant.

– A seiva das árvores – explicou Wu – com frequência flui por cima de insetos e os prende. Então os insetos são perfeitamente preservados dentro do fóssil. Pode-se encontrar todo tipo de inseto em âmbar, inclusive insetos sugadores de sangue, que sugaram de animais muito maiores.

– Sugaram o sangue – repetiu Grant. Seu queixo caiu. – Você quer dizer, sugaram o sangue de dinossauros...

– Com sorte, sim.

– E aí os insetos são preservados em âmbar... – Grant balançou a cabeça. – Minha nossa, isso pode mesmo funcionar.

– Eu lhe asseguro, *funciona* – disse Wu. Ele foi até um dos microscópios, onde um técnico posicionou um pedaço de âmbar contendo uma mosca sob a lente. No monitor de vídeo, eles observaram enquanto ele inseria uma agulha comprida através do âmbar, dentro do tórax da mosca pré-histórica.

– Se esse inseto tiver qualquer célula sanguínea estranha, nós podemos extraí-la e obter paleo-DNA, o DNA de uma criatura extinta. Não saberemos com certeza, é óbvio, até extrairmos o que está ali, replicar o obtido e testá-lo. É isso que temos feito nos últimos cinco anos. Tem sido um processo longo e lento, mas valeu a pena. Na verdade, DNA de dinossauros é um pouco mais fácil de se extrair por esse processo do que DNA de mamíferos. A razão é que as hemácias dos mamíferos não têm núcleo e, portanto, nenhum DNA. Para clonar um mamífero, é preciso encontrar um leucócito, que é muito mais raro do que as hemácias. Mas dinossauros possuíam hemácias nucleadas, assim como os pássaros de hoje. É um dos vários indicadores que possuímos de que os dinossauros, de fato, não são répteis. Eles são grandes pássaros revestidos de couro.

Tim viu que o dr. Grant ainda parecia cético e Dennis Nedry, o gordo desleixado, parecia completamente desinteressado, como se já soubesse de tudo isso. Nedry ficava olhando, impaciente, para a sala seguinte.

– Vejo que o sr. Nedry já descobriu a próxima fase de nosso trabalho – disse Wu. – Como identificamos o DNA extraído. Para isso, usamos computadores poderosos.

Eles passaram por portas deslizantes e entraram em uma sala resfriada. Havia um zumbido alto. Duas torres redondas com 1,80 metro de altura estavam no centro da sala, e ao longo das paredes havia fileiras de caixas de aço inoxidável que chegavam à cintura deles.

– Essa é a nossa lavanderia high-tech – explicou o dr. Wu. – As caixas ao longo das paredes são sequenciadores automáticos de gene da Hamachi-Hood. Eles estão rodando a uma velocidade muito alta nos computadores Cray XMP, que são as torres no meio da sala. Em essência, vocês estão no meio de uma fábrica genética incrivelmente poderosa.

Havia diversos monitores, todos rodando tão rápido que era difícil visualizar o que estavam mostrando. Wu apertou um botão e reduziu a velocidade de uma imagem.

```
   1  GCGTTGCTGG  CGTTTTTCCA  TAGGCTCCGC  CCCCCTGACG  AGCATCACAA  AAATCGACGC
  61  GGTGGCGAAA  CCCGACAGGA  CTATAAAGAT  ACCAGGCGTT  TCCCCCTGGA  AGCTCCCTCG
 121  TCTTCCCACC  CTCCCCCTTA  CCGGATACCT  GTCCGCCTTT  CTCCCTTCGG  GAAGCGTGGC
 181  TGCTCACGCT  GTAGGTATCT  CAGTTCGGTG  TAGGTCGTTC  GCTCCAAGCT  GGGCTGTGTG
 241  CCGTTCAGCC  CGACCGCTGC  GCCTTATCCG  GTAACTATCG  TCTTGAGTCC  AACCCGGTAA
 301  AGTAGGACAG  GTGCCGGCAG  CGCTCTGGGT  CATTTTCGGC  GAGGACCGCT  TTCGCTGGAG
 361  ARCGGCCTGT  CGCTTGCGGT  ATTCGGAATC  TTGCACGCCC  TCGCTCAAGC  CTTCGTCACT
 421  CCAAACGTTT  CGGCGAGAAG  CAGGCCATTA  TCGCCGGCAT  GGCGGCCGAC  GCGCTGGGCT
 481  GGCGTTCGCG  ACGCGAGGCT  GGATGGCCTT  CCCCATTATG  ATTCTTCTCG  CTTCCGGCGG
 541  CCCGCGTTGC  AGGCCATGCT  GTCCAGGCAG  GTAGATGACG  ACCATCAGGG  ACAGCTTCAA
 601  CGGCTCTTAC  CAGCCTAACT  TCGATCACTG  GACCGCTGAT  CGTCACGGCG  ATTTATGCCG
 661  CACATGGACG  CGTTGCTGGC  GTTTTTCCAT  AGGCTCCGCC  CCCCTGACGA  GCATCACAAA
 721  CAAGTCAGAG  GTGGCGAAAC  CCGACAGGAC  TATAAAGATA  CCAGGCGTTT  CCCCCTGGAA
 781  GCGCTCTCCT  GTTCCGACCC  TGCCGCTTAC  CGGATACCTG  TCCGCCTTTC  TCCCTTCGGG
 841  CTTTCTCAAT  GCTCACGCTG  TAGGTATCTC  AGTTCGGTGT  AGGTCGTTCG  CTCCAAGCTG
 901  ACGAACCCCC  CGTTCAGCCC  GACCGCTGCG  CCTTATCCGG  TAACTATCGT  CTTGAGTCCA
 961  ACACGACTTA  ACGGGTTGGC  ATGGATTGTA  GGCGCCGCCC  TATACCYYGT  CTGCCTCCCC
1021  GCGGTGCATG  GAGCCGGGCC  ACCTCGACCT  GAATGGAAGC  CGGCGGCACC  TCGCTAACGG
1081  CCAAGAATTG  GAGCCAATCA  ATTCTTGCGG  AGAACTGTGA  ATGCGCAAAC  CAACCCTTGG
1141  CCATCGCGTC  CGCCATCTCC  AGCAGCCGCA  CGCGGCGCAT  CTCGGGCAGC  GTTGGGTCCT
1201  GCGCATGATC  GTGCT █ CCTGTCGTTG  AGGACCCGGC  TAGGCTGGCG  GGGTTGCCTT
1281  AGAATGAATC  ACCGATACGC  GAGCGAACGT  GAAGCGACTG  CTGCTGCAAA  ACGTCTGCGA
1341  AACATGAATG  GTCTTCGGTT  TCCGTGTTTC  GTAAAGTCTG  GAAACGCGGA  AGTCAGCGCC
```

– Aqui vocês podem ver a estrutura real de um pequeno fragmento de DNA de dinossauro – disse Wu. – Notem que a sequência é feita de quatro compostos básicos: adenina, timina, guanina e citosina. Essa quantidade de DNA provavelmente contém instruções para fazer apenas uma proteína... Digamos que um hormônio ou uma enzima. A molécula completa de DNA contém *três bilhões* dessas bases. Se olharmos para uma tela assim uma vez por segundo, durante oito horas por dia, ainda levaríamos mais de dois anos para observar um filamento completo de DNA. É realmente muito grande.

Ele apontou para a imagem.

– Esse é um exemplo típico, porque vocês podem ver que o DNA contém um erro aqui na linha 1201. Muito do DNA que extraímos é fragmentado ou incompleto. Portanto, a primeira coisa que precisamos fazer é consertá-lo. Ou melhor, o computador precisa fazer isso. Ele corta o DNA, usando o que chamamos de enzimas de restrição. O computador seleciona então uma variedade de enzimas que poderiam fazer o trabalho.

```
   1  GGTGGCGAAACGTTTTTCCATAGGCTCCGCCCCCCTGACGAGCATCACAAAAATCGACGC
  61  GGTGGCGAAACCCGACAGGACTATAAAGATACCAGGCGTTTCCCCCTGGAAGCTCCCTCG
                                 Nsp04
 121  TGTTCCGACCCTGCCGCTTACCGGATACCTGTCCGCCTTTCTCCCTTCGGGAAGCGTGGC
 181  TGCTCACGCTGTAGGTATCTCAGTTCGGTGTAGGTCGTTCGCTCCAAGCTGGGCTGTGTG
                                 ▫                         BrontIV
 241  CCGTTCAGCCCGACCGCTGCGCCTTATCCGGTAACTATCGTCTTGAGTCCAACCCGGTAA
 301  AGTAGGACAGGTGCCGGCAGCGCTCTGGGTCATTTTCGGCGAGGACCGCTTTCGCTGGAG
                 434 DnxT1                 AoliBn
 361  ARCGGCCTGTCGCTTGCGGTATTCGGAATCTTGCACGCCCTCGCTCAAGCCTTCGTCACT
 421  CCAAACGTTTCGGCGAGAAGCAGGCCATTATCGCCGGCATGGCGGCCGACGCGCTGGGCT
 481  GGCGTTCGCGACGCGAGGCTGGATGGCCTTCCCCATTATGATTCTTCTCGCTTCCGGCGG
 541  CCCGCGTTGCAGGCCATGCTGTCCAGGCAGGTAGATGACGACCATCAGGGACAGCTTCAA
 601  CGGCTCTTACCAGCCTAACTTCGATCACTGGACCGCTGATCGTCACGGCGATTTATGCCG
                                                         Nsp04
 661  CACATGGACGCGTTGCTGGCGTTTTTCCATAGGCTCCGCCCCCCTGACGAGCATCACAAA
 721  CAAGTCAGAGGTGGCGAAACCCGACAGGACTATAAAGATACCAGGCGTTTCCCCCTGGAA
                 924 Caol11              DinoLdn
 781  GCGCTCTCCTGTTCCGACCCTGCCGCTTACCGGATACCTGTCCGCCTTTCTCCCTTCGGG
 841  CTTTCTCAATGCTCACGCTGTAGGTATCTCAGTTCGGTGTAGGTCGTTCGCTCCAAGCTG
 901  ACGAACCCCCCGTTCAGCCCGACCGCTGCGCCTTATCCGGTAACTATCGTCTTGAGTCCA
 961  ACACGACTTAACGGGTTGGCATGGATTGTAGGCGCCGCCCTATACCYYGTCTGCCTCCCC
1021  GCGGTGCATGGAGCCGGGCCACCTCGACCTGAATGGAAGCCGGCGGCACCTCGCTAACGG
1081  CCAAGAATTGGAGCCAATCAATTCTTGCGGAGAACTGTGAATGCGCAAACCAACCCTTGG
1141  CCATCGCGTCCGCCATCTCCAGCAGCCGCACGCGGCGCATCTCGGGCAGCGTTGGGTCCT
                    1416 DnxT1
                   SSpd4
1201  GCGCATGATCGTGCTAGCCTGTCGTTGAGGACCCGGCTAGGCTGGCGGGGTTGCCTTACT
1281  AGAATGAATCACCGATACGCGAGCGAACGTGAAGCGACTGCTGCTGCAAAACGTCTGCGA
```

– Aqui está a mesma seção do DNA, com os pontos das enzimas de restrição localizados. Como podem ver na linha 1201, duas enzimas cortam de cada lado do ponto danificado. Normalmente, nós deixamos os computadores decidirem qual usar. Porém, também precisamos saber que pares básicos podemos inserir para reparar o dano. Para isso, temos que alinhar vários fragmentos cortados, assim:

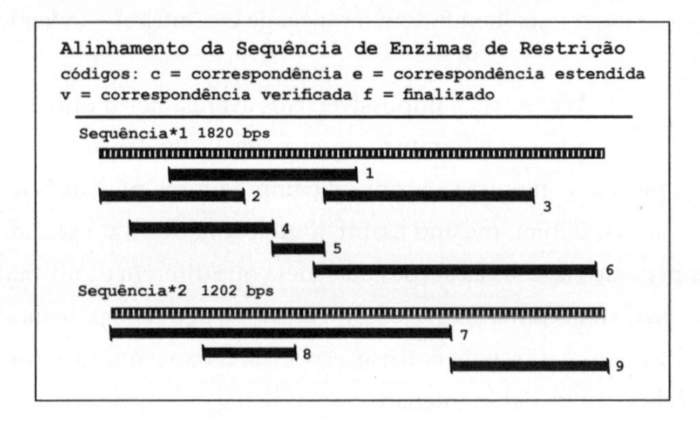

– Agora estamos encontrando um fragmento de DNA que se sobrepõe à área danificada, e que vai nos dizer o que está faltando. E vocês podem notar que conseguimos encontrar, depois seguir adiante e fazer o reparo. As barras escuras que vocês estão vendo são fragmentos de restrição: pequenas seções de DNA de dinossauro, quebradas por enzimas e então analisadas. O computador está agora recombinando-as, buscando por seções sobrepostas de código. É um pouco parecido com a montagem de um quebra-cabeça. O computador consegue fazer isso muito rapidamente.

```
   1  GGTGGCGAAACGTTTTTCCATAGGCTCCGCCCCCCTGACGAGCATCACAAAAATCGACGC
  61  GGTGGCGAAACCCGACAGGACTATAAAGATACCAGGCGTTTCCCCCTGGAAGCTCCCTCG
 121  TGTTCCGACCCTGCCGCTTACCGGATACCTGTCCGCCTTTCTCCCTTCGGGAAGCGTGGC
 101  TGCTCACGCTGTAGGTATCTCAGTTCGGTGTAGGTCGTTCGCTCCAACCTGGGCTGTGTG
 241  CCGTTCAGCCCGACCGCTGCGCCTTATCCGGTAACTATCGTCTTGAGTCCAACCCGGTAA
 301  AGTAGGACAGGTGCCGGCAGCGCTCTGGGTCATTTTCGGCGAGGACCGCTTTCGCTGGAG
 361  ARCGGCCTGTCGCTTGCGGTATTCGGAATCTTGCACGCCCTCGCTCAAGCCTTCGTCACT
 421  CCAAACGTTTCGGCGAGAAGCAGGCCATTATCGCCGGCATGGCGGCCGACGCGCTGGGCT
 481  GGCGTTCGCGACGCGAGGCTGGATGGCCTTCCCCATTATGATTCTTCTCGCTTCCGGCGG
 541  CCCGCGTTGCAGGCCATGCTGTCCAGGCAGGTAGATGACGACCATCAGGGACAGCTTCAA
 601  CGGCTCTTACCAGCCTAACTTCGATCACTGGACCGCTGATCGTCACGGCGATTTATGCCG
 661  CACATGGACGCGTTGCTGGCGTTTTTCCATAGGCTCCGCCCCCCTGACGAGCATCACAAA
 721  CAAGTCAGAGGTGGCGAAACCCGACAGGACTATAAAGATACCAGGCGTTTCCCCCTGGAA
 781  GCGCTCTCCTGTTCCGACCCTGCCGCTTACCGGATACCTGTCCGCCTTTCTCCCTTCGGG
 841  CTTTCTCAATGCTCACGCTGTAGGTATCTCAGTTCGGTGTAGGTCGTTCGCTCCAAGCTG
 901  ACGAACCCCCCGTTCAGCCCGACCGCTGCGCCTTATCCGGTAACTATCGTCTTGAGTCCA
 961  ACACGACTTAACGGGTTGGCATGGATTGTAGGCGCCGCCCTATACCYYGTCTGCCTCCCC
1021  GCGGTGCATGGAGCCGGGCCACCTCGACCTGAATGGAAGCCGGCGGCACCTCGCTAACGG
1081  CCAAGAATTGGAGCCAATCAATTCTTGCGGAGAACTGTGAATGCGCAAACCAACCCTTGG
1141  CCATCGCGTCCGCCATCTCCAGCAGCCGCACGCGGCGCATCTCGGGCAGCGTTGGGTCCT
1201  GCGCATGATCGTGCTAGCCTGTCGTTGAGGACCCGGCTAGGCTGGCGGGGTTGCCTTACT
1281  AGAATGAATCACCGATACGCGAGCGAACGTGAAGCGACTGCTGCTGCAAAACGTCTGCGA
1341  AACATGAATGGTCTTCGGTTTCCGTGTTTCGTAAAGTCTGGAAACGCGGAAGTCAGCGCC
```

– E aqui está a cadeia de DNA revisada, reparada pelo computador. A operação que vocês testemunharam teria levado meses em um laboratório convencional, mas nós podemos fazê-la em segundos.

– Então vocês estão trabalhando com a cadeia de DNA inteira? – indagou Grant.

– Ah, não – disse Wu. – Isso é impossível. Nós avançamos muito desde os anos 1960, quando um laboratório inteiro levava quatro *anos* para decodificar uma tela como essa. Agora os computadores podem fazer isso em duas horas. Porém, mesmo assim, a molécula de DNA é grande demais. Nós pegamos apenas as seções da cadeia que diferem de animal para animal, ou do DNA contemporâneo. Apenas uma pequena porcentagem dos nucleotídeos é diferente entre as espécies. É isso o que nós analisamos, e ainda é um trabalho imenso.

Dennis Nedry bocejou. Ele concluíra havia muito tempo que a InGen devia estar fazendo algo assim. Alguns anos atrás, quando a InGen contratou Nedry para projetar o sistema de controle do parque, um dos parâmetros iniciais do projeto solicitava registros de dados com 3×10^9 campos. Nedry presumiu que fosse um erro e ligou para Palo Alto para verificar a informação. Mas eles lhe disseram que a especificação estava correta. Três bilhões de campos.

Nedry tinha trabalhado em muitos sistemas grandes. Construíra uma reputação ao montar comunicações telefônicas mundiais para corporações multinacionais. Estava acostumado com isso. Mas a InGen queria algo tão maior...

Intrigado, Nedry foi visitar Barney Fellows na Symbolics, perto do campus do MIT em Cambridge.

– Que tipo de base de dados tem três bilhões de registros, Barney?

– Um erro – disse Barney, rindo. – Eles colocaram um zero ou dois a mais.

– Não é um engano. Eu conferi. É o que eles querem.

– Mas isso é loucura. Não é viável. Ainda que se tenha os processadores mais rápidos e algoritmos extremamente velozes, uma busca poderia levar dias. Talvez até semanas.

– É, eu sei – disse Nedry. – Felizmente não estão pedindo que eu faça os algoritmos. Só me pediram para reservar arquivo e memória para o sistema geral. Ainda assim... para que poderia ser essa base de dados?

Barney franziu o cenho.

– Você está trabalhando sob um TC?

– Estou – disse Nedry. A maioria dos seus trabalhos requeria termos de confidencialidade.

– Pode me contar alguma coisa?

– É uma empresa de bioengenharia.

– Bioengenharia – disse Barney. – Bem, há o óbvio...

– Que é?

– Uma molécula de DNA.

– Ah, imagina – disse Nedry. – Ninguém pode estar analisando uma molécula de DNA.

Ele sabia que os biólogos estavam falando sobre o Projeto Genoma Humano, a análise de uma cadeia completa de DNA humano. Mas aquilo levaria dez anos de esforço coordenado e envolveria laboratórios do mundo todo. Era um empreendimento imenso, tão grande quanto o Projeto Manhattan, que havia projetado a bomba atômica.

– É uma empresa privada – continuou Nedry.

– Com três bilhões de registros – disse Barney –, não sei o que mais poderia ser. Talvez estejam sendo otimistas ao projetar o sistema.

– Bastante otimistas.

– Ou talvez estejam apenas analisando fragmentos de DNA, mas tenham algoritmos intensivos em RAM.

Aquilo fazia mais sentido. Certas técnicas de busca em base de dados comiam um monte de memória.

– Você sabe quem fez os algoritmos deles?

– Não – respondeu Nedry. – Essa empresa é bastante reservada.

– Bem, meu palpite é que eles estejam fazendo algo com DNA – disse Barney. – Qual é o sistema?

– Multi-XMP.

– *Multi*-XMP? Você quer dizer, mais de um Cray? Uau. – Barney agora estava franzindo a testa, pensando a respeito dessa informação. – Pode me dizer mais alguma coisa?

– Desculpe – disse Nedry. – Não posso.

E ele então voltou e projetou os sistemas de controle. Aquilo havia levado mais de um ano de trabalho seu e de sua equipe de programação, e foi especialmente difícil porque a empresa jamais lhe disse para que os subsistemas serviriam. As instruções eram simplesmente "Projete um módulo para arquivo de registro" ou "Projete um módulo para exibição visual". Eles lhe davam os parâmetros do projeto, mas nenhum detalhe sobre uso. Ele vinha trabalhando no escuro. E agora que o sistema estava ligado e rodando, não ficou surpreso ao descobrir que havia bugs. O que eles esperavam? E lhe ordenaram, em pânico, que viesse até ali, incomodados com os bugs "dele". Era irritante, pensou Nedry.

Ele voltou-se para o grupo enquanto Grant perguntava:

– E quando o computador termina de analisar o DNA, como você sabe de qual animal é o código?

– Temos dois procedimentos – respondeu Wu. – O primeiro é o mapa filogenético. O DNA evolui ao longo do tempo, como tudo mais em um organismo: mãos, pés ou qualquer outro atributo físico. Então, podemos pegar um pedaço desconhecido de DNA e determinar, *grosso modo*, via computador, onde ele se encaixa na sequência evolucionária. Consome bastante tempo, mas pode ser feito.

– E a outra maneira?

Wu encolheu os ombros.

– Simplesmente o desenvolvemos e descobrimos do que se trata – disse ele. – É o que normalmente fazemos. Eu vou lhes mostrar como.

Tim sentia uma impaciência crescente enquanto o passeio prosseguia. Ele gostava das coisas técnicas, mas, ainda assim, estava perdendo o interesse. Chegaram à porta seguinte, com uma placa que dizia FERTILIZAÇÃO. O dr. Wu destrancou a porta com seu cartão de segurança e todos entraram.

Tim viu mais uma sala com técnicos trabalhando em microscópios. No fundo, havia uma seção inteiramente iluminada por ultravioleta azul. O dr. Wu explicou que seu trabalho em DNA requeria a interrupção da mitose celular em instantes precisos, e, por isso, eles mantinham ali alguns dos venenos mais virulentos do mundo.

– Helotoxinas, colquicinas, beta-alcaloides – disse ele, apontando para uma série de seringas arranjadas sob a luz UV. – Matam qualquer animal vivo em um ou dois segundos.

Tim gostaria de saber mais sobre os venenos, mas o dr. Wu continuou falando sobre a utilização de óvulos não fertilizados de crocodilo e substituição de DNA, e em seguida o Professor Grant fez algumas perguntas complicadas. De um lado da sala havia grandes tanques onde se lia N_2 LÍQUIDO. E havia grandes salas refrigeradas com prateleiras de embriões congelados, cada um guardado em um embrulho prateado minúsculo.

Lex estava entediada. Nedry estava bocejando. E até a dra. Sattler estava perdendo o interesse. Tim estava cansado de olhar para esses laboratórios complicados. Ele queria ver os dinossauros.

A sala seguinte estava marcada como INCUBADORA.

– É meio quente e úmido aqui dentro – disse o dr. Wu. – Mantemos essa sala a 37 °C e a umidade relativa do ar a 100%. Também fornecemos uma concentração mais alta de O_2. Ela chega a 33%.

– Atmosfera jurássica – disse Grant.

– Exato. Ao menos, é o que presumimos. Se algum de vocês sentir tontura, me avise.

Dr. Wu inseriu seu cartão de segurança no local indicado e a porta exterior se abriu com um sibilo.

– Só para lembrar: não toquem em nada nessa sala. Alguns dos ovos são permeáveis aos óleos da pele. E cuidado com a cabeça. Os sensores estão sempre em movimento.

Ele abriu a porta interna para a incubadora e eles o seguiram para dentro. Tim olhou para uma vasta sala aberta, banhada em uma profunda luz infravermelha. Os ovos repousavam sobre mesas compridas, seus contornos pálidos obscurecidos pela névoa baixa e sibilante que cobria as mesas. Todos os ovos se moviam gentilmente, balançando.

– Ovos de répteis contêm grandes quantidades de gema, mas absolutamente nenhuma água. Os embriões devem retirar água do ambiente ao redor. Por isso a névoa.

Dr. Wu explicou que cada mesa continha 150 ovos e representava um novo lote de extrações de DNA. Os lotes eram identificados pelos números em cada mesa: STEG-458/2 ou TRIC-390/4. Com a névoa chegando à altura da cintura, os trabalhadores da maternidade iam de um ovo para o seguinte, mergulhando as mãos na neblina, virando os ovos a cada hora e checando as temperaturas com sensores térmicos. A sala era monitorada por câmeras de TV e sensores de movimento. Um sensor térmico no teto movia-se de um ovo para outro, tocando cada um com uma varinha flexível, bipando e seguindo em frente.

– Nesta incubadora, produzimos mais de uma dúzia de colheitas de extrações, o que nos deu um total de 238 animais vivos. Nossa taxa de sobrevivência é de cerca de 0,4%, e, naturalmente, nós queremos aumentá-la. Contudo, pela análise do computador, estamos trabalhando com algo próximo de quinhentas variáveis: 120 delas são ambientais, outras duzentas se referem ao período no interior do ovo, e o resto vem do material genético propriamente dito. Nossos ovos são de plástico. Os embriões são inseridos mecanicamente e depois chocados aqui.

– E quanto tempo de crescimento?

– Dinossauros amadurecem rapidamente, chegando ao tamanho final em dois a quatro anos. Dessa forma, temos agora vários espécimes adultos no parque.

– O que significam os números?

– Esses códigos – disse Wu – identificam os vários lotes de extração de DNA. As primeiras quatro letras identificam o animal que está sendo criado. Logo ali, aquele TRIC significa *Triceratops*. E o STEG significa *Stegosaurus*, e assim por diante.

– E esta mesa aqui? – disse Grant.

O código dizia XXXX-0001/1. Sob isso, estava rabiscado "Suposto Coelu".

– Essa é um novo lote de DNA – disse Wu. – Não sabemos exatamente no que vai resultar. Na primeira vez que uma extração é feita, não temos como ter certeza de que animal é. Vocês podem ver que está marcado

"Suposto Coelu", portanto é presumivelmente um coelurosauro. Um pequeno herbívoro, se me recordo. É difícil, para mim, lembrar de todos os nomes. Existem cerca de trezentos gêneros de dinossauros conhecidos até o momento.

– Trezentos e quarenta e sete – disse Tim.

Grant sorriu e disse:

– Tem algo eclodindo agora?

– Não neste momento. O período de incubação varia de animal para animal, mas em geral fica em torno de dois meses. Nós tentamos escalonar as eclosões para facilitar o trabalho da equipe da maternidade. Você pode imaginar como é quando temos 150 animais nascendo em poucos dias; embora, é claro, a maioria não sobreviva. Na verdade, esses x estão para nascer qualquer dia destes. Alguma outra pergunta? Não? Então vamos até a maternidade, onde estão os recém-nascidos.

Era uma sala circular, toda branca. Havia algumas incubadoras do tipo usado em hospitais maternidade, mas todas estavam vazias no momento. Trapos e brinquedos estavam espalhados pelo chão. Uma jovem de avental branco estava sentada no chão, de costas para eles.

– O que você tem aqui hoje, Kathy? – perguntou o dr. Wu.

– Não muita coisa – disse ela. – Só um raptor bebê.

– Vamos dar uma olhada.

A mulher ficou de pé e deu um passo para o lado. Tim ouviu Nedry dizer:

– Parece um lagarto.

O animal no chão tinha cerca de meio metro de comprimento, do tamanho de um macaco pequeno. Era amarelo-escuro com tiras marrons, como um tigre. Ele tinha uma cabeça de lagarto e focinho comprido, mas estava de pé ereto sobre as patas traseiras, equilibrado em uma cauda reta e grossa. Suas patas dianteiras, menores, balançavam no ar. Ele inclinou a cabeça para um lado e olhou para os visitantes que o encaravam.

– *Velociraptor* – disse Alan Grant, em voz baixa.

– *Velociraptor mongoliensis* – disse Wu, assentindo. – Um predador. Esse aqui tem apenas seis semanas.

– Eu acabo de escavar um raptor – disse Grant, enquanto se abaixava para dar uma olhada mais de perto. Imediatamente o pequeno lagarto disparou, saltando sobre a cabeça de Grant para os braços de Tim.

– Ei!

– Eles conseguem pular – disse Wu. – Os bebês podem pular. Assim como os adultos, na verdade.

Tim pegou o velocirraptor e segurou-o junto ao corpo. O animalzinho não pesava muito, algo entre quinhentos gramas e um quilo. A pele era morna e completamente seca. A pequena cabeça estava a centímetros do rosto de Tim. Seus olhos escuros como contas o encaravam. Uma linguinha bifurcada saiu e tornou a entrar rapidamente.

– Ele vai me machucar?

– Não. Ela é amistosa.

– Tem certeza disso? – perguntou Gennaro, com uma expressão preocupada.

– Ah, bastante certeza – disse Wu. – Pelo menos, até ela ficar um pouquinho mais velha. Em todo caso, os bebês não têm dentes, nem mesmo os dentes de ovos.

– Dentes de ovos? – disse Nedry.

– A maioria dos dinossauros nasce com dentes de ovos: pequenos chifres na ponta do nariz, como os chifres de rinocerontes, para ajudá-los a sair dos ovos. Mas os raptors, não. Eles abrem um buraco nos ovos com o focinho pontudo, e então a equipe da maternidade precisa ajudá-los a sair.

– Vocês precisam ajudá-los a sair – disse Grant, balançando a cabeça. – O que acontece na natureza?

– Na natureza?

– Quando eles acasalarem na natureza – continuou Grant. – Quando fizerem seu ninho.

– Ah, eles não podem fazer isso – disse Wu. – Nenhum dos nossos animais é capaz de acasalar. É por isso que temos essa maternidade. É a única forma de reposição no Jurassic Park.

– Por que os animais não podem acasalar?

– Bem, como podem imaginar, é importante que eles não sejam capazes disso – disse Wu. – E sempre que enfrentamos um assunto crítico como esse, projetamos sistemas redundantes. Isto é, sempre preparamos no mínimo dois procedimentos de controle. Neste caso, há duas razões independentes pelas quais os animais não são capazes de acasalar. A primeira é que eles são estéreis, pois nós os irradiamos com raios x.

– E a segunda?

– Todos os animais do Jurassic Park são fêmeas – disse Wu, com um sorriso satisfeito.

Malcolm disse:

– Eu gostaria de alguns esclarecimentos sobre isso. Porque me parece que a irradiação é coalhada de incerteza. A dose da radiação pode ser errada, ou apontada para a área anatomicamente errada do animal...

– Tudo isso é verdade – disse Wu. – Mas estamos bastante confiantes de termos destruído o tecido gonadal.

– E quanto a serem todos fêmeas – disse Malcolm –, isso é conferido? Alguém vai lá e, humm, levanta a saia da dinossaura para dar uma olhada? Digo, como alguém determina o sexo de um dinossauro, afinal?

– Os órgãos sexuais variam de acordo com a espécie. Em algumas é fácil de dizer, em outras é mais sutil. Mas, respondendo à sua questão, nós literalmente os fazemos assim: nós controlamos os cromossomos deles e controlamos o ambiente de desenvolvimento no interior do ovo. De um ponto de vista da bioengenharia, fêmeas são mais fáceis de fazer. Você provavelmente sabe que todos os embriões vertebrados são inerentemente fêmeas. Todos nós começamos a vida como fêmeas. É preciso algum tipo de efeito adicional, tal como um hormônio no momento certo durante o desenvolvimento, para transformar o embrião em crescimento em um macho. Porém, deixado por sua própria conta, o embrião vai naturalmente se tornar uma fêmea. Assim, nossos animais são todos fêmeas. Nós temos a tendência de nos referir a eles como machos, como o *Tyrannosaurus rex*: nós o chamamos de "ele", mas, na verdade, são todas fêmeas. E acredite em mim, elas não podem procriar.

A pequena velocirraptor cheirou Tim e depois esfregou a cabeça contra o seu pescoço. Ele riu.

– Ela quer que você a alimente – disse Wu.

– O que ela come?

– Camundongos. Mas ela acabou de comer, então nós não a alimentaremos de novo por algum tempo.

A pequena raptor se inclinou para trás, olhou para Tim e balançou os bracinhos no ar. Tim viu as pequenas garras nos três dedos de cada mão. Em seguida, a raptor enterrou a cabeça contra o pescoço dele de novo.

Grant se aproximou e olhou criticamente para a criatura. Tocou a mãozinha minúscula com três garras. Disse a Tim:

– Você se importa?

E Tim soltou a raptor nas mãos dele.

Grant girou o animal até ficar de costas, inspecionando essa área enquanto o lagartinho se remexia e contorcia. Então levantou o animal até o alto para poder olhar seu perfil e ele soltou um grito agudo.

– Ela não gosta disso – disse Regis. – Não gosta de ficar afastada de contato corporal...

A fêmea continuava gritando, mas Grant não lhe deu atenção. Agora ele estava apertando a cauda, sentindo os ossos. Regis disse:

– Dr. Grant. Se o senhor puder...

– Não a estou machucando.

– Dr. Grant. Essas criaturas não são do nosso mundo. Elas vêm de uma época em que não havia humanos por perto para cutucá-las e espetá-las.

– Eu não estou cutucando e...

– Dr. Grant. *Solte-a* – disse Regis.

– Mas...

– *Agora.* – Regis estava começando a ficar irritado.

Grant devolveu o animal a Tim. Ele parou de guinchar. Tim podia sentir o coraçãozinho do bicho batendo rapidamente contra seu peito.

– Sinto muito, dr. Grant – disse Regis. – Mas esses animais são delicados na infância. Perdemos vários deles para uma síndrome de estresse pós-natal, que acreditamos ser mediada adrenocorticalmente. Às vezes, eles morrem dentro de cinco minutos.

Tim afagava a pequena raptor.

– Tudo bem, menina – disse ele. – Está tudo bem agora.

O coração continuava disparado.

– Achamos importante que os animais daqui sejam tratados da forma mais humana possível – disse Regis. – Eu prometo que o senhor terá toda oportunidade para examiná-los mais tarde.

Mas Grant não conseguia ficar longe. Mais uma vez aproximou-se do animal nos braços de Tim, olhando para ele.

A pequena velocirraptor abriu as mandíbulas e sibilou para Grant, em uma postura súbita de intensa fúria.

– Fascinante – observou Grant.

– Posso ficar e brincar com ela? – perguntou Tim.

– Não neste momento – respondeu Ed Regis, espiando o relógio. – São três horas da tarde, e é uma boa hora para um passeio no parque propriamente dito, para que possam ver todos os dinossauros nos hábitats que projetamos para eles.

Tim soltou a velocirraptor, que correu pela sala, agarrou um trapo, colocou-o na boca e puxou a outra ponta com suas garras minúsculas.

CONTROLE

Voltando à sala de controle, Malcolm disse:

– Tenho mais uma pergunta, dr. Wu. Quantas espécies diferentes vocês fizeram até agora?

– Não tenho muita certeza – respondeu Wu. – Creio que esse número, no momento, seja quinze. Quinze espécies. Você sabe, Ed?

– Isso mesmo, são quinze – disse Ed Regis, assentindo.

– Você não tem *certeza*? – indagou Malcolm, fingindo perplexidade.

Wu sorriu.

– Eu parei de contar depois da primeira dezena. E você pode perceber que, às vezes, pensamos que temos um animal feito corretamente, do ponto de vista do DNA, que é o nosso trabalho básico, e o animal cresce por seis meses; então, ocorre algo adverso. E nós nos damos conta de que existe algum erro. Um gene de ativação não está operando. Um hormônio não está sendo secretado. Ou surge algum outro problema na sequência de desenvolvimento. Então precisamos voltar à prancheta com aquele animal, por assim dizer. – Ele sorriu. – Em certo ponto, eu pensei ter mais de vinte espécies. Mas, agora, são apenas quinze.

– E uma dessas quinze seria um... – Malcolm se virou para Grant. – Qual era mesmo o nome?

– *Procompsognathus* – disse Grant.

– Você fez alguns procompsognathuses, ou seja lá como eles se chamam? – indagou Malcolm.

– Ah, sim – disse Wu, de imediato. – Comps são animais muito distintos. E fizemos um número incomumente alto deles.

– Por quê?

– Bem, queremos que o Jurassic Park seja um ambiente tão real quanto possível, tão autêntico quanto possível, e os procompsógnatos são os carniceiros do período Jurássico. Semelhantes aos chacais. Então queríamos ter os comps por aí para fazer a limpeza.

– Você quer dizer, para cuidar das carcaças?

– Isso mesmo, se houvesse alguma. Entretanto, com apenas 230 e poucos animais em nossa população total, não temos muitas carcaças – disse Wu. – Mas esse não era o objetivo primário. Na verdade, queríamos os comps para um tipo completamente diferente de administração de resíduos.

– Que seria?

– Bem – continuou Wu –, temos alguns herbívoros bem grandes nessa ilha. Temos tentado especificamente não cruzar os maiores saurópodes, mas, ainda assim, temos um excesso de diversos animais de trinta toneladas andando por aí, e muitos outros que ficam entre cinco e dez toneladas. Isso nos traz dois problemas. O primeiro é alimentá-los, e, de fato, precisamos importar comida para a ilha a cada duas semanas. Não há condições para que uma ilha tão pequena possa sustentar esses animais por muito tempo. O segundo problema são os dejetos. Não sei se vocês já viram fezes de elefantes, mas elas são substanciais. Cada pedaço tem mais ou menos o tamanho de uma bola de futebol. Imagine as fezes de um brontossauro, dez vezes maior que um elefante. Agora imagine as fezes de um *rebanho* desses animais, como temos aqui. E os animais maiores não digerem sua comida muito bem, então excretam bastante. E, nos sessenta milhões de anos desde que os dinossauros desapareceram, aparentemente as bactérias especializadas em decompor as fezes deles também desapareceram. Pelo menos as fezes dos saurópodes não se decompõem com rapidez.

– Isso é um problema – afirmou Malcolm.

– Posso garantir que é – disse Wu, sem sorrir. – Passamos um tempo infernal tentando resolver isso. Você provavelmente sabe que na África há um inseto específico, o besouro rola-bosta, que come as fezes dos elefantes. Muitas outras espécies grandes têm criaturas associadas que evoluíram para comer o excremento delas. Bem, acabou ficando claro que os comps comem as fezes dos grandes herbívoros e tornam a digeri-las. E os excrementos dos comps são decompostos rapidamente por bactérias contemporâneas. Assim, comps suficientes resolveram nosso problema.

– Quantos comps você fez?

– Eu me esqueci o número exato, mas acho que o objetivo populacional era cinquenta animais. E nós atingimos esse número, ou quase isso.

Em três lotes. Fizemos um lote a cada seis meses até atingirmos o número desejado.

– Cinquenta animais – observou Malcolm – é muita coisa para vigiar.

– A sala de controle é construída exatamente para isso. Eles vão lhes mostrar como é feito.

– Tenho certeza de que sim – disse Malcolm. – Mas se um desses comps escapasse da ilha, fugisse...

– Eles não podem fugir.

– Eu sei disso, mas supondo que um deles fugisse...

– Você diz, como o animal que foi encontrado na praia? – perguntou Wu, erguendo as sobrancelhas. – Aquele que mordeu a menininha americana?

– Isso, por exemplo.

– Não sei qual é a explicação para aquele animal – disse Wu. – Mas sei que não pode de modo algum ser um dos nossos, por dois motivos. O primeiro são os procedimentos de controle: nossos animais são contados por computador a cada poucos minutos. Se um deles desaparecesse, saberíamos logo.

– E a segunda razão?

– O continente fica a mais de 150 quilômetros de distância. Leva-se quase um dia inteiro para chegar lá de barco. E, no mundo exterior, nossos animais morreriam dentro de doze horas.

– Como sabe?

– Porque eu garanti que fosse precisamente isso o que ocorreria – disse Wu, finalmente mostrando um traço de irritação. – Olha, nós não somos bobos. Compreendemos que esses são animais pré-históricos. Eles fazem parte de uma ecologia desaparecida, uma complexa rede de vida que se tornou extinta milhões de anos atrás. Eles podem não ter predadores no mundo contemporâneo, nenhum controle sobre seu crescimento. Não queremos que eles sobrevivam à solta. Assim, eu os criei com uma dependência de lisina. Inseri um gene que produz apenas uma enzima defeituosa no metabolismo de proteínas. Como resultado, os animais não conseguem manufaturar o aminoácido lisina. Precisam ingeri-lo de fontes externas. A menos que tenham uma fonte rica em lisina externa em sua dieta, oferecida por nós, em barras, eles entram em coma dentro de doze horas e morrem. Esses animais são geneticamente desenhados para serem incapazes de sobreviver no mundo real. Só podem viver aqui, no Jurassic Park. Eles não são livres, de forma alguma. São, essencialmente, nossos prisioneiros.

– Aqui está a sala de controle – disse Ed Regis. – Agora que vocês sabem como os animais são produzidos, vão querer ver a sala de controle para o parque em si, antes de sairmos no...

Ele parou. Através do grosso vidro da janela, a sala estava escura. Os monitores estavam desligados, exceto pelos três que exibiam números girando e a imagem de um grande barco.

– O que está havendo? – perguntou Ed Regis. – Ah, diabos, eles estão ancorando.

– Ancorando?

– A cada duas semanas, o barco de suprimentos vem do continente. Uma das coisas de que essa ilha não dispõe é uma boa baía, ou mesmo uma boa doca. É meio complicado fazer o barco encostar quando o mar está bravio. Pode levar alguns minutos. – Ele bateu na janela, mas o homem lá dentro não lhe deu atenção. – Acho que teremos de esperar.

Ellie se voltou para o dr. Wu.

– Você mencionou antes que às vezes faz um animal e ele parece estar bem, mas depois, quando cresce, ele demonstra ter uma falha...

– Exato – disse Wu. – Não acho que haja alguma forma de contornar isso. Podemos duplicar o DNA, mas muito do desenvolvimento é fazer as coisas na hora certa, e não sabemos se está tudo funcionando até vermos um animal se desenvolvendo corretamente.

Grant disse:

– Como você sabe se ele está se desenvolvendo corretamente? Ninguém viu esses animais antes.

Wu sorriu.

– Eu penso nisso com frequência. Suponho que seja meio que um paradoxo. Eventualmente, espero, paleontólogos como você vão comparar nossos animais com os registros fósseis para verificar a sequência do desenvolvimento.

Ellie disse:

– Mas o animal que acabamos de ver, o velocirraptor, você disse que ele era um *mongoliensis*?

– Por causa da localização do âmbar – respondeu Wu. – Esse veio da China.

– Interessante – disse Grant. – Eu estava justamente desencavando um *antirrhopus* bebê. Há algum raptor adulto aqui?

– Temos, sim – disse Ed Regis, sem hesitar. – Oito fêmeas adultas. As fêmeas são as verdadeiras caçadoras. Elas caçam em bando, sabia?

– Nós as veremos no passeio?

– Não – disse Wu, parecendo subitamente desconfortável. E houve uma pausa embaraçosa. Wu olhou para Regis.

– Por algum tempo, ainda não – disse Regis alegremente. – Os velocirraptors ainda não foram integrados ao ambiente do parque. Nós os mantemos em um cercado.

– Posso vê-los lá? – perguntou Grant.

– Claro, pode sim. De fato, enquanto estamos esperando – ele espiou seu relógio –, talvez vocês queiram ir até lá dar uma olhada neles.

– Eu certamente gostaria – respondeu Grant.

– Absolutamente – concordou Ellie.

– Eu também quero ir – disse Tim, ansioso.

– É só dar a volta nesse prédio, passar pelas instalações de suporte e vocês verão o cercado. Mas não cheguem muito perto da cerca. Você quer ir também? – perguntou ele à menina.

– Não – respondeu Lex. Ela olhou para Regis, avaliando-o. – Você quer jogar um pouco? Ser o lançador?

– Bem, é claro – disse Ed Regis. – Por que você e eu não descemos e fazemos isso, enquanto esperamos a sala de controle abrir?

Grant caminhou com Ellie e Malcolm, dando a volta pelos fundos do prédio principal, com o menino junto com eles. Grant gostava de crianças – era impossível não gostar de qualquer grupo tão abertamente entusiasta sobre dinossauros. Grant costumava observar crianças em museus enquanto elas encaravam boquiabertas os grandes esqueletos erguendo-se acima delas. Ele imaginava o que o fascínio delas representava na realidade. Finalmente, decidiu que crianças gostavam de dinossauros porque essas criaturas gigantes personificavam a força incontrolável da autoridade iminente. Eles eram pais simbólicos. Fascinantes e assustadores, como os pais. E as crianças os amavam, assim como amavam aos pais.

Grant também suspeitava de que fosse por isso que até as crianças mais novas aprendiam os nomes dos dinossauros. Nunca deixava de espantá-lo quando alguém com três anos de idade berrava: "Estegossauro!". Dizer esses nomes complicados era um jeito de exercer poder sobre os gigantes, um modo de estar no controle.

– O que você sabe sobre os velocirraptors? – Grant perguntou a Tim. Estava só tentando puxar assunto.

– Ele é um carnívoro pequeno que caçava em bandos, como o *Deinonychus* – respondeu Tim.

– Isso mesmo – disse Grant –, embora o *Deinonychus* hoje em dia seja considerado um dos velocirraptors. E as evidências da caça em bando são todas circunstanciais. Elas vêm em parte da aparência dos animais, que eram rápidos e fortes, mas pequenos para dinossauros; cada um deles tinha de 70 a 150 quilos. Presumimos que eles caçavam em grupos, se pretendiam acabar com presas maiores. E existem alguns achados fósseis nos quais uma presa grande está associada a vários esqueletos de raptors, sugerindo que eles caçavam em bando. E, é claro, os raptors tinham cérebros grandes, sendo mais inteligentes que a maioria dos dinossauros.

– Quão inteligentes? – perguntou Malcolm.

– Depende de para quem você perguntar – disse Grant. – Da mesma forma que os paleontólogos acabaram se convencendo da ideia de que os dinossauros provavelmente tinham sangue quente, muitos de nós estamos começando a pensar que alguns deles devem também ter sido bem inteligentes. Mas ninguém sabe com certeza.

Eles deixaram a área de visitantes para trás e logo ouviram o alto zumbido dos geradores e sentiram o leve cheiro de gasolina. Passaram por um bosque de palmeiras e viram uma cabana baixa e grande de concreto com um teto de aço. O barulho parecia vir dali. Eles olharam para a cabana.

– Deve ser um gerador – disse Ellie.

– É grande – disse Grant, espiando lá dentro.

A central elétrica, na verdade, estendia-se dois andares para baixo do nível térreo, um vasto complexo de turbinas sibilantes e canos que corriam para dentro da terra, iluminado por rudes lâmpadas elétricas.

– Eles não devem precisar de tudo isso só para um resort – disse Malcolm. – Estão gerando energia suficiente para uma pequena cidade.

– Talvez seja para os computadores...

– Talvez.

Grant ouviu balidos e dirigiu-se alguns metros para o norte. Chegou a um cercado com cabras. Com uma contagem rápida, estimou que houvesse ali cinquenta ou sessenta animais.

– Pra que serve isso? – perguntou Ellie.

– Não faço ideia.

– Eles provavelmente alimentam os dinossauros com isso – disse Malcolm.

O grupo prosseguiu, acompanhando uma trilha batida através de um denso bambuzal. No lado mais distante, chegaram a uma cerca dupla feita com correntes, que alcançava mais de 3,5 metros, com espirais de arame farpado no topo. Havia um zumbido de eletricidade ao longo da cerca exterior.

Atrás das cercas, Grant viu densos amontoados de samambaias grandes, de 1,5 metro. Escutou uma fungada, quase um resfolegar. E então o som de passos estalando, aproximando-se.

Em seguida, um longo silêncio.

– Eu não consigo ver nada – sussurrou Tim, finalmente.

– Sssshhh.

Grant esperou. Vários segundos se passaram. Moscas zumbiram no ar. Ele continuou sem ver nada.

Ellie cutucou-o no ombro e apontou.

No meio das samambaias, Grant viu a cabeça de um animal. Estava imóvel; parcialmente escondidos nas folhagens, os dois grandes olhos escuros os observavam friamente.

A cabeça tinha mais de cinquenta centímetros. De um focinho pontudo, uma comprida fileira de dentes se estendia até o buraco do canal auditivo, que servia como orelha. A cabeça lembrava a de um lagarto grande, ou talvez um crocodilo. Os olhos não piscaram e o animal não se moveu. Sua pele parecia couro, com uma textura rugosa, e tinha basicamente a mesma coloração do bebê: marrom-amarelado com marcas mais escuras e avermelhadas, como as listras de um tigre.

Enquanto Grant observava, um braço ergueu-se muito lentamente para separar as samambaias ao lado do rosto do animal. O membro, notou Grant, era forte e musculoso. A mão tinha três dedos, cada um terminando em garras curvadas. A mão, gentil e lentamente, afastou as samambaias.

Grant sentiu um calafrio e pensou: *Ele está caçando a gente.*

Para um mamífero como o homem, havia algo indescritivelmente estranho na forma como os répteis caçavam suas presas. Não era de se espantar que os homens odiassem répteis. A imobilidade, a frieza, o *ritmo,* era tudo errado. Estar entre *Alligatoridae* ou outros répteis grandes era ser lembrado de um tipo diferente de vida, um tipo diferente de mundo, agora desaparecido da Terra. É claro, esse animal não percebia que tinha sido visto, que ele...

O ataque veio de repente, da esquerda e da direita. Raptors dispararam, cobrindo os nove metros até a cerca com uma velocidade chocante. Grant teve uma impressão borrada de corpos poderosos com 1,80 metro, caudas rígidas equilibrando-se, membros com garras curvas, mandíbulas abertas com fileiras de dentes serrilhados.

Os animais rosnavam enquanto corriam, saltando em seguida no ar, erguendo suas patas traseiras com as garras semelhantes a adagas. E então atingiram a cerca diante deles, soltando explosões gêmeas de faíscas quentes.

Os velocirraptors caíram no chão, sibilando. Todos os visitantes se adiantaram, fascinados. Apenas nesse momento o terceiro animal atacou, saltando para atingir a cerca na altura do peito. Tim gritou, apavorado, enquanto faíscas caíam ao seu redor. As criaturas rosnaram, um sibilar reptiliano, e saltaram para trás, entre as samambaias. E então sumiram, deixando para trás um leve odor de putrefação e uma fumaça acre suspensa.

– *Puta merda!* – disse Tim.

– Foi tão *rápido* – emendou Ellie.

– Caçadores em bando – observou Grant, balançando a cabeça. – Caçadores em bando, que têm as emboscadas como um instinto... Fascinante.

– Eu não os chamaria de tremendamente inteligentes – disse Malcolm.

Do outro lado da cerca, eles ouviram fungadas nas palmeiras. Várias cabeças surgiram lentamente entre as folhagens. Grant contou três... quatro... cinco... Os animais os observavam. Encarando friamente.

Um homem negro de macacão veio correndo até eles.

– Estão todos bem?

– Estamos sim – respondeu Grant.

– Os alarmes dispararam. – O homem olhou para a cerca, amassada e queimada. – Eles atacaram vocês?

– Três deles atacaram.

O homem negro assentiu.

– Eles fazem isso o tempo todo. Acertam a cerca, levam um choque. Nunca parecem se importar.

– Não são muito espertos, não é? – disse Malcolm.

O homem negro fez uma pausa. Ele estreitou os olhos para Malcolm à luz do entardecer.

– Fique feliz por aquela cerca, *señor* – disse ele, e virou-se para ir embora.

Do início ao final, todo o ataque não devia ter levado mais de seis segundos. Grant ainda estava tentando organizar suas impressões. A velocidade era espantosa – os animais eram tão rápidos que ele mal tinha visto seus movimentos.

Voltando, Malcolm disse:

– Eles são impressionantemente rápidos.

– São – disse Grant. – Muito mais rápidos que qualquer réptil vivo. Um aligator macho pode se mover velozmente, mas apenas a curtas distâncias: um metro e meio ou dois. Lagartos grandes como os dragões de Komodo, da Indonésia, com 1,5 metro de comprimento, já foram registrados correndo a cinquenta quilômetros por hora, rápido o bastante para alcançar um homem. E eles matam homens o tempo todo. Mas acho que o animal atrás da cerca alcançou mais do que o dobro dessa velocidade.

– A velocidade de um guepardo – disse Malcolm. – Noventa, cem quilômetros por hora.

– Exatamente.

– Mas eles parecem disparar adiante – disse Malcolm. – Quase como pássaros.

– Parecem.

No mundo contemporâneo, apenas mamíferos muito pequenos, como os mangustos que lutavam com cobras, tinham respostas tão rápidas. Mamíferos pequenos e, é claro, pássaros. O pássaro secretário, ou serpentário, da África, ou o casuar. Na verdade, o velocirraptor exibia precisamente a mesma mistura de ameaça rápida e mortal que Grant havia visto no casuar, o pássaro com garras semelhante ao avestruz presente na Nova Guiné.

– Então esses velocirraptors se parecem com répteis, têm pele e a aparência geral de répteis, porém se movem como pássaros, com a velocidade e a inteligência predatória de pássaros. É isso? – indagou Malcolm.

– É – disse Grant. – Eu diria que eles exibem uma mistura de traços.

– Isso o surpreende?

– Não muito – respondeu Grant. – É realmente muito próximo ao que os paleontólogos acreditavam há muito tempo.

Quando os primeiros ossos gigantes foram encontrados nos anos 1820 e 1830, os cientistas se sentiram obrigados a explicar os ossos como pertencentes a alguma variante supercrescida de espécies modernas. Isso porque se acreditava que nenhuma espécie jamais poderia se tornar extinta, já que Deus não permitiria que uma de suas criações morresse.

Por fim, ficou claro que essa concepção de Deus estava errada, e que os ossos pertenciam a animais extintos. Mas que tipo de animais?

Em 1842, Richard Owen, o melhor anatomista britânico da época, chamou-os de *Dinosauria,* o que significava "lagartos terríveis". Owen reconheceu que os dinossauros pareciam combinar traços de lagartos, crocodilos e pássaros. Os quadris dos dinossauros, em especial, eram mais semelhantes aos de pássaros, não aos de lagartos. E, ao contrário dos lagartos, muitos dinossauros pareciam se manter eretos. Owen imaginava que os dinossauros fossem criaturas ativas e de movimento rápido, e sua visão foi aceita pelos quarenta anos seguintes.

Todavia, quando achados verdadeiramente gigantescos foram desencavados – animais que haviam pesado centenas de toneladas quando vivos –, os cientistas começaram a vislumbrar os dinossauros como gigantes estúpidos e lerdos, destinados à extinção. A imagem dos répteis vagarosos gradualmente predominou sobre a imagem dos pássaros ligeiros. Em anos mais recentes, cientistas como Grant haviam começado a voltar à ideia de dinossauros mais ativos. Os colegas de Grant o viam como um radical em sua concepção de comportamento dos dinossauros. Contudo, agora ele precisava admitir que sua própria concepção ficava muito aquém da realidade desses caçadores grandes e incrivelmente velozes.

– Na verdade, o que eu queria mesmo perguntar – disse Malcolm – era isto: esse é um animal convincente para você? É, de fato, um dinossauro?

– Eu diria que sim. É.

– E o comportamento de ataque coordenado...

– Era previsível – disse Grant. De acordo com os registros fósseis, bandos de velocirraptors conseguiam derrubar animais que pesavam mais de 450 quilos, como o *Tenontosaurus,* que podia atingir a velocidade de corrida de um cavalo. Coordenação seria um pré-requisito.

– Como eles fazem isso, sem linguagem?

– Ah, linguagem não é necessária para a caça coordenada – disse Ellie. – Chimpanzés fazem isso o tempo todo. Um grupo deles persegue um macaco e o mata. Toda a comunicação é feita pelos olhos.

– E os dinossauros estavam mesmo nos atacando?

– Estavam.

– Eles nos matariam e comeriam se pudessem? – perguntou Malcolm.

– Acho que sim.

– O motivo de eu perguntar – disse Malcolm – é porque ouvi falar que os predadores grandes, como leões e tigres, não são devoradores de homens desde o nascimento. Não é verdade? Esses animais precisam aprender em algum ponto do caminho que seres humanos são fáceis de se matar. Só depois disso se tornam matadores de humanos.

– Acredito que isso seja verdade – disse Grant.

– Bem, esses dinossauros deveriam ser ainda mais relutantes do que leões e tigres. Afinal, eles vêm de um tempo anterior à existência dos seres humanos, ou mesmo de mamíferos grandes. Deus sabe o que se passa pela cabeça deles quando nos veem. Então, fico pensando: eles aprenderam, em algum ponto do caminho, que humanos são fáceis de matar?

O grupo ficou em silêncio enquanto caminhava.

– De qualquer forma – disse Malcolm –, eu estou *extremamente* interessado em ver a sala de controle agora.

VERSÃO 4.4

– Houve algum problema com o grupo? – perguntou Hammond.

– Não – disse Henry Wu –, não tivemos problema algum.

– Eles aceitaram a sua explicação?

– E por que não deveriam aceitar? – disse Wu. – É tudo bastante direto, *grosso modo*. Tudo só se complica nos detalhes. E eu queria conversar sobre os detalhes com você hoje. Pode pensar nisso como uma questão de estética.

John Hammond franziu o nariz, como se tivesse cheirado algo desagradável.

– Estética? – repetiu ele.

Ambos estavam de pé na sala de estar do elegante bangalô de Hammond, posicionado contra as palmeiras no setor mais ao norte do parque. A sala de estar era ventilada e confortável, montada com meia dúzia de monitores de vídeo que mostravam os animais no parque. O arquivo que Wu trouxera, carimbado com DESENVOLVIMENTO ANIMAL: VERSÃO 4.4, repousava na mesinha de centro.

Hammond olhava para ele daquele jeito paciente e paternal. Wu, com 34 anos, só havia trabalhado para Hammond durante toda a sua vida profissional, e estava agudamente ciente disso. Hammond o contratara assim que saiu da pós-graduação.

– É claro, também há consequências práticas – disse Wu. – Eu realmente acho que você deveria considerar minhas recomendações para a fase dois. Nós deveríamos passar para a versão 4.4.

– Você quer substituir todos os animais disponíveis atualmente? – disse Hammond.

– Quero.

– Por quê? O que há de errado com eles?

– Nada – respondeu Wu. – Exceto pelo fato de que eles são dinossauros reais.

– Foi isso o que eu pedi, Henry – disse Hammond, sorrindo. – E foi o que você me deu.

– Eu sei – continuou Wu. – Mas, sabe... – Ele fez uma pausa. Como poderia explicar isso para Hammond? O homem raramente visitava a ilha. E a situação que Wu estava tentando apresentar era bastante peculiar. – Neste instante, enquanto estamos aqui, quase ninguém no mundo já viu um dinossauro de verdade. Ninguém sabe como eles são realmente.

– E...

– Os dinossauros que temos agora são reais – disse Wu, apontando para as telas espalhadas pelo ambiente –, mas, de certo modo, eles são insatisfatórios. Não convincentes. Eu poderia fazê-los melhores.

– Melhores como?

– Por exemplo: eles se movem muito rápido – explicou Henry Wu. – As pessoas não estão acostumadas a ver animais grandes que sejam tão rápidos. Temo que os visitantes pensem que os dinossauros parecem acelerados, como um filme passando rápido demais.

– Mas, Henry, esses são dinossauros reais. Você mesmo disse isso.

– Eu sei – confirmou Wu. – Mas poderíamos facilmente criar dinossauros mais lentos, mais domesticados.

– Dinossauros *domesticados*? – Hammond soltou um riso de escárnio. – Ninguém quer dinossauros domesticados, Henry. Eles querem a coisa de verdade.

– Mas é exatamente esse o meu ponto – disse Wu. – Não creio que eles queiram. Eles querem ver suas expectativas, o que é bem diferente.

Hammond estava com um semblante preocupado.

– Você mesmo disse, John, que este parque é entretenimento – continuou Wu. – E entretenimento não tem nada a ver com a realidade. Entretenimento é a antítese da realidade.

Hammond suspirou.

– Agora, Henry, vamos ter outra daquelas discussões abstratas? Você sabe que eu gosto de manter as coisas simples. Os dinossauros que temos agora são reais, e...

– Bem, não exatamente – disse Wu. Ele caminhou pela sala de estar, apontando para os monitores. – Acho que não devemos nos enganar. Nós não *recriamos* o passado aqui. O passado se foi. Não pode ser recriado jamais. O que fizemos foi *reconstruir* o passado; ou ao menos uma versão do passado. E eu estou dizendo que podemos fazer uma versão melhor.

– Melhor que a real?

– Por que não? – perguntou Wu. – Afinal, esses animais já são modificados. Nós inserimos genes para torná-los patenteáveis e para deixá-los dependentes de lisina. E fizemos tudo o que pudemos para promover o crescimento e acelerar o desenvolvimento para a idade adulta.

Hammond deu de ombros.

– Isso era inevitável. Não queríamos esperar. Temos investidores a considerar.

– É óbvio. Porém, estou apenas dizendo, por que parar por aqui? Por que não seguir adiante e fazer exatamente o tipo de dinossauro que gostaríamos de ver? Um que seja mais aceitável para os visitantes, e um que seja mais fácil para cuidarmos? Uma versão mais lenta e mais dócil para o nosso parque?

Hammond franziu a testa.

– Porque aí os dinossauros não seriam verdadeiros.

– Mas eles não são reais agora – disse Wu. – É o que eu estou tentando lhe dizer. Não há realidade nenhuma aqui.

Ele encolheu os ombros, impotente. Podia ver que não estava sendo convincente. Hammond nunca estivera interessado nos detalhes técnicos, e a essência do argumento era técnica. Como poderia explicar a Hammond a realidade dos "furos" no DNA, dos consertos, dos saltos na sequência que Wu foi obrigado a preencher, fazendo os melhores palpites que podia, mas, mesmo assim, dando palpites? O DNA dos dinossauros era como velhas fotografias que tinham sido retocadas: basicamente iguais às originais, mas, em alguns lugares, reparadas e clarificadas, e como resultado...

– Olha, Henry – disse Hammond, colocando o braço em volta do ombro de Wu. – Se você não se importa que eu diga, acho que você está com ansiedade de última hora. Você tem trabalhado muito duro por bastante tempo, e fez um trabalho incrível, um trabalho realmente *incrível*, e finalmente está na hora de mostrar para algumas pessoas o que você fez. É natural ficar um pouco nervoso. Ter algumas dúvidas. Mas eu estou convencido, Henry, que o mundo vai ficar totalmente satisfeito. Totalmente satisfeito.

Enquanto falava, Hammond o guiava na direção da porta.

– Mas, John – disse Wu –, você se lembra de 1987, quando começamos a construir os instrumentos de contenção? Nós não tínhamos nenhum adulto completamente crescido ainda, e aí tivemos que adivinhar de que iríamos precisar. Encomendamos grandes armas de taser, carros equipados com bastões elétricos para gado, armas que atiravam redes eletrificadas. Tudo construído minuciosamente de acordo com nossas especificações. Temos todo um conjunto desses instrumentos agora, mas todos eles são *lentos demais*. Precisamos fazer alguns ajustes. Você sabe que Muldoon quer equipamento militar, com mísseis antitanque e aparelhos guiados por laser?

– Vamos deixar Muldoon fora disso – respondeu Hammond. – Não estou preocupado. É só um zoológico, Henry.

O telefone tocou e Hammond foi atender. Wu tentou pensar em outra maneira de fazer seu pedido. Contudo, o fato era que, após cinco longos anos, o Jurassic Park estava próximo de sua conclusão, e John Hammond já não o ouvia mais.

Houve uma época em que Hammond ouvia Wu com muita atenção. Especialmente quando tinha acabado de recrutá-lo, nos dias em que Henry Wu era um pós-graduado de 28 anos que acabara de conseguir seu doutorado em Stanford, no laboratório de Norman Atherton.

A morte de Atherton tinha deixado o laboratório em um misto de confusão e luto; ninguém sabia o que aconteceria com o financiamento ou com os programas de doutorado. Havia muita incerteza; as pessoas se preocupavam com suas carreiras.

Duas semanas após o funeral, John Hammond veio ver Wu. Todos no laboratório sabiam que Atherton era associado a Hammond de alguma maneira, embora os detalhes nunca tivessem ficado claros. Mas Hammond abordou Wu de um jeito direto de que Wu jamais se esqueceu.

– Norman sempre dizia que você era o melhor geneticista no laboratório dele – dissera. – Quais são os seus planos agora?

– Não sei. Continuar fazendo pesquisas.

– Você quer uma posição na universidade?

– Sim.

– Isso é um erro – disse Hammond, bruscamente. – Isto é, se você respeita o seu talento.

Wu piscou.

– Por quê?

– Porque, vamos encarar os fatos – respondeu Hammond –, universidades já não são mais os centros intelectuais do país. A própria ideia é um absurdo. Universidades são o fim do mundo. Não me olhe com tanto espanto. Não estou dizendo nada que você não saiba. Desde a Segunda Guerra Mundial, todas as descobertas importantes têm saído de laboratórios particulares. O laser, o transístor, a vacina para a pólio, o microchip, o holograma, o computador pessoal, as imagens de ressonância magnética, a tomografia computadorizada, a lista é interminável. Universidades simplesmente não são mais o lugar onde as coisas acontecem. E não têm sido já há quarenta anos. Se você quer fazer algo importante em computação ou genética, você não vai a uma *universidade*. Poxa vida, não mesmo.

Wu descobriu que não sabia como responder.

– Meu Deus – disse Hammond –, pelo que você precisa passar para começar um novo projeto? Quantos pedidos de financiamento, quantos formulários, quantas aprovações? O comitê de direção? O chefe do departamento? O comitê de recursos da universidade? Como você consegue mais espaço para trabalhar, caso seja necessário? Mais assistentes, caso precise? Quanto tempo isso tudo leva? Um homem brilhante não pode desperdiçar tempo valioso com formulários e comitês. A vida é curta demais, e o DNA é longo demais. Você quer deixar a sua marca. Se quiser *fazer* algo, fique fora das universidades.

Naqueles dias, Wu desejava desesperadamente deixar sua marca. John Hammond tinha conseguido sua atenção total.

– Estou falando de *trabalho* – prosseguiu Hammond. – Realizações de verdade. Do que um cientista precisa para trabalhar? Ele precisa de tempo e precisa de dinheiro. Estou falando de lhe dar uma garantia de cinco anos e dez milhões de dólares por ano em financiamento. Cinquenta milhões de dólares, sem ninguém para lhe dizer como gastá-los. Você decide. Ninguém vai *ficar no seu caminho.*

Parecia bom demais para ser verdade. Wu permaneceu em silêncio por um longo tempo. Finalmente, disse:

– Em troca de quê?

– De arriscar um tiro no escuro – respondeu Hammond. – Para tentar algo que provavelmente não possa ser feito.

– O que isso envolve?

– Não posso dar detalhes, mas a área em geral envolve a clonagem de répteis.

– Não acho que isso seja impossível – disse Wu. – Répteis são muito mais fáceis do que mamíferos. A clonagem deles está provavelmente a dez, quinze anos no futuro. Presumindo alguns avanços fundamentais.

– Eu disponho de cinco anos – disse Hammond – e um monte de dinheiro. Tudo para alguém que queira se arriscar a tentar agora.

– Eu vou poder publicar o meu trabalho?

– Em algum momento.

– Não imediatamente?

– Não.

– Mas um dia poderei publicar? – indagou Wu, mantendo-se firme nesse ponto.

Hammond riu.

– Não se preocupe. Se você for bem-sucedido, o mundo todo vai saber o que você fez; eu prometo.

E agora parecia que o mundo todo iria saber, mesmo, pensou Wu. Depois de cinco anos de um esforço extraordinário, eles estavam a apenas um ano de abrir o parque para o público. É claro, esses anos não tinham se passado exatamente como Hammond prometera. Wu precisava responder a algumas pessoas, e muitas vezes cobranças terríveis eram colocadas sobre ele. Além disso, o trabalho em si havia mudado – não era nem mesmo clonagem reptiliana, uma vez que começaram a compreender que os dinossauros eram tão similares a aves. Era clonagem aviária, uma proposta muito diferente. Muito mais difícil. E pelos últimos dois anos, Wu tinha sido primariamente um administrador, supervisionando equipes de pesquisadores e bancos de sequenciadores genéticos operados por computador. Administração não era o tipo de trabalho do qual ele gostava. Não era o que ele havia pedido.

Entretanto, ele fora bem-sucedido. Fizera o que ninguém acreditava que poderia ser feito, pelo menos em tão pouco tempo. E Henry Wu achava que devia ter alguns direitos, algum peso nas decisões, em virtude de sua experiência e seus esforços. Em vez disso, descobria sua influência se desvanecendo a cada dia que se passava. Os dinossauros existiam. Os procedimentos para obtê-los tinham sido decifrados a ponto de serem rotineiros. As tecnologias estavam prontas. E John Hammond não precisava mais de Henry Wu.

– Isso deve estar certo – disse Hammond, falando ao telefone. Ele escutou por algum tempo e sorriu para Wu. – Certo. Isso. Certo.

Ele desligou.

– Onde estávamos, Henry?

– Estávamos falando sobre a fase dois – respondeu Wu.

– Ah, sim. Já falamos sobre isso antes, Henry...

– Eu sei, mas você não entende...

– Com licença, Henry – disse Hammond, um traço de impaciência na voz. – Eu *entendo, sim.* E devo lhe dizer com franqueza, Henry, que não vejo motivo para aprimorar a realidade. Todas as mudanças que fizemos no genoma foram forçadas pela lei ou pela necessidade. Podemos fazer outras modificações no futuro, para resistir a doenças ou por outros motivos. Mas não acho que deveríamos aprimorar a realidade só porque achamos que é melhor assim. Temos dinossauros reais lá fora agora. É isso o que as pessoas querem ver. E é isso o que elas *deveriam* ver. Essa é a nossa obrigação, Henry. Isso é *honesto,* Henry.

E, sorrindo, Hammond abriu a porta para que ele saísse.

CONTROLE

Grant olhou para todos os monitores dos computadores na sombria sala de controle, sentindo-se irritado. Não gostava de computadores. Grant sabia que isso o tornava antiquado e ultrapassado como pesquisador, mas não se importava. Alguns dos jovens que trabalhavam para ele levavam muito jeito com computadores, quase como uma intuição. Grant nunca sentiu isso. Achava que os computadores eram máquinas alienígenas, desconcertantes. Até a distinção fundamental entre um sistema operacional e uma aplicação o deixava confuso e desanimado, perdido em uma geografia estrangeira que ele sequer começava a compreender. Mas notou que Gennaro estava perfeitamente confortável, e Malcolm parecia estar em casa, fazendo pequenos ruídos, farejando como um cão de caça que detectava um rastro.

– Vocês querem saber sobre os mecanismos de controle? – perguntou John Arnold, virando-se em sua cadeira na sala de controle. O engenheiro-chefe era um homem magro e tenso de 45 anos que fumava sem parar. Ele olhou para os outros na sala com os olhos estreitados. – Temos mecanismos de controle *inacreditáveis* – continuou Arnold, acendendo outro cigarro.

– Por exemplo – disse Gennaro.

– Por exemplo, rastreamento dos animais. – Arnold apertou um botão em seu console e o mapa de vidro vertical se acendeu em um padrão de bruscas linhas azuis. – Esse é o nosso tiranossauro jovem. O pequeno rex. Todos os movimentos dele dentro do parque nas últimas 24 horas. – Arnold apertou o botão de novo. – As 24 anteriores. – De novo. – As 24 antes disso.

As linhas no mapa ficaram densamente recobertas, como um rabisco infantil. Mas o rabisco estava localizado em apenas uma área, próxima ao lado sudeste da lagoa.

– Pode-se ter uma noção da área de vida dele ao longo do tempo – disse Arnold. – Ele é jovem, por isso permanece perto da água. E ele fica distante do rex adulto. Busque as informações do rex grande e do pequeno, e verá que os caminhos deles nunca se cruzam.

– Onde está o rex adulto agora? – Gennaro perguntou.

Arnold apertou outro botão. O mapa ficou limpo, e um solitário ponto brilhante com um código numérico apareceu nos campos a noroeste da lagoa.

– Ele está bem aqui.

– E o rex pequeno?

– Raios, eu vou mostrar todos os animais no parque para vocês – disse Arnold. O mapa começou a se acender como uma árvore de Natal, dezenas de pontos de luz, cada um marcado com um código numérico. – São 238 animais neste minuto.

– Qual é a margem de erro?

– Um metro e meio. – Arnold puxou uma tragada no cigarro. – Digamos assim: caso você saia em um veículo, encontrará os animais bem ali, exatamente como eles estão mostrados no mapa.

– Com que frequência isso é atualizado?

– A cada trinta segundos.

– Bem impressionante – disse Gennaro. – Como isso é feito?

– Temos sensores de movimento por todo o parque – respondeu Arnold. – A maioria deles é conectada, outros são telemetrados via rádio. Obviamente, sensores de movimento geralmente não dizem qual a espécie, mas recebemos o reconhecimento de imagem diretamente do vídeo. Mesmo quando não estamos observando os monitores de vídeo, o computador está. E checando onde está todo mundo.

– O computador nunca comete erros?

– Apenas com os bebês. Ele se confunde com eles às vezes, porque as imagens são muito pequenas. Mas não nos preocupamos com isso. Os bebês quase sempre ficam próximos aos rebanhos de adultos. Também temos a contagem de categorias.

– O que é isso?

– Uma vez a cada quinze minutos, o computador conta os animais de todas as categorias – explicou Arnold. – Desse jeito.

Total de animais 238

Espécies	Esperado	Contabilizado	Versão
Tiranossauros	2	2	4.1
Maiassauros	21	21	3.3
Estegossauros	4	4	3.9
Tricerátopos	8	8	3.1
Procompsógnatos	49	49	3.9
Othnielia	16	16	3.1
Velocirraptors	8	8	3.0
Apatossauros	17	17	3.1
Hadrossauros	11	11	3.1
Dilofossauros	7	7	4.3
Pterossauros	6	6	4.3
Hipsilofodontes	33	33	2.9
Euoplocéfalos	16	16	4.0
Estiracossauros	18	18	3.9
Microceratus	22	22	4.1
Total	**238**	**238**	

– O que vocês estão vendo aqui – disse Arnold – é um procedimento totalmente separado de contagem. Não é baseado em dados de rastreamento. É um olhar recente. A ideia toda é de que o computador não pode cometer um erro, porque ele compara dois modos diferentes de reunir informações. Se um animal se perdesse, saberíamos em cinco minutos.

– Entendo – disse Malcolm. – E isso já foi testado efetivamente?

– Bem, de certa forma – respondeu Arnold. – Alguns animais nossos morreram. Um othnielia ficou preso nos galhos de uma árvore e morreu enforcado. Um dos estegos morreu dessa doença intestinal que ainda os incomoda. Um dos hipsilofodontes caiu e quebrou o pescoço. E em cada caso, assim que o animal parou de se mover, os números pararam de contabilizar e o computador emitiu um alerta.

– Depois de cinco minutos.

– Isso mesmo.

Grant perguntou:

– O que é a coluna à direita?

– É a versão em que estão os animais. As mais recentes são 4.1 ou 4.3. Estamos considerando partir para a versão 4.4.

– Números de versão? Você quer dizer, como softwares? Novos lançamentos?

– Bem, é – disse Arnold. – De certo modo, é como um software. Quando descobrimos defeitos no DNA, os laboratórios do dr. Wu precisam fazer uma nova versão.

A ideia de criaturas vivas sendo numeradas como software, sujeitas a atualizações e revisões, perturbou Grant. Ele não podia dizer exatamente o porquê – era um pensamento novo demais –, mas ficou instintivamente desconfortável com isso. Tratava-se, afinal, de criaturas vivas...

Arnold parecia ter notado sua expressão, porque disse:

– Olha, dr. Grant, não faz sentido ficar deslumbrado com esses animais. É importante que todos se lembrem de que esses animais foram *criados*. Criados pelo homem. Às vezes, há defeitos. Então, conforme descobrimos esses defeitos, os laboratórios do dr. Wu precisam fazer uma nova versão. E nós temos que manter registrado que versão temos aí fora.

– Claro, é claro que precisam – disse Malcolm, impaciente. – Mas voltando ao assunto da *contagem*; pelo que entendi, todas as contagens são baseadas em sensores de movimento?

– São.

– E esses sensores estão em todos os lugares do parque?

– Eles cobrem 92% da área terrestre – disse Arnold. – Há apenas uns poucos lugares onde não podemos utilizá-los. Por exemplo: não podemos utilizá-los no rio da selva, porque o movimento da água e a convecção erguendo-se da superfície confundem os sensores. Mas os colocamos em quase todos os outros lugares. E, se o computador rastreia um animal entrando em uma zona sem sensores, ele vai se lembrar disso e procurar pela saída do animal. Se ele não sair, um alarme é emitido para nós.

– Certo – disse Malcolm. – Você mostrou que existem 49 procompsógnatos. Vamos supor que eu suspeite de que alguns deles não sejam da espécie correta. Como você me provaria que eu estou errado?

– De duas formas – disse Arnold. – Em primeiro lugar, eu posso rastrear movimentos individuais em contraste aos outros comps presumidos. Comps são animais sociais, eles se movem em grupos. Temos dois grupos de comps no parque. Assim, os indivíduos deverão estar dentro do grupo A ou do grupo B.

– É, mas...

– O segundo modo é por contato visual direto – continou Arnold. Ele apertou botões e um dos monitores começou a passar rapidamente as imagens de comps, numerados de 1 a 49.

– Essas imagens são...

– Imagens de identificação atuais. Extraídas dos últimos cinco minutos.

– Então você pode ver todos os animais, se quiser?

– Exato. Posso conferir visualmente todos os animais sempre que eu quiser.

– E a contenção física? – perguntou Gennaro. – Eles são capazes de sair de seus cercados?

– De jeito nenhum – respondeu Arnold. – Esses animais são caros, sr. Gennaro. Nós tomamos conta deles muito bem. Mantemos múltiplas barreiras. Primeiro, os fossos. – Ele apertou um botão e a mesa se iluminou com uma rede de barras laranja. – Esses fossos nunca têm menos de 3,5 metros de profundidade e são cheios de água. Para animais maiores, os fossos podem chegar a nove metros de profundidade. Em seguida, temos as cercas eletrificadas. – Linhas de um vermelho brilhante reluziram na mesa. – Temos oitenta quilômetros de cercas com 3,5 metros de altura, incluindo 35 quilômetros contornando o perímetro da ilha. Todas as cercas do parque possuem descarga de dez mil volts. Os animais aprendem com rapidez a não se aproximar delas.

– Mas e se um deles *conseguisse* sair? – indagou Gennaro.

Arnold fungou e apagou o cigarro.

– Apenas hipoteticamente – continuou Gennaro. – Vamos supor que isso acontecesse.

Muldoon pigarreou.

– Nós sairíamos e traríamos o animal de volta – respondeu ele. – Temos muitas formas de fazer isso: armas de choque, redes eletrificadas, tranquilizantes. Todas não letais, pois, como o sr. Arnold disse, esses são animais caros.

Gennaro assentiu e perguntou:

– E se um deles saísse da ilha?

– Morreria em menos de 24 horas – disse Arnold. – Esses animais são criados geneticamente. Eles são incapazes de sobreviver no mundo real.

– E o sistema de controle propriamente dito? – perguntou Gennaro. – Alguém poderia mexer nele?

Arnold estava balançando a cabeça.

– O sistema é firme. O computador é independente em todos os sentidos. Energia independente e energia reserva independente. O sistema não se comunica com o exterior; portanto, não pode ser influenciado remotamente por modem. O sistema dos computadores é seguro.

Houve uma pausa. Arnold tragou seu cigarro e continuou:

– Um puta sistema. Um maldito de um puta sistema.

– Então – disse Malcolm –, acho que, se o seu sistema funciona tão bem, você não tem problema nenhum.

– Temos inúmeros problemas aqui – disse Arnold, erguendo uma sobrancelha. – Mas não nas coisas com as quais você está preocupado. Vi que se preocupa que os animais escapem, cheguem ao continente e façam o diabo por lá. Não temos nenhuma preocupação com isso. Vemos esses animais como frágeis e delicados. Eles foram trazidos de volta depois de 65 milhões de anos para um mundo que é muito diferente daquele que deixaram, aquele ao qual estavam adaptados. O cuidado com eles é um esforço constante para nós. Vocês precisam entender – continuou Arnold – que a humanidade tem mantido mamíferos e répteis em zoológicos há centenas de anos. Assim, sabemos bastante sobre como cuidar de um elefante ou um crocodilo. Mas ninguém jamais tentou cuidar de um dinossauro. Eles são animais novos. E nós simplesmente não sabemos. Doenças em nossos animais são a maior preocupação.

– Doenças? – perguntou Gennaro, subitamente alarmado. – Existe algum jeito de um visitante ficar doente?

Arnold fungou outra vez.

– Já pegou gripe de um jacaré de zoológico, sr. Gennaro? Zoológicos não se preocupam com isso. Nós também não. O que nos preocupa é que os animais morram de suas próprias doenças, ou que infectem outros animais. Mas temos programas para monitorar isso também. Quer ver o registro de saúde do rex grande? Sua carteirinha de vacinação? Seus registros dentais? É impressionante! Você precisa ver os veterinários escovando aquelas presas enormes para ele não desenvolver cáries...

– No momento, não – disse Gennaro. – E os seus sistemas mecânicos?

– Você está falando dos brinquedos? – perguntou Arnold.

Grant ergueu os olhos rapidamente: *brinquedos*?

– Nenhum dos brinquedos está funcionando ainda – disse Arnold. – Temos o brinquedo do Rio da Selva, em que os barcos seguem trilhos submersos, e temos o do Alojamento das Aves, mas nenhum dos dois está operacional ainda. O parque vai abrir com o passeio básico dos dinossauros. O mesmo que vocês vão fazer em alguns minutos. Os outros brinquedos ficarão prontos de seis a doze meses depois disso.

– Espere um pouco – disse Grant. – Vocês vão ter brinquedos? Como um parque de diversão?

– Este é um parque zoológico. Temos passeios de áreas diferentes, e chamamos esses passeios de brinquedos. É só isso.

A expressão de Grant era de preocupação. Mais uma vez, sentiu-se incomodado. Não gostava da ideia de dinossauros sendo usados em um parque de diversão.

Malcolm prosseguiu em seus questionamentos.

– Você pode administrar o parque todo dessa sala de controle?

– Posso – respondeu Arnold. – Posso administrá-lo sozinho, se for necessário. Essa é a quantidade de automatização que embutimos aqui. O computador, por si só, pode rastrear os animais, alimentá-los e encher seus bebedouros por 48 horas sem supervisão.

– Este é o sistema que o sr. Nedry projetou? – perguntou Malcolm. Dennis Nedry estava sentado em um terminal no canto mais distante da sala, comendo uma barra de doce e digitando.

– É, é isso mesmo – respondeu Nedry, sem levantar o olhar do teclado.

– É um belíssimo sistema – disse Arnold, orgulhoso.

– Isso mesmo – continuou Nedry, distraído. – Apenas um ou dois bugs menores a resolver.

– Agora – disse Arnold –, vejo que o passeio está começando. Portanto, a menos que tenham outras perguntas...

– Na verdade, só uma – interrompeu Malcolm. – Apenas uma pergunta investigativa. Você nos mostrou que pode rastrear os procompsógnatos e exibi-los visualmente de modo individual. Poderia fazer alguns estudos deles como um grupo? Medi-los, ou coisa assim? Se eu quisesse saber altura ou peso ou...

Arnold estava apertando alguns botões. Outra tela surgiu.

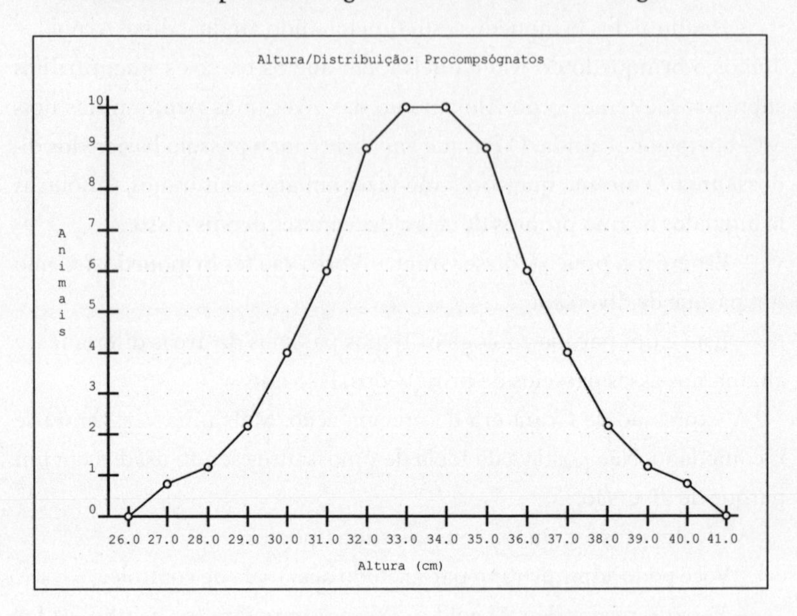

– Podemos fazer tudo isso, e bastante rápido – disse Arnold. – O computador reúne as medidas durante a leitura dos vídeos, então isso fica disponível ao mesmo tempo. Você vê aqui que temos uma distribuição gaussiana normal da população animal. Ela mostra que a maioria dos animais fica próxima de um valor médio central, e alguns poucos são menores ou maiores do que a média, nos finais da curva.

– Era de se esperar um gráfico desse tipo – disse Malcolm.

– Era. Qualquer população biológica saudável mostra esse tipo de distribuição. – Arnold acendeu outro cigarro. – E agora, mais alguma pergunta?

– Não – respondeu Malcolm. – Já aprendi o que precisava saber.

Enquanto estavam saindo, Gennaro disse:

– Parece um sistema muito bom. Não vejo como os animais poderiam sair desta ilha.

– Não vê? – questionou Malcolm. – Pensei que fosse completamente óbvio.

– Espere um minuto – disse Gennaro. – Você acha que animais saíram?

– Eu *sei* que eles saíram.

– Mas como? Você viu. Eles podem contar todos os animais. Eles podem olhar para todos os animais. Eles sabem onde todos os animais estão, o tempo todo. Como um deles poderia fugir?

Malcolm sorriu.

– É bem óbvio – disse ele. – É tudo uma questão do que se supõe.

– Do que se supõe – repetiu Gennaro, franzindo a testa.

– Isso – disse Malcolm. – Olhe aqui. O evento básico que ocorreu no Jurassic Park é que os cientistas e técnicos tentaram criar um mundo biológico novo e completo. Como no gráfico que eles acabam de nos mostrar. Mas, se pensarmos nisso por um momento, aquela bela distribuição normal é terrivelmente preocupante nesta ilha.

– É?

– É. Baseado no que o dr. Wu nos disse antes, nunca deveríamos ver um gráfico populacional como aquele.

– Por que não?

– Porque aquele é um gráfico para uma população biológica normal. O que é precisamente tudo o que o Jurassic Park não é. O Jurassic Park não é o mundo real. Pretende-se que ele seja um mundo controlado, que apenas imite o mundo natural. Nesse sentido, é como um parque de verdade, semelhante ao jardim japonês. A natureza manipulada para ser mais natural do que a coisa real, em outras palavras.

– Acho que não entendi – disse Gennaro, parecendo aborrecido.

– Tenho certeza de que o passeio vai esclarecer tudo – disse Malcolm.

O PASSEIO

– Por aqui, gente, por aqui – disse Ed Regis. A seu lado, uma mulher entregava chapéus de safári com a inscrição JURASSIC PARK etiquetada na faixa que o rodeava e um logotipo com um pequeno dinossauro azul.

Uma fila de Land Cruisers da Toyota saiu de uma garagem subterrânea debaixo do centro de visitantes. Cada carro estacionou, sem motorista e silencioso. Dois homens negros em uniformes de safári abriram as portas para os passageiros.

– Dois a quatro passageiros por carro, por favor, dois a quatro passageiros por carro – dizia a voz de uma gravação. – Crianças abaixo de dez anos devem estar acompanhadas por um adulto. Dois a quatro passageiros por carro, por favor...

Tim observou enquanto Grant, Sattler e Malcolm entraram no primeiro Land Cruiser com o advogado, Gennaro. Tim olhou para Lex, que estava de pé, batendo o punho no centro de sua luva.

Tim apontou para o primeiro carro e disse:

– Posso ir com eles?

– Temo que eles tenham algumas coisas a discutir – disse Ed Regis. – Coisas técnicas.

– Eu me interesso por coisas técnicas. Prefiro ir com eles.

– Bem, você vai poder ouvir o que eles estão falando. Teremos um canal de rádio aberto entre os carros.

O segundo carro chegou. Tim e Lex entraram e Ed Regis os seguiu.

– Esses são carros elétricos – comentou Regis. – Guiados por um cabo na estrada.

Tim estava feliz por estar sentado no banco da frente, porque sobre o painel estavam acopladas duas telas de computadores e uma caixa que parecia ser um CD-ROM, ou seja, um tocador de laser disc controlado por computador. Havia também um walkie-talkie portátil e um tipo de transmissor de rádio. Havia duas antenas no teto e uns óculos esquisitos no compartimento da porta.

Os homens negros fecharam as portas do Land Cruiser. O carro deu partida com um zumbido elétrico. À frente, os três cientistas e Gennaro estavam conversando e apontando, claramente empolgados. Ed Regis disse:

– Vamos escutar o que eles estão falando.

Um interfone clicou.

– Não sei o que diabos você acha que está fazendo aqui – disse Gennaro pelo interfone. Ele parecia muito bravo.

– Eu sei muito bem por que estou aqui – argumentou Malcolm.

– Você está aqui para me aconselhar, não para fazer joguinhos mentais. Eu tenho 5% dessa companhia e a responsabilidade de garantir que Hammond fez seu trabalho com responsabilidade. Agora você vem até aqui...

Ed Regis apertou o botão do interfone e disse:

– Mantendo a política antipoluidora do Jurassic Park, esses Land Cruisers elétricos e mais leves foram especialmente construídos para nós pela Toyota em Osaka. Em algum momento, esperamos poder dirigir entre os animais, como eles fazem nos parques de caça na África; mas, por enquanto, relaxem e desfrutem o passeio autoguiado. – Ele fez uma pausa. – E, aliás, nós podemos ouvir vocês aqui atrás.

– Ah, meu Deus! – exclamou Gennaro. – Eu tenho que poder falar livremente. Não pedi que essas malditas crianças viessem...

Ed Regis sorriu tranquilamente e apertou um botão.

– Vamos apenas começar o show, ok?

Eles ouviram uma fanfarra de trompetes e as telas no interior do carro exibiram BEM-VINDOS AO JURASSIC PARK. Uma voz sonora disse: "Bem-vindos ao Jurassic Park. Vocês estão entrando agora no mundo perdido do passado pré-histórico, um mundo de criaturas poderosas que há muito partiram da face da Terra, o qual vocês terão o privilégio de ver pela primeira vez".

– Esse é Richard Kiley – disse Ed Regis. – Nós não fizemos economia.

O Land Cruiser passou por um bosque de palmeiras baixas e atarracadas. Richard Kiley dizia: "Notem, em primeiro lugar, a extraordinária vida vegetal que o cerca. Essas árvores à esquerda e à direita são chamadas de cicadófitas, as predecessoras pré-históricas das palmeiras. Cicadófitas eram uma das comidas favoritas dos dinossauros. Vocês também podem ver bennettitales e ginkgos. O mundo dos dinossauros inclui plantas mais modernas, tais como o pinheiro e o abeto, além do cipreste dos pântanos. Vocês verão esses também.

O Land Cruiser movia-se lentamente entre a folhagem. Tim reparou nas cercas e muros de contenção disfarçados pela vegetação, cujo intuito era dar a ilusão de estarem se movimentando pela selva real.

"Nós imaginamos o mundo dos dinossauros", disse a voz de Richard Kiley, "como um mundo de vegetarianos imensos, abrindo caminho a dentadas pelas enormes florestas pantanosas do mundo jurássico e cretáceo, cem milhões de anos atrás. Mas a maioria dos dinossauros não era tão grande quanto as pessoas pensam. O menor dinossauro não era maior do que o gato doméstico, e o dinossauro médio tinha o tamanho aproximado de um pônei. Primeiro, vamos visitar um desses animais de tamanho médio, chamados de hipsilofodontes. Se olharem à sua esquerda, vocês podem ter um vislumbre deles agora."

Todos eles olharam à esquerda.

O Land Cruiser parou em uma subida leve, onde um intervalo na folhagem oferecia uma vista para o leste. Eles podiam ver uma área de colina coberta de floresta que se abria para um campo de grama amarela com cerca de um metro de altura. Não havia nenhum dinossauro.

– Onde eles estão? – perguntou Lex.

Tim olhou para o painel. As luzes da transmissão piscaram e o CD-ROM zuniu. Obviamente o disco estava sendo acessado por algum sistema automático. Ele supôs que os mesmos sensores de movimento que rastreavam os animais também controlavam as telas no Land Cruiser. As telas agora mostravam imagens dos hipsilofodontes e exibiam dados sobre eles.

A voz continuou: "Hipsilofodontes são as gazelas do mundo dos dinossauros: animais pequenos e velozes que vagavam por todo o mundo, da Inglaterra à Ásia Central, passando pela América do Norte. Achamos que esses dinossauros tenham sido tão bem-sucedidos porque tinham mandíbulas e dentes melhores para mastigar plantas do que seus contemporâneos. De fato, o nome 'hipsilofodonte' significa 'dente com serrilhado alto', que se refere aos dentes que se afiavam sozinhos típicos desses animais. Vocês podem vê-los nas plantas diretamente adiante, e talvez também nos galhos das árvores".

– Nas *árvores*? – indagou Lex. – Dinossauros nas árvores?

Tim também estava procurando com os binóculos.

– À direita – disse ele. – No meio daquele tronco verde grande...

Nas sombras sarapintadas de uma árvore, estava um animal verde-escuro, imóvel, do tamanho de um babuíno, de pé em um dos galhos. Ele lembrava um lagarto apoiado sobre as patas traseiras. Ele se equilibrava com uma cauda longa e caída.

– Aquele é um othnielia – disse Tim.

"Os pequenos animais que vocês estão vendo são chamados de othnielia", disse a voz, "em homenagem ao caçador de dinossauros do século 19, Othniel Marsh, de Yale."

Tim viu mais dois animais, em galhos mais altos da mesma árvore. Todos eles tinham aproximadamente o mesmo tamanho. Nenhum se movia.

– Isso é chato – disse Lex. – Eles não estão fazendo nada.

"O principal rebanho de animais pode ser encontrado na planície gramada abaixo de vocês", disse a voz. "Podemos despertá-los com um simples chamado de acasalamento."

Um alto-falante próximo à cerca emitiu um longo chamado anasalado, como o grasnado de um ganso.

Do gramado diretamente à esquerda deles, seis cabeças de lagarto surgiram, uma após a outra. O efeito foi cômico, e Tim riu.

As cabeças desapareceram. O alto-falante emitiu o chamado outra vez, e outra vez as cabeças surgiram – exatamente do mesmo jeito, uma após a outra. A repetição fixa do comportamento era admirável.

"Hipsilofodontes não são animais especialmente inteligentes", explicou a voz. "Eles têm, *grosso modo*, a mesma inteligência de uma vaca."

As cabeças eram de um verde apagado, com manchas marrom-escuras e pretas que se estendiam ao longo dos pescoços delgados. A julgar pelo tamanho das cabeças, Tim supôs que os corpos deles tinham cerca de 1,20 metro, mais ou menos o tamanho de um veado.

Alguns dos hipsilofodontes estavam mastigando, as mandíbulas trabalhando. Um deles ergueu o braço e coçou a cabeça com uma mão de cinco dedos. O gesto conferiu à criatura um ar pensativo, ensimesmado.

– Se vocês os virem se coçando, é porque eles têm problemas de pele. Os veterinários aqui do Jurassic Park acham que isso pode ser um fungo ou uma alergia. Mas eles ainda não têm certeza. Afinal, esses são os primeiros dinossauros na História a ser estudados vivos.

O motor elétrico do carro deu partida e houve um fragor na troca de marchas. Com o ruído inesperado, o rebanho de hipsilofodontes subitamente saltou no ar e pulou acima da grama como cangurus, exibindo o corpo todo, com membros inferiores robustos e caudas longas no sol da tarde. Em poucos saltos, eles tinham sumido.

"Agora que demos uma olhada nesses fascinantes herbívoros, vamos prosseguir para alguns dinossauros um pouco maiores. Bem maiores, na verdade."

Os Land Cruisers seguiram em frente, movendo-se para o sul pelo Jurassic Park.

CONTROLE

– As engrenagens estão rangendo – disse John Arnold, na sala de controle escurecida. – Peça para a manutenção checar as embreagens elétricas nos veículos BB4 e BB5 quando eles retornarem.

– Sim, sr. Arnold – respondeu a voz no interfone.

– Um detalhe menor – disse Hammond, entrando na sala. Olhando para fora, ele pôde ver os dois Land Cruiser dirigindo-se ao sul pelo parque. Muldoon estava de pé no canto, observando em silêncio.

Arnold empurrou sua cadeira para trás, afastando-se do console central do painel de controle.

– Não há detalhes menores, sr. Hammond – disse ele, acendendo outro cigarro.

Nervoso na maioria do tempo, Arnold encontrava-se especialmente ansioso agora. Ele estava extremamente ciente de que aquela era a primeira vez que visitantes realmente passeavam pelo parque. De fato, a equipe de Arnold não entrava no parque com frequência. Harding, o veterinário, entrava às vezes. Os cuidadores dos animais iam aos locais de alimentação individuais. Contudo, fora isso, eles observavam o parque da sala de controle. E agora, com visitantes lá fora, ele se preocupava com uma centena de detalhes.

John Arnold era um engenheiro de sistemas que trabalhou no míssil submarino Polaris no final da década de 1960 até ter seu primeiro filho, quando a perspectiva de construir armas se tornou repugnante demais. Enquanto isso, a Disney havia começado a criar brinquedos de parque de diversão com uma grande sofisticação tecnológica e deu empregos a muita gente da área aeroespacial. Arnold ajudou a construir a Disney World em Orlando e continuou implementando parques importantes como a Magic Mountain, na Califórnia, o Old Country, na Virgínia, e o Astroworld, em Houston.

Seu emprego contínuo em parques acabou lhe dando uma visão um tanto distorcida da realidade. Arnold afirmava, meio brincando, meio a sério, que o mundo inteiro era cada vez mais descrito pela metáfora do parque temático. "Paris é um parque temático", anunciou ele, após um período de férias, "embora seja caro demais e os empregados do parque sejam desagradáveis e carrancudos."

Pelos últimos dois anos, o trabalho de Arnold havia sido colocar o Jurassic Park de pé e funcionando. Como engenheiro, ele estava acostumado a cronogramas longos. Com frequência se referia à "inauguração de setembro", falando de setembro do ano seguinte, e, conforme a data se aproximava, ele ficava infeliz com o progresso feito. Sabia, por experiência própria, que às vezes levava anos para resolver todos os problemas de apenas um brinquedo de um parque – quanto mais para conseguir que um parque todo funcionasse de modo adequado.

– Você se preocupa demais – disse Hammond.

– Não acho – discordou Arnold. – Você tem que perceber que, do ponto de vista da engenharia, o Jurassic Park é, de longe, o parque temático mais ambicioso da história. Os visitantes nunca vão pensar sobre isso, mas eu penso.

Ele foi destacando os pontos enquanto os enumerava em seus dedos.

– Primeiro, o Jurassic Park tem todos os problemas de qualquer parque de diversão: manutenção dos brinquedos, controle de filas, transporte, preparação da comida, acomodações, disposição do lixo, segurança. Segundo, temos todos os problemas de um zoológico grande: cuidado dos animais, saúde e bem-estar, alimentação e limpeza, proteção contra insetos, pestes, alergias e doenças, manutenção das barreiras e todo o resto. E, finalmente, temos os problemas sem precedentes de cuidar de uma população de animais que ninguém jamais tentou manter antes.

– Ah, não é tão ruim assim – disse Hammond.

– É, sim. O senhor só não está aqui para ver – disse Arnold. – Os tiranossauros bebem a água da lagoa e às vezes ficam doentes; não temos certeza do motivo. As fêmeas tricerátopos matam umas às outras em lutas por domínio e precisam ser separadas em grupos com menos de seis delas. Não sabemos por quê. Os estegossauros frequentemente ficam com bolhas nas línguas e diarreia, e ninguém compreende ainda o motivo, apesar de já termos perdido dois deles. Os hipsilofodontes têm erupções cutâneas. E os velocirraptors...

– Não vamos começar de novo com a história dos velocirraptors – disse Hammond. – Estou cheio de ouvir falar dos velocirraptors. De como eles são as criaturas mais violentas que já se viu.

– Eles são – afirmou Muldoon, em voz baixa. – Deveriam ser todos destruídos.

– Você queria colocar coleiras localizadoras neles – disse Hammond. – E eu concordei.

– Concordou. E eles imediatamente arrancaram as coleiras a dentadas. Mas, mesmo que os raptors nunca escapem – ponderou Arnold –, acho que precisamos aceitar que o Jurassic Park é inerentemente perigoso.

– Ah, *droga* – disse Hammond. – De que lado você está, afinal?

– Temos agora quinze espécies de animais extintos, e a maioria delas é perigosa – respondeu Arnold. – Fomos forçados a adiar o brinquedo do Rio da Selva por causa dos dilofossauros e o Alojamento Pteratops no aviário devido ao fato de os pterodátilos serem tão imprevisíveis. Esses não são atrasos de engenharia, sr. Hammond. São problemas com o controle dos animais.

– Você teve vários atrasos de engenharia – argumentou Hammond. – Não bote a culpa nos animais.

– Tivemos, sim. Na verdade, tudo o que conseguimos fazer foi colocar a atração principal, o Passeio pelo Parque, funcionando corretamente, e fazer com que os CD-ROMs dentro dos carros fossem controlados por sensores de movimento. Levamos semanas de ajustes para conseguir que funcionassem de modo adequado, e agora as embreagens elétricas nos carros estão dando problema! As embreagens!

– Vamos manter as coisas em perspectiva – disse Hammond. – Você corrige a engenharia e os animais vão se ajeitar. Afinal, é possível treiná-los.

Desde o início, essa tinha sido uma das crenças essenciais dos planejadores. Os animais, a despeito do quão exóticos fossem, iriam fundamentalmente se comportar como os animais de qualquer zoológico. Aprenderiam a regularidade de seus cuidados e corresponderiam.

– Enquanto isso, como está o computador? – indagou Hammond. Ele deu uma olhada para Dennis Nedry, trabalhando em um terminal no canto da sala. – Esse maldito computador sempre foi uma dor de cabeça.

– Estamos quase lá – respondeu Nedry.

– Se você tivesse feito certo da primeira vez... – começou Hammond, mas Arnold pousou a mão em seu braço, contendo-o. Arnold sabia que não havia sentido em hostilizar Nedry enquanto ele trabalhava.

– É um sistema grande – disse Arnold. – Esperava-se que houvesse problemas.

De fato, a lista de bugs agora contava com mais de 130 itens, e incluía vários aspectos estranhos. Por exemplo:

O programa de alimentação dos animais se reiniciava a cada doze horas, não a cada 24, e não registrava dados aos domingos. Como resultado, a equipe não conseguia medir exatamente quanto os animais estavam comendo.

O sistema de segurança, que controlava todas as portas operadas com cartão de segurança, era interrompido sempre que se perdia a fonte de energia principal, e não retornava com a energia auxiliar. O programa de segurança só rodava com a energia principal.

O programa de economia física, que deveria reduzir as luzes após as dez horas da noite, só funcionava dia sim, dia não.

A análise automática das fezes (chamada de "autococô"), projetada para buscar parasitas nos excrementos dos animais, invariavelmente registrava todos os espécimes como portadores do parasita *Phagostomum venulosum*, embora nenhum deles fosse portador. O programa então automaticamente dispensava medicação na comida dos animais. Se os cuidadores retirassem o remédio das calhas para evitar que ele fosse dispensado, soava um alarme que não podia ser desligado.

E assim a coisa seguia, página após página de erros.

Quando eles chegaram, Dennis Nedry teve a impressão de que poderia arrumar todos os erros sozinho ao longo do final de semana. Ele empalideceu quando viu a lista completa. Agora, estava ligando para seu escritório em Cambridge, avisando à sua equipe de programadores que eles precisariam cancelar seus planos para o fim de semana e fazer hora extra até a segunda-feira. E ele disse a John Arnold que iria precisar usar todos os links telefônicos entre a Isla Nublar e o continente apenas para transferir dados do programa, enviando e recebendo de seus programadores.

Enquanto Nedry trabalhava, Arnold abriu uma nova janela em seu próprio monitor. Ela lhe permitia ver o que Nedry estava fazendo no console do canto. Não que ele não confiasse em Nedry. Mas Arnold simplesmente gostava de saber o que estava acontecendo.

Ele olhou para o display gráfico no console à sua direita, que mostrava a progressão dos Land Cruisers elétricos. Eles estavam seguindo o rio, um pouco ao norte do aviário e do pasto dos ornitísquios.

"Se vocês olharem à sua esquerda", disse a voz, "verão o domo do aviário do Jurassic Park, que ainda não está terminado para receber visitantes." Tim viu a luz do sol reluzindo em suportes de alumínio a distância. "E diretamente abaixo dele está nosso rio da selva mesozoica – onde, se vocês tiverem sorte, podem ter um vislumbre de um carnívoro muito raro. Mantenham os olhos abertos, gente!"

Dentro do Land Cruiser, as telas mostravam uma cabeça semelhante à de um pássaro, coberta por uma crista de um vermelho vivo. Mas todos no carro de Tim estavam olhando pelas janelas. O carro estava passando junto a um espinhaço alto, acima de um rio que corria rápido lá embaixo. O rio era quase escondido pela folhagem densa de ambos os lados.

"Ali estão eles agora", disse a voz. "Os animais que vocês veem são chamados dilofossauros."

A despeito do que dizia a gravação, Tim viu apenas um. O dilofossauro se agachou nas pernas traseiras junto ao rio, bebendo água. Sua compleição seguia o padrão básico dos carnívoros, com uma cauda pesada, membros inferiores fortes e um pescoço longo. Seu corpo de três metros de altura tinha manchas amarelas e pretas, como um leopardo.

Mas foi a cabeça que chamou a atenção de Tim. Duas cristas amplas e curvas corriam pelo topo da cabeça, indo dos olhos até o nariz. Elas se encontravam no meio, formando um v acima da cabeça do dinossauro. As cristas tinham listras em vermelho e preto, lembrando um papagaio ou um tucano. O animal soltou um piado suave, semelhante ao de uma coruja.

– Eles são bonitos – disse Lex.

"Dilofossauros", disse a gravação, "são alguns dos dinossauros carnívoros mais antigos. Os cientistas pensavam que os músculos de suas mandíbulas fossem fracos demais para matar as presas, e imaginaram tratar-se basicamente de carniceiros. Contudo, agora sabemos que eles são venenosos."

– Nossa – Tim sorriu –, então tá.

Mais uma vez o piado característico do dilofossauro ecoou pelo ar da tarde até eles.

Lex se remexeu em seu assento, desconfortável.

– Eles são mesmo venenosos, sr. Regis?

– Não se preocupe com isso – disse Ed Regis.

– Mas são?

– Bem, sim, Lex.

"Semelhante a algumas espécies atuais, como monstros-de-gila e cascavéis, o dilofossauro secreta uma hematotoxina de glândulas por sua boca. Alguns minutos após a mordida, segue-se a inconsciência. O dinossauro então acaba com a vítima a seu próprio tempo, o que faz do dilofossauro uma adição bela, mas mortal, aos animais que vocês verão aqui no Jurassic Park."

O Land Cruiser fez uma curva e deixou a margem do rio. Tim olhou para trás, esperando uma última espiada no dilofossauro. Isso era incrível! Dinossauros venenosos! Ele queria poder parar o carro, mas tudo era automático. Apostava que o dr. Grant também queria parar o carro.

"Se vocês olharem para a ribanceira à direita, verão Les Gigantes, o local de nosso soberbo restaurante três estrelas. O chef Alain Richard vem do mundialmente famoso Le Beaumanière, na França. Façam suas reservas discando quatro de seus quartos no hotel."

Tim olhou para a ribanceira e não viu nada.

– Ainda vai levar algum tempo – disse Ed Regis. – A construção do restaurante não começará antes de novembro.

"Prosseguindo com nosso safári pré-histórico, chegamos agora aos herbívoros do grupo ornistíquios. Se olharem à sua direita, provavelmente poderão vê-los agora."

Tim viu dois animais de pé, imóveis, na sombra de uma grande árvore. Tricerátopos: com o mesmo tamanho e cor acinzentada de um elefante, mas a postura truculenta de um rinoceronte. Os chifres acima de cada olho se curvavam um metro e meio no ar, parecendo presas de elefante invertidas. Um terceiro chifre, parecido com o dos rinocerontes, localizava-se perto do nariz. E eles tinham o focinho bicudo de um rinoceronte.

"Ao contrário de outros dinossauros", disse a voz, "o *Triceratops serratus* não enxerga bem. Eles são míopes, como os rinocerontes de hoje em dia, e têm a tendência de se surpreenderem com objetos em movimento. Eles atacariam nosso carro se estivessem perto o bastante para vê-lo! Mas relaxem, pessoal – estamos a salvo aqui."

"Os tricerátopos têm uma crista em formato de leque atrás da cabeça. Ela é feita de osso sólido e é muito forte. Esses animais pesam cerca de sete toneladas cada. Apesar de sua aparência, eles são na verdade bastante dóceis. Eles conhecem seus tratadores, e permitem que eles os acariciem. Gostam especialmente de carinho nos quadris."

– Por que eles não se mexem? – perguntou Lex. Ela abriu a janela. – Ei! Dinossauro estúpido! Mexa-se!

– Não incomode os animais, Lex – disse Ed Regis.

– Por quê? É estúpido. Eles só ficam ali, como um desenho em um livro.

A voz estava dizendo: "... monstros calmos de um mundo passado fazem um contraste vívido com o que veremos em seguida. O mais famoso predador da história do mundo: o poderoso lagarto tirano, conhecido como *Tyrannosaurus rex*".

– Bom, o *Tyrannosaurus rex* – disse Tim.

– Espero que ele seja melhor do que esses palhaços – disse Lex, dando as costas para os tricerátopos.

O Land Cruiser murmurou, seguindo adiante.

GRANDE REX

"O poderoso tiranossauro surgiu tarde na história dos animais. Os dinossauros dominaram a terra por 120 milhões de anos; porém, os tiranossauros só existiram pelos últimos quinze milhões de anos desse período."

Os Land Cruisers pararam no topo de uma colina. Eles estavam acima de uma área de floresta que descia até a beira da lagoa. O sol estava se pondo no oeste, afundando na neblina do horizonte. Toda a paisagem do Jurassic Park estava banhada em uma luz suave, com sombras que se alongavam. A superfície da lagoa ondulava em crescentes rosados. Mais ao sul, eles viram os pescoços graciosos dos apatossauros, de pé junto à borda da água, seus corpos espelhados na superfície em movimento. Tudo estava silencioso, exceto pelo leve zumbido das cigarras. Enquanto eles olhavam para a paisagem, era possível acreditar que tinham mesmo sido transportados milhões de anos de volta no tempo para um mundo desaparecido.

– Dá certo, não dá? – ouviram Ed Regis dizendo pelo interfone. – Eu gosto de vir aqui às vezes, à tarde. E só ficar sentado.

Grant não estava impressionado.

– Cadê o T-rex?

– Boa pergunta. Geralmente, pode-se ver o menor lá embaixo, na lagoa. A lagoa está abastecida, então tem peixe lá. O menor aprendeu a apanhar os peixes. É interessante como ele faz. Ele não usa as mãos; em vez disso, enfia a cabeça toda debaixo da água. Como um pássaro.

– O menor?

– O rex pequeno. Ele é um jovem, tem dois anos de idade, e cerca de um terço do tamanho total agora. Está com 2,5 metros de altura, pesa 1,5 tonelada. O outro é um tiranossauro adulto. Mas eu não o vejo no momento.

– Talvez ele esteja lá embaixo, caçando os apatossauros – disse Grant.

Regis riu, sua voz minúscula pelo rádio.

– Ele estaria se pudesse, acredite. Algumas vezes ele fica perto da lagoa e encara aqueles animais, remexendo seus bracinhos, frustrado. Mas o território do T-rex é completamente fechado com trincheiras e cercas. Elas estão disfarçadas, mas acredite, ele não pode ir a lugar algum.

– Então, onde ele está?

– Se escondendo – disse Regis. – Ele é um pouco tímido.

– Tímido? – perguntou Malcolm. – O tiranossauro rex é *tímido?*

– Bem, ele se esconde, como regra geral. Você quase nunca o vê em campo aberto, especialmente à luz do dia.

– E por quê?

– Achamos que é porque ele tem pele sensível e se queima com facilidade ao sol.

Malcolm começou a rir.

Grant suspirou.

– Você está destruindo muitas ilusões.

– Não acho que vocês vão ficar desapontados – disse Regis. – Esperem só.

Eles ouviram um leve barulho. No meio do campo, uma pequena jaula subiu até ficar à mostra, erguida hidraulicamente do subterrâneo. As barras da jaula desceram e a cabra permaneceu amarrada no centro do campo, balindo queixosamente.

– Agora é só esperar um pouco – disse Regis outra vez.

Eles olhavam para fora da janela.

– Olhe para eles – disse Hammond, observando o monitor da sala de controle. – Inclinando-se para fora das janelas, de tão ansiosos. Eles mal podem esperar para ver. Vieram aqui pelo perigo.

– É disso que eu tenho medo – disse Muldoon. Ele girou as chaves em seu dedo e observou os Land Cruisers, tenso. Aquela era a primeira vez que visitantes passeavam pelo Jurassic Park e Muldoon compartilhava da apreensão de Arnold.

Robert Muldoon era um homem grande, com cinquenta anos, um bigode cinza como aço e olhos de um azul profundo. Criado no Quênia, ele havia passado a maior parte da vida como guia para caçadores de grandes animais, assim como o pai dele fizera. Mas, desde 1980, vinha trabalhando principalmente para grupos conservacionistas e projetistas de zoológicos como consultor de vida selvagem. Tinha ficado conhecido;

um artigo na *Sunday Times* de Londres dissera: "O que Robert Trent Jones é para os campos de golfe, Robert Muldoon é para os zoológicos: um designer de conhecimento e habilidades incomparáveis".

Em 1986, fez alguns trabalhos para uma companhia de San Francisco que estava construindo um parque particular para vida selvagem em uma ilha na América do Norte. Muldoon distribuíra os limites para diferentes animais, definindo os limites para espaço e hábitat de leões, elefantes, zebras e hipopótamos. Identificando quais animais podiam ser mantidos juntos, e quais deveriam ser separados. Na época, foi um trabalho bastante rotineiro. Ele estava mais interessado em um parque indiano chamado Mundo dos Tigres, ao sul da Caxemira.

Então, um ano atrás, recebera a oferta de um emprego como administrador dos animais no Jurassic Park. A oferta coincidiu com o desejo de deixar a África; o salário era excelente; Muldoon aceitou por um ano. Ficou assombrado ao descobrir que o parque na verdade era uma coleção de animais pré-históricos produzidos geneticamente.

Era, é claro, um trabalho interessante; entretanto, durante seus anos na África, Muldoon tinha desenvolvido uma visão imperturbável sobre os animais – uma visão nada romântica – que frequentemente o colocava em conflito com a administração do Jurassic Park na Califórnia, em particular com o pequeno comandante de pé ao seu lado na sala de controle. Na opinião de Muldoon, clonar dinossauros em um laboratório era uma coisa. Mantê-los à solta era outra, bem diferente.

Muldoon achava que alguns dinossauros eram perigosos demais para ser mantidos em um ambiente de parque. Em parte, o perigo existia porque eles ainda sabiam muito pouco sobre os animais. Por exemplo: ninguém sequer suspeitava que os dilofossauros fossem venenosos até que foram vistos caçando ratos nativos da ilha – mordendo os roedores e então recuando para esperar que eles morressem. E mesmo assim, ninguém suspeitou que os dilofossauros pudessem cuspir até que um dos tratadores quase ficou cego com o veneno expelido a cusparadas.

Depois disso, Hammond concordou em estudar o veneno do dilofossauro, no qual foram descobertas sete diferentes enzimas tóxicas. Também se descobriu que os dilofossauros podiam cuspir a uma distância de até quinze metros. Como isso levantava a possibilidade de um hóspede em um carro ficar cego, a administração decidiu remover os sacos de veneno. Os veterinários tentaram duas vezes, em dois animais diferentes, sem sucesso. Ninguém sabia onde o veneno estava sendo secretado. E ninguém jamais saberia até que se fizesse uma autópsia em um dilofossauro – mas a administração não permitia que um deles fosse morto.

Muldoon se preocupava ainda mais com os velocirraptors. Eles eram caçadores instintivos e jamais recusavam uma presa. Matavam mesmo quando não estavam com fome. Matavam pelo prazer de matar. Eles eram velozes: corredores fortes e saltadores espantosos. Tinham garras letais em todos os quatro membros; um golpe de um antebraço poderia estripar um homem, derrubando suas vísceras para fora. E eles tinham mandíbulas poderosas que arrancavam carne, em vez de morder. Eram muito mais inteligentes que os outros dinossauros e pareciam ter a fuga como instinto.

Todo especialista em zoológico sabia que certos animais eram especialmente passíveis de fugir de suas jaulas. Alguns, como os macacos e os elefantes, podiam abrir as portas das jaulas. Outros, como os porcos selvagens, possuíam inteligência incomum e conseguiam erguer as trancas dos portões com o focinho. Mas quem suspeitaria que o tatu gigante era um notório fugitivo? Ou o alce? No entanto, o alce era quase tão habilidoso com seu focinho quanto o elefante com sua tromba. Os alces estavam sempre escapando; tinham um talento para isso.

Assim como os velocirraptors.

Raptors eram, no mínimo, tão inteligentes quanto chimpanzés. E, como os chimpanzés, tinham mãos ágeis que os capacitavam a abrir portas e manipular objetos. Eles podiam escapar com facilidade. E então, como Muldoon temia, um deles finalmente fugiu, matou dois peões da obra e feriu um terceiro antes de ser capturado. Depois daquele episódio, o alojamento de visitantes foi retrabalhado com pesados portões trancafiados, uma cerca de alto perímetro e janelas com vidro temperado. E o cercado dos raptors foi reconstruído com sensores eletrônicos para evitar outra fuga iminente.

Muldoon também queria armas. E ele queria lançadores portáteis de mísseis antitanque. Os caçadores sabiam como era difícil derrubar um elefante africano de quatro toneladas – e alguns dos dinossauros pesavam dez vezes mais. A administração ficou horrorizada, insistindo que não haveria armas em lugar algum da ilha. Quando Muldoon ameaçou se demitir e levar a história à imprensa, chegou-se a um meio-termo. No final, dois lançadores de mísseis guiados por laser construídos sob encomenda tinham sido colocados em uma sala trancada no porão. Só Muldoon tinha as chaves para aquela sala.

Eram essas chaves que Muldoon estava girando agora.

– Vou lá para baixo – disse ele.

Arnold, assistindo às telas de controle, assentiu. Os dois Land Cruisers estavam no topo da colina, esperando pela aparição do tiranossauro.

– Ei – chamou Dennis Nedry, do console mais distante. – Já que você está de pé, pegue uma Coca pra mim, tá?

Grant esperava no carro, observando em silêncio. O balido da cabra ficou mais alto, mais insistente. A cabra puxava freneticamente sua corda, correndo para a frente e para trás. No rádio, Grant ouviu Lex dizer, alarmada:

– O que vai acontecer com a cabra? Ele vai comer a cabra?

– Acho que sim – alguém disse a ela, e então Ellie baixou o volume do rádio. Foi quando eles sentiram o odor, um fedor de lixo, putrefação e decomposição que subiu da colina na direção deles.

Grant sussurrou:

– Ele está aqui.

– Ela – disse Malcolm.

A cabra estava presa no centro do campo, a quase trinta metros das árvores mais próximas. O dinossauro deveria estar em algum ponto entre as árvores, mas por um momento Grant não conseguiu ver nada. E então ele percebeu que estava olhando baixo demais: a cabeça do animal estava a seis metros do chão, meio escondida entre os galhos mais altos das palmeiras.

Malcolm murmurou:

– Ah, *meu Deus*... Ela é do tamanho de um maldito prédio...

Grant encarou a imensa cabeça quadrada, de 1,5 metro de comprimento, colorida de um vermelho-amarronzado, com mandíbulas e presas imensas. As mandíbulas do tiranossauro trabalharam uma vez, abrindo--se e fechando-se. Mas o enorme animal não emergiu de seu esconderijo.

Malcolm sussurrou:

– Por quanto tempo vai esperar?

– Talvez três ou quatro minutos. Talvez...

A tiranossauro disparou silenciosamente para a frente, revelando por completo seu corpo gigantesco. Em quatro passos saltados ela cobriu a distância até a cabra, abaixou-se e mordeu, atravessando o pescoço da presa. O balido parou. Houve apenas silêncio.

Equilibrada acima da presa, a tiranossauro se tornou subitamente hesitante. Sua cabeça enorme virou-se acima do pescoço musculoso, olhando em todas as direções. Ela encarou fixamente o Land Cruiser, lá em cima na colina.

Malcolm sussurrou:

– Ela consegue ver a gente?

– Ah, sim – disse Regis no interfone. – Vamos ver se ela vai comer aqui, na nossa frente, ou se vai arrastar a presa para longe.

A tiranossauro se abaixou e farejou a carcaça da cabra. Um pássaro piou; a cabeça dela se ergueu, alerta, observadora. Ela olhou de um lado para o outro, sondando em pequenos movimentos bruscos.

– Como um pássaro – disse Ellie.

A tiranossauro ainda hesitava.

– De que ela tem medo? – murmurou Malcolm.

– Provavelmente de outro tiranossauro – murmurou Grant. Grandes carnívoros, como leões e tigres, com frequência se tornavam cautelosos após uma matança, comportando-se como se estivessem subitamente expostos. Zoólogos do século 19 imaginavam que os animais se sentiam culpados pelo que tinham feito. No entanto, os cientistas contemporâneos documentaram o esforço por trás de uma matança – as horas de acompanhamento paciente antes do salto final –, assim como a frequência dos fracassos. A ideia de "natureza, vermelha nos dentes e nas garras" era errada; com frequência a presa conseguia escapar. Quando um carnívoro finalmente derrubava um animal, ele tomava cuidado com outros predadores, que poderiam atacá-lo e roubar sua presa. Portanto, esse tiranossauro provavelmente estava com medo de outro tiranossauro.

O imenso animal se curvou sobre a cabra outra vez. Um dos grandes membros inferiores segurou a carcaça no lugar enquanto as mandíbulas começaram a arrancar a carne.

– Ela vai ficar – sussurrou Regis. – Excelente.

A tiranossauro ergueu a cabeça de novo, pedaços rasgados de carne sangrenta em suas mandíbulas. Ela encarou o Land Cruiser. Começou a mastigar. Eles ouviram o repugnante estalar dos ossos.

– Eeeca – disse Lex no interfone. – Isso é nojento!

E então, como se a precaução finalmente levasse a melhor sobre ela, a tiranossauro ergueu os restos da cabra em suas mandíbulas e os carregou silenciosamente de volta para o meio das árvores.

“Senhoras e senhores, o *Tyrannosaurus rex*”, disse a gravação. Os Land Cruisers deram novamente a partida e, em silêncio, saíram, atravessando a folhagem.

Malcolm recostou-se em seu assento.

– Fantástico – disse ele.

Gennaro enxugou a testa. Ele parecia pálido.

CONTROLE

Henry Wu entrou na sala de controle para encontrar todos sentados no escuro, ouvindo as vozes no rádio.

– Meu Deus, se um animal como aquele escapa – dizia Gennaro, sua voz minúscula no alto-falante, – não há como fazê-lo parar.

– Nenhum jeito de fazê-lo parar, não...

– Imenso, sem inimigos naturais...

– Meu Deus, pense nisso...

Na sala de controle, Hammond disse:

– Dane-se essa gente. Eles são tão *pessimistas.*

Wu disse:

– Ainda estão falando sobre uma fuga dos animais? Eu não entendo. Agora eles já deveriam ter visto que tudo está sob controle. Nós produzimos os animais e projetamos o resort... – Ele encolheu os ombros.

Era a percepção mais profunda de Wu que o parque era fundamentalmente saudável, assim como ele acreditava que seu paleo-DNA era fundamentalmente sadio. Quaisquer problemas que pudessem surgir no DNA eram, em essência, derivados de dificuldades específicas no código, causando um problema no fenótipo: uma enzima que não se ativava ou uma proteína que não se enovelava. Independentemente do tipo de obstáculo, ele era, em geral, resolvido com um ajuste relativamente pequeno na versão seguinte.

Da mesma forma, ele sabia que os problemas do Jurassic Park não eram problemas fundamentais. Não eram problemas de controle. Nada tão básico ou sério quanto a possibilidade de uma fuga dos animais. Wu achava ofensivo pensar que alguém o julgasse capaz de contribuir com um sistema em que algo assim pudesse ocorrer.

– É aquele Malcolm – disse Hammond, sombrio. – Ele está por trás de tudo. Ele ficou contra a gente desde o começo, sabe? Ele tem essa teoria de que sistemas complexos não podem ser controlados e que a natureza não pode ser imitada. Não sei qual é o problema dele. Meu Deus, estamos só fazendo um zoológico aqui. O mundo está cheio deles, e todos funcionam bem. Mas ele vai provar sua teoria ou morrer tentando. Só espero que ele não coloque o Gennaro em pânico e faça com que ele tente fechar o parque.

Wu disse:

– Ele pode fazer isso?

– Não – disse Hammond. – Mas ele pode tentar. Ele pode tentar assustar os investidores japoneses e convencê-los a retirar o financiamento. Ou pode fazer barulho com o governo de San José. Ele pode criar problemas.

Arnold apagou seu cigarro.

– Vamos esperar para ver o que acontece – disse ele. – Nós acreditamos no parque. Vamos ver como as coisas se desenrolam.

Muldoon saiu do elevador, cumprimentou o guarda do térreo com um gesto de cabeça e desceu para o porão. Acendeu as luzes. O porão estava cheio com cerca de vinte Land Cruisers arranjados em fileiras ordenadas. Esses eram os carros elétricos que em algum momento iriam formar um ciclo infinito, passeando pelo parque e retornando ao centro de visitantes.

No canto estava um jipe com uma faixa vermelha, um dos veículos movidos a gasolina – Harding, o veterinário, tinha pegado o outro naquela manhã – que podia ir a qualquer lugar do parque, mesmo entre os animais. Os jipes haviam recebido uma faixa diagonal de tinta vermelha porque, por algum motivo, isso desencorajava os tricerátopos a atacar o carro.

Muldoon passou pelo jipe em direção aos fundos. A porta de aço para a sala dos armamentos não tinha nenhuma sinalização. Ele a destrancou com sua chave e abriu a pesada porta completamente. Prateleiras de armas forravam o interior. Ele retirou um Lançador Portátil Randler e uma caixa de cilindros. Colocou dois mísseis cinzentos embaixo do outro braço.

Trancando a porta depois de sair, ele colocou a arma no banco traseiro do jipe. Quando saía da garagem, ouviu o distante estrondo de trovões.

* * *

– Parece que vai chover – disse Ed Regis, olhando para o céu.

Os Land Cruisers tinham parado de novo, perto do Pântano Saurópode. Uma larga manada de apatossauros pastava perto da margem da lagoa, comendo as folhas dos galhos mais altos das palmeiras. Na mesma área havia vários hadrossauros bico-de-pato, os quais, em comparação, pareciam muito menores.

É claro, Tim sabia que os hadrossauros não eram realmente pequenos. Os apatossauros, no entanto, eram muito maiores. Suas cabeças pequeninas chegavam a quinze metros do chão, acima de seus pescoços estendidos.

"Os grandes animais que vocês estão vendo são comumente chamados de *Brontosaurus*", disse a gravação, "mas, na verdade, eles são *Apatosaurus*. Pesam mais de trinta toneladas. Isso significa que apenas um desses animais já é tão grande quanto todo um bando de elefantes modernos. E vocês podem notar que a área preferida deles, junto à lagoa, não é pantanosa. A despeito do que os livros dizem, os brontossauros evitam pântanos. Eles preferem terra seca."

– O *Brontosaurus* é o maior dinossauro, Lex – disse Ed Regis. Tim não se incomodou em contradizê-lo. Na realidade, o *Brachiosaurus* era três vezes maior. E algumas pessoas achavam que o *Ultrasaurus* e o *Seismosaurus* eram ainda maiores que os *Brachiosaurus*. O *Seismosaurus* poderia ter pesado até cem toneladas!

Junto dos apatossauros, os hadrossauros, menores, erguiam-se sobre os membros posteriores para alcançar a folhagem. Eles se moviam graciosamente para criaturas tão grandes. Vários hadrossauros bebês estavam espalhados ao redor dos adultos, comendo as folhas que caíam das bocas dos animais maiores.

"Os dinossauros do Jurassic Park não se reproduzem", disse a gravação. "Os animais jovens que vocês veem foram introduzidos na natureza alguns meses atrás, já eclodidos. Mas os adultos cuidam deles mesmo assim."

Houve um rosnado ecoante de trovão. O céu estava mais escuro, mais próximo e ameaçador.

– É, parece que vai chover mesmo – disse Ed Regis.

O carro moveu-se adiante e Tim olhou para trás, na direção dos hadrossauros. De repente, ele viu um animal amarelo-pálido se mexendo com rapidez, na lateral dos bichos e meio afastado. Havia faixas marrons nas costas dele. Tim o reconheceu de imediato.

– Ei! – gritou ele. – Pare o carro!

– Que foi? – disse Ed Regis.

– Rápido! *Pare o carro!*

"Seguimos em frente agora para ver o último de nossos grandes animais pré-históricos, os estegossauros", disse a voz gravada.

– Qual é o problema, Tim?

– Eu vi um! Eu vi um no campo lá fora!

– Viu o quê?

– Um *raptor*! Naquele campo!

"Os estegossauros são animais da metade do período Jurássico, que evoluíram cerca de 170 milhões de anos atrás", disse a gravação. "Vários desses herbívoros notáveis vivem aqui no Jurassic Park."

– Ah, eu não acredito que tenha sido isso, Tim – disse Ed Regis. – Não um raptor.

– Eu vi! *Pare o carro!*

Houve um balbucio pelo interfone enquanto a notícia era relatada a Grant e Malcolm.

– Tim disse que viu um raptor.

– Onde?

– Lá no campo.

– Vamos voltar e dar uma olhada.

– Não podemos voltar – disse Ed Regis. – Só podemos ir em frente. Os carros são programados.

– Não podemos voltar? – perguntou Grant.

– Não – respondeu Regis. – Desculpe. Sabe, é como se fosse um brinquedo...

– Tim, aqui é o professor Malcolm – disse uma voz no interfone, interrompendo-o. – Eu tenho apenas uma pergunta para você sobre esse raptor. Qual era a idade que você disse que ele tinha?

– Mais velho do que o bebê que vimos hoje – disse Tim. – E mais novo do que os adultos grandes no cercado. Os adultos tinham 1,80 metro. Ele tinha metade desse tamanho.

– Está bem – disse Malcolm.

– Eu só o vi por um segundo – disse Tim.

– Tenho certeza de que não era um raptor – disse Ed Regis. – Não tem como ser um raptor. Deve ter sido um dos othis. Eles estão sempre pulando as cercas. Temos bastante trabalho com eles.

– Eu sei que vi um raptor – disse Tim.

– Estou com fome – disse Lex. Ela estava começando a choramingar.

Na sala de controle, Arnold virou-se para Wu.

– O que você acha que o menino viu?

– Acho que deve ter sido um othi.

Arnold assentiu.

– Temos dificuldades para rastrear os othis por eles passarem tanto tempo nas árvores.

Os othis eram uma exceção ao controle minuto a minuto que eles normalmente mantinham sobre os animais. Os computadores estavam sempre perdendo e encontrando os othis, conforme eles subiam e desciam das árvores.

– O que me irrita – disse Hammond – é que nós fizemos esse parque maravilhoso, esse parque *fantástico,* e nossos primeiros visitantes estão passando por ele como fiscais, apenas procurando por problemas. Eles não estão experimentando nada da maravilha de tudo isso.

– Isso é problema deles – disse Arnold. – Não podemos forçá-los a provar da maravilha.

O interfone tocou e Arnold ouviu uma voz arrastada:

– Ah, John, aqui é o *Anne B,* na doca. Nós não terminamos de descarregar, mas estou olhando para o padrão da tempestade ao sul de onde estamos. Preferiria não estar preso aqui se esse vento piorasse.

Arnold virou-se para o monitor que mostrava o navio de carga, atracado à doca no lado leste da ilha. Ele apertou o botão do rádio.

– Quanto ainda falta para descarregar, Jim?

– Só os últimos três contêineres de equipamentos. Eu não chequei o manifesto, mas acredito que você possa esperar mais duas semanas por eles. Não estamos bem protegidos aqui, sabe, e o continente está a mais de 150 quilômetros de distância.

– Está requisitando permissão para partir?

– Estou, John.

– Eu quero esse equipamento – insistiu Hammond. – É equipamento para os laboratórios. Precisamos dele.

– Entendo – disse Arnold. – Mas você não quis gastar dinheiro em uma barreira contra tempestades para proteger o píer. Portanto, não temos um cais bom. Se a tempestade piorar, o navio vai bater contra a doca. Eu já vi navios se perderem desse jeito. E aí você vai ter todas as outras despesas, substituição do navio mais a limpeza para preparar sua doca... e não se pode usar a doca até fazer isso...

Hammond fez um gesto, liberando-os.

– Mande eles para fora de lá.

– Permissão para partir, *Anne B* – disse Arnold para o rádio.

– Vejo você em duas semanas – respondeu a voz.

No monitor, eles viram a equipe nas docas, desamarrando as cordas. Arnold voltou para o console principal. Viu os Land Cruisers se movendo através de campos de vapor.

– Onde eles estão agora? – perguntou Hammond.

– Parece que nos campos ao sul – disse Arnold. A ponta mais ao sul da ilha tinha mais atividade vulcânica que o norte. – Isso significa que eles devem estar quase chegando aos estegos. Tenho certeza de que vão parar e ver o que Harding está fazendo.

ESTEGOSSAURO

Enquanto o Land Cruiser parava, Ellie Sattler olhava através das colunas de vapor para o estegossauro. Ele estava de pé, quieto e imóvel. Um jipe com uma faixa vermelha estava estacionado ao lado dele.

– Tenho que admitir, esse é um animal curioso – disse Malcolm.

O estegossauro tinha seis metros de comprimento, com um forte e imenso corpo e placas verticais reforçadas ao longo das costas. A cauda tinha espinhos com quase um metro de altura e aparência perigosa. Mas o pescoço se estreitava até chegar a uma cabeça absurdamente pequena com um olhar estúpido, como um cavalo muito idiota.

Enquanto eles observavam, um homem deu a volta por trás do animal.

– Este é o nosso veterinário, dr. Harding – disse Regis pelo rádio. – Ele anestesiou o estego, e é por isso que ele não está se mexendo. Ele está doente.

Grant já estava saindo do carro, apressando-se em direção ao estegossauro imóvel. Ellie saiu e olhou para trás quando o segundo Land Cruiser estacionou e as duas crianças desceram.

– O que ele tem? – perguntou Tim.

– Eles não têm certeza – respondeu Ellie.

As grandes placas coriáceas ao longo da espinha dorsal do estegossauro descaíram levemente. Ele respirava com lentidão e esforço, fazendo um ruído molhado a cada inspiração.

– É contagioso? – perguntou Lex.

Eles foram em direção à cabeça minúscula do animal, onde Grant e o veterinário estavam de joelhos, espiando dentro da boca do estegossauro.

Lex franziu o nariz.

– Essa coisa é grande mesmo – disse ela. – E *fedida.*

– É, sim. – Ellie já havia notado que o estegossauro tinha um odor peculiar, como de peixe podre. Aquilo lhe lembrava algo que ela conhecia, mas não conseguia identificar com certeza. De qualquer forma, ela nunca tinha cheirado um estegossauro antes. Talvez esse fosse seu cheiro característico. Entretanto, ela tinha suas dúvidas. A maioria dos herbívoros não exalava um odor forte. Nem suas fezes. O fedor de verdade era reservado aos comedores de carne.

– Será que é porque ele está doente? – perguntou Lex.

– Talvez. E não se esqueça de que ele foi sedado pelo veterinário.

– Ellie, dê uma olhada na língua dele – disse Grant.

A língua roxo-escura pendia da boca do animal, mole. O veterinário mirou uma lanterna ali para que ela pudesse ver as bolhinhas prateadas.

– Microvesículas – observou Ellie. – Interessante.

– Estamos tendo dificuldades com esses estegos – disse o veterinário. – Eles estão sempre ficando doentes.

– Quais são os sintomas? – perguntou Ellie. Ela arranhou a língua com sua unha. Um líquido transparente exsudou das bolhas que arrebentaram.

– Eca – disse Lex.

– Desequilíbrio, desorientação, dificuldade para respirar e muita diarreia massiva – disse Harding. – Parece acontecer a cada seis semanas, mais ou menos.

– Eles se alimentam continuamente?

– Ah, sim – disse Harding. – Animais desse tamanho precisam ingerir no mínimo algo entre 220 e 270 quilos de matéria vegetal diariamente apenas para se manter. Eles estão constantemente comendo.

– Então é improvável que seja envenenamento por alguma planta – disse Ellie. Comedores constantes estariam sempre doentes caso se alimentassem de uma planta tóxica. Não a cada seis semanas.

– Exatamente – disse o veterinário.

– Posso? – pediu Ellie. Ela pegou a lanterna do veterinário. – O sedativo tem efeitos pupilares? – perguntou ela, voltando a luz para o olho do estegossauro.

– Há um efeito miótico, as pupilas se contraem.

– Mas essas pupilas estão dilatadas – disse ela.

Harding olhou. Não havia dúvida: a pupila do estegossauro estava dilatada, e não se contraiu quando a luz bateu nela.

– Mas que droga – disse ele. – Isso é um efeito farmacológico.

– É. – Ellie tornou a se levantar e olhou em volta. – Qual é a área de pasto do animal?

– Cerca de oito quilômetros quadrados.

– Por aqui? – perguntou ela. Eles estavam em uma campina aberta, com afloramentos rochosos esparsos e colunas intermitentes de vapor subindo do chão. Era o final da tarde, e o céu estava rosado sob as baixas nuvens cinza.

– A maior parte do pasto deles fica ao norte e a leste daqui – disse Harding. – Mas, quando eles ficam doentes, geralmente estão próximos dessa área em particular.

Era um enigma interessante, pensou ela. Como explicar a periodicidade do envenenamento? Ela apontou para o outro lado do campo.

– Está vendo aqueles arbustos baixos e delicados?

– Cinamomo – Harding assentiu. – Nós sabemos que é tóxico. Os animais não comem.

– Tem certeza?

– Tenho. Nós os monitoramos por vídeo, e eu conferi as fezes só para ter certeza. Os estegos nunca comem esses arbustos.

Melia azedarach, chamada de amargoseira ou cinamomo, continha um alto número de alcaloides tóxicos. Os chineses usavam essa planta como veneno para peixes.

– Eles não comem isso – disse o veterinário.

– Interessante – disse Ellie. – Porque senão eu diria que esse animal exibe todos os sinais clássicos de intoxicação por *Melia:* estupor, bolhas nas membranas mucosas e dilatação das pupilas. – Ela atravessou o campo para examinar as plantas mais de perto, o corpo curvado sobre o chão. – Tem razão – disse ela. – As plantas estão inteiras, nenhum sinal de terem sido comidas. Absolutamente nenhum.

– E ainda temos o intervalo de seis semanas – lembrou o veterinário.

– Os estegossauros vêm aqui com que frequência?

– Cerca de uma vez por semana – disse ele. – Os estegos fazem um ciclo lento através de seu território de pasto, comendo enquanto andam. Eles completam o ciclo mais ou menos em uma semana.

– Mas só ficam doentes a cada seis semanas.

– Correto – respondeu Harding.

– Isso é chato – disse Lex.

– Ssssh – interrompeu Tim. – A dra. Sattler está tentando pensar.

– Sem sucesso – disse Ellie, afastando-se um pouco mais.

Atrás dela, ouviu Lex dizer:

– Alguém quer jogar bola comigo?

Ellie olhou fixamente para o chão. O campo era pedregoso em muitos locais. Ela podia escutar o som das ondas em algum ponto à esquerda. Havia frutinhas entre as pedras. Talvez os animais estivessem apenas comendo essas frutas. Mas aquilo não fazia sentido. As frutas do cinamomo eram terrivelmente amargas.

– Encontrou alguma coisa? – perguntou Grant, vindo juntar-se a ela.

Ellie suspirou.

– Só pedras – disse ela. – Nós devemos estar perto da praia, porque todas essas pedras são lisas. E estão ajeitadas em montinhos engraçados.

– Montinhos engraçados?

– Em todo canto. Tem uma pilha logo ali. – Ela apontou.

Assim que ela o fez, percebeu para o que estava olhando. As rochas estavam gastas, mas não tinha nada a ver com o oceano. Essas pedras estavam empilhadas em montinhos, quase como se tivessem sido jogadas ali daquela forma.

Eram pilhas de gastrolitos.

Muitos pássaros e crocodilos engoliam pedrinhas, as quais coletavam em uma bolsa muscular no trato digestivo chamada de moela. Espremidas pelos músculos da moela, as pedras ajudavam a esmagar comidas vegetais duras antes que elas alcançassem o estômago, e, assim, auxiliavam na digestão. Alguns cientistas pensavam que dinossauros também tinham gastrolitos. Primeiro, porque os dentes dos dinossauros eram pequenos demais, e pouco desgastados para terem sido usados para mastigar comida. Presumia-se que os dinossauros engolissem sua comida inteira e deixassem que os gastrolitos esmagassem as fibras das plantas. E alguns esqueletos tinham sido encontrados com uma pilha associada de pequenas pedras na área abdominal. Mas isso nunca tinha sido verificado, e...

– Gastrolitos – disse Grant.

– É, acho que sim. Eles engolem essas pedras, e depois de algumas semanas as pedras estão lisas, então eles as regurgitam, deixam esse montinho e engolem pedras novas. E, quando engolem, levam frutinhas junto. E ficam doentes.

– Minha nossa – disse Grant. – Tenho certeza de que você está certa.

Ele olhou para a pilha de pedras, passando a mão sobre elas, seguindo o instinto de paleontólogo.

E então ele parou.

– Ellie – disse ele. – Dê uma olhada nisso.

– Coloca bem aqui, meu bem! Certinho na minha luva! – gritou Lex, e Gennaro jogou a bola para ela.

Ela lançou de volta com tanta força que a mão dele ardeu.

– Pega leve! Eu não tenho uma luva!

– Molenga! – disse ela desdenhosamente.

Irritado, ele disparou a bola para ela e ouviu a pancada ao atingir o couro.

– Agora, sim – disse ela.

De pé ao lado do dinossauro, Gennaro continuou jogando enquanto conversava com Malcolm.

– Como esse dinossauro doente se encaixa em sua teoria?

– Estava previsto – respondeu Malcolm.

Gennaro balançou a cabeça.

– Existe algo *não* previsto pela sua teoria?

– Olha – disse Malcolm. – Não tem nada a ver comigo. É a teoria do caos. Mas eu percebo que ninguém está disposto a ouvir as consequências da matemática. Porque elas implicam consequências bem grandes para a vida humana. Maiores do que o princípio de Heisenberg ou o teorema de Gödel, sobre os quais todo mundo matraqueia. Essas são considerações, na verdade, bastante acadêmicas. Considerações filosóficas. Mas a teoria do caos tem relação com a vida cotidiana. Você sabe por que os computadores foram criados, em primeiro lugar?

– Não sei – respondeu Gennaro.

– Manda pegando fogo – gritou Lex.

– Os computadores foram construídos no final dos anos 1940 porque matemáticos como John von Neumann pensavam que, se você tivesse um computador, uma máquina para tratar de muitas variáveis simultaneamente, você seria capaz de prever o clima. O clima finalmente cederia ao entendimento humano. E os homens acreditaram nesse sonho pelos quarenta anos seguintes. Eles acreditaram que a predição fosse apenas uma função de manter registro das coisas. Se você soubesse o bastante, poderia prever qualquer coisa. Isso tem sido uma crença científica muito estimada desde Newton.

– E?...

– A teoria do caos joga isso pela janela. Ela diz que você jamais vai poder prever certos fenômenos, nunca. Você jamais poderá prever o tempo por mais do que alguns poucos dias. Todo o dinheiro gasto em previsões mais extensas, cerca de meio bilhão de dólares nas últimas décadas, foi dinheiro desperdiçado. É a missão de um tolo. É tão sem sentido quanto tentar transformar chumbo em ouro. Nós olhamos para os alquimistas de antigamente e rimos do que eles estavam tentando fazer, mas as gerações futuras vão rir de nós da mesma maneira. Nós tentamos o impossível. E gastamos um monte de dinheiro nisso. Porque, na verdade, há grandes categorias de fenômenos que são inerentemente imprevisíveis.

– O caos diz isso?

– Diz, e é impressionante como muito poucas pessoas se importam em ouvir – disse Malcolm. – Eu dei toda essa informação a Hammond bem antes de ele lançar as fundações desse lugar. Você vai criar uma porção de animais pré-históricos e soltá-los em uma ilha? Ótimo. Um sonho adorável. Encantador. Mas não vai seguir conforme o planejado. Isso é inerentemente imprevisível, assim como o clima.

– Você disse isso a ele? – questionou Gennaro.

– Disse. Também falei onde os desvios poderiam ocorrer. Obviamente o encaixe dos animais ao ambiente é uma área. Esse estegossauro tem cem milhões de anos. Não está adaptado ao nosso mundo. O ar é diferente, a radiação solar é diferente, a terra é diferente, os insetos são diferentes, os sons são diferentes, a vegetação é diferente. Tudo é diferente. A quantidade de oxigênio no ar foi reduzida. Esse pobre animal é como um ser humano a três mil metros de altitude. Dá pra ouvir o resfolegar.

– E as outras áreas?

– Falando de forma mais ampla, a habilidade do parque de controlar a difusão de formas de vida. Porque a história da evolução é de que a vida escapa a todas as barreiras. A vida se liberta. A vida se expande para novos territórios. Dolorosamente, talvez até perigosamente. Mas a vida dá um jeito. – Malcolm balançou a cabeça. – Eu não pretendia ser filosófico, mas aí está.

Gennaro olhou a distância. Ellie e Grant estavam do outro lado do campo, acenando com os braços e gritando.

– Você pegou minha Coca? – perguntou Dennis Nedry, assim que Muldoon voltou para a sala de controle.

Muldoon nem se incomodou em responder. Foi diretamente até o monitor e olhou para o que estava acontecendo. Pelo rádio, ouviu a voz de Harding dizendo:

– O estego... finalmente... mos um jeito... agora...

– O que é isso? – perguntou Muldoon.

– Eles estão no ponto ao sul – disse Arnold. – É por isso que está meio entrecortado. Eu vou passá-los para outra frequência. Mas eles descobriram o que há de errado com os estegos. Estavam comendo um tipo de frutinha.

Hammond assentiu.

– Eu sabia que resolveríamos isso mais cedo ou mais tarde – disse ele.

– Não é muito impressionante – disse Gennaro. Ele segurou o fragmento branco, não maior do que um selo postal, na ponta do dedo à luz que se esvaía. – Tem certeza disso, Alan?

– Certeza absoluta – disse Grant. – O que confirma é o padrão na superfície interior, a curva interior. Vire-o e você vai notar um leve padrão de linhas elevadas que descrevem, grosso modo, formas triangulares.

– Sim, estou vendo.

– Bem, eu desenterrei dois ovos com padrões assim na minha escavação em Montana.

– Está dizendo que isso é um pedaço de casca de ovo de dinossauro?

– Com certeza – disse Grant.

Harding balançou a cabeça.

– Esses dinossauros não podem procriar.

– Evidentemente, podem, sim – disse Gennaro.

– Isso deve ser um ovo de pássaro – disse Harding. – Temos literalmente dezenas de espécies na ilha.

Grant chacoalhou a cabeça.

– Olhe a curvatura. A casca é quase reta. Isso vem de um ovo bem grande. E note a espessura da casca. A menos que você tenha avestruzes nesta ilha, é um ovo de dinossauro.

– Mas eles não têm como procriar – insistiu Harding. – Todos os animais são fêmeas.

– Tudo o que eu sei – disse Grant – é que isso é um ovo de dinossauro.

Malcolm perguntou:

– Você pode dizer de que espécie?

– Posso – respondeu Grant. – É um ovo de velocirraptor.

– Um absurdo total – disse Hammond na sala de controle, escutando o relatório pelo rádio. – Deve ser um ovo de pássaro. É tudo o que *pode* ser.

O rádio estalou. Ele ouviu a voz de Malcolm.

– Vamos fazer um pequeno teste, que tal? Peça ao sr. Arnold para fazer uma de suas contagens por computador.

– Agora?

– Sim, agora mesmo. Eu acredito que você possa transmitir essa contagem para a tela no carro do dr. Harding. Faça isso também, pode ser?

– Sem problemas – disse Arnold. Um momento depois, a tela na sala de controle imprimiu:

Total de animais 238

Espécies	**Esperado**	**Contabilizado**	**Versão**
Tiranossauros	2	2	4.1
Maiassauros	21	21	3.3
Estegossauros	4	4	3.9
Tricerátopos	8	8	3.1
Procompsógnatos	49	49	3.9
Othnielia	16	16	3.1
Velocirraptors	8	8	3.0
Apatossauros	17	17	3.1
Hadrossauros	11	11	3.1
Dilofossauros	7	7	4.3
Pterossauros	6	6	4.3
Hipsilofodontes	33	33	2.9
Euoplocéfalos	16	16	4.0
Estiracossauros	18	18	3.9
Microceratus	22	22	4.1
Total	**238**	**238**	

– Espero que esteja satisfeito – disse Hammond. – Está recebendo a contagem aí na sua tela?

– Estamos vendo – disse Malcolm.

– Tudo contado, como sempre. – Ele não pôde evitar certa satisfação soar em sua voz.

– Agora – disse Malcolm –, vocês poderiam pedir para o computador buscar um número diferente de animais?

– Quanto, por exemplo? – disse Arnold.

– Tente 239.

– Só um minuto – disse Arnold, emburrado. Um momento depois a tela imprimiu:

Total de animais 239

Espécies	Esperado	Contabilizado	Versão
Tiranossauros	2	2	4.1
Maiassauros	21	21	3.3
Estegossauros	4	4	3.9
Tricerátopos	8	8	3.1
Procompsógnatos	49	50	??
Othnielia	16	16	3.1
Velocirraptors	8	8	3.0
Apatossauros	17	17	3.1
Hadrossauros	11	11	3.1
Dilofossauros	7	7	4.3
Pterossauros	6	6	4.3
Hipsilofodontes	33	33	2.9
Euoplocéfalos	16	16	4.0
Estiracossauros	18	18	3.9
Microceratus	22	22	4.1
Total	**238**	**239**	

Hammond adiantou-se na cadeira.

– O que diabos *é isso?*

– Nós contabilizamos outro comp.

– De *onde?*

– Eu não sei!

O rádio estalou.

– Agora, poderia pedir para o computador procurar por, digamos, trezentos animais?

– Do que ele está falando? – disse Hammond, sua voz elevando-se. – Trezentos animais? Do que é que ele está falando?

– Só um minuto – disse Arnold. – Isso vai levar um tempinho.

Ele apertou botões na tela. A primeira linha dos totais apareceu:

Total de animais	239

– Não estou entendendo aonde ele quer chegar – continuou Hammond.

– Temo ter entendido – disse Arnold. Ele observou a tela. Os números na primeira linha estavam surgindo:

Total de animais	244

– Duzentos e quarenta e quatro? – perguntou Hammond. – O que está havendo?

– O computador está contando os animais no parque – disse Wu. – *Todos* os animais.

– Pensei que fosse o que ele fizesse sempre. – Ele girou. – Nedry! Você ferrou tudo de novo?

– Não – disse Nedry, erguendo os olhos do console. – O computador permite que o operador entre com o número esperado de animais, de modo a acelerar o processo de contagem. Mas é uma conveniência, não uma falha.

– Ele está certo – disse Arnold. – Nós usamos sempre a contagem básica de 238 apenas porque presumimos que não haveria mais.

Total de animais	262

– Espere um pouco – disse Hammond. – Esses animais não podem se reproduzir. O computador deve estar contando ratos do mato ou algo assim.

– Eu também acho – disse Arnold. – É, quase certamente, um erro no rastreamento visual. Mas vamos saber em breve.

Hammond se virou para Wu.

– Eles não podem se reproduzir, não é?

– Não – disse Wu.

Total de animais	270

– De onde é que eles estão vindo? – perguntou Arnold.

– Eu não tenho a menor ideia – respondeu Wu.

Eles observaram os números subindo.

Total de animais	283

Pelo rádio, eles ouviram Gennaro dizer:

– Puta merda, quantos mais?

E ouviram a menina dizer:

– Estou ficando com fome. Quando vamos voltar pra casa?

– Logo, logo, Lex.

Na tela, uma mensagem de erro piscou:

ERRO: Parâmetros de busca: 300 animais não encontrados

– Um erro – disse Hammond, assentindo. – Foi o que *eu pensei.* Eu tinha a impressão esse tempo todo de que deveria ser um erro.

Mas um instante depois a tela mostrou:

Total de animais	292		
Espécies	**Esperado**	**Contabilizado**	**Versão**
Tiranossauros	2	2	4.1
Maiassauros	21	22	??
Estegossauros	4	4	3.9
Tricerátopos	8	8	3.1
Procompsógnatos	49	65	??
Othnielia	16	23	??
Velocirraptors	8	37	??
Apatossauros	17	17	3.1
Hadrossauros	11	11	3.1
Dilofossauros	7	7	4.3
Pterossauros	6	6	4.3
Hipsilofodontes	33	34	??
Euoplocéfalos	16	16	4.0
Estiracossauros	18	18	3.9
Microceratus	22	22	4.1
Total	**238**	**292**	

O rádio estalou.

– Agora vocês percebem a falha nos seus procedimentos – Malcolm disse. – Vocês rastrearam apenas o número esperado de dinossauros. Estavam preocupados em perder animais, e seus procedimentos foram projetados para avisar instantaneamente se tivessem menos do que o número esperado. Mas esse não era o problema. O problema era que vocês tinham *mais* do que o número esperado.

– Meu Deus – disse Arnold.

– Não podem existir outros – disse Wu. – Nós sabemos quantos nós soltamos. Não pode haver mais do que isso.

– Temo que sim, Henry – disse Malcolm. – Eles estão se reproduzindo.

– Não.

– Ainda que você não aceite a casca de ovo de Grant, você pode comprovar com seus próprios dados. Dê uma olhada naquele gráfico de altura dos comps. Arnold pode lhe mostrar.

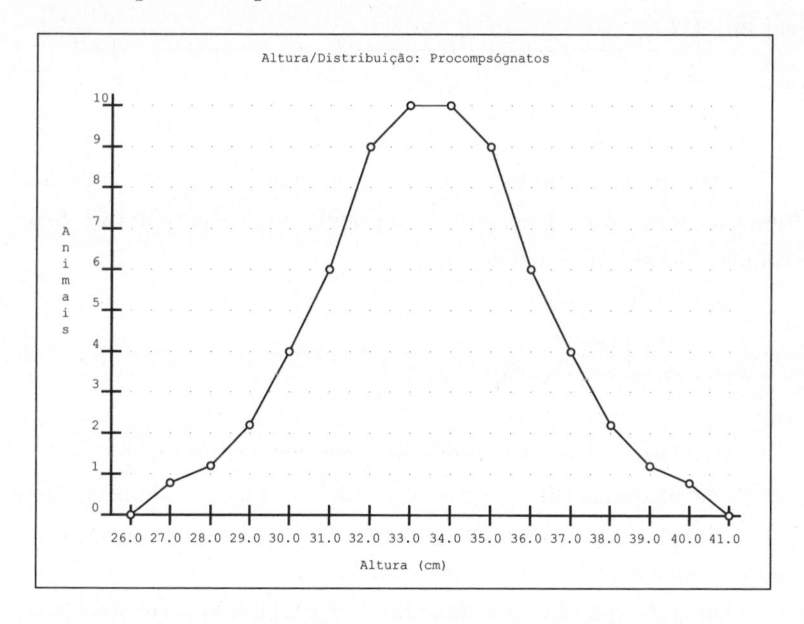

– Reparou em alguma coisa nele? – perguntou Malcolm.

– É uma distribuição gaussiana – respondeu Wu. – Uma curva normal.

– Mas você não disse que introduziu os comps em três lotes? A intervalos de seis meses?

– Isso...

– Então você deveria ter um gráfico com picos para cada um dos lotes que foram introduzidos – disse Malcolm, usando o teclado. – Desse jeito.

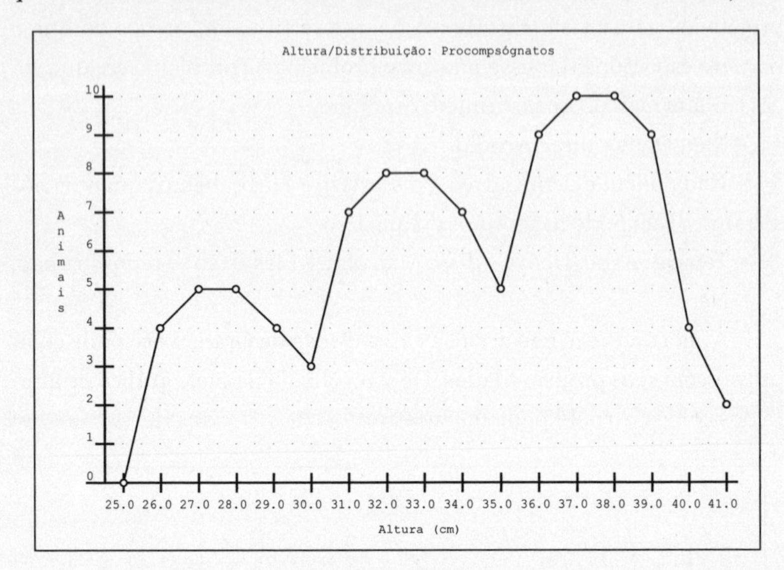

– Mas você não tem esse gráfico – continuou Malcolm. – O gráfico que você tem, na verdade, é de uma população que se reproduz. Seus comps estão se reproduzindo.

Wu balançou a cabeça.

– Eu não vejo como.

– Eles estão procriando, assim como os othnielia, os maiassauros, os hipsis... e os velocirraptors.

– Meu Deus – disse Muldoon. – Existem raptors soltos no parque.

– Bem, não é tão ruim assim – respondeu Hammond, olhando para a tela. – Temos implementos em apenas três categorias... Bem, cinco categorias. Implementos bem pequenos em duas delas...

– Do que é que você está falando? – perguntou Wu, em voz alta. – Você não sabe o que isso significa?

– É claro que eu sei o que isso significa, Henry – disse Hammond. – Significa que você pisou na bola.

– Claro que não.

– Você tem dinossauros que se reproduzem lá fora, Henry.

– Mas eles são todas fêmeas – disse Wu. – É impossível. Deve haver algum erro. E olhe para os números. Um pequeno aumento nos animais grandes, os maiassauros e os ipsis. E aumentos maiores nos animais pequenos. Isso simplesmente não faz sentido. Deve ser um erro.

O rádio clicou.

– Na verdade, não – disse Grant. – Acho que esses números confirmam que a reprodução está mesmo acontecendo. Em sete locais diferentes espalhados pela ilha.

LOCAIS DE REPRODUÇÃO

O céu estava ficando mais escuro. Trovões retumbavam a distância. Grant e os outros se apoiavam nas portas do jipe, olhando para a tela no painel.

– Locais de reprodução? – perguntou Wu pelo rádio.

– Ninhos – disse Grant. – Presumindo que a ninhada normal seja de oito a doze ovos sendo chocados, esses dados indicariam que os comps têm dois ninhos. Os raptors têm dois ninhos. Os othis têm um ninho. E os ipsis e os maias têm um ninho cada.

– Onde estão esses ninhos?

– Teremos que encontrá-los – respondeu Grant. – Dinossauros constroem seus ninhos em locais isolados.

– Mas por que tão poucos animais grandes? – disse Wu. – Se há um ninho maia de oito a doze ovos, deveria haver de oito a doze novos maias. Não apenas um.

– Isso mesmo – disse Grant. – Exceto pelo fato de que os raptors e os comps que estão soltos no parque estão provavelmente comendo os ovos dos animais maiores... E talvez comendo os recém-nascidos, também.

– Mas nós nunca vimos isso – disse Arnold pelo rádio.

– Raptors são noturnos. Alguém vigia o parque à noite?

Houve um longo silêncio.

– Não achei que vigiassem – continuou Grant.

– Mesmo assim, não faz sentido – disse Wu. – Não se pode sustentar cinquenta animais a mais com alguns ninhos de ovos.

– Não – disse Grant. – Presumo que eles estejam comendo mais alguma coisa. Talvez pequenos roedores. Ratos e camundongos?

Houve outro silêncio.

– Deixe-me adivinhar – disse Grant. – Quando vocês chegaram à ilha, havia um problema com os ratos. No entanto, ao longo do tempo, o problema desapareceu.

– Sim. É verdade...

– E vocês nunca pensaram em investigar o porquê.

– Bem, nós apenas presumimos... – disse Arnold.

– Olha – disse Wu –, ainda temos que lidar com o problema de que todos os animais são fêmeas. Elas não podem procriar.

Grant estivera pensando naquilo. Tinha descoberto recentemente um intrigante estudo vindo da Alemanha Ocidental, em que ele suspeitava conter a resposta para isso.

– Quando criou seu DNA de dinossauro – disse Grant –, você estava trabalhando com pedaços fragmentares, não é?

– Estava – afirmou Wu.

– Para conseguir uma cadeia completa, alguma vez você precisou incluir fragmentos de DNA de outras espécies?

– Algumas vezes, sim – respondeu Wu. – Foi o único jeito de completar o trabalho. Às vezes incluímos DNA aviário, vindo de diferentes pássaros, e às vezes DNA reptiliano.

– Algum DNA anfíbio? Especificamente, DNA de sapo?

– Possivelmente. Eu teria que conferir.

– Confira – disse Grant. – Acho que você vai descobrir que a resposta está aí.

Malcolm disse:

– DNA de sapo? Por que de sapo?

Gennaro disse, impaciente:

– Ouçam, isso é tudo muito intrigante, mas estamos nos esquecendo da questão principal: algum animal saiu da ilha?

Grant disse:

– Não temos como saber com esses dados.

– Então como vamos descobrir?

– Eu só conheço um jeito – disse Grant. – Temos que descobrir os ninhos individuais dos dinossauros, inspecioná-los e contar os fragmentos de ovos remanescentes. A partir daí seremos capazes de determinar quantos animais eclodiram. E poderemos começar a analisar quantos estão faltando.

Malcolm disse:

– Ainda assim, não saberemos se os animais que faltam foram mortos, se morreram de causas naturais ou se deixaram a ilha.

– Não – disse Grant –, mas já é um começo. E eu acho que podemos conseguir mais informação com uma olhada intensiva nos gráficos populacionais.

– Como vamos encontrar esses ninhos?

– Na verdade – respondeu Grant –, acho que o computador pode nos ajudar com isso.

– Podemos voltar agora? – perguntou Lex. – Estou *com fome.*

– Podemos, sim. Vamos embora – disse Grant, sorrindo para ela. – Você foi muito paciente.

– Daqui a uns vinte minutos vocês poderão comer – disse Ed Regis, dirigindo-se para os dois Land Cruisers.

– Eu vou ficar mais um pouco – disse Ellie – e tirar fotos do estego com a câmera do dr. Harding. Essas vesículas na boca dele terão desaparecido amanhã.

– Eu quero voltar – disse Grant. – Vou com as crianças.

– Eu vou também – disse Malcolm.

– Acho que vou ficar – disse Gennaro –, e volto com Harding no seu jipe, junto com a dra. Sattler.

– Ótimo, vamos lá.

Eles começaram a caminhar. Malcolm perguntou:

– Por que é que o nosso advogado está ficando, exatamente?

Grant deu de ombros.

– Acho que pode ter algo a ver com a dra. Sattler.

– É mesmo? Os shorts, você acha?

– Já aconteceu antes – respondeu Grant.

Quando chegaram aos Land Cruisers, Tim disse:

– Eu quero ir na frente dessa vez, com o dr. Grant.

– Infelizmente, o dr. Grant e eu precisamos conversar – respondeu Malcolm.

– Eu vou só ficar sentado e ouvir. Não vou dizer nada – insistiu Tim.

– É uma conversa particular – retrucou Malcolm.

– Vou lhe dizer uma coisa, Tim – interrompeu Ed Regis. – Deixe eles sentarem no carro de trás sozinhos. Nós vamos no da frente, e você pode usar os óculos de visão noturna. Já usou óculos de visão noturna?

Eles têm um dispositivo de carga acoplada supersensível que permite ver no escuro.

– Legal – disse ele, indo para o primeiro carro.

– Ei! – gritou Lex. – Eu também quero usar!

– Não – respondeu Tim.

– Não é justo! Não é justo! Você sempre pode fazer tudo, Timmy!

Ed Regis observou os dois caminhando e disse para Grant:

– Já estou até vendo como vai ser a volta.

Grant e Malcolm entraram no segundo carro. Algumas gotas de chuva caíram no para-brisa.

– Vamos andando – disse Ed Regis. – Estou pronto para o jantar. E aceitaria um daiquiri de banana. O que vocês dizem, gente? Um daiquiri cairia bem? – Ele batucou o painel metálico do carro. – Vejo vocês no alojamento – disse ele, começando a correr para o primeiro carro e subindo a bordo.

Uma luz vermelha piscou no painel. Com um suave zumbido elétrico, os Land Cruisers partiram.

Voltando em meio à luz que esmaecia, Malcolm parecia estranhamente amuado. Grant começou:

– Você deve estar se sentindo legitimado. Sobre sua teoria.

– Na verdade, sinto um pouco de receio. Suspeito que estejamos em um ponto muito perigoso.

– Por quê?

– Intuição.

– Matemáticos acreditam em intuição?

– Claro. A intuição é muito importante. Aliás, eu estava pensando em fractais – disse Malcolm. – Você conhece fractais?

Grant balançou a cabeça.

– Não posso dizer que conheça, não.

– Fractais são um tipo de geometria associado a um homem chamado Mandelbrot. Ao contrário da geometria euclidiana que todos aprendem na escola, com quadrados, cubos e esferas, a geometria fractal parece descrever objetos reais no mundo natural. Montanhas e nuvens são formas fractais. Assim, fractais são provavelmente relacionados à realidade. De algum modo. Bem, Mandelbrot descobriu uma coisa notável com suas ferramentas geométricas. Ele descobriu que as coisas parecem quase idênticas em escalas diferentes.

– Em escalas diferentes?

– Por exemplo – continuou Malcolm –, uma grande montanha, vista de muito longe, tem um certo formato rudimentar de montanha. Se você se aproximar e examinar um pequeno pico da grande montanha, ele vai ter o mesmo formato de montanha. Na realidade, você pode descer toda a escala até um minúsculo fragmento de rocha, visto sob um microscópio, e ele vai ter o mesmo formato fractal da grande montanha.

– Eu não vejo por que isso possa preocupar você – disse Grant. Ele bocejou. Sentiu o cheiro das emanações sulfúricas do vapor vulcânico. Eles chegavam agora à parte da estrada que corria próximo à costa, com vista para a praia e o oceano.

– É um modo de ver as coisas – explicou Malcolm. – Mandelbrot descobriu uma semelhança do menor ao maior. E essa semelhança de escalas também ocorre com eventos.

– Eventos?

– Considere os preços do algodão. Existem registros confiáveis dos preços do algodão datados de mais de um século atrás. Quando você estuda as flutuações nesses preços, descobre que o gráfico das flutuações ao longo de um dia se parece basicamente com o gráfico de uma semana, que se parece basicamente com o de um ano, ou de dez anos. E é assim que as coisas são. Um dia é como uma vida toda. Você começa fazendo uma coisa, mas termina fazendo outra, planeja cumprir uma tarefa, mas nunca chega lá... E no final da vida, toda a sua existência também tem essa mesma característica desordenada. Toda a sua vida tem o mesmo formato de um único dia.

– Acho que é um modo de ver as coisas.

– Não. É o *único* modo de ver as coisas. Ao menos, o único modo fiel à realidade. Veja, a ideia fractal de semelhança carrega em si mesma um aspecto de recorrência, algo como uma dobra de si mesma, o que significa que os eventos são imprevisíveis. Que eles podem mudar subitamente e sem aviso algum.

– Certo...

– Porém, nós nos tranquilizamos pensando na mudança súbita como algo que acontece fora da ordem normal das coisas. Um acidente, como uma batida de carro. Ou algo fora do nosso controle, como uma doença fatal. Não concebemos mudanças súbitas, radicais, irracionais como algo urdido no próprio tecido da existência. E, ainda assim, elas o são. E a teoria do caos nos ensina – explicou Malcolm – que a linearidade reta, a qual nós tomamos como algo indubitável em todos os lugares, desde a física até a ficção, simplesmente não existe. A linearidade é uma maneira artificial de ver o mundo. A vida real não é uma série de eventos interconectados ocorrendo um após o outro como contas presas em uma gargantilha. A vida é, na verdade, uma série de encontros na qual um evento pode mudar aqueles que o seguem de uma forma totalmente imprevisível, até mesmo devastadora. – Malcolm recostou-se em seu assento, olhando para o outro Land Cruiser, alguns metros adiante. – Essa é uma grande verdade sobre a estrutura do nosso universo. Mas, por alguma razão, nós insistimos em nos comportar como se isso não fosse verdade.

Naquele momento, os carros pararam com um tranco.

– O que aconteceu? – perguntou Grant.

Lá na frente, eles viram as crianças no carro apontando para o mar. Distante da praia, sob as nuvens ameaçadoras, Grant viu os contornos escuros do barco de suprimentos abrindo caminho até Puntarenas.

– Por que nós paramos? – disse Malcolm.

Grant ligou o rádio e ouviu a menina dizendo, cheia de empolgação:

– Olhe lá, Timmy! Está vendo, está lá!

Malcolm espremeu os olhos para o barco.

– Eles estão falando sobre o barco?

– Parece que sim.

Ed Regis desembarcou do carro dianteiro, veio correndo até a janela deles e disse:

– Sinto muito, mas as crianças estão superanimadas. Vocês têm binóculos aí?

– Para quê?

– A menininha disse que viu algo no barco. Algum tipo de animal – disse Regis.

* * *

Grant apanhou os binóculos e pousou seus cotovelos sobre a janela do Land Cruiser. Ele sondou o comprido formato do barco de suprimentos. Estava tão escuro que ele era quase apenas uma silhueta; enquanto olhava, as luzes do barco se acenderam, brilhantes no crepúsculo roxo-escuro.

– Está vendo alguma coisa? – perguntou Regis.

– Não – respondeu Grant.

– Eles estão lá embaixo – disse Lex pelo rádio. – Olhe para baixo.

Grant inclinou os binóculos um pouco para baixo, analisando o casco logo acima da linha da água. O barco de suprimentos tinha vigas grossas, com rebordos laterais que corriam por todo o comprimento da embarcação. Contudo, estava já bem escuro agora, e ele mal podia divisar os detalhes.

– Não, nada...

– Dá pra ver – disse Lex, impaciente. – Perto da traseira. Olhe perto *da traseira*!

– Como ela pode enxergar alguma coisa nessa luz? – perguntou Malcolm.

– As crianças enxergam bem – disse Grant. – Elas têm a acuidade visual que nós esquecemos que um dia tivemos.

Ele virou os binóculos na direção da popa, movendo-os lentamente, e de repente viu os animais. Eles estavam brincando, correndo entre as silhuetas das estruturas na popa. Ele pôde vê-los apenas brevemente; contudo, mesmo à luz que se esvaía, podia dizer que os animais estavam de pé, com cerca de cinquenta centímetros de altura, apoiando-se em caudas rígidas para se equilibrar.

– Agora você está vendo? – indagou Lex.

– Estou.

– O que eles são?

– São raptors – respondeu Grant. – Pelo menos dois. Talvez mais. Jovens.

– Meu Deus – disse Ed Regis. – Aquele barco está indo para o continente.

Malcolm deu de ombros.

– Não fique nervoso. Apenas ligue para a sala de controle e diga a eles para chamar o barco de volta.

Ed Regis estendeu a mão e pegou o rádio do painel. Eles ouviram o sibilar da estática e alguns cliques enquanto ele rapidamente trocava de frequência.

– Tem algo errado com esse rádio – disse ele. – Não está funcionando.

Ele correu para o primeiro Land Cruiser. Eles observaram-no se abaixar para entrar no veículo. Então Ed tornou a olhar para eles, dizendo:

– Tem algo errado com os dois rádios. Não consigo falar com a sala de controle.

– Então vamos continuar – disse Grant.

Na sala de controle, Muldoon estava de pé diante das janelas grandes que davam para o parque. Às sete horas da noite, os refletores de quartzo se acenderam por toda a ilha, transformando a paisagem em uma joia reluzente que se estendia para o sul. Esse era seu momento favorito do dia. Ele ouviu o estalar da estática dos rádios.

– Os Land Cruisers estão em movimento de novo – disse Arnold. – Estão a caminho de casa.

– Mas por que eles pararam? – questionou Hammond. – E por que não podemos falar com eles?

– Eu não sei – respondeu Arnold. – Talvez eles tenham desligado os rádios dos carros.

– Provavelmente é por causa da tempestade – disse Muldoon. – Interferência da tempestade.

– Eles estarão aqui em vinte minutos – continuou Hammond. – É melhor você ligar lá para baixo e garantir que a sala de jantar esteja pronta para eles. Aquelas crianças vão estar famintas.

Arnold pegou o telefone e ouviu um sibilo contínuo e monótono.

– O que é isso? O que está acontecendo?

– Minha nossa, desligue isso – disse Nedry. – Você vai estragar o fluxo de dados.

– Você pegou *todas* as linhas telefônicas? Até as internas?

– Eu peguei todas as linhas que se comunicam com o exterior – respondeu Nedry. – Mas as suas linhas internas ainda deveriam funcionar.

Arnold apertou botões no console, um após o outro. Não ouviu nada além de assovios em todas as linhas.

– Parece que você pegou todas.

– Desculpe-me por isso – disse Nedry. – Eu vou separar duas para você no final da próxima transmissão, em cerca de quinze minutos. – Ele bocejou. – Parece que vai ser um longo fim de semana para mim. Acho que vou aceitar aquela Coca-Cola agora. – Ele pegou sua mochila e dirigiu-se à porta. – Não toque no meu console, está bem?

A porta se fechou.

– Mas que cara relaxado – disse Hammond.

– É – concordou Arnold. – Mas acho que ele sabe o que está fazendo.

Junto à lateral da estrada, nuvens de vapor vulcânico formavam um arco-íris na brilhante luz de quartzo. Grant disse pelo rádio:

– Quanto tempo o barco leva para alcançar o continente?

– Dezoito horas – respondeu Ed Regis. – Mais ou menos. É bastante confiável. – Ele olhou para seu relógio. – Deveria chegar aproximadamente às onze horas, amanhã cedo.

O semblante de Grant parecia preocupado.

– Você ainda não consegue falar com a sala de controle?

– Até agora, não.

– E Harding? Você consegue falar com ele?

– Não, já tentei. Ele pode ter desligado seu rádio.

Malcolm balançava a cabeça.

– Então somos os únicos que sabemos sobre os animais no navio.

– Estou tentando contatar alguém – disse Ed Regis. – Digo, meu Deus, não queremos aqueles animais no continente.

– Quanto tempo até estarmos de volta à base?

– Daqui, mais dezesseis ou dezessete minutos – respondeu Ed Regis.

À noite, toda a estrada era iluminada por grandes holofotes. Grant sentia como se estivessem passando por um túnel verde e brilhante de folhas. Gotas gordas de chuva batiam contra o para-brisa.

Grant sentiu o Land Cruiser reduzir a velocidade e então parar.

– E agora?

Lex disse:

– Eu não quero parar. Por que nós paramos?

Foi quando, de repente, todos os holofotes se apagaram. A estrada mergulhou na escuridão. Lex gritou:

– Ei!

– Provavelmente foi só uma falha de energia ou algo assim – disse Ed Regis. – Tenho certeza de que as luzes vão se acender em um minuto.

– Que porra é essa? – disse Arnold, olhando para seus monitores.

– O que aconteceu? – perguntou Muldoon. – Você ficou sem energia?

– Fiquei, mas apenas no perímetro. Tudo neste edifício está funcionando perfeitamente. Mas lá fora, no parque, a eletricidade se foi. Luzes, câmeras de TV, tudo.

Os monitores remotos de vídeo tinham se apagado.

– E os dois Land Cruisers?

– Parados em algum ponto do cercado do tiranossauro.

– Bem – disse Muldoon –, chame a manutenção e vamos religar a energia.

Arnold pegou um de seus fones e ouviu assovios: os computadores de Nedry conversando entre si.

– Sem telefones. Nedry, aquele maldito. Nedry! Onde ele se meteu?

Dennis Nedry abriu a porta identificada como FERTILIZAÇÃO. Com a energia do perímetro desligada, todas as travas acionadas com cartão de segurança tinham sido desarmadas. Todas as portas do prédio abriam-se com um toque.

Os problemas com o sistema de segurança estavam lá no alto da lista de bugs do Jurassic Park. Nedry imaginou se alguém já havia pensado que não se tratava de um bug – ele havia programado o sistema daquele jeito. Tinha construído uma clássica porta dos fundos. Poucos programadores de grandes sistemas de computadores conseguiam resistir à tentação de deixar uma porta secreta para si mesmos. Em parte, era bom senso: se usuários ineptos travassem o sistema – e então pedissem sua ajuda –, sempre haveria um jeito de entrar e arrumar a bagunça. E em parte era meio como uma assinatura: Kilroy esteve aqui.

Por último, era também uma garantia para o futuro. Nedry estava frustrado com o projeto Jurassic Park; já bem tarde no cronograma, a

InGen havia exigido extensas modificações ao sistema sem, contudo, querer pagar por elas, argumentando que deveriam ter sido incluídas no contrato original. Houve ameaças de processo; cartas foram escritas a outros clientes de Nedry, sugerindo que ele não era confiável. Era chantagem, e no final Nedry foi forçado a comer seus lucros excedentes no Jurassic Park e fazer as mudanças que Hammond queria.

No entanto, mais tarde, quando ele foi abordado por Lewis Dodgson da Biosyn, Nedry estava disposto a escutar sua proposta. E capacitado para dizer que conseguia, de fato, passar pela segurança do Jurassic Park. Ele podia entrar em qualquer sala, qualquer sistema, em qualquer ponto do parque. Porque ele tinha programado as coisas assim. Só por precaução.

Ele entrou na sala de fertilização. O laboratório estava deserto; como ele havia previsto, toda a equipe estava jantando. Nedry abriu o zíper de sua mochila e removeu a lata de espuma de barbear da Gillette. Desenroscou a base e viu que o interior estava dividido em uma série de aberturas cilíndricas.

Ele retirou um par de luvas pesadamente isolantes e abriu o freezer industrial identificado como CONTÉM BIOLÓGICOS VIÁVEIS – MANTER A 10 °C, NO MÍNIMO. O freezer era do tamanho de um closet pequeno, com prateleiras do chão até o teto. A maioria delas continha reagentes e líquidos em sacos plásticos. À parte, ele viu um congelador menor, refrigerado a nitrogênio líquido, com uma pesada porta de cerâmica. Ele abriu a porta e uma prateleira de pequenos tubos deslizou para fora, em uma nuvem de fumaça branca de nitrogênio líquido.

Os embriões estavam separados por espécies: *Stegosaurus*, *Apatosaurus*, *Hadrosaurus*, *Tyrannosaurus*. Cada embrião em um contêiner de vidro fino, embrulhado em papel-alumínio, tampado com polileno. Nedry rapidamente pegou dois de cada, encaixando-os na lata de espuma de barbear.

Depois ele rosqueou a base da lata, fechando-a, e girou o topo. Houve um sibilo de gás sendo liberado lá dentro e a lata congelou em suas mãos. Dodgson disse que havia fluido refrigerador suficiente para durar 36 horas. Tempo mais do que suficiente para voltar a San José.

Nedry saiu do freezer, voltou ao laboratório principal. Colocou a lata de novo dentro da mochila e fechou o zíper.

Ele retornou ao corredor. O roubo tinha levado menos de dois minutos. Podia imaginar a consternação lá em cima na sala de controle quando eles começassem a perceber o que havia ocorrido. Todos os códigos de segurança deles estavam bagunçados, e todas as linhas telefônicas ocupadas. Sem sua ajuda, levaria horas para desemaranhar essa confusão – mas, em apenas alguns minutos, Nedry estaria de volta à sala de controle, colocando tudo em ordem.

E ninguém jamais suspeitaria do que ele havia feito.

Sorrindo, Dennis Nedry foi até o térreo, cumprimentou o vigia com um gesto de cabeça e continuou descendo até o porão. Passando pelas fileiras ordenadas de Land Cruisers, ele foi até o jipe movido a gasolina estacionado contra a parede. Subiu nele, notando um tubo cinzento estranho no assento do passageiro. Quase parecia um lançador de foguetes, pensou ele, enquanto ligava a ignição e dava partida no jipe.

Nedry olhou para seu relógio. Dali até o parque, e diretamente para a doca leste em três minutos. Mais três minutos de lá até voltar para a sala de controle.

Mamão com açúcar.

– Droga! – disse Arnold, apertando botões no console. – Está tudo ferrado.

Muldoon estava junto às janelas, olhando para o parque. As luzes tinham se apagado em toda a ilha, exceto na área próxima dos prédios principais. Ele viu alguns membros da equipe correndo para sair da chuva, mas ninguém pareceu perceber que havia algo de errado. Muldoon olhou para o alojamento de visitantes, onde as luzes brilhavam, resplandecentes.

– O-oh – disse Arnold. – Temos problemas de verdade.

– O que foi? – perguntou Muldoon. Ele deu as costas para a janela e, assim, não viu o jipe sair da garagem subterrânea e dirigir-se para o leste, ao longo da estrada de manutenção que entrava no parque.

– Aquele idiota do Nedry desligou os sistemas de segurança – respondeu Arnold.

– O prédio todo está aberto. Nenhuma das portas está trancada.

– Vou notificar os guardas – avisou Muldoon.

– Essa é a menor das preocupações – disse Arnold. – Quando você desliga a segurança, também desliga todas as cercas periféricas.

– As cercas?

– As cercas eletrificadas. Elas estão desligadas, na ilha toda.

– Você quer dizer...

– Isso mesmo – disse Arnold. – Os animais agora podem sair. – Arnold acendeu um cigarro. – Provavelmente nada vai acontecer, mas nunca se sabe...

Muldoon foi na direção da porta.

– É melhor eu sair e trazer de volta o pessoal naqueles dois Land Cruisers – disse. – Só por prevenção.

Muldoon rapidamente desceu as escadas até a garagem. Ele não estava muito preocupado com as cercas sendo desligadas. A maioria dos dinossauros já estava em seus cercados havia nove meses ou mais, e tinham se batido contra as cercas mais de uma vez, com resultados notáveis. Muldoon sabia com que rapidez os animais aprendiam a evitar os estímulos dos choques. Era possível treinar um pombo de laboratório com apenas dois ou três eventos de choque. Portanto, era improvável que os dinossauros fossem se aproximar das cercas agora.

Muldoon estava mais preocupado com o que aquelas pessoas nos carros fariam. Ele não queria que elas saíssem dos Land Cruisers, porque, assim que a energia elétrica voltasse, os carros começariam a se mover de novo, com elas dentro ou não. Elas poderiam ser deixadas para trás. É claro, na chuva, era improvável que deixassem os carros. Ainda assim... Nunca se sabe...

Ele chegou à garagem e apressou-se para o jipe. Era sorte, pensou ele, que ele tivesse sido prevenido e deixado o lançador lá dentro. Poderia sair agora mesmo e estar lá em...

Tinha sumido!

– Mas o que é isso? – Muldoon encarou a vaga vazia na garagem, atônito.

O jipe havia sumido!

O que diabos estava acontecendo?

QUARTA ITERAÇÃO

"Inevitavelmente, instabilidades subjacentes começam a surgir."

Ian Malcolm

A ESTRADA PRINCIPAL

O barulho da chuva era alto no teto do Land Cruiser. Tim sentia os óculos de visão noturna pressionando com força sua testa. Ele levou a mão à pequena caixa perto da orelha e ajustou a intensidade. Houve um breve clarão fosforescente e, então, em sombras eletrônicas verdes e pretas, ele pôde ver o Land Cruiser de trás, com o dr. Grant e o dr. Malcolm lá dentro. Legal!

O dr. Grant estava olhando através do para-brisa para ele. Tim o viu pegar o rádio no painel. Houve uma explosão de estática e então ele ouviu a voz do dr. Grant:

– Vocês conseguem nos ver aqui atrás?

Tim pegou o rádio de Ed Regis.

– Conseguimos.

– Está tudo bem?

– Estamos bem, dr. Grant.

– Fiquem no carro.

– Vamos ficar. Não se preocupe. – Ele desligou o rádio.

Ed Regis bufou.

– Está chovendo demais. É claro que vamos ficar no carro – resmungou ele.

Tim virou-se para olhar a folhagem na lateral da estrada. Através dos óculos, a folhagem era de um verde eletrônico brilhante, e mais além ele podia ver seções do padrão da rede verde da cerca. Os Land Cruisers tinham parado na descida de uma colina, o que devia significar que eles estavam próximos à área do tiranossauro. Seria incrível ver um tiranossauro com aqueles óculos de visão noturna. Emocionante mesmo. Talvez o tiranossauro viesse até a cerca e olhasse para eles. Tim imaginou se os olhos do bicho brilhariam no escuro quando ele os visse. Isso seria legal.

Mas ele não viu nada, e em algum momento parou de olhar. Todos no carro ficaram em silêncio. A chuva tamborilava no teto do carro. Lençóis de água escorriam pelas laterais das janelas. Era difícil para Tim ver o lado de fora, mesmo com os óculos.

– Há quanto tempo estamos sentados aqui? – perguntou Malcolm.

– Não sei. Quatro ou cinco minutos.

– Qual será o problema?

– Talvez um curto-circuito por causa da chuva.

– Mas aconteceu antes de a chuva começar pra valer.

Houve outro momento de silêncio. Em uma voz tensa, Lex disse:

– Mas não tem relâmpago, certo? – Ela sempre sentira medo de relâmpagos e agora sentava-se espremendo a luva de couro entre as mãos com nervosismo.

Dr. Grant disse:

– O que você disse? Nós não entendemos direito.

– Foi só minha irmã falando.

– Ah.

Tim sondou a folhagem novamente, mas não viu nada. Com certeza, nada tão grande quanto um tiranossauro. Ele começou a pensar se os tiranossauros sairiam à noite. Seriam animais noturnos? Tim não tinha certeza de já ter lido algo a respeito. Ele tinha a impressão de que tiranossauros eram animais para todos os climas, dia ou noite. O horário não importava para um tiranossauro.

A chuva continuava a cair.

– Inferno de chuva – disse Ed Regis. – Está realmente caindo o mundo hoje.

– Estou com fome – reclamou Lex.

– Eu sei disso, Lex – continuou Regis –, mas estamos presos aqui, docinho. Os carros são movidos a eletricidade, em cabos enterrados na estrada.

– Presos por quanto tempo?

– Até consertarem a energia.

Escutando o som da chuva, Tim começou a sentir-se sonolento. Ele bocejou e virou-se para olhar para as palmeiras do lado esquerdo da estrada, quando foi surpreendido por uma pancada súbita enquanto o chão balançava. Ele virou-se bem a tempo de ter um vislumbre de uma forma escura que cruzava rapidamente a estrada entre os dois carros.

– Meu Deus!

– O que foi?

– Era enorme, era do tamanho do carro...

– Tim! Você está aí?

Ele pegou o rádio.

– Sim, estou aqui.

– Você viu, Tim?

– Não. Perdi.

– O que raios era aquilo? – perguntou Malcolm.

– Você está usando os óculos de visão noturna, Tim?

– Estou. Vou vigiar – disse Tim.

– Era o tiranossauro? – perguntou Ed Regis.

– Acho que não. Estava na estrada.

– Mas você não viu? – disse Ed Regis.

– Não.

Tim sentiu-se mal por ter perdido a oportunidade de ver o animal, fosse ele qual fosse. Houve então um súbito estalo de relâmpago e seus óculos noturnos lampejaram um verde brilhante. Ele piscou e começou a contar.

– Um Mississippi... Dois Mississippi...

O trovão estrondou, ensurdecedor e muito próximo.

Lex começou a chorar.

– Ah, *não...*

– Fique calma, docinho – disse Ed Regis. – É só um relâmpago.

Tim analisou a lateral da estrada. A chuva caía com força agora, balançando as folhas com as gotas que martelavam. Ela fazia tudo se mover. Tudo parecia vivo. Ele sondou as folhas...

E parou. Havia algo para lá das folhas.

Tim ergueu os olhos, bem para o alto.

Atrás da folhagem, para além da cerca, ele viu um corpo robusto com uma superfície rugosa, granulada, como a casca de uma árvore. Porém não era uma árvore... Ele olhou mais para o alto, inclinando os óculos para cima...

E viu a imensa cabeça do tiranossauro. Simplesmente parado ali, olhando por cima da cerca para os dois Land Cruisers. O relâmpago faiscou de novo e o enorme animal rolou a cabeça e gritou sob a luz impiedosa. Então vieram a escuridão e o silêncio outra vez, junto com a chuva intensa.

– Tim?

– Sim, dr. Grant.

– Você viu o que é?

– Vi, dr. Grant.

Tim tinha a sensação de que o dr. Grant estava tentando falar de um jeito que não preocupasse sua irmã.

– O que está acontecendo agora?

– Nada – disse Tim, observando o tiranossauro através dos óculos noturnos. – Só de pé, do outro lado da cerca.

– Eu não consigo ver muita coisa daqui, Tim.

– Eu posso enxergar muito bem, dr. Grant. Está simplesmente ali, de pé.

– Certo.

Lex continuou a chorar, soluçando.

Houve outra pausa. Tim observou o tiranossauro. A cabeça era gigantesca! O animal olhava de um veículo para o outro. Depois repetia o movimento. Ele parecia mirar diretamente em Tim.

Nos óculos, os olhos reluziam em verde brilhante.

Tim sentiu um calafrio, mas então, enquanto conferia o resto do corpo do animal, descendo pela enorme cabeça e as mandíbulas, viu o membro superior, menor e musculoso. Ele acenou no ar e, em seguida, agarrou a cerca.

– Meu Deus – disse Ed Regis, olhando fixamente para fora da janela.

O maior predador que o mundo já conheceu. O ataque mais apavorante na história humana. Em algum lugar no fundo de seu cérebro de assessor de imprensa, Ed Regis ainda estava escrevendo slogans. Mas podia sentir seus joelhos começando a tremer incontrolavelmente, suas calças abanando como bandeiras. Meu Deus do céu, ele estava com medo. Não queria estar ali. Apenas ele, Ed Regis, entre todas as pessoas nos dois carros, sabia como era um ataque de um dinossauro. Ele sabia o que acontecia com as pessoas. Tinha visto os corpos destroçados resultantes de um ataque de raptor. Podia vê-los em sua mente. E aquele era um rex! Muito, muito maior! O maior comedor de carne que já caminhara pela terra!

Deus do céu.

Foi aterrorizante quando o tiranossauro rugiu, um grito vindo de outro mundo. Ed Regis sentiu o calor se espalhando por suas calças. Havia urinado nelas. Ele estava simultaneamente envergonhado e em pânico. Mas sabia que precisava fazer alguma coisa. Não podia simplesmente ficar parado ali. Ele precisava fazer alguma coisa. Alguma coisa. Suas mãos chacoalhavam, tremendo contra o painel.

– Meu Deus – disse outra vez.

– Olha a língua – disse Lex, balançando o dedo para ele.

Tim ouviu o som de uma porta se abrindo e virou a cabeça, desviando a visão do tiranossauro – os óculos noturnos movendo-se lateralmente – a tempo de ver Ed Regis saindo pela porta aberta, abaixando a cabeça na chuva.

– Ei – disse Lex –, aonde você vai?

Ed Regis simplesmente se virou e correu na direção oposta à do tiranossauro, desaparecendo na floresta. A porta do Land Cruiser ficou aberta; o forro estava ficando molhado.

– Ele foi embora! – disse Lex. – Aonde ele foi? Ele abandonou a gente!

– Feche a porta – disse Tim.

Mas ela tinha começado a gritar.

– Ele abandonou a gente! Ele abandonou a gente!

– Tim, o que está acontecendo? – Era o dr. Grant no rádio. – Tim?

Tim inclinou-se para a frente e tentou fechar a porta. Do banco traseiro, ele não conseguia alcançar a maçaneta. Olhou de novo para o tiranossauro quando outro relâmpago caiu, contornando momentaneamente a imensa silhueta escura contra o céu iluminado de branco.

– Tim, o que está havendo?

– Ele abandonou a gente, ele abandonou a gente!

Tim piscou para recuperar sua visão. Quando olhou de novo, o tiranossauro estava ali de pé, exatamente como antes, imóvel e imenso. A chuva escorria de suas mandíbulas. O braço agarrava a cerca...

Foi quando Tim percebeu: o tiranossauro estava segurando a cerca! A cerca não estava mais eletrificada!

– Lex, feche a porta!

O rádio estalou.

– Tim!

– Estou aqui, dr. Grant.

– O que está havendo?

– Regis fugiu.

– Ele fez o quê?

– Ele fugiu. Acho que ele viu que a cerca não está eletrificada.

– A cerca não está eletrificada? – disse Malcolm pelo rádio. – Ele disse que a cerca não está eletrificada?

– Lex – disse Tim –, feche a porta.

Mas Lex gritava: "Ele abandonou a gente, ele abandonou a gente!" em um berro contínuo e monocórdio, e não havia nada que Tim pudesse fazer, a não ser sair pela porta traseira para a chuva cortante e fechar a porta para ela. O trovão ressoou e um relâmpago piscou outra vez. Tim olhou para cima e viu o tiranossauro derrubando a cerca de arame telado com um dos membros inferiores gigantes.

– Timmy!

Ele voltou com um salto e bateu a porta, o som se perdendo no ribombar do trovão.

O rádio:

– Tim! Você está aí?

Ele apanhou o rádio.

– Estou aqui. – Ele se virou para Lex. – Tranque as portas. Fique no meio do carro. E fique quieta.

Do lado de fora, o tiranossauro rolou a cabeça e deu um passo desajeitado adiante. As garras de seus pés ficaram presas na tela da cerca derrubada. Lex finalmente viu o animal e ficou em silêncio, imóvel. Ela o fitou com olhos arregalados.

O rádio estalou.

– Tim.

– Sim, dr. Grant.

– Fique no carro. Fique abaixado. Fique quieto. Não se mova e não faça barulho.

– Certo.

– Vocês vão ficar bem. Acho que ele não consegue abrir o carro.

– Certo.

– Só fiquem quietos, para não chamar a atenção dele mais do que o necessário.

– Certo. – Tim desligou o rádio. – Você ouviu isso, Lex?

A irmã dele assentiu em silêncio. Não desviou os olhos do dinossauro. O tiranossauro rugiu. Sob o clarão do relâmpago, eles viram quando ele se livrou da cerca e deu um passo meio saltado para a frente.

Agora ele se encontrava entre os dois carros. Tim não podia mais ver o carro do dr. Grant, já que o corpanzil bloqueava a vista. A chuva escorria em filetes por sua pele rugosa dos musculosos membros inferiores. Ele não conseguia ver a cabeça do animal, que ficava muito acima da linha do teto.

O tiranossauro passou para a lateral do carro deles. Foi exatamente para o ponto em que Tim havia saído do carro. Por onde Ed Regis saíra do carro. O animal fez uma pausa ali. A cabeça enorme se abaixou na direção da lama.

Tim olhou para o dr. Grant e o dr. Malcolm no carro de trás. Os rostos deles estavam tensos, olhando diretamente para a frente pelo para-brisa.

A imensa cabeça se ergueu, as mandíbulas abertas, e então parou nas janelas laterais. No clarão do relâmpago, eles viram o olho redondo e inexpressivo movendo-se em sua órbita.

Ele estava olhando para dentro do carro.

A respiração da irmã dele saía entrecortada e assustada. Ele estendeu a mão e apertou o braço dela, torcendo para que ficasse quieta. O dinossauro continuou encarando por um longo tempo pela janela lateral. Talvez ele não pudesse vê-los de fato, pensou Tim. Finalmente a cabeça se ergueu, saindo da vista deles outra vez.

– Timmy... – murmurou Lex.

– Está tudo bem – sussurrou Tim. – Acho que ele não nos viu.

Ele estava olhando de novo para o dr. Grant quando um impacto violento balançou o Land Cruiser e estilhaçou o para-brisa como uma teia de aranha, enquanto a cabeça do tiranossauro batia contra o capô do carro. Tim foi derrubado no assento. Os óculos de visão noturna escorregaram de sua testa.

Ele voltou a se sentar rapidamente, piscando na escuridão, sua boca morna com sangue.

– Lex?

Ele não conseguia ver sua irmã em lugar algum.

O tiranossauro estava perto da dianteira do Land Cruiser, seu peito se mexendo com sua respiração, os membros anteriores fechando-se em garras no ar.

– Lex! – Tim murmurou. E então ele a ouviu gemer. Ela estava deitada em algum ponto do piso, sob o banco da frente.

Em seguida a imensa cabeça desceu, bloqueando totalmente o para-brisa estilhaçado. O tiranossauro bateu de novo no capô do Land Cruiser. Tim agarrou o assento enquanto o carro balançava sobre as rodas. O tiranossauro bateu ainda duas vezes mais, amassando o metal.

E então contornou a lateral do carro. A grande cauda erguida bloqueava a visão pelas janelas laterais. Na parte de trás, o animal bufou, soltando um rosnado grave e retumbante que se misturou ao trovão. Ele afundou as mandíbulas no estepe preso à traseira do Land Cruiser e, com apenas um movimento da cabeça, arrancou-o. A traseira do carro se ergueu no ar por um instante, depois bateu no chão com um solavanco, respingando lama.

– Tim! – disse o dr. Grant. – Tim, você está aí?

Tim agarrou o rádio.

– Estamos bem – respondeu ele. Houve um agudo arranhão metálico enquanto garras arranhavam o teto do carro. O coração de Tim martelava em seu peito. Ele não podia ver nada pelas janelas do lado direito, exceto pele coriácea e áspera. O tiranossauro se apoiava contra o carro, que balançava de um lado para o outro com cada respiração, as molas e o metal rangendo alto.

Lex gemeu de novo. Tim largou o rádio e começou a rastejar para o banco dianteiro. O tiranossauro rugiu e o teto de metal amassou para dentro. Tim sentiu uma dor aguda na cabeça e caiu no chão, por cima do módulo da transmissão. Ele se viu deitado ao lado de Lex, e ficou chocado ao ver que a lateral da cabeça dela estava totalmente coberta de sangue. Ela parecia inconsciente.

Houve mais um impacto violento e pedaços de vidro caíram por toda a volta de Tim. Ele sentiu a chuva. Olhou para cima e viu que o para-brisa dianteiro tinha caído. Havia apenas uma borda de vidro e, além dela, a grande cabeça do dinossauro.

Olhando para baixo, para ele.

Tim sentiu um calafrio repentino e então a cabeça se aproximou dele, a mandíbula aberta. Ele ouviu o rangido de metal contra dentes e sentiu o hálito quente e fedido do animal, enquanto uma língua espessa se enfiava no carro através da abertura do para-brisa. A língua se bateu por todo lado dentro do Land Cruiser, molhada – ele sentiu a espuma quente da saliva de dinossauro – e o tiranossauro rugiu – um som ensurdecedor dentro do carro...

A cabeça se afastou abruptamente.

Tim se levantou, evitando o amassado no teto. Ainda havia espaço para se sentar no banco da frente, junto à porta do passageiro. O tiranossauro estava de pé na chuva perto do para-choque dianteiro. Ele parecia confuso pelo que lhe acontecera. Sangue escorria copiosamente de suas mandíbulas.

O tiranossauro olhou para Tim, inclinando a cabeça para encará-lo com um olho enorme. A cabeça se aproximou do carro de lado e espiou lá dentro. Sangue respingou no teto amassado do Land Cruiser, misturando-se com a chuva.

Ele não consegue me alcançar, pensou Tim. Ele é grande demais.

A cabeça então se afastou e, no estouro do relâmpago, ele viu a perna traseira se elevar. E o mundo se inclinou de forma insana enquanto o Land Cruiser bateu sobre sua lateral, as janelas chapinhando na lama. Ele viu Lex cair contra a janela lateral, impotente, e ele mesmo caiu ao lado dela, batendo a cabeça. Tim sentiu-se tonto. Aí as mandíbulas do tiranossauro se fecharam na moldura da janela e o Land Cruiser inteiro foi erguido e chacoalhado no ar.

– Timmy – berrou Lex, tão perto do ouvido dele que doeu. Ela estava subitamente desperta, e ele a agarrou enquanto o tiranossauro largava o carro no chão outra vez. Tim sentiu uma pontada de dor nas costelas e sua irmã caiu em cima dele. O carro subiu de novo, inclinando-se de maneira absurda. Lex gritou "Timmy!" e ele viu a porta ceder sob ela, que caiu do carro para a lama, mas Tim não conseguiu responder, porque no instante seguinte tudo balançou de modo incompreensível... Ele viu os troncos das palmeiras deslizando para baixo... Movendo-se lateralmente pelo ar... Ele vislumbrou o chão lá embaixo, muito distante... O rugido quente do tiranossauro... O olho abrasador... O topo das palmeiras...

E então, com um grito de metal se rasgando, o carro caiu das mandíbulas do tiranossauro, uma queda nauseante, e o estômago de Tim se rebelou um momento antes de o mundo se tornar totalmente escuro e silencioso.

No outro carro, Malcolm arfou.

– Meu Deus! O que aconteceu com o carro?

Grant piscou enquanto o relâmpago desaparecia.

O outro carro tinha sumido.

Grant não conseguia acreditar. Ele olhou para a frente, tentando enxergar através do para-brisa encharcado pela chuva. O corpo do dinossauro era tão grande que estava provavelmente só bloqueando...

Não. Em outro lampejar de relâmpago, ele viu claramente: o carro havia sumido.

– O que aconteceu? – perguntou Malcolm.

– Não sei.

Baixinho, coberto pela chuva, Grant pôde ouvir o som da menininha gritando. O dinossauro estava de pé na escuridão logo adiante na estrada, mas eles conseguiam ver o suficiente para saber que ele estava agora se inclinando, farejando o chão.

Ou comendo algo no chão.

– Você consegue enxergar? – disse Malcolm, espremendo os olhos.

– Não muito – respondeu Grant. A chuva martelava o teto do carro. Eles tentavam escutar a menininha, mas ele não a ouvia mais. Os dois se sentaram no carro, tentando apurar os ouvidos.

– Era a menininha? – disse Malcolm, finalmente. – Parecia ser a menininha.

– Parecia, sim.

– Era?

– Eu não sei – disse Grant. Ele sentiu uma fadiga profunda invadi-lo. Borrado pelo para-brisa molhado de chuva, o dinossauro se aproximava do carro deles. Passos lentos e agourentos, vindo diretamente para eles.

Malcolm disse:

– Sabe, em momentos como esse a pessoa sente que, bem, talvez animais extintos devessem continuar extintos. Você não tem essa sensação agora?

– Tenho – disse Grant. Ele sentia seu coração disparado.

– Humm. Você, hum, tem alguma sugestão sobre o que deveríamos fazer agora?

– Não consigo pensar em nada.

Malcolm virou a maçaneta, abriu a porta com um chute e correu. E mesmo enquanto ele o fazia, Grant pôde ver que já era tarde demais, o tiranossauro estava muito próximo. Houve outro clarão de relâmpago e, naquele momento de luz branca e cegante, Grant assistiu horrorizado ao tiranossauro rugir e saltar para a frente.

Grant não teve certeza do que aconteceu em seguida, exatamente. Malcolm estava correndo, os pés salpicando lama. O tiranossauro saltou junto dele e abaixou a enorme cabeça, e Malcolm foi jogado no ar como uma bonequinha.

Naquele ponto, Grant já estava fora do carro também, sentindo a chuva fria espetar seu rosto e seu corpo. O tiranossauro tinha virado de costas para ele, a imensa cauda balançando pelo ar. Grant estava se preparando para correr para a floresta quando subitamente o tiranossauro girou para encará-lo e rugiu.

Grant congelou.

Ele ficou de pé ao lado da porta do passageiro do Land Cruiser, ensopado de chuva. Estava completamente exposto, o tiranossauro a menos de 2,5 metros de distância. O enorme animal rugiu outra vez. Tão de perto, o som era aterrorizantemente alto. Grant sentiu que tremia de frio e de medo. Pressionou as mãos trêmulas contra o metal do painel da porta para estabilizá-las.

O tiranossauro rugiu mais uma vez, mas não atacou. Ele inclinou a cabeça e olhou primeiro com um olho, depois com o outro para o Land Cruiser. E não fez nada.

Apenas ficou ali.

O que estava acontecendo?

As mandíbulas poderosas se abriram e se fecharam. O tiranossauro berrou, furioso, e então sua imensa perna traseira subiu e desceu, esmagando o teto do carro; as garras deslizaram com um guincho metálico, quase acertando Grant enquanto ele permanecia ali, ainda imóvel.

O pé desceu para o chão espirrando lama. A cabeça se abaixou em um arco lento e o animal inspecionou o carro, bufando. Ele olhou pelo para-brisa dianteiro. Então, indo na direção da traseira, bateu a porta do passageiro, fechando-a, e passou bem do lado de Grant enquanto ele continuava ali. Grant estava tonto de tanto medo, seu coração martelando no peito. Com o animal tão próximo, ele podia cheirar a carne podre naquela boca, o odor adocicado de sangue, o fedor nauseante do carnívoro...

Seu corpo ficou tenso, aguardando o inevitável.

A enorme cabeça passou por ele e foi para a traseira do carro. Grant piscou.

O que tinha acontecido?

Seria possível o tiranossauro não tê-lo visto? Parecia não ter visto. Mas como era possível? Grant olhou de novo e viu o animal farejando o estepe preso à traseira. Ele o cutucou com o focinho e então a cabeça tornou a virar. Novamente, ele se aproximou de Grant.

Dessa vez o bicho parou, as narinas escuras alargando-se a centímetros de distância. Grant sentiu o hálito surpreendentemente quente do animal em seu rosto. Mas o tiranossauro não estava farejando como um cão. Estava apenas respirando e parecia, no máximo, intrigado.

Não, o tiranossauro não conseguia vê-lo. Não se ele permanecesse imóvel. E em um canto acadêmico e desconectado de sua mente, ele encontrou uma explicação para isso, um motivo para...

As mandíbulas se abriram diante dele, a cabeça gigantesca se erguendo. Grant apertou os punhos e mordeu o lábio, tentando desesperadamente permanecer imobilizado, sem emitir nenhum som.

O tiranossauro berrou no ar noturno.

Mas agora Grant começava a compreender. O animal não conseguia vê-lo, mas suspeitava de que ele estivesse ali, em algum lugar, e tentava, com seus rugidos, assustar Grant para que ele fizesse algum movimento revelatório. Desde que se mantivesse firme, Grant entendeu, estaria invisível.

Em um gesto final de frustração, a grande perna traseira se levantou e chutou o Land Cruiser. Grant sentiu uma dor lancinante e a surpreendente sensação de seu próprio corpo voando pelo ar. Tudo parecia estar acontecendo muito devagar, e ele teve tempo de sobra para sentir o mundo ficar mais frio, e ver o chão acelerar para atingi-lo no rosto.

REGRESSO

– Ah, droga! – disse Harding. – Dê uma olhada nisso.

Eles estavam sentados no jipe movido a gasolina de Harding, olhando para fora através das batidas dos limpadores de para-brisas. Na luz amarela dos postes, uma grande árvore caída bloqueava a estrada.

– Deve ter sido o relâmpago – disse Gennaro. – Merda de árvore.

– Não podemos passar por ela – observou Harding. – É melhor eu avisar o Arnold, na sala de controle. – Ele pegou o rádio e girou o dial de frequências. – Alô, John. Você está aí, John?

Não havia nada além do constante sibilo da estática.

– Eu não entendo – disse ele. – As linhas de rádio parecem ter caído.

– Deve ser a tempestade – respondeu Gennaro.

– Suponho que sim – disse Harding.

– Tente os Land Cruisers – sugeriu Ellie.

Harding abriu as outras frequências, mas não houve resposta.

– Nada – disse ele. – Eles provavelmente estão de volta no alojamento a esta hora, e fora do alcance do nosso rádio. De qualquer forma, não acho que devamos ficar por aqui. Vão se passar horas até que a manutenção envie uma equipe para cá para retirar aquela árvore.

Ele desligou o rádio e engatou a ré no jipe.

– O que você vai fazer? – perguntou Ellie.

– Vou voltar até a bifurcação e pegar a estrada da manutenção. Felizmente, há um segundo conjunto de estradas – explicou Harding. – Nós temos uma estrada para visitantes e uma segunda para tratadores de animais, caminhões de alimentação e coisas assim. Vamos retornar por essa estrada de manutenção. É um pouco mais demorado. E não tão bonita. Mas você talvez a ache interessante. Se a chuva diminuir, teremos um vislumbre dos animais à noite. Devemos estar de volta em trinta a quarenta minutos. Se eu não me perder.

Ele deu a volta no jipe na escuridão da noite e dirigiu-se outra vez para o sul.

* * *

Um relâmpago disparou e todos os monitores da sala de controle escureceram. Arnold sentou-se mais à frente, seu corpo rígido e tenso. Meu Deus, não agora. Não agora. Isso era tudo de que ele precisava – que tudo se apagasse agora, em plena tempestade. Todos os principais circuitos de energia tinham proteção contra sobrecargas, é claro, mas Arnold não tinha tanta certeza sobre os modems que Nedry estava usando para sua transmissão de dados. A maioria das pessoas não sabia que era possível estourar um sistema inteiro por meio de um modem – o pulso do raio subia para o computador através da linha telefônica e bang!, acabou-se a placa-mãe. Lá se foi a memória RAM. Lá se foi o servidor. Lá se foi o computador.

As telas piscaram. E então, uma por uma, voltaram à vida.

Arnold suspirou e desabou de novo na cadeira.

Ele imaginou, de novo, aonde Nedry teria ido. Cinco minutos antes, mandara guardas vasculharem o prédio em busca dele. O gordo safado provavelmente estava no banheiro, lendo uma revista em quadrinhos. Contudo, os guardas não tinham voltado, nem ligado de volta.

Cinco minutos. Se Nedry estava no prédio, eles já deveriam tê-lo encontrado a essa hora.

– Alguém pegou a porcaria do jipe – disse Muldoon, assim que voltou para a sala. – Você já falou com os Land Cruisers?

– Não consigo alcançá-los pelo rádio – respondeu Arnold. – Tenho que usar isso aqui, porque a placa principal está desligada. É fraco, mas deve funcionar. Já tentei nas seis frequências. Sei que eles têm rádios nos carros, mas não estão respondendo.

– Isso não é bom.

– Se você quiser ir até lá, pegue um dos veículos de manutenção.

– Eu pegaria – disse Muldoon –, mas eles estão todos na garagem leste, a mais de um quilômetro daqui. Onde está o Harding?

– Presumo que esteja voltando.

– Então ele vai apanhar o pessoal dos Land Cruisers no caminho.

– Acredito que sim.

– Alguém já contou a Hammond que as crianças ainda não voltaram?

– Nem ferrando – disse Arnold. – Eu não quero aquele filho da puta correndo por aqui, gritando comigo. Tudo está bem, por enquanto. Os Land Cruisers estão só presos na chuva. Eles podem ficar lá por algum tempo, até que Harding os traga de volta. Ou até encontrarmos Nedry e fazermos aquele cretino religar os sistemas.

– Você não consegue religá-los?

Arnold balançou a cabeça.

– Estive tentando. O Nedry fez alguma coisa com o sistema. Não consigo descobrir o que foi, mas, se eu tiver que decifrar o código em si, isso vai levar horas. Precisamos de Nedry. Temos que encontrar aquele filho da puta, e logo.

NEDRY

A placa dizia CERCA ELETRIFICADA 10.000 VOLTS NÃO TOQUE, mas Nedry abriu-a com a mão nua e destrancou o portão, escancarando-o. Ele voltou ao jipe, atravessou o portão e voltou para fechá-lo após sua passagem.

Agora ele estava dentro do parque propriamente dito, a não mais do que 1,5 quilômetro da doca leste. Pisou no acelerador e inclinou-se sobre o volante, espiando através do para-brisa coberto de chuva enquanto guiava o jipe pela estreita estrada abaixo. Ele dirigia rápido – rápido demais –, mas precisava manter o cronograma. Estava cercado de todos os lados pela selva escura, mas logo conseguiria enxergar a praia e o mar à sua esquerda.

Essa porcaria de tempestade, pensou ele. Podia estragar tudo. Porque, se o barco de Dodgson não estivesse esperando na doca leste quando ele chegasse lá, o plano todo estaria arruinado. Nedry não podia esperar muito, ou sentiriam sua falta na sala de controle. A ideia toda por trás do plano era que ele poderia dirigir até a doca leste, entregar os embriões e estar de volta em poucos minutos, antes que alguém reparasse. Era um plano bom, um plano inteligente. Nedry trabalhara nele cuidadosamente, refinando cada detalhe. Esse plano lhe renderia um milhão e meio de dólares, 1.5 mega. Aquilo representava dez anos de renda de uma só tacada, livre de impostos, e mudaria a sua vida. Nedry fora muito cuidadoso, a ponto de fazer com que Dodgson se encontrasse com ele no aeroporto de San Francisco no último minuto com uma desculpa a respeito de querer ver o dinheiro. Na verdade, Nedry queria gravar sua conversa com Dodgson e mencioná-lo pelo nome na fita. Apenas para garantir que Dodgson não esquecesse que lhe devia o resto do dinheiro, Nedry estava incluindo uma cópia da fita com os embriões. Resumindo, Nedry tinha pensado em tudo.

Exceto nessa maldita tempestade.

Algo atravessou a estrada em disparada, um clarão branco sob os faróis. Parecia um rato grande. A coisa correu para se esconder sob os arbustos, arrastando uma cauda gorda. Gambá. Incrível que um gambá conseguisse sobreviver ali. Era de se pensar que os dinossauros pegassem um animal desses.

Onde ficava a porcaria da doca?

Ele estava dirigindo rápido e já tinham se passado cinco minutos. Ele deveria ter chegado à doca leste a essas alturas. Será que pegara alguma entrada errada? Ele achava que não. Não tinha visto nenhuma alternativa na estrada.

Então, onde estava a doca?

Foi um choque quando ele completou uma curva e viu que a estrada terminava em uma barreira cinzenta de concreto com 1,80 metro de altura e escurecida pela chuva. Ele pisou no freio e o jipe derrapou, perdendo a tração em um giro completo, e por um momento terrível ele achou que fosse bater na barreira – ele sabia que bateria – e girou o volante freneticamente. O jipe deslizou até parar, os faróis a trinta centímetros da parede de concreto.

Ele parou ali, escutando a batida ritmada dos limpadores. Respirou fundo e exalou lentamente. Ele tornou a olhar para a estrada. Obviamente, devia ter entrado em algum lugar errado. Poderia retraçar seus passos, mas isso levaria muito tempo.

Era melhor tentar descobrir onde diabos ele estava.

Ele saiu do jipe, sentindo as pesadas gotas de chuva baterem em sua cabeça. Era uma verdadeira tempestade tropical, caindo com tanta força que doía. Olhou para seu relógio, apertando o botão para iluminar o dial digital. Seis minutos haviam se passado. Onde, diabos, ele estava? Contornou a barreira de concreto e, do outro lado, junto com a chuva, ouviu o som de água gorgolejando. Poderia ser o oceano? Nedry apressou-se adiante, seus olhos se ajustando à escuridão conforme ele andava. Mata densa por todos os lados. Gotas de chuva batendo nas folhas.

O som gorgolejante pareceu ficar mais alto, levando Nedry a segui-lo, e subitamente ele saiu da folhagem, sentiu seus pés afundando na terra macia e viu as escuras correntes do rio. O rio! Ele estava no rio da selva!

Droga, pensou ele. No rio, mas *onde?* O rio corria por quilômetros dentro da ilha. Ele olhou para o relógio de novo. Sete minutos passados.

– Você está com um problema, Dennis – disse ele em voz alta.

Como se em resposta, ouviu-se um piado de uma coruja baixinho na floresta.

Nedry mal reparou; estava preocupado com seu plano. O simples fato era que o tempo tinha se esgotado. Não havia mais uma escolha. Ele precisava abandonar seu plano original. Tudo o que podia fazer era voltar à sala de controle, reiniciar o computador e, de alguma maneira, tentar contatar Dodgson para combinar a entrega na doca leste para a noite seguinte. Nedry teria que se virar para fazer isso funcionar, mas achava que conseguiria dar um jeito. O computador automaticamente registrava todas as ligações; depois que Nedry falasse com Dodgson, ele teria que entrar no computador e apagar o registro da ligação. Entretanto, uma coisa era certa: ele não podia mais ficar ali fora no parque, ou sua ausência seria notada.

Nedry pôs-se a caminho, dirigindo-se para o brilho dos faróis do carro. Estava ensopado e miserável. Ouviu o piado baixinho mais uma vez, e dessa vez ele fez uma pausa. Aquilo não soava como uma coruja de fato. E parecia estar bem próximo, na selva, em algum ponto à sua direita.

Enquanto se concentrava, ele ouviu uma pancada nos arbustos mais baixos. Daí, silêncio. Ele aguardou e escutou de novo. Soava distintamente como algo grande, movendo-se devagar através da selva em sua direção.

Algo grande. Algo próximo. Um grande dinossauro.

Dê o fora daqui.

Nedry começou a correr. Ele fazia bastante barulho enquanto corria, mas ainda assim conseguia ouvir o animal passar esmagando a folhagem. E piando.

Ele estava se aproximando.

Tropeçando nas raízes das árvores na escuridão, abrindo caminho a unhas e dentes por galhos baixos, ele viu o jipe logo à frente, e as luzes refletidas na parede vertical da barreira fizeram com que se sentisse melhor. Em um momento estaria no carro e então daria o fora dali. Ele contornou a barreira às pressas e então congelou no lugar.

O animal já estava lá.

No entanto, não perto dele. O dinossauro estava a mais de dez metros de distância, às margens da iluminação oferecida pelos faróis. Nedry não havia feito o passeio, então não vira os diferentes tipos de dinossauros, mas esse tinha uma aparência esquisita. O corpo, com três metros de altura, era amarelo com manchas pretas, e ao longo da cabeça corria um par de cristas vermelhas em formato de v. O dinossauro não se mexeu, apenas emitiu outro piado suave.

Nedry esperou para ver se ele atacaria. Não atacou. Talvez os faróis do jipe o assustassem, forçando-o a manter distância, como uma fogueira.

O dinossauro o encarou e então inclinou a cabeça em um movimento rápido. Nedry sentiu algo molhado bater contra seu peito. Ele olhou para baixo e viu uma bolha pingando espuma em sua camisa encharcada de chuva. Tocou aquilo, curioso, sem compreender...

Era saliva.

O dinossauro tinha cuspido nele.

Era esquisito, pensou ele. Olhou de novo para o dinossauro e viu a cabeça dele se inclinar outra vez, e imediatamente sentiu outro impacto molhado contra seu pescoço, logo acima da gola da camisa. Enxugou com a mão.

Jesus, isso era nojento. Mas a pele de seu pescoço já estava começando a formigar e arder. E sua mão também formigava. Era quase como se ele tivesse tocado em ácido.

Nedry abriu a porta do carro, olhando para trás, para o dinossauro, a fim de se certificar de que ele não iria atacar, e sentiu uma dor súbita e excruciante nos olhos, pontadas como lanças na parte de trás do crânio; fechou os olhos com força, ofegou com a intensidade da dor e jogou as mãos para cima para cobrir os olhos, sentindo a espuma escorregadia escorrer dos dois lados de seu nariz.

Saliva.

O dinossauro havia cuspido em seus olhos.

Ao mesmo tempo que percebia isso, a dor o sobrepujou e ele caiu de joelhos, desorientado, ofegante. Ele desabou de lado, a bochecha espremida contra o chão molhado, a respiração vindo em assovios fracos através da dor constante e alucinante que causava a aparição de focos de luz atrás de suas pálpebras fortemente fechadas.

A terra tremeu sob ele e Nedry soube que o dinossauro estava se mexendo, podia ouvir seu piado suave, e, a despeito da dor, forçou seus olhos a se abrirem; mas, mesmo assim, não viu nada além de pontos brilhantes contra um fundo escuro. Lentamente, ele percebeu o que havia ocorrido.

Ele estava cego.

O piado soou mais alto enquanto Nedry lutava para se levantar e tropeçou de novo contra a lateral do carro, ao mesmo tempo que uma onda de náusea e tontura o dominava. O dinossauro estava perto agora, ele podia *senti-lo* se aproximando e estava vagamente ciente de sua respiração.

Mas não conseguia enxergar.

Não conseguia enxergar nada, e seu terror era extremo.

Ele esticou as mãos, abanando-as loucamente no ar para evitar o ataque que, sabia, estava para ocorrer.

E então houve uma dor nova, causticante, como uma faca abrasadora na barriga dele, e Nedry tropeçou, estendendo a mão às cegas para baixo para tocar a borda rasgada da camisa, depois uma massa grossa e escorregadia que estava surpreendentemente quente, e, com horror, ele soube que estava segurando os próprios intestinos com as mãos. O dinossauro o abrira em dois com um rasgão. Suas entranhas tinham caído para fora.

Nedry caiu no chão e pousou em algo escamoso e frio – era o pé do animal. Em seguida houve uma nova dor dos dois lados de sua cabeça. A dor piorou e, enquanto ele era erguido até ficar de pé, soube que o dinossauro estava com sua cabeça nas mandíbulas dele, e o horror dessa percepção foi seguido por um desejo final: o de que tudo acabasse logo.

BANGALÔ

– Mais café? – perguntou Hammond educadamente.

– Não, obrigado – disse Henry Wu, reclinando-se na cadeira. – Eu não consigo comer mais nada.

Eles estavam sentados na sala de jantar do bangalô de Hammond, em um canto isolado do parque, não muito distante dos laboratórios. Wu tinha que admitir que o bangalô que Hammond construíra para si mesmo era elegante, com linhas espartanas, quase japonesas. E o jantar foi excelente, considerando-se que o refeitório ainda não contava com uma equipe completa.

Porém havia algo em Hammond que Wu achava preocupante. O velho estava diferente de alguma forma... sutilmente diferente. Durante todo o jantar, Wu tentou decidir o que seria. Em parte, uma tendência a divagar, a se repetir, a recontar velhas histórias. Em parte, era um risco emocional, com raiva explodindo em um momento e um sentimentalismo piegas no seguinte. Todavia, tudo aquilo poderia ser compreendido como um efeito natural da idade. John Hammond tinha, afinal, quase 75 anos.

No entanto, havia mais alguma coisa. Uma teimosa recorrência a evasivas. Uma insistência em fazer tudo a seu próprio modo. E, no final, uma recusa completa a lidar com a situação que o parque encarava agora.

Wu ficara boquiaberto pela evidência (ele ainda não se permitia acreditar que o caso estivesse comprovado) de que os dinossauros estavam se reproduzindo. Depois que Grant perguntou sobre DNA anfíbio, Wu pretendera ir diretamente para seu laboratório checar os registros nos computadores dos vários DNAs reunidos. Porque, se os dinossauros estivessem de fato procriando, então tudo sobre o Jurassic Park entraria em questão – seus métodos de desenvolvimento genético, seus métodos de controle genéticos, tudo. Deveriam suspeitar até mesmo da dependência de lisina. E se esses animais realmente podiam procriar, e também sobreviver no mundo selvagem...

Henry Wu queria checar os dados de imediato. Mas Hammond foi teimoso e insistiu para que Wu o acompanhasse no jantar.

– Agora, Henry, você precisa guardar espaço para o sorvete – disse Hammond, afastando-se da mesa. – María faz o mais maravilhoso sorvete de gengibre.

– Tudo bem. – Wu olhou para a bela e silenciosa garçonete. Seus olhos a seguiram para fora da sala, e então ele olhou para o único monitor de vídeo preso à parede. O monitor estava escuro. – Seu monitor está desligado.

– Está? – Hammond deu uma olhada. – Deve ser a tempestade. – Ele estendeu a mão para um ponto atrás de si, buscando o telefone. – Vou checar com John na sala de controle.

Wu pôde ouvir o estalo da estática na linha telefônica. Hammond deu de ombros e colocou o aparelho de volta no gancho.

– As linhas devem ter caído – disse ele. – Ou talvez Nedry ainda esteja fazendo transmissão de dados. Ele tem uma bela quantidade de bugs para consertar esse fim de semana. Nedry é um gênio a seu próprio modo, mas tivemos que pressioná-lo bastante no final para garantir que ele endireitasse as coisas.

– Talvez eu deva ir até a sala de controle para conferir – disse Wu.

– Não, não – disse Hammond. – Não há motivo. Se houvesse algum problema, nós já saberíamos a respeito. Ah!

María voltou para a sala com dois pratos de sorvete.

– Você precisa comer só um pouco, Henry – disse Hammond. – É feito com gengibre fresco, da parte mais a leste da ilha. É um vício de velho, sorvete. Mas ainda assim...

Obedientemente, Wu mergulhou sua colher. No exterior, reluziu um relâmpago e em seguida ouviu-se o alto estalo de um trovão.

– Esse foi perto – disse Wu. – Espero que a tempestade não esteja assustando as crianças.

– Acho que não – disse Hammond. Ele provou o sorvete. – Mas não consigo evitar sentir alguns temores sobre esse parque, Henry.

Por dentro, Wu sentiu-se aliviado. Talvez o velho fosse encarar os fatos, afinal.

– Que tipo de temores?

– Sabe, o Jurassic Park foi feito mesmo para as crianças. As crianças do mundo amam dinossauros, e as crianças vão se deliciar, simplesmente *se deliciar,* neste lugar. Seus rostinhos vão brilhar com a alegria de finalmente ver esses animais maravilhosos. Mas eu temo... que eu talvez não viva para ver isso, Henry. Eu posso não viver para ver a alegria nos rostos delas.

– Acho que também existem outros problemas – disse Wu, franzindo o cenho.

– Mas nenhum tão forte em minha mente quanto este – disse Hammond –, de que eu talvez não viva para ver seus rostos brilhando, deliciados. Este é o nosso triunfo, este parque. Fizemos aquilo que nos propusemos a fazer. E, você se lembra, nossa intenção original era usar a nova tecnologia emergente da engenharia genética para fazer dinheiro. Muito dinheiro.

Wu sabia que Hammond estava prestes a se lançar em um de seus velhos discursos. Ergueu a mão.

– Eu já sei de tudo isso, John...

– Se você fosse começar uma empresa de bioengenharia, Henry, o que você faria? Faria produtos para ajudar a humanidade, para combater as doenças e enfermidades? Minha nossa, não. Essa é uma ideia terrível. Um uso muito pobre de uma tecnologia nova.

Hammond balançou a cabeça com tristeza.

– Ainda assim, você vai se lembrar – disse ele – de que as primeiras empresas de engenharia genética, como a Genentech e a Cetus, todas começaram a fazer fármacos. Novas drogas para a humanidade. Um propósito nobre, muito nobre. Infelizmente, remédios encontram todo tipo de barreiras. Só os testes da FDA levam de cinco a oito anos, se você tiver sorte. Pior ainda, há forças em ação no mercado. Suponha que você consiga produzir um medicamento milagroso para o câncer ou para alguma doença do coração, como fez a Genentech. Suponha que você queira cobrar mil ou dois mil dólares por dose. Você poderia imaginar que isso seja um direito seu. Afinal, você inventou o remédio, você pagou para desenvolvê-lo e testá-lo; você deveria poder cobrar quanto quisesse. Mas você acha mesmo que o governo vai deixar que você faça isso? Não, Henry, eles não vão deixar. Gente doente não vai pagar mil dólares por uma dose da medicação necessária... Eles não vão ficar gratos, ficarão ultrajados. A Blue Cross não vai pagar por isso. Eles vão gritar que é um assalto à mão armada. Então algo vai acontecer. Seu pedido de patente será recusado. Suas licenças serão indeferidas. *Alguma coisa* vai forçá-lo a ver a luz e a vender sua droga a um custo mais baixo. Do ponto de vista comercial, isso torna ajudar a humanidade um negócio de risco. Pessoalmente, eu *jamais* ajudaria a humanidade.

Wu já tinha escutado esse argumento antes. E ele sabia que Hammond estava certo; alguns novos produtos farmacêuticos desenvolvidos por bioengenharia tinham, de fato, sofrido atrasos inexplicáveis e problemas de patente.

– Agora – disse Hammond –, pense em como as coisas são diferentes quando você está produzindo entretenimento. Ninguém *precisa* de entretenimento. Isso não é assunto para intervenções do governo. Se eu cobrar cinco mil dólares por dia pelo meu parque, quem vai me impedir? Afinal, ninguém precisa vir aqui. E, longe de ser um assalto à mão armada, um preço alto na verdade aumenta o apelo do parque. Uma visita se torna um símbolo de status, e todos os americanos adoram isso. Assim como os japoneses, e, é claro, eles têm muito mais dinheiro.

Hammond terminou seu sorvete e María silenciosamente retirou o prato.

– Ela não é daqui, sabe – disse ele. – É haitiana. A mãe dela é francesa. Mas enfim, Henry, você vai se lembrar de que o propósito original por trás da decisão de apontar minha empresa nessa direção em primeiro lugar foi ter liberdade de intervenções governamentais, em qualquer lugar do mundo.

– Falando no resto do mundo...

Hammond sorriu.

– Nós já arrendamos um grande terreno nos Açores para o Jurassic Park Europa. E você sabe que há muito tempo obtivemos uma ilha perto de Guam para o Jurassic Park Japão. A construção dos dois próximos Jurassic Parks vai começar no início do ano que vem. Todos serão abertos dentro de quatro anos. Até lá, as rendas diretas vão exceder dez bilhões de dólares por ano, e os direitos sobre merchandising, televisão e produtos relacionados devem duplicar isso. Não vejo razão para me incomodar com animais de estimação para crianças, que foi o que ouvi dizer que Lew Dodgson acha que planejamos fazer.

– Vinte bilhões por ano – disse Wu baixinho, balançando a cabeça.

– E estou sendo comedido – disse Hammond. Ele sorriu. – Não há motivo para especular loucamente. Mais sorvete, Henry?

– Você o encontrou? – disparou Arnold quando o guarda entrou na sala de controle.

– Não, sr. Arnold.

– *Encontre-o.*

– Acho que ele não está neste prédio, sr. Arnold.

– Então olhe no alojamento – disse Arnold –, procure no prédio da manutenção, procure na área de serviço, procure em todo lugar, mas *encontre-o.*

– O problema é... – O guarda hesitou. – O sr. Nedry é o gordo, não é?

– Isso mesmo – disse Arnold. – Ele é gordo. Um gordo relaxado.

– Bem, Jimmy, lá do saguão principal, disse que viu o gordo descer para a garagem.

Muldoon girou até ficar de frente para eles.

– Na garagem? Quando?

– Uns dez ou quinze minutos atrás.

– Meu Deus – disse Muldoon.

O jipe parou, cantando pneu.

– Desculpem – disse Harding.

Nos faróis, Ellie viu um rebanho de apatossauros atravessando a estrada lentamente. Havia seis animais, cada um do tamanho de uma casa, e um bebê tão grande quanto um cavalo adulto. Os apatossauros se moviam em um silêncio sem pressa, jamais olhando para o jipe e seus faróis brilhantes. Em dado momento, o bebê parou para tomar água de uma poça na estrada, depois seguiu em frente.

Uma manada de elefantes equivalente a essa teria se assustado com a chegada de um carro, disparado e se reunido em um círculo para proteger o bebê. Mas esses animais não demonstravam medo algum.

– Eles não nos enxergam? – disse ela.

– Não exatamente – disse Harding. – Obviamente, no sentido literal, eles nos enxergam, mas nós não *significamos* nada para eles. Raramente saímos com os carros à noite, e, portanto, eles não têm experiência com isso. Somos apenas um objeto estranho e fedido no ambiente deles. Não representamos nenhuma ameaça; assim, não despertamos interesse. Eu já saí ocasionalmente à noite para visitar algum animal doente e, no caminho de volta, esses camaradas bloquearam a estrada por uma hora ou mais.

– O que você faz?

Hardin sorriu.

– Toco uma gravação com um rugido de tiranossauro. Isso faz com que se mexam. Não que eles se importem muito com tiranossauros. Esses apatossauros são tão grandes que não têm, na verdade, nenhum predador. Eles podem quebrar o pescoço de um tiranossauro com um golpe de suas caudas. E eles sabem disso. Assim como o tiranossauro também sabe.

– Mas eles nos veem. Digo, se nós saíssemos do carro...

Harding encolheu os ombros.

– Eles provavelmente não reagiriam. Dinossauros têm excelente acuidade visual, mas funcionam com um sistema visual anfíbio básico: estão conectados a movimento. Eles não enxergam muito bem coisas imóveis.

Os animais seguiam em frente, sua pele brilhando na chuva. Harding engatou a marcha no carro.

– Acho que podemos continuar agora – disse ele.

Wu disse:

– Suspeito que você acredite que existam pressões sobre seu parque, assim como existem pressões nas drogas da Genentech. – Ele e Hammond haviam passado agora para a sala de estar e estavam observando a tempestade bater contra as grandes vidraças.

– Não vejo como – disse Hammond.

– Os cientistas podem desejar restringi-lo. Até mesmo impedi-lo.

– Bem, eles *não podem* fazer isso – disse Hammond. Ele balançou o dedo para Wu. – Você sabe por que os cientistas tentariam fazer isso? É porque eles querem fazer pesquisa. Isto é tudo o que eles sempre querem fazer, pesquisar. Não realizar algo. Não fazer algum progresso. Apenas *pesquisar.* Bem, eles têm uma surpresa chegando.

– Eu não estava pensando nisso – disse Wu.

Hammond suspirou.

– Tenho certeza de que seria *interessante* para os cientistas fazer pesquisas. Mas você chega ao ponto em que esses animais são simplesmente caros demais para serem usados para pesquisa. Essa é uma tecnologia maravilhosa, Henry, mas também é uma tecnologia assustadoramente cara. O fato é que ela só pode ser sustentada como entretenimento. – Hammond deu de ombros. – É simplesmente o jeito como as coisas são.

– Mas se houver tentativas para fechar...

– Encare a porcaria dos fatos, Henry – disse Hammond, irritado. – Isto aqui não são os Estados Unidos. Não é nem mesmo a Costa Rica. Esta é a minha ilha. Eu sou dono dela. E nada vai me impedir de abrir o Jurassic Park para todas as crianças do mundo. – Ele riu. – Ou no mínimo para as ricas. E estou dizendo, elas vão adorar.

No banco traseiro do jipe, Ellie Sattler olhava pela janela. Eles tinham dirigido pela selva ensopada de chuva pelos últimos vinte minutos, e não haviam visto nada desde os apatossauros atravessando a estrada.

– Estamos perto do rio da selva agora – disse Harding enquanto dirigia. – Está em algum ponto à nossa esquerda.

Abruptamente, ele tornou a pisar no freio. O carro derrapou até parar em frente a um bando de animaizinhos verdes.

– Bem, vocês estão recebendo um belo show essa noite – disse ele. – Esses são os comps.

Procompsógnatos, pensou Ellie, desejando que Grant estivesse ali para vê-los. Esse era o animal que eles tinham visto no fax, lá em Montana. Os procompsógnatos pequenos e verdes correram para o outro lado da estrada, depois se agacharam nas pernas traseiras para olhar para o carro, gorjeando brevemente antes de seguir noite adentro apressados.

– Estranho – disse Harding. – Aonde será que eles estão indo? Comps normalmente não se movimentam à noite, sabe. Eles sobem em uma árvore e esperam pela luz do dia.

– Então por que eles estão por aí agora? – perguntou Ellie.

– Não consigo imaginar. Você sabe que comps são carniceiros, como os abutres. Eles são atraídos por animais moribundos e têm um tremendo olfato. Podem farejar um animal moribundo a quilômetros de distância.

– Então eles estão indo atrás de um animal moribundo?

– Moribundo, ou já morto.

– Acha que devíamos segui-los? – disse Ellie.

– Seria curioso – respondeu Harding. – Vamos, por que não? Vamos ver aonde eles estão indo.

Ele virou o carro e seguiu os comps.

TIM

Tim Murphy jazia no Land Cruiser, a bochecha pressionada contra a maçaneta da porta. Ele vagou lentamente de volta à consciência. Queria apenas dormir. Ele mudou de posição e sentiu a dor na maçã do rosto, no ponto em que ela encostava contra a porta de metal. Todo o seu corpo doía. Seus braços e suas pernas e, mais do que tudo, sua cabeça – havia uma dor terrível e pulsante em sua cabeça. Toda a dor fazia com que ele quisesse voltar a dormir.

Ele se levantou apoiado em um cotovelo, abriu os olhos e vomitou, sujando toda a camisa. Sentiu o gosto azedo de bile e limpou a boca com a parte de trás das mãos. Sua cabeça latejava; ele se sentia tonto e enjoado, como se o mundo estivesse se movendo, como se ele estivesse balançando de um lado para o outro em um barco.

Tim gemeu e rolou, deitando-se de costas, afastando-se da poça de vômito. A dor em sua cabeça forçava-o a respirar em intervalos curtos e superficiais. E ele ainda se sentia enjoado, como se tudo estivesse se mexendo. Ele abriu os olhos e espiou ao seu redor, tentando se localizar.

Ele estava dentro do Land Cruiser. Mas o carro devia ter capotado sobre a lateral, pois ele estava deitado de costas contra a porta do passageiro, vendo o volante lá em cima e, além dele, os galhos de uma árvore se movendo ao vento. A chuva tinha quase parado, mas gotas d'água ainda caíam nele através do para-brisa dianteiro arrebentado.

Ele encarou curiosamente os fragmentos de vidro. Não conseguia se recordar de como o para-brisa havia quebrado. Não conseguia se lembrar de nada, exceto de que estavam estacionados na estrada e ele conversava com o dr. Grant quando o tiranossauro veio na direção deles. Essa era a última lembrança que tinha.

Sentiu-se enjoado de novo e fechou os olhos até a náusea passar. Ele estava ciente de um estalar rítmico, como o cordame de um navio. Tonto e com o estômago embrulhado, sentia mesmo como se o carro todo estivesse se movendo sob ele. Contudo, quando abriu os olhos de novo, viu que era verdade – o Land Cruiser *estava* se movendo, deitado como estava sobre a lateral, balançando para a frente e para trás.

O carro inteiro estava se mexendo.

Tim levantou-se, hesitante. De pé sobre a porta do passageiro, olhou por cima do painel, para fora do para-brisa estilhaçado. Primeiro viu apenas uma folhagem densa, movendo-se ao vento. Mas aqui e ali ele podia ver vãos e, para lá da folhagem, o chão estava...

O chão estava a seis metros abaixo dele.

Tim olhou fixamente, sem compreender. O Land Cruiser estava deitado de lado nos galhos de uma árvore grande, seis metros acima do solo, balançando de um lado para o outro ao vento.

– Ah, merda – disse ele. O que fazer? Ele ficou nas pontas dos pés e tentou enxergar melhor lá fora, segurando o volante em busca de apoio. O volante girou livremente em sua mão e, com um estalo alto, o Land Cruiser mudou de posição, caindo alguns metros nos galhos da árvore. Ele olhou para baixo pelo vidro estilhaçado da janela na porta do passageiro até o chão, lá embaixo.

– Ah, merda. Ah, merda. – Ele ficava repetindo. – Ah, merda. Ah, merda.

Outro estalo alto e o Land Cruiser desceu mais meio metro.

Ele tinha que sair dali.

Olhou para baixo, para seus pés. Estava em cima da maçaneta da porta. Ele se agachou apoiado nas mãos e nos pés para olhar para a maçaneta. Não conseguia enxergar muito bem no escuro, mas podia perceber que a porta estava amassada para fora, por isso a maçaneta não virava. Ele jamais conseguiria abrir aquela porta. Tentou abrir a janela, mas o vidro também estava preso. Então ele pensou na porta de trás. Talvez ele pudesse abrir aquela. Inclinou-se por cima do banco dianteiro e o Land Cruiser balançou com a mudança no peso.

Cuidadosamente, Tim estendeu a mão e virou a maçaneta na porta traseira.

Ela também estava presa.

Como ele iria sair?

Escutou uma bufada de ar e olhou para baixo. Uma silhueta escura passou sob ele. Não era o tiranossauro. Essa silhueta era gorducha e meio que resfolegava enquanto caminhava. A cauda balançava de um lado para o outro e Tim pôde ver os longos espinhos.

Era o estegossauro, aparentemente recuperado de sua doença. Tim imaginou onde estariam as outras pessoas: Gennaro, Sattler e o veterinário. A última vez que os vira, eles estavam perto do estegossauro. Há quanto tempo tinha sido isso? Ele olhou para seu relógio, mas o mostrador havia se quebrado; ele não conseguia ver os números. Tirou o relógio e jogou-o fora.

O estegossauro fungou e seguiu seu caminho. Agora, o único som era o vento nas árvores e os estalos do Land Cruiser balançando para a frente e para trás.

Ele precisava sair dali.

Tim agarrou a maçaneta, tentou forçá-la, mas estava realmente presa. Não se movia nem um pouco. Então ele percebeu qual era o problema: a porta traseira estava trancada! Tim puxou o pino e virou a maçaneta. A porta traseira abriu-se para baixo – e parou contra um galho alguns centímetros abaixo.

A abertura era estreita, mas Tim achava que poderia se espremer por ali. O Land Cruiser estalou, mas manteve sua posição. Agarrando os batentes das portas dos dois lados, Tim lentamente se abaixou, passando pela estreita e angulosa abertura da porta. Logo estava deitado de barriga para baixo sobre a porta aberta, suas pernas projetando-se para fora do carro. Ele chutou o ar. Seus pés tocaram em algo sólido, um galho, e ele pousou seu peso ali.

Assim que Tim fez isso, o galho se dobrou e a porta se escancarou, despejando-o para fora do Land Cruiser, e ele caiu. Folhas arranhando seu rosto... Seu corpo batendo de galho em galho... Um solavanco... Dor abrasadora, luz brilhante em sua cabeça...

Ele parou com um tranco, perdendo o ar com a pancada. Estava dobrado ao meio sobre um galho grosso, seu estômago ardendo de dor.

Tim ouviu outro estalo e olhou para cima, para o Land Cruiser, uma grande sombra escura 1,5 metro acima dele.

Outro estalo. O carro se mexeu.

Tim se forçou a se movimentar, a descer. Ele costumava subir em árvores. Era um bom escalador de árvores. E essa era uma boa árvore para subir, os galhos com pouco espaço entre si, quase como uma escadaria...

Craaaaac...

O carro, definitivamente, estava se movendo.

Tim desceu, apressado, escorregando nos galhos molhados, sentindo a seiva grudenta em suas mãos, correndo. Ele não tinha descido mais do que um metro quando o Land Cruiser estalou uma última vez, e então lentamente, muito lentamente, começou a mergulhar. Tim pôde ver a grande grade verde e os faróis dianteiros balançando para ele lá embaixo, e então o Land Cruiser se soltou e caiu, ganhando impulso enquanto disparava na direção dele, batendo contra o galho em que Tim estava um momento antes...

E, então, parou.

O rosto dele estava a centímetros da grade amassada, socada para dentro como uma boca maldosa, os faróis no lugar de olhos. Óleo gotejou no rosto de Tim.

Ele ainda estava a 3,5 metros do solo. Esticou-se para baixo, encontrou outro galho e desceu. Lá em cima, viu o galho se entortar sob o peso do Land Cruiser e então se partir; o Land Cruiser veio acelerado em sua direção e ele sabia que jamais conseguiria escapar do veículo, jamais conseguiria descer com a rapidez necessária, e Tim simplesmente se soltou.

Ele caiu o resto do caminho.

Rolando, batendo, sentindo dor em cada parte de seu corpo, ouvindo o Land Cruiser esmigalhar seu caminho pelos galhos atrás dele como um animal em perseguição, e então o ombro de Tim atingiu o solo macio e ele rolou com tanta força quanto conseguiu, pressionando seu corpo junto ao tronco da árvore enquanto o Land Cruiser caía com uma alta pancada metálica e uma súbita explosão quente de faíscas elétricas que fisgaram sua pele, cuspiram e chiaram no chão molhado ao seu redor.

Lentamente, Tim ficou de pé. Na escuridão, ele ouviu o resfolegar e viu o estegossauro voltando, aparentemente atraído pela batida do Land Cruiser. O dinossauro se movimentava de modo estúpido, a cabeça baixa estirada adiante e as grandes placas cartilaginosas correndo em duas fileiras ao longo da corcunda nas costas. Ele se comportava como uma tartaruga supercrescida. Estúpido assim. E lento.

Tim apanhou uma pedra e a jogou.

– Vá embora!

A pedra fez um barulho abafado ao atingir as placas. O estegossauro continuava vindo.

– Vá logo! Vá!

Ele jogou outra pedra e acertou o estegossauro na cabeça. O animal grunhiu, virou-se devagar para o outro lado e foi embora na direção de onde tinha vindo.

Tim apoiou-se no Land Cruiser amassado e olhou ao seu redor na escuridão. Ele tinha que voltar para junto dos outros, mas não queria se perder. Sabia que estava em algum lugar do parque, provavelmente não muito longe da estrada principal. Se pelo menos ele conseguisse se localizar... Não conseguia enxergar muito no escuro, mas...

Foi quando ele se lembrou dos óculos.

Ele subiu pelo para-brisa dianteiro arrebentado até o interior do Land Cruiser e encontrou os óculos de visão noturna e o rádio. O rádio estava quebrado e silencioso, por isso ele o deixou para trás. Mas os óculos ainda funcionavam. Ele os ligou e viu a reconfortante e conhecida imagem verde fosforescente.

Usando os óculos, ele viu a cerca esmagada à esquerda e foi até ela. A cerca tinha mais de três metros de altura, mas o tiranossauro a esmagou com facilidade. Tim passou correndo por ela, atravessou uma área de folhagem densa e saiu na estrada principal.

Pelos óculos, ele viu o outro Land Cruiser virado de lado. Correu até lá, tomou fôlego e olhou para dentro. O carro estava vazio. Nenhum sinal do dr. Grant nem do dr. Malcolm.

Para onde eles tinham ido?

Para onde tinha ido todo mundo?

Ele sentiu um pânico súbito, de pé, sozinho, na estrada da selva, à noite, com aquele carro vazio, e virou-se rapidamente em círculos, vendo o mundo verde e brilhante nos óculos girar. Algo pálido na beira da estrada chamou sua atenção. Era a bola de beisebol de Lex. Ele limpou a lama da bola.

– Lex!

Tim gritou o mais alto que pôde, sem se importar se os animais o ouviriam. Ele prestou atenção, mas só escutou o vento e o gotejar dos pingos de chuva caindo das árvores.

– Lex!

Lembrava-se vagamente de que ela estava no Land Cruiser quando o tiranossauro atacou. Ela teria ficado lá? Ou escapara? Os eventos do ataque se confundiam em sua mente. Ele não tinha muita certeza do que acontecera. Só de pensar naquilo, ficava inquieto. Ficou na estrada, ofegante de pânico.

– *Lex!*

A noite parecia fechar-se à sua volta. Sentindo pena de si mesmo, ele se sentou em uma fria poça da chuva na estrada e choramingou por algum tempo. Quando finalmente parou, ele ainda pôde ouvir um choro. Era fraco, mas vinha de algum ponto mais acima na estrada.

– Faz quanto tempo? – perguntou Muldoon, voltando à sala de controle. Ele carregava uma maleta preta de metal.

– Meia hora.

– O jipe de Harding já deveria estar de volta.

Arnold apagou outro cigarro.

– Tenho certeza de que vão chegar a qualquer minuto agora.

– Nenhum sinal de Nedry ainda? – continuou Muldoon.

– Não. Ainda não.

Muldoon abriu a maleta, que continha seis rádios portáteis.

– Vou distribuir isso para as pessoas aqui no prédio. – Ele entregou um para Arnold. – Pegue o carregador também. Esses são nossos rádios de emergência, mas ninguém os carregou, naturalmente. Deixe carregando por cerca de vinte minutos, depois tente alcançar os carros.

Henry Wu abriu a porta identificada como FERTILIZAÇÃO e entrou no laboratório escuro. Não havia ninguém ali; pelo jeito, todos os técnicos ainda estavam jantando. Wu foi diretamente até o terminal do computador e buscou os registros de DNA. Os registros tinham que ser mantidos no computador. O DNA era uma molécula tão grande que cada espécie requeria dez gigabytes de espaço no disco óptico para arquivar detalhes de todas as interações. Ele teria que checar todas as quinze espécies. Era uma tremenda quantidade de informação para vasculhar.

Ele ainda não tinha entendido por que Grant achava que DNA de sapo era importante. Wu, pessoalmente, nem sempre distinguia um tipo de DNA do outro. Afinal, a maioria do DNA das criaturas vivas era exatamente igual. O DNA era uma substância incrivelmente antiga. Seres humanos, caminhando pelas ruas do mundo moderno raramente paravam para pensar que o centro de tudo – a matéria que começou a dança da vida – era uma substância química tão velha quanto a própria Terra. A molécula de DNA era tão antiga que sua evolução havia essencialmente terminado mais de dois bilhões de anos antes. Houvera pouca novidade desde essa época. Apenas algumas combinações recentes dos genes antigos – e mesmo isso era raro.

Quando se comparava o DNA de um homem ao DNA de uma reles bactéria descobria-se que apenas cerca de 10% dos filamentos eram diferentes. Esse conservadorismo inato do DNA encorajou Wu a utilizar qualquer DNA que ele desejasse. Ao fazer seus dinossauros, Wu tinha manipulado o DNA como um escultor o faria com argila ou mármore. Ele criara livremente.

Ele iniciou o programa de busca no computador, sabendo que levaria dois ou três minutos para rodar. Levantou-se e andou pelo laboratório, checando instrumentos por uma questão de hábito. Reparou no registro no exterior da porta do freezer, que rastreava a temperatura. Viu que havia um pico no gráfico. Isso era estranho, pensou. Significava que alguém tinha entrado no freezer. E recentemente – na última meia hora. Mas quem entraria ali à noite?

O computador apitou, sinalizando que a primeira das buscas por dados estava completa. Wu foi até lá para ver o que havia sido descoberto e, quando viu a tela, esqueceu sobre o freezer e o pico no gráfico.

DNA LEITZKE ALGORITMO DE BUSCA	
DNA: Critério de busca versão: RANA (todos, fragmentos > 0)	
DNA contendo fragmentos RANA	**Versão**
Maiassauros	2.1-2.9
Procompsógnatos	3.0-3.7
Othnielias	3.1-3.3
Velocirraptors	1.0-3.0
Hipsilofodontes	2.4-2.7

O resultado era claro: todos os dinossauros procriando possuíam *rana*, ou DNA de sapo. Nenhum dos outros animais o tinha. Wu ainda não compreendia por que isso levava à procriação deles. Não obstante, não podia mais negar que Grant estava certo. Os dinossauros estavam se reproduzindo.

Ele correu até a sala de controle.

LEX

Ela estava enrodilhada dentro de um grande cano de drenagem com um metro de diâmetro que passava sob a estrada. A luva de beisebol estava em sua boca e ela balançava para a frente e para trás, batendo a cabeça repetidamente contra a traseira do cano. Estava escuro lá, mas ele conseguia enxergar perfeitamente com seus óculos. Ela parecia não estar ferida, e ele sentiu uma grande explosão de alívio.

– Lex, sou eu. Tim.

Ela não respondeu. Continuou a bater a cabeça no cano.

– Vem aqui para fora.

Ela balançou a cabeça, negando. Ele podia ver que estava muito assustada.

– Lex – disse ele –, se você vier aqui fora, eu deixo você usar esses óculos noturnos.

Ela apenas balançou a cabeça.

– Olha só o que eu tenho – disse ele, estendendo a mão. Ela o encarou sem entender. Estava provavelmente escuro demais para ela enxergar. – É a sua bola, Lex. Eu encontrei a sua bola.

– E daí?

Ele tentou outra abordagem.

– Deve estar desconfortável aí. E frio também. Não gostaria de sair daí?

Ela voltou a bater a cabeça contra o cano.

– Por que não?

– Tem bichos lá fora.

Aquilo o desconcertou por um momento. Ela não dizia "bichos" havia anos.

– Os bichos já se foram – disse ele.

– Tem um grande. Um tiranossauro rex.

– Ele foi embora.

– Para onde ele foi?

– Não sei, mas ele não está por aqui agora – disse Tim, torcendo para que fosse verdade.

Lex não se mexeu. Ele ouviu-a batendo outra vez. Tim sentou na grama do lado de fora do cano, onde ela podia vê-lo. O chão estava molhado onde ele se sentou. Ele abraçou os próprios joelhos e esperou. Não conseguia pensar em mais nada que fazer.

– Vou só ficar sentado aqui – disse ele. – E descansar.

– O papai está aí fora?

– Não – respondeu ele, sentindo-se estranho. – Ele está em casa, Lex.

– A mamãe está aí?

– Não, Lex.

– Tem algum adulto aí fora?

– Ainda não. Mas tenho certeza de que logo eles virão. Estão provavelmente a caminho agora mesmo.

Então ele ouviu a menina se movimentando dentro do cano e ela saiu. Tremendo de frio, com sangue seco em sua testa, mas, tirando isso, estava bem.

Ela olhou ao redor, surpresa, e disse:

– Onde está o dr. Grant?

– Não sei.

– Bem, ele estava aqui antes.

– Estava? Quando?

– *Antes* – disse Lex. – Eu o vi quando estava no cano.

– Para onde ele foi?

– Como é que eu vou saber? – disse Lex, franzindo o nariz. Ela começou a gritar: – Oláááá. Olá-áááá! Dr. Grant? Dr. Grant!

Tim estava inquieto com o barulho que ela estava fazendo – aquilo poderia atrair o tiranossauro de volta –, mas, um instante depois, ele ouviu um grito de resposta. Estava vindo da direita, próximo ao Land Cruiser que Tim havia abandonado alguns minutos antes. Com seus óculos, Tim viu, aliviado, que o dr. Grant estava caminhando na direção deles. Ele tinha um grande rasgo na camisa na altura do ombro e, exceto por isso, parecia bem.

– Graças a Deus – disse ele. – Eu estava procurando vocês.

Estremecendo, Ed Regis ficou de pé e limpou a lama fria de seu rosto e das mãos. Tinha passado uma meia hora muito ruim, enfiado entre grandes rochas na descida da colina mais abaixo da estrada. Ele sabia que não era um bom esconderijo, mas havia entrado em pânico e não estava pensando com clareza. Tinha ficado nesse lugar frio e lamacento e tentado se conter, mas via aquele dinossauro em sua mente. Aquele dinossauro vindo em sua direção. Na direção do carro.

Ed Regis não se lembrava exatamente do que havia acontecido depois daquilo. Ele recordava-se de que Lex dissera alguma coisa, mas ele não parou, não *podia* parar, tinha simplesmente que continuar correndo. Depois de passada a estrada, ele escorregou e caiu pela colina, aterrissando junto a algumas rochas, e lhe pareceu que podia rastejar para o meio das rochas e se esconder; havia espaço suficiente, então foi isso o que ele fez. Ofegante e aterrorizado, sem pensar em nada além de escapar do tiranossauro. E, finalmente, quando ele estava enfiado como um rato entre as rochas, acalmara-se um pouco e fora inundado pelo horror e pela vergonha, pois havia abandonado aquelas crianças; apenas fugiu, apenas salvou a própria pele. Ele sabia que devia voltar para a estrada, devia tentar resgatá-los, porque sempre se imaginara como alguém corajoso e calmo sob pressão; porém, toda vez que tentava assumir controle sobre si mesmo e se forçar a voltar lá, de alguma forma, ele simplesmente não conseguia. Começava a sentir pânico, sentia dificuldade para respirar e não se movia.

Ele dissera a si mesmo que era, de qualquer forma, irremediável. Se as crianças ainda estivessem lá em cima na estrada, jamais poderiam sobreviver, e certamente não havia nada que Ed Regis fosse capaz de fazer por elas, e ele podia muito bem continuar ali onde estava. Ninguém saberia o que tinha acontecido além dele. E não havia nada que ele pudesse fazer. Nada que ele pudesse ter feito. E assim Regis permaneceu entre as rochas por meia hora, lutando contra o pânico, cuidadosamente evitando pensar se as crianças teriam morrido, ou sobre o que Hammond teria a dizer quando descobrisse.

O que finalmente fez com que ele se mexesse foi a sensação peculiar que ele notara em sua boca. A lateral de sua boca parecia estranha, meio anestesiada e formigando, e ele pensou que havia se machucado durante a queda. Regis tocou seu rosto e percebeu a carne inchada na lateral de sua boca. Era engraçado, mas não doía nem um pouco. Então ele percebeu que a carne inchada era uma sanguessuga engordando enquanto sugava seus lábios. *Ela estava praticamente na sua boca.* Estremecendo de náusea, Regis arrancou a sanguessuga, sentindo-a se separar da carne de seus lábios, sentindo a golfada de sangue quente em sua boca. Ele cuspiu e, com nojo, jogou o bicho na floresta. Viu outra sanguessuga em seu antebraço e a arrancou, deixando uma mancha escura e sanguinolenta para trás. Deus do céu, ele provavelmente estava coberto delas. Aquela queda pela encosta. Essas encostas de florestas estavam cheias de sanguessugas. Assim como as escuras frestas entre as rochas. O que os peões haviam falado? As sanguessugas rastejavam por baixo das roupas. Elas gostavam de lugares escuros e quentes. Elas gostavam de subir pelo seu...

– Oláááá!

Ele parou. Era uma voz carregada pelo vento.

– Olá! Dr. Grant!

Meu Deus, *aquela era a menininha.*

Ed Regis prestou atenção ao tom da voz dela. Não parecia assustada ou com dor. Estava só chamando do seu jeito insistente. E muito devagar ele compreendeu que alguma outra coisa devia ter acontecido, que o tiranossauro devia ter ido embora – ou, no mínimo, não havia atacado – e que as outras pessoas ainda podiam estar vivas. Grant e Malcolm. Todos podiam estar vivos. E essa compreensão o fez se controlar em um instante, do mesmo jeito que alguém recobra a sobriedade em um segundo quando a polícia pede para parar, e sentiu-se melhor, porque agora ele sabia o que precisava fazer. Enquanto rastejava para fora das rochas, já formulava o próximo passo, já planejava o que diria, como lidar com as coisas a partir daquele ponto.

Regis limpou a lama fria de seu rosto e suas mãos, a evidência de que estivera se escondendo. Não estava envergonhado por ter se escondido, mas agora precisava assumir a liderança. Ele rastejou de volta para a estrada, mas, ao emergir da folhagem, teve um momento de desorientação. Não viu os carros. Estava, de alguma forma, na base da colina. Os Land Cruisers deviam estar no topo.

Ele começou a subir a colina de volta para os Land Cruisers. Estava tudo muito quieto. Seus pés patinhavam as poças enlameadas. Não conseguia mais ouvir a menininha. Por que ela tinha parado de gritar? Enquanto ele caminhava, começou a pensar que talvez algo tivesse acontecido com ela. Nesse caso, ele não deveria voltar para lá andando. Talvez o tiranossauro ainda estivesse por ali. Ali estava ele, na base da colina. Mais próximo de casa.

E estava tudo tão quieto. Assustador de tão quieto.

Ed Regis deu meia-volta e começou a caminhar em direção ao alojamento.

Alan Grant deslizou as mãos pelos membros dela, apertando seus braços e suas pernas brevemente. Ela não parecia sentir dor alguma. Era incrível: exceto pelo corte na cabeça, ela estava bem.

– Eu *disse* que estava bem – disse ela.

– Bem, eu tinha que conferir.

O menino não teve tanta sorte. O nariz de Tim estava inchado e dolorido; Grant suspeitava que estivesse quebrado. O ombro direito estava bastante machucado e inchado. Mas suas pernas pareciam estar bem. Ambas as crianças podiam andar. Isso era o mais importante.

O próprio Grant estava bem, exceto por uma escoriação do lado direito do seu peito, causada pela garra do tiranossauro na hora do chute. Ela ardia a cada respiração, mas não parecia ser séria e não limitava seus movimentos.

Ele imaginou se teria ficado inconsciente com a pancada, porque possuía apenas leves lembranças dos eventos imediatamente anteriores ao momento em que se sentara, gemendo, na floresta, a quase dez metros do Land Cruiser. Primeiro seu peito estava sangrando, por isso ele colocou algumas folhas na ferida, e após algum tempo o sangramento estancou. Aí ele começou a olhar ao seu redor procurando por Malcolm e as crianças. Grant não conseguia acreditar que ainda estava vivo e, enquanto as imagens dispersas começavam a voltar à sua mente, ele tentou encontrar sentido nelas. O tiranossauro deveria ter matado a todos com facilidade. Por que não matou?

– Estou com fome – disse Lex.

– Eu também – respondeu Grant. – Temos que voltar à civilização. E temos que contar a eles sobre o navio.

– Somos os únicos a saber? – perguntou Tim.

– Somos. Temos que voltar e contar a eles.

– Então vamos andar pela estrada na direção do hotel – disse Tim, apontando para a descida da colina. – Assim nós podemos encontrá-los quando vierem atrás de nós.

Grant considerou a ideia. E não parava de pensar em uma coisa: a silhueta escura que atravessara entre os Land Cruisers antes mesmo do início do ataque. Que animal tinha sido? Ele só podia pensar em uma possibilidade: o tiranossauro pequeno.

– Acho que não, Tim. A estrada tem cercas altas dos dois lados – disse Grant. – Se um dos tiranossauros estiver mais abaixo na estrada, estaremos presos.

– Então devemos esperar aqui? – perguntou Tim.

– Devemos – respondeu Grant. – Vamos simplesmente esperar aqui até alguém chegar.

– Estou com fome – disse Lex.

– Espero que não demore muito – disse Grant.

– Eu não quero ficar aqui – disse Lex.

Nesse momento, da base da colina, eles ouviram o som de um homem tossindo.

– Fiquem aqui – disse Grant. Ele correu adiante para olhar a parte mais baixa da colina.

– Fique aqui – disse Tim, e correu atrás dele.

Lex seguiu o irmão.

– Não me deixem, não me deixem aqui, gente...

Grant colocou a mão sobre a boca de Lex. Ela lutou para protestar. Ele balançou a cabeça e apontou para a colina, para que ela olhasse naquela direção.

Na base da colina, Grant viu Ed Regis de pé, rígido, imóvel. A floresta ao redor deles tinha ficado mortalmente silenciosa. O pano de fundo constante das cigarras e sapos tinha cessado de modo abrupto. Havia apenas o leve farfalhar das folhas e o gemido do vento.

Lex começou a falar e Grant puxou-a contra o tronco da árvore mais próxima, abaixando-se entre as raízes pesadas e retorcidas na base. Tim enfiou-se ali logo depois deles. Grant colocou um dedo sobre os lábios, sinalizando para que ficassem quietos, e lentamente olhou no entorno da árvore.

A estrada abaixo estava escura e, conforme os galhos das grandes árvores se moviam com o vento, a luz do luar se filtrava através deles, formando um padrão sarapintado e mutável. Ed Regis tinha sumido. Grant levou um momento para localizá-lo. O assessor estava pressionado contra o tronco de uma grande árvore, abraçando-a. Regis não fazia movimento algum.

A floresta continuava silenciosa.

Lex puxou a camisa de Grant, impaciente; queria saber o que estava acontecendo. Então, de algum ponto muito próximo, eles ouviram uma exalação, quase nada mais alta do que o vento. Lex também escutou, porque parou de lutar.

O som flutuou na direção deles outra vez, tão suave quanto um suspiro. Grant pensou que era quase como a respiração de um cavalo.

Grant olhou para Regis e viu as sombras móveis lançadas pela luz do luar no tronco da árvore. Em seguida Grant percebeu que havia uma outra sombra, imposta sobre as outras, mas imóvel: um pescoço forte e curvado e uma cabeça quadrada.

A exalação soou novamente.

Tim inclinou-se adiante cuidadosamente para olhar. Lex também se inclinou.

Eles ouviram um *crac* quando um galho se quebrou e surgiu, no caminho, um tiranossauro. Era jovem: tinha cerca de 2,5 metros e se movia com o andar desajeitado de um animal jovem, quase como um filhote de cachorro. O tiranossauro pequeno tropeçava pelo caminho, parando a cada passo para farejar o ar antes de seguir em frente. Ele passou pela árvore onde Regis estava se escondendo e não deu indicação alguma de tê-lo visto. Grant viu o corpo de Regis relaxar de leve. Regis virou a cabeça, tentando observar o tiranossauro do outro lado da árvore.

O tiranossauro estava agora fora de vista, mais distante na estrada. Regis começou a relaxar, soltando o ponto em que apertava a árvore. A selva, porém, continuava silenciosa. Regis permaneceu próximo ao tronco da árvore por mais meio minuto. Então os sons da floresta retornaram: o primeiro coaxar de um sapo de árvore, o zumbido de uma cigarra, e então o coro completo. Regis se afastou da árvore, balançando os ombros, soltando a tensão. Ele caminhou até o meio da estrada, olhando na direção do tiranossauro que partira.

O ataque veio da esquerda.

O jovem rugiu enquanto girava sua cabeça para a frente, derrubando Regis no chão. Ele gritou e tentou se levantar, mas o tiranossauro arremeteu e deve ter prendido Regis com seu membro inferior, porque de repente Regis não se movia, ficou apenas sentado no caminho, gritando com o dinossauro e acenando com as mãos, como se pudesse assustá-lo. O jovem dinossauro parecia perplexo pelos sons e movimentos vindos de sua minúscula presa. O pequeno animal inclinou a cabeça, farejando curiosamente, e Regis socou o focinho com seus punhos.

– Vá embora! Xô! Vá, vá pra lá! – Regis estava gritando a plenos pulmões e o dinossauro recuou, permitindo que Regis se levantasse. Regis estava gritando: – É! Você me ouviu! Vá embora! Cai fora! – Enquanto gritava, ele se afastava do dinossauro, que continuou olhando com curiosidade para o animalzinho estranho e barulhento diante dele; mas, quando Regis tinha dado alguns passos, ele saltou e o derrubou de novo.

Ele está brincando com Regis, pensou Grant.

– Ei! – gritou Regis enquanto caía, mas o jovem não o perseguiu, permitindo que ele voltasse a ficar de pé. Ele se levantou de um salto e continuou recuando. – Seu estúpido... Para trás! Para trás! Você me ouviu! Para trás! – gritava ele, como um domador de leões.

O tiranossauro jovem rugiu, mas não atacou, e Regis agora se aproximava das árvores e da folhagem alta à direita. Em mais alguns passos, estaria escondido.

– Para trás! Você! Para trás! – gritou ele. E então, no último momento, o animal arremeteu e derrubou Regis de costas no chão. – Pare com isso! – berrou Regis, e o jovem dinossauro abaixou a cabeça e Regis começou a gritar. Sem palavras, apenas um grito agudo.

O grito cessou de repente e, quando o tiranossauro ergueu a cabeça, Grant viu farrapos de carne em suas mandíbulas.

– Ah, não – disse Lex, baixinho. Ao lado dela, Tim virou o rosto, subitamente nauseado. Seus óculos de visão noturna deslizaram da testa e caíram no chão com um estalido metálico.

A cabeça do jovem tiranossauro se ergueu de repente e ele olhou diretamente para o topo da colina.

Tim apanhou seus óculos enquanto Grant agarrava as mãos das duas crianças e começava a correr.

CONTROLE

À noite, os comps corriam ao lado da estrada. O jipe de Harding seguia a uma curta distância. Ellie apontou para um ponto mais adiante na estrada.

– Aquilo é uma luz?

– Pode ser – disse Harding. – Parece quase com faróis.

O rádio subitamente zumbiu e estalou. Eles ouviram John Arnold dizer:

– ... está aí?

– Ah, aí está ele – disse Harding. – Finalmente.

Ele apertou o botão.

– Sim, John, estamos aqui. Estamos perto do rio, seguindo os comps. É deveras interessante.

Mais estalos. Então:

– ... cisamos do seu carro...

– O que ele disse? – perguntou Gennaro.

– Alguma coisa sobre um carro – disse Ellie. Na escavação de Grant em Montana, era ela quem operava o rádio transmissor. Após anos de experiência, ela tinha desenvolvido uma habilidade para decifrar transmissões truncadas. – Acho que ele disse que precisa do seu carro.

Harding apertou o botão.

– John? Você está aí? Não conseguimos entendê-lo muito bem. John?

Houve um clarão de relâmpago, seguido de um longo chiado de estática no rádio, e então a voz tensa de Arnold.

– ... onde estão... cês...

– Estamos a 1,5 quilômetro ao norte do cercado dos ipsis. Perto do rio, seguindo alguns comps.

– Não... porcaria... volte para cá... gora!

– Parece que ele está com algum problema – disse Ellie, franzindo o cenho. Não havia como não perceber a tensão na voz dele. – Talvez devêssemos voltar.

Harding deu de ombros.

– John tem problemas com frequência. Você sabe como são os engenheiros. Eles querem que tudo siga conforme as regras.

Ele apertou o botão.

– John? Repita, por favor...

Mais estalos.

Mais estática. O estrondo do relâmpago. Em seguida:

– ... Muldoo... precisa do seu carro... ora...

Gennaro franziu a testa.

– Ele está dizendo que Muldoon precisa do nosso carro?

– Foi o que me pareceu – respondeu Ellie.

– Bem, isso não faz sentido algum – disse Harding.

– ...utros... presos... Muldoon quer... carro...

– Entendi – disse Ellie. – Os outros carros estão presos na estrada na tempestade, e Muldoon quer que você os pegue.

Harding encolheu os ombros.

– Por que Muldoon não pega o outro carro?

Ele apertou o botão do rádio.

– John? Diga a Muldoon para pegar o outro carro. Está na garagem.

O rádio estalou.

– ... não... ouça... safados malucos... carro...

Harding apertou o botão do rádio.

– Eu já disse, está na garagem, John. O carro está na garagem.

Mais estática.

– ... edry pegou... um... tando...

– Temo que isso não esteja nos levando a lugar nenhum – disse Harding. – Tudo bem, John. Estamos voltando agora. – Ele desligou o rádio e virou o carro. – Só queria entender qual é a urgência.

Harding engatou a marcha no jipe e eles rolaram pela estrada na escuridão. Outros dez minutos se passaram até que eles vissem as luzes acolhedoras do Alojamento Safári. E, enquanto Harding estacionava diante do centro de visitantes, eles viram Muldoon vindo em sua direção. Ele estava gritando e acenando com os braços.

– Maldição, Arnold, seu filho da puta! Maldição, bote esse parque de volta nos trilhos! *Agora!* Traga meus netos de volta para cá! *Agora!* – John

Hammond estava de pé na sala de controle, gritando e batendo seus pezinhos. Ele estivera nesse estado pelos últimos dois minutos, enquanto Henry Wu ficou no canto, parecendo atônito.

– Bem, sr. Hammond – disse Arnold –, Muldoon está a caminho agora mesmo para fazer exatamente isso.

Arnold deu-lhe as costas e acendeu outro cigarro. Hammond era igual a todos os outros administradores que Arnold já tinha visto. Fosse na Disney ou na Marinha, os administradores sempre se comportavam do mesmo jeito. Eles nunca compreendiam os problemas técnicos, e achavam que gritar era a única maneira de fazer as coisas acontecerem. E talvez fosse, se você estivesse gritando com suas secretárias para conseguir uma limusine.

Mas gritar não fazia diferença alguma para os problemas que Arnold enfrentava agora. O computador não se importava se alguém gritasse com ele. A rede de energia não ligava se alguém gritava com ela. Os sistemas técnicos eram completamente indiferentes a toda essa explosiva emoção humana. No máximo, gritar era contraprodutivo, pois Arnold agora tinha quase certeza de que Nedry não iria voltar, o que significava que Arnold em pessoa teria que entrar no código do computador e tentar descobrir o que tinha dado errado. Seria um trabalho lento; ele precisaria ser calmo e cuidadoso.

– Por que o senhor não vai até a cafeteria lá embaixo – disse Arnold – e pega uma xícara de café? Nós o chamaremos quando tivermos mais notícias.

– Não quero um efeito Malcolm aqui – disse Hammond.

– Não se preocupe com um efeito Malcolm. O senhor vai me deixar voltar ao trabalho?

– Maldito seja.

– Eu o chamarei, senhor, quando tiver notícias de Muldoon – disse Arnold.

Ele apertou botões em seu console e viu as telas de controle habituais mudarem.

```
*/Jurassic Park Main Modules/
*/
*/ Call Libs
Include: biostat.sys
Include: sysrom.vst
Include: net.sys
Include: pwr.mdl
*/
*/Initialize
SetMain [42]2002/9A {total CoreSysop%4 [vig.7*tty]}
if ValidMeter(mH0) (**mH).MeterVis return
Term Call 909 c.lev {void MeterVis $303} Random(3#*MaxFid)
on SetSystem(!Dn) set shp_val.obj to lim(Val{d}SumVal
   if SetMeter(mH) (**mH). ValdidMeter(Vdd) return
   on SetSystem(!Telcom) set mxcpl.obj to lim(Val{pd})NextVal
```

Arnold não estava mais operando o computador. Agora tinha ido por trás da cortina para olhar o código – as instruções linha a linha que diziam ao computador como se comportar. Arnold estava, infelizmente, ciente de que o programa completo do Jurassic Park continha mais de meio milhão de linhas de código, a maioria sem documentação nem explicação.

Wu se adiantou.

– O que você está fazendo, John?

– Checando o código.

– Por inspeção? Isso vai levar uma eternidade.

– Nem me diga – disse Arnold. – Nem me diga.

A ESTRADA

Muldoon entrou na curva muito rápido, o jipe derrapando na lama. Sentado ao lado dele, Gennaro apertou os punhos. Eles estavam correndo pela estrada do penhasco, bem acima do rio, agora escondido abaixo deles na escuridão. Muldoon acelerou. Seu rosto estava tenso.

– Quanto ainda falta? – perguntou Gennaro.

– Quatro, talvez cinco quilômetros.

Ellie e Harding ficaram no centro de visitantes. Gennaro se ofereceu para acompanhar Muldoon. O carro virou-se de uma vez.

– Já faz uma hora – disse Muldoon. – Uma hora, e nenhuma palavra dos outros carros.

– Eles estão com os rádios.

– Mas nós não conseguimos contato com eles.

Gennaro franziu a testa.

– Se eu estivesse sentado em um carro por uma hora na chuva, com certeza tentaria usar o rádio para chamar alguém.

– Eu também – disse Muldoon.

Gennaro balançou a cabeça.

– Você acha mesmo que algo possa ter acontecido a eles?

– É provável que eles estejam bem – disse Muldoon –, mas vou ficar mais feliz quando finalmente os vir. Estamos chegando.

A estrada fez uma curva e subiu uma colina. Na base da colina Gennaro viu algo branco entre os abetos ao lado da estrada.

– Espere, pare um pouco aí – disse Gennaro, e Muldoon freou. Gennaro saltou do carro e correu em frente aos faróis do jipe para ver o que era aquilo. Parecia um pedaço de roupa, mas havia...

Gennaro parou.

Mesmo a quase dois metros de distância, ele podia ver claramente o que era aquilo. Prosseguiu mesmo assim, apenas mais devagar.

Muldoon inclinou-se para fora do carro e disse:

– O que é?

– É uma perna – respondeu Gennaro.

A carne da perna era de um branco-azulado pálido, acabando em um toco arrebentado e sangrento onde ficava o joelho. Debaixo da canela ele viu uma meia branca e um mocassim marrom. Era o tipo de sapato que Ed Regis estava usando.

A essa altura Muldoon tinha saído do carro e passado correndo por ele para se agachar junto à perna.

– Meu Deus.

Ele levantou a perna para fora da folhagem, erguendo-a diante da luz dos faróis, e o sangue escorreu sobre sua mão. Gennaro ainda estava a quase um metro de distância. Ele rapidamente dobrou o corpo, colocou as mãos nos joelhos, fechou os olhos com força e respirou fundo, tentando não vomitar.

– Gennaro. – A voz de Muldoon era cortante.

– O quê?

– Saia daí. Você está bloqueando a luz.

Gennaro respirou fundo e se moveu. Quando abriu os olhos, viu Muldoon examinando atentamente o toco de perna.

– Arrancado na articulação – disse Muldoon. – Não foi mordida... Torceu e arrancou. Simplesmente arrancou fora a perna dele.

Muldoon se levantou, segurando a perna arrancada de cabeça para baixo para que o sangue remanescente pingasse nos abetos. Sua mão ensanguentada manchou a meia branca enquanto ele agarrava o tornozelo. Gennaro se sentiu enjoado de novo.

– Nenhuma dúvida sobre o que aconteceu – Muldoon dizia. – O tiranossauro o pegou. – Muldoon olhou para cima da colina, depois de novo para Gennaro. – Você está bem? Consegue continuar?

– Consigo – respondeu Gennaro. – Consigo continuar.

Muldoon estava voltando para o jipe, carregando a perna.

– Acho que é melhor levarmos isso com a gente – disse ele. – Não parece certo deixar aqui. Deus do céu, isso vai fazer uma bagunça no carro. Veja se tem alguma coisa na traseira, ok? Uma lona, um jornal...

Gennaro abriu o porta-malas e vasculhou o espaço atrás do banco traseiro. Sentia-se grato por pensar em outra coisa por um momento. O problema de como embrulhar a perna decepada se expandiu para ocupar sua mente, expulsando todos os outros pensamentos. Ele encontrou uma bolsa de lona com um conjunto de ferramentas, uma roda, uma caixa de papelão e...

– Duas lonas – disse ele. Elas eram dois plásticos minuciosamente dobrados.

– Me dê uma – disse Muldoon, ainda de pé do lado de fora do carro. Muldoon embrulhou a perna e passou o pacote, agora disforme, para Gennaro. Segurando-o em sua mão, Gennaro se surpreendeu com o peso.

– Coloque isso no porta-malas – disse Muldoon. – Se tiver algum jeito de prender, sabe, para não ficar rolando...

– Certo. – Gennaro colocou o pacote no porta-malas e Muldoon foi para trás do volante. Ele acelerou, os pneus girando na lama, depois afundando. O jipe subiu a montanha com rapidez, e por um momento, lá no topo, os faróis ainda apontaram para a folhagem, então moveram-se para baixo e Gennaro pôde ver a estrada diante deles.

– Meu Deus – disse Muldoon.

Gennaro viu apenas um Land Cruiser, deitado de lado no meio da estrada. Não conseguiu ver nem sinal do segundo veículo.

– Onde está o outro carro?

Muldoon olhou ao redor rapidamente e apontou para a esquerda.

– Ali. – O segundo Land Cruiser estava a seis metros de distância, amassado no sopé de uma árvore.

– O que ele está fazendo ali?

– O T-rex o jogou.

– *Jogou?* – disse Gennaro.

O rosto de Muldoon estava sombrio.

– Vamos acabar logo com isso – disse ele, descendo do jipe. Eles apressaram-se para junto do segundo Land Cruiser. Suas lanternas passaram de um lado para o outro na noite.

Conforme se aproximavam, Gennaro viu o quanto o carro estava maltratado. Teve o cuidado de deixar que Muldoon olhasse lá dentro primeiro.

– Eu não me preocuparia – disse Muldoon. – É muito improvável que encontremos alguém.

– É?

– É – respondeu ele. E explicou que, durante seus anos na África, ele havia visitado os locais de meia dúzia de ataques a humanos na selva. Um ataque de leopardo: o leopardo rasgou uma tenda durante a noite e levou uma criança de três anos. Depois um ataque de búfalos em Aboseli; dois ataques de leões; um ataque de crocodilo ao norte, perto de Meru. Em todos os casos, era surpreendente a pequena quantidade de evidências deixadas para trás.

Pessoas inexperientes imaginavam traços horríveis de um ataque animal: membros arrancados abandonados na tenda, trilhas de gotas de sangue levando para a mata, roupas manchadas de sangue não muito longe do acampamento. A verdade, contudo, era que normalmente não restava nada, em especial se a vítima era pequena, uma criança ou um bebê. A pessoa parecia apenas ter sumido, como se tivesse saído para a mata e jamais voltado. Um predador podia matar uma criança apenas com um chacoalhão, quebrando seu pescoço. Normalmente, não havia sangue nenhum.

E na maioria das vezes não se encontrava nenhum vestígio das vítimas. Às vezes o botão de uma camisa, ou um pedacinho de borracha de um sapato. Mas, na maioria das vezes, nada.

Predadores levavam crianças – eles preferiam crianças – e não deixavam nada para trás. Então Muldoon achava altamente improvável que eles fossem achar qualquer resquício das crianças.

Mas, olhando agora, ele teve uma surpresa.

– Minha nossa – disse ele.

Muldoon tentou reproduzir a cena. O para-brisa dianteiro estava arrebentado, mas não havia muito vidro por perto. Ele notara estilhaços de vidro lá na estrada. Assim, o para-brisa devia ter sido quebrado lá, antes de o tiranossauro apanhar o carro e lançá-lo ali. Mas o carro tinha levado uma tremenda surra. Muldoon passou a lanterna por dentro do carro.

– Vazio? – perguntou Gennaro, tenso.

– Não exatamente – respondeu Muldoon. Sua lanterna reluziu em um aparelho de rádio esmagado, e no piso do carro ele viu outra coisa, algo curvo e preto. As portas dianteiras estavam amassadas e emperradas, mas ele subiu pela porta traseira e se arrastou por cima do banco para apanhar o objeto preto.

– É um relógio – disse ele, olhando para o objeto sob o facho da lanterna. Um relógio digital barato com uma pulseira de borracha preta. O mostrador de LCD estava quebrado. Ele achava que o menino o estava usando, mas não tinha certeza. No entanto, era o tipo de relógio que um menino teria.

– O que é isso, um relógio? – perguntou Gennaro.

– É. E tem um rádio aqui também, mas ele está quebrado.

– Isso tem importância?

– Tem, sim. E tem mais uma coisa... – Muldoon fungou. Havia um odor azedo dentro do carro. Ele passou a luz por tudo até ver o vômito pingando do painel lateral da porta. Ele o tocou: ainda estava fresco.

– Uma das crianças ainda pode estar viva – disse Muldoon.

Gennaro estreitou os olhos para ele.

– O que o faz pensar isso?

– O relógio – respondeu Muldoon. – O relógio prova isso.

Ele entregou o relógio para Gennaro, que o segurou no facho da lanterna e revirou-o nas mãos.

– O mostrador está trincado – disse Gennaro.

– Isso mesmo – disse Muldoon. – E a pulseira está intacta.

– O que significa...

– Que o menino o tirou.

– Não sabemos quando isso aconteceu – disse Gennaro. – Pode ter sido em algum momento antes do ataque.

– Não – disse Muldoon. – Esses mostradores de LCD são resistentes. É preciso um golpe poderoso para quebrá-los. Ele trincou durante o ataque.

– Então o menino tirou o relógio.

– Pense nisso – disse Muldoon. – Se você estivesse sendo atacado por um tiranossauro, você pararia para tirar seu relógio?

– Talvez tenha sido arrancado.

– É quase impossível arrancar um relógio do pulso de alguém sem arrancar a mão também. De qualquer forma, a pulseira está intacta. Não

– disse Muldoon. – O menino o tirou sozinho. Ele olhou para o relógio, viu que estava quebrado e o tirou. Ele teve tempo para fazer isso.

– Quando foi isso?

– Só pode ter sido depois do ataque – respondeu Muldoon. – O menino devia estar nesse carro depois do ataque. E o rádio estava quebrado, então ele também o deixou para trás. É um menino inteligente e sabia que eles não seriam úteis.

– Se ele é tão inteligente – disse Gennaro –, para onde ele foi? Porque eu ficaria bem aqui e esperaria para que alguém me buscasse.

– Eu sei – disse Muldoon. – Mas talvez ele não pudesse ficar aqui. Talvez o tiranossauro tivesse voltado. Ou algum outro animal. De qualquer forma, algo fez com que ele partisse.

– Então, para onde ele iria?

– Vejamos se conseguimos descobrir isso – disse Muldoon, e saiu na direção da estrada principal.

Gennaro observou enquanto Muldoon olhava atentamente o chão com sua lanterna. Seu rosto estava a apenas alguns centímetros da lama, concentrado em sua busca. Muldoon realmente acreditava ter descoberto alguma coisa, e que ao menos uma das crianças estava viva. Gennaro continuava cético. O choque de encontrar a perna decepada o deixara com uma sombria determinação de fechar o parque e destruí-lo. Não importava o que Muldoon dissesse, Gennaro suspeitava de seu entusiasmo sem motivos, de sua esperança, e...

– Você reparou nessas pegadas? – perguntou Muldoon, ainda olhando para o chão.

– Que pegadas?

– Essas pegadas... Veja, subindo em nossa direção, vindo do sopé da colina? E são pegadas adultas. Algum tipo de sapato de sola de borracha. Note o padrão característico...

Gennaro via apenas lama. Poças capturando a luz das lanternas.

– Você pode ver – continuou Muldoon –, as pegadas adultas vêm até aqui, onde se juntam a outras pegadas. De tamanho médio e pequeno... Movendo-se em círculos, umas por cima das outras... Quase como se estivessem de pé, conversando... Mas agora aqui estão elas, e parecem estar correndo... – Ele apontou a distância. – Para lá. Para dentro do parque.

Gennaro balançou a cabeça.

– Você pode ver o que quiser nessa lama.

Muldoon se levantou e recuou. Ele olhou para o chão e suspirou.

– Pode dizer o que quiser, mas eu aposto que uma das crianças sobreviveu. E talvez as duas. Talvez até um adulto também, se essas pegadas grandes pertencem a outra pessoa que não Regis. Temos que vasculhar o parque.

– Esta noite? – perguntou Gennaro.

Mas Muldoon não estava escutando. Ele já tinha se afastado na direção de uma barragem de terra fofa, próxima a um cano de drenagem para a chuva. Ele se agachou novamente.

– O que a menininha vestia?

– Minha nossa – disse Gennaro. – Eu não sei.

Continuando lentamente, Muldoon foi para mais perto da lateral da estrada. E então eles ouviram um resfolegar. Decididamente, um som animal.

– Escute – disse Gennaro, sentindo pânico – Acho melhor nós...

– Sshh – interrompeu Muldoon.

Ele fez uma pausa, prestando atenção.

– É só o vento – disse Gennaro.

Eles ouviram o resfolegar outra vez, mas nítido agora. Não era o vento. Vinha da folhagem diretamente à frente, na lateral da estrada. Não soava como um animal, mas Muldoon andou até lá com cautela. Ele balançou sua lanterna e gritou, mas o barulho não mudou. Muldoon afastou as folhas de uma palmeira.

– O que é? – perguntou Gennaro.

– É Malcolm – respondeu Muldoon.

Ian Malcolm jazia de costas, sua pele branco-acinzentada, a boca relaxada e entreaberta. Sua respiração era sibilante. Muldoon entregou a lanterna a Gennaro e inclinou-se para examinar o corpo.

– Não consigo encontrar o ferimento – disse ele. – A cabeça está bem, o peito, os braços...

Em seguida, Gennaro focalizou a luz em suas pernas.

– Ele fez um torniquete.

O cinto de Malcolm estava torcido com força sobre a coxa direita. Gennaro desceu a luz por aquela perna. O tornozelo direito estava torcido num ângulo estranho em relação à perna, as calças achatadas, ensopadas em sangue. Muldoon tocou o tornozelo com gentileza e Malcolm gemeu.

Muldoon recuou e tentou decidir o que fazer em seguida. Malcolm podia ter outros ferimentos. Sua coluna podia estar quebrada. Retirá-lo dali talvez o matasse. Mas, se o deixassem ali, ele morreria em estado de choque. Era apenas por ter tido a prudência de fazer um torniquete que ele já não sangrara até a morte. E provavelmente estava condenado. Podiam muito bem tirá-lo dali.

Gennaro ajudou Muldoon a levantar o sujeito, apoiando-o desajeitadamente sobre os ombros dos dois. Malcolm gemeu e respirou em arfadas entrecortadas.

– Lex – disse ele. – Lex... foi... Lex...

– Quem é Lex? – perguntou Muldoon.

– A menininha – respondeu Gennaro.

Eles carregaram Malcolm de volta para o jipe e lutaram para colocá-lo no banco traseiro. Gennaro apertou o torniquete ao redor da perna dele. Malcolm gemeu outra vez. Muldoon deslizou a perna da calça para cima e viu a polpa da carne sob o tecido, o branco fosco dos ossos projetando-se, despedaçados.

– Temos que levá-lo de volta – disse Muldoon.

– Você vai sair daqui sem as crianças? – indagou Gennaro.

– Se elas entraram no parque, são 32 quilômetros quadrados – respondeu Muldoon, balançando a cabeça. – O único modo de conseguirmos encontrar alguma coisa lá fora é com sensores de movimento. Se as crianças estiverem vivas e se mexendo, os sensores de movimento vão detectá-las e nós poderemos ir diretamente até elas e trazê-las de volta. Mas, se não levarmos o dr. Malcolm de volta agora mesmo, ele vai morrer.

– Então temos que voltar – disse Gennaro.

– Sim, acho que sim.

Eles entraram no carro. Gennaro disse:

– Você vai contar para o Hammond que as crianças estão desaparecidas?

– Não – disse Muldoon. – Você vai.

Donald Gennaro fitava Hammond fixamente, sentado no refeitório deserto. O homem estava se servindo de sorvete e comendo com toda a calma.

– Então Muldoon acredita que as crianças estejam em algum lugar do parque?

– Isso mesmo, ele acha que sim.

– Então tenho certeza de que vamos encontrá-las.

– Espero que sim – disse Gennaro. Ele assistiu ao velho comer calmamente e sentiu um calafrio.

– Ah, tenho certeza de que vamos encontrá-las. Afinal, é o que eu digo a todo mundo, esse parque foi feito para crianças.

Gennaro disse:

– Desde que o senhor compreenda que elas estão perdidas, senhor.

– *Perdidas?* – disparou ele. – É claro que eu sei que elas estão *perdidas*. Não estou senil. – Ele suspirou e mudou de tom novamente. – Olhe, Donald – disse Hammond –, não vamos nos exceder. Tivemos um pequeno colapso por causa da tempestade ou seja lá o que for, e como resultado sofremos um acidente infeliz, lamentável. E isso é tudo o que aconteceu. Estamos tentando resolver isso. Arnold vai limpar os computadores. Muldoon vai apanhar as crianças, e eu não tenho dúvidas de que estará de volta com elas quando estivermos terminando esse sorvete. Então vamos apenas esperar e ver como tudo se desenrola, ok?

– Como o senhor quiser, senhor – respondeu Gennaro.

– Por quê? – perguntou Henry Wu, olhando para a tela do console.

– Porque eu acho que Nedry fez alguma coisa com o código – respondeu Arnold. – É por isso que estou conferindo tudo.

– Tudo bem – disse Wu. – Mas você tentou outras opções?

– Como o quê?

– Não sei. Os sistemas de proteção não estão rodando? – disse Wu. – Verificações de chave? Tudo isso?

– Meu Deus – exclamou Arnold, estalando os dedos. – Eles devem estar. Os sistemas de proteção não podem ser desligados, a não ser no painel principal.

– Bem – continuou Wu –, se as verificações de chave estiverem ativas, você pode rastrear o que ele fez.

– Posso mesmo – disse Arnold. Ele começou a apertar botões. Por que não havia pensado nisso antes? Era tão óbvio. O sistema dos computadores do Jurassic Park tinha várias camadas de sistemas de proteção embutidas. Uma delas era um programa de verificação de chaves, que monitorava todas as digitações feitas pelos operadores com acesso ao sistema. Tinha sido incluída originalmente como uma técnica para consertar bugs, mas foi mantida por seu valor como peça de segurança.

Rapidamente, tudo que Nedry digitou no computador naquele dia mais cedo estava listado em uma janela na tela:

```
13,42,121,32,88,77,19,13,122,13,44,52,77,90,13,99,13,100,13,109,55,103
144,13,99,87,60,13,44,12,09,13,43,63,13,46,57,89,103,122,13,44,52,88,9
31,13,21,13,57,98,100,102,103,13,112,13,146,13,13,13,77,67,88,23,13,13
system
nedry
goto command level
nedry
040/#xy/67&
mr goobytes
security
keycheck off
safety off
sl off
security
whte_rbt.obj
```

– Só isso? – disse Arnold. – Ele ficou fuçando isso por muito tempo, pelo menos foi o que pareceu.

– Provavelmente só estava fazendo hora – disse Wu. – Até finalmente decidir meter a mão na massa.

A lista inicial de números representava os códigos ASCII para as teclas que Nedry apertara em seu teclado. Esses números significavam que ele ainda estava dentro da interface de usuário comum, como qualquer outro usuário regular do computador. Então, inicialmente Nedry estava só verificando o terreno, o que não era a reação que se esperava do programador que havia projetado o sistema.

– Talvez ele estivesse tentando ver se tinha ocorrido alguma mudança antes de entrar – disse Wu.

– Talvez – concordou Arnold. Ele estava agora olhando para a lista de comandos, que lhe permitia seguir a progressão de Nedry pelo sistema, linha a linha. – Ao menos podemos ver o que ele fez.

Ao digitar `system`, Nedry pediu para deixar a interface de usuário regular e acessar o próprio código. O computador pediu seu nome, e ele respondeu: `nedry`. Aquele nome era autorizado para acessar o código, portanto o computador lhe deu acesso ao sistema. Nedry pediu por `goto command level`, o nível mais alto de controle do computador. O nível de comando requeria segurança extra, e pediu que Nedry declarasse seu nome, seu número de acesso e senha.

```
nedry
040/#xy/67&
mr goodbytes
```

Essas respostas colocaram Nedry no nível de comando. Dali, ele solicitou `security`. E, como tinha autorização, o computador permitiu que ele entrasse. Assim que alcançou nível de segurança, Nedry tentou três variações:

```
keycheck off
safety off
sl off
```

– Ele está tentando desligar os sistemas de proteção – disse Wu. – Não quer que ninguém veja o que está prestes a fazer.

– Exatamente – disse Arnold. – E pelo jeito ele não sabe que não é mais possível desligar os sistemas exceto virando manualmente as chaves no painel principal.

Após três comandos malsucedidos, o computador automaticamente começou a se preocupar com Nedry. Porém, como ele havia entrado com a autorização adequada, a máquina presumiria que Nedry estava perdido, tentando fazer algo que não podia a partir do ponto em que se encontrava. Assim, o computador perguntou-lhe de novo onde ele queria entrar, e Nedry respondeu:

`security`. E teve autorização para continuar ali.

– Finalmente – disse Wu –, aqui está o detalhe fundamental.

Ele apontou para o último dos comandos que Nedry digitou.

```
WHTE_RBT.OBJ
```

– Que porra é essa? – disse Arnold. – White rabbit? Isso era para ser alguma piada interna?

– Está marcado como objeto – respondeu Wu. Em terminologia técnica, um "objeto" é um bloco de código que pode ser movido de um ponto a outro e continuar funcionando, do mesmo jeito que se moveria uma cadeira em uma sala. Um objeto poderia ser um conjunto de comandos para desenhar uma imagem, reiniciar a tela ou executar certo cálculo.

– Vamos procurar isso no código – disse Arnold. – Talvez possamos descobrir o que faz. – Ele foi até as utilidades do programa e digitou:

```
FIND WHTE_RBT.OBJ
```

O computador piscou e respondeu:

```
OBJECT NOT FOUND IN LIBRARIES
```

– Ele não existe – disse Arnold.

– Então procure na lista do código – sugeriu Wu.

Arnold digitou:

```
FIND/LISTINGS: WHTE_RBT.OBJ
```

A tela rolou rapidamente, as linhas de código formando um borrão ao passar. Isso continuou por quase um minuto, e de repente parou.

– Ali está – disse Wu. – Não é um objeto, é um comando.

A tela mostrava uma seta apontando para apenas uma linha de código:

```
  curV = GetHandl {ssm.dt} tempRgn {itm.dd2}.
  curH = GetHandl {ssd.itl} tempRgn2 {itm.dd4}.
  on DrawMeter(!gN) set shp_val.obj to lim(Val{d})-Xval.
  if ValidMeter(mH) (**mH).MeterVis return.
  if Meterhandl(vGT) ((DrawBack(tY)) return.
  limitDat.4 = maxBits (%33) to {limit .04} set on.
  limitDat.5 = setzero, setfive, 0 {limit .2-var(szh)}.
→ on whte_rbt.obj call link.sst {security, perimeter} set to off.
  vertRange = {maxRange+setlim} tempVgn(fdn-&bb+$404).
  horRange = {maxRange-setlim/2} tempHgn(fdn-&dd+$105).
  void DrawMeter send_screen.obj print.
```

– Filho da puta – disse Arnold.

Wu balançou a cabeça.

– Não é nenhum bug no código.

– Não – disse Arnold. – É uma porta dos fundos. O gordo safado colocou o que parecia ser uma chamada por objeto, quando era na verdade um comando que conecta os sistemas de segurança e perímetro para depois desligar. O que dá acesso total a todos os lugares do parque.

– Então nós podemos religá-los – disse Wu.

– Podemos. – Arnold franziu o cenho para a tela. – Só precisamos descobrir o comando. Vou executar um rastreamento do link. Vamos ver aonde isso nos leva.

Wu levantou-se da cadeira e disse:

– Bem, alguém entrou no freezer há cerca de uma hora. Acho melhor eu contar meus embriões.

Ellie estava em seu quarto, prestes a trocar suas roupas molhadas, quando ouviu baterem à porta.

– Alan? – disse ela, mas quando abriu a porta, viu Muldoon ali, com um pacote embrulhado em plástico debaixo do braço. Muldoon também estava ensopado, e havia manchas de terra em suas roupas.

– Me desculpe, mas preciso da sua ajuda – disse Muldoon bruscamente. – Os Land Cruisers foram atacados uma hora atrás. Nós trouxemos Malcolm de volta, mas ele está em choque. Ele tem um ferimento muito sério na perna. Ainda está inconsciente, e eu o coloquei na cama no quarto dele. Harding está a caminho.

– Harding? – perguntou ela. – E os outros?

– Nós ainda não encontramos os outros, dra. Sattler – respondeu Muldoon. Ele estava falando mais devagar agora.

– Ah, meu Deus.

– Mas achamos que o dr. Grant e as crianças ainda estão vivos. Achamos que eles entraram no parque, dra. Sattler.

– Entraram no parque?

– Achamos que sim. Enquanto isso, Malcolm precisa de ajuda. Eu chamei Harding.

– Você não deveria chamar o médico?

– Não há médicos na ilha. Harding é o melhor que temos.

– Mas certamente você pode chamar um médico... – disse ela.

– Não. – Muldoon balançou a cabeça. – As linhas telefônicas caíram. Não temos como ligar para fora da ilha. – Ele mudou o pacote de posição no braço.

– O que é isso aí?

– Nada. Apenas vá para o quarto de Malcolm e ajude Harding, se puder.

E Muldoon se foi.

Ela sentou-se na cama, chocada. Ellie Sattler não era uma mulher predisposta a ataques desnecessários de pânico, e sabia que Grant já tinha saído de situações perigosas antes. Uma vez ele havia se perdido nos descampados por quatro dias quando um penhasco cedeu sob ele e sua caminhonete caiu por trinta metros em uma ravina. Grant quebrou a perna. Ele não tinha água. Mas caminhou de volta, mesmo com a perna quebrada.

Por outro lado, as crianças...

Ela balançou a cabeça, afastando esse pensamento. As crianças provavelmente estavam com Grant. E se Grant estava lá fora no parque, bem... que pessoa melhor para levá-las em segurança através do Jurassic Park do que um especialista em dinossauros?

– Eu estou cansada – disse Lex. – Me carrega, dr. Grant.

– Você é grande demais para carregar – disse Tim.

– Mas eu estou *cansada* – continuou ela.

– Tudo bem, Lex – concordou Grant, pegando-a no colo. – Nossa, você é pesada.

Eram quase nove horas da noite. A lua cheia estava borrada pela névoa que passava e as sombras amortecidas dos três os guiavam através de um campo aberto na direção da floresta escura logo adiante. Grant estava perdido em pensamentos, tentando entender onde estava. Como originalmente haviam atravessado a cerca que o tiranossauro derrubou, Grant tinha quase certeza de que estavam em algum ponto do cercado do tiranossauro. Um lugar onde ele não queria estar. Em sua mente, ele continuava vendo o computador traçando a extensão dos movimentos do tiranossauro, o rabisco espremido de linhas que traçava seus movimentos dentro de uma área pequena. Ele e as crianças estavam naquela área agora.

Mas Grant também se lembrava que o tiranossauro ficava isolado de todos os outros animais, o que significava que eles saberiam que haviam deixado o cercado quando atravessassem uma barreira – uma cerca, um fosso, ou ambos.

Ele não vira barreiras até o momento.

A menina pousou a cabeça no ombro dele e enrolou o cabelo nos dedos. Em pouco tempo, estava roncando. Tim caminhava ao lado de Grant.

– Como você está, Tim?

– Bem – respondeu ele. – Mas acho que podemos estar na área do tiranossauro.

– Tenho quase certeza de que estamos. Espero sair em breve.

– Vamos entrar na floresta? – perguntou Tim. Conforme eles se aproximavam, as florestas pareciam escuras e ameaçadoras.

– Vamos – disse Grant. – Acho que podemos nos localizar pelos números nos sensores de movimento.

Os sensores de movimento eram caixas verdes montadas a cerca de 1,20 metro de altura. Alguns estavam sobre postes; a maioria era anexada a árvores. Nenhum deles funcionava, porque aparentemente a energia ainda estava desligada. Cada caixa de sensor possuía uma lente de vidro montada no centro e um código numérico logo abaixo. Adiante deles, sob a luz da lua manchada pela neblina, Grant podia ver uma caixa marcada T/S/04.

Eles entraram na floresta. Árvores imensas assomavam de todos os lados. Sob a luz do luar, uma névoa baixa se agarrava ao solo, curvando-se ao redor das raízes das árvores. Era lindo, mas fazia com que andar fosse arriscado. E Grant olhava os sensores. Eles pareciam estar numerados em ordem decrescente. Ele passou pelo T/S/03 e pelo T/S/02. Finalmente eles alcançaram o T/S/01. Grant estava cansado de carregar a menina, e esperava que isso fosse coincidir com alguma fronteira do cercado do tiranossauro, mas era apenas outra caixa no meio da floresta. A caixa que veio a seguir estava marcada como T/N/01, seguida por T/N/02. Grant percebeu que os números deviam estar ordenados geograficamente ao redor de um ponto central, como um compasso. Eles seguiam do sul para o norte, portanto, os números ficaram menores conforme se aproximavam do centro, depois tornaram a crescer.

– Ao menos estamos indo no sentido certo – disse Tim.

– Bom para você – disse Grant.

Tim sorriu e tropeçou em algumas videiras na bruma. Rapidamente se levantou. Eles seguiram andando por algum tempo.

– Meus pais estão se divorciando – disse ele.

– Arrãn – disse Grant.

– Meu pai saiu de casa no mês passado. Ele agora tem sua própria casa em Mill Valley.

– Arrãn.

– Ele nunca mais carregou minha irmã. Nem pega no colo.

– E ele diz que você tem dinossauros no cérebro – disse Grant.

Tim suspirou.

– É.

– Você sente a falta dele? – perguntou Grant.

– Não muito – respondeu Tim. – Às vezes. Ela sente mais saudade dele.

– Quem, sua mãe?

– Não, Lex. Minha mãe tem um namorado. Eles se conheceram no trabalho.

Eles andaram em silêncio por algum tempo, passando por T/N/03 e T/N/04.

– Você já conheceu ele? – disse Grant.

– Já.

– Como ele é?

– Ele é legal – respondeu Tim. – É mais novo que o meu pai, mas ele é careca.

– Como ele trata você?

– Não sei. Bem. Acho que ele tenta ganhar minha simpatia. Eu não sei o que vai acontecer. Às vezes minha mãe diz que teremos que vender a casa e nos mudar. Às vezes ele e minha mãe brigam, tarde da noite. Eu sento no meu quarto e brinco com meu computador, mas ainda assim posso escutar.

– Arrãn.

– Você é divorciado?

– Não – disse Grant. – Minha esposa morreu muito tempo atrás.

– E agora o senhor está com a dra. Sattler?

Grant sorriu na escuridão.

– Não. Ela é minha aluna.

– O senhor está dizendo que ela ainda está *na escola?*

– Na faculdade, sim. – Grant fez uma pausa longa o bastante para transpor Lex para o outro ombro e então eles prosseguiram, passando por T/N/05 e T/N/06. Ouviu-se o estrondo do trovão a distância. A tempestade se movia para o sul. Havia poucos sons na floresta, exceto pelo zumbido das cigarras e o suave coaxar dos sapos arborícolas.

– Você tem filhos? – perguntou Tim.

– Não – respondeu Grant.

– Vai se casar com a dra. Sattler?

– Não, ela vai se casar com um médico bonzinho de Chicago no ano que vem.

– Ah – disse Tim. Ele pareceu surpreso ao ouvir aquilo. Eles andaram por algum tempo. – Então, com quem o senhor vai se casar?

– Acho que não vou me casar com ninguém.

– Eu também não.

Eles caminharam por mais algum tempo. Tim disse:

– Nós vamos andar a noite toda?

– Acho que não consigo – respondeu Grant. – Nós precisamos parar, pelo menos por algumas horas. – Ele olhou para seu relógio. – Estamos bem. Temos quase quinze horas antes de precisarmos voltar. Antes que o navio chegue ao continente.

– Onde vamos parar? – perguntou Tim, imediatamente.

Grant estava pensando na mesma coisa. Sua primeira ideia tinha sido subir numa árvore e dormir lá em cima. Mas eles teriam que ir muito alto para ficar a uma distância segura dos animais, e Lex podia cair enquanto dormia. E galhos de árvores eram duros; eles não conseguiriam descansar muito. Ele, pelo menos, não conseguiria.

Eles precisavam de algum lugar realmente seguro. Ele pensou de novo nas plantas que vira no avião a caminho dali. Ele se lembrava de que havia edifícios na periferia de cada uma das diferentes divisões. Grant não sabia como eles eram, porque as plantas individuais dos prédios não tinham sido incluídas. E não conseguia se recordar com exatidão de onde estavam, mas lembrava que eles estavam espalhados por todo o parque. Talvez existisse algum prédio por perto.

Mas isso era diferente de simplesmente atravessar uma barreira e sair do cercado do tiranossauro. Para se encontrar um prédio, era preciso algum tipo de estratégia de busca. E as melhores estratégias eram...

– Tim, pode segurar sua irmã para mim? Vou subir em uma árvore e dar uma olhada ao nosso redor.

Quando chegou a galhos bem altos, ele teve uma boa visão da floresta, os topos das árvores se estendendo à esquerda e à direita. Era surpreendente que eles estivessem perto da margem da floresta – logo adiante as árvores acabavam em uma clareira, com uma cerca eletrificada e um pálido fosso de concreto. Depois disso, um largo campo aberto no qual ele presumia ficar o cercado saurópode. A distância, mais árvores e a luz nebulosa do luar cintilavam no oceano.

Ele ouviu o grito de um dinossauro, mas vinha de um lugar indefinido e muito distante. Colocou os óculos de visão noturna de Tim e deu outra olhada. Seguiu a curva cinzenta do fosso e encontrou o que estava procurando: a faixa escura de uma estrada de serviço, levando a um teto em formato de retângulo achatado. O teto mal se erguia do chão, mas estava lá. E não estava longe. Talvez a uns quatrocentos metros da árvore.

Quando ele voltou ao solo, Lex soluçava.

– Qual é o problema?

– Eu ouvi um bicho.

– Ele não vai nos incomodar. Já acordou? Então vamos.

Ele a levou até a cerca, que tinha mais de 3,5 metros de altura e era coberta com uma espiral de arame farpado. Ela parecia se estender muito mais alto que eles à luz do luar. O fosso ficava logo do outro lado.

Lex olhou para cima da cerca, em dúvida.

– Você consegue subir? – perguntou Grant.

Ela entregou-lhe a luva e a bola de beisebol.

– Claro. Fácil. – Ela começou a subir. – Mas aposto que o Timmy não consegue.

Tim virou-se para ela, furioso.

– *Cala a boca.*

– Timmy tem medo de altura.

– Tenho nada.

Ela subiu mais.

– Tem, sim.

– Tenho nada.

– Então vem me pegar.

Grant virou-se para Tim, pálido na escuridão. O menino não se mexia.

– Tudo bem tentar a cerca, Tim?

– Claro.

– Quer alguma ajuda?

– Timmy é um medroso – provocou Lex.

– Mas que babaca – disse Tim, e começou a subir.

* * *

– Está *muito gelada* – disse Lex. Eles estavam com água fedida até a cintura, no fundo de um grande fosso de concreto. Tinham subido a cerca sem incidentes, exceto por Tim ter rasgado sua camisa nos rolos de arame farpado. Depois haviam todos deslizado até o fundo do fosso, e agora Grant estava procurando por uma saída.

– Pelo menos consegui fazer Timmy pular a cerca para o senhor – disse Lex. – Ele realmente fica com medo na maioria das vezes.

– Obrigado por sua ajuda – disse Tim, sarcástico. À luz da lua, ele podia ver massas flutuando na superfície. Moveu-se ao longo do fosso, olhando para a parede de concreto no ponto mais distante. O concreto era liso; eles não teriam como escalar ali.

– Eca – disse Lex, apontando para a água.

– Aquilo não vai machucar você, Lex.

Grant finalmente encontrou um lugar em que o concreto havia rachado e uma trepadeira crescia na direção da água.

– Vamos lá, crianças.

Eles começaram a subir pela trepadeira, voltando ao terreno regular.

Levaram apenas alguns minutos para atravessar o campo até o aterro que levava à estrada de serviço rebaixada e ao prédio de manutenção à direita. Eles passaram por dois sensores de movimento e Grant notou, com certa inquietação, que os sensores ainda não estavam funcionando, nem as luzes. Mais de duas horas tinham se passado desde que a energia caíra e ela ainda não tinha sido religada.

Em algum lugar a distância, eles ouviram o tiranossauro rugir.

– Ele está por aqui? – perguntou Lex.

– Não – respondeu Grant. – Estamos em outra seção do parque, longe dele.

Eles passaram por um aterro gramado e seguiram para o prédio de concreto. Na escuridão, ele era ameaçador, semelhante a um bunker.

– Que lugar é esse? – indagou Lex.

– É seguro – disse Grant, esperando que fosse verdade.

O portão de entrada era grande o bastante para permitir a passagem de um caminhão. Como acabamento, tinha recebido pesadas barras. Era possível ver a parte de dentro, e o prédio era aberto como uma cabana, com montes de grama e fardos de feno empilhados entre o equipamento.

O portão estava trancado com um cadeado pesado. Enquanto Grant o examinava, Lex passou de lado entre as barras.

– Vamos lá, gente.

Tim a seguiu.

– Acho que você consegue passar, dr. Grant.

Ele tinha razão; foi apertado, mas Grant conseguiu deslizar o corpo entre as barras e entrar na barraca. Assim que se viu lá dentro, uma onda de exaustão o invadiu.

– Será que tem alguma coisa para comer? – disse Lex.

– Só feno. – Grant abriu um fardo e espalhou-o no concreto. O feno do meio estava morno. Eles se deitaram, desfrutando o calor. Lex se amontoou ao lado dele e fechou os olhos. Tim pousou o braço em volta dela. Ele ouviu os saurópodes grasnando de leve ao longe.

Nenhuma das crianças disse nada. Imediatamente puseram-se a roncar. Grant ergueu o braço para olhar o relógio, mas estava escuro demais para enxergar. Sentiu o calor das crianças contra seu próprio corpo.

Grant fechou os olhos e dormiu.

CONTROLE

Muldoon e Gennaro entraram na sala de controle no momento em que Arnold batia suas mãos e dizia:

– Peguei você, seu filho de puta!

– O que foi? – perguntou Gennaro.

Arnold apontou para a tela:

```
  Vg1 = GetHandl {dat.dt} tempCall {itm.temp}
  Vg2 = GetHandl {dat.itl} tempCall {itm.temp}
  if Link(Vg1,Vg2) set Lim(Vg1,Vg2) return
  if Link(Vg2,Vg1) set Lim(Vg2,Vg1) return
→ on whte_rbt.obj link set security (Vg1), perimeter
  (Vg2)
  limitDat.1 = maxBits (%22) to {limit .04} set on
  limitDat.2 = setzero, setfive, 0 {limit .2-var(dzh)}
→ on fini.obj call link.sst {security, perimeter} set
  to on
→ on fini.obj set link.sst {security, perimeter} re-
  store
→ on fini.obj delete line rf whte_rbt.obj, fini.obj
  Vg1 = GetHandl {dat.dt} tempCall {itm.temp}
  Vg2 = GetHandl {dat.itl} tempCall {itm.temp}
  limitDat.4 = maxBits (%33) to {limit .04} set on
  limitDat.5 = setzero, setfive, 0 {limit .2-var(szh)}
```

– É isso – disse Arnold, contente.

– Isso, o quê? – perguntou Gennaro, fitando a tela.

– Eu finalmente encontrei o comando para restaurar o código original. O comando chamado "fini.obj" restaura os parâmetros linkados, ou seja, as cercas e a energia.

– Que bom – disse Muldoon.

– Mas também faz outra coisa – continuou Arnold. – Ele apaga as linhas de código que levam até ele. Destrói toda evidência de que algum dia esteve lá. Bem esperto.

Gennaro balançou a cabeça.

– Não entendo muito de computadores.

Embora ele soubesse o que significava quando uma companhia de alta tecnologia retornava ao código-fonte. Isso queria dizer problemas realmente grandes.

– Bem, veja isso – disse Arnold, digitando o comando:

```
FINI.OBJ
```

A tela piscou e imediatamente mudou.

```
Vg1 = GetHandl {dat.dt} tempCall {itm.temp}
Vg2 = GetHandl {dat.itl} tempCall {itm.temp}
if Link(Vg1,Vg2) set Lim(Vg1,Vg2) return
if Link(Vg2,Vg1) set Lim(Vg2,Vg1) return
limitDat.1 = maxBits (%22) to {limit .04} set on
limitDat.2 = setzero, setfive, 0 {limit .2-var(dzh)}
Vg1 = GetHandl {dat.dt} tempCall {itm.temp}
Vg2 = GetHandl {dat.itl} tempCall {itm.temp}
limitDat.4 = maxBits (%33) to {limit .04} set on
limitDat.5 = setzero, setfive, 0 {limit .2-var(szh)}
```

Muldoon apontou para as janelas.

– Olhem!

Do lado de fora, os grandes refletores de quartzo estavam acendendo por todo o parque. Eles foram até as janelas e olharam para fora.

– Minha nossa – disse Arnold.

Gennaro disse:

– Isso significa que as cercas eletrificadas estão funcionando de novo?

– Pode ter certeza que estão – disse Arnold. – Vai levar alguns segundos para voltarem à força total, porque temos oitenta quilômetros de cerca lá fora, e o gerador tem que carregar os capacitores ao longo do caminho. Mas em meio minuto estamos de volta ao funcionamento normal. – Arnold apontou para o mapa vertical transparente de vidro do parque.

No mapa, linhas vermelhas brilhantes serpenteavam para fora da estação de energia, movendo-se por todo o parque conforme a eletricidade se espalhava pelas cercas.

– E os sensores de movimento? – perguntou Gennaro.

– Sim, eles também. Vai levar alguns minutos enquanto o computador conta. Mas tudo está funcionando – disse Arnold. – Nove e meia da noite, e colocamos tudo de volta no lugar e funcionando.

* * *

Grant abriu os olhos. Uma luz azul brilhante fluía para dentro do prédio pelas barras do portão. Luz de quartzo: a eletricidade tinha voltado! Meio zonzo, ele olhou para seu relógio. Ainda eram nove e meia da noite. Ele tinha dormido só alguns minutos. Decidiu que poderia dormir mais alguns minutos e então sair no campo e ficar em frente aos sensores de movimento e acenar, disparando-os. A sala de controle o encontraria; eles enviariam um carro para apanhar a ele e às crianças, Grant então avisaria Arnold para chamar o barco de suprimentos de volta e todos terminariam a noite em suas próprias camas, lá no alojamento.

Ele faria isso logo em seguida. Em mais alguns minutos. Bocejou e fechou os olhos de novo.

– Nada mau – disse Arnold na sala de controle, olhando para o mapa brilhante. – Temos apenas três cortes no parque todo. Muito melhor do que eu esperava.

– Cortes? – disse Gennaro.

– A cerca automaticamente corta seções que entraram em curto-circuito – explicou ele. – Você pode ver uma área grande aqui, no setor 12, junto da estrada principal.

– Isso é onde o rex derrubou a cerca – disse Muldoon.

– Exatamente. E outra fica aqui, no setor 11. Perto do prédio de manutenção dos saurópodes.

– Por que essa seção estaria cortada? – perguntou Gennaro.

– Só Deus sabe – respondeu Arnold. – Provavelmente danos da tempestade ou uma árvore caída. Podemos checar no monitor dentro de algum tempo. A terceira está logo ali, perto do rio da selva. Também não sei por que está cortada.

Enquanto Gennaro observava, o mapa se tornou mais complexo, enchendo-se de pontos verdes e números.

– O que é isso tudo?

– Os animais. Os sensores de movimento estão funcionando de novo, e o computador começou a identificar a localização de todos os animais no parque. E de qualquer outra pessoa também.

Gennaro encarou o mapa.

– Você quer dizer Grant e as crianças...

– Exato. Reprogramamos nosso número de busca para acima de 400. Assim, se eles estiverem lá fora se movimentando – continuou Arnold –, os sensores de movimento vão percebê-los como animais adicionais. – Ele olhou para o mapa. – Mas ainda não vi nenhum adicional.

– Por que demora tanto? – levantou Gennaro.

– Você tem que entender, sr. Gennaro – explicou Arnold –, que existe um monte de movimentos extrínsecos lá. Galhos soprados pelo vento, pássaros voando, todo tipo de coisa. O computador precisa eliminar todo o movimento de fundo. Isso pode levar... Ah. Certo. A contagem terminou.

Gennaro lançou a questão:

– Você está vendo as crianças?

Arnold virou-se em sua cadeira e tornou a olhar para o mapa.

– Não – disse ele. – No momento, não há nenhum adicional no mapa. Tudo que está lá fora e foi contabilizado é um dinossauro. Eles provavelmente estão no alto de uma árvore, ou em algum outro lugar em que não podemos vê-los. Eu ainda não me preocuparia. Vários animais não apareceram, como o rex adulto. Ele deve estar dormindo em algum lugar, sem se mexer. As pessoas podem estar dormindo também. Nós simplesmente não sabemos.

Muldoon chacoalhou a cabeça.

– É melhor nos apressarmos com isso – disse ele. – Precisamos consertar as cercas e colocar os animais de volta em seus cercados. De acordo com aquele computador, temos cinco deles para levar de volta a seus alojamentos adequados. Eu vou sair com as equipes de manutenção agora mesmo.

Arnold virou-se para Gennaro.

– Talvez você queira ver como o dr. Malcolm está. Diga ao dr. Harding que Muldoon vai precisar dele dentro de mais ou menos uma hora para supervisionar a manada. E eu vou avisar ao sr. Hammond que estamos começando nossa limpeza final.

* * *

Gennaro passou pelos portões de ferro e entrou na porta da frente do Alojamento Safári. Viu Ellie Sattler descendo pelo corredor, carregando toalhas e uma panela de água soltando vapor.

– Tem uma cozinha na outra ponta – explicou ela. – Estamos usando o local para ferver água para as ataduras.

– Como ele está? – indagou Gennaro.

– Surpreendentemente bem.

Gennaro seguiu Ellie até o quarto de Malcolm e se espantou ao ouvir o som de risadas. O matemático estava deitado de costas na cama, com Harding ajustando uma cânula intravenosa.

– Daí o outro cara diz: "Vou falar pra você com sinceridade, eu não gostei, Bill. Voltei para o papel higiênico!".

Harding ria.

– Não é ruim, é? – disse Malcolm, sorrindo. – Ah, sr. Gennaro. Você veio me ver. Agora você sabe o que acontece quando se tenta bater o pé em uma situação.

Gennaro entrou, hesitante.

Harding disse:

– Ele está sob efeito de uma alta dose de morfina.

– Não alta o bastante, tenho certeza – disse Malcolm. – Minha nossa, ele é pão-duro com suas drogas. Eles já encontraram os outros?

– Não, ainda não – respondeu Gennaro. – Mas estou feliz em vê-lo tão bem.

– E de que outra forma poderia estar – disse Malcolm –, com uma fratura múltipla da perna que provavelmente está infectada e começando a emitir um odor um tanto quanto, humm, pungente? Mas eu sempre digo, se não der para manter o senso de humor...

Gennaro sorriu.

– Você se lembra o que aconteceu?

– *É claro* que eu me lembro – disse Malcolm. – Você acha que poderia ser mordido por um *Tyrannosaurus rex* e isso fugir da sua mente? De fato, não, eu posso lhe dizer, você se lembraria disso pelo resto da sua vida. No meu caso, talvez não seja um tempo terrivelmente longo. Mesmo assim... Sim, eu me lembro.

Malcolm descreveu sua corrida do Land Cruiser na chuva e a perseguição do rex.

– Foi minha culpa, porcaria, ele estava perto demais, mas eu entrei em pânico. De qualquer forma, ele me pegou e me mordeu.

– Como? – perguntou Gennaro.

– Pelo torso – disse Malcolm, erguendo a camisa. Um amplo semicírculo de furos cercados de hematomas corria do seu ombro até o umbigo. – Ele me ergueu preso em suas mandíbulas, me chacoalhou com uma força fodida e me jogou para baixo. E eu estava bem... aterrorizado, é claro, mas, mesmo assim, bem. Até o momento em que ele me jogou. Eu quebrei a perna na queda. Mas a mordida não foi tão ruim. – Ele suspirou. – Considerando todo o resto.

Harding disse:

– A maioria dos grandes carnívoros não tem mandíbulas muito fortes. O poder real está na musculatura do pescoço. As mandíbulas só seguram, enquanto eles usam o pescoço para torcer e rasgar. Mas, com uma criatura pequena como o dr. Malcolm, o animal apenas o chacoalharia, depois o jogaria de lado.

– Temo que ele tenha razão – concordou Malcolm. – Duvido que eu tivesse sobrevivido, exceto pelo fato de que o grandalhão não estava muito interessado no que fazia. Para falar a verdade, ele não me pareceu muito hábil para atacar algo menor que um carro ou um apartamento pequeno.

– Você acha que ele o atacou sem muita vontade?

– Me dói falar isso – disse Malcolm –, mas senti honestamente que eu não tinha sua atenção exclusiva. Ele tinha a minha, é claro. Também, ele pesa oito toneladas. Eu, não.

Gennaro voltou-se para Harding e disse:

– Eles vão consertar as cercas agora. Arnold disse que Muldoon vai precisar da sua ajuda para reunir os animais.

– Tudo bem – disse Harding.

– Desde que você deixe comigo a dra. Sattler e bastante morfina – continuou Malcolm. – E desde que nós não tenhamos um efeito Malcolm aqui.

– O que é um efeito Malcolm? – perguntou Gennaro.

– A modéstia me impede – respondeu Malcolm – de lhe contar os detalhes de um fenômeno que recebeu meu nome. – Ele suspirou de novo e fechou os olhos. Em um momento, estava dormindo.

Ellie saiu para o corredor com Gennaro.

– Não se engane – disse ela. – Está bastante difícil para ele. Quando teremos um helicóptero aqui?

– Um helicóptero?

– Ele precisa de cirurgia naquela perna. Certifique-se de que eles peçam um helicóptero e tire-o desta ilha.

O gerador portátil tossiu e voltou à vida rugindo, e então os refletores de quartzo reluziram nas pontas de seus postes. Muldoon ouviu o leve gorgolejar do rio da selva, poucos metros ao norte. Ele se virou para a van de manutenção e viu um dos trabalhadores saindo com uma motosserra grande.

– Não, não – disse ele. – Só as cordas, Carlos. Nós não precisamos cortar.

Ele voltou-se para olhar a cerca. A princípio, eles tiveram dificuldade para encontrar a seção cortada, porque não havia muita coisa a se ver: uma pequena árvore protocarpus apoiava-se contra a cerca. Era uma das várias que tinham sido plantadas nessa região do parque; seus galhos, lembrando penas, deveriam supostamente esconder a cerca.

Mas essa árvore em especial tinha sido amarrada com arames e tensores. Os arames se soltaram com a tempestade e os tensores metálicos foram soprados contra a cerca, dando início ao curto-circuito. Obviamente, nada disso deveria ter ocorrido; as equipes de terra deveriam ter usado arames cobertos de plástico e tensores de cerâmica perto das cercas. Mas, mesmo assim, aconteceu.

De qualquer forma, não seria um trabalho muito grande. Tudo o que eles precisavam fazer era retirar a árvore da cerca, remover os itens de metal e marcar a área para os jardineiros arrumarem de manhã. Não deveria levar mais do que vinte minutos. E ainda bem, pois Muldoon sabia que os dilofossauros sempre ficavam por perto do rio. Os trabalhadores estavam separados do rio pela cerca, mas ainda assim os dilos podiam cuspir através dela, arremessando seu veneno cegante.

Ramón, um dos trabalhadores, aproximou-se.

– Señor Muldoon – disse ele –, o senhor viu as luzes?

– Que luzes? – perguntou Muldoon.

Ramón apontou para o leste, através da selva.

– Eu as vi assim que apareceram. Estão lá, mas bem fracas. Está vendo? Parecem os faróis de um carro, mas não estão se movendo.

Muldoon estreitou os olhos. Provavelmente, era só uma luz de manutenção. Afinal, a energia havia retornado.

– Nos preocupamos com isso mais tarde – disse ele. – No momento, vamos apenas tirar aquela árvore da cerca.

Arnold estava eufórico. O parque estava quase de volta à ordem. Muldoon estava arrumando as cercas. Hammond tinha saído para supervisionar a transferência dos animais com Harding. Embora estivesse cansado, Arnold se sentia bem; até chegara a conversar de forma complacente com o advogado, Gennaro.

– O efeito Malcolm? – perguntou Arnold. – Você se preocupou com isso?

– Estou apenas curioso – respondeu Gennaro.

– Você quer que eu lhe diga por que Ian Malcolm está errado?

– Claro.

Arnold acendeu outro cigarro.

– É técnico.

– Tente me explicar.

– Certo – disse Arnold. – A teoria do caos descreve sistemas não lineares. Agora, ela se tornou uma teoria muito ampla que está sendo usada para explicar de tudo, desde o mercado de ações até os ritmos cardíacos. Uma teoria muito *na moda*. Aplicá-la a qualquer sistema complexo em que possa haver imprevisibilidade está se tornando muito popular. Certo?

– Certo.

– Ian Malcolm é um matemático especializado na teoria do caos. Bastante divertido e elegante, mas, se desconsiderarmos o fato de ele se vestir de preto, tudo o que ele faz é usar computadores para criar modelos que imitam o comportamento de sistemas complexos. E, como John Hammond ama a última moda científica, ele pediu que Malcolm fizesse um modelo do sistema do Jurassic Park. E foi o que Malcolm fez. Os modelos eram todos formas no espaço fásico em uma tela de computador. Você chegou a ver?

– Não – disse Gennaro.

– Bem, eles se parecem com o propulsor estranho e desfigurado de uma nave. De acordo com Malcolm, o comportamento de qualquer sistema segue a superfície do propulsor. Está me acompanhando?

– Não exatamente.

Arnold ergueu a mão no ar.

– Digamos que eu coloque uma gota de água nas costas da minha mão. Essa gota vai cair da minha mão. Talvez corra até meu pulso. Talvez corra até meu polegar, ou entre meus dedos. Eu não tenho certeza de para onde ela vai, mas sei que vai correr para algum lugar na superfície da minha mão. Ela tem que ir.

– Ok.

– A teoria do caos trata o comportamento de todo um sistema como uma gota de água movendo-se em uma complicada superfície de propulsor. A gota pode descer em espiral, ou deslizar para fora, para a borda. Ela pode fazer várias coisas diferentes, depende. Mas sempre vai se mover ao longo da superfície do propulsor.

– Certo.

– Os modelos de Malcolm tendem a possuir uma saliência, ou uma inclinação aguda, na qual a gota de água vai acelerar muito. Ele modestamente chama esse movimento de aceleração de efeito Malcolm. O sistema todo pode entrar em colapso súbito. E foi isso o que ele disse sobre o Jurassic Park. Que ele possui uma instabilidade inerente.

– Instabilidade inerente – disse Gennaro. – E o que você fez quando recebeu o relatório dele?

– Nós discordamos dele e o ignoramos, é claro.

– E foi a atitude certa?

– É autoexplicativo – respondeu Arnold. – Afinal de contas, estamos lidando com sistemas vivos. Isso é a vida, não são modelos de computador.

Sob a áspera luz de quartzo, a cabeça verde do hipsilofodonte pendia da tipoia, a língua dependurada, os olhos mortiços.

– Cuidado! Cuidado! – gritava Hammond, enquanto o guindaste começava a levantar.

Harding grunhiu e colocou a cabeça de volta nas faixas de couro. Ele não queria impedir a circulação na artéria carótida. O guindaste sibilou ao elevar o animal no ar até o caminhão de plataforma que esperava. O hipsi era um driossauro pequeno, com pouco mais de dois metros de comprimento, pesando cerca de 220 quilos. Harding o atingira alguns momentos antes com a arma de tranquilizantes, e aparentemente havia adivinhado a dose correta. Sempre havia um momento tenso ao dosar esses animais grandes. Muito pouco, e eles disparariam para dentro da floresta, desabando onde era impossível chegar até eles. Uma dose muito alta, e eles entrariam em parada cardíaca. Esse tinha dado apenas um salto e deitado. Dose perfeita.

– Cuidado! Com calma! – gritava Hammond para os trabalhadores.

– Sr. Hammond – disse Harding. – Por favor.

– Bem, eles deveriam tomar cuidado...

– Eles *estão* tomando cuidado – disse Harding. Ele subiu na plataforma enquanto o hipsi era abaixado e colocou o animal no arreio de contenção. Harding colocou então o colar cardiograma que monitorava as batidas do coração, apanhou o grande termômetro eletrônico do tamanho de um regador de peru e deslizou-o para dentro do reto do hipsi. Ele apitou: 35,66 ºC.

– Como ela está? – perguntou Hammond, preocupado.

– Ela está bem – disse Harding. – Só esfriou um grau.

– Isso é demais – continuou Hammond. – Baixou muito.

– Você não quer que ela acorde e salte do caminhão – disparou Harding.

Antes de vir para o parque, Harding era chefe de medicina veterinária no zoológico de San Diego e o maior especialista do mundo em cuidado aviário. Ele percorria o mundo todo, prestando consultoria a zoológicos na Europa, Índia e Japão sobre os cuidados com pássaros exóticos. Não tivera interesse nenhum quando esse homenzinho peculiar apareceu, oferecendo-lhe uma posição em um parque de caça particular. Mas quando ele descobriu o que Hammond tinha feito... Era impossível recusar. Harding tinha uma tendência acadêmica e a perspectiva de escrever o primeiro *Livro de Medicina Veterinária Interna: Doenças dos Dinossauros* era atrativa. No final do século 20, a medicina veterinária estava avançada cientificamente; os melhores zoológicos administravam clínicas que em pouco diferiam de hospitais. Os novos livros acadêmicos eram meros refinamentos dos mais antigos. Para um profissional de reconhecimento mundial, não havia novos mundos a se conquistar. Mas ser o primeiro a cuidar de toda uma nova classe de animais: isso, sim, era alguma coisa!

E Harding nunca se arrependeu de sua decisão. Desenvolveu um conhecimento considerável com esses animais. E não queria ouvir nada que Hammond dissesse agora.

O hipsi resfolegou e se contraiu. Ela ainda estava respirando de modo superficial; ainda não havia reflexo ocular. Mas estava na hora de começar a se mexer.

– Todos a bordo – gritou Harding. – Vamos levar essa garota de volta ao cercado dela.

– Sistemas vivos – disse Arnold – não são como os sistemas mecânicos. Sistemas vivos jamais estão em equilíbrio. Eles são inerentemente instáveis. Podem parecer estáveis, mas não são. Tudo está se mexendo e mudando. De certo modo, tudo está à beira do colapso.

Gennaro franzia a testa.

– Mas uma porção de coisas não muda; a temperatura corporal não muda, todo tipo de...

– A temperatura corporal muda constantemente – interrompeu Arnold. – *Constantemente.* Ela muda ciclicamente ao longo de 24 horas, mais baixa de manhã, mais alta à tarde. Muda com o humor, com doenças, com exercício, com a temperatura exterior, com comida. Ela flutua de modo contínuo para cima e para baixo. Pequeninos tremores em um gráfico. Porque, a qualquer momento, algumas forças estão empurrando a temperatura para cima, e outras a puxam para baixo. Isso é inerentemente instável. E todos os outros aspectos de sistemas vivos também são assim.

– Então você está dizendo...

– Que Malcolm é apenas mais um teórico – disse Arnold. – Sentado em seu escritório, ele fez um belo modelo matemático, e nunca lhe ocorreu que o que ele via como defeitos eram, na verdade, necessidades. Veja: quando eu trabalhava com mísseis, nós lidávamos com algo chamado "guinada ressonante". A guinada ressonante significava que, mesmo que um míssil fosse apenas levemente instável ao sair do papel, não havia salvação para ele. Iria inevitavelmente sair de controle, e não haveria como trazê-lo de volta. Isso é uma característica de sistemas mecânicos. Uma pequena oscilação pode piorar até que todo o sistema entre em colapso. Mas essas mesmas oscilações são essenciais para um sistema vivo. Elas significam que o sistema está saudável e sensível. Malcolm jamais compreendeu isso.

– Tem certeza de que ele não compreendeu isso? Ele parece ter um entendimento bem claro sobre a diferença...

– Olha – disse Arnold. – A prova está bem aqui. – Ele apontou para as telas. – Em menos de uma hora, o parque vai estar novamente on-line. A única coisa que resta corrigir são os telefones. Por algum motivo, eles ainda estão desconectados. Mas todo o resto estará funcionando. E isso não é teórico. É um fato.

A agulha penetrou fundo no pescoço e Harding injetou a medrina no driossauro fêmea anestesiado enquanto ela jazia de lado no chão. Imediatamente o animal começou a se recuperar, fungando e chutando com os poderosos membros posteriores.

– Para trás, todo mundo – disse Harding, afastando-se apressado. – Recuem.

O dinossauro se levantou, atrapalhado, e ficou de pé, meio bêbado. Ela balançou a cabeça de lagarto, encarou as pessoas de pé sob as luzes de quartzo e piscou.

– Ela está babando – observou Hammond, preocupado.

– É temporário – disse Harding. – Vai parar.

O driossauro tossiu e então atravessou lentamente o campo, indo para longe das luzes.

– Por que ela não está pulando?

– Ela vai pular – disse Harding. – Vai levar mais ou menos uma hora para se recuperar totalmente. Ela está bem.

Ele voltou para o carro.

– Certo, rapazes, vamos cuidar do estego.

Muldoon assistia enquanto a última das estacas era martelada no chão. Os arames estavam bem esticados e a árvore protocarpus foi erguida. Muldoon podia ver as manchas escuras e queimadas da cerca prateada no local onde ocorrera o curto-circuito. Na base da cerca, vários isolantes de cerâmica haviam explodido. Eles teriam que ser substituídos. No entanto, antes que isso pudesse ser feito, Arnold teria que desligar todas as cercas.

– Controle. Aqui é o Muldoon. Estamos prontos para começar o conserto.

– Tudo bem – disse Arnold. – Desligando sua seção agora.

Muldoon olhou para seu relógio. Em algum lugar ao longe, ele ouviu um leve piado. Pareciam corujas, mas ele sabia que eram os dilofossauros. Ele foi até Ramón e disse:

– Vamos terminar logo com isso. Eu quero chegar às outras seções da cerca.

Uma hora se passou. Donald Gennaro olhava para o mapa brilhante na sala de controle enquanto os pontos e números piscavam e mudavam.

– O que está acontecendo agora?

Arnold trabalhava no console.

– Estou tentando fazer os telefones voltarem. Para podermos ligar e falar sobre o Malcolm.

– Não, eu queria dizer lá fora.

Arnold deu uma olhada no monitor.

– Parece que eles quase acabaram com os animais e duas seções. Como eu lhe disse, o parque está de volta aos trilhos. Sem nenhum catastrófico efeito Malcolm. De fato, só falta essa terceira seção da cerca...

– Arnold. – Era a voz de Muldoon.

– Sim?

– Você viu essa maldita cerca?

– Só um minuto.

Em um dos monitores, Gennaro viu um ângulo alto sobre um campo gramado, soprando ao vento. A distância estava um teto baixo de concreto.

– Aquele é o prédio de manutenção dos saurópodes – explicou Arnold. – É uma das estruturas de serviço que utilizamos para equipamentos, estocagem de alimentos e assim por diante. Temos essas estruturas por todo o parque, em cada um dos cercados. – No monitor, a imagem do vídeo se abriu. – Estamos agora virando a câmera para dar uma olhada na cerca...

Gennaro viu uma parede brilhante de rede metálica sob a luz. Uma seção tinha sido pisoteada, totalmente achatada. O jipe de Muldoon e a equipe de trabalho estavam ali.

– Hum – disse Arnold. – Parece que o rex entrou no cercado dos saurópodes.

Muldoon completou:

– Um belo jantar essa noite.

– Temos que tirá-lo de lá – disse Arnold.

– Com o quê? – perguntou Muldoon. – Não temos nada para usar em um rex. Vou arrumar essa cerca, mas não vou entrar lá até de manhã.

– Hammond não vai gostar disso.

– Discutiremos quando eu voltar – disse Muldoon.

– Quantos saurópodes o rex vai matar? – disse Hammond, andando de um lado para o outro na sala de controle.

– Provavelmente, um só – disse Harding. – Saurópodes são grandes; o rex pode se alimentar com uma presa só por vários dias.

– Temos que entrar lá e retirá-lo essa noite – disse Hammond.

Muldoon balançou a cabeça.

– Eu não vou entrar lá até de manhã.

Hammond estava se erguendo e se abaixando nas pontas dos pés, como sempre fazia quando ficava com raiva.

– Está se esquecendo de que trabalha para mim?

– Não, sr. Hammond, não estou me esquecendo. Mas aquele é um tiranossauro adulto lá fora. Como o senhor planeja capturá-lo?

– Temos armas tranquilizantes.

– Temos armas tranquilizantes que disparam dardos de 20 cc – disse Muldoon. – Ótimas para animais que pesam entre 180 e 220 quilos. Aquele tiranossauro pesa oito toneladas. Ele não iria nem sentir.

– Você pediu uma arma maior...

– Eu pedi três armas maiores, sr. Hammond, mas o senhor cortou a requisição, então nós só recebemos uma. E ela se foi. Nedry a levou quando saiu.

– Isso foi bem estúpido. Quem deixou que isso acontecesse?

– Nedry não é problema meu, sr. Hammond.

– Está me dizendo – disse Hammond – que, neste momento, não há nenhum jeito de parar o tiranossauro?

– É exatamente o que estou dizendo.

– Isso é ridículo.

– É o seu parque, sr. Hammond. O senhor não quis que ninguém pudesse machucar seus preciosos dinossauros. Bem, agora o senhor tem um rex junto com os saurópodes, e não há merda nenhuma que se possa fazer a respeito.

Ele saiu da sala.

– Só um minuto – disse Hammond, apressando-se atrás dele.

Gennaro olhava fixamente para as telas e escutava a discussão aos gritos do lado de fora, no corredor. Ele disse para Arnold:

– Acho que você ainda não tem controle do parque, afinal de contas.

– Não se engane – disse Arnold, acendendo outro cigarro. – Nós controlamos o parque. Vai amanhecer daqui a duas horas. Podemos perder uns dois dinossauros antes de tirar o rex de lá, mas acredite, o parque está sob controle.

AMANHECER

Grant foi despertado por um barulho alto e áspero, seguido por um tinido metálico. Ele abriu os olhos e viu um fardo de feno rolar por ele em uma esteira mecânica na direção do teto. Dois outros fardos o seguiram. Então o barulho parou tão abruptamente quanto tinha começado e o prédio de concreto ficou outra vez silencioso.

Grant bocejou. Espreguiçou-se, fez uma careta de dor e se sentou.

Uma suave luz amarelada entrava pelas janelas laterais. Era de manhã: ele dormira a noite toda! Rapidamente, olhou para seu relógio: cinco da manhã. Ainda restavam seis horas antes que o barco tivesse que ser chamado de volta. Ele rolou de barriga para cima, gemendo. Sua cabeça latejava e seu corpo doía como se ele tivesse levado uma surra. Do outro lado, ele ouviu um guincho, como uma roda enferrujada. E depois Lex, rindo.

Grant se levantou devagar e olhou para o prédio. Agora que havia a luz do dia, ele podia ver que era um prédio de manutenção, com pilhas de feno e suprimentos. Na parede, viu uma caixa de metal cinza e um aviso pintado: PRD MANUTENÇÃO SAURÓPODES (04). Esse devia ser o cercado dos saurópodes, como havia imaginado. Ele abriu a caixa e viu um telefone, mas, quando levou o aparelho ao ouvido, escutou apenas o chiado da estática. Pelo visto, os telefones ainda não estavam funcionando.

– Mastigue sua comida – dizia Lex. – Não seja um porcalhão, Ralph.

Grant saiu e encontrou Lex perto das barras, estendendo punhados de feno para um animal do lado de fora que parecia um grande porco rosa e emitia os guinchos que Grant tinha ouvido. Ele era, na verdade, um bebê tricerátopo, mais ou menos do tamanho de um pônei. O bebê ainda não tinha chifres na cabeça, apenas uma franja óssea curvada atrás de grandes olhos suaves. Ele enfiou o focinho através das barras na direção de Lex, os olhos observando-a enquanto ela o alimentava com mais feno.

– Assim é melhor – disse Lex. – Tem bastante feno, não se preocupe. – Ela afagou a cabeça do bebê. – Você gosta de feno, não é, Ralph?

Lex virou-se e viu Grant.

– Este é o Ralph – disse Lex. – Ele é meu amigo. Ele gosta de feno.

Grant deu um passo e parou com uma careta.

– O senhor parece bem mal – disse Lex.

– Eu me sinto bem mal.

– Tim também. O nariz dele está todo inchado.

– Onde está Tim?

– Fazendo xixi – disse ela. – Quer me ajudar a alimentar o Ralph?

O bebê tricerátopo olhou para Grant. Havia feno nos cantos de sua boca, caindo no chão enquanto ele mastigava.

– Ele faz *muita* bagunça enquanto come – disse Lex. – E está com muita fome.

O bebê terminou de mastigar e lambeu os lábios. Ele abriu a boca, esperando por mais. Grant pôde ver os dentes esguios e afiados e a mandíbula superior em forma de bico, como uma papagaio.

– Certo, só um minuto – disse Lex, juntando mais feno do chão de concreto. – Francamente, Ralph, parece que a sua mãe nunca lhe deu de comer.

– Por que o nome dele é Ralph?

– Porque ele parece o Ralph. Da escola.

Grant se aproximou e tocou a pele do pescoço do animal com gentileza.

– Tudo bem, pode fazer carinho nele – disse Lex. – Ele gosta quando o afagam, não é, Ralph?

A pele parecia seca e quente, com a textura de uma bola de futebol americano. Ralph deu um guincho breve quando Grant o acariciou. Do lado de fora das barras, sua cauda grossa balançou de um lado para o outro de prazer.

– Ele é bem mansinho. – Ralph olhava de Lex para Grant enquanto comia e não mostrava nenhum sinal de medo. Lembrou a Grant que os dinossauros não tinham a reação comum aos humanos. – Talvez eu possa montar nele – disse Lex.

– Não vamos tentar.

– Aposto que ele deixaria – disse Lex. – Seria divertido montar em um dinossauro.

Grant olhou para além das barras e do animal, para os campos abertos do complexo saurópode. Estava ficando mais claro a cada minuto. Ele deveria ir lá fora, pensou, e disparar um dos sensores de movimento no campo mais acima. Afinal, o pessoal da sala de controle podia levar até uma hora para alcançá-los. E ele não gostava da ideia de que os telefones ainda estivessem indisponíveis...

Ele ouviu um resfolegar alto, como a expiração de um cavalo bem grande, e subitamente o bebê ficou agitado. Ele tentou puxar sua cabeça de volta do meio das barras, mas ficou preso pela beirada de sua franja óssea e guinchou de medo.

O bafejar soou de novo. Mais perto dessa vez.

Ralph ergueu-se nas patas traseiras, frenético para se soltar das barras. Ele chacoalhava a cabeça de um lado para o outro, esfregando contra as barras.

– Ralph, calma – disse Lex.

– Empurre-o para fora – disse Grant. Ele colocou a mão na cabeça de Ralph e se apoiou contra ela, empurrando o animal de lado e para trás. A franja se soltou e o bebê caiu do lado de fora das barras, perdendo seu equilíbrio e caindo de lado. Em seguida o bebê foi coberto por sombras e uma imensa perna entrou no campo de visão deles, mais grossa do que um tronco de árvore. O pé tinha cinco unhas curvadas, como o de um elefante.

Ralph olhou para cima e guinchou. Uma cabeça surgiu: com mais de 1,80 metro de comprimento e três chifres brancos e compridos, um acima de cada um dos grandes olhos castanhos e um menor, na ponta do nariz. Era um tricerátopo adulto, totalmente crescido. O grande animal olhou para Lex e Grant, piscando devagar, e então voltou sua atenção para Ralph. Uma língua apareceu e lambeu o bebê. Ralph guinchou e se esfregou contra a grande perna, feliz.

– Essa é a mamãe dele? – perguntou Lex.

– Parece que sim – respondeu Grant.

– Devemos alimentar a mãe também?

Mas a grande tricerátopo já estava cutucando Ralph com seu focinho, empurrando o bebê para longe das barras.

– Acho que não.

O bebê deu as costas para as barras e saiu. De tempos em tempos, a grande mãe cutucava seu bebê, guiando-o para longe, enquanto ambos iam para os campos.

– Adeus, Ralph – disse Lex, acenando. Tim saiu das sombras do prédio.

– O que acham disso? – disse Grant. – Eu vou subir na colina para disparar os sensores de movimento, para eles saberem que podem vir nos buscar. Vocês dois ficam aqui e esperam por mim.

– Não – disse Lex.

– Por quê? Fique aqui. É seguro aqui.

– Você não vai nos deixar – disse ela. – Não é, Timmy?

– É – respondeu Tim.

– Ok – concordou Grant.

Eles se arrastaram pelas barras, indo para fora.

Tinha acabado de amanhecer.

O ar estava quente e úmido; o céu, rosa suave e púrpura. Uma névoa branca se agarrava junto ao chão. A alguma distância, eles viram a mãe tricerátopo e o bebê indo na direção de uma manada de grandes hadrossauros bico-de-pato, comendo folhagem de árvores às margens de uma lagoa.

Alguns dos hadrossauros estavam com água na altura dos joelhos. Eles bebiam, abaixando as cabeças achatadas e encontrando seus próprios reflexos na água parada. Então olharam para cima de novo, as cabeças girando. Na beira da água, um dos bebês se aventurou a sair, guinchou e voltou correndo, enquanto os adultos assistiam indulgentes.

Mais ao sul, outros hadrossauros comiam a vegetação mais baixa. Às vezes eles se erguiam sobre as patas traseiras, pousando as dianteiras nos troncos das árvores, para alcançar as folhas nos galhos mais altos. E, bem distante, um apatossauro gigante se erguia acima das árvores, a minúscula cabeça girando sobre o pescoço comprido. A cena era tão pacífica que Grant achou difícil imaginar qualquer perigo.

– Ai! – gritou Lex, esquivando-se. Duas libélulas gigantes com asas de quase dois metros de envergadura passaram zumbindo por eles. – O que era aquilo?

– Libélulas – disse ele. – O Jurássico foi uma época de insetos gigantes.

– Elas mordem?

– Acho que não.

Tim estendeu a mão. Uma das libélulas pousou nela. Ele podia sentir o peso do inseto imenso.

– Ele vai morder você – alertou Lex.

Mas a libélula apenas bateu as asas transparentes com veios vermelhos e então, quando Tim mexeu o braço, saiu voando de novo.

– Para onde nós vamos? – perguntou Lex.

– Para lá.

Eles começaram a atravessar o campo. Chegaram a uma caixa preta montada sobre um pesado tripé metálico, o primeiro dos sensores de movimento. Grant parou e acenou a mão na frente dele de um lado para o outro, mas nada aconteceu. Se os telefones não funcionavam, talvez os sensores também não funcionassem.

– Vamos tentar outro – disse ele, apontando para o outro lado do campo. De algum ponto longínquo, eles ouviram o rugido de um animal grande.

– Ah, merda – disse Arnold. – Eu simplesmente não consigo encontrar.

Ele bebericou café e encarou os monitores com olhos injetados. Tinha colocado todos os monitores de vídeo off-line. Na sala de controle, estava vasculhando o código do computador. Estava exausto; vinha trabalhando havia doze horas sem parar. Ele virou-se para Wu, que acabava de subir dos laboratórios.

– Encontrar o quê?

– Os telefones ainda estão desligados. Eu não consigo reconectá-los. Acho que Nedry fez alguma coisa com os telefones.

Wu levantou um telefone do gancho, ouviu assovios.

– Parece um modem.

– Mas não é – disse Arnold. – Porque eu desci até o porão e desliguei todos os modems. O que você está escutando é só ruído branco que parece com uma transmissão de modem.

– Então as linhas telefônicas estão congestionadas?

– *Grosso modo*, sim. Nedry as congestionou com perfeição. Ele inseriu algum tipo de tranca no código do programa, e agora eu não consigo encontrá-la, porque dei aquele comando para restaurar tudo e ele apagou uma parte das listas do programa. Mas parece que o comando para isolar os telefones ainda está residente na memória do computador.

Wu encolheu os ombros.

– E daí? Reinicie: desligue todo o sistema e você vai apagar a memória.

– Eu nunca fiz isso antes – disse Arnold. – E estou relutante em fazer agora. Talvez todos os sistemas reiniciem do zero, mas talvez não. Eu não sou um especialista em computadores, e você também não é. Não de verdade. E sem uma linha telefônica aberta, nós não podemos falar com ninguém que seja.

– Se o comando reside na memória RAM, ele não vai aparecer no código. Você pode exibir o conteúdo da RAM e fazer uma busca, mas não vai saber pelo que está procurando. Acho que tudo o que você pode fazer é reiniciar.

Gennaro entrou de supetão.

– Ainda não temos telefone.

– Estamos trabalhando nisso.

– Você está trabalhando nisso desde a meia-noite. E Malcolm está pior. Ele precisa de cuidados médicos.

– Isso significa que eu vou ter que desligar tudo – disse Arnold. – Não tenho como ter certeza de que tudo vai religar.

Gennaro disse:

– Olha aqui. Há um homem ferido naquele alojamento. Ele precisa de um médico ou vai morrer. Você não tem como chamar um médico a menos que tenha um telefone. Provavelmente, quatro pessoas já morreram. Agora, desligue tudo e faça os telefones funcionarem!

Arnold hesitou.

– Bem? – disse Gennaro.

– Bem, é só que... os sistemas de proteção não permitem que o computador desligue, e...

– *Então desligue os malditos sistemas de proteção!* Não consegue enfiar na sua cabeça que ele vai morrer, a menos que consiga ajuda?

– Tudo bem – disse Arnold.

Ele se levantou e foi até o painel principal. Abriu as portas e descobriu os ferrolhos metálicos sobre os interruptores de segurança. Ele os desligou, um após o outro.

– Você pediu – disse Arnold. – E você conseguiu.

Ele desligou o interruptor principal.

A sala de controle ficou escura. Todos os monitores, pretos. Os três homens ficaram ali, no escuro.

– Quanto tempo precisamos esperar? – perguntou Gennaro.

– Trinta segundos – respondeu Arnold.

– Argh! – disse Lex, enquanto eles atravessavam o campo.

– Que foi? – perguntou Grant.

– Esse cheiro! – respondeu Lex. – Fede como lixo podre.

Grant hesitou. Ele olhou para o outro lado do campo, na direção das árvores distantes, em busca de movimento. Não viu nada. Mal havia brisa para balançar os galhos. Tudo estava quieto e pacífico nesse início de manhã.

– É só a sua imaginação – disse ele.

– Não é...

Daí ele ouviu o barulho. Vinha da manada de hadrossauros bico-de-pato atrás deles. Primeiro um animal, depois outro e mais outro, até que todo o rebanho se juntou, grasnando. Os bico-de-pato estavam agitados, girando e se contorcendo, apressando-se para fora da água, formando círculos em volta dos mais jovens para protegê-los...

Eles também podem farejá-lo, pensou Grant.

Com um rugido, o tiranossauro irrompeu das árvores a cerca de cinquenta metros de distância, perto da lagoa. Ele atravessou correndo o campo aberto em grandes passadas. E os ignorou, indo na direção da manada de hadrossauros.

– Eu disse! – gritou Lex. – Ninguém me ouve!

Ao longe, os bico-de-pato grasnavam e começavam a correr. Grant podia sentir a terra tremer sob seus pés.

– Vamos, crianças!

Ele agarrou Lex, levantou-a do chão e correu com Tim pelo gramado. Tinha vislumbres do tiranossauro junto à lagoa, arremetendo contra os hadrossauros, que agitavam suas grandes caudas para se defender e grasnavam em alto volume e continuamente. Ele escutou folhagem e árvores sendo esmagadas e, quando olhou de novo, os bico-de-pato estavam atacando.

Na sala de controle escura, Arnold checou seu relógio. Trinta segundos. A memória já devia estar limpa agora. Ele devolveu o interruptor à posição "ligado".

Nada aconteceu.

O estômago de Arnold se contraiu. Ele desligou e tornou a ligar o interruptor. Ainda assim, nada aconteceu. Ele sentiu suor brotando na testa.

– Qual é o problema? – perguntou Gennaro.

– Ah, inferno – disse Arnold. E então se lembrou de que era preciso religar os interruptores de segurança antes de reiniciar a energia. Ele virou os três interruptores e tornou a cobri-los com as coberturas de tranca. Então segurou o fôlego e virou o interruptor principal de energia.

As luzes da sala voltaram a se acender.

O computador apitou.

As telas zumbiram.

– Graças a Deus – disse Arnold. Ele correu até o monitor principal. Havia filas de rótulos na tela:

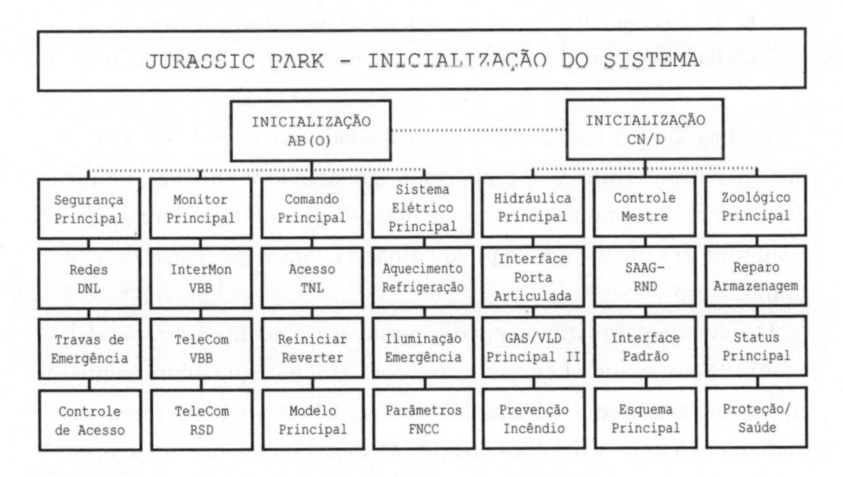

Gennaro pegou o telefone, mas ele estava em silêncio. Nenhum chiado de estática dessa vez – simplesmente nada.

– O que é isso?

– Me dê um segundo – disse Arnold. – Depois de reiniciar, todos os módulos do sistema precisam ser colocados on-line manualmente. – Rapidamente, ele voltou ao trabalho.

– Por que manualmente? – perguntou Gennaro.

– Você pode me deixar trabalhar, pelo amor de Deus?

Wu disse:

– O sistema não foi projetado para ser desligado nunca. Assim, se ele é desligado, presume que existe um problema em algum lugar. Ele exige que você religue tudo manualmente. Senão, caso haja um curto-circuito em algum lugar, o sistema iria reiniciar, dar curto, reiniciar de novo, dar curto de novo, em um ciclo infinito.

– Certo – disse Arnold. – Estamos conseguindo.

Gennaro apanhou o telefone e começou a discar, quando subitamente parou.

– Meu Deus, olhe para aquilo. – Ele apontou para um dos monitores de vídeo.

Arnold, no entanto, não estava ouvindo. Ele encarava o mapa, onde um amontoado apertado de pontos começou a se mover de modo coordenado perto da lagoa. Movimentando-se com rapidez, em um tipo de onda.

– O que está acontecendo? – perguntou Gennaro.

– Os bico-de-pato – disse Arnold, em monocórdio. – A manada estourou.

Os bico-de-pato atacaram com velocidade surpreendente, seus corpos enormes em um grupo apertado, grasnando e rugindo, os bebês guinchando e tentando ficar longe dos pés dos adultos. A manada ergueu uma grande nuvem de poeira amarela. Grant não conseguia ver o tiranossauro.

Os bico-de-pato vinham em disparada exatamente na direção deles.

Ainda carregando Lex, ele correu com Tim para um afloramento rochoso com um bosque de grandes coníferas. Eles correram rápido, sentindo o chão tremer debaixo dos pés. O som da manada que se aproximava era ensurdecedor, como jatos em um aeroporto. Enchia o ar e feria os ouvidos. Lex gritava alguma coisa, mas ele não conseguia ouvir o que ela dizia e, enquanto eles tropeçavam até as pedras, a manada se aproximava cada vez mais.

Grant viu as imensas pernas dos primeiros hadrossauros que passaram correndo, cada animal pesando cinco toneladas, e então eles foram envolvidos em uma nuvem tão densa que ele não conseguia ver nada. Ele vislumbrou corpos imensos, membros gigantescos, gritos lancinantes de dor enquanto os animais corriam e giravam. Um bico-de-pato atingiu uma rocha e ela rolou para além deles, para o campo.

Na densa nuvem de poeira, eles não conseguiam ver quase nada depois das rochas. Agarravam-se a elas, ouvindo os gritos e os grasnados, o rugido ameaçador do tiranossauro. Lex fincou os dedos no ombro de Grant.

Outro hadrossauro bateu a grande cauda contra as rochas, deixando para trás um respingo de sangue quente. Grant esperou até que os sons da luta tivessem se movido para algum ponto à esquerda e então empurrou as crianças para começarem a subir na árvore mais alta. Eles escalaram com rapidez, buscando pelos galhos, enquanto os animais pisoteavam em volta deles na poeira. Eles subiram mais ou menos seis metros quando Lex agarrou-se a Grant e se recusou a ir além. Tim também estava cansado, e Grant achou que eles estavam alto o suficiente. Através da poeira, eles podiam ver as costas largas dos animais lá embaixo enquanto eles giravam e grasnavam. Grant apoiou-se contra a grossa casca da árvore, tossiu por causa da poeira, fechou os olhos e esperou.

Arnold ajustou a câmera enquanto a manada se afastava. A poeira lentamente se assentou. Ele viu que os hadrossauros tinham se espalhado e o tiranossauro parou de correr, o que só podia significar que ele havia conseguido uma presa. O tiranossauro estava agora perto da lagoa. Arnold olhou para o monitor de vídeo e disse:

– É melhor chamar Muldoon para ir até lá e ver o tamanho do estrago.

– Eu vou chamá-lo – disse Gennaro, saindo da sala.

O PARQUE

Um crepitar baixo, como fogo numa lareira. Algo morno e úmido fez cócegas no tornozelo de Grant. Ele abriu os olhos e viu uma enorme cabeça bege. A cabeça se estreitava até uma boca achatada com o formato de um bico de pato. Os olhos, saltados acima do bico, eram suaves e gentis como os de uma vaca. A boca semelhante a um bico se abriu e mastigou as pontas do galho em que Grant estava sentado. Ele viu dentes grandes e quadrados. Os lábios mornos tocaram outra vez seu tornozelo enquanto o animal mastigava.

Um hadrossauro bico-de-pato. Grant estava atônito em vê-lo de perto. Não que sentisse medo; todas as espécies de dinossauro com bico de pato eram herbívoras, e esse agia exatamente como uma vaca. Apesar de ser imenso, seu comportamento era tão calmo e pacífico que Grant não se sentia ameaçado. Ele permaneceu onde estava no galho, tomando cuidado para não se mexer, e observou enquanto o animal comia.

Grant estava espantado por guardar uma sensação de proprietário em relação àquele animal: ele era provavelmente um maiassauro, do final do Cretáceo, em Montana. Ao lado de John Horner, Grant havia sido o primeiro a descrever essa espécie. Maiassauros tinham o lábio superior curvado para cima, o que dava a impressão de que exibiam um sorriso. O nome significava "lagarto boa mãe": pensava-se que os maiassauros protegiam seus ovos até que os bebês nascessem e pudessem cuidar de si mesmos.

Grant ouviu um chilrear insistente e a grande cabeça voltou-se para baixo. Ele moveu-se apenas o bastante para ver o bebê hadrossauro galopando ao redor dos pés do adulto. O bebê era bege-escuro com pintas pretas. O adulto abaixou a cabeça até o chão e esperou, imóvel, enquanto o bebê se erguia nas patas traseiras, repousando as dianteiras na mandíbula da mãe, e comia os galhos que pendiam da lateral da boca dela.

A mãe aguardou pacientemente até o bebê terminar de comer e descer para as quatro patas outra vez. Em seguida, a grande cabeça subiu de novo na direção de Grant.

O hadrossauro continuou comendo a apenas alguns metros dele. Grant olhou para as duas narinas no topo do bico superior achatado. Aparentemente, o dinossauro não conseguia farejar o pesquisador. E, apesar de o olho esquerdo estar olhando diretamente para ele, por algum motivo o hadrossauro não reagia a Grant.

Ele se lembrou de como o tiranossauro não conseguira vê-lo na noite passada. Grant decidiu fazer um teste.

Ele tossiu.

No mesmo instante o hadrossauro congelou, a cabeçorra subitamente quieta, as mandíbulas paradas. Apenas o olho se moveu, procurando pela origem do som. Então, depois de um momento, quando parecia não haver perigo, o animal voltou a mastigar.

Incrível, pensou Grant.

Sentada nos braços dele, Lex abriu os olhos e disse:

– Ei, o que é *aquilo*?

Alarmado, o hadrossauro trombeteou com um grasnado alto, assustando Lex a tal ponto que ela quase caiu da árvore. O hadrossauro afastou a cabeça do galho e trombeteou de novo.

– Não a deixe nervosa – aconselhou Tim, do galho acima.

O bebê piou e apressou-se para baixo das pernas da mãe enquanto o hadrossauro se afastava da árvore. A mãe inclinou a cabeça e olhou inquisitivamente para o galho onde Grant e Lex estavam sentados. Com seus lábios virados para cima, o dinossauro tinha uma aparência cômica.

– Esse bicho é burro? – perguntou Lex.

– Não – respondeu Grant. – Você apenas a assustou.

– Bem – disse Lex –, ela vai nos deixar descer ou não?

A hadrossauro tinha recuado três metros para longe da árvore. Ela grasnou de novo. Grant teve a impressão de que ela estava tentando assustá-los, mas não parecia saber o que fazer. Estava agindo de forma confusa e inquieta. Eles esperaram em silêncio e, após um minuto, o hadrossauro aproximou-se do galho de novo, as mandíbulas se mexendo em antecipação. Ela claramente ia voltar a comer.

– Pode esquecer – disse Lex. – Eu não vou ficar *aqui.* – Ela começou a descer os galhos. Com o movimento, o hadrossauro trombeteou, novamente alarmado.

Grant estava impressionado. Ele pensou: ela realmente não consegue nos ver quando estamos parados. E depois de um minuto, literalmente esquece que estamos aqui. Era igual ao tiranossauro – outro exemplo clássico de um córtex visual anfíbio. Estudos sobre sapos demonstraram que anfíbios viam apenas coisas em movimento, como insetos. Se algo não se mexia, eles não enxergavam. A mesma coisa parecia valer para os dinossauros.

De qualquer forma, o maiassauro agora parecia julgar inquietantes demais aquelas estranhas criaturas descendo pela árvore. Com um grasnado final, ela cutucou seu bebê e lentamente bamboleou para longe. Ela parou uma vez, olhou para trás, na direção deles, e então prosseguiu.

Eles chegaram ao chão. Lex tentou se limpar. As duas crianças estavam recobertas por uma fina camada de poeira. Ao redor deles, a grama tinha sido pisoteada. Havia manchas de sangue e um cheiro azedo.

Grant olhou para o relógio e disse:

– É melhor irmos andando, crianças.

– Eu não vou – respondeu Lex. – Não vou mais andar *lá fora.*

– Nós temos que ir.

– Por quê?

– Porque – explicou Grant – precisamos contar a eles sobre o barco. Como eles parecem não nos ver nos sensores de movimento, temos que fazer todo o caminho de volta sozinhos. É o único jeito.

– Por que não podemos pegar o bote? – perguntou Tim.

– Que bote?

Tim apontou para o prédio baixo onde eles haviam passado a noite, feito de concreto e com barras de segurança, que era um prédio de manutenção. Ficava a quase vinte metros de onde eles estavam, do outro lado do campo.

– Eu vi um bote lá – disse ele.

Grant logo compreendeu as vantagens. Eram sete da manhã. Eles tinham no mínimo treze quilômetros a percorrer. Se pudessem usar um bote ao longo do rio, progrediriam com muito mais rapidez do que indo por terra.

– Vamos lá – disse Grant.

Arnold apertou o botão para colocar no modo de busca visual e observou enquanto os monitores começavam a sondar todo o parque, as imagens mudando a cada dois segundos. Era cansativo de assistir, mas não havia jeito mais rápido de encontrar o jipe de Nedry, e Muldoon tinha sido irredutível sobre isso. Ele saíra com Gennaro para verificar o estouro da manada, mas, agora que a manhã havia chegado, queria que o carro fosse encontrado. Ele queria as armas.

Seu interfone apitou.

– Sr. Arnold, posso ter uma palavrinha com o senhor, por favor?

Era Hammond. Sua voz soava como a voz de Deus.

– O senhor quer vir até aqui, sr. Hammond?

– Não, sr. Arnold – respondeu Hammond. – Venha até aqui. Estou no laboratório genético com o dr. Wu. Estamos esperando pelo senhor.

Arnold suspirou e se afastou das telas.

Grant tropeçou nos recantos sombrios do prédio. Ele passou por contêineres de vinte litros de herbicida, equipamento de poda, estepes para um jipe, rolos de arame farpado, sacos de 45 quilos de fertilizante, pilhas de isolantes marrons de cerâmica, latas vazias de óleo para motor, lanternas e cabos de serviço.

– Não vejo nenhum bote.

– Continue andando.

Sacos de cimento, pedaços de canos de cobre, rede verde... e dois remos de plástico pendurados em clipes na parede de concreto.

– Certo – disse ele –, mas cadê o bote?

– Deve estar aqui em algum lugar – respondeu Tim.

– Você nem chegou a ver o bote?

– Não, eu só supus que estivesse aqui.

Vasculhando por todas aquelas coisas, Grant não encontrou nenhum bote. Mas encontrou um conjunto de plantas, enrolado e manchado de mofo devido à umidade, enfiado em um armário de metal na parede. Ele abriu as plantas no chão, afastando uma aranha grande. Olhou para os papéis por um longo tempo.

– Estou com fome...

– Só um minuto.

Eram mapas topográficos detalhados para a área principal da ilha, onde eles estavam agora. De acordo com aquilo, a lagoa se estreitava no rio que eles tinham visto antes, que se contorcia rumo ao norte... Atravessava o aviário... E seguia até chegar a aproximadamente oitocentos metros do alojamento de visitantes.

Ele folheou as páginas. Como chegariam até a lagoa? De acordo com as plantas, deveria haver uma porta nos fundos do prédio em que se encontravam. Grant tirou os olhos das folhas e a encontrou, nos fundos em uma parede de concreto. A porta era ampla o bastante para a passagem de um carro. Abrindo-a, ele viu uma estrada pavimentada correndo diretamente até a lagoa. A estrada era escavada abaixo do nível do solo, portanto, não podia ser vista de cima. Devia ser outra estrada de serviço. E levava até uma doca na beira da lagoa. E na doca, era possível ver claramente a sinalização: DEPÓSITO DE BOTES.

– Ei – disse Tim. – Olhe isso aqui. – Ele estendeu uma caixa metálica para Grant.

Abrindo-a, Grant encontrou uma pistola de ar comprimido e um cinturão de tecido contendo dardos. Havia um total de seis dardos, cada um tão grosso quanto um dedo. Eles estava etiquetados como MORO-709.

– Bom trabalho, Tim. – Ele passou o cinto pelo ombro e guardou a arma na calça.

– Essa é uma arma de tranquilizantes?

– Eu acredito que sim.

– E o bote? – perguntou Lex.

– Acho que está na doca – respondeu Grant. Eles começaram a descer pela estrada. Grant carregava os remos no ombro.

– Espero que seja um bote grande – disse Lex –, porque eu não sei nadar.

– Não se preocupe.

– Talvez possamos pescar alguns peixes.

Eles desceram pela estrada com o terreno inclinado erguendo-se de ambos os lados. Ouviram um resfolegar profundo e rítmico, mas Grant não conseguiu ver de onde o som estava vindo.

– Tem certeza de que existe um bote aqui embaixo? – perguntou Lex, franzindo o nariz.

– É provável – respondeu Grant.

O ronco ritmado ficou mais alto enquanto eles caminhavam, mas também ouviram um zumbido monótono e estável. Quando chegaram ao fim da estrada, na borda da pequena doca de concreto, Grant congelou, em choque.

O tiranossauro estava *bem ali*.

Sentado sob a sombra de uma árvore, tinha os membros inferiores estendidos diante dele. Os olhos estavam abertos, mas ele não se mexia, exceto pela cabeça, que subia e descia gentilmente a cada resfolegar. O zumbido vinha das nuvens de moscas que o cercavam, rastejando sobre seu rosto e mandíbulas relaxadas, suas presas ensanguentadas e as ancas de um hadrossauro morto, jogadas atrás do tiranossauro.

O tiranossauro estava a menos de vinte metros de distância. Grant tinha certeza de que ele os havia visto, mas o grande animal não reagiu. Apenas ficou ali, sentado. Ele levou um momento para perceber: o tiranossauro estava adormecido. Sentado, mas adormecido.

Grant fez sinais para que Tim e Lex ficassem onde estavam. Ele caminhou lentamente em direção à doca, bem no campo de visão do tiranossauro. O enorme animal continuou a dormir, roncando de leve.

Perto da ponta da doca, uma barraca de madeira estava pintada de verde para se camuflar na folhagem. Grant silenciosamente destrancou a porta e espiou lá dentro. Ele viu meia dúzia de coletes salva-vidas cor de laranja pendurados na parede, vários rolos de rede de arame para cercas, alguns rolos de corda e dois grandes cubos de borracha jogados no chão. Os cubos estavam amarrados firmemente com faixas de borracha.

Botes.

Ele olhou para Lex.

Ela falou sem emitir som: *Nenhum bote?*

Ele assentiu com um gesto da cabeça: *Tem sim.*

O tiranossauro ergueu um braço para afastar as moscas zumbindo em volta de seu focinho. Foi seu único movimento. Grant puxou um dos cubos para fora até a doca. Era mais pesado do que esperava. Ele soltou as faixas, encontrou o cilindro utilizado para inflar o bote. Com um assovio alto, a borracha começou a se expandir e, com um *hissss-pá!*, acabou de se desdobrar e abriu-se na doca. O som foi assustadoramente alto aos ouvidos deles.

Grant se virou e olhou para o dinossauro.

O tiranossauro grunhiu e fungou. Começou a se mexer. Grant se preparou para correr, mas o animal mudou o corpo de posição e tornou a se ajeitar contra o tronco, soltando um arroto longo e meio rosnado.

Lex pareceu enojada, abanando a mão na frente do rosto.

Grant estava ensopado de suor pela tensão. Ele arrastou o bote de borracha para o outro lado da doca. Pousou na água com um ruído alto.

O dinossauro continuou dormindo.

Grant amarrou o bote na doca e voltou à barraca para retirar dois coletes salva-vidas, que colocou no bote. Então acenou para as crianças virem até a doca.

Pálida de medo, Lex gesticulou de volta: *Não.*

Ele rebateu: *Sim.*

O tiranossauro continuou a dormir.

Grant espetou o ar com um dedo enfático. Lex veio em silêncio, e ele fez sinal para que ela subisse no bote; depois foi a vez de Tim, e ambos colocaram os coletes salva-vidas. Grant subiu e deu impulso. O bote vagou silenciosamente para dentro da lagoa. Grant apanhou os remos e os encaixou nas traves. Eles se afastaram ainda mais da doca.

Lex recostou-se e suspirou alto de alívio. Em seguida pareceu chocada e colocou a mão por cima da boca. Seu corpo tremia com sons abafados: ela estava contendo um acesso de tosse.

Ela *sempre* tossia na hora errada!

– Lex – sussurrou Tim furiosamente, olhando para a margem.

Ela balançou a cabeça, desconsolada, e apontou para a garganta. Ele sabia o que ela queria dizer: uma coceira na garganta. O que ela precisava era de um gole de água. Grant estava remando, e Tim inclinou-se sobre a lateral do bote, apanhando água com as mãos em concha na lagoa; em seguida, estendeu a oferta para ela.

Lex tossiu alto, explosivamente. Aos ouvidos de Tim, o som ecoou pela água como um tiro.

O tiranossauro bocejou preguiçosamente e coçou atrás da orelha com a perna, do mesmo jeito que um cachorro faria. Ele bocejou de novo. Estava meio tonto depois da grande refeição e acordou devagar.

No barco, Lex estava gargarejando baixinho.

– Lex, *fica quieta!* – disse Tim.

– Eu não consigo – sussurrou ela, tossindo outra vez. Grant remou com força, levando o bote poderosamente até o meio da lagoa.

Na margem, o tiranossauro se levantou aos tropeços.

– Eu não consegui evitar, Timmy! – gritou Lex, desesperada. – Eu não consegui evitar!

– Shhh!

Grant remava tão rápido quando podia.

– De qualquer jeito, não importa – disse ela. – Estamos longe o bastante. Ele não sabe nadar.

– *É claro que ele sabe nadar, sua idiota!* – berrou Tim. Na margem, o tiranossauro abandonou a doca e mergulhou na água. Ele se moveu com força na água atrás deles.

– E como é que eu podia saber disso? – disse ela.

– Todo mundo sabe que dinossauros sabem nadar! Está em todos os livros! Todos os répteis sabem nadar!

– Cobras não sabem.

– *É claro* que cobras nadam. Sua *idiota*!

– Parem com isso – disse Grant. – Segurem-se em alguma coisa!

Grant observava o dinossauro, notando como o animal nadava. O tiranossauro estava agora com água na altura do peito, mas conseguia manter a cabeça acima da superfície. Então Grant percebeu que o animal não estava nadando, mas, sim, caminhando, porque logo depois apenas o topo de sua cabeça – os olhos e narinas – elevava-se acima da superfície. Nesse momento ele lembrava um crocodilo, e nadava como um crocodilo, batendo a cauda de um lado para o outro, a água agitando-se atrás dele. Por trás da cabeça, Grant viu a elevação das costas e os sulcos por toda a extensão da cauda, que ocasionalmente surgia na superfície.

Exatamente como um crocodilo, pensou ele, infeliz. O maior crocodilo do mundo.

– Me desculpe, dr. Grant! – choramingou Lex. – Eu não queria fazer isso!

Grant olhou por cima do ombro. A lagoa não tinha mais do que noventa metros de largura naquele ponto, e eles estavam quase no centro dela. Se ele continuasse, a água voltaria a ser rasa. O tiranossauro poderia voltar a andar, e ele se moveria mais rápido na água rasa. Grant deu uma volta com o bote e começou a remar para o norte.

– O que você está fazendo?

O tiranossauro estava agora a apenas alguns metros de distância. Grant podia escutar suas inspirações curtas conforme ele se aproximava. Grant olhou para os remos em suas mãos, mas eles eram feitos de plástico leve – não eram armas, de jeito nenhum.

O tiranossauro jogou a cabeça para trás e escancarou as mandíbulas, mostrando fileiras de dentes recurvados; então, em um grande espasmo muscular, lançou-se para cima do bote, perdendo por pouco a amurada de borracha, o grande crânio se fechando com estrondo, o bote balançando para longe na crista da onda gerada por ele.

O tiranossauro mergulhou sob a superfície, deixando bolhas gorgolejantes atrás de si. A lagoa ficou quieta. Lex agarrou as alças da amurada e olhou para trás.

– Ele se afogou?

– Não – disse Grant. Ele viu bolhas... Depois, uma leve agitação ao longo da superfície... Vindo na direção do bote...

– Segurem-se! – gritou ele, enquanto a cabeça batia debaixo da borracha, entortando o bote e erguendo-o no ar, fazendo-os girar loucamente antes de voltar a cair na água.

– Faz alguma coisa! – berrou Alexis. – Faz alguma coisa!

Grant puxou a pistola de ar de seu cinto. Ela parecia pateticamente pequena em suas mãos, mas havia a chance de que, se ele atingisse o animal em um ponto sensível, no olho ou no nariz...

O tiranossauro ressurgiu ao lado do bote, abriu suas mandíbulas e rugiu. Grant mirou e atirou. O dardo reluziu na claridade e atingiu a bochecha. O tiranossauro balançou a cabeça e rugiu de novo.

E subitamente eles ouviram um rugido em resposta, flutuando através da água na direção deles.

Olhando para trás, Grant viu o tiranossauro jovem na margem, agachado sobre o saurópode morto, tomando a carcaça para si. Ele atacou a carcaça, depois ergueu a cabeça e berrou. O tiranossauro maior também viu aquilo e a resposta foi imediata – ele voltou para proteger sua caça, nadando furiosamente para a margem.

– Ele está indo embora! – gritou Lex, batendo palmas. – Ele está indo embora! Na-na-naaaa-naaa! Dinossauro estúpido!

Da margem, o jovem rugiu, desafiador. Enfurecido, o grande tiranossauro irrompeu da lagoa a toda velocidade, água escorrendo de seu corpo enorme enquanto ele corria pela colina além da doca. O jovem abaixou a cabeça e fugiu, suas mandíbulas ainda cheias de carne rasgada.

O tiranossauro adulto o perseguiu, passando pelo saurópode morto e desaparecendo sobre a colina. Eles ouviram seu último berro ameaçador e então o barco se moveu para o norte, por uma curva na lagoa, até o rio.

Exausto de remar, Grant desabou para trás, respirando pesadamente. Ele não conseguia recuperar o fôlego. Ficou deitado no bote, ofegando.

– Você está bem, dr. Grant? – perguntou Lex.

– Daqui pra frente, você pode simplesmente fazer o que eu disser?

– Tudo bem – suspirou ela, como se ele tivesse acabado de fazer a exigência mais irracional do mundo. Ela pousou a mão na água por algum tempo. – O senhor parou de remar – disse ela.

– Estou cansado – disse Grant.

– Então por que ainda estamos nos movendo?

Grant se sentou. Ela tinha razão. O bote boiava firmemente para o norte.

– Deve ser uma corrente.

A corrente os levava para o norte, na direção do hotel. Ele olhou para seu relógio e ficou espantado ao ver que eram apenas 7h15. Só quinze minutos tinham se passado desde que ele olhara pelo relógio pela última vez. Pareciam ter sido duas horas.

Grant repousou contra as amuradas de borracha, fechou os olhos e dormiu.

QUINTA ITERAÇÃO

"Agora, as falhas
no sistema se
tornarão severas."

Ian Malcolm

BUSCA

Gennaro estava sentado no jipe ouvindo o zumbido das moscas e encarando as palmeiras longínquas que oscilavam no calor. Ele estava chocado pelo que parecia ter sido um campo de batalha: a grama havia sido completamente pisoteada por centenas de metros em todas as direções. Uma palmeira grande tinha sido arrancada do chão pela raiz. Havia grandes manchas de sangue na grama e no afloramento de rochas à direita deles.

Sentado ao lado dele, Muldoon disse:

– Não há dúvida. O rex esteve no meio dos hadrossauros. – Ele tomou outro gole de uísque e fechou a garrafa. – Que saco esse monte de moscas.

Eles esperaram e observaram.

Gennaro batucou com os dedos no painel.

– O que estamos esperando?

Muldoon não respondeu de imediato.

– O rex está lá fora, em algum lugar – disse ele, estreitando os olhos para a paisagem ao sol matutino. – E nós não temos nenhuma arma que possa ser usada contra ele.

– Estamos em um jipe.

– Ah, ele pode correr mais do que o jipe, sr. Gennaro – disse Muldoon, balançando a cabeça. – Assim que deixarmos essa estrada e partirmos para o terreno aberto, o melhor que podemos conseguir em um veículo de tração nas quatro rodas é algo entre 50 e 65 quilômetros por hora. Ele vai nos alcançar com tranquilidade. Sem problemas para ele. – Muldoon suspirou. – Mas não vejo muito movimento por lá agora. Você está pronto para viver perigosamente?

– Claro – disse Gennaro.

Muldoon deu partida no motor e, com o som súbito, dois pequenos othnielias saltaram da grama amassada logo adiante deles. Muldoon engatou a marcha. Ele dirigiu em um amplo círculo ao redor do local pisoteado e então seguiu para dentro, fazendo círculos concêntricos até finalmente chegar ao local no campo onde os pequenos othnielias tinham estado. Ali, ele desceu do carro e caminhou na grama, afastando-se do jipe. Ele parou quando uma densa nuvem de moscas se ergueu no ar.

– O que foi? – gritou Gennaro.

– Traga o rádio – respondeu Muldoon.

Gennaro saiu do jipe e correu para a frente. Mesmo a distância, pôde sentir o cheiro azedo e adocicado do início de decomposição. Ele viu uma silhueta escura na grama, encrustada de sangue, as pernas retorcidas.

– Um hadrossauro jovem – disse Muldoon, olhando para a carcaça. – A manada toda estourou, o jovem se perdeu e o T-rex o pegou.

– Como você sabe? – perguntou Gennaro. A carne estava rasgada por muitas mordidas.

– Dá pra saber pela excreção – disse Muldoon. – Está vendo aquelas coisinhas esbranquiçadas ali na grama? Aquilo é rastro de hadro. O ácido úrico o deixa branco. Mas você olha ali – ele apontou para um monte grande, erguendo-se à altura do joelho na grama –, e aquilo é rastro de tiranossauro.

– Como você sabe que o tiranossauro não veio depois?

– O padrão das mordidas – respondeu Muldoon. – Está vendo as pequenas, aqui? – Ele apontou para a barriga. – Estas são dos othis. Essas mordidas não sangraram. São *post mortem*, de carniceiros. Os othis fizeram isso. Mas o hadro foi morto com uma mordida no pescoço. Você pode ver o rasgo grande ali, entre as omoplatas. Isso é coisa do tiranossauro rex, sem dúvida.

Gennaro inclinou-se sobre a carcaça, olhando para os membros desajeitados e esmagados com uma sensação de irrealidade. Ao lado dele, Muldoon ligou seu rádio.

– Controle.

– Sim – disse John Arnold pelo rádio.

– Temos outro hadro morto. Jovem. – Muldoon abaixou-se entre as moscas e conferiu a pele na sola da pata traseira direita. Um número estava tatuado ali. – Espécime número HD/09.

O rádio estalou.

– Eu tenho uma coisa pra você – disse Arnold.

– Ah, é? E o que é?

– Encontrei o Nedry.

O jipe emergiu de uma fila de palmeiras ao longo da estrada leste e saiu em uma estrada de serviço mais estreita, levando diretamente ao rio da selva. Fazia calor nessa área do parque, com a selva fechada e fétida ao redor deles. Muldoon estava mexendo com o monitor do computador no jipe, que agora mostrava um mapa do resort com linhas de rede sobrepostas.

– Eles o encontraram por vídeo remoto – disse ele. – O setor 1104 é logo adiante.

Um pouco mais à frente na estrada, Gennaro viu uma barreira de concreto e o jipe estacionado ao lado dela.

– Ele deve ter pegado a saída errada – disse Muldoon. – O safado.

– O que ele roubou? – perguntou Gennaro.

– Wu disse que quinze embriões. Sabe quanto isso vale?

Gennaro balançou a cabeça.

– Algo entre dois e dez milhões – respondeu Muldoon. Ele balançou a cabeça. – Aposta alta.

Conforme se aproximaram, Gennaro viu o corpo deitado ao lado do carro. O cadáver estava indistinto e verde – mas então as silhuetas verdes se espalharam quando o jipe parou.

– Comps – disse Muldoon. – Os comps o encontraram.

Uma dezena de procompsógnatos, pequenos predadores delicados do tamanho de patos, estavam de pé na beira da mata, chiando empolgados enquanto os homens desciam do carro.

Dennis Nedry jazia de costas, o rosto gorducho e juvenil agora vermelho e intumescido. Moscas voavam ao redor da boca aberta e da língua espessa. Seu corpo estava mutilado – os intestinos abertos, uma perna toda comida. Gennaro deu as costas rapidamente para olhar para os pequenos comps, que se agacharam nos membros inferiores a uma curta distância e observavam os homens curiosamente.

Os pequenos dinossauros tinham mãos com cinco dedos, notou ele. Eles limpavam seus rostos e queixos, o que lhes conferia uma estranha caraterística humana, que...

– Minha nossa – disse Muldoon. – Não foram os comps.

– O quê?

Muldoon estava balançando a cabeça.

– Está vendo essas manchas? Na camisa e no rosto dele? Sente esse cheiro adocicado como vômito velho e seco?

Gennaro revirou os olhos. Sim, tinha sentido o cheiro.

– Isso é saliva de dilo – explicou Muldoon. – Cuspe dos dilofossauros. Você vê o dano nas córneas, toda essa vermelhidão? Nos olhos é doloroso, mas não fatal. A pessoa tem cerca de duas horas para lavar a área com antídoto; nós mantemos um estoque por todo o parque, só por prevenção. Não que isso importasse para esse safado. Eles o cegaram, depois o rasgaram no meio. Não é um jeito bom de se morrer. Talvez haja justiça no mundo, afinal.

Os procompsógnatos guincharam e saltaram para cima e para baixo enquanto Gennaro abria o porta-malas e tirava um tubo de metal cinza e uma caixa de aço inoxidável.

– Ainda está tudo aqui – disse ele. Ele entregou dois cilindros escuros para Gennaro.

– O que é isso? – perguntou Gennaro.

– Exatamente o que parecem ser – respondeu Muldoon. – Foguetes. – Enquanto Gennaro recuava, ele disse: – Cuidado, você não vai querer pisar em nada.

Gennaro passou cuidadosamente por cima do corpo de Nedry. Muldoon carregou o tubo para o outro jipe, colocando-o na traseira. Ele foi para trás do volante.

– Vamos.

– E ele? – disse Gennaro, apontando para o corpo.

– O que tem ele? – disse Muldoon. – Temos mais o que fazer.

Ele engatou a marcha. Olhando para trás, Gennaro viu os comps voltarem a comer. Um pulou e agachou-se na boca aberta de Nedry, enquanto mordiscava a carne de seu nariz.

* * *

O rio da selva se estreitou. As margens se aproximavam de ambos os lados até as árvores e a folhagem penduradas nas margens se encontrarem no topo, bloqueando o sol. Tim ouviu o grito dos pássaros e viu pequenos dinossauros chilreando e saltando entre os galhos. Todavia, na maior parte do tempo tudo era silencioso, o ar quente e parado sob a copa das árvores.

Grant olhou para seu relógio. Eram oito da manhã.

Eles vagavam pacificamente entre retalhos sarapintados de luz. Se possível, eles pareciam estar indo mais rápido que antes. Agora desperto, Grant estava deitado de costas, olhando para os galhos lá em cima. Na popa, viu a menina estendendo a mão para cima.

– Ei, o que você está fazendo? – perguntou ele.

– Acha que podemos comer essas frutinhas? – Ela apontou para as árvores. Alguns dos galhos estavam perto o bastante para se tocar. Tim viu cachos de frutinhas vermelhas nos galhos.

– Não – respondeu Grant.

– Por quê? Aqueles dinossaurinhos estão comendo. – Ela apontou para pequenos dinossauros saltitando pelos galhos.

– Não, Lex.

Ela suspirou, descontente com a autoridade dele.

– Eu queria que o papai estivesse aqui – disse ela. – Papai sempre sabe o que fazer.

– Do que você está falando? – disse Tim. – Ele *nunca* sabe o que fazer.

– Sabe, sim – suspirou ela. Lex encarava as árvores deslizando por eles, suas grandes raízes se retorcendo na direção da beira da água. – Só porque você não é o favorito dele...

Tim deu-lhe as costas sem dizer nada.

– Mas não se preocupe, o papai também gosta de você. Mesmo que você goste de computadores e não de esportes.

– Meu pai é louco por esportes – Tim explicou a Grant.

Grant assentiu. Nos galhos, pequenos dinossauros amarelo-claros, com cerca de cinquenta centímetros de altura, saltavam de árvore em árvore. Eles tinham bicos, como papagaios.

– Sabe como se chamam aqueles ali? – perguntou Tim. – Microceratus.

– Grande coisa – disse Lex.

– Pensei que você pudesse estar interessada.

– Só meninos muito novos – respondeu ela – se interessam por dinossauros.

– Quem disse?

– Papai.

Tim começou a gritar, mas Grant levantou a mão.

– Crianças – disse ele –, fiquem quietas.

– Por quê? – disse Lex. – Eu posso fazer o que quiser, se eu...

E então ela ficou em silêncio, porque também ouviu. Era um grito de gelar o sangue, vindo de algum lugar mais à frente no rio.

– Bem, onde está o maldito rex? – perguntou Muldoon, falando pelo rádio. – Não estamos vendo ele por aqui.

Eles tinham voltado ao complexo dos saurópodes e olhavam para a grama pisoteada onde os hadrossauros haviam estourado. Não era possível ver o tiranossauro em canto algum.

– Vou conferir – disse Arnold e desligou.

Muldoon virou-se para Gennaro.

– Vou conferir – repetiu ele sarcasticamente. – Por que não conferiu essa droga antes? Por que não ficou de olho nele?

– Não sei – respondeu Gennaro.

– Ele não está aparecendo aqui – disse Arnold, um momento depois.

– O que você quer dizer com "ele não está aparecendo"?

– Ele não está nos monitores. Os sensores de movimento não o encontraram.

– Droga – disse Muldoon. – Bela porcaria esses sensores de movimento. Você encontrou Grant e as crianças?

– Os sensores também não os encontraram.

– Bem, e o que é que nós fazemos agora? – perguntou Muldoon.

– Esperamos – disse Arnold.

* * *

– Olha! Olha!

Bem adiante, o grande domo do aviário erguia-se acima deles. Grant só o vira a distância; agora, percebia que era enorme – cerca de quatrocentos metros de diâmetro ou mais. O padrão das estruturas geodésicas brilhava fracamente através da leve neblina e a primeira coisa em que pensou foi que o vidro devia pesar uma tonelada. E então, conforme se aproximaram, ele viu que não havia vidro algum – apenas estruturas. Uma fina rede pendurava-se dentro dos elementos.

– Não está pronta – disse Lex.

– Acho que é de propósito; é para ela ser assim, aberta mesmo – explicou Grant.

– Mas aí todos os pássaros podem voar para fora.

– Não se eles forem pássaros *grandes* – disse Grant.

O rio os carregou para debaixo da borda do domo. Eles olhavam fixamente para cima. Agora estavam dentro do domo, ainda descendo pelo rio. Contudo, em poucos minutos o domo erguia-se tão alto acima deles que mal era visível na névoa. Grant disse:

– Acho que me lembro de ter visto um segundo alojamento aqui.

Momentos depois, ele viu o teto de um prédio acima das copas das árvores, ao norte.

– Você quer parar? – perguntou Tim.

– Talvez haja um telefone. Ou sensores de movimento. – Grant virou o bote para a margem. – Precisamos tentar entrar em contato com a sala de controle. Está ficando tarde.

Eles desembarcaram, escorregando na margem lodosa, e Grant retirou o bote da água. Depois amarrou a corda em uma árvore e eles saíram, atravessando uma densa floresta de palmeiras.

AVIÁRIO

– Eu simplesmente não entendo – disse John Arnold, falando ao telefone. – Não encontro o rex, e também não estou vendo Grant e as crianças em lugar nenhum.

Ele sentou-se em frente aos consoles e tomou outro copo de café. Por toda a sua volta, a sala de controle estava coberta de pratos de papel e sanduíches pela metade. Arnold estava exausto. Eram oito da manhã do sábado. Nas quatorze horas desde que Nedry destruíra o computador que administrava o Jurassic Park, Arnold pacientemente colocara os sistemas novamente on-line, um após o outro.

– Todos os sistemas do parque estão de volta à ativa e funcionando corretamente. Os telefones estão funcionando. Eu chamei um médico para você.

Do outro lado da linha, Malcolm tossiu. Arnold falava com ele em seu quarto, no alojamento.

– Mas você está tendo problemas com os sensores de movimento?

– Bem, eu não estou encontrando o que procuro.

– Como o rex?

– Ele não está sendo localizado em parte alguma. Estava indo para o norte há uns vinte minutos, seguindo as margens da lagoa, e então eu o perdi. Não sei por quê, a não ser que ele tenha ido dormir de novo.

– E você não consegue encontrar Grant e as crianças?

– Não.

– Acho que é bem simples – disse Malcolm. – Os sensores de movimento cobrem uma área insuficiente.

– Insuficiente? – irritou-se Arnold. – Eles cobrem 92...

– Noventa e dois por cento da área terrestre, eu me lembro – disse Malcolm. – Mas, se você colocar essas áreas em sua tela, acho que vai descobrir que os 8% são unidos topologicamente, o que significa que essas áreas são contíguas. Em suma, um animal pode se mover livremente em qualquer lugar do parque e escapar à sua percepção, seguindo uma estrada de manutenção, o rio da selva, as praias ou seja lá o que for.

– Ainda que seja verdade – disse Arnold –, os animais são estúpidos demais para saber disso.

– Não sabemos quão estúpidos são esses animais.

– Você acha que é isso o que Grant e as crianças estão fazendo?

– Definitivamente não – respondeu Malcolm, tossindo outra vez. – Grant não é bobo. É claro que ele quer ser detectado por você. Ele e as crianças estão provavelmente acenando para cada sensor de movimentos que encontram. Mas talvez tenham tido outros problemas que não sabemos. Ou talvez eles estejam no rio.

– Não acredito que estejam no rio. As margens são muito estreitas. É impossível caminhar por ali.

– O rio os traria até aqui?

– Traria, mas não é o caminho mais seguro a seguir, porque ele passa pelo aviário...

– Por que o aviário não estava no passeio? – perguntou Malcolm.

– Nós tivemos problemas na montagem. Originalmente, teríamos um alojamento no topo das árvores, bem acima do solo, onde os visitantes poderiam observar os pterodáctilos voando. Temos quatro dáctilos no aviário agora. Na verdade, eles são cearadáctilos, grandes dáctilos comedores de peixe.

– E qual o problema deles?

– Bem, enquanto terminávamos o alojamento, colocamos os dáctilos no aviário para aclimatá-los. Mas isso foi um grande erro. Descobrimos que nossos pescadores são territoriais.

– Territoriais?

– Ferozmente territoriais – explicou Arnold. – Eles lutam entre si por território, e atacam qualquer outro animal que entre na área marcada por eles.

– Atacam?

– É impressionante – disse Arnold. – Os dáctilos planam até o topo do aviário, dobram suas asas e mergulham. Um animal de treze quilos atinge um homem no chão como uma tonelada de tijolos. Eles ficavam atingindo os trabalhadores, deixando-os inconscientes, machucando bastante.

– Isso não fere os dáctilos?

– Não até o momento.

– Então, se aquelas crianças estão no aviário...

– Elas não estão – disse Arnold. – Ao menos, espero que não estejam.

– *Aquilo* é o alojamento? – perguntou Lex. – Que porcaria.

Sob o domo do aviário, o Pico do Pterossauro era elevado, bem acima do chão, sobre grandes torres de madeira, no meio de um estrado de abetos. Mas o prédio estava inacabado e sem pintura; as janelas tinham sido fechadas com tábuas. As árvores e o alojamento estavam salpicados com grandes manchas brancas.

– Acho que eles não terminaram o lugar, deve ter tido algum motivo – disse Grant, disfarçando seu desapontamento. Ele olhou para o relógio. – Venham, vamos voltar para o barco.

O sol surgiu enquanto eles caminhavam, deixando a manhã mais alegre. Grant olhou para as sombras reticuladas no chão do domo acima deles. Ele notou que o chão e a folhagem estavam marcados com largas manchas da mesma substância branca e descorada que havia no prédio. E havia um odor distinto e azedo no ar matutino.

– Este lugar fede – disso Lex. – O que é essa coisa branca?

– Parece excremento de réptil. Provavelmente dos pássaros.

– Por que não terminaram o alojamento?

– Não sei.

Eles penetraram numa clareira de grama baixa, pontilhada de flores selvagens. Ouviram um assovio longo e baixo. Depois um assovio em resposta, do outro lado da floresta.

– O que é isso?

– Não sei.

E então Grant viu a sombra escura de uma nuvem no gramado adiante. A sombra se movimentava com rapidez. Em segundos, tinha passado por cima deles. Ele olhou para cima e viu uma enorme silhueta escura deslizando lá no alto, bloqueando o sol.

– Uau! – exclamou Lex. – Isso é um pterodáctilo?

– É – disse Tim.

Grant não respondeu. Ele estava hipnotizado pela visão da imensa criatura voadora. No céu, lá em cima, o pterodáctilo deu um assovio baixo e girou graciosamente, voltando em direção a eles.

– Por que será que eles não estão na programação do passeio? – perguntou Tim.

Grant estava pensando na mesma coisa. Os dinossauros voadores eram tão lindos, tão graciosos enquanto se moviam pelo ar. Enquanto Grant observava, viu um segundo pterodáctilo surgir no céu, e um terceiro e um quarto.

– Talvez porque o alojamento não esteja pronto – disse Lex.

Grant estava pensando que aqueles não eram pterodáctilos comuns. Eles eram grandes demais. Deviam ser cearadáctilos, grandes répteis voadores do início do Cretáceo. Quando estavam no alto, pareciam pequenos aviões. Quando vinham mais para baixo, ele podia ver que os animais tinham envergadura de quatro metros e meio, corpos peludos e cabeças semelhantes às de crocodilos. Eles comiam peixe, lembrou-se. América do Sul e México.

Lex fez sombra com as mãos e olhou para o céu.

– Eles podem nos machucar?

– Acho que não. Eles comem peixe.

Um dos dáctilos desceu em espiral, uma sobra escura disparando que passou por eles com um sopro de ar quente e um cheiro azedo que permaneceu.

– Uau! Eles são grandes *mesmo.* – E então ela disse: – Tem certeza de que eles não podem nos machucar?

– Uma certeza razoável.

Um segundo dáctilo desceu, movendo-se com mais velocidade que o primeiro. Veio por trás, passando por cima da cabeça deles. Grant teve um vislumbre do seu bico dentuço e do corpo peludo. Ele parecia um morcego imenso, pensou. Mas Grant estava impressionado com a aparência frágil dos animais. Sua envergadura imensa, as delicadas membranas rosadas esticadas entre as asas – tão finas que chegavam a ser translúcidas –, tudo reforçava a delicadeza dos dáctilos.

– Ai! – gritou Lex, agarrando o cabelo. – Ele me mordeu!

– Ele o quê? – disse Grant.

– Ele me mordeu! Ele me mordeu! – Quando ela soltou o cabelo, ele viu sangue em seus dedos.

Lá em cima, mais dois dáctilos dobraram as asas e desabaram em pequenas silhuetas escuras que mergulharam em direção ao chão. Eles soltaram uma espécie de grito enquanto disparavam para baixo.

– Venham! – disse Grant, agarrando as mãos das crianças. Os três correram pela clareira, ouvindo o grito que se aproximava, e Grant se jogou no chão no último instante, puxando as crianças consigo, enquanto os dois dáctilos assoviavam e guinchavam passando por eles, batendo as asas. Grant sentiu garras rasgarem as costas de sua camisa.

E então ele se levantou, puxando Lex de volta, e correu com Tim poucos metros adiante, enquanto ouvia outros dois pássaros fazerem uma curva e mergulharem na direção deles, gritando. No último momento, empurrou as crianças para o chão e as grandes sombras passaram batendo as asas.

– Eca – disse Lex, enojada. Ele viu que ela estava coberta com o excremento branco dos pássaros.

Grant se levantou aos tropeços.

– Vamos!

Ele estava prestes a correr quando Lex berrou, apavorada. Virando-se, ele viu que um dos pterodáctilos a segurava pelos ombros com suas garras. As imensas asas coriáceas do animal, translúcidas à luz do sol, batiam, abertas, dos dois lados dela. O dáctilo tentava levantar voo, mas Lex era pesada demais, e, enquanto lutava, o animal repetidamente batia na cabeça dela com sua mandíbula longa e pontuda.

Lex gritava, agitando os braços loucamente. Grant fez a única coisa que lhe ocorreu: correu e saltou, jogando-se contra o corpo do pterodáctilo. Conseguiu derrubá-lo no chão e caiu em cima do corpo peludo. O animal gritou e atacou; Grant abaixou a cabeça para se afastar das mandíbulas e empurrou, enquanto as asas gigantescas batiam ao redor de seu corpo. Era como estar em uma tenda durante uma tempestade de vento. Ele não conseguia enxergar, não conseguia ouvir, não existia nada além das batidas das asas, dos gritos e das membranas coriáceas. As pernas com garras arranhavam freneticamente seu peito. Lex gritava. Grant empurrou o pterodáctilo para trás; ele guinchou e reclamou enquanto batia as asas e lutava para se virar e se endireitar. Finalmente, dobrou suas asas como um morcego e rolou, erguendo-se nas pequenas garras de suas asas, e começou a caminhar. Grant parou, espantado.

Ele podia caminhar com suas asas! A hipótese de Lederer estava correta! Entretanto, agora os outros dáctilos estavam mergulhando para cima deles e Grant estava tonto, desequilibrado e, horrorizado, viu Lex correr, os braços acima da cabeça... Tim gritando a plenos pulmões...

O primeiro deles mergulhou e Lex jogou algo, então subitamente o dáctilo assoviou e subiu. Os outros dáctilos imediatamente subiram e perseguiram o primeiro no ar. O quarto dáctilo bateu as asas, desajeitado, e subiu para se juntar aos outros. Grant olhou para cima, estreitando os olhos para ver o que tinha acontecido. Os três dáctilos perseguiam o primeiro, gritando furiosamente.

Eles estavam sozinhos no gramado.

– O que aconteceu? – perguntou Grant.

– Eles pegaram a minha luva – disse Lex. – Minha Darryl Strawberry especial.

Eles voltaram a caminhar. Tim colocou o braço ao redor dos ombros dela.

– Você está bem?

– *É claro*, seu estúpido – disse ela, retirando o braço dele com um safanão. Ela olhou para cima. – Espero que eles engasguem e morram – disse ela.

– É – disse Tim. – Eu também.

Lá na frente, eles viram o barco parado na margem. Grant olhou para seu relógio. Eram 8h30. Ele agora tinha duas horas e meia para voltar.

Lex comemorou quando eles deslizaram para fora do domo prateado do aviário. Em seguida, as margens do rio se estreitaram dos dois lados, as árvores outra vez se encontrando lá em cima. O rio estava mais estreito do que nunca, com apenas três metros de largura em alguns pontos, e a corrente fluía bastante rápido. Lex estendeu a mão para cima para tocar os galhos conforme eles passavam.

Grant recostou-se no bote e escutou o gorgolejar da água através da borracha morna. Eles seguiam com mais velocidade agora, os galhos acima passando com mais rapidez. Era agradável. Gerava uma leve brisa no confinamento dos galhos. E significava que eles chegariam mais rápido ao destino.

Grant não poderia adivinhar a distância que haviam percorrido, mas deviam ser vários quilômetros desde o prédio saurópode em que passaram a noite. Talvez sete ou oito quilômetros. Até mais. Isso significava que eles deviam estar a apenas uma hora de caminhada do hotel, assim que deixassem o bote. No entanto, depois do aviário, Grant não estava com pressa nenhuma de deixar o rio novamente. Por enquanto, estavam com uma boa velocidade.

– Como será que está o Ralph? – perguntou Lex. – Provavelmente está morto ou algo assim.

– Tenho certeza de que ele está bem.

– Imagino se ele me deixaria montar nele. – Ela suspirou, sonolenta sob o sol. – Isto seria divertido, montar no Ralph.

Tim virou-se para Grant e perguntou:

– Lembra do estegossauro? Na noite passada?

– Lembro.

– Por que você perguntou para eles sobre DNA de sapos?

– Por causa da procriação – respondeu Grant. – Eles não conseguem explicar por que os dinossauros estão procriando, já que os irradiaram, e uma vez que são todos fêmeas.

– Certo.

– Bem, irradiação é notoriamente falível e provavelmente não funcionou. Acho que isso vai acabar sendo demonstrado aqui. Mas ainda há o problema de os dinossauros serem todos fêmeas. Como eles poderiam procriar quando são todos fêmeas?

– Certo – concordou Tim.

– Bem, por todo o reino animal, a reprodução sexuada existe em uma variedade extraordinária.

– Tim se interessa bastante por sexo – disse Lex.

Ambos a ignoraram.

– Por exemplo – continuou Grant –, muitos animais têm reprodução sexuada sem jamais passarem por aquilo que nós chamaríamos de sexo. O macho solta um espermatóforo, que contém o esperma, e a fêmea o apanha em um momento posterior. Esse tipo de troca não requer tanta diferenciação física entre macho e fêmea quanto costumamos pensar que existe. Macho e fêmea são mais semelhantes em alguns animais do que nos seres humanos.

Tim assentiu.

– Mas e os sapos?

Grant ouviu súbitos gritos vindo das árvores lá em cima, enquanto os microceratus se espalhavam, alarmados, chacoalhando os galhos. A cabeçorra do tiranossauro surgiu através das folhagens à esquerda, as mandíbulas tentando se fechar no bote. Lex berrou, aterrorizada, e Grant remou para a margem oposta, mas o rio tinha apenas três metros de largura. O tiranossauro ficou preso no espesso arvoredo; ele bateu a cabeça, torcendo-a, e rugiu. Depois puxou a cabeça de volta.

Em meio às árvores que contornavam a margem do rio, eles viram a imensa sombra do tiranossauro indo para o norte, procurando por um vão entre as árvores na beira da água. Os microceratus haviam ido para a margem oposta, onde gritaram a se espalharam, pulando para cima e para baixo. No bote, Grant, Tim e Lex olhavam, indefesos, enquanto o tiranossauro tentava atravessar mais uma vez. No entanto, as árvores eram densas demais ao longo do rio. O tiranossauro novamente seguiu rio abaixo, adiante do bote, e tentou de novo, agitando os galhos, furioso.

Mas, outra vez, ele fracassou.

E então ele foi embora, seguindo o rio.

– *Odeio* ele – disse Lex.

Grant sentou-se no bote, muito abalado. Se o tiranossauro tivesse atravessado, não haveria nada que ele pudesse fazer para salvá-los. O rio era tão estreito que mal acomodava o bote. Era como estar em um túnel. As amuradas de borracha com frequência raspavam na lama enquanto o bote era arrastado pela rápida corrente.

Ele olhou para seu relógio. Quase nove. O bote seguia rio abaixo.

– Ei – disse Lex. – Escutem!

Ele ouviu rosnados, intercalados por repetidos piados. Os piados vinham de um ponto depois de uma curva, um pouco mais adiante no rio. Ele prestou atenção e ouviu de novo o piado.

– O que é? – perguntou Lex.

– Não sei – respondeu Grant. – Mas tem mais do que um deles.

Ele guiou o bote para a margem oposta, agarrou um galho para fazê-lo parar. O rosnado se repetiu. E então, mais piados.

– Parece uma porção de corujas – disse Tim.

Malcolm gemeu.

– Ainda não está na hora de mais morfina?

– Ainda não – disse Ellie.

Malcolm suspirou.

– Quanta água temos aqui?

– Não sei. Tem bastante água da torneira...

– Não, eu quis dizer, quanta água estocada? Um pouco?

Ellie deu de ombros.

– Nada.

– Vá até os quartos neste andar – disse Malcolm – e encha as banheiras de água.

Ellie franziu a testa.

– Outra coisa: temos algum walkie-talkie? – perguntou Malcolm. – Lanternas? Fósforos? Fogareiros? Coisas assim?

– Vou dar uma olhada. Você está se preparando para um terremoto?

– Algo assim – disse Malcolm. – O efeito Malcolm prevê mudanças catastróficas.

– Mas Arnold disse que todos os sistemas estão funcionando perfeitamente.

– É nessa hora que acontece – disse Malcolm.

– Você não tem uma opinião muito boa sobre Arnold, não é?

– Ele é legal. É um engenheiro. Wu é a mesma coisa. Ambos são técnicos. Eles não têm inteligência. Eles têm o que eu chamo de "estreiteligência". Veem a situação imediata. Eles pensam de modo estreito e chamam isso de "ter foco". Eles não veem os arredores. Não veem as consequências. É assim que você consegue uma ilha como esta. Com pensamento estreiteligente. Porque você não pode fazer um animal e não esperar que ele aja de modo *vivo*. Que seja imprevisível. Que fuja. Mas eles não enxergam isso.

– Você não acha que isso é só a natureza humana?

– Por Deus, não – respondeu Malcolm. – Isso é como dizer que ovos mexidos e bacon no café da manhã são da natureza humana. Não é nada do tipo. Isso é somente o adestramento ocidental, e muitos em outras partes do mundo sentem asco só de pensar nisso. – Ele fez uma careta de dor. – A morfina está me deixando filosófico.

– Você quer um pouco de água?

– Não. Eu vou lhe dizer qual é o problema com engenheiros e cientistas. Cientistas têm uma linha elaborada sobre como eles estão buscando conhecer a verdade sobre a natureza. O que realmente acontece, mas não é o que os motiva. Ninguém é motivado por abstrações como "buscar a verdade". Os cientistas estão, na realidade, preocupados com realizações. Então, estão concentrados em descobrir se podem fazer alguma coisa. Eles nunca param para se perguntar se *deveriam* fazer alguma coisa. Convenientemente, definem essas considerações como inúteis. Se eles não fizerem, outra pessoa fará. A descoberta, acreditam, é inevitável. Assim, eles apenas tentam alcançá-la antes. Esse é o jogo na ciência. Até a pura descoberta científica é um ato agressivo, penetrante. Requer grandes equipamentos e literalmente muda o mundo que vem depois. Aceleradores de partícula marcam a terra e deixam subprodutos radioativos. Astronautas deixam lixo na Lua. Sempre existe alguma prova de que os cientistas estiveram lá, fazendo suas descobertas. A descoberta é sempre um estupro do mundo natural. Sempre. Os cientistas querem que as coisas sejam assim. Eles têm que enfiar seus instrumentos. Eles têm que deixar sua marca. Não podem simplesmente observar. Não podem simplesmente apreciar. Eles não podem simplesmente se encaixar na ordem natural. Têm que fazer algo não natural acontecer. Esse é o trabalho do cientista, e agora temos sociedades inteiras que tentam ser científicas. – Ele suspirou e se recostou.

Ellie disse:

– Você não acha que está exagerando...

– Como suas escavações ficam depois de um ano?

– Bem feias – admitiu ela.

– Vocês não replantam, vocês não restauram a terra depois de escavar?

– Não.

– Por que não?

Ela encolheu os ombros.

– Não há dinheiro, acho...

– Só existe dinheiro suficiente para escavar, mas não para consertar?

– Bem, estamos apenas trabalhando nos descampados...

– Apenas os descampados – disse Malcolm, balançando a cabeça. – Só lixo. Só subprodutos. Só efeitos colaterais... Estou tentando lhe dizer que os cientistas *querem* as coisas desse jeito. Eles querem subprodutos, lixo, cicatrizes e efeitos colaterais. É uma forma de se reconfortarem. Está entranhado no tecido da ciência, e é um desastre que se multiplica.

– Então, qual é a resposta?

– Se livrar dos estreiteligentes. Tirar essa gente do poder.

– Mas aí perderíamos todos os avanços...

– Que avanços? – perguntou Malcolm, irritadiço. – O número de horas que as mulheres devotam ao serviço doméstico não mudou desde 1930, apesar de todos os avanços. Todos os aspiradores de pó, lavadoras e secadoras, compactadores de lixo, tecidos que dispensam passar... Por que ainda levamos tanto tempo para limpar a casa quanto levávamos em 1930?

Ellie não disse nada.

– Por que não houve nenhum avanço – disse Malcolm. – Não de verdade. Trinta mil anos atrás, quando homens estavam fazendo pinturas rupestres em Lascaux, eles trabalhavam vinte horas por semana para se prover de comida, abrigo e roupas. O resto do tempo, podiam brincar, ou dormir, ou fazer o que quisessem. E eles viviam em um mundo natural, com ar limpo, água limpa, lindas árvores e crepúsculos. Pense sobre isso. Vinte horas por semana. Há trinta mil anos.

Ellie disse:

– Você quer voltar no tempo?

– Não – disse Malcolm. – Eu quero que as pessoas acordem. Tivemos quatrocentos anos de ciência moderna, e hoje já deveríamos saber para o que ela serve e para o que não serve. Está na hora de uma mudança.

– Antes que o planeta seja destruído?

Ele suspirou e fechou os olhos.

– Ah, querida – disse ele. – Essa é a *última* coisa com que eu me preocuparia.

No túnel escuro do rio, Grant movia-se com cuidado, as mãos segurando galhos, levando o bote cuidadosamente adiante. Ele ainda ouviu os sons. E finalmente viu os dinossauros.

– Esses não são aqueles venenosos?

– São – disse Grant. – *Dilophosaurus.*

De pé na margem do rio estavam dois dilofossauros. Os corpos de três metros de altura eram pintados de amarelo e preto. Por baixo, as barrigas eram de um verde brilhante, como de lagartos. Duas cristas vermelhas gêmeas percorriam o topo da cabeça dos olhos até o nariz, formando um V na parte de cima da cabeça. A semelhança com pássaros era reforçada pela maneira como eles se moviam, abaixando-se para beber água do rio, depois erguendo-se para rosnar e piar.

Lex murmurou:

– Seria melhor desembarcar e ir a pé?

Grant balançou a cabeça negativamente. Os dilofossauros eram menores do que o tiranossauro, pequenos o bastante para deslizar pela densa folhagem nas margens do rio. E pareciam ser rápidos, rosnando e piando um para o outro.

– Mas nós não podemos passar por eles no bote – disse Lex. – Eles têm *veneno*.

– Nós temos que passar – disse Grant. – De algum jeito.

Os dilofossauros continuaram a beber e piar. Eles pareciam interagir um com o outro de uma forma estranhamente ritualística e repetitiva. O animal à esquerda se abaixava para beber, abrindo sua boca e expondo longas fileiras de dentes afiados, e então piava. O animal à direita piava em resposta e abaixava-se para beber, em uma imagem que refletia os movimentos do primeiro animal. Em seguida a sequência se repetia, exatamente do mesmo jeito.

Grant reparou que o animal à direita era menor, com pintas menores nas costas, e sua crista era de um vermelho mais apagado...

– Minha nossa – disse ele. – É um ritual de acasalamento.

– Podemos passar por eles? – perguntou Tim.

– Não da forma como eles estão agora. Estão bem junto à beira da água. – Grant sabia que animais com frequência executavam tais rituais de acasalamento por horas a fio. Eles ficavam sem comer, não prestavam atenção a mais nada... Ele olhou para o relógio. Nove e vinte.

– O que faremos? – indagou Tim.

Grant suspirou.

– Eu não tenho ideia.

Ele se sentou no bote e os dilofossauros começaram a grasnar e rugir repetidamente, agitados. Ele olhou para cima. Ambos os animais estavam de costas para o rio.

– O que é? – disse Lex.

Grant sorriu.

– Acho que finalmente vamos conseguir alguma ajuda. – Ele deu um impulso para longe da margem. – Quero que vocês dois fiquem deitados no fundo do bote. Vamos passar por eles o mais rápido que pudermos. Mas lembrem-se: aconteça o que acontecer, não falem e não se mexam. Certo?

O bote começou a deslizar rio abaixo, na direção dos dilofossauros piando. Ele ganhou velocidade. Lex estava deitada aos pés de Grant, fitando-o com olhos assustados. Eles se aproximavam dos dilofossauros, que ainda estavam de costas para o rio. Mas ele sacou sua pistola de ar e checou a câmara.

O bote prosseguiu e eles sentiram um odor peculiar, adocicado e nauseabundo ao mesmo tempo. Lembrava vômito seco. Os piados dos dilofossauros estavam mais altos. O bote chegou a uma última curva e Grant prendeu a respiração. Os dilofossauros estavam a apenas alguns metros, grasnando para as árvores além do rio.

Como Grant suspeitava, eles grasnavam para o tiranossauro. O tiranossauro tentava passar pela folhagem e os dilos grasnavam e batiam com os pés na lama. O bote passou por eles. O cheiro era nauseante. O tiranossauro rugiu, provavelmente por ter visto o bote. Mas, logo depois...

Uma pancada.

O bote parou de se mover. Tinha encalhado, contra a margem, a apenas alguns metros dos dilofossauros.

Lex sussurrou:

– Ah, que *ótimo.*

Houve um longo ruído enquanto o fundo do bote se arrastava contra a lama. E então o bote estava mais uma vez se movendo. Eles desciam o rio. O tiranossauro rugiu uma última vez e saiu; um dilofossauro pareceu surpreso e piou. O outro dilofossauro piou em resposta.

O bote flutuou rio abaixo.

TIRANOSSAURO

O jipe seguia, saltando sob o sol forte. Muldoon dirigia com Gennaro a seu lado. Eles estavam em um campo aberto, afastando-se da densa linha da folhagem e das palmeiras que marcava o curso do rio, quase cem metros a leste. Chegaram a uma subida e Muldoon parou o carro.

– Nossa, que calor – disse ele, enxugando a testa com o antebraço. Ele bebeu da garrafa de uísque entre seus joelhos e ofereceu um gole a Gennaro.

Gennaro balançou a cabeça, em sinal de recusa. Ele olhou para a paisagem tremeluzindo ao calor matinal. Depois olhou para o computador de bordo e o monitor de vídeo montados no painel. O monitor exibia imagens do parque a partir de câmeras remotas. Ainda assim, nenhum sinal de Grant e as crianças. Nem do tiranossauro.

O rádio estalou.

– Muldoon.

Ele apanhou o aparelho.

– Sim.

– Você pegou seus portáteis? Eu encontrei o rex. Está na grade 442. Indo para a 443.

– Só um minuto – disse Muldoon, ajustando o monitor. – Sim, eu o captei agora. Seguindo o rio. – O animal estava se esgueirando ao longo da folhagem que contornava as margens do rio, indo para o norte.

– Pegue leve com ele. Só imobilize.

– Não se preocupe – disse Muldoon, espremendo os olhos por causa do sol. – Não vou machucá-lo.

– Lembre-se – continuou Arnold –, o tiranossauro é nossa principal atração turística.

Muldoon desligou seu rádio com um estalo de estática.

– Maldito idiota – disse ele. – Eles ainda estão falando em turistas. – Muldoon deu partida no motor. – Vamos ver o Rexy e dar uma dose para ele.

O jipe deu um solavanco sobre o terreno.

– Você realmente quer fazer isso – disse Gennaro.

– Eu estou com vontade de meter uma agulha nesse safado enorme já tem algum tempo – respondeu Muldoon. – E ele está bem ali.

Com uma curva, eles pararam. Através do para-brisa, Gennaro viu o tiranossauro bem à frente deles, movendo-se entre as palmeiras junto ao rio.

Muldoon acabou com a garrafa de uísque e jogou-a no banco traseiro. Ele estendeu a mão em busca do cilindro. Gennaro olhava para o monitor de vídeo, que mostrava o jipe deles e o tiranossauro. Devia haver uma câmera de circuito fechado nas árvores em algum ponto atrás deles.

– Se você quer ajudar – disse Muldoon –, pode abrir esses cilindros perto dos seus pés.

Gennaro se abaixou e abriu uma caixa Halliburton de aço inoxidável. Era forrada de espuma por dentro. Quatro cilindros, cada um do tamanho de uma garrafa de um litro de leite, estavam aninhados na espuma. Todos estavam rotulados como MORO-709. Ele retirou um.

– Você quebra a ponta e rosqueia uma agulha – explicou Muldoon.

Gennaro encontrou uma embalagem plástica de agulhas grandes, cada uma do diâmetro de seu dedo. Ele rosqueou uma no cilindro. O lado oposto do cilindro tinha um peso de chumbo circular.

– Este é o pistão. Ele comprime com o impacto. – Muldoon sentou-se na ponta do banco com o rifle de ar sobre os joelhos. Ele era feito de um metal cinza-escuro e, para Gennaro, lembrava uma bazuca ou um lançador de foguetes.

– O que é MORO-709?

– Tranquilizante animal comum – disse Muldoon. – Zoológicos ao redor do mundo todo o utilizam. Vamos tentar 1.000 cc para começar.

Muldoon abriu a câmara, que era grande o bastante para inserir seu punho. Ele deslizou o cilindro na câmara e a fechou.

– Isso deve bastar – disse Muldoon. – Elefantes comuns costumam levar cerca de 200 cc, mas eles pesam apenas duas ou três toneladas. O *Tyrannosaurus rex* pesa oito e é muito mais cruel. Isso faz diferença na dose.

– Por quê?

– A dose do animal é medida em parte pelo peso do corpo e em parte pelo temperamento. Se você disparar a mesma dose de 709 em um elefante, um hipopótamo e um rinoceronte, vai imobilizar o elefante, e ele vai ficar parado feito uma estátua. Vai deixar o hipopótamo mais lento, de forma que ele ficará meio sonolento, mas vai continuar se movendo. Já o rinoceronte vai ficar simplesmente furioso. Por outro lado, se você perseguir de carro um rinoceronte por mais de cinco minutos, ele vai cair morto por choque de adrenalina. Uma estranha combinação de força e delicadeza.

Muldoon dirigiu lentamente para o rio, aproximando-se do tiranossauro.

– Mas eles são mamíferos. Sabemos bastante sobre a lida com mamíferos, porque zoológicos são construídos com base nas grandes atrações mamíferas: leões, tigres, ursos e elefantes. Sabemos muito menos sobre os répteis. E ninguém sabe nada sobre dinossauros. Os dinossauros são animais novos.

– Você os considera répteis?

– Não – disse Muldoon, trocando de marcha. – Dinossauros não se encaixam nas categorias tradicionais. – Ele desviou-se de uma rocha. – Na verdade, o que descobrimos é que os dinossauros eram tão variados quanto os mamíferos são hoje. Alguns são mansos e fofos, e alguns são cruéis e repugnantes. Alguns enxergam bem, e outros, não. Alguns deles são estúpidos, e alguns deles são muito, muito inteligentes.

– Como os raptors? – perguntou Gennaro.

Muldoon assentiu.

– Raptors são espertos. Muito espertos. Acredite em mim, todos os problemas que tivemos até agora – disse ele – não são nada se comparados aos que teríamos se os raptors conseguissem sair de seu cercado. Ah. Acho que isso é o mais perto que podemos chegar do nosso Rexy.

Lá na frente, o tiranossauro estava enfiando a cabeça pelos galhos, espiando na direção do rio. Tentando atravessar. Em seguida, o animal se moveu alguns metros mais para baixo, para tentar novamente.

– Imagino o que será que ele está vendo ali – disse Gennaro.

– Difícil saber – respondeu Muldoon. – Talvez esteja tentando chegar aos microceratus que ficam passando pelos galhos. Ele vai correr à toa.

Muldoon parou o jipe a mais ou menos cinquenta metros do tiranossauro e deu meia-volta com o veículo. Ele deixou o motor ligado.

– Vá para trás do volante – ordenou Muldoon. – E prenda o cinto de segurança.

Ele apanhou outro cilindro e prendeu-o na camisa. E então saiu.

Gennaro deslizou para o banco do motorista.

– Você já fez muito isso?

Muldoon arrotou.

– Nunca. Vou tentar atingi-lo bem atrás do meato auditivo. Vejamos como vai ser a partir daí.

Ele andou cerca de dez metros para trás do jipe e se agachou na grama apoiado em um joelho. Estabilizou a pesada arma contra seu ombro e ergueu a robusta mira telescópica. Muldoon mirou no tiranossauro, que ainda os ignorava.

Houve uma explosão de gás pálido e Gennaro viu uma coluna branca disparar no ar na direção do tiranossauro. Mas nada pareceu acontecer.

E então o tiranossauro se virou lentamente, com curiosidade, para olhar para eles. Mexeu a cabeça de um lado para o outro, como se os fitasse alternando os olhos.

Muldoon tinha abaixado o lançador e estava carregando o segundo cilindro.

– Você o atingiu? – perguntou Gennaro.

Muldoon balançou a cabeça negativamente.

– Errei. Maldita mira laser... Veja se tem uma pilha na caixa.

– Uma o quê?

– Uma pilha – repetiu Muldoon. – É mais ou menos do tamanho do seu dedo. Com marcas cinza.

Gennaro se abaixou para olhar na caixa de aço. Ele sentiu a vibração do jipe, ouviu o motor funcionando. Não achou a pilha. O tiranossauro rugiu. Para Gennaro, foi um som aterrorizante, ribombando da imensa cavidade torácica do animal, gritando sobre a paisagem. Ele se sentou rapidamente e estendeu a mão para o volante, a outra no câmbio. Pelo rádio, ele escutou uma voz dizer:

– Muldoon. Aqui é Arnold. Dê o fora daí. Câmbio.

– Eu sei o que estou fazendo – disse Muldoon.

O tiranossauro atacou.

Muldoon se manteve firme. A despeito da criatura correndo na sua direção, ele lenta e metodicamente ergueu o lançador, mirou e disparou. Mais uma vez, Gennaro viu a explosão de fumaça e o rastro branco do cilindro indo até o animal.

Nada aconteceu. O tiranossauro continuou arremetendo.

Agora Muldoon estava de pé e corria, gritando:

– Vai! Vai! Vai!

Gennaro engatou a marcha do jipe e Muldoon se jogou pela porta lateral enquanto o carro disparava adiante. O tiranossauro se aproximava com rapidez e Muldoon abriu a porta e entrou no carro.

– Vai, porcaria! Vai!

Gennaro pisou fundo. O jipe saltava precariamente, a frente se erguendo tanto que eles viam apenas o céu através do para-brisa, depois abaixando até o chão com uma pancada e correndo outra vez para a frente. Gennaro foi em direção ao bosque de árvores à esquerda até que, pelo retrovisor, viu o tiranossauro dar um rugido final e abandoná-los.

Gennaro reduziu a velocidade.

– Meu Deus.

Muldoon estava balançando a cabeça.

– Eu poderia jurar que o atingi da segunda vez.

– Eu acho que você errou – disse Gennaro.

– A agulha deve ter se quebrado antes de o pistão injetar.

– Admita, você errou.

– É – disse Muldoon. Ele suspirou. – Eu errei. A pilha tinha acabado naquela porcaria de mira a laser. Culpa minha. Eu deveria ter conferido depois de a arma ter passado a noite toda fora ontem. Vamos voltar e pegar mais cilindros.

O jipe apontou para o norte, para o hotel. Muldoon pegou o rádio.

– Controle.

– Sim – disse Arnold.

– Estamos voltando para a base.

O rio era agora bastante estreito e fluía com velocidade. O bote ia cada vez mais rápido. Aquilo começava a se parecer com um passeio por um parque de diversões.

– Eeeeeeê! – gritou Lex, segurando-se na amurada. – Mais rápido, mais rápido!

Grant apertou os olhos, espiando mais adiante. O rio ainda estava estreito e escuro, mas mais à frente ele podia ver que as árvores acabavam e havia a clara luz do sol, além de um distante rugido. O rio parecia terminar em uma linha plana peculiar...

O bote ainda ia cada vez mais rápido, acelerando adiante.

Grant agarrou os remos.

– O que é?

– É uma cachoeira – respondeu Grant.

O bote saiu da escuridão suspensa para a brilhante luz solar matinal e disparou adiante na corrente rápida para a boca da cachoeira. O rugido soava alto em seus ouvidos. Grant remou com toda a força que podia, mas só conseguiu girar o bote em círculos. Ele continuou inexoravelmente em direção à borda.

Lex inclinou-se para ele.

– Eu não sei nadar!

Grant viu que ela não estava com o colete de segurança fechado, mas não havia nada que ele pudesse fazer; com uma velocidade assustadora, eles chegaram à borda e o rugido da cachoeira pareceu preencher o mundo. Grant enfiou o remo bem fundo na água, sentiu-o se enganchar e prender, bem na beirada; o bote de borracha estremecia na corrente, mas eles não caíram. Grant se apoiava contra o remo e, olhando por cima da borda, viu a queda de quinze metros até a piscina revolta lá embaixo.

E de pé, ao lado da piscina agitada, esperando por eles, estava o tiranossauro.

Lex gritava, em pânico, e então o bote girou e a proa pendeu, cuspindo-os no ar e na água barulhenta. Eles caíram de modo nauseante. Grant abanou os braços no ar e o mundo subitamente ficou silencioso e lento.

Pareceu-lhe que ele caíra por longos minutos; teve tempo de observar Lex, agarrando seu colete laranja, cair junto com ele; teve tempo de observar Tim, olhando para baixo, para o fundo; teve tempo de observar o branco lençol congelado da cachoeira enquanto caía lenta e silenciosamente por ela.

E então, com um tapa doloroso, Grant mergulhou na água fria, cercado por bolhas brancas fervilhantes. Ele rolou e girou e viu a perna do tiranossauro enquanto rodopiava para longe dela, levado através da piscina até o riacho além dela. Grant nadou até a margem, agarrou rochas mornas, escorregou, pegou um galho e finalmente puxou-se para fora da corrente principal. Ofegando, ele se arrastou de barriga para cima nas pedras e olhou para o rio bem a tempo de ver o bote de borracha marrom passar por ele. Então viu Tim, lutando contra a corrente, estendeu a mão e puxou-o, tossindo e tremendo, para a praia a seu lado.

Grant voltou-se para a cachoeira e viu o tiranossauro enfiar a cabeça na água da piscina a seus pés. A enorme cabeça balançou, espalhando água para todos os lados. Ele tinha algo entre seus dentes.

E então o tiranossauro tornou a erguer a cabeça.

Pendurado em suas mandíbulas estava o colete salva-vidas cor de laranja de Lex.

Instantes depois, Lex surgiu na superfície ao lado da comprida cauda do dinossauro. Seu rosto estava voltado para a água, seu corpo pequeno descia seguindo a correnteza. Grant mergulhou na água atrás dela, e foi novamente imerso na torrente revolta. Logo depois, ele a puxava para cima das rochas, um peso inerte. Seu rosto estava cinzento. Água escorria de sua boca.

Grant inclinou-se sobre ela para fazer respiração boca a boca, mas ela tossiu. E então vomitou um líquido verde-amarelado e tossiu outra vez. Suas pálpebras tremularam.

– Oi – disse ela, sorrindo debilmente. – Nós conseguimos.

Tim começou a chorar. Ela tossiu de novo.

– Você pode parar? Por que está chorando?

– Porque sim.

– Estávamos preocupados com você – disse Grant. Pequenos salpicos brancos desciam flutuando no rio. O tiranossauro estava despedaçando o colete salva-vidas. Ainda de costas para eles, de frente para a cachoeira. Mas a qualquer minuto o animal podia se virar e vê-los...

– Vamos, crianças.

– Aonde estamos indo? – perguntou Lex, tossindo.

– *Vamos.* – Ele procurava um esconderijo. Rio abaixo, viu apenas um gramado aberto, que não oferecia proteção alguma. Rio acima, o dinossauro. E então Grant viu uma trilha de terra junto ao rio. Parecia levar para cima, na direção da cachoeira.

E na terra ele viu a clara marca de um sapato masculino. Subindo pela trilha.

O tiranossauro finalmente se virou, rosnando e olhando para a planície gramada. Ele parecia ter percebido que eles haviam escapado. Procurava por eles rio abaixo. Grant e as crianças se abaixaram entre as grandes samambaias que contornavam as margens do rio. Cuidadosamente, ele os levou na direção contrária à correnteza.

– Aonde estamos indo? – perguntou Lex. – Estamos *voltando.*

– Eu sei.

Eles estavam mais perto da cachoeira agora, o rugido muito mais alto. As rochas ficaram escorregadias; a trilha, lamacenta. Havia uma névoa constante. Era como se movimentar através de uma nuvem. A trilha parecia levar diretamente à água corrente; porém, conforme se aproximaram, eles viram que ela na verdade passava por trás da cachoeira.

O tiranossauro ainda estava olhando para baixo, de costas para eles. Eles se apressaram no caminho até a cachoeira, e tinham quase passado por trás da queda d'água quando Grant viu o tiranossauro se virar. E então eles foram completamente bloqueados pelo rio prateado e Grant não conseguiu mais ver o animal.

Grant olhou ao redor, surpreso. Havia um pequeno recôncavo ali, pouco maior do que um armário, e cheio de maquinário: bombas zumbindo, grandes filtros e canos. Tudo molhado e gelado.

– Ele viu a gente? – perguntou Lex. Ela teve que gritar acima do barulho da água caindo. – Onde a gente está? Que lugar é este? Ele viu a gente?

– Só um minuto – disse Grant. Ele estava olhando para o equipamento. Aquilo era claramente maquinário do parque. E, se havia eletricidade para fazê-lo funcionar, talvez houvesse também um telefone para comunicação. Ele cutucou entre os filtros e canos.

– O que você está fazendo? – gritou Lex.

– Procurando um telefone. – Agora eram quase dez da manhã. Eles tinham pouco mais de uma hora para entrar em contato com o navio antes que ele chegasse ao continente.

No fundo da reentrância, ele encontrou uma porta de metal marcada MANUT 04, que estava trancada. Perto dela havia um encaixe para um cartão de segurança. Ao lado da porta ele viu uma fileira de caixas de metal. Ele abriu as caixas uma após a outra, mas elas continham apenas interruptores e temporizadores. Nenhum telefone. E nada para abrir a porta.

Ele quase não viu a caixa à esquerda da porta. Ao abri-la, encontrou um teclado de nove botões, coberto com pontos de musgo verde. Mas ele parecia ser uma forma de abrir a porta, e Grant tinha a sensação de que, do outro lado daquela porta, havia um telefone. Raspado no metal da caixa estava o número 1023. Ele o digitou.

Com um sibilo, a porta se abriu. A escuridão se escancarava além da porta, com degraus de concreto levando para baixo. Na parede dos fundos ele viu pintado VEÍCULO MANUT 04/22 CARREGADOR e uma seta apontando escada abaixo. Será que aquilo significava que realmente havia um carro?

– Venham, crianças.

– Pode esquecer – disse Lex. – Eu não vou entrar aí.

– Vamos, Lex – insistiu Tim.

– Pode esquecer – respondeu Lex. – Não tem luz nem nada. Eu não vou.

– Deixe para lá – disse Grant. Não havia tempo para discutir. – Fiquem aqui e eu volto já.

– Para onde você vai? – perguntou Lex, subitamente alarmada.

Grant passou pela porta. Ela soltou um apito eletrônico e trancou-se com uma mola após a passagem dele.

Grant mergulhou na escuridão total. Após um momento de surpresa, voltou-se para a porta e sentiu sua superfície úmida. Não existia maçaneta nem tranca. Ele tentou as paredes dos dois lados, buscando um interruptor, uma caixa de controle, qualquer coisa...

Não havia nada.

Ele estava lutando contra o pânico quando seus dedos se fecharam sobre um cilindro de metal frio. Passou as mãos sobre uma borda proeminente, uma superfície lisa... uma lanterna! Ele a ligou e o facho era surpreendentemente forte. Ele olhou novamente para a porta, mas viu que ela não se abriria. Ele teria que esperar que as crianças a destrancassem. Enquanto isso...

Ele partiu para os degraus. Eles estavam úmidos e escorregadios com o musgo, e ele desceu com cuidado. No meio da escadaria, ouviu um farejar e o som de garras arranhando o concreto. Sacou sua pistola de dardos e prosseguiu com cautela.

Os degraus faziam uma curva e, assim que ele lançou o facho após a curva, um reflexo estranho luziu de volta; então, segundos depois, ele viu: um carro! Era um carro elétrico, como um carrinho de golfe, e estava de frente para um longo túnel que parecia se estender por quilômetros. Uma luz vermelha brilhante cintilava perto do volante do carro, portanto talvez ele estivesse carregado.

Grant ouviu o farejar novamente, virou-se e viu uma silhueta pálida se erguer em sua direção, saltando no ar, as mandíbulas abertas; e, sem pensar, Grant atirou. O animal aterrissou em cima dele, derrubando-o, e ele se afastou rolando, em pânico, sua lanterna balançando loucamente. Mas o animal não se levantou e ele se sentiu tolo quando o viu.

Era um velocirraptor, mas muito jovem, com menos de um ano de idade. Com cerca de cinquenta centímetros de altura, era do tamanho de um cachorro médio, e jazia deitado no chão, respirando superficialmente, o dardo fincado debaixo de sua mandíbula. Provavelmente, havia tranquilizante demais para o peso dele, e Grant retirou o dardo rapidamente. O velocirraptor o fitou com olhos confusos.

Grant pôde perceber claramente a inteligência vinda dessa criatura, um tipo de suavidade que contrastava de forma estranha com a ameaça que sentira dos adultos no cercado. Ele afagou a cabeça do velocirraptor, tentando acalmá-lo. Olhou para o corpo do animal, que estremecia de leve enquanto o tranquilizante fazia efeito. E então viu que se tratava de um macho.

Um jovem, e macho. Não havia dúvidas do que ele estava vendo. Aquele velocirraptor tinha sido gerado na natureza.

Empolgado com a descoberta, ele apressou-se em subir as escadas até a porta. Com sua lanterna, sondou a superfície lisa e monótona da porta e as paredes interiores. Enquanto passava as mãos sobre a porta, percebeu que estava trancado lá dentro e que seria incapaz de abrir a porta, a menos que as crianças fizessem isso para ele. Ele podia ouvi-los, baixinho, do outro lado.

– Dr. Grant! – gritou Lex, esmurrando a porta. – Dr. Grant!

– Vá com calma – disse Tim. – Ele vai voltar.

– Mas aonde ele foi?

– Olha, o dr. Grant sabe o que está fazendo – assegurou Tim. – Ele vai estar de volta em um minuto.

– Ele deveria voltar *agora* – disse Lex. Ela apoiou os punhos nos quadris, abrindo bem os cotovelos, e bateu o pé com raiva.

E então, com um rugido, a cabeça do tiranossauro passou pela cachoeira na direção deles.

Tim encarou horrorizado enquanto a enorme boca se escancarava por completo. Lex berrou e se jogou no chão. A cabeça virou de um lado para o outro e saiu de novo. Tim, no entanto, ainda podia enxergar a sombra da cabeça do animal na torrente da água que caía.

Ele puxou Lex mais para o fundo do recôncavo no mesmo instante em que as mandíbulas entravam de novo, rugindo, a grossa língua saindo e tornando a entrar rapidamente na boca. Água espargia daquela cabeça em todas as direções. E então ela voltou a sair.

Lex se aconchegou a Tim, estremecendo.

– *Odeio* ele – disse ela. Lex se encolheu junto dele, mas a reentrância tinha apenas alguns metros de profundidade e estava cheia de maquinário. Não havia lugar nenhum para eles se esconderem.

A cabeça atravessou a água outra vez, agora lentamente, e a mandíbula pousou no chão. O tiranossauro resfolegou, alargando as narinas, respirando o ar. Os olhos, porém, ainda estavam do lado de fora da água.

Tim pensou: ele não pode nos ver. Ele sabe que estamos aqui, mas não pode enxergar através da água.

O tiranossauro bufou.

– O que ele está fazendo? – perguntou Lex.

– Ssssh.

Com um rosnado baixo, as mandíbulas se abriram devagar e a língua serpenteou para fora. Era espessa e tão escura que chegava a ter reflexos azulados, com uma pequena bifurcação na ponta. A língua tinha mais de um metro e alcançava com facilidade a parede mais distante do esconderijo. Ela deslizou com um som áspero sobre os cilindros dos filtros. Tim e Lex se espremeram contra os canos.

A língua se moveu lentamente à esquerda, depois à direita, batendo, úmida, contra as máquinas. A ponta se curvou ao redor dos canos e válvulas, sentindo-os. Tim viu que a língua fazia movimentos musculares, como a tromba de um elefante. Ela se arrastou de volta pelo lado direito da reentrância. Passou contra as pernas de Lex.

– Eeeeca – disse Lex.

A língua parou. Curvou-se e então começou a subir como uma cobra pela lateral do corpo dela...

– *Não se mexa* – sussurrou Tim.

... passou pelo rosto, depois ao longo do ombro de Tim, e finalmente se enrolou ao redor da cabeça dele. Tim fechou os olhos com força enquanto o músculo gosmento cobria seu rosto. Era quente e molhado e fedia a urina.

Presa em torno dele, a língua começou a arrastá-lo, muito lentamente, para as mandíbulas abertas.

– Timmy...

Tim não podia responder. Sua boca estava coberta pela língua achatada e escura. Ele conseguia enxergar, mas não conseguia falar. Lex puxou sua mão.

– Vamos lá, Timmy!

A língua o arrastava para a boca que resfolegava. Ele sentiu a respiração quente e ofegante em suas pernas. Lex o puxava, mas ela não tinha chance contra a força muscular que o segurava. Tim soltou-a e pressionou a língua com as duas mãos, tentando empurrá-la acima de sua cabeça. Não conseguia movê-la. Ele fincou os pés no chão lamacento, mas foi arrastado mesmo assim.

Lex passara os braços ao redor da cintura dele e o puxava para trás, gritando com ele, mas Tim sentia-se impotente para fazer qualquer coisa. Estava começando a ver estrelas. Um tipo de paz desceu sobre ele, uma sensação de inevitabilidade pacífica enquanto era arrastado.

– Timmy?

E então subitamente a língua relaxou e se desenrolou. Tim sentiu quando ela escorregou para longe do seu rosto. Seu corpo estava coberto de uma gosma espumosa e branca, e a língua caiu no chão, inerte. As mandíbulas se fecharam com um estalo, mordendo a língua. Sangue escuro escorreu, misturando-se à lama. As narinas ainda resfolegavam em arfadas entrecortadas.

– O que ele está fazendo? – gritou Lex.

E então lentamente, muito lentamente, a cabeça começou a deslizar para trás, para fora da reentrância, deixando um longo rastro na lama. E finalmente desapareceu por completo, e eles puderam ver apenas a queda do lençol prateado de água.

CONTROLE

– Certo – disse Arnold, na sala de controle. – O rex dormiu.

Ele se recostou na cadeira e sorriu, enquanto acendia um último cigarro e amassava o maço. Era isto: o passo final para devolver o parque à ordem. Agora tudo que eles precisavam fazer era sair e movê-lo.

– Filho da puta – disse Muldoon, olhando para o monitor. – Eu o acertei, afinal. – Ele virou-se para Gennaro. – Ele só levou uma hora para sentir.

Henry Wu franziu o cenho para a tela.

– Mas ele pode se afogar nessa posição...

– Ele não vai se afogar – disse Muldoon. – Nunca vi um animal tão difícil de se matar.

– Acho que temos de sair e tirá-lo de lá – disse Arnold.

– Nós vamos – respondeu Muldoon. Ele não soava entusiasmado.

– Aquele é um animal valioso.

– Eu sei que é um animal valioso – disse Muldoon.

Arnold voltou-se para Gennaro. Não conseguiu resistir a um momento de triunfo.

– Gostaria de frisar para você – disse ele – que o parque está agora completamente de volta ao normal. Seja lá o que for que o modelo matemático de Malcolm disse que aconteceria, estamos totalmente sob controle de novo.

Gennaro apontou para a tela atrás da cabeça de Arnold e disse:

– O que é aquilo?

Arnold se virou. Era a janela de status do sistema, no canto superior da tela. Normalmente, ela ficava vazia. Arnold ficou surpreso ao ver que ela agora piscava em amarelo: `FNT AUX BAIXA`. Por um momento, ele não compreendeu. Por que a fonte de energia auxiliar estaria baixa? Eles estavam funcionando com a energia principal, não a auxiliar. Pensou que talvez fosse apenas uma checagem de status rotineira na fonte de energia auxiliar, talvez uma checagem nos níveis do tanque de combustível ou na carga de bateria...

– Henry – disse Arnold para Wu. – Olhe isso.

Wu disse:

– Por que você está rodando com energia auxiliar?

– Não estou – disse Arnold.

– Parece que está, sim.

– Não pode ser.

– Imprima o registro de status do sistema – disse Wu. O registro gravava todo o sistema ao longo das últimas horas.

Arnold apertou um botão e eles ouviram o zumbido de uma impressora no canto. Wu foi até ela.

Arnold encarava a tela. A janela agora passara de amarela para vermelha e a mensagem havia mudado para: `FNT AUX FALHA.`

Uma contagem regressiva a partir de 20 começou a aparecer.

– O que diabos está havendo? – disse Arnold.

Com cuidado, Tim caminhou por alguns metros seguindo a trilha lamacenta, saindo para a luz do sol. Ele espiou o outro lado da cachoeira e viu o tiranossauro caído de lado, flutuando abaixo na piscina de água.

– Espero que ele esteja morto – disse Lex.

Tim podia ver que não era o caso: o peito do dinossauro ainda se movia e um antebraço se contraía em espasmos. No entanto, algo estava errado com ele. E então Tim viu o cilindro branco espetado na nuca do bicho, perto da reentrância da orelha.

– Alguém atirou nele com um dardo – disse Tim.

– Bom – respondeu Lex. – Ele praticamente *comeu* a gente.

Tim prestou atenção na respiração ofegante. Ele se sentiu inesperadamente angustiado ao ver o imenso animal humilhado daquele jeito. Não queria que ele morresse.

– Não é culpa dele – disse.

– Ah, claro – disse Lex. – Ele praticamente comeu a gente e não é culpa dele.

– Ele é um carnívoro. Estava só fazendo o que sabe fazer.

– Você não diria isso – respondeu Lex – se estivesse no estômago dele agora.

Nesse momento, o som da queda d'água mudou. De um rugido ensurdecedor, tornou-se mais suave, mais silencioso. A torrente de água afinou, se tornou um fiapo...

E parou.

– Timmy. A cachoeira parou – observou Lex.

Estava agora pingando, como uma torneira que não tinha sido completamente fechada. A água da piscina que se formava na base da cachoeira estava parada. Eles ficaram perto do topo, no abrigo cavernoso cheio de máquinas, olhando para baixo.

– Cachoeiras não deveriam parar – disse Lex.

Tim balançou a cabeça.

– Deve ser a energia... Alguém desligou a energia.

Atrás deles, todas as bombas e filtros estavam se desligando, um após o outro, as luzes se apagando e o maquinário silenciando. Em seguida ouviu-se a pancada do solenoide se soltando e a porta marcada com MANUT 04 lentamente se abriu.

Grant saiu piscando com força os olhos devido à claridade e disse:

– Bom trabalho, crianças. Vocês conseguiram abrir a porta.

– Nós não fizemos nada – respondeu Lex.

– Acabou a energia elétrica – completou Tim.

– Não tem importância – disse Grant. – Venham ver o que eu achei.

Arnold encarava, chocado.

Um após o outro, os monitores escureceram, e então as luzes se apagaram, mergulhando a sala de controle em escuridão e confusão. Todos começaram a gritar ao mesmo tempo. Muldoon abriu as janelas e deixou a claridade entrar, e Wu trouxe o papel impresso.

– Olhe isso – disse Wu.

Horário	Evento	Status do sistema
5:12:44	Proteção 1 Desligada	Operando
5:12:45	Proteção 2 Desligada	Operando
5:12:46	Proteção 3 Desligada	Operando
5:12:51	Comando Desligar	Desligado
5:13:48	Comando Iniciar	Desligado
5:13:55	Proteção 1 Ligada	Desligado
5:13:57	Proteção 2 Ligada	Desligado
5:13:59	Proteção 3 Ligada	Desligado
5:14:08	Comando Iniciar	Iniciar - Energia Aux
5:14:18	Monitor - Principal	Operando - Energia Aux
5:14:19	Segurança - Principal	Operando - Energia Aux
5:14:22	Comando - Principal	Operando - Energia Aux
5:14:24	Laboratório - Principal	Operando - Energia Aux
5:14:29	TeleCom - VBB	Operando - Energia Aux
5:14:32	Esquema - Principal	Operando - Energia Aux
5:14:37	InterMon	Operando - Energia Aux
5:14:44	Checagem de Controle de Status	Operando - Energia Aux
5:14:57	Alerta: Status Cercas [NB]	Operando - Energia Aux
9:11:37	Alerta: Combustível Aux (20%)	Operando - Energia Aux
9:33:19	Alerta: Combustível Aux (10%)	Operando - Energia Aux
9:53:19	Alerta: Combustível Aux (1%)	Operando - Energia Aux
9:53:39	Alerta: Combustível Aux (0%)	Desligado

Wu disse:

– Você desligou tudo às 5h13 dessa manhã, e, quando religou, tudo estava na energia auxiliar.

– Meu Deus – disse Arnold.

Aparentemente, a energia principal não tinha voltado desde o desligamento. Quando ele reiniciou tudo, apenas a energia auxiliar entrou. Arnold estava achando aquilo estranho, quando subitamente percebeu que era *normal.* Isso era o que deveria acontecer. Fazia perfeito sentido: o gerador auxiliar era ligado antes, e utilizado então para ligar o gerador principal, porque era preciso uma carga alta para iniciar o principal gerador de energia. Era assim que o sistema havia sido projetado.

Mas Arnold nunca havia precisado desligar a energia principal. E, quando as luzes e telas voltaram à vida na sala de controle, não lhe ocorrera que a energia principal não tinha sido também restaurada.

Contudo, não tinha, e durante todo o tempo que se passara enquanto eles procuravam pelo rex e faziam uma coisa ou outra, o parque havia funcionado com a energia auxiliar. E essa não era uma boa ideia. De fato, as implicações estavam apenas começando a ficar claras para ele...

– O que essa linha significa? – disse Muldoon, apontando para a lista.

```
5:14:57 Alerta: Status Cercas [NB] Operando - Energia Aux [AV09]
```

– Isso significa que um status de alerta do sistema foi enviado para os monitores na sala de controle – disse Arnold. – Sobre as cercas.

– Você viu esse alerta?

Arnold balançou a cabeça negativamente.

– Não. Eu devia estar falando com você no campo. De qualquer forma, não, eu não vi.

– O que significa isso, "Alerta: Status das Cercas"?

– Bem, eu não sabia naquele momento, mas nós estávamos funcionando com energia auxiliar – explicou Arnold. – E a auxiliar não gera amperagem suficiente para ligar as cercas eletrificadas, então elas continuaram desligadas.

Muldoon fechou a cara.

– As cercas eletrificadas estavam desligadas?

– Estavam.

– Todas elas? Desde as cinco da manhã? Pelas últimas cinco horas?

– Isso mesmo.

– Inclusive as cercas dos velocirraptors?

Arnold suspirou.

– Até elas.

– Meu Deus do céu – disse Muldoon. – Cinco horas. Esses animais podem estar soltos.

E então, de algum ponto a distância, eles ouviram um grito. Muldoon começou a falar bem rápido. Ele caminhou pela sala, entregando os rádios portáteis.

– O sr. Arnold vai até o galpão da manutenção para ligar a fonte de energia principal. Dr. Wu, fique na sala de controle. Você é a única outra pessoa que consegue trabalhar com os computadores. Sr. Hammond, volte para o alojamento. Não discuta comigo. Vá agora. Tranque os portões e fique atrás deles até eu entrar em contato. Vou ajudar Arnold a lidar com os velocirraptors.

Ele voltou-se para Gennaro.

– Quer viver perigosamente de novo?

– Não exatamente – disse Gennaro. Ele estava muito pálido.

– Ótimo. Então vá com os outros para o alojamento. – Muldoon virou de costas. – É isso, gente. Agora *mexam-se.*

Hammond choramingou:

– Mas o que você vai fazer com os meus animais?

– Essa não é a pergunta certa, sr. Hammond – disse Muldoon. – A questão é: o que eles vão fazer conosco?

Ele passou pela porta e apressou-se pelo corredor até seu escritório. Gennaro colocou-se ao lado dele, ajustando seu passo ao de Muldoon.

– Mudou de ideia? – rosnou Muldoon.

– Você vai precisar de ajuda – respondeu Gennaro.

– Posso precisar. – Muldoon entrou em uma sala identificada como SUPERVISOR DOS ANIMAIS, apanhou o lançador portátil cinzento e destrancou um painel na parede atrás de sua mesa. Havia ali seis cilindros e seis caixas.

– O negócio com esses malditos dinossauros – disse Muldoon – é que eles têm um sistema nervoso distribuído. Eles não morrem com rapidez, mesmo com um tiro direto no cérebro. E têm uma compleição sólida; costelas grossas tornam um tiro no coração arriscado, e eles são difíceis de se parar com tiros nas pernas ou nos quadris. Sangram devagar, são lentos para morrer. – Ele estava abrindo os cilindros um por um e colocando nas caixas. Jogou um cinto grosso e cheio de bolsos para Gennaro. – Coloque isso.

Gennaro apertou o cinto e Muldoon passou-lhe a munição.

– Tudo o que podemos esperar é explodi-los. Infelizmente, só temos seis tiros aqui. Há oito raptors naquele complexo cercado. Vamos lá. Fique próximo. Você está com a munição.

Muldoon saiu correndo pelo corredor, olhando pela sacada para o caminho que levava até o galpão de manutenção. Gennaro ofegava ao lado dele. Chegaram ao piso térreo, saíram pelas portas de vidro e então Muldoon parou.

Arnold estava de costas para o galpão. Três raptors vieram em sua direção. Ele apanhara um graveto e abanava na direção deles, gritando. Os raptors se espalharam ao chegar mais perto, um ficando no centro, os outros dois indo para os lados. Coordenados. Fluidos. Gennaro estremeceu.

Comportamento de bando.

Muldoon já estava agachando, colocando o lançador no ombro.

– Carregue – disse ele.

Gennaro deslizou a bala na traseira do lançador. Houve uma faísca elétrica. Nada aconteceu.

– Minha nossa, você colocou ao contrário – disse Muldoon, inclinando o cano para que a bala caísse nas mãos de Gennaro.

Gennaro carregou outra vez. Os raptors rosnavam para Arnold quando o animal à esquerda simplesmente explodiu, a parte superior de seu torso voando no ar, sangue respingando como um tomate estourando nas paredes do edifício. A parte inferior do torso desabou no chão, as pernas chutando, a cauda agitando-se.

– Isso vai acordá-los – disse Muldoon.

Arnold correu para a porta do galpão. Os velocirraptors se viraram e dispararam na direção de Muldoon e Gennaro. Eles se espalharam conforme iam se aproximando. A distância, em algum ponto perto do alojamento, ele escutou gritos.

– Isso pode ser um desastre – observou Gennaro.

– Carregue – disse Muldoon.

Henry Wu ouviu as explosões e olhou para a porta da sala de controle. Ele andou ao redor dos consoles e parou. Queria sair, mas sabia que deveria permanecer na sala. Se Arnold conseguisse ligar novamente a energia – ainda que por um minuto –, Wu poderia reiniciar o gerador principal.

Ele tinha que ficar na sala.

Escutou alguém gritando. Parecia ser Muldoon.

Muldoon sentiu uma dor lancinante no tornozelo, rolou por um aterro e chegou até a base já correndo de novo. Olhando para trás, viu Gennaro correndo na direção oposta, para a floresta. Os raptors ignoraram Gennaro, mas perseguiram Muldoon. Estavam agora a menos de vinte metros. Muldoon gritava a plenos pulmões enquanto corria, tentando pensar para onde diabos poderia ir. Porque sabia que tinha cerca de dez segundos até que eles o alcançassem.

Dez segundos.

Talvez menos.

Ellie precisou ajudar Malcolm a se virar enquanto Harding espetava a agulha e injetava morfina. Malcolm suspirou e desabou de volta na cama. Ele parecia estar enfraquecendo a cada minuto. Pelo rádio, eles ouviram gritos minúsculos, e explosões abafadas vieram do centro de visitantes.

Hammond entrou no quarto e disse:

– Como ele está?

– Está aguentando – respondeu Harding. – Delirando um pouco.

– Não estou nem um pouco delirante – disse Malcolm. – Estou vendo tudo com clareza. – Eles ouviram o rádio. – Parece uma guerra aí fora.

– Os raptors escaparam – explicou Hammond.

– Escaparam, é? – perguntou Malcolm, respirando com dificuldade. – Como é que isso pôde acontecer?

– Foi um problema com o sistema. Arnold não percebeu que a energia auxiliar estava ligada e as cercas, desligadas.

– Estavam, é?

– Vá para o inferno, seu safado arrogante.

– Se eu bem me lembro – disse Malcolm –, previ que a integridade das cercas iria falhar.

Hammond suspirou e se sentou com estrondo.

– Que vá tudo para o inferno – disse ele, chacoalhando a cabeça. – Certamente você não deixou de notar que o cerne do que estamos tentando fazer aqui é extremamente simples. Meus colegas e eu descobrimos, vários anos atrás, que era possível clonar o DNA de um animal extinto e cultivá-lo. Aquilo nos pareceu uma ideia maravilhosa, como um tipo de viagem no tempo, a única viagem no tempo do mundo. Trazê-los à vida, por assim dizer. E como isso era tão empolgante, e como era possível fazer, decidimos ir em frente. Arrumamos esta ilha e seguimos em frente. Foi tudo muito simples.

– Simples? – disse Malcolm. De alguma forma ele arranjou a energia para se sentar na cama. – Simples? Você é um idiota ainda maior do que eu imaginava. E eu já achava que você era bastante idiota.

Ellie disse "dr. Malcolm" e tentou deitá-lo novamente. Mas Malcolm não aceitou. Ele apontou para o rádio, os gritos e berros.

– O que é aquilo que está acontecendo lá fora? – continuou ele. – Esta é a sua ideia simples. *Simples.* Você cria novas formas de vida, sobre as quais não sabe nada. Seu dr. Wu sequer sabe os nomes das coisas que ele está criando. Ele não pode se incomodar com tais detalhes como *o nome da coisa*, quanto mais com o que ela *é.* Você cria vários deles em um período muito curto, não aprende nada sobre eles, e ainda assim espera que eles cumpram suas ordens, porque você os fez e, assim, acha que é o dono deles; você se esquece de que eles estão vivos, que têm uma inteligência própria e podem não cumprir suas ordens, e se esquece do quão pouco conhece sobre eles, do quanto você é incompetente para fazer as coisas que tão frivolamente chama de *simples*... Meu Deus do céu...

Ele afundou na cama, tossindo.

– Sabe qual é o problema com o poder científico? – disse Malcolm. – É como dinheiro de herança. E você sabe que tipo de cretinos são os ricos congênitos. Nunca falha.

– Do que ele está falando? – perguntou Hammond.

Harding fez um gesto indicando que era um delírio. Malcolm abriu um olho e continuou:

– Eu vou lhe dizer do que estou falando. A maioria dos tipos de poder requer um sacrifício substancial por seja lá quem os deseje. Há um aprendizado, uma disciplina que se estende por vários anos. Qualquer tipo de poder que se deseje. Presidente da companhia. Faixa preta em caratê. Guru espiritual. Seja lá o que você estiver buscando, precisa dedicar tempo, praticar e se esforçar. Precisa abrir mão de muita coisa para consegui-lo. Ele tem que ser muito importante para você. E uma vez que você o obtenha, ele é o seu poder. Não pode ser dado: ele reside em você. Ele é, literalmente, o resultado da sua disciplina. Agora, o interessante desse processo é que, na época em que alguém adquire a habilidade de matar com as próprias mãos, também amadurece ao ponto em que não vai usar essa habilidade de modo insensato. Assim, esse tipo de poder tem um controle embutido. A disciplina de conseguir o poder te transforma para que você não abuse dele. O poder científico, porém, é como a riqueza herdada: obtido sem disciplina. Você lê o que outros já fizeram e dá o passo seguinte. Você pode fazer tudo muito jovem. Pode fazer progresso bastante rápido. Não há uma disciplina que dure muitas décadas. Não há maestria: os velhos cientistas são ignorados. Não há humildade diante da natureza. Há apenas uma filosofia de "ficar rico rápido", de "fazer um nome rápido". Trapaceie, minta, falsifique... Não importa. Nem para você, nem para seus colegas. Ninguém vai criticar você. Ninguém tem padrões. Todos estão tentando fazer o mesmo: fazer algo grande, e rápido. E porque você pode aproveitar do trabalho de outros que vieram antes, consegue realizar algo com rapidez. Você sequer sabe exatamente o que descobriu, mas já fez o relatório, patenteou e vendeu. E quem comprar vai ter ainda menos disciplina do que você. O comprador simplesmente compra o poder, como qualquer produto. Ele sequer concebe que alguma disciplina possa ser necessária.

– Você sabe do que ele está falando? – perguntou Hammond.

Ellie assentiu.

– Eu não tenho ideia – disse Hammond.

– Eu vou simplificar – respondeu Malcolm. – Um mestre de caratê não mata gente com suas próprias mãos. Ele não perde a paciência e mata sua esposa. A pessoa que mata é aquela que não tem disciplina, não tem moderação, e que comprou seu poder como um tipo de oferta especial de sábado. E esse é o tipo de poder que a ciência gera e permite. E é o motivo pelo qual você acha que construir um lugar como este é simples.

– E *foi* simples – insistiu Hammond.

– Então, por que deu errado?

* * *

Tonto de tensão, John Arnold abriu a porta do galpão de manutenção e entrou na escuridão do interior. Minha nossa, estava tudo preto. Ele deveria ter percebido que as luzes estariam apagadas. Sentiu o ar frio, as dimensões cavernosas do espaço, estendendo-se dois andares abaixo dele. Precisava encontrar a passarela. Precisava ser cuidadoso, ou quebraria o pescoço.

A passarela.

Ele tateou como um cego até compreender que era inútil. De alguma maneira, tinha que conseguir luz. Ele voltou até a porta e abriu-a dez centímetros. Aquilo lhe deu luz suficiente. Mas não havia jeito de manter a porta aberta. Rapidamente, ele retirou o sapato e o prendeu na porta.

Foi até a passarela, enxergando-a com facilidade. Ele caminhou pelo metal enrugado, escutando a diferença entre seus pés, um barulhento, outro silencioso. Entretanto, ao menos agora ele conseguia enxergar. À sua frente estava a escada que levava para baixo, para os geradores. Mais dez metros.

Escuridão.

A luz sumiu.

Arnold olhou para a porta lá atrás e viu que a luz tinha sido bloqueada pelo corpo de um velocirraptor. O animal se abaixou e cuidadosamente farejou o sapato.

Henry Wu andava de um lado para o outro. Passava as mãos pelos consoles dos computadores. Tocava as telas. Em movimento constante. Estava quase frenético de tensão.

Ele revisou os passos que deveria tomar. Tinha que ser rápido. A primeira tela se acenderia, e ele apertaria...

– Wu! – sibilou o rádio.

Ele o agarrou.

– Sim, estou aqui.

– A porcaria da energia já voltou? – Era Muldoon. Havia algo estranho em sua voz, algo de oco.

– Não – respondeu Wu. Ele sorriu, contente em saber que Muldoon estava vivo.

– Acho que Arnold conseguiu entrar na cabana – disse Muldoon. – Depois disso, não sei.

– Onde você está? – perguntou Wu.

– Estou entalado.

– O quê?

– Entalado em um maldito cano – disse Muldoon. – E estou bastante popular no momento.

Preso em um cano era mais realista, pensou Muldoon. Havia uma pilha de canos de drenagem amontoados atrás do centro de visitantes, e ele recuara até o mais próximo, tropeçando como um pobre coitado. Canos de um metro, bastante apertados para ele, mas não poderiam entrar atrás dele.

Pelo menos, não depois de ele decepar a perna de um dos bichos com um tiro quando o safado curioso se aproximou demais do cano. O raptor tinha saído uivando e os outros agora mostravam mais respeito. Seu único arrependimento era de não ter esperado até ver o focinho do outro lado do tubo antes de apertar o gatilho.

Mas ele ainda poderia ter sua oportunidade, porque havia mais três ou quatro lá fora, rosnando e resmungando ao seu redor.

– Sim, muito popular – disse ele no rádio.

Wu disse:

– Arnold tem um rádio?

– Acho que não – disse Muldoon. – É só aguentar firme. Esperar.

Ele não viu como era a outra extremidade dos canos – tinha recuado muito rápido para isso – e não podia ver agora. Estava realmente preso. Só podia torcer para que a extremidade não fosse aberta. Meu Deus, ele não gostava da ideia de um desses calhordas dando uma mordida em seu traseiro.

Arnold recuou pela passarela. O velocirraptor estava a menos de três metros de distância, perseguindo-o, avançando nas sombras. Arnold podia ouvir as garras mortais batendo no metal.

Mas ele estava indo devagar. Sabia que o animal enxergava bem, mas a grade da passarela e os cheiros mecânicos desconhecidos o deixavam cauteloso. Aquela cautela era sua única chance, pensou Arnold. Se pudesse chegar às escadas, e então descer para o piso inferior...

Porque ele tinha uma certeza razoável de que velocirraptors não sabiam descer escadas. Certamente, não escadas estreitas e íngremes.

Arnold olhou para trás. As escadas estavam a poucos centímetros de distância. Mais alguns passos...

Ele estava lá! Estendendo a mão para trás, sentiu o corrimão e começou a descer os degraus quase verticais. Seus pés tocaram o concreto liso. O raptor rosnou, frustrado, na passarela, seis metros acima dele.

– Uma pena, colega – disse Arnold. Ele virou-se de costas. Estava agora muito próximo ao gerador auxiliar. Só mais alguns passos e poderia vê-lo, mesmo com a luz fraca...

Houve uma pancada surda atrás dele.

Arnold se virou.

O raptor estava de pé no piso de concreto, rosnando.

Ele tinha saltado para baixo.

Procurou rapidamente por uma arma, mas de repente viu-se derrubado de costas no concreto. Algo pesado pressionava seu peito, era impossível respirar, e ele percebeu que o animal estava *de pé em cima dele,* e sentiu as grandes garras afundando na carne de seu peito, e sentiu o hálito fétido da cabeça se movendo acima dele, e abriu sua boca para gritar.

Ellie segurava o rádio nas mãos, escutando. Dois outros peões costa-riquenhos haviam chegado ao alojamento; eles pareciam saber que era seguro ali. Entretanto, ninguém mais tinha vindo nos últimos minutos. E lá fora parecia estar mais silencioso. No rádio, Muldoon disse:

– Quanto tempo faz?

Wu disse:

– Quatro, cinco minutos.

– Arnold já deveria ter terminado a essa altura – disse Muldoon –, se é que ele vai conseguir. Você tem alguma ideia?

– Não – respondeu Wu.

– Gennaro já entrou em contato?

Gennaro apertou o botão.

– Estou aqui.

– Onde diabos você está?

– Estou entrando no prédio de manutenção – disse Gennaro. – Deseje-me sorte.

Gennaro agachou-se na folhagem, escutando.

Bem a sua frente, ele viu a trilha margeada por plantas que levava até o centro de visitantes. Gennaro sabia que o galpão de manutenção estava em algum lugar a leste. Ouviu o piado dos pássaros nas árvores. Uma leve névoa soprava por ali. Um dos raptors rugiu, mas a certa distância. Soou como se viesse da direita. Gennaro partiu, deixando a trilha e mergulhando na folhagem.

Gosta de viver perigosamente?

Não muito.

Era verdade, ele não gostava. Todavia, Gennaro achava que tinha um plano, ou no mínimo uma possibilidade de plano que talvez fosse funcionar. Caso se mantivesse ao norte do complexo principal de prédios, ele poderia se aproximar do galpão de manutenção pelos fundos. Todos os raptors provavelmente estavam ao redor dos outros prédios, ao sul. Não havia motivos para eles estarem na selva.

Pelo menos, ele esperava que não.

Movimentou-se tão silenciosamente quanto conseguia, infelizmente ciente de que fazia muito barulho. Forçou-se a reduzir sua velocidade, sentindo seu coração disparar. A folhagem aqui era muito densa; ele não conseguia enxergar mais do que dois metros adiante. Começou a se preocupar que talvez acabasse nem vendo o prédio da manutenção. Foi quando divisou o teto à sua direita, acima das palmeiras.

Ele foi naquela direção, aproximando-se pela lateral. Encontrou a porta, abriu-a e deslizou para dentro. Estava muito escuro. Ele tropeçou em alguma coisa.

Um sapato masculino.

Gennaro franziu a testa. Usou um apoio para manter a porta escancarada e continuou para dentro do prédio. Ele viu uma passarela diretamente à frente. De repente, percebeu que não sabia para onde ir. E que tinha deixado seu rádio para trás.

Droga!

Talvez houvesse um rádio em algum lugar no prédio da manutenção. Ou talvez devesse apenas procurar pelo gerador. Ele sabia como era um gerador. Provavelmente estaria no piso inferior. Encontrou uma escadaria levando para baixo.

Estava escuro lá embaixo, e era difícil enxergar alguma coisa. Ele foi apalpando pelos canos, estendendo as mãos para evitar bater a cabeça.

Gennaro ouviu um rosnado animal e congelou. Prestou atenção, mas o som não se repetiu. Ele prosseguiu com cautela. Algo gotejou em seu ombro e seu braço. Era morno, como água. Tocou a substância no escuro.

Pegajosa. Ele a cheirou.

Sangue.

Olhou para cima. O raptor estava empoleirado nos canos, a apenas alguns centímetros de sua cabeça. Sangue pingava de suas garras. Com uma estranha sensação de distanciamento, ele imaginou se o bicho estaria ferido. E então começou a correr, mas o raptor pulou em suas costas, empurrando-o para o chão.

Gennaro era forte; ele arqueou-se para cima com força, jogando o raptor para longe, e rolou pelo concreto. Quando se voltou, viu que o raptor tinha caído de lado e ali jazia, ofegante.

Sim, ele estava ferido. Sua perna estava machucada, por algum motivo.

Mate-o.

Gennaro ergueu-se, vacilante, procurando por uma arma. O raptor ainda resfolegava no concreto. Ele buscou freneticamente por algo – qualquer coisa – para usar como arma. Quando voltou a se virar, o raptor havia sumido.

O animal rosnou, o som ecoando na escuridão.

Gennaro fez uma volta completa, apalpando com as mãos estendidas. E então sentiu uma dor aguda na mão direita.

Dentes.

O animal o estava mordendo.

O raptor fez um movimento brusco com a cabeça, e então os pés de Donald Gennaro saíram do chão e ele caiu.

Deitado na cama, ensopado de suor, Malcolm escutava o rádio estalar.

– Alguma coisa? – perguntou Muldoon. – Vocês ouviram alguma coisa?

– Nem uma palavra – respondeu Wu.

– Droga – disse Muldoon.

Houve uma pausa.

Malcolm suspirou e disse:

– Eu mal posso esperar para ouvir o novo plano dele.

– O que eu gostaria de fazer – disse Muldoon – seria juntar todo mundo no alojamento e reagrupar. Mas não vejo como.

– Tem um jipe em frente do centro de visitantes – sugeriu Wu. – Se eu fosse dirigindo até você, conseguiria entrar nele?

– Talvez. Mas você estaria abandonando a sala de controle.

– Não posso fazer nada aqui, mesmo.

– Deus sabe que isso é verdade – disse Malcolm. – Uma sala de controle sem eletricidade não é uma sala de controle.

– Tudo bem – disse Muldoon. – Vamos tentar. Isso não está com uma cara nada boa.

De sua cama, Malcolm disse:

– Não, não está com uma cara nada boa. Está parecendo um desastre.

Wu disse:

– Os raptors vão nos seguir até aí.

– Ainda assim, é melhor – disse Malcolm. – Vamos lá.

O rádio apitou, desligando. Malcolm fechou os olhos e respirou devagar, reunindo suas forças.

– Só relaxe – disse Ellie. – Vá com calma.

– Você sabe do que estamos de fato falando aqui – disse Malcolm. – Toda essa tentativa de controle... Estamos falando de pensamentos ocidentais com quinhentos anos de idade. Elas começaram na época em que Florença, na Itália, era a cidade mais importante do mundo. A ideia de que havia um novo modo de olhar para a realidade, que era objetivo, que não dependia de suas crenças ou sua nacionalidade, que era *racional*; a ideia básica da ciência, que era nova e excitante naquela época. Ela oferecia esperança para o futuro, e acabara com o antigo sistema medieval, que tinha centenas de anos. O mundo medieval de políticas feudais, dogmas religiosos e superstições odiosas havia caído perante a ciência. Contudo, na verdade isso aconteceu porque o mundo medieval não funcionava mais. Ele não funcionava economicamente, não funcionava intelectualmente e não se encaixava no novo mundo que emergia.

Malcolm tossiu.

– Mas agora – continuou ele – a ciência é o sistema de crenças que tem centenas de anos. E, assim como o sistema medieval antes dele, a ciência começa a não se encaixar mais no mundo. A ciência obteve tanto poder que seus limites práticos começam a ficar aparentes. Principalmente por meio da ciência, bilhões de nós vivemos em um mundo pequeno, densamente carregado e nos intercomunicando. Mas a ciência não consegue nos ajudar a decidir o que fazer com esse mundo, ou como viver. A ciência consegue construir um reator nuclear, mas não consegue nos dizer para não construir um. A ciência consegue produzir pesticidas, mas não consegue nos dizer para não os utilizar. E nosso mundo começa a parecer poluído de formas fundamentais, ar e água e terra, por causa da ciência ingovernável. – Ele suspirou. – Isso é óbvio para todos.

Houve um silêncio. Malcolm jazia com seus olhos fechados, a respiração entrecortada. Ninguém falou nada, e Ellie teve a impressão de que Malcolm finalmente tinha adormecido. E então ele sentou-se de novo, abruptamente.

– Ao mesmo tempo, a grande justificativa intelectual da ciência desapareceu. Desde Newton e Descartes, a ciência explicitamente nos ofereceu a visão do controle total. A ciência reclamou o poder para eventualmente controlar tudo, por meio de sua compreensão das leis naturais. Entretanto, no século 20, essa afirmação foi despedaçada além de qualquer possibilidade de conserto. Primeiro, o princípio da incerteza de Heisenberg colocou limites sobre o que podemos saber a respeito do mundo subatômico. Ah, bem, dizemos, nenhum de nós vive em um mundo subatômico. Não faz nenhuma diferença prática enquanto seguimos nossas vidas. E então o teorema de Godel coloca limites similares na matemática, a linguagem formal da ciência. Os matemáticos costumavam pensar que sua linguagem tinha alguma verdade inerente especial derivada das leis da lógica. Agora sabemos que o que chamamos de "razão" não passa de um jogo arbitrário. Não é especial da maneira como pensamos ser. E agora a teoria do caos prova que a imprevisibilidade está inserida em nossas vidas diárias. É tão mundana quanto a tempestade que não podemos prever. E, assim, a grande visão da ciência, com séculos de idade, o sonho do controle total, morreu em nosso século. E, com ela, vai-se boa parte da justificativa, o raciocínio para a ciência fazer o que faz. E para nós a escutarmos. A ciência sempre disse que pode não saber de tudo, mas que saberá, mais cedo ou mais tarde. Essa é uma jactância vã. Tão tola e tão injustificada quanto a criança que salta de uma ponte porque acredita que pode voar.

– Isso é bastante extremo – disse Hammond, balançando a cabeça.

– Estamos testemunhando o fim da era científica. A ciência, como todos os outros sistemas superados, está se destruindo. Enquanto ganha em poder, ela se prova incapaz de lidar com o poder. Porque as coisas estão indo muito rápido agora. Há cinquenta anos, todos ficaram loucos com a bomba atômica. Aquilo era poder. Ninguém conseguia imaginar nada maior. Não obstante, mal se passou uma década desde a bomba, e nós começamos a ter poder genético. E o poder genético é muito mais amplo que o poder atômico. E ele vai estar nas mãos de todos. Vai estar nos kits para jardineiros de final de semana. Experiências para crianças em idade escolar. Laboratórios baratos para terroristas e ditadores. E isso forçará todos a fazer a mesma pergunta, "O que eu deveria fazer com o meu poder?", que é a própria pergunta que a ciência admite não poder responder.

– Então, o que vai acontecer? – perguntou Ellie.

Malcolm deu de ombros.

– Uma mudança.

– Que tipo de mudança?

– Todas as grandes mudanças são como a morte – respondeu ele. – Você não consegue enxergar o outro lado até estar lá.

E ele fechou os olhos.

– Pobre homem – disse Hammond, balançando a cabeça.

Malcolm suspirou.

– Você tem alguma ideia – disse ele – do quão improvável é que você, ou qualquer um de nós, saia vivo desta ilha?

SEXTA ITERAÇÃO

"A recuperação do sistema pode se provar impossível."

Ian Malcolm

RETORNO

Com o motor elétrico roncando, o carrinho disparou pelo escuro túnel subterrâneo. Grant dirigia, pisando fundo. O túnel não tinha detalhe algum, exceto pela ocasional abertura para ventilação no teto, sombreada para proteção contra a chuva, que permitia a entrada de um pouco de luz. Mas ele reparou que havia excrementos secos e esbranquiçados em vários locais. Era óbvio que muitos animais tinham estado ali.

Sentada ao lado dele no carrinho, Lex voltou a lanterna para a parte de trás, onde jazia o velocirraptor.

– Por que ele está com dificuldade para respirar?

– Porque eu o atingi com tranquilizante – respondeu Grant.

– Ele vai morrer? – perguntou ela.

– Espero que não.

– Por que a gente está levando ele?

– Para provar às pessoas lá no centro que os dinossauros estão de fato procriando.

– Como você sabe que eles estão procriando?

– Porque esse aqui é jovem – respondeu Grant. – E porque é um menino.

– É? – disse Lex, espiando junto com o facho de luz.

– É. Agora, você pode virar a lanterna para a frente? – Ele estendeu o pulso, virando o relógio para ela. – Que horas são?

– Aí diz... Dez e quinze.

– Certo.

– Isso quer dizer que só temos 45 minutos para entrar em contato com o barco – disse Tim.

– Devemos estar perto – respondeu Grant. – Acho que estamos quase no centro de visitantes agora.

Ele não tinha certeza, mas sentiu o túnel inclinar-se em uma subida suave levando-os de volta à superfície, e...

– Uau! – disse Tim.

Eles emergiram à luz do dia com uma velocidade espantosa. Havia uma suave bruma soprando, obscurecendo parcialmente o prédio que se erguia diretamente sobre eles. Grant viu logo que era o centro de visitantes. Eles tinham chegado bem em frente à garagem!

– Éééé! – gritou Lex. – Conseguimos! Êêêê! – Ela saltitava no banco enquanto Grant estacionava o carrinho na garagem. Ao longo de uma parede havia jaulas empilhadas. Eles colocaram o velociraptor em uma delas, com uma tigela de água. E então subiram os degraus para a entrada térrea do centro de visitantes.

– Eu vou comer um hambúrguer! E batatas fritas! E milk-shake de chocolate! Chega de dinossauros! Êêêê!

Eles chegaram ao saguão e abriram a porta.

E então ficaram em silêncio.

No saguão do centro de visitantes, as portas de vidro tinham sido estouradas e uma fria névoa cinzenta soprava pelo cavernoso saguão principal. Uma placa que dizia QUANDO OS DINOSSAUROS DOMINAVAM A TERRA pendurava-se em uma dobradiça, rangendo ao vento. O grande tiranossauro robô tinha sido derrubado e jazia com as pernas para cima, suas entranhas de metal e tubos expostas. Do lado de fora, através do vidro, eles viam fileiras de palmeiras, silhuetas sombrias na neblina.

Tim e Lex se aninharam contra a mesa de metal do segurança. Grant pegou o rádio do vigia e tentou todas as frequências.

– Alô, aqui é Grant. Tem alguém aí? Alô, aqui é Grant.

Lex encarava o corpo do vigia, deitado no piso à direita. Ela não conseguia ver nada além de seus pés e pernas.

– Alô, aqui é Grant. Alô.

Lex inclinava-se adiante, espiando ao redor da borda da mesa.

Grant segurou-a pela manga.

– Ei! Pare com isso.

– Ele está morto? O que é aquele negócio no chão? Sangue?

– É.

– Por que não é vermelho de verdade?

– Você é mórbida – disse Tim.

– O que é "mórbida"? Eu não sou.

O rádio estalou.

– Meu Deus – soou uma voz. – Grant? É você?

E então:

– Alan? Alan? – Era Ellie.

– Estou aqui – respondeu Grant.

– Graças a Deus – disse Ellie. – Você está bem?

– Estou bem, sim.

– E as crianças? Você as viu?

– Elas estão comigo – disse Grant. – Estão bem.

– Graças a Deus.

Lex rastejava ao redor da lateral da mesa. Grant a agarrou pelo tornozelo.

– Volte aqui.

O rádio estalou.

– ... onde vocês estão?

– No saguão. No saguão do prédio principal.

Pelo rádio, ele ouviu Wu dizer:

– Meu Deus. Eles estão *aqui*.

– Alan, escute – disse Ellie. – Os raptors se soltaram. Eles sabem abrir portas. Eles podem estar no mesmo prédio que vocês.

– Ótimo. Onde vocês estão? – disse Grant.

– Estamos no alojamento.

Grant disse:

– E os outros? Muldoon, todo mundo?

– Perdemos algumas pessoas. Mas estamos com todos os outros no alojamento.

– E os telefones, estão funcionando?

– Não. Todo o sistema está desligado. Nada funciona.

– Como podemos religar o sistema?

– Estivemos tentando.

– Temos que religá-lo – disse Grant –, agora mesmo. Se não, em meia hora os raptors vão chegar ao continente.

Ele começou a explicar sobre o barco quando Muldoon o interrompeu.

– Acho que o senhor não entendeu, dr. Grant. Nós não temos mais meia hora por aqui.

– Como assim?

– Alguns dos raptors nos seguiram. Dois deles estão no teto agora.

– E daí? O prédio é impenetrável.

Muldoon tossiu.

– Aparentemente, não é, não. Nunca se esperou que os animais chegassem ao teto. – O rádio estalou. – ... devem ter plantado uma árvore perto demais da cerca. Os raptors subiram na cerca e de lá, para o teto. Enfim, as barras de aço na claraboia deveriam ser eletrificadas, mas, é claro, estamos sem energia. Eles estão roendo as barras.

– Roendo as barras? – disse Grant, e franziu a testa, tentando imaginar a cena. – Com que rapidez?

– Roendo, sim – disse Muldoon –, e a mordida deles tem uma pressão de quase três toneladas por centímetro quadrado. São como hienas, eles podem roer aço e... – A transmissão ficou muda por um instante.

– Com que rapidez? – perguntou Grant de novo.

Muldoon disse:

– Acho que temos mais dez ou quinze minutos antes que eles atravessem completamente e entrem no prédio pela claraboia. E quando eles entrarem... Ah, só um minuto, dr. Grant.

O rádio foi desligado.

Na claraboia acima da cama de Malcolm os raptors conseguiram roer a primeira das barras de aço. Um deles agarrou a ponta da barra e puxou, entortando-a para trás. Ele colocou sua poderosa perna sobre a claraboia e o vidro se despedaçou, chovendo sobre a cama de Malcolm, lá embaixo. Ellie estendeu a mão e removeu os fragmentos maiores dos lençóis.

– Deus do céu, eles são feios – disse Malcolm, olhando para cima.

Agora que o vidro estava quebrado, eles podiam ouvir o arfar e os rosnados dos raptors, o guincho de seus dentes no metal enquanto roíam as barras. Havia áreas prateadas mais estreitas que eles já haviam desgastado. Saliva espumosa respingava nos lençóis e no criado-mudo.

– Pelo menos eles ainda não podem entrar – disse Ellie. – Não até roerem outra barra.

Wu disse:

– Se o Grant conseguisse algum jeito de entrar no galpão de manutenção...

– Que inferno – disse Muldoon. Ele manquitolava pelo quarto com seu tornozelo torcido. – Ele não tem como chegar lá rápido o bastante. Não pode ligar a energia a tempo. Não para impedir isso aqui.

Malcolm tossiu.

– Tem. – Sua voz estava baixa, quase um arquejo.

– O que ele disse? – perguntou Muldoon.

– Tem – repetiu Malcolm. – Tem como...

– Tem como o quê?

– Distração... – Ele fez uma careta.

– Que tipo de distração?

– Vá até... a cerca...

– A cerca? E faço o quê?

Malcolm sorriu debilmente.

– Enfie... suas mãos por ela.

– Ah, meu Deus – disse Muldoon, dando-lhe as costas.

– Espere um minuto – disse Wu. – Ele tem razão. Tem apenas dois raptors aqui. O que significa que existem pelo menos mais quatro lá fora. Nós poderíamos sair e oferecer uma distração.

– E então, o quê?

– E então Grant estaria livre para ir até o prédio da manutenção e ligar o gerador.

– E depois voltar à sala de controle e religar o sistema?

– Exatamente.

– Não dá tempo – disse Muldoon. – Não dá tempo.

– Mas se pudermos atrair os raptors aqui para baixo – disse Wu –, talvez até afastá-los daquela claraboia... Pode funcionar. Vale a pena tentar.

– Isca – disse Muldoon.

– Exato.

– Quem vai ser a isca? Eu não posso. Meu tornozelo está arrebentado.

– Eu vou – disse Wu.

– Não – disse Muldoon. – Você é o único que sabe o que fazer com o computador. Precisa orientar Grant durante o processo de religação.

– Então eu vou – disse Harding.

– Não – protestou Ellie. – Malcolm precisa de você. Eu vou.

– Droga, eu não acho uma boa – disse Muldoon. – Você teria raptors em toda a sua volta, raptors no teto...

Ela já estava se abaixando e amarrando seus tênis.

– Só não conte a Grant – disse ela. – Ele ficaria nervoso.

O saguão estava quieto, a névoa gelada passando por eles. O rádio estava silencioso havia vários minutos. Tim disse:

– Por que eles não estão falando com a gente?

– Estou com fome – disse Lex.

– Eles estão tentando bolar algum plano – disse Grant.

O rádio estalou.

– Grant, está ..nry Wu falando. Você está aí?

– Estou aqui – respondeu Grant.

– Ouça – disse Wu. – Você consegue ver os fundos do prédio de visitantes de onde está?

Grant olhou pelas portas de vidro dos fundos, para as palmeiras e a neblina, e respondeu:

– Consigo.

– Há uma trilha que atravessa as palmeiras e chega até o prédio da manutenção. É lá que estão os geradores e o equipamento de energia. Acho que você viu o prédio de manutenção ontem, não? – disse Wu.

– Vi – disse Grant. Apesar de ficar confuso, por um momento. Tinha sido ontem que ele olhara aquele prédio? Parecia que já fazia anos.

– Agora, escute – continuou Wu. – Achamos que podemos atrair todos os raptors aqui para o alojamento, mas não temos certeza. Então tenha cuidado. Nos dê cinco minutos.

– Certo.

– Você pode deixar as crianças no refeitório e elas devem ficar bem. Leve o rádio com você quando for.

– Ok.

– Mas desligue o aparelho antes de sair, para não fazer nenhum barulho lá fora. E me chame quando chegar ao prédio da manutenção.

– Certo.

Grant desligou o rádio. Lex rastejou de volta.

– Nós vamos até o refeitório? – perguntou ela.

– Vamos – respondeu Grant. Eles se levantaram e começaram a atravessar o saguão na névoa.

– Eu quero um hambúrguer – disse Lex.

– Acho que não tem eletricidade para a cozinha.

– Sorvete, então.

– Tim, você vai ter que ficar com ela e ajudá-la.

– Eu fico.

– Eu tenho que sair por um tempinho – disse Grant.

– Eu sei.

Eles foram até a entrada do refeitório. Ao abrir a porta, Grant viu mesas de jantar quadradas e cadeiras, com portas vaivém de metal um pouco afastadas. Perto dali, uma caixa registradora e uma prateleira com chiclete e doces.

– Certo, crianças. Quero que fiquem aqui, não importa o que acontecer. Entenderam?

– Deixe o rádio com a gente – disse Lex.

– Não posso. Preciso dele. Só fiquem aqui. Eu vou ficar fora só por cinco minutos, mais ou menos. Tudo bem?

– Tudo bem.

Grant fechou a porta. O refeitório ficou completamente escuro. Lex agarrou a mão dele.

– Acenda as luzes – disse ela.

– Não posso – disse Tim. – Não tem energia elétrica. – Mas ele baixou seus óculos de visão noturna.

– Para você, tudo bem. E eu, como fico?

– Segure a minha mão. Vamos pegar comida. – Ele a levou adiante. Viu as mesas e cadeiras em verde fosforescente. À direita, a caixa registradora em verde brilhante e a prateleira com chicletes e doces. Ele pegou um punhado de doces.

– Eu já falei – disse Lex. – Eu quero sorvete, não doce.

– Mas pegue estes aqui, pelo menos.

– Sorvete, Tim.

– Certo, certo.

Tim enfiou os doces no bolso e levou Lex mais para dentro do refeitório. Ela puxou a mão dele.

– Eu não consigo *ver nada* – disse ela.

– Só fique perto de mim. Segure a minha mão.

– Então vá devagar.

Depois das mesas e cadeiras ficava um par de portas vaivém com pequenas janelas redondas. Provavelmente levavam até a cozinha. Ele empurrou uma das folhas, abrindo-a, e segurou a porta aberta.

Ellie Sattler saiu pela porta da frente do alojamento e sentiu a bruma gelada em seu rosto e nas pernas. Seu coração martelava, apesar de ela saber que estava completamente a salvo atrás da cerca. Bem à sua frente, viu as pesadas barras na neblina.

Mas ela não conseguia ver muito além da cerca. Quase 20 metros adiante, a paisagem se transformava em um branco leitoso. E ela não via nenhum dos raptors. Na verdade, os jardins e árvores estavam quase sinistramente silenciosos.

– Ei! – gritou ela na cerração, hesitante.

Muldoon se apoiou contra o batente da porta.

– Duvido que isso vá resolver – disse ele. – Você tem que fazer *barulho*.

Ele foi para fora mancando e carregando uma vara de aço da construção. Bateu-a contra as barras como um sino anunciando o jantar.

– Venham buscar! O jantar está na mesa!

– Muito divertido – disse Ellie. Ela olhou nervosamente para o teto. Não viu raptor nenhum.

– Eles não entendem inglês. – Muldoon sorriu. – Mas acredito que tenham captado a ideia geral...

Ela ainda estava nervosa, e achou o humor dele irritante. Olhou para o prédio de visitantes envolto em neblina. Muldoon voltou a bater nas barras. No limite de sua visão, quase perdido na névoa, ela viu um animal fantasmagoricamente pálido. Um raptor.

– Primeiro cliente – disse Muldoon.

O raptor desapareceu, uma sombra branca, e em seguida voltou, mas não se aproximou mais, e parecia estranhamente desprovido de curiosidade sobre o barulho vindo do alojamento. Ela começava a se preocupar. A menos que pudesse atrair os raptors para o alojamento, Grant estaria em perigo.

– Você está fazendo barulho demais – disse Ellie.

– Mas que inferno – disse Muldoon.

– Bem, mas está mesmo.

– Eu conheço esses animais...

– Você está bêbado – disse ela. – Deixe que eu cuido disso.

– E como é que você vai cuidar disso?

Ela não respondeu. Foi até o portão.

– Dizem que os raptors são inteligentes.

– Eles são. No mínimo, tão inteligentes quanto chimpanzés.

– Eles têm boa audição?

– Sim, excelente.

– Então talvez reconheçam este som – disse ela, e abriu o portão. As dobradiças de metal, enferrujadas pela névoa constante, rangeram alto. Ela tornou a fechar e abrir com outro guincho.

Ela o deixou aberto.

– Eu não faria isso – disse Muldoon. – Se vai fazer isso, deixe-me pegar o lançador.

– Pegue o lançador.

Ele suspirou, lembrando-se.

– Gennaro está com as balas.

– Bem... – disse ela. – Fique de olho.

E ela passou pelo portão, afastando-se das barras. Seu coração batia com tanta força que ela mal sentia seus pés na terra. Foi para longe da cerca, que desapareceu temerosamente rápido na cerração. Em pouco tempo, estava perdida atrás dela.

Como ela esperava, Muldoon começou a gritar para ela, em um estado de agitação bêbada.

– Que saco, garota, não faça isso – berrou ele.

– Não me chame de "garota" – gritou ela de volta.

– Eu vou chamá-la da porcaria que quiser – berrou Muldoon.

Ela não estava ouvindo. Estava se virando lentamente, seu corpo tenso, observando todos os lados. Estava a pelo menos vinte metros da cerca agora, e podia ver a névoa flutuando como uma chuva leve pela folhagem. Manteve-se distante da vegetação. Ela se movimentava por um mundo em tons cinzentos. Os músculos de sua perna e seus ombros doíam de tensão. Seus olhos se esforçavam para ver.

– Droga, está me ouvindo? – bradou Muldoon.

Quão bons seriam esses animais?, imaginou ela. Bons o bastante para bloquear meu caminho de volta? Não estava tão longe da cerca, não de verdade...

Eles atacaram.

Não houve som algum.

O primeiro animal atacou vindo da folhagem na base de uma árvore à esquerda. Ele arremeteu e ela se virou para correr. O segundo atacou do lado oposto, claramente pretendendo capturá-la enquanto fugia, e saltou no ar, as garras erguidas para o ataque, enquanto ela disparava como uma pessoa que participa de uma corrida de obstáculos, e o animal desabava no chão. Agora ela estava correndo com a maior velocidade que podia, sem ousar olhar para trás, seu fôlego vindo em arfadas profundas, vendo as barras da cerca emergindo da névoa, vendo Muldoon escancarar o portão, vendo-o estender a mão para ela, gritar com ela, agarrar-lhe o braço e puxá-la com tanta força que ela foi levantada do chão e caiu em seguida. E ela virou-se a tempo de ver primeiro um, depois dois – e então três – animais atingirem a cerca e rosnarem.

– Bom trabalho – gritou Muldoon. Ele estava provocando os animais agora, rosnando de volta, e eles ficaram loucos. Jogaram-se contra a cerca, saltando adiante, e um deles quase chegou ao topo. – Meu Deus, essa passou raspando! Esses safados sabem saltar!

Ela ficou de pé, olhando para os hematomas e arranhões, o sangue escorrendo por sua perna. Tudo o que podia pensar era: três animais aqui. E dois no teto. O que significa que tem mais um faltando, solto por aí.

– Vamos, me ajude – disse Muldoon. – Vamos distrair esses animais!

Grant saiu do centro de visitantes e moveu-se rapidamente para a frente, entrando na neblina. Ele encontrou a trilha entre as palmeiras e seguiu para o norte. Adiante, a barraca retangular da manutenção emergiu da névoa.

Não havia porta alguma, até onde ele podia ver. Ele caminhou, fez a curva. Lá nos fundos, disfarçada pelas plantas, Grant viu uma doca de carregamento para caminhões. Ele subiu e deparou com uma porta de enrolar de aço corrugado, mas que estava trancada. Voltou a descer e continuou dando a volta no prédio. Mais adiante, à sua direita, Grant viu uma porta comum. Estava presa com um sapato masculino.

Grant entrou e estreitou os olhos na escuridão. Ele prestou atenção, mas não ouviu nada. Apanhou o rádio e o ligou.

– Aqui é o Grant – disse ele. – Estou no local.

Wu olhou para a claraboia acima. Os dois raptors ainda olhavam para o quarto de Malcolm lá embaixo, mas pareciam distraídos pelos barulhos de fora. Ele foi até a janela do alojamento. No exterior, os três velocirraptors continuavam atacando a cerca. Ellie corria de um lado para o outro, segura atrás das barras. No entanto, os raptors não pareciam mais estar tentando pegá-la de verdade. Agora estavam quase brincando, afastando-se da cerca, erguendo a cabeça e rosnando, depois se abaixando, circulando de novo e finalmente atacando. Seu comportamento tinha adquirido uma clara característica de exibição, em vez de ataque sério.

– Como pássaros – disse Muldoon. – Eles estão se exibindo.

Wu assentiu.

– Eles são inteligentes. Viram que não podem chegar até ela. Não estão tentando de verdade.

O rádio estalou.

– ...ocal.

Wu agarrou o rádio.

– Repita, dr. Grant.

– Estou no local – disse Grant.

– Dr. Grant, você está no prédio da manutenção?

– Estou – respondeu Grant. E acrescentou: – Talvez você deva me chamar de Alan.

– Certo, Alan. Se você está de pé junto à porta leste, está vendo um monte de canos e tubulações. – Wu fechou os olhos, visualizando. – Bem na frente há um grande poço encaixado no meio do prédio, que desce por dois andares. À sua esquerda, há uma passarela metálica com corrimãos.

– Já vi.

– Siga pela passarela.

– Estou indo. – Baixinho, o rádio ressoou os estalidos dos passos dele no metal.

– Depois de uns cinco ou dez metros, você vai ver outra passarela indo para a direita.

– Já vi – disse Grant.

– Siga essa passarela.

– Certo.

– Depois – disse Wu – você vai chegar a uma escada à sua esquerda. Descendo para o poço.

– Achei.

– Desça a escada.

Houve uma longa pausa. Wu passou os dedos pelo cabelo úmido. Muldoon estava tenso, o cenho franzido.

– Certo, desci a escada – disse Grant.

– Bom – disse Wu. – Agora, bem à sua frente devem estar dois grandes tanques amarelos onde se lê "Inflamável".

– Eles estão marcados como "Inflama-*ble*". E mais alguma coisa embaixo. Em espanhol.

– São esses – disse Wu. – Esses são os dois tanques de combustível para o gerador. Um deles está vazio, então temos que passar para o outro. Se você olhar para o fundo dos tanques, vai ver um cano branco saindo.

– PVC, com dez centímetros?

– Isso. PVC. Siga esse cano até onde ele vai dar.

– Certo. Estou seguindo... *Ai!*

– O que houve?

– Nada. Bati a cabeça.

Houve uma pausa.

– Você está bem?

– Estou, tudo bem. Só... machuquei a cabeça. Estúpido.

– Continue seguindo o cano.

– Certo, certo – disse Grant. Ele soou irritado. – Certo. O cano dá numa caixa grande de alumínio com espaços para ventilação nas laterais. Está escrito "Honda". Parece ser o gerador.

– Isso – disse Wu. – Esse é o gerador. Se você o contornar, vai ver um painel com dois botões.

– Estou vendo. Amarelo e vermelho?

– Isso mesmo – disse Wu. – Aperte o amarelo primeiro, e enquanto o segura, aperte o vermelho.

– Certo.

Houve outra pausa. Durou quase um minuto. Wu e Muldoon olharam um para o outro.

– Alan?

– Não funcionou – disse Grant.

– Você apertou o amarelo primeiro e depois o vermelho? – perguntou Wu.

– Sim, apertei – disse Grant. Ele parecia irritado. – Fiz exatamente o que você me disse para fazer. Houve um zumbido, depois um *clique, clique, clique* bem rápido, e então o zumbido parou e, depois disso, mais nada.

– Tente de novo.

– Já tentei – disse Grant. – Não funcionou.

– Certo, só um minuto. – Wu franziu a testa. – Parece que o gerador está tentando ligar, mas não consegue, por algum motivo. Alan?

– Estou aqui.

– Vá até a parte de trás do gerador, onde está o encaixe do cano de plástico.

– Certo. – Uma pausa, e então Grant disse: – O cano entra em um cilindro preto que parece uma bomba de combustível.

– Isso mesmo – disse Wu. – É exatamente o que é: a bomba de combustível. Procure por uma válvula pequena, em cima.

– Uma válvula?

– Deve estar espetada no topo, com uma tarjeta de metal que você pode virar.

– Encontrei. Mas está na lateral, não em cima.

– Certo. Vire-a para abrir.

– Está saindo ar.

– Bom. Espere até...

– Agora está saindo líquido. Cheira a gasolina.

– Certo. Feche a válvula. – Wu se virou para Muldoon, balançando a cabeça. – A bomba perdeu potência. Alan?

– Sim.

– Tente os botões de novo.

Um momento depois, Wu escutou um engasgo e estalos enquanto o gerador era ligado, depois um ronco estável quando ele pegou.

– Está ligado – disse Grant.

– Bom trabalho, Alan! Bom trabalho!

– E agora? – disse Grant. Ele soava inexpressivo, monocórdio. – As luzes não se acenderam aqui.

– Volte à sala de controle, e eu vou guiá-lo para restaurar os sistemas manualmente.

– É isso o que preciso fazer agora?

– É.

– Certo – disse Grant. – Eu chamo você quando chegar lá.

Houve um sibilo final e mais nada.

– Alan?

O rádio estava silencioso.

Tim passou pelas portas vaivém nos fundos do refeitório e entrou na cozinha. Uma mesa grande de aço inoxidável ficava no meio do recinto, um fogão grande com várias bocas à esquerda e, depois deles, grandes refrigeradores industriais. Tim começou a abrir os refrigeradores procurando por sorvete. Fumaça saía para o ar úmido conforme ele abria cada um.

– Como é que o fogão ainda está ligado? – disse Lex, soltando a mão dele.

– Não está ligado.

– E esses foguinhos azuis?

– São luzes-piloto.

– O que são luzes-piloto? – Eles tinham um fogão elétrico em casa.

– Deixa para lá – disse Tim, abrindo outro refrigerador. – Mas isso significa que eu posso cozinhar alguma coisa para você. – No refrigerador seguinte, ele encontrou várias coisas: caixas de leite, diversos vegetais, inúmeros bifes, peixe, mas nada de sorvete.

– Você ainda quer sorvete?

– Eu disse, não disse?

O refrigerador seguinte era imenso. Uma porta de aço inoxidável, com uma grande maçaneta horizontal. Ele puxou a maçaneta, abriu a porta e viu um freezer industrial. Era um cômodo, e estava congelante.

– Timmy...

– Você pode esperar um minuto? – disse ele, irritado. – Estou tentando achar seu sorvete.

– Timmy... *tem alguma coisa aqui.*

Ela estava murmurando e, por um momento, ele não compreendeu as últimas palavras. E então Tim apressou-se a sair do freezer, vendo a borda da porta envolta em fumaça verde brilhante. Lex estava junto à mesa de aço. E olhava para a porta da cozinha.

Ele ouviu um sibilo baixo, como de uma cobra grande. O som subiu e desceu suavemente. Mal era discernível. Podia até ser o vento, mas por algum motivo ele sabia que não era.

– Timmy – murmurou ela –, estou com medo...

Ele moveu-se furtivamente até a porta da cozinha e olhou para fora.

Na sala de jantar escura, viu o padrão retangular ordenado em verde das mesas. E passando entre elas, escorregadio e silencioso como um fantasma, a não ser pelo sibilo da respiração, estava um velocirraptor.

Na escuridão da sala de manutenção, Grant tateou pelo cano, retornando para a escada. Era difícil abrir caminho no escuro, e por algum motivo ele achou o barulho do gerador desorientador. Alcançou a escada e tinha começado a subir quando percebeu que havia algo na sala além do barulho do gerador.

Grant parou, prestando atenção.

Era um homem gritando.

Parecia Gennaro.

– Onde você está? – gritou Grant.

– *Aqui* – disse Gennaro. – No caminhão.

Grant não conseguia ver nenhum caminhão. Ele estreitou os olhos no escuro. Concentrou-se em sua visão periférica. Viu silhuetas verdes brilhantes, movendo-se na escuridão. Então viu o caminhão e se voltou para ele.

Tim achou o silêncio assustador.

O velocirraptor tinha quase dois metros e um corpo poderoso, embora suas fortes pernas e cauda estivessem escondidas pelas mesas. Tim podia ver apenas a parte superior do torso musculoso, os dois braços mantidos bem junto ao corpo, as garras pendendo. Viu o padrão iridescente das manchas nas costas. O velocirraptor estava alerta; conforme se movia, olhava de um lado para o outro, mexendo a cabeça em trancos súbitos, como uma ave. A cabeça também subia e descia conforme ele andava e a longa cauda reta mergulhava, o que aumentava a impressão de um pássaro.

Uma ave de rapina gigante e silenciosa.

O refeitório estava escuro; no entanto, o raptor parecia enxergar o suficiente para continuar caminhando sem grandes problemas. De tempos em tempos, ele se curvava, e a cabeça passava por baixo das mesas. E quando Tim escutava um farejar rápido, a cabeça se erguia de repente, atenta, indo para a frente e para trás, como a de um pássaro.

Tim observou até ter certeza de que o velocirraptor estava indo para a cozinha. Estaria seguindo o cheiro deles? Todos os livros diziam que dinossauros tinham um olfato fraco, mas o desse aqui parecia funcionar muito bem. De qualquer maneira, o que os livros sabiam? A realidade estava aqui.

Vindo para ele.

Ele voltou para a cozinha, escondendo-se.

– Tem alguma coisa lá fora? – perguntou Lex.

Tim não respondeu. Ele a empurrou para debaixo de uma mesa no canto, atrás de uma grande lata de lixo. Aproximou a cabeça da dela e sussurrou com firmeza:

– *Fique aqui!*

E então correu até o refrigerador.

Ele agarrou um punhado de bifes frios e apressou-se até a porta. Em silêncio, colocou o primeiro filé no chão, depois recuou alguns passos e colocou o segundo...

Pelos óculos, ele viu Lex espiando ao redor da lata. Fez um gesto para ela voltar. Ele colocou o terceiro pedaço de carne, e o quarto, entrando cada vez mais na cozinha.

O sibilar estava mais alto, e então a mão com garra segurou a porta e a grande cabeça espiou ao redor cuidadosamente.

O velocirraptor parou na entrada da cozinha.

Tim estava meio agachado no fundo do cômodo, perto da perna mais distante da mesa de aço. Mas não tivera tempo de se esconder; sua cabeça e seus ombros ainda estavam acima do tampo da mesa. Ele estava no campo de visão do velocirraptor.

Lentamente, Tim abaixou o corpo, afundando sob a mesa... O velocirraptor virou a cabeça de forma abrupta, olhando diretamente para Tim.

Tim congelou. Ainda estava exposto, mas pensou: *não se mexa.*

O velocirraptor ficou imóvel na porta.

Farejando.

Está mais escuro aqui, pensou Tim. Ele não consegue enxergar tão bem. Isso o deixou cauteloso.

Todavia, agora podia sentir o cheiro fétido do grande réptil, e pelos óculos viu o dinossauro bocejar silenciosamente, lançando para trás seu focinho comprido, expondo fileiras de dentes afiados como navalhas. O velocirraptor olhou adiante outra vez, jogando a cabeça de um lado para o outro. Os grandes olhos giraram nas órbitas ossudas.

Tim sentiu o coração disparar. Parecia pior enfrentar um animal como aquele em uma cozinha, em vez de na floresta aberta. O tamanho, os movimentos rápidos, o odor pungente, a respiração sibilante...

De perto, era um animal muito mais apavorante do que o tiranossauro. O tiranossauro era imenso e poderoso, mas não muito esperto. O velocirraptor era do tamanho de um homem, e sua rapidez e inteligência eram óbvias; Tim temia os olhos curiosos quase tanto quanto os dentes afiados.

O velocirraptor farejou. Ele deu um passo adiante – movendo-se exatamente na direção de Lex! De alguma forma, devia estar sentindo o cheiro dela! O coração de Tim bateu mais forte.

O velocirraptor parou. Lentamente, abaixou-se.

Ele encontrou o bife.

Tim queria se abaixar para olhar pelo vão da mesa, mas não ousava se mexer. Ficou congelado a meio caminho de se agachar, ouvindo o som de mastigação. O dinossauro estava comendo. Com osso e tudo.

O raptor ergueu a cabeça esguia e olhou ao redor. Farejou. Viu o segundo bife. Foi rapidamente para a frente. Abaixou-se.

Silêncio.

O raptor não o comeu.

A cabeça tornou a se levantar. As pernas de Tim queimavam por causa da posição, mas ele não se moveu.

Por que o animal não comera o segundo bife? Uma dezena de ideias passou pela sua cabeça – ele não tinha gostado do sabor do bife, não gostou que estivesse frio, não gostou do fato de a carne não estar viva, sentiu que era uma armadilha, sentiu o cheiro de Lex, sentiu o cheiro de Tim, viu Tim...

Em seguida, o velocirraptor se movimentou com rapidez. Encontrou o terceiro bife, abaixou a cabeça, olhou para cima de novo e prosseguiu.

Tim prendeu a respiração. O dinossauro estava agora a poucos centímetros dele. Tim podia ver as pequenas contrações nos músculos em seus flancos. Podia ver o sangue encrustado nas garras de sua mão. Podia ver o fino padrão estriado dentro das manchas, e as dobras de pele no pescoço, abaixo da mandíbula.

O velocirraptor farejou. Ergueu a cabeça e olhou diretamente para Tim. Tim quase ofegou de medo. Seu corpo estava rígido, tenso. Ele observou enquanto o olho réptil se movia, sondando o local. Outro farejar.

Ele me pegou, pensou Tim.

E então a cabeça se virou para olhar adiante e o animal prosseguiu, indo na direção do quinto bife. Tim pensou: Lex por favor não se mova por favor não se mova seja lá o que você faça por favor não...

O velocirraptor cheirou o bife e seguiu em frente. Estava agora na porta aberta do freezer. Tim podia ver a fumaça saindo, curvando-se pelo piso na direção dos pés do animal. Um grande pé com garras se levantou, depois desceu, silenciosamente. O dinossauro hesitou. Frio demais, pensou Tim. Ele não vai entrar lá, é frio demais, ele não vai entrar ele não vai entrar ele não vai entrar...

O dinossauro entrou.

A cabeça desapareceu, depois o corpo, depois a cauda rígida.

Tim disparou, lançando seu peso contra a porta de aço inoxidável do freezer, fechando-a com uma pancada. Ela prendera a ponta da cauda! A porta não queria se trancar! O velocirraptor rugiu, um som aterrorizante. Sem querer, Tim deu um passo para trás – a cauda sumiu! Ele bateu a porta e escutou-a se trancar com um clique. Fechada!

– Lex! Lex! – gritava ele. Ouviu o raptor batendo contra a porta, sentiu o baque contra o aço. Ele sabia que havia uma maçaneta achatada de aço lá dentro, e, se o raptor atingisse aquilo, abriria a porta. Eles tinham que trancar a porta. – Lex!

Lex estava ao seu lado.

– O que você quer?

Tim apoiava-se contra a maçaneta horizontal, mantendo-a fechada.

– Tem um pino! Um pininho! Pegue o pino!

O velocirraptor rugiu como um leão, o som abafado pelo aço espesso. Ele jogava seu corpo todo contra a porta.

– Não consigo ver nada! – gritou Lex.

O pino estava pendurado sob a maçaneta, balançando em uma correntinha de metal.

– Está logo ali!

– Eu não enxergo! – gritou ela, e então Tim se deu conta de que ela não estava usando os óculos.

– Procure com as mãos!

Ele viu a mãozinha dela se estendendo, tocando a dele, tateando pelo pino, e com essa proximidade ele pôde sentir quanto ela estava assustada, sua respiração vindo em pequenos arquejos apavorados enquanto ela procurava pelo pino e o velocirraptor batia contra a porta e ela se abria – meu Deus, ela se *abria* –, mas o animal não esperava por aquilo, já tinha voltado para outra tentativa e Tim fechara a porta de novo. Lex voltou, trôpega, tateando no escuro.

– Achei! – gritou Lex, agarrando o pino na mão, e enfiou-o no buraco. Ele tornou a sair.

– Por cima, coloque ele *por cima!*

Ela o segurou de novo, erguendo-o na corrente, girando-o por cima da maçaneta e para baixo. Para dentro do buraco.

Trancada.

O velocirraptor rugiu. Tim e Lex se afastaram da porta enquanto o velocirraptor se jogava contra ela outra vez. A cada impacto, as pesadas dobradiças de aço na parede rangiam, mas mantinham-se ali. Tim não achava que o animal fosse capaz de abrir a porta.

O raptor estava trancado lá dentro.

Ele deu um longo suspiro.

– Vamos – disse ele.

Ela lhe deu a mão e eles correram.

– Você precisava vê-los – disse Gennaro, enquanto Grant o levava para fora do prédio da manutenção. – Devia haver pelo menos duas dúzias deles. Comps. Eu tive que rastejar para dentro do caminhão para escapar deles. Estavam por todo o para-brisa. Simplesmente agachados ali, esperando como abutres. Mas fugiram quando você veio.

– Carniceiros – disse Grant. – Eles não atacam nada que esteja se movendo ou pareça forte. Atacam apenas coisas que estão mortas, ou quase mortas. Enfim, imóveis.

Estavam subindo a escada agora, de volta à porta de entrada.

– O que aconteceu com o raptor que o atacou? – disse Grant.

– Eu não sei – disse Gennaro.

– Ele foi embora?

– Eu não vi. Acho que escapei porque ele estava ferido. Acho que Muldoon o atingiu na perna e ele estava sangrando enquanto estava aqui. Daí... eu não sei. Talvez tenha voltado lá para fora. Talvez tenha morrido aqui. Não vi.

– E talvez ainda esteja aqui – disse Grant.

Pela janela do alojamento, Wu encarava os raptors do lado de fora da cerca. Eles ainda pareciam brincalhões, fingindo atacar Ellie. O comportamento havia persistido por um longo tempo, e ele pensou que podia ser tempo demais. Era quase como se eles tentassem prender a atenção de Ellie, da mesma forma que ela tentava prender a deles.

O comportamento dos dinossauros sempre tinha sido uma preocupação menor para Wu. E com toda a razão: o comportamento era um efeito de segunda ordem do DNA, como a dobra de proteínas. Não se podia prever efetivamente o comportamento, e não se podia realmente controlá-lo, exceto de maneira muito rude, como tornar um animal dependente de uma substância em sua dieta ao suspender uma enzima. Porém, em geral, efeitos comportamentais estavam além do alcance da compreensão. Não se podia olhar para uma sequência de DNA e prever o comportamento de seu portador. Era impossível.

E isso havia tornado o trabalho de Wu com o DNA algo puramente empírico. Era uma questão de consertar, do mesmo jeito que um trabalhador moderno podia consertar um antigo relógio de pêndulo. A pessoa estava lidando com algo do passado, algo construído com materiais antigos e seguindo regras antigas. Era impossível ter certeza do motivo pelo qual ele funcionava daquela forma; e ele já havia sido reparado e modificado muitas vezes, pelas forças da evolução, ao longo de várias eras. Assim, como o trabalhador que faz um ajuste e então vê se o relógio está funcionando melhor, Wu fazia um ajuste e aí observava se os animais se comportavam um pouco melhor. E ele tentara corrigir apenas os comportamentos mais grosseiros: ataques incontroláveis às cercas eletrificadas, ou esfregar a pele nos troncos de árvores até machucar. Aqueles eram os comportamentos que o enviavam de volta à prancheta.

E os limites de sua ciência faziam com que uma sensação estranha se instaurasse quando ele pensava sobre os dinossauros no parque. Ele nunca tinha certeza, nunca tinha real certeza se o comportamento dos animais era historicamente correto ou não. Eles estariam se comportando do mesmo jeito que faziam no passado? Era uma pergunta que ficava no ar, sem resposta.

E, apesar de Wu jamais admitir, a descoberta de que os dinossauros estavam procriando representava uma incrível validação de seu trabalho. Um animal que se reproduzia era, fundamentalmente, a demonstração do sucesso; isso significava que Wu havia reunido todas as peças de maneira correta. Ele tinha recriado um animal de milhões de anos com tal precisão que a criatura podia até se reproduzir.

Contudo, ainda assim, olhando para os raptors lá fora, ele se preocupou com a persistência do comportamento deles. Raptors eram inteligentes e animais inteligentes se entediavam rapidamente. Animais inteligentes também faziam planos e...

Harding saiu do quarto de Malcolm para o corredor.

– Onde está Ellie?

– Ainda lá fora.

– Melhor colocá-la para dentro. Os raptors saíram da claraboia.

– Quando? – perguntou Wu, indo até a porta.

– Faz pouco tempo – disse Harding.

Wu abriu a porta da frente.

– Ellie! Para dentro, agora!

Ela olhou para ele, confusa.

– Não tem problema, está tudo sob controle...

– Agora!

Ela balançou a cabeça.

– Eu sei o que estou fazendo – disse ela.

– Agora, Ellie, droga!

Muldoon não gostou de ver Wu de pé ali com a porta aberta, e estava prestes a dizer isso quando viu uma sombra descer do teto, percebendo em um instante o que havia acontecido. Wu foi arrancado para fora, e Muldoon ouviu Ellie gritando. Muldoon foi até a porta, olhou e viu que Wu estava deitado de costas, seu corpo já aberto pela grande garra, e o raptor sacudia a cabeça, puxando os intestinos de Wu. Embora ele ainda estivesse vivo, erguendo fracamente as mãos para afastar a grande cabeça, Wu estava sendo devorado ainda vivo; então Ellie parou de gritar e começou a correr junto à parte de dentro da cerca, e Muldoon bateu a porta, trancando-a, tonto de horror. Tinha acontecido tão rápido!

– Ele saltou do teto? – perguntou Harding

Muldoon assentiu. Ele foi até a janela, olhou para fora e viu que os três raptors no exterior da cerca estavam agora correndo. Mas não seguiam Ellie.

Eles estavam voltando para o centro de visitantes.

Grant chegou à ponta do prédio da manutenção e espiou para fora, na neblina. Ele podia ouvir os rosnados dos velocirraptors e os animais pareciam estar se aproximando. Agora conseguia ver os corpos passando correndo por ele. Estavam indo para o centro de visitantes.

Ele voltou a olhar para Gennaro.

Gennaro balançou a cabeça negativamente.

Grant inclinou-se e sussurrou no ouvido dele.

– Não há escolha. Temos que ligar o computador.

Grant saiu para a neblina.

Depois de um momento, Gennaro o seguiu.

Ellie não parou para pensar. Quando os raptors caíram dentro da cerca para atacar Wu, ela apenas se virou e correu, o mais rápido que podia, para a outra extremidade do alojamento. Havia um espaço de 4,5 metros entre a cerca e o alojamento. Ela correu, sem escutar os animais a persegui-la, ouvindo apenas sua própria respiração. Fez a curva, viu uma árvore crescendo bem ao lado do prédio e saltou, agarrando um galho, balançando-se para cima. Ela não estava em pânico. Sentia uma espécie de júbilo enquanto chutava e via suas pernas se erguendo diante do rosto, e enganchou as pernas sobre um galho mais alto, contraiu a barriga e puxou-se para cima rapidamente.

Ela já estava a mais de três metros do chão e os raptors ainda não a seguiam; começava a se sentir muito bem, quando viu o primeiro animal na base da árvore. Sua boca estava ensanguentada e havia pedaços de carne esfiapada pendurados em suas mandíbulas. Ela continuou a subir rapidamente, uma mão após a outra, estendendo e subindo, e podia quase ver o topo do prédio. Olhou para baixo de novo.

Os dois raptors estavam subindo a árvore.

Agora ela estava no nível do teto; conseguia ver o cascalho a pouco mais de um metro dela e as pirâmides de vidro das claraboias, destacando-se contra a névoa. Havia uma porta no teto; ela podia entrar. Em um esforço único e concentrado ela se lançou pelo ar e aterrissou esparramada no cascalho. Arranhou o rosto, mas de algum modo sua única sensação era de júbilo, como se fosse algum tipo de jogo de que ela estivesse participando, um jogo que ela pretendia vencer. Ela correu até a porta que levava à escada. Atrás dela, podia ouvir os raptors chacoalhando os galhos. Eles ainda estavam na árvore.

Ela chegou à porta e virou a maçaneta.

A porta estava trancada.

Levou um instante para que o significado disso atravessasse sua euforia. A porta estava trancada. Ela estava no teto e não tinha como descer. *A porta estava trancada.*

Ela socou a porta, frustrada, e então correu para o outro lado do teto, mas só viu o contorno verde da piscina pela neblina que soprava. Por toda a volta da piscina ficava o deque de concreto. Três, quatro metros de concreto. Muita coisa para ela passar em um salto. Nenhuma outra árvore para descer. Nenhuma escada. Nenhuma saída de incêndio.

Nada.

Ellie se virou e viu os raptors pulando com facilidade para o teto. Ela correu até a extremidade do prédio, torcendo para que houvesse alguma outra porta ali, mas não havia.

Os raptors se aproximaram dela lentamente, perseguindo-a, deslizando silenciosamente entre as pirâmides de vidro. Ela olhou para baixo. A beira da piscina estava a três metros de distância.

Longe demais.

Os raptors estavam mais perto, começavam a se separar, e sem nenhum motivo racional ela pensou: *Não é sempre assim? Um errinho minúsculo estraga tudo.* Sentia-se zonza; ainda em júbilo, não conseguia acreditar que sua vida terminaria assim. Não parecia possível. Ela estava envolvida em uma espécie de alegria protetora. Simplesmente não acreditava que aconteceria.

Os raptors rosnaram. Ellie recuou, movendo-se para a borda mais extrema do teto. Ela tomou fôlego e então começou a correr para a ponta. Enquanto corria, ela viu a piscina, e sabia que estava longe demais; contudo, pensou: *Diabos, por que não?*, e saltou no vazio.

E caiu.

Com um choque cortante, sentiu-se envolta em frio. Estava debaixo d'água. Tinha conseguido! Ela emergiu e olhou para o teto, viu os raptors olhando para ela. E sabia que, se ela tinha conseguido, os raptors também conseguiriam. Esparramou água e pensou: *Os raptors sabem nadar?* Mas já tinha certeza de que sabiam. Eles provavelmente nadavam como crocodilos.

Os raptors se afastaram da borda do teto. Então ela ouviu Harding chamando seu nome e percebeu que ele havia aberto a porta do teto. Os raptors estavam indo na direção dele.

Rapidamente, ela saiu da piscina e correu para o alojamento.

Harding subiu os degraus para o teto, dois de cada vez, e abriu a porta sem pensar.

– Sattler! – gritou ele.

E então parou. A bruma soprava entre as pirâmides do teto. Os raptors não estavam em lugar nenhum à vista.

– Sattler!

Ele estava tão preocupado com Sattler que levou um instante até perceber seu erro. Ele deveria ser capaz de ver os animais, pensou. No momento seguinte, o braço com garra esmagou a lateral da porta, apanhando-o no peito com uma dor lancinante, e ele precisou de toda a sua força para recuar e bater a porta sobre aquele braço, e lá de baixo ouviu Muldoon gritar:

– Ela está aqui, ela já está aqui dentro.

Do outro lado da porta, os raptors rosnaram, Harding bateu a porta de novo e as garras recuaram. Ele fechou a porta com um estalido metálico e desabou no chão, tossindo.

– Para onde estamos indo? – perguntou Lex. Eles estavam no segundo andar do centro de visitantes. Um corredor com paredes de vidro atravessava o prédio todo.

– Para a sala de controle – disse Tim.

– Onde é isso?

– Por aqui, em algum lugar. – Tim olhou para os nomes marcados a tinta nas portas, conforme passava por elas. Ali pareciam ficar os escritórios: ADMINISTRAÇÃO DO PARQUE... SERVIÇOS DE HÓSPEDES... GERENTE-GERAL... COMPTROLLER...

Eles chegaram a uma divisória de vidro marcada com uma placa:

ÁREA RESERVADA

SOMENTE PESSOAL AUTORIZADO
ALÉM DESTE PONTO

Havia um espaço para um cartão de segurança, mas Tim apenas empurrou e a porta se abriu.

– Como é que abriu?

– A luz acabou – disse Tim.

– Por que estamos indo para a sala de controle?

– Para encontrar um rádio. Precisamos chamar alguém.

Além da porta de vidro, o corredor continuava. Tim se lembrava dessa área; ele a vira antes, durante o passeio. Lex andava rapidamente a seu lado. A distância, eles ouviram o rosnado dos velocirraptors. Os animais pareciam estar se aproximando. E então Tim os escutou se jogando contra o vidro no andar de baixo.

– Eles estão lá fora... – sussurrou Lex.

– Não se preocupe.

– O que eles estão fazendo aqui?

– Não ligue para isso agora.

SUPERVISOR DO PARQUE... OPERAÇÕES... CONTROLE PRINCIPAL...

– Aqui – disse Tim. Ele abriu a porta. A sala de controle principal estava do mesmo jeito que ele tinha visto antes. No meio da sala, havia um console com quatro cadeiras e quatro monitores. A sala estava totalmente escura, exceto pelos monitores, que mostravam todos uma série de retângulos coloridos.

– Então, onde é que está o rádio? – perguntou Lex.

Mas Tim havia se esquecido totalmente do rádio. Ele aproximou-se, encarando as telas dos computadores. As telas estavam ligadas! Isso só podia significar...

– A energia deve ter voltado...

– Eca – disse Lex, mudando de posição.

– O quê?

– Eu estava de pé em cima da *orelha* de alguém – disse ela.

Tim não havia visto um corpo quando eles entraram. Olhou para trás e viu que havia apenas uma orelha, largada no chão.

– Isso é realmente nojento – disse Lex.

– Deixa pra lá. – Ele se voltou para os monitores.

– Onde está o resto dele? – disse ela.

– Esqueça isso agora.

Ele olhou para o monitor com mais atenção. Havia fileiras de rótulos coloridos na tela:

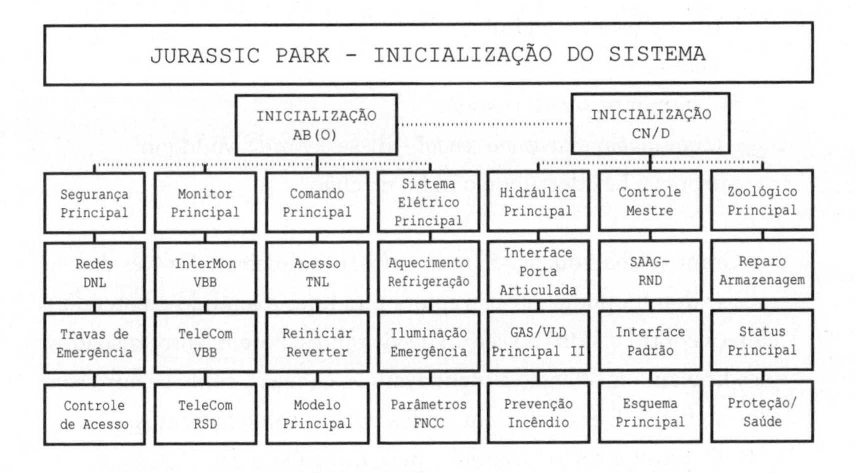

– É melhor você não xeretar nisso aí, Timmy – disse ela.

– Não se preocupe, não vou mexer.

Ele já tinha visto computadores complicados antes, como aqueles instalados nos prédios onde seu pai trabalhava. Aqueles computadores controlavam tudo, desde os elevadores e a segurança até os sistemas de aquecimento e resfriamento. Eles tinham basicamente esta aparência – um monte de rótulos coloridos –, mas eram, em geral, muito mais simples de se entender. E quase sempre havia uma aba de ajuda, caso você precisasse aprender sobre o sistema. Contudo, ele não viu nenhuma aba de ajuda ali. Olhou de novo, só para ter certeza.

Mas então ele viu outra coisa: números piscando no canto esquerdo superior da tela. Eles mostravam 10:47:22. Foi quando Tim percebeu que aquilo era o horário. Eles tinham apenas mais 13 minutos para entrar em contato com o barco – no entanto, ele estava mais preocupado com as pessoas no alojamento.

Houve um estalo de estática. Ele se virou e viu Lex segurando um rádio. Ela virava os botões e dials.

– Como isso funciona? – disse ela. – Eu não consigo fazer funcionar.

– Me dá isso!

– É meu! Eu que achei!

– Me dá isso, Lex!

– Eu vou usar primeiro!

– Lex!

Subitamente, o rádio estalou.

– *O que diabos está acontecendo?* – disse a voz de Muldoon.

Surpresa, Lex derrubou o rádio no chão.

Grant se abaixou, agachando entre as palmeiras. Através da cerração adiante, podia ver os raptors pulando, rosnando e batendo a cabeça contra o vidro do centro de visitantes. Porém, entre rosnados, eles ficavam em silêncio e inclinavam as cabeças, como se ouvissem algo ao longe. E então faziam ruídos baixos, como lamentos.

– O que eles estão fazendo? – perguntou Gennaro.

– Parece que estão tentando entrar no refeitório – disse Grant.

– O que há no refeitório?

– Eu deixei as crianças lá... – disse Grant.

– Eles podem arrebentar aquele vidro?

– Não, acho que não.

Grant observou e agora ouvia o estalo de um rádio distante, e os raptors começaram a saltitar mais agitadamente. Uns após os outros, eles começaram a pular cada vez mais alto, até que finalmente ele viu o primeiro deles saltar para a sacada do segundo andar, e, dali, entrar no segundo andar do centro de visitantes.

***

Na sala de controle no segundo andar, Tim apanhou o rádio que Lex havia derrubado. Ele apertou o botão.

– Alô? Alô?

– ... você, Tim? – Era a voz de Muldoon.

– Sou eu, sim.

– Onde você está?

– Na sala de controle. A energia voltou!

– Isso é ótimo, Tim – disse Muldoon.

– Se alguém me disser como ligar o computador, eu ligo.

Houve um silêncio.

– Alô? – disse Tim. – Vocês me ouviram?

– Ah, nós temos um problema com isso – disse Muldoon. – Ninguém, humm, que esteja aqui sabe como fazer isso. Como ligar o computador.

Tim disse:

– O quê? Você está brincando? Ninguém sabe? – Era inacreditável.

– Não. – Uma pausa. – Acho que tem algo a ver com a rede principal. Ligar a rede principal... Você sabe alguma coisa sobre computadores, Tim?

Tim encarou a tela. Lex o cutucou.

– Diga a ele que não, Timmy – disse ela.

– Sei, um pouco. Sei alguma coisa – disse Tim.

– Podemos tentar – disse Muldoon. – Ninguém aqui sabe o que fazer. E Grant não sabe nada sobre computadores.

– Certo – disse Tim. – Eu vou tentar.

Ele desligou o rádio e fitou a tela, analisando-a.

– Timmy – disse Lex. – Você não sabe o que fazer.

– Sei, sim.

– Se você sabe, então faça – disse Lex.

– Só um minuto. – Como um modo de começar, ele puxou a cadeira para perto do teclado e apertou as teclas que moviam o cursor pela tela. Mas nada aconteceu. Então ele apertou outras teclas. A tela continuou imutável.

– E então? – perguntou ela.

– Tem algo errado – respondeu Tim, franzindo a testa.

– Você simplesmente não sabe, Timmy.

Ele examinou o computador outra vez, olhando com cuidado. O teclado tinha uma fileira de teclas de funções em cima, exatamente como em um computador comum; então Tim olhou para as bordas da tela e viu vários leves pontos de luz vermelha.

Luz vermelha, por todo o contorno da tela... O que poderia ser? Ele moveu o dedo até a luz e viu o suave brilho avermelhado em sua pele.

Ele tocou a tela e ouviu um bipe.

Um momento depois, a janela de mensagem desapareceu, e a tela original voltou.

– O que aconteceu? – disse Lex. – O que você fez? Você tocou em alguma coisa.

É claro!, pensou ele. Ele havia tocado a tela. Era touchscreen! As luzes vermelhas ao redor das bordas deviam ser sensores infravermelhos. Tim nunca havia visto uma tela assim, mas lera a respeito em revistas. Ele tocou REINICIAR/REVERTER.

Instantaneamente, a tela mudou. Ele recebeu uma nova mensagem:

o computador foi reiniciado

faça sua seleção na tela principal

Pelo rádio, eles ouviram os rosnados dos raptors.

– Eu quero ver – disse Lex. – Você deveria tentar INTERMON.

– Não, Lex.

– Bem, eu quero INTERMON – disse ela. E, antes que ele pudesse segurar sua mão, ela apertou INTERMON. A tela mudou.

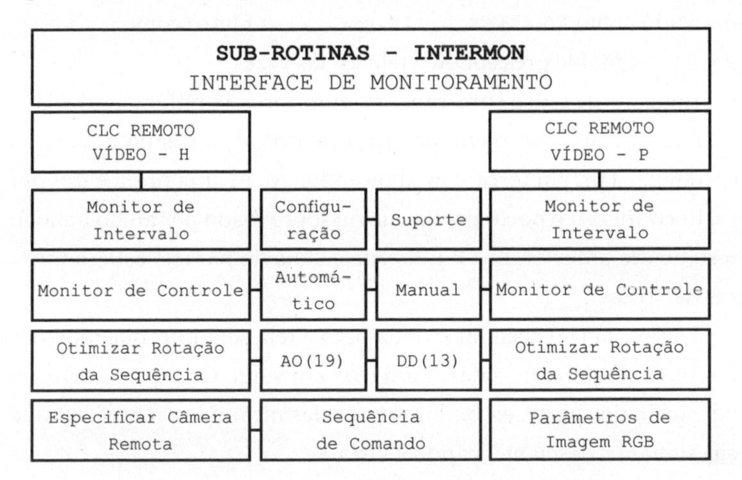

– O-ôu – disse ela.

– Lex, será que dá para você parar?

– Olha! – disse ela. – Funcionou! Há!

Por toda a sala, os monitores mostraram imagens de diferentes partes do parque que duravam poucos segundos. A maioria era de um cinza nebuloso, devido à neblina no exterior, mas uma delas mostrava a parte de fora do alojamento, com um raptor no teto. E então outro monitor passou para uma imagem, da proa de um navio sob a luz brilhante do sol, luz do sol...

– O que foi aquilo? – perguntou Lex, inclinando-se adiante.

– O quê?

– Aquela imagem!

Mas a imagem já havia mudado, e agora eles viam o interior do alojamento, um quarto após o outro, e então viram Malcolm, deitado em uma cama...

– Pare – disse Lex. – Eu os vi!

Tim tocou na tela em vários lugares, abrindo submenus. E, depois, mais submenus.

– Espere – disse Lex. – Você está confundindo tudo...

– Dá para calar a boca? Você não sabe nada sobre computadores!

Agora ele tinha uma lista dos monitores na tela. Um deles estava marcado como ALOJAMENTO SAFÁRI: LV2-4. Outro como REMOTO: A BORDO (VND). Ele pressionou a tela várias vezes.

Imagens de vídeo surgiram nos monitores ao redor da sala. Uma mostrava a proa do navio de suprimentos, e o oceano adiante. A distância, Tim viu terra – prédios ao longo de uma praia e um porto. Reconheceu o porto porque havia sobrevoado por ali no helicóptero no dia anterior. Era Puntarenas. O navio parecia estar a minutos de atracar.

Porém, sua atenção foi atraída para a tela seguinte, que mostrava o teto do alojamento safári na névoa cinzenta. Os raptors estavam, em sua maior parte, escondidos atrás das pirâmides, mas suas cabeças subiam e desciam, ficando à vista.

E então, no terceiro monitor, ele pôde ver o interior de um quarto. Malcolm estava deitado em uma cama e Ellie estava perto dele. Ambos olhavam para cima. Enquanto assistiam, Muldoon entrou no quarto e se juntou a eles, olhando para cima com uma expressão preocupada.

– Eles estão nos vendo – disse Lex.

– Acho que não.

O rádio estalou. Na tela, Muldoon levou o rádio até seus lábios.

– Alô, Tim?

– Estou aqui – disse Tim.

– Ah, nós não temos muito tempo – disse Muldoon, monocórdio. – É melhor religar a energia.

E então Tim ouviu os raptors rosnarem, e viu uma das cabeças compridas se enfiar pelo vidro e entrar brevemente na imagem vindo de cima, estalando suas mandíbulas.

– Rápido, Timmy! – disse Lex. – Ligue a energia de volta!

A REDE

Subitamente, Tim viu-se perdido em uma série enredada de telas de controles dos monitores enquanto tentava retornar à tela principal. A maioria dos sistemas tinha apenas um botão ou um comando para retornar à tela anterior ou ao menu principal. Esse sistema, porém, não tinha – ou, ao menos, não que ele soubesse. Além disso, ele estava certo de que os comandos de ajuda tinham sido embutidos no sistema, mas também não conseguia encontrá-los, e Lex estava pulando e gritando em sua orelha, deixando-o nervoso.

Finalmente, ele conseguiu voltar à tela principal. Não tinha certeza do que fizera, mas ela retornou. Ele parou, procurando por um comando.

– Faça alguma coisa, Timmy!

– Você pode calar a boca? Estou tentando conseguir ajuda. – Ele apertou `MODELO - PRINCIPAL`. A tela foi preenchida por um diagrama complicado com janelas interconectadas e setas.

Nada bom. Nada bom.

Ele apertou `INTERFACE PADRÃO`. A tela mudou:

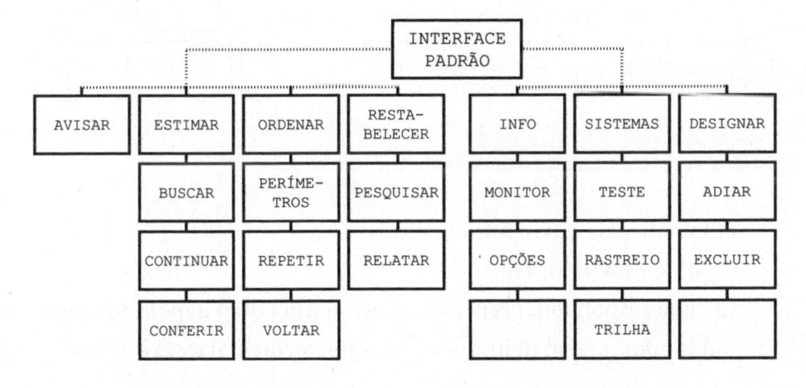

– O que é isso? – disse Lex. – Por que você não está ligando a energia, Timmy?

Ele a ignorou. Talvez a ajuda nesse sistema se chamasse "info". Ele apertou INFO.

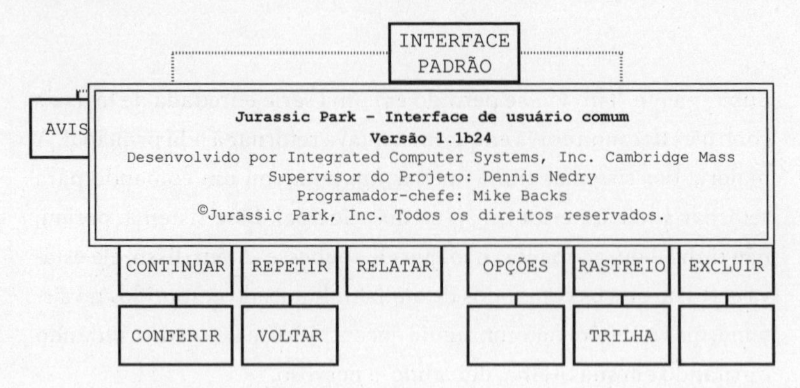

– Timmyyyy – berrou Lex, mas ele já tinha apertado BUSCAR. Abriu outra janela inútil. Apertou VOLTAR.

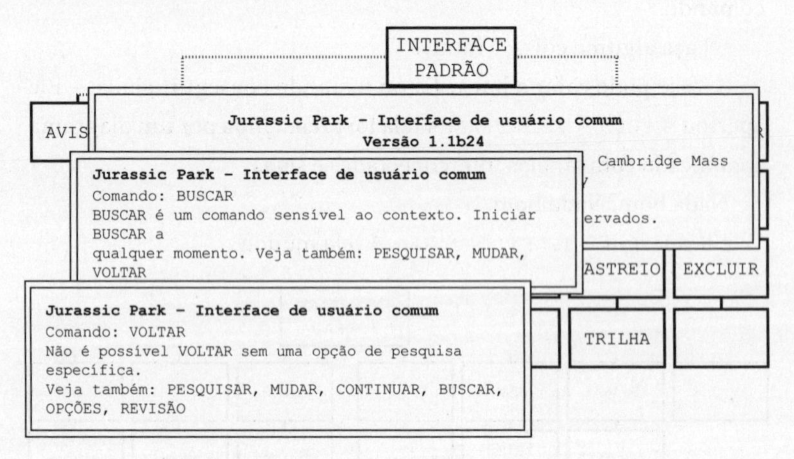

Pelo rádio, ele ouviu Muldoon dizer:

– Como está indo, Tim?

Ele não respondeu. Frenético, apertou um botão depois do outro. Subitamente, sem nenhum aviso, a tela principal estava de volta.

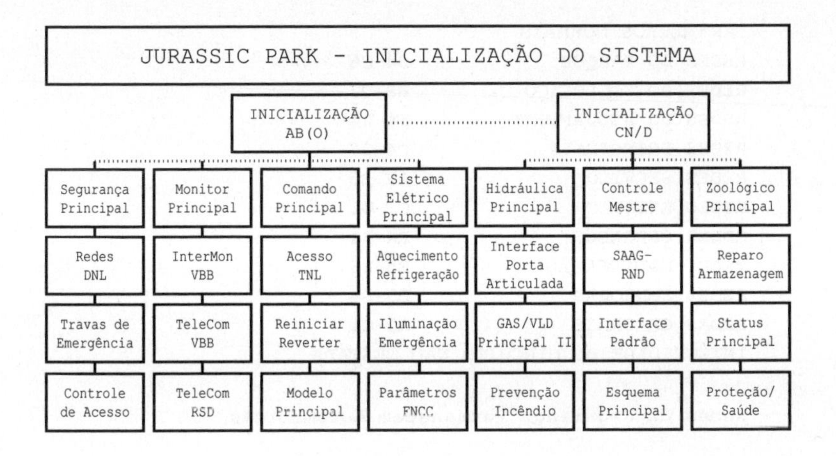

Ele analisou a tela. SISTEMA ELÉTRICO PRINCIPAL e REDES DNL pareciam ambos poder ter algo a ver com as redes. Ele notou que PROTEÇÃO/SAÚDE e TRAVAS DE EMERGÊNCIA também poderiam ser importantes. Ouviu o rosnado dos raptors. Ele tinha que fazer uma escolha. Apertou REDES DNL e gemeu quando viu:

REDES DNL

PARÂMETROS PERSONALIZADOS | PARÂMETROS NORMAIS

SIST. ELÉTRICO SECUNDÁRIO (H)					
NÍVEL DA REDE PRINCIPAL	A4	B4	C7	D4	E9
NÍVEL DA REDE PRINCIPAL	C9	R5	D5	E3	G4
SIST. ELÉTRICO SECUNDÁRIO (P)					
NÍVEL DA REDE PRINCIPAL	A2	B3	C6	D11	E2
NÍVEL DA REDE PRINCIPAL	C9	R5	D5	E3	G4
NÍVEL DA REDE PRINCIPAL	A8	B1	C8	D8	E8
NÍVEL DA REDE PRINCIPAL	P4	R8	P4	E5	L6
SIST. ELÉTRICO SECUNDÁRIO (M)					
NÍVEL DA REDE PRINCIPAL	A1	B1	C1	D2	E2
NÍVEL DA REDE PRINCIPAL	C4	R4	D4	E5	G6

Ele não sabia o que fazer. Pressionou PARÂMETROS NORMAIS.

```
PARÂMETROS NORMAIS
REDES DO PARQUE                B4-C6
REDES DO ZOOLÓGICO             BB-07
REDES DO ALOJAMENTO            F4-D4
REDES PRINCIPAIS               C4-G7
REDES SERVIÇO                  AH-B5
REDES EXTERIOR                 C2-D2
REDES CERCADOS                 R4-R4
REDES MANUTENÇÃO               E5-L6
REDES SENSORES                 D5-G4
REDES CENTRAIS                 A1-C1
INTEGRIDADE DO CIRCUITO NÃO TESTADA

Redes de Segurança Permanecem Automáticas
```

Tim balançou a cabeça, frustrado. Ele levou um momento para perceber que tinha acabado de receber informações importantes. Agora, sabia as coordenadas da rede para o alojamento! Apertou `REDE F4`.

```
REDE DE ENERGIA F4 (ALOJAMENTO SAFÁRI)
COMANDO NÃO PODE SER EXECUTADO. ERRO-505
(Erro de Energia Incompatível com Comando.
Ref. Páginas 4.09-4.11 do Manual)
```

– Não está funcionando – disse Lex.

– Eu sei!

Ele apertou outro botão. A tela se acendeu novamente.

```
REDE DE ENERGIA F4 (ALOJAMENTO SAFÁRI)
COMANDO NÃO PODE SER EXECUTADO. ERRO-505
(Erro de Energia Incompatível com Comando.
Ref. Páginas 4.09-4.11 do Manual)
```

Tim tentou se manter calmo, pensar nos detalhes. Por algum motivo, estava recebendo uma mensagem de erro sempre que tentava ligar alguma rede. Ela dizia que a energia era incompatível com o comando que ele estava dando. Mas o que isso queria dizer? Por que a energia era incompatível?

– Timmy... – disse Lex, puxando o braço dele.

– Agora *não*, Lex.

– Agora *sim* – disse ela, e puxou-o para longe da tela e do console. E então ele ouviu o rosnado dos raptors.

Estava vindo do corredor.

Na claraboia acima da cama de Malcolm, os raptors já haviam quase terminado de roer a segunda barra de metal. Agora eles podiam enfiar a cabeça inteira pelo vidro estilhaçado, ameaçar e rosnar para as pessoas lá embaixo. Depois de um momento eles recuavam e voltavam a morder o metal.

Malcolm disse:

– Não vai demorar muito agora. Três ou quatro minutos. – Ele pressionou o botão no rádio. – Tim, você está aí? Tim?

Não houve resposta.

Tim saiu sorrateiramente pela porta e viu o velocirraptor na outra ponta do corredor, de pé na sacada. Ele encarou, embasbacado. Como ele tinha conseguido sair do freezer?

Enquanto ele observava, um segundo raptor subitamente apareceu na sacada e ele compreendeu. O raptor não tinha saído do freezer. Tinha vindo do lado de fora. Ele havia *saltado* do chão, lá embaixo. O segundo raptor aterrissou silenciosamente, equilibrando-se com perfeição no corrimão. Tim não conseguia acreditar. O grande animal havia saltado três metros de uma vez. Mais do que três metros. Suas pernas deviam ser incrivelmente poderosas.

Lex murmurou:

– Pensei que você tivesse dito que eles não conseguiriam...

– Shhh. – Tim estava tentando pensar, mas observou com um pavor fascinado enquanto o terceiro raptor saltava até a sacada. Por um momento, os animais caminharam sem rumo pelo corredor, e em seguida começaram a se mover adiante em uma fila única. Na direção dele e de Lex.

Em silêncio, Tim empurrou a porta atrás de si para voltar à sala de controle. Mas a porta estava presa. Ele empurrou com mais força.

– Estamos trancados para fora – murmurou Lex. – Olhe. – Ela apontou para o local reservado para o cartão de segurança ao lado da porta. Um ponto vermelho brilhante reluziu. De alguma forma, as portas de segurança tinham sido ativadas. – Seu idiota, você nos trancou para fora!

Tim olhou para o corredor. Viu diversas outras portas, mas cada uma tinha uma luz vermelha do lado. Isso significava que todas as portas estavam trancadas. Não havia lugar nenhum para onde eles pudessem ir.

E então ele viu uma silhueta amontoada no chão, no ponto mais distante do corredor. Era um guarda morto. Um cartão branco de segurança estava preso a seu cinto.

– Venha – cochichou ele.

Eles correram até o guarda. Tim pegou o cartão e se virou. Mas é claro que os raptors os haviam visto. Eles rosnaram e bloquearam o caminho de volta para a sala de controle. Começaram em seguida a se separar, espalhando-se pelo corredor para cercar Tim e Lex. As cabeças começaram a se baixar ritmicamente.

Eles iam atacar.

Tim fez a única coisa que podia fazer. Usando o cartão, abriu a porta mais próxima no corredor e empurrou Lex para dentro. Enquanto a porta se fechava lentamente atrás deles, os raptors sibilaram e atacaram.

ALOJAMENTO

Ian Malcolm inspirava a cada vez como se pudesse ser sua última. Ele observava os raptors com olhos embaçados. Harding tirou sua pressão sanguínea, franziu o cenho, tirou novamente. Ellie Sattler estava embrulhada em um cobertor, gelada e tremendo. Muldoon sentava-se no chão, recostado contra a parede. Hammond olhava para cima sem falar nada. Todos prestavam atenção ao rádio.

– O que houve com Tim? – perguntou Hammond. – Ainda não disse nada?

– Não sei.

Malcolm disse:

– Feios, não são? Feios de verdade.

Hammond chacoalhava a cabeça.

– Quem teria imaginado que iria acabar assim?

Ellie respondeu:

– Aparentemente, Malcolm imaginou.

– Eu não imaginei – disse Malcolm. – Eu *calculei.*

Hammond suspirou.

– Chega disso, por favor. Ele vem dizendo "eu avisei" há horas. Mas ninguém jamais desejou que isso acontecesse.

– Não é uma questão de desejar ou não – disse Malcolm, os olhos fechados. Ele falava lentamente por causa dos remédios. – É uma questão do que você acha que pode conseguir. Quando o caçador entra na floresta amazônica para buscar comida para sua família, ele espera controlar a natureza? Não. Ele acredita que a natureza está além dele. Além de sua compreensão. Além de seu controle. Talvez ele ore para a natureza, para a fertilidade da floresta que o mantém. Ele reza porque sabe que não a controla. Ele está à mercê dela. Mas então você decide que não vai ficar à mercê da natureza. Decide que vai controlar a natureza, e desse momento em diante está com sérios problemas, porque não pode controlá-la. No entanto, você construiu sistemas que exigem que você a controle. E você não pode controlar, nunca controlou e jamais controlará. Não confunda as coisas. Você pode construir um barco, mas não pode construir um oceano. Pode fazer um avião, mas não pode fazer o ar. Seus poderes são muito menores do que seus delírios racionais o fazem acreditar.

– Não entendi – disse Hammond, com um suspiro. – Para onde foi o Tim? Ele parecia um menino tão responsável.

– Tenho certeza de que ele está tentando contornar a situação – disse Malcolm. – Assim como todo mundo.

– E Grant, também. O que aconteceu com Grant?

Grant chegou à porta dos fundos do centro de visitantes, a mesma porta pela qual saíra vinte minutos antes. Ele puxou a maçaneta: estava trancada. Então viu a luzinha vermelha. As portas de segurança estavam reativadas! Porcaria! Ele deu a volta correndo para a frente do prédio e passou pelas portas arrebentadas do saguão principal, parando junto à mesa do segurança em que estivera mais cedo. Ele podia ouvir o sibilar seco de seu rádio. Foi até a cozinha, procurando pelas crianças, mas a porta da cozinha estava aberta e as crianças tinham sumido.

Subiu as escadas e chegou ao painel de vidro que dizia ÁREA RESERVADA; a porta estava trancada. Ele precisava de um cartão de segurança para ir além.

Grant não podia entrar.

De algum lugar dentro do corredor, ele ouviu os raptors rosnando.

A pele réptil coriácea tocou o rosto de Tim, as garras rasgaram sua camiseta, e Tim caiu de costas, gritando de medo.

– Timmy – berrou Lex.

Tim se levantou, trôpego. O velocirraptor bebê se empoleirou em seu ombro, guinchando e piando em pânico. Tim e Lex estavam no berçário branco. Havia brinquedos pelo chão: uma bola amarela rolando, uma boneca, um chocalho de plástico.

– É um raptor bebê – disse Lex, apontando para o ombro de Tim.

O pequeno raptor enfiou a cabeça no pescoço de Tim. O pobrezinho provavelmente estava morrendo de fome, pensou Tim.

Lex se aproximou e o bebê saltou para o ombro dela. Ele se esfregou contra o pescoço dela.

– Por que ele está fazendo isso? – perguntou ela. – Será que está com medo?

– Eu não sei – respondeu Tim.

Ela devolveu o raptor para Tim. O bebê estava piando e guinchando, saltando para cima e para baixo no ombro dele, empolgadamente. Ele ficava olhando em volta, a cabeça se movendo com rapidez. Sem dúvida, a coisinha estava preocupada e...

– Tim – cochichou Lex.

A porta para o corredor não havia se fechado após eles entrarem no berçário. Agora os velocirraptors adultos estavam entrando. Primeiro um, depois o outro.

Claramente agitado, o bebê piou e pulou no ombro de Tim. Tim sabia que precisava ir embora. Talvez o bebê pudesse distraí-los. Afinal, era um bebê raptor. Ele tirou o animalzinho de seu ombro e o jogou para o outro lado da sala. O bebê correu entre as pernas dos adultos. O primeiro raptor baixou o focinho e farejou o bebê delicadamente.

Tim pegou a mão de Lex e a puxou mais para dentro do berçário. Ele tinha que encontrar uma porta, um jeito de sair...

Um berro agudo e cortante irrompeu no ar. Tim olhou para trás e viu o bebê nas mandíbulas do adulto. Um segundo velocirraptor se adiantou e puxou os membros da presa, tentando retirá-la da boca do primeiro. Os dois raptors lutaram pelo bebê enquanto ele guinchava. Sangue respingava, em gotas grandes, sobre o chão.

– Eles *comeram* o bebê – disse Lex.

Os raptors lutaram pelos restos, recuando e batendo as cabeças. Tim encontrou uma porta – estava destrancada – e a atravessou, puxando Lex atrás de si.

Eles estavam em outra sala, e pelo forte brilho verde ele percebeu que era o laboratório despovoado de extração de DNA, as fileiras de microscópios estéreo abandonados, as telas de alta resolução mostrando imensas imagens de insetos congeladas em preto e branco. As moscas e mosquitos que haviam mordido dinossauros milhões de anos atrás, sugando o sangue que agora tinha sido usado para recriar dinossauros no parque. Eles correram pelo laboratório, e Tim podia ouvir os arquejos e rosnados dos raptors, perseguindo-os e aproximando-se; então foram para o fundo do laboratório, passando por uma porta que devia ter um alarme, porque uma sirene aguda e intermitente soou no corredor estreito, e as luzes do teto piscaram. Correndo pelo corredor, Tim foi mergulhado na escuridão, depois novamente na luz, depois na escuridão. Acima do som do alarme, ele escutava os raptors ofegando enquanto o perseguiam. Lex gemia e choramingava. Tim viu outra porta adiante, com o sinal azul de risco biológico, e jogou-se contra ela, conseguindo abri-la, então subitamente colidiu com algo grande e Lex berrou de terror.

– Calma, crianças – disse uma voz.

Tim piscou, incrédulo. Acima dele, de pé, estava o dr. Grant. E, junto a ele, o sr. Gennaro.

No corredor do lado de fora, Grant levara quase dois minutos para perceber que o vigia morto lá embaixo no saguão provavelmente tinha um cartão de segurança. Ele voltou e o pegou, entrando no piso superior, movendo-se rapidamente pelo corredor. Seguiu o som dos raptors e os encontrou lutando no berçário. Ele tinha certeza de que as crianças tinham ido para a sala seguinte, e imediatamente correu para o laboratório de extrações.

E ali encontrara as crianças.

Agora, os raptors estavam vindo até eles. Os animais pareciam momentaneamente hesitantes, surpreendidos pelo aparecimento de outras pessoas.

Grant empurrou as crianças para os braços de Gennaro e disse:

– Leve-os a algum lugar seguro.

– Mas...

– Por ali – disse Grant, apontando por cima do ombro para uma porta distante. – Leve-os para a sala de controle, se puder. Vocês todos devem ficar a salvo lá.

– O que você vai fazer? – perguntou Gennaro.

Os raptors estavam de pé perto da porta. Grant notou que eles esperavam até que todos os animais estivessem juntos e então se moviam para a frente, como um grupo. Caçadores em bando. Estremeceu.

– Eu tenho um plano – disse Grant. – Agora vão.

Gennaro levou as crianças. Os raptors continuaram vindo para Grant, passando pelos supercomputadores, pelas telas que ainda piscavam sequências intermináveis de código decifrado por computador. Os raptors se adiantavam sem hesitação, farejando o chão, abaixando e levantando as cabeças repetidamente.

Grant ouviu o clique da porta atrás de si e olhou por cima do ombro. Todos estavam do outro lado da porta de vidro, observando-o. Gennaro balançou a cabeça.

Grant sabia o que isso significava. Não havia porta dali para a sala de controle. Gennaro e as crianças estavam presos naquele lugar.

Estava nas mãos dele agora.

Grant se movimentou devagar, contornando o laboratório, levando os raptors para longe de Gennaro e das crianças. Ele podia ver outra porta, perto da frente, em que se lia PARA O LABORATÓRIO. Fosse lá o que isso significasse. Ele teve uma ideia, e torceu para estar certo. A porta tinha um sinal azul de risco biológico. Os raptors estavam se aproximando. Grant virou-se e se jogou contra a porta, passando por ela e entrando em um silêncio profundo e morno.

Ele se virou.

Sim.

Estava onde queria estar, na incubadora: sob luzes infravermelhas, mesas compridas, com fileiras de ovos e uma névoa baixa e persistente. Os balanços nas mesas estalavam e zumbiam em um movimento constante. A neblina se derramava pelas laterais das mesas e vagava para o chão, onde desaparecia, dissipando-se.

Grant correu diretamente para o fundo da incubadora até um laboratório cercado por paredes de vidro, com luz ultravioleta. Sua roupa reluziu em azul. Ele olhou ao redor para os reagentes em vidros, os béqueres cheios de pipetas, pratos de vidros... todo o delicado equipamento do laboratório.

A princípio, os raptors entraram na sala com cautela, farejando o ar úmido, olhando para as longas mesas balançantes de ovos. O animal líder limpou suas mandíbulas ensanguentadas com o antebraço. Silenciosamente os raptors passaram entre as longas mesas. Os animais se moviam pela sala de maneira coordenada, abaixando-se de tempos em tempos para espiar debaixo das mesas.

Estavam procurando por ele.

Grant se agachou e passou para o fundo do laboratório, olhou para cima e viu a capela metálica marcada com um crânio e ossos cruzados. Uma placa dizia CUIDADO TOXINAS BIOGÊNICAS A4 REQUER PRECAUÇÕES.

Grant se lembrou de que Regis dissera que elas eram venenos poderosos. Umas poucas moléculas poderiam matar instantaneamente...

A capela de exaustão ficava colada junto à superfície da mesa do laboratório. Grant não tinha como enfiar a mão por baixo dela. Tentou abri-la, mas não havia abertura, maçaneta, nenhuma entrada que ele pudesse ver... Grant se ergueu lentamente e espiou a sala principal. Os raptors ainda se moviam entre as mesas.

Ele voltou-se para a capela. Viu um estranho acessório metálico enfiado na mesa. Ele parecia uma tomada elétrica coberta com uma tampa arredondada. Grant abriu a tampa, viu um botão e o pressionou.

Com um sibilo suave, a capela deslizou para cima, para o teto.

Ele viu prateleiras de vidro acima de si e fileiras de garrafas marcadas com um crânio e os ossos cruzados. Olhou para os rótulos: CCK-55... TETRA-ALFA SECRETINA... TIMOLEVINA X-1612... Os fluidos reluziam em verde-pálido à luz ultravioleta. Perto dali, ele viu um prato de vidro com seringas. As seringas eram pequenas, cada uma contendo uma minúscula quantidade de fluido verde brilhante. Agachado na escuridão azul, Grant estendeu a mão para o prato de seringas. As agulhas estavam encapadas em plástico. Ele removeu uma tampinha, puxando-a com os dentes. Olhou para a agulha fina.

Ele avançou. Na direção dos raptors.

Havia devotado toda a sua vida ao estudo dos dinossauros. Agora, veria quanto sabia de verdade. Velocirraptors eram pequenos dinossauros carnívoros, como os ovirraptors e os dromeossauros, animais que há muito se acreditava serem ladrões de ovos. Do mesmo modo que certos pássaros modernos comem os ovos de outros pássaros, Grant sempre presumira que os velocirraptors comeriam ovos de dinossauros se pudessem.

Ele rastejou adiante para a mesa de ovos mais próxima na incubadora. Lentamente, ergueu a mão na névoa e pegou um grande ovo da mesa que balançava. O ovo tinha quase o tamanho de uma bola de futebol americano, de cor creme com leves manchas rosadas. Segurou-o cuidadosamente enquanto enfiava a agulha pela casca e injetava o conteúdo da seringa. O ovo brilhou levemente em azul.

Grant tornou a se agachar. Debaixo da mesa, viu as pernas dos raptors e a neblina despejando-se dos tampos das mesas. Ele rolou o ovo brilhante pelo chão na direção dos animais. Os raptors olharam para cima, ouvindo o leve ruído do ovo rolando, e giraram as cabeças. Depois voltaram à sua lenta busca persecutória.

O ovo parou a vários metros do raptor mais próximo.

Droga!

Grant fez tudo de novo: silenciosamente buscou um ovo, trouxe-o para baixo, injetou-o e rolou-o para os raptors. Dessa vez, o ovo parou junto ao pé de um velocirraptor. Ele balançou gentilmente, estalando contra a garra do dedão.

O raptor olhou para baixo, surpreso com esse novo presente. Ele se abaixou e farejou o ovo reluzente. Rolou o ovo com o focinho pelo chão por um momento.

E o ignorou.

O velocirraptor ficou de pé outra vez e lentamente prosseguiu, continuando sua busca.

Não estava funcionando.

Grant pegou um terceiro ovo e injetou-o com uma seringa nova. Ele segurou o ovo brilhante em suas mãos e o rolou de novo. Mas, dessa vez, com velocidade, como uma bola de boliche. O ovo correu pelo chão com estrondo.

Um dos animais ouviu o som... abaixou-se... viu-o chegando... e instintivamente perseguiu o objeto em movimento, deslizando rapidamente entre as mesas para interceptar o ovo enquanto ele girava. As grandes mandíbulas se fecharam e o morderam, esmagando a casca.

O raptor ficou de pé, albumina pálida escorrendo de suas mandíbulas. Ele lambeu os lábios ruidosamente e resfolegou. Mordeu de novo e lambeu o ovo do chão. Não parecia nem um pouco incomodado. Ele se abaixou para comer de novo do ovo quebrado. Grant olhou para baixo para ver o que aconteceria...

Do outro lado da sala, o raptor viu Grant. *Estava olhando diretamente para ele.*

O velocirraptor rosnou, ameaçador. Moveu-se na direção de Grant, atravessando a sala em passadas longas e incrivelmente rápidas. Grant ficou chocado ao ver aquilo e congelou, em pânico, quando subitamente o animal soltou um ofego gorgolejante e o corpanzil se jogou adiante no chão. A pesada cauda bateu no chão em espasmos. O raptor continuou fazendo ruídos engasgados, pontuados por gritos altos e intermitentes. Espuma surgiu em sua boca. A cabeça batia para a frente e para trás. A cauda batia e se agitava.

Lá se foi um, pensou Grant.

Mas ele não estava morrendo muito rápido. Pareceu levar uma eternidade para morrer. Grant estendeu a mão para pegar outro ovo – e viu que os outros raptors na sala estavam congelados no meio de seus atos. Eles escutavam o som do animal agonizante. Um inclinou a cabeça, depois o outro, depois o outro. O primeiro aproximou-se para olhar o outro animal caído.

Agora, o raptor moribundo se contorcia, o corpo todo se debatendo no chão. Ele fazia barulhos deploráveis. Tanta espuma saía de sua boca que Grant mal conseguia ver algo além dele. Ele caiu mais uma vez no chão e gemeu.

O segundo raptor abaixou-se sobre o animal caído, examinando--o. Ele parecia intrigado com os estertores mortais. Cuidadosamente, olhou para a cabeça coberta de espuma, depois desceu para o pescoço se contraindo, as costelas agitando-se, os membros inferiores...

E deu uma mordida na perna dele.

O animal moribundo rosnou e subitamente ergueu a cabeça e girou, enfiando os dentes no pescoço de seu atacante.

Lá se vão dois, pensou Grant.

Mas o animal que estava de pé se livrou. Sangue escorria de seu pescoço. Ele atacou com as garras traseiras e, com um movimento rápido, rasgou a barriga do animal caído. Espirais de intestino saltaram como cobras gordas. Os gritos do raptor agonizante encheram a sala. O atacante deu-lhe as costas, como se a luta de repente fosse trabalho demais.

Ele atravessou a sala, abaixou-se e voltou a se erguer com um ovo brilhante! Grant observou enquanto o raptor o mordeu, o material reluzente escorrendo por seu queixo.

Agora, sim; dois.

O segundo raptor foi atingido quase que instantaneamente, tossindo e caindo para a frente. Enquanto ele caía, derrubou uma mesa. Dúzias de ovos rolaram para todo canto pelo chão. Grant olhou para aquilo em desespero.

Ainda restava um terceiro raptor.

Grant tinha mais uma seringa. Com tantos ovos rolando pelo chão, ele teria de fazer alguma outra coisa. Estava tentando decidir o que faria quando o animal resfolegou, irritado. Grant olhou para cima – o raptor o havia encontrado.

O último velocirraptor não se moveu por um longo tempo, apenas encarou Grant. E então lentamente, silenciosamente, andou em sua direção. Perseguindo-o. Balançando para cima e para baixo, olhando primeiro debaixo das mesas, depois acima delas. Ele se movia deliberadamente, com cautela, sem nada da rapidez que exibira quando em bando. Um animal solitário, agora, era cuidadoso. Nunca tirava seus olhos de Grant. Grant olhou em volta rapidamente. Não havia lugar nenhum onde se esconder. Nada a se fazer...

O olhar de Grant estava fixo no raptor, que se movia lentamente, pelos lados. Grant também se movia. Ele tentava manter tantas mesas quanto pudesse entre ele e o animal avançando. Devagar... devagar... ele se moveu para a esquerda...

O raptor avançou nas sombras vermelho-escuras da incubadora. Seu hálito soprava em sibilos leves, através das narinas dilatadas.

Grant sentiu ovos se quebrando sob seus pés, a gema grudando nas solas dos sapatos. Ele se agachou e sentiu o rádio em seu bolso.

O rádio.

Ele o retirou do bolso e o ligou.

– Alô. Aqui é Grant.

– Alan? – A voz de Ellie. – Alan?

– Ouça – disse ele baixinho. – Só fale.

– Alan, é você?

– *Fale* – disse ele outra vez, e empurrou o rádio pelo chão, para longe dele, na direção do raptor que avançava.

Ele se agachou atrás da perna de uma das mesas e esperou.

– Alan. Fale comigo, por favor.

Depois um estalo e silêncio. O rádio continuou em silêncio. O raptor avançava. Respiração sibilante.

O rádio continuava em silêncio.

Qual era o problema dela? Será que não tinha entendido? Na escuridão, o raptor chegou mais perto.

– ... Alan?

A voz vinda do rádio fez o grande animal parar. Ele farejou o ar, como se sentisse outra pessoa na sala.

– Alan, sou eu. Eu não sei se você pode me ouvir.

O raptor agora deu as costas a Grant, e moveu-se na direção do rádio.

– Alan... Por favor...

Por que ele não o empurrou para mais longe? O raptor estava indo em direção ao rádio, mas era muito perto. O grande pé desceu muito próximo dele. Grant podia ver a pele enrugada, o leve brilho verde. As camadas de sangue seco na garra curvada. Podia sentir o forte odor réptil.

– Alan, me escute... Alan?

O raptor se abaixou, cutucou o rádio no chão, hesitante. Seu corpo estava de costas para Grant. A grande cauda estava bem acima da cabeça de Grant. Grant estendeu a mão e espetou a seringa bem fundo na carne da cauda, injetando o veneno.

O velocirraptor rosnou e pulou. Com uma velocidade assustadora, girou de frente para Grant, as mandíbulas escancaradas. A mesa foi derrubada e Grant caiu, agora completamente exposto. O raptor assomava sobre ele, elevando-se, sua cabeça batendo nas luzes infravermelhas do teto, fazendo-as balançar loucamente.

– Alan?

O raptor inclinou-se para trás e ergueu seu pé com a garra para chutar. Grant rolou e o pé bateu no chão, perdendo-o por pouco. Ele sentiu uma dor aguda ao longo das omoplatas, o súbito fluxo morno de sangue sobre sua camisa. Rolou pelo chão, esmagando ovos, sujando as mãos, o rosto. O raptor chutou outra vez, esmagando o rádio, espalhando destroços. Ele rosnou, furioso, e chutou uma terceira vez, então Grant chegou à parede, sem nenhum lugar aonde ir, e o animal ergueu o pé uma última vez.

E caiu para trás.

O animal estava resfolegando. Espuma saía de sua boca.

Gennaro e as crianças entraram na sala. Grant gesticulou para que eles ficassem para trás. A menina olhou para o animal moribundo e disse baixinho:

– Uau.

Gennaro ajudou Grant a se levantar. Todos se viraram e correram para a sala de controle.

CONTROLE

Tim ficou pasmo ao ver que a tela da sala de controle agora piscava. Lex disse:

– O que aconteceu?

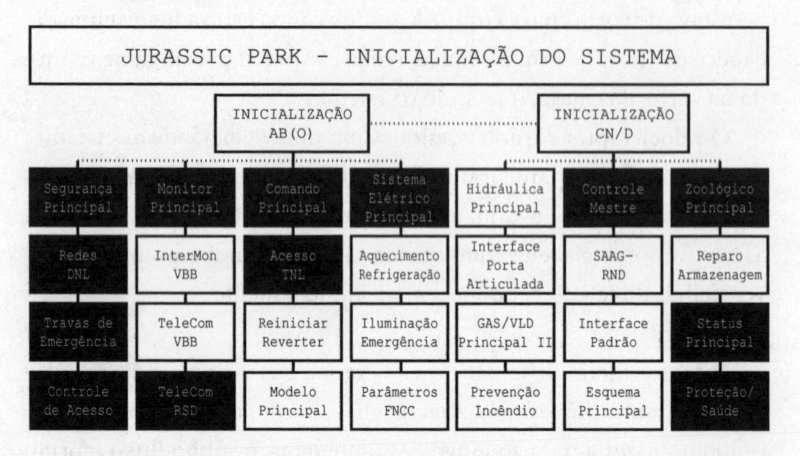

Tim viu o dr. Grant encarando a tela e hesitantemente movendo a mão na direção do teclado.

– Eu não conheço muito sobre computadores – disse Grant, balançando a cabeça.

Mas Tim já estava deslizando no assento. Ele tocou a tela rapidamente. Nos monitores de vídeo podia ver o barco se aproximando de Puntarenas. Estava agora a cerca de duzentos metros da doca. No outro monitor, ele viu o alojamento, com os raptors pendurados no teto. No rádio, ouvia o rosnado deles.

– Faça alguma coisa, Timmy – disse Lex.

Ele apertou REDES DNL, apesar de esse botão estar piscando.

A tela respondeu:

alerta: execução do comando abortada (energia aux baixa)

– O que significa isso? – perguntou Tim.

Gennaro estalou os dedos.

– Isso já aconteceu antes. Significa que a energia auxiliar está baixa. Você precisa ligar a energia principal.

– Preciso?

Ele apertou SISTEMA ELÉTRICO PRINCIPAL.

MÓDULOS DE CONTROLE DO SISTEMA ELÉTRICO PRINCIPAL			
SIST. PRINCIPAL	**SUBSISTEMA**	**SIST. PRINCIPAL**	**SUBSISTEMA**
Seção A1-A9	**Seção A1-A9**	**Seção B1-B9**	**Seção B1-B9**
A01-A011	Temp CVD	B01-B011	Segurança(0)
A21-A211	Perm CVD(0)	B21-B211	Segurança(1)
Seção B1-B9	**Rede Principal P**	**Seção A1-A9**	**Rede Principal M**
CSX(89A)	Config. Principal 1	Central(Auxiliar)	Rede Auxiliar 0/0
CSX(1031)	Config. Principal ATL		Rede Auxiliar R/V
RSX(55-99)	Rede V-VX	Segurança(N)	Config. de Energia
Energia Auxiliar(4)	Reiniciar Redes	Fora de uso	Config. Central

Tim gemeu.

– O que você está fazendo agora? – disse Grant. A tela toda começou a piscar.

Tim apertou SIST. PRINCIPAL.

Nada aconteceu. A tela continuou piscando.

Tim apertou REDE PRINCIPAL P. Sentia o estômago enjoado de medo.

rede de energia principal não ativa/apenas energia auxiliar

A tela ainda estava piscando. Ele apertou CONFIG. PRINCIPAL 1.

energia principal ativada

Todas as luzes da sala se acenderam. Todas as telas pararam de piscar.

– Ei! Deu certo!

Tim apertou REINICIAR REDES. Nada aconteceu por um momento. Ele olhou para os monitores de vídeo, depois de novo para a tela principal.

Qual rede você quer reiniciar?				
Parque	Manut	Segurança	Alojamento	Outras

Grant disse algo que Tim não ouviu, escutando apenas a tensão na voz dele. Ele estava olhando para Tim, preocupado.

Tim sentiu seu coração martelando no peito. Lex gritava com ele. Ele não queria mais olhar para o monitor de vídeo. Podia ouvir o som das barras se entortando no alojamento, e os raptors rosnando. Ouviu Malcolm dizer:

– Deus do céu...

Apertou ALOJAMENTO.

especifique o número da rede para reiniciar.

Por um momento gelado e interminável ele não conseguiu se lembrar do número, mas então se lembrou do F4 e o apertou.

ativando rede alojamento f4 agora.

No monitor de vídeo, ele viu uma explosão de faíscas chovendo do teto do quarto do hotel. O monitor lampejou em um clarão. Lex gritou:

– O que foi que você fez?!

Porém, quase de imediato, a imagem retornou e eles puderam ver os raptors presos entre as barras, contorcendo-se e gritando em uma cascata quente de faíscas enquanto Muldoon e os outros comemoravam, suas vozes baixas através do rádio.

– É isso aí – disse Grant, dando tapinhas nas costas de Tim. – É isso aí! Você conseguiu!

Eles estavam todos de pé e pulando para cima e para baixo quando Lex disse:

– Mas, e o navio?

– O quê?

– O *navio* – disse ela, apontando para a tela.

No monitor, os prédios além da proa do navio estavam muito maiores e movendo-se para a direita, enquanto o navio virava à esquerda e se preparava para atracar. Ele viu a tripulação indo para a proa, preparando-se para amarrar.

Tim correu de volta para a cadeira e encarou a tela inicial. Ele analisou a tela. TELECOM VBB e TELECOM RSD – ambas pareciam talvez ter alguma relação com os telefones. Ele pressionou TELECOM RSD.

você tem 23 chamadas em espera e/ou mensagens. QUER RECEBÊ-LAS AGORA?

Ele apertou NÃO.

– Talvez o navio fosse uma das chamadas em espera – disse Lex. – Talvez assim você pudesse pegar o número do telefone!

Ele a ignorou.

digite o número que deseja ligar ou aperte f7 para o diretório.

Ele apertou F7 e subitamente nomes e números se derramaram pela tela, um diretório enorme. Não era alfabético, e ele levou algum tempo analisando-o visualmente até encontrar o que estava procurando:

VSL ANNE B. (freddy) 708-3902

Agora tudo o que precisava fazer era descobrir como discar. Ele apertou uma fileira de botões na parte de baixo da tela:

discar agora ou discar mais tarde?

Ele apertou DISCAR AGORA.

SENTIMOS MUITO, SUA LIGAÇÃO NÃO PÔDE SER COMPLETADA. {ERRO-598}

POR FAVOR, TENTE NOVAMENTE

Ele tentou novamente.

Ouviu o ruído da linha, depois o som dos números sendo discados automaticamente em rápida sucessão.

– É isso mesmo? – perguntou Grant.

– Muito bem, Timmy – disse Lex. – Mas eles já estão quase lá.

Na tela, eles puderam ver a proa do navio se aproximando da doca de Puntarenas. Ouviram um guincho alto e então uma voz disse:

– Ah, alô, aqui é Freddy. Você está me ouvindo, câmbio?

Tim pegou um fone no console, mas ouviu apenas o ruído da linha aberta.

– Ah, alô, John, aqui é o Freddy, câmbio?

– *Responda* – disse Lex.

Agora estavam todos apanhando fones, erguendo cada um que estivesse à vista, mas ouviam apenas ruído de linha aberta. Finalmente, Tim viu um fone preso à lateral do console com uma luz piscando.

– Ah, alô, controle. Aqui é Freddy. Estão me ouvindo, câmbio?

Tim agarrou o fone.

– Alô, aqui é Tim Murphy, e eu preciso que você...

– Ah, repita, eu não entendi, John.

– Não atraque o barco! Está me ouvindo?

Houve uma pausa. Então uma voz intrigada disse:

– Parece uma droga de uma criança.

Tim disse:

– Não atraque o barco! Volte para a ilha!

As vozes soavam distantes e ásperas.

– Ele... nome era Murphy?

E outra voz disse:

– Eu não entendi... nome.

Tim olhou freneticamente para os outros. Gennaro estendeu a mão para o telefone.

– Deixe-me fazer isso. Você pegou o nome dele?

Houve um estalo alto de estática.

– ... deve ser uma piada ou então... um... porcaria de operador falso... lgo assim.

Tim estava trabalhando no teclado; havia provavelmente um jeito de descobrir quem era Freddy...

– Pode me ouvir? – disse Gennaro ao telefone. – Se puder me ouvir, responda agora, câmbio.

– Filho – veio a resposta arrastada –, não sabemos quem diabos é você, mas não é nada engraçado, estamos prestes a atracar e temos trabalho a fazer. Agora, identifique-se adequadamente ou saia dessa frequência.

Tim observou a tela exibir FARRELL, FREDERICK D. (CAP.)

– Que tal isso como identificação, capitão Farrell – disse Gennaro. – Se você não der meia-volta com esse barco e retornar a essa ilha imediatamente, vai estar violando a seção 509 do Ato Marítimo Uniforme, sujeito à revogação da licença, penalidades acima de cinquenta mil dólares e cinco anos de cadeia. Você ouviu isso?

Houve um silêncio.

– Entendeu isso, capitão Farrell?

E então, a distância, eles ouviram uma voz dizer:

– Entendi.

E outra voz disse:

– Todos à proa!

E então o barco começou a se afastar da doca.

Lex começou a comemorar. Tim desabou de volta na cadeira, enxugando o suor da testa.

Grant disse:

– O que é o Ato Marítimo Uniforme?

– Diabos, quem é que sabe? – disse Gennaro.

Todos olhavam para a tela com satisfação. O barco estava definitivamente se afastando da praia.

– Acho que a parte difícil acabou – disse Gennaro.

Grant balançou a cabeça.

– A parte difícil – disse ele – está só começando.

SÉTIMA ITERAÇÃO

"Cada vez mais, a matemática demandará coragem para enfrentar suas implicações."

Ian Malcolm

DESTRUINDO O MUNDO

Eles transferiram Malcolm para outro quarto no alojamento, para uma cama limpa. Hammond pareceu ganhar vida novamente e começou a se agitar por ali, arrumando tudo.

– Bem, pelo menos o desastre foi evitado – disse ele.

– Qual desastre? – perguntou Malcolm, suspirando.

– Bem – respondeu Hammond –, eles não fugiram e dominaram o mundo.

Malcolm ergueu-se com o apoio de um cotovelo.

– Você estava preocupado com isso?

– Certamente era uma possibilidade – disse Hammond. – Esses animais, sem nenhum predador, poderiam sair e destruir o planeta.

– Seu *idiota* megalomaníaco – esbravejou Malcolm. – Você tem alguma ideia do que está falando? Você acha que pode destruir o planeta? Minha nossa, que poder embriagador você deve ter. – Malcolm afundou de novo na cama. – Você não consegue destruir este planeta. Não consegue nem chegar perto disso.

– A maioria das pessoas acredita – disse Hammond, inflexível – que o planeta está em perigo.

– Bem, não está – respondeu Malcolm.

– Todos os especialistas concordam que nosso planeta está com problemas.

Malcolm suspirou.

– Deixe-me lhe contar sobre o nosso planeta – disse ele. – Nosso planeta tem 4,5 bilhões de anos. Existe vida neste planeta por quase esse tempo todo. Três ponto oito bilhões de anos. A primeira, as bactérias. E, mais tarde, os primeiros animais multicelulares, depois as primeiras criaturas complexas, no mar, na terra. E então as grandes e abrangentes eras dos animais: os anfíbios, os dinossauros, os mamíferos, cada qual durando milhões e milhões de anos. Grandes dinastias de criaturas nascendo, florescendo e morrendo. Tudo isso acontece com um pano de fundo de reviravoltas contínuas e violentas, cordilheiras de montanhas aparecendo e sendo erodidas, erupções vulcânicas, oceanos nascendo e sumindo, continentes inteiros se movendo... Mudança infinita, constante e violenta... Até mesmo hoje, o grande acidente geográfico do planeta vem de dois grandes continentes colidindo, dobrando-se para formar a cordilheira do Himalaia ao longo de milhões de anos. Durante esse período, o planeta sobreviveu a tudo. Com certeza vai sobreviver a nós.

Hammond franziu a testa.

– Só porque ele durou um longo tempo – disse ele –, não significa que seja permanente. Se houver um acidente radioativo...

– Vamos supor que uma coisa assim aconteça – respondeu Malcolm. – Digamos que tivemos um acidente feio, todas as plantas e animais morreram, e a Terra está estalando de quente por mais ou menos cem mil anos. A vida vai sobreviver em algum lugar... Sob o solo, ou talvez congelada no gelo ártico. E depois de todos esses anos, quando o planeta não for mais inóspito, a vida começaria a se espalhar novamente pelo planeta. O processo evolucionário começaria de novo. Poderia levar alguns bilhões de anos para a vida alcançar a variedade atual. E é claro que seria tudo muito diferente do que é agora. Mas a Terra vai sobreviver à nossa estupidez. Apenas nós – disse Malcolm – achamos que não sobreviveria.

Hammond continuou:

– Bem, se a camada de ozônio ficar mais fina...

– Haverá mais radiação ultravioleta chegando à superfície. E daí?

– Bem. Isso causará câncer de pele.

Malcolm balançou a cabeça.

– A radiação ultravioleta é boa para a vida. É uma energia poderosa. Promove mutação, mudança. Muitas formas de vida vão prosperar com mais radiação UV.

– E muitas outras morrerão – completou Hammond.

Malcolm suspirou.

– Você acha que é a primeira vez que algo assim acontece? Não sabe nada sobre o oxigênio?

– Sei que é necessário à vida.

– *Agora,* é – disse Malcolm. – Mas o oxigênio é, na verdade, um veneno metabólico. É um gás corrosivo, como o flúor, usado para entalhar vidros. E quando o oxigênio começou a ser produzido como excreta por certas células de plantas, digamos, cerca de três bilhões de anos atrás, ele criou uma crise para todas as outras vidas em nosso planeta. Aquelas células de plantas estavam poluindo o ambiente com um veneno mortal. Estavam exalando um gás letal e aumentando sua concentração. Na Terra, a concentração de oxigênio subia rapidamente... Cinco, dez, até 21 por cento! A Terra tinha uma atmosfera de puro veneno! Incompatível com a vida!

Hammond parecia irritado.

– E daí, qual é o seu argumento? Que os poluentes modernos serão incorporados também?

– Não – disse Malcolm. – Meu argumento é de que a vida na Terra pode tomar conta de si mesma. No pensamento de um ser humano, uma centena de anos é um longo tempo. Uma centena de anos atrás, não tínhamos carros, nem aviões, nem computadores, nem vacinas... Era um mundo totalmente diferente. Mas, para a Terra, uma centena de anos não é *nada.* Um milhão de anos não é *nada.* Esse planeta vive e respira em uma escala muito mais vasta. Não podemos imaginar seus ritmos lentos e poderosos, e não temos a humildade de tentar. Temos sido residentes aqui por uma fração de segundo. Se sumirmos amanhã, a Terra não vai sentir nossa falta.

– E podemos muito bem sumir – disse Hammond, bufando.

– Sim – respondeu Malcolm. – Podemos.

– Então, o que está dizendo? Que não devemos nos importar com o ambiente?

– Não, é claro que não é isso.

– Então, o quê?

Malcolm tossiu e fitou a distância.

– Vamos ser claros. O planeta não está em risco. *Nós* estamos em risco. Não temos o poder para destruir o planeta, nem para salvá-lo. Mas talvez tenhamos o poder para salvar a nós mesmos.

SOB CONTROLE

Quatro horas haviam se passado. Era fim de tarde; o sol caía. O ar-condicionado tinha voltado na sala de controle, e o computador funcionava perfeitamente. Até onde eles podiam calcular, das 24 pessoas na ilha, oito estavam mortas e mais seis estavam desaparecidas. O centro de visitantes e o Alojamento Safári estavam ambos seguros, e o perímetro mais ao norte parecia estar livre de dinossauros. Eles tinham chamado as autoridades de San José em busca de ajuda. A Guarda Nacional costa-riquenha estava a caminho, bem como uma ambulância aérea para levar Malcolm a um hospital. Entretanto, pelo telefone, a guarda costa-riquenha tinha sido distintamente cautelosa; sem dúvida, ligações seriam trocadas entre San José e Washington antes que ajuda fosse finalmente enviada para a ilha. E agora estava ficando tarde; se os helicópteros não chegassem logo, eles teriam de aguardar até de manhã. Nesse meio-tempo, não havia nada a se fazer, exceto esperar. O navio estava voltando; a tripulação descobrira três jovens raptors se escondendo em uma das áreas de carga e matara os animais. Em Isla Nublar, o perigo imediato parecia ter passado; todos estavam no centro de visitantes ou no alojamento. Tim estava muito mais familiarizado com o computador, e exibiu uma nova tela.

Total de animais	**292**		
Espécies	**Esperado**	**Contabilizado**	**Versão**
Tiranossauros	2	1	4.1
Maiassauros	22	20	??
Estegossauros	4	1	3.9
Tricerátopos	8	6	3.1
Procompsógnatos	65	64	??
Othnielia	23	15	3.1
Velocirraptors	37	27	??
Apatossauros	17	12	3.1
Hadrossauros	11	5	3.1
Dilofossauros	7	4	4.3
Pterossauros	6	5	4.3
Hipsilofodontes	34	14	??
Euoplocéfalos	16	9	4.0
Estiracossauros	18	7	3.9
Microceratus	22	13	4.1
Total	**292**	**203**	

– O que raios ele está fazendo agora? – perguntou Gennaro. – Agora diz que tem *menos* animais?

Grant assentiu.

– Provavelmente.

Ellie disse:

– O Jurassic Park está finalmente ficando sob controle.

– E o que significa isso?

– Equilíbrio. – Grant apontou para os monitores. Em um deles, os hipsilofodontes saltaram no ar enquanto um bando de velocirraptors entrava no campo vindo do oeste.

– As cercas ficaram desligadas por horas – explicou Grant. – Os animais estão se misturando uns com os outros. As populações estão chegando a um equilíbrio – um verdadeiro equilíbrio jurássico.

– Não acho que isso estivesse nos planos – disse Gennaro. – Os animais jamais deveriam se misturar.

– Bem, agora estão misturados.

Em outro monitor, Grant viu um bando de raptors correndo a toda velocidade em campo aberto em direção a um hadrossauro de quatro toneladas. O hadrossauro virou-se para fugir e um dos raptors saltou para cima das costas dele, mordendo seu pescoço comprido, enquanto outros corriam adiante, circundando-o, mordendo suas pernas, saltando para rasgar a barriga do grande animal com suas garras poderosas. Em minutos, seis raptors haviam derrubado a enorme presa.

Grant fitava em silêncio.

Ellie disse:

– É como você imaginava?

– Eu não sei exatamente o que eu imaginava – respondeu ele. Observou o monitor. – Não, não exatamente.

Muldoon disse, baixinho:

– Sabe, parece que todos os raptors adultos estão lá fora agora.

Grant não prestou muita atenção a princípio. Apenas fitava os monitores, a interação dos grandes animais. Ao sul, o estegossauro balançava sua cauda espinhosa, atentamente circundando o tiranossauro bebê, que observava, divertido, e às vezes arremetia para morder os espinhos, sem eficácia. No quadrante oeste, os tricerátopos adultos lutavam entre si, disparando e travando os chifres. Um animal jazia ferido e moribundo.

Muldoon disse:

– Ainda temos cerca de uma hora de luz solar, dr. Grant. Se quiser tentar encontrar aquele ninho...

– Certo – respondeu Grant. – Eu quero.

– Estive pensando – disse Muldoon –, quando os costa-riquenhos chegarem, eles provavelmente imaginarão que esta ilha é um problema militar. Algo a se destruir assim que for possível.

– E estão certos – afirmou Gennaro.

– Vão bombarwdeá-la do ar – explicou Muldoon. – Talvez napalm, talvez gás mostarda também. Mas lá de cima, do ar.

– Espero que o façam – disse Gennaro. – Esta ilha é perigosa demais. Cada animal nesta ilha deve ser destruído, e, quanto antes, melhor.

Grant disse:

– Isso não é suficiente. – Ele ficou de pé. – Vamos começar.

– Acho que você não entende, Alan – disse Gennaro. – Sou da opinião de que esta ilha é perigosa demais. Ela deve ser destruída. Cada animal nesta ilha deve ser destruído, e é isso o que a guarda costa-riquenha vai fazer. Acho que deveríamos deixar isso em mãos capazes. Entende o que estou dizendo?

– Perfeitamente – respondeu Grant.

– Então, qual é o seu problema? – perguntou Gennaro. – É uma operação militar. Deixe-os cuidar disso.

As costas de Grant doíam onde o raptor as arranhara.

– Não – disse ele. – Temos que cuidar disso.

– Deixe isso com os especialistas – insistiu Gennaro.

Grant se lembrou de como encontrara Gennaro apenas seis horas antes, encolhido e aterrorizado na cabine de um caminhão no prédio da manutenção. E subitamente perdeu a paciência e jogou o advogado contra a parede de concreto.

– Ouça aqui, seu safado, você tem responsabilidade nessa situação e vai começar a responder por ela.

– Estou fazendo isso – disse Gennaro, tossindo.

– Não está, não. Você se recusou a assumir sua responsabilidade o tempo todo, desde o começo.

– De que diabos...

– Você convenceu pessoas a investir em um empreendimento que não compreendia totalmente. Você era proprietário parcial de um negócio e fracassou em sua supervisão. Não conferiu as atividades de um homem que você sabia, por experiência própria, ser um mentiroso, e permitiu que esse homem mexesse com a tecnologia mais perigosa na história humana. Eu diria que você não arcou com a sua responsabilidade.

Gennaro tossiu outra vez.

– Bem, agora estou assumindo a responsabilidade.

– Não – disse Grant. – Ainda está se recusando. E não pode mais fazer isso.

Ele soltou Gennaro, que se abaixou, arquejando em busca de ar. Grant voltou-se para Muldoon.

– O que temos de armamento?

– Temos algumas redes de controle e bastões de choque – respondeu Muldoon.

– Esses bastões de choque são bons? – perguntou Grant.

– São como a ponteira explosiva para tubarões. Eles têm uma ponta com capacitor explosivo, que dá um choque quando entra em contato. Alta voltagem, baixa amperagem. Não é fatal, mas é definitivamente incapacitante.

– Isso não vai funcionar – concluiu Grant. – Não no ninho.

– Que ninho? – perguntou Gennaro, ainda tossindo.

– O ninho dos raptors – disse Ellie.

– O *ninho dos raptors*?

Grant estava dizendo:

– Você tem alguma coleira rastreadora?

– Tenho certeza de que temos – respondeu Muldoon.

– Pegue uma. E tem mais alguma coisa que possa ser usada para defesa?

Muldoon balançou a cabeça.

– Bem, pegue qualquer coisa que puder.

Muldoon saiu. Grant voltou-se para Gennaro.

– Sua ilha é uma bagunça, sr. Gennaro. Seu experimento é uma bagunça. Ela precisa ser limpa. Mas não se pode fazer isso até sabermos a extensão da bagunça. E isso significa encontrar os ninhos na ilha. Especialmente os ninhos de raptor. Eles estarão escondidos. Precisamos encontrar, inspecionar e contar os ovos. Precisamos dar conta de cada animal nascido nesta ilha. Aí então podemos queimá-la. Mas, antes, temos um trabalhinho a fazer.

Ellie olhava para o mapa na parede, que agora mostrava as áreas de cada animal. Tim digitava no teclado. Ela apontou para o mapa.

– Os raptors estão localizados na área mais ao sul, onde ficam os campos de vapor vulcânico. Talvez gostem do calor.

– Tem algum lugar para se esconder por lá?

– Parece que sim – disse ela. – Existe um grande sistema de distribuição de água por lá, para controlar enchentes nas planícies ao sul. Uma boa área subterrânea. Água e sombra.

Grant assentiu.

– Então é lá que eles estarão.

Ellie disse:

– Acho que há uma entrada pela praia também.

Ela se voltou para os consoles e disse:

– Tim, mostre pra gente os atalhos no sistema de distribuição de água. – Tim não estava ouvindo. – Tim?

Ele estava curvado sobre o teclado.

– Só um minuto – disse ele. – Encontrei um negócio.

– O que é?

– É um depósito sem identificação. Não sei o que tem por lá.

– Então podem ser armas – disse Grant.

Todos eles estavam atrás do prédio de manutenção, destrancando uma porta exterior de aço, erguendo-a sob a luz do sol para revelar degraus de concreto descendo para dentro da terra.

– Maldito Arnold – disse Muldoon, saltitando pelos degraus. – Ele devia saber que isso estava aqui o tempo todo.

– Talvez não – disse Grant. – Ele não tentou vir aqui.

– Bem, então o Hammond sabia. Alguém sabia.

– Onde o Hammond está agora?

– Ainda no alojamento.

Eles chegaram à base da escadaria e descobriram fileiras de máscaras de gás penduradas na parede em contêineres de plástico. Passaram os fachos das lanternas mais para dentro da sala e viram diversos pesados cubos de vidro com meio metro de altura e tampas de aço. Grant podia ver pequenas esferas escuras dentro dos cubos. Era como estar em uma sala cheia de moedores gigantes de pimenta, pensou ele.

Muldoon abriu a tampa de um e retirou uma esfera de lá. Virou-a na luz, com uma expressão preocupada.

– Minha nossa.

– O que é? – disse Grant.

– MORO-12 – disse Muldoon. – É um gás venenoso que ataca o sistema nervoso. Isso aqui são granadas. Pencas e pencas de granadas.

– Vamos lá, então – disse Grant, sombrio.

– Ele gosta de mim – disse Lex, sorrindo. Eles estavam de pé na garagem do centro de visitantes, junto ao pequeno raptor que Grant havia capturado no túnel. Ela estava afagando o animal através das barras da jaula. Ele se esfregou contra a mão dela.

– Eu teria cuidado aí – disse Muldoon. – Eles podem dar uma mordida feia.

– Ele gosta de mim – afirmou Lex. – O nome dele é Clarence.

– Clarence?

– É – respondeu Lex.

Muldoon segurava a coleira de metal com a pequena caixa presa nela. Grant ouviu o bipe agudo no fone de ouvido.

– Vai ser um problema colocar a coleira no animal?

Lex ainda afagava o raptor, estendendo a mão pela jaula.

– Aposto que ele me deixaria colocar – disse ela.

– Eu não tentaria – disse Muldoon. – Eles são imprevisíveis.

– Aposto que ele deixaria – insistiu ela.

Assim, Muldoon deu a Lex a coleira e ela a estendeu para que o raptor pudesse farejá-la. Em seguida, ela lentamente deslizou-a ao redor do pescoço do animal. O raptor ficou verde brilhante quando Lex fechou a fivela e a cobertura de velcro. Depois o animal relaxou e voltou a ficar mais pálido.

– Minha nossa – disse Muldoon.

– É um camaleão – explicou Lex.

– Os outros raptors não conseguiam fazer isso – disse Muldoon, franzindo a testa. – Esse animal selvagem deve ser diferente. Aliás – disse ele, voltando-se para Grant –, se todos nasceram fêmeas, como eles procriam? Você nunca explicou aquele negócio do DNA de sapo.

– Não é DNA de sapo – disse Grant. – É DNA anfíbio. Mas o fenômeno é particularmente bem documentado em sapos. Especialmente sapos do oeste da África, se eu me lembro bem.

– Que fenômeno é esse?

– Transição de gênero – disse Grant. – Na verdade, é uma mudança de sexo, pura e simples.

Grant explicou que várias plantas e animais eram conhecidos por ter a habilidade de trocar de sexo ao longo da vida: orquídeas, alguns peixes e camarões e, agora, sapos. Sapos que tinham sido observados botando ovos eram capazes de se transformar, durante um período de meses, em machos completos. Eles primeiro adotavam a postura de briga dos machos, depois desenvolviam o assovio de acasalamento dos machos, estimulavam os hormônios e cresciam as gônadas masculinas, e eventualmente acasalavam, com sucesso, com fêmeas.

– Está brincando – disse Gennaro. – E o que faz isso acontecer?

– Aparentemente a mudança é estimulada por um ambiente em que todos os animais são do mesmo sexo. Nessa situação, alguns dos anfíbios vão espontaneamente começar a mudar de sexo, de fêmeas para machos.

– E você acha que foi isso o que aconteceu com os dinossauros?

– Até obtermos uma explicação melhor, sim – disse Grant. – Acho que foi o que houve. Agora, vamos procurar esse ninho?

Eles se amontoaram no jipe e Lex tirou o raptor da jaula. O animal parecia bastante calmo, quase manso, nas mãos dela. Ela deu-lhe um afago final na cabeça e o soltou.

O animal não quis ir embora.

– Vá lá, xô! – disse Lex. – Vá para casa!

O raptor se virou e correu para dentro da folhagem.

Grant segurou o receptor e colocou os fones de ouvido. Muldoon dirigia. O carro saltava pela estrada principal, indo para o sul. Gennaro virou-se para Grant e disse:

– Como é esse ninho?

– Ninguém sabe – respondeu Grant.

– Eu pensei que você os escavasse.

– Eu escavei *fósseis* de ninhos de dinossauros – disse Grant. – Mas todos os fósseis são distorcidos pelo peso dos milênios. Elaboramos algumas hipóteses, algumas suposições, mas ninguém sabe ao certo como são os ninhos.

Grant ouviu os bipes e gesticulou para Muldoon ir mais para o oeste. Cada vez mais, parecia que Ellie tinha razão: o ninho estava nos campos vulcânicos ao sul.

Grant balançou a cabeça.

– Você precisa entender: nós não sabemos todos os detalhes sobre o comportamento de ninho dos répteis vivos, como crocodilos e jacarés. Eles são animais difíceis de se estudar.

Mas era de conhecimento geral que, no caso dos jacarés-americanos, apenas a fêmea protegia o ninho, esperando pela época da eclosão. O jacaré macho passava dias durante o início da primavera ao lado da fêmea, formando um casal, e soprando bolhas nas bochechas dela para levá-la a ficar receptiva, finalmente fazendo com que ela erguesse sua cauda e lhe permitisse inserir seu pênis. Na época em que a fêmea construía seu ninho, dois meses mais tarde, o macho já teria partido há muito tempo. A fêmea protegia ferozmente seu ninho cônico de quase um metro de altura, e, quando os filhotes começavam a guinchar e emergir das cascas, ela com frequência ajudava a quebrar os ovos e empurrava-os na direção da água, às vezes carregando-os em sua boca.

– Então jacarés adultos protegem os filhotes?

– Protegem – respondeu Grant. – E existe também um tipo de proteção de grupo. Jacarés jovens emitem um grito de estresse bastante distinto, o que chama qualquer adulto que o ouvir, sendo ou não pai, à sua ajuda com um ataque violento em força total. Não uma exibição ameaçadora. Um ataque completo.

– Ah. – Gennaro ficou quieto.

– Mas dinossauros não são répteis – disse Muldoon, lacônico.

– Exato. O padrão de ninho dos dinossauros pode ser relacionado muito mais de perto ao de vários pássaros.

– Você quer dizer, então, que realmente não sabe – disse Gennaro, aborrecido. – Você não sabe como é o ninho?

– Não – respondeu Grant. – Não sei.

– Bem – disse Gennaro. – Bela porcaria de especialista.

Grant o ignorou. Ele já podia sentir o cheiro do enxofre. E, lá adiante, viu o vapor se erguendo dos campos vulcânicos.

O chão estava quente, pensou Gennaro enquanto caminhava. Estava *quente de verdade*. Aqui e ali, lama formava uma bolha, cuspindo acima do solo. E o vapor sulfúrico e fedido sibilava em grandes colunas à altura do ombro. Ele sentia como se estivesse atravessando o inferno.

Olhou para Grant, caminhando com o fone de ouvido, escutando os bipes. Grant em suas botas de caubói, seus jeans e sua camisa havaiana, parecendo muito descolado. Gennaro não se sentia descolado. Estava amedrontado por estar naquele lugar fétido e infernal, com os velocirraptors por ali em algum lugar. Não compreendia como Grant podia estar tão calmo a respeito.

Ou a mulher. Sattler. Ela também caminhava com eles, olhando calmamente ao redor.

– Isso não incomoda você? – perguntou Gennaro. – Digo, não preocupa você?

– Precisamos fazer isso – respondeu Grant. Ele não falou mais nada.

Todos seguiram andando entre as saídas borbulhantes de vapor. Gennaro passou o dedo sobre as granadas de gás que prendera ao cinto. Ele virou-se para Ellie.

– Por que ele não está preocupado com isso?

– Talvez ele esteja – disse ela. – Mas ele esperou por isso a vida toda.

Gennaro assentiu e imaginou como seria aquilo, se havia algo pelo que ele havia esperado toda a sua vida. Decidiu que não havia nada.

Grant espremeu os olhos sob a luz do sol. Adiante, através de halos de vapor, um animal se agachava, olhando para eles. Em seguida, afastou-se rapidamente.

– Aquele era o raptor? – perguntou Ellie.

– Acho que sim. Ou outro. De qualquer forma, era jovem.

– Nos guiando? – continuou ela.

– Talvez.

Ellie havia dito a ele que os raptors tinham brincado na cerca para prender a atenção dela enquanto outro subia no teto. Se aquilo fosse verdade, tal comportamento implicava uma capacidade mental que estava além de quase todas as formas de vida na Terra. Classicamente, acreditava-se que a habilidade de inventar e executar planos estava limitada a apenas três espécies: chimpanzés, gorilas e seres humanos. Agora aqui estava a possibilidade de que um dinossauro também pudesse fazer tal coisa.

O raptor tornou a aparecer, disparando para a luz e então saltando para trás com um guincho. Ele realmente parecia estar guiando o grupo.

Gennaro franziu a testa e perguntou:

– Qual é o grau de inteligência deles?

– Se pensarmos neles como pássaros – disse Grant –, precisaremos extrapolar. Alguns novos estudos mostram que o papagaio cinzento tem tanta inteligência simbólica quanto um chimpanzé. E chimpanzés definitivamente podem usar linguagem. Agora, pesquisadores estão descobrindo que os papagaios têm o desenvolvimento emocional de uma criança de três anos de idade, mas sua inteligência é inquestionável. Definitivamente, papagaios podem argumentar simbolicamente.

– Mas eu nunca ouvi falar de ninguém morto por um papagaio – resmungou Gennaro.

Ao longe, eles podiam ouvir a arrebentação na praia da ilha. Os campos vulcânicos estavam atrás deles agora, e à sua frente havia uma planície coberta de rochas. O pequeno raptor subiu em uma rocha e então, abruptamente, desapareceu.

– Para onde ele foi? – perguntou Ellie.

Grant estava ouvindo nos fones. O bipe havia parado.

– Ele sumiu.

Eles correram para a frente e encontraram, no meio das rochas, um pequeno buraco, como a toca de um coelho. Ele tinha cerca de meio metro de diâmetro. Enquanto observavam, o raptor jovem reapareceu, piscando sob a claridade. Depois apressou-se a fugir de novo.

– De jeito nenhum – disse Gennaro. – Eu não vou entrar aí de jeito nenhum.

Grant não disse nada. Ele e Ellie começaram a ligar o equipamento. Em pouco tempo, ele tinha uma pequena câmera de vídeo ligada a um monitor portátil. Ele amarrou a câmera a uma corda, ligou e a desceu pelo buraco.

– Você não vai conseguir ver nada desse jeito – disse Gennaro.

– Vamos ajustar – respondeu Grant. Havia luz suficiente ao longo do túnel superior para que eles pudessem ver paredes lisas de terra, e em seguida o túnel se ampliava de súbito, abruptamente. Pelo microfone, eles escutaram um guincho. Depois um som mais baixo de trombeta. Mais ruídos, vindo de vários animais.

– Parece que é o ninho, mesmo – disse Ellie.

– Mas não dá para *enxergar* nada – argumentou Gennaro. Ele enxugou o suor da testa.

– Não – disse Grant. – Mas eu consigo ouvir. – Ele escutou por mais algum tempo e então trouxe a câmera de volta para fora, colocando-a no chão. – Vamos lá.

Ele entrou no buraco. Ellie foi buscar uma lanterna e um bastão de choque. Grant colocou a máscara de gás sobre o rosto e agachou, desajeitado, estendendo as pernas para trás.

– Você não pode estar falando sério sobre descer até lá – disse Gennaro.

Grant anuiu.

– Não que eu goste da ideia. Eu vou primeiro, depois Ellie, e você em seguida.

– Agora, espere um minuto aí – disse Gennaro, subitamente alarmado. – Por que não jogamos essas granadas de gás buraco abaixo e descemos depois? Isso não faz mais sentido?

– Ellie, você pegou a lanterna?

Ela entregou a lanterna para Grant.

– Que tal? – disse Gennaro. – O que você me diz?

– Eu adoraria – disse Grant. Ele recuou para fora do buraco. – Você já viu alguma coisa morrer de gás venenoso?

– Não...

– Ele geralmente causa convulsões. Fortes convulsões.

– Bem, sinto muito se é desagradável, mas...

– Olha – disse Grant. – Nós vamos entrar nesse ninho para descobrir quantos animais nasceram. Se você matar os animais primeiro, e alguns deles caírem nos ninhos em seus espasmos, isso vai arruinar nossa capacidade de ver o que havia lá. Então, não podemos fazer isso.

– Mas...

– O senhor fez esses animais, sr. Gennaro.

– *Eu* não.

– Seu dinheiro fez. Seus esforços fizeram. Você ajudou a criá-los. Eles são a sua criação. E você não pode simplesmente matá-los porque se sente um pouco nervoso agora.

– Eu não estou um pouco nervoso – continuou Gennaro. – Estou me borran...

– Me siga – disse Grant. Ellie lhe entregou um bastão de choque. Ele se enfiou de costas no buraco e grunhiu. – É apertado.

Grant exalou, estendeu os braços adiante, houve algo semelhante a um sibilo e ele desapareceu.

O buraco se escancarava, vazio e escuro.

– O que aconteceu com ele? – perguntou Gennaro, alarmado.

Ellie deu um passo adiante e inclinou-se perto do buraco, tentando ouvir junto à abertura. Ela pegou o rádio e disse, baixinho:

– Alan?

Houve um longo silêncio. Então eles ouviram, debilmente:

– Estou aqui.

– Está tudo bem, Alan?

Outro longo silêncio. Quando Grant finalmente falou, sua voz soava distintamente estranha, um tanto chocada.

– Está tudo bem – respondeu ele.

QUASE PARADIGMA

No alojamento, John Hammond andava de um lado para o outro no quarto de Malcolm. Hammond estava impaciente e desconfortável. Desde a concentração de seus esforços naquela última explosão, Malcolm havia caído em uma espécie de coma e agora parecia a Hammond que ele poderia de fato morrer. É claro que um helicóptero já tinha sido chamado, mas ninguém sabia quando ele chegaria. A ideia de que Malcolm pudesse morrer nesse meio-tempo enchia Hammond de ansiedade e terror.

E, paradoxalmente, Hammond achava tudo ainda pior por detestar tanto o matemático. Era pior do que se o sujeito fosse seu amigo. Hammond sentia que a morte de Malcolm, caso viesse a ocorrer, seria a censura final, e aquilo era mais do que Hammond podia suportar.

De qualquer forma, o cheiro no quarto era completamente pavoroso. Completamente pavoroso. A decomposição podre da carne humana.

– Tudo... para... – disse Malcolm, revirando-se no travesseiro.

– Ele está acordando? – perguntou Hammond.

Harding chacoalhou a cabeça.

– O que ele disse? Algo sobre o paraíso?

– Eu não entendi – disse Harding.

Hammond andou mais um pouco. Ele abriu a janela um pouco mais, tentando conseguir ar fresco. Finalmente, quando não pôde mais suportar, disse:

– Tem algum problema em ir lá fora?

– Não, acho que não – respondeu Harding. – Acho que essa área está segura.

– Bem, olha, eu estou indo lá fora um pouquinho.

– Tudo bem – disse Harding. Ele ajustou o fluxo dos antibióticos intravenosos.

– Eu volto logo.

– Tudo bem.

Hammond saiu, indo para a luz do dia, imaginando por que se incomodara em justificar-se para Harding. Afinal, o homem era seu empregado. Hammond não tinha necessidade alguma de se explicar.

Ele passou pelos portões da cerca, olhando para o parque ao redor. Era o final da tarde, o momento em que a névoa que soprava se atenuava e o sol às vezes aparecia. O sol estava aparecendo agora, e Hammond tomou isso como um presságio. As pessoas podiam dizer o que quisessem, ele sabia que seu parque era promissor. E mesmo que Gennaro, aquele tolo impetuoso, decidisse queimá-lo até o chão, isso não faria muita diferença.

Hammond sabia que em dois cofres diferentes no quartel-general da InGen, em Palo Alto, havia dúzias de embriões congelados. Não seria problema cultivá-los novamente, em outra ilha, em outro lugar do mundo. E se haviam existido problemas aqui, então da próxima vez eles resolveriam esses problemas. Era assim que o progresso acontecia. Resolvendo problemas.

Enquanto pensava sobre isso, concluiu que Wu não tinha sido o homem certo para o serviço. Wu tinha obviamente sido relaxado, e fizera pouco-caso de seu grande empreendimento. E Wu estivera preocupado demais com a ideia de fazer melhorias. Em vez de criar dinossauros, ele queria melhorá-los. Hammond suspeitava sombriamente de que esse era o motivo da derrocada do parque.

Wu era o motivo.

Também precisava admitir que John Arnold se encaixava mal no cargo de engenheiro-chefe. Arnold tinha credenciais impressionantes, mas, naquele ponto de sua carreira, estava cansado e se preocupava demais. Ele não era organizado e deixou passar muitas coisas. Coisas importantes.

Na verdade, nem Wu nem Arnold possuíam a característica mais importante, decidiu Hammond. A característica da *visão.* Aquele grande e abrangente ato de imaginação que evocava um parque maravilhoso, onde crianças se espremiam contra as cercas, espantadas com as criaturas extraordinárias, saltando vivas de seus livros de histórias. Algo realmente *visionário*. A habilidade de ver o futuro. A habilidade de juntar recursos para tornar aquela visão do futuro uma realidade.

Não, nem Wu nem Arnold eram adequados para aquela tarefa.

Aliás, falando nisso, Ed Regis também fora uma escolha ruim. Harding fora uma escolha, no máximo, indiferente. Muldoon era um bêbado...

Hammond balançou a cabeça. Ele faria melhor da próxima vez.

Perdido em seus pensamentos, dirigiu-se a seu bangalô, seguindo a trilha que ia para o norte do centro de visitantes. Passou por um dos trabalhadores, que o cumprimentou com um breve gesto de cabeça. Hammond não retribuiu o cumprimento. Achava os trabalhadores costa-riquenhos uniformemente insolentes. Para dizer a verdade, a escolha daquela ilha na Costa Rica também tinha sido insensata. Ele não cometeria tais enganos óbvios da próxima vez...

Quando veio, o rugido do dinossauro pareceu temerosamente próximo. Hammond girou com tanta rapidez que caiu na trilha, e quando olhou para trás achou ter visto a sombra do T-rex jovem, movendo-se pela folhagem ao lado da trilha de pedras, indo na sua direção.

O que o T-rex estava fazendo ali? Por que ele estava fora das cercas?

Hammond sentiu um lampejo de fúria, e então viu o peão costa-riquenho correndo para salvar sua vida, e Hammond aproveitou esse momento para se levantar e disparar às cegas para dentro da floresta do lado oposto à trilha. Ele mergulhou na escuridão; tropeçou e caiu, seu rosto batendo contra folhas molhadas e terra úmida, e voltou a se erguer, trôpego; correu um pouco mais, caiu de novo, e correu mais uma vez. Agora estava descendo uma colina íngreme e não conseguia manter seu equilíbrio. Caiu, impotente, rolando e girando pelo chão fofo, antes de finalmente parar no sopé da colina. Seu rosto borbulhava com água rasa e tépida, que gorgolejava ao redor dele e subia pelo seu nariz.

Ele estava de rosto para baixo em um pequeno riacho.

Havia entrado em pânico! Mas que tolo! Ele deveria ter ido para o seu bangalô! Hammond xingou para si mesmo. Enquanto se levantava, sentiu uma dor aguda no tornozelo direito que trouxe lágrimas a seus olhos. Ele o testou, hesitante; podia estar quebrado. Forçou-se a colocar seu peso total em cima dele, cerrando os dentes. Sim.

Era quase certo que estivesse quebrado.

Na sala de controle, Lex disse para Tim:

– Queria que eles tivessem nos levado para o ninho.

– É perigoso demais para nós, Lex – disse Tim. – Temos que ficar aqui. Ei, ouça essa.

Ele pressionou outro botão e a gravação de um rugido de tiranossauro ecoou pelos alto-falantes do parque.

– Isso é legal – disse Lex. – Melhor que aquele outro.

– Você também pode apertar. E se apertar isso aqui, ele dá eco.

– Deixa eu tentar – pediu Lex. Ela apertou o botão. O tiranossauro rugiu outra vez. – Podemos fazer ele durar mais?

– Claro – respondeu Tim. – É só virar esse negócio aqui...

Deitado no sopé da montanha, Hammond ouviu o rugido do tiranossauro, ressoando através da selva.

Meu Deus.

Estremeceu ao escutar aquele som. Era aterrorizante, um grito de algum outro mundo. Ele esperou para ver o que aconteceria. O que o tiranossauro faria? Será que tinha pegado aquele homem? Hammond esperou, ouvindo apenas o zumbido das cigarras na selva, até perceber que estava prendendo o fôlego e o soltar em um grande suspiro.

Com seu tornozelo machucado, não podia subir a colina. Teria que esperar no fundo da ravina. Depois que o tiranossauro se fosse, ele chamaria ajuda. Enquanto isso, não estava em perigo ali.

E então escutou uma voz amplificada dizer:

– Vamos lá, Timmy, eu também quero fazer isso. Vá lá. Deixe eu fazer o barulho.

As crianças!

O tiranossauro rugiu outra vez, mas dessa vez o som tinha claros tons musicais e um tipo de eco, persistindo depois.

– Legal – disse a menininha. – Faz de novo.

Aquelas malditas crianças!

Ele nunca deveria ter trazido as crianças. Elas não tinham sido nada além de problemas desde o princípio. Ninguém as queria por perto. Hammond só as trouxera porque pensou que isso impediria Gennaro de destruir o resort, mas Gennaro faria isso de qualquer jeito. E as crianças obviamente tinham entrado na sala de controle e começado a xeretar por ali... Agora, quem permitira isso?

Ele sentiu seu coração disparar e percebeu que o fôlego diminuía. Forçou-se a relaxar. Não havia nada de errado. Embora não pudesse subir a colina, ele não podia estar a mais de cem metros de seu bangalô e do centro de visitantes. Hammond sentou-se na terra úmida, escutando os sons da selva ao seu redor. E então, depois de algum tempo, começou a gritar por ajuda.

A voz de Malcolm não era mais alta do que um sussurro.

– Tudo... parece diferente... do outro lado – disse ele.

Harding inclinou-se para junto dele.

– Do outro lado? – Ele pensou que Malcolm estivesse falando sobre morrer.

– Quando... muda – disse Malcolm.

– Muda?

Malcolm não respondeu. Seus lábios ressequidos se moveram.

– Paradigma – disse ele, finalmente.

– O paradigma muda? – perguntou Harding. Ele sabia sobre mudanças em paradigmas. Pelas últimas duas décadas, eles tinham sido a forma de se falar sobre mudanças científicas. "Paradigma" era só outra palavra para modelo, mas, quando cientistas a utilizavam, o termo dizia algo a mais; uma forma de ver o mundo. Uma forma mais ampla de ver o mundo. Dizia-se que as mudanças de paradigma ocorriam sempre que a ciência fazia uma alteração drástica em sua visão de mundo. Tais alterações eram relativamente raras, ocorrendo mais ou menos uma vez a cada século. A evolução darwiniana forçou uma mudança de paradigma. A mecânica quântica forçou uma mudança menor.

– Não – disse Malcolm. – Não... paradigma... além...

– Além do paradigma? – perguntou Harding.

– Não importa... mais... o que...

Harding suspirou. A despeito de todos os esforços, Malcolm estava rapidamente caindo em um delírio terminal. Sua febre aumentava, e eles estavam quase sem antibióticos.

– Com que você não se importa mais?

– Nada – disse Malcolm. – Porque... tudo parece diferente... do outro lado.

E ele sorriu.

DESCIDA

– Você é maluca – disse Gennaro a Ellie Sattler, observando enquanto ela se espremia de costas pela toca de coelho, estendendo as mãos. – Você é maluca de fazer isso!

Ela sorriu.

– Provavelmente – disse ela. Estendeu as mãos para a frente e empurrou com os pés contra as laterais do buraco. E, subitamente, desapareceu.

O buraco se escancarava, escuro.

Gennaro começou a suar. Ele virou para Muldoon, que estava de pé junto ao jipe.

– Não vou fazer isso – disse ele.

– Vai, sim.

– Não posso fazer isso. Não posso.

– Eles estão esperando por você – respondeu Muldoon. – Precisa ir.

– Só Deus sabe o que tem lá embaixo – disse Gennaro. – Estou dizendo, não posso fazer isso.

– Você precisa.

Gennaro deu-lhe as costas, olhou para o buraco, olhou para Muldoon.

– Não posso. Você não pode me obrigar.

– Suponho que não – disse Muldoon. Ele ergueu o bastão de aço inoxidável. – Já tomou choque de um bastão?

– Não.

– Não faz muita coisa – disse Muldoon. – Quase nunca é fatal. Geralmente, só derruba você. Talvez solte seus intestinos. Mas, via de regra, não tem nenhum efeito permanente. Ao menos, não nos dinossauros. Entretanto, por outro lado, as pessoas são bem menores.

Gennaro olhou para o bastão.

– Você não faria isso.

– Acho que é melhor você descer e contar aqueles animais – disse Muldoon. – E é melhor andar logo.

Gennaro tornou a olhar para o buraco, a abertura escura, uma boca na terra. E então olhou para Muldoon ali de pé, grande e impassível.

Gennaro estava suando e zonzo. Começou a andar na direção do buraco. Ao longe, parecia pequeno, porém, conforme se aproximava, ele parecia ficar maior.

– É isso aí – disse Muldoon.

Gennaro entrou no buraco de costas, mas começou a sentir medo demais para prosseguir daquele jeito; a ideia de enfrentar o desconhecido de costas o enchia de terror. Portanto, no último instante, ele se virou e entrou de cabeça no buraco, estendendo seus braços adiante e chutando com os pés, porque pelo menos poderia ver para onde ia. Ele puxou a máscara de gás sobre seu rosto.

E ele logo estava deslizando adiante, escorregando para dentro da escuridão, vendo as paredes de terra desaparecerem na escuridão à sua frente, e então as paredes se tornaram mais estreitas... Muito mais estreitas... Assustadoramente estreitas... Ele estava perdido na dor de uma forte compressão que ia se tornando cada vez pior, que esmagava o ar para fora de seus pulmões, e só ficou vagamente ciente de que o túnel se curvava um pouco para cima, ao longo do caminho, mudando seu corpo, fazendo com que ele ficasse ofegante e visse pontos pretos diante dos olhos; a dor era extrema.

Foi quando de repente o túnel se curvou novamente para baixo e ficou mais amplo e Gennaro sentiu superfícies ásperas, concreto e ar frio. Seu corpo estava, de súbito, livre, e quicando, rolando no concreto.

E então ele caiu.

Vozes na escuridão. Dedos tocando-o, vindo das vozes sussurradas. O ar era frio, como uma caverna.

– ... bem?

– Ele parece estar bem, sim.

– Ele está respirando.

– Ótimo.

Uma mão feminina afagando seu rosto. Era Ellie.

– Você consegue me ouvir? – murmurou ela.

– Por que todo mundo está cochichando? – perguntou ele.

– Porque... – Ela apontou.

Gennaro se virou, rolou e lentamente ficou de pé. Ele tentava olhar fixamente enquanto sua visão se acostumava à escuridão. Mas a primeira coisa que ele viu, reluzindo no escuro, foram olhos. Olhos verdes brilhantes.

Dezenas de olhos. Por toda a sua volta.

Ele estava em uma borda de concreto, um tipo de aterro, com cerca de dois metros de altura. Grandes caixas metálicas ofereciam um esconderijo improvisado, protegendo-os da vista dos dois velocirraptors adultos que se encontravam diretamente à frente deles, a menos de um metro e meio. Os animais eram verde-escuros com listras amarronzadas, como tigres. Estavam de pé, equilibrados sobre as caudas rígidas e esticadas. Faziam absoluto silêncio, olhando atentamente ao redor com grandes olhos escuros. Aos pés dos adultos, velocirraptors bebês corriam e piavam. Mais para trás, na escuridão, jovens brincavam e rolavam, dando rosnados curtos.

Gennaro não ousava respirar.

Dois raptors!

Agachado na borda, ele estava apenas trinta ou cinquenta centímetros acima da cabeça dos animais. Os raptors estavam ansiosos, suas cabeças subindo e descendo nervosamente. De tempos em tempos eles resfolegavam, impacientes. Em seguida se afastaram, retornando para o grupo principal.

Conforme seus olhos se ajustavam, Gennaro podia ver que estavam em algum tipo de estrutura subterrânea imensa, mas artificial – havia as junções de concreto derramado, e as protuberâncias de vergas de aço espetadas. E dentro desse vasto espaço que ecoava havia muitos animais: Gennaro acreditava que pelo menos trinta raptors. Talvez mais.

– É uma colônia – murmurou Grant. – Quatro ou seis adultos; o resto, jovens e bebês. Ao menos duas ninhadas. Uma no ano passado, outra esse ano. Esses bebês parecem ter cerca de quatro meses. Provavelmente eclodiram em abril.

Um dos bebês, curioso, subiu na borda e veio até eles, guinchando. Estava agora a apenas três metros de distância.

– Ah, meu Deus – disse Gennaro. Contudo, imediatamente um dos adultos se adiantou, ergueu a cabeça e com gentileza empurrou o bebê para voltar. O bebê piou em protesto, depois pulou, ficando de pé sobre o focinho do adulto. O adulto se movimentou devagar, permitindo ao bebê subir sobre sua cabeça, descer pelo pescoço e ir até suas costas. Desse ponto protegido, o bebê se virou e piou barulhentamente para os três intrusos.

Os adultos pareciam ainda não os ter notado.

– Não entendo – murmurou Gennaro. – Por que eles não estão atacando?

Grant balançou a cabeça.

– Não devem estar nos vendo. E não há nenhum ovo aqui no momento... Isso os deixa mais relaxados.

– *Relaxados?* – perguntou Gennaro. – Por quanto tempo precisamos ficar aqui?

– Tempo suficiente para fazer a contagem – respondeu Grant.

Pelo ponto de vista de Grant, havia três ninhos, cuidados por três conjuntos de pais. A divisão de território era centralizada, *grosso modo*, ao redor dos ninhos, embora a cria parecesse se misturar e correr em territórios diferentes. Os adultos eram gentis com os pequenos e mais duros com os jovens, ocasionalmente ameaçando os segundos quando eles brincavam de forma muito violenta.

Naquele momento, um raptor jovem veio até Ellie e esfregou a cabeça contra a perna dela. Ela olhou para baixo e viu a coleira de couro com a caixa preta. Estava úmida em um ponto. E havia esfolado a pele do jovem animal.

O jovem choramingou.

Na grande sala lá embaixo, um dos adultos virou-se curiosamente na direção do som.

– Acha que eu posso retirá-la? – perguntou ela.

– Só faça isso rápido.

– Certinho – disse ela, agachando-se ao lado do pequeno animal. Ele choramingou de novo.

Os adultos fungaram, mexendo as cabeças.

Ellie afagou o pequeno jovem, tentando acalmá-lo para aquietar suas reclamações. Ela levou as mãos até a coleira de couro, ergueu a faixa de velcro com um som que se assemelhava a algo sendo rasgado. Os adultos viraram as cabeças.

Em seguida, um deles começou a vir na direção dela.

– Ah, *merda* – disse Gennaro, baixinho.

– Não se mexa – instruiu Grant. – Fique calmo.

O adulto passou por eles, os longos dedos de seus pés batendo no concreto. O animal parou em frente a Ellie, que continuava agachada ao lado do jovem, atrás de uma caixa de aço. O animalzinho estava exposto e a mão de Ellie ainda estava na coleira. O adulto ergueu a cabeça e farejou o ar. A enorme cabeça do adulto estava bem próxima à mão dela, mas ele não pareceu vê-la por causa da caixa. Uma língua surgiu, hesitante.

Grant pegou uma granada de gás, retirou-a de seu cinto e colocou o polegar no pino. Gennaro estendeu uma das mãos, contendo-o, e indicou Ellie.

Ela não estava usando sua máscara.

Grant abandonou a granada, pegou o bastão de choque. O adulto ainda estava muito perto de Ellie.

Ellie soltou a faixa de couro. O metal da fivela retiniu no concreto. A cabeça do adulto recuou minimamente, e então se inclinou para o lado, curiosa. Estava adiantando-se outra vez para investigar quando o pequeno jovem guinchou, feliz, e correu para longe. O adulto permaneceu junto de Ellie. E então finalmente se virou e voltou para o meio do ninho.

Gennaro soltou um longo suspiro.

– Deus do céu. Podemos ir embora?

– Não – respondeu Grant. – Mas acho que podemos trabalhar um pouco agora.

* * *

Sob o brilho verde fosforescente dos óculos de visão noturna, Grant espiou o interior do recinto de onde estava, na borda, olhando para o primeiro ninho. Era feito de lama e palha, no formato de uma cesta ampla e rasa. Ele contou os restos de quatorze ovos. Obviamente, ele não contou as cascas àquela distância, e, de qualquer forma, elas havia muito tinham se quebrado e se espalhado pelo chão, mas ele pôde contar os afundamentos na lama. Aparentemente, os raptors faziam seus ninhos pouco antes de botar os ovos, e os ovos deixavam uma impressão permanente na lama. Ele também viu evidência de que pelo menos um deles tinha se quebrado. Contabilizou treze animais.

O segundo ninho havia se partido ao meio. Mas Grant estimava que tivesse nove cascas de ovos. O terceiro ninho tinha quinze ovos, mas parecia que haviam se partido antes da hora.

– Qual é o total? – perguntou Gennaro.

– Trinta e quatro nascidos – respondeu Grant.

– E quantos você vê?

Grant balançou a cabeça. Os animais estavam correndo por todo o interior do espaço cavernoso, disparando para dentro e para fora da luz.

– Estive observando – disse Ellie, passando sua lanterna pela caderneta. – Seria preciso tirar fotos para ter certeza, mas as marcas nos focinhos dos bebês são todas diferentes. Minha contagem é de 33.

– E jovens?

– Vinte e dois. Mas, Alan, você notou algo estranho neles?

– Como o quê? – murmurou Alan.

– Como eles se acomodam no espaço disponível. Eles caem em um tipo de padrão ou arranjo na sala.

Grant franziu o cenho. Ele disse:

– Está bem escuro...

– Não, veja. Veja por você mesmo. Observe os menores. Quando eles estão brincando, eles rolam e correm em todas as direções. No entanto, quando não estão, quando os bebês estão apenas de pé por aí, note como eles orientam seus corpos. Eles ficam de frente para a parede, ou para a parede oposta. É como se eles se enfileirassem.

– Não sei, Ellie. Você acha que há uma metaestrutura na colônia? Como as abelhas?

– Não, não exatamente – respondeu ela. – É mais sutil do que isso. É apenas uma tendência.

– E os bebês fazem isso?

– Não. Todos eles fazem. Os adultos também. Observe-os. Estou dizendo, eles se enfileiram.

Grant franziu a testa. Parecia que ela tinha razão. Os animais se envolviam em todo tipo de comportamento, mas durante as pausas, em momentos nos quais estavam apenas observando ou relaxando, eles pareciam se orientar de modos particulares, quase como se houvesse linhas invisíveis no solo.

– Não faço ideia do motivo – disse Grant. – Talvez haja uma brisa...

– Eu não sinto nada, Alan.

– O que eles estão fazendo? Algum tipo de organização social expressa como estrutura espacial?

– Não faria sentido – disse ela. – Porque todos eles fazem isso.

Gennaro virou seu relógio.

– Eu sabia que essa coisa seria útil algum dia.

Por baixo do mostrador do relógio havia uma bússola.

– Você usa muito isso no tribunal? – perguntou Grant.

– Não. – Gennaro balançou a cabeça. – Minha esposa me deu isso de aniversário. – Ele olhou para a bússola. – Bem, eles não estão se alinhando de acordo com nada... Acho que estão meio que na direção nordeste-sudoeste, algo assim.

Ellie disse:

– Talvez estejam ouvindo algo, virando as cabeças para poder escutar melhor...

Grant franziu o cenho.

– Ou talvez seja algum comportamento ritual – disse ela. – Comportamento específico dessa espécie que serve para identificação. Mas talvez não tenha nenhum significado maior. – Ellie suspirou. – Ou talvez eles sejam esquisitos. Talvez dinossauros sejam esquisitos. Ou talvez seja um tipo de comunicação.

Grant estava pensando a mesma coisa. Abelhas podiam se comunicar espacialmente, ao fazer um tipo de dança. Talvez dinossauros pudessem fazer o mesmo.

Gennaro os observou e disse:

– Por que eles não vão lá para fora?

– Eles são notívagos.

– Certo, mas parece quase como se eles estivessem se escondendo.

Grant encolheu os ombros. No momento seguinte, os bebês começaram a guinchar e pular, excitados. Os adultos os observaram curiosamente por um instante. E então, com piados e gritos que ecoaram no local escuro e cavernoso, todos os dinossauros se viraram e correram, descendo pelo túnel de concreto para a escuridão ainda mais distante.

HAMMOND

John Hammond sentou-se lentamente e com dificuldade na terra úmida da encosta, e tentou recuperar o fôlego. Deus do céu, como estava calor, pensou ele. Quente e úmido. Ele sentia como se respirasse através de uma esponja.

Olhou para a trilha do riacho, agora doze metros abaixo dele. Parecia fazer horas desde que ele deixara a água corrente e começara a subir a encosta. Seu tornozelo estava agora inchado e roxo-escuro. Não podia colocar peso nenhum sobre ele. Foi forçado a subir pulando com a outra perna, que agora queimava de dor pelo esforço.

E estava com sede. Antes de deixar o riacho para trás, ele tinha bebido um pouco de água, apesar de saber que isso não era inteligente. Agora sentia-se zonzo e o mundo às vezes girava ao seu redor. Estava tendo problemas com seu equilíbrio. Entretanto, sabia que precisava subir a encosta e retornar à trilha lá em cima. Hammond pensou ter ouvido passos na trilha diversas vezes durante a última hora, e todas as vezes ele gritara por ajuda. Porém, de alguma forma, sua voz não reverberava o bastante; ele não foi resgatado. E assim, enquanto a tarde se acabava, ele começou a perceber que teria que escalar a encosta, com a perna ferida ou não. E era isso o que ele estava fazendo agora.

Aquelas malditas crianças.

Hammond balançou a cabeça, tentando clareá-la. Estava subindo havia mais de uma hora e só percorrera um terço da distância da encosta. E estava cansado, ofegando como um cachorro velho. Sua perna latejava. Ele estava zonzo. É claro, ele sabia perfeitamente bem que não corria perigo – quase era possível ver seu bangalô, pelo amor de Deus –, mas tinha que admitir que estava cansado. Sentado na encosta, descobriu que na verdade não queria mais se mover.

E por que não deveria estar cansado?, pensou ele. Tinha 76 anos. Essa não era a idade para ficar subindo em encostas. Mesmo que Hammond estivesse em condições excelentes para um septuagenário. Pessoalmente, esperava viver até os cem anos. Era só uma questão de cuidar de si mesmo, de cuidar das coisas conforme elas iam surgindo. Certamente ele tinha muitas razões para viver. Outros parques para construir. Outras maravilhas para criar...

Ele ouviu um guincho, e então um som de piado. Algum tipo de pássaro pequeno, saltando pelos arbustos baixos. Estivera ouvindo pequenos animais a tarde toda. Havia todo tipo de coisa ali: ratos, gambás, cobras.

Os guinchos ficaram mais altos e pequenos montinhos de terra rolaram pela encosta perto ele. Alguma coisa se aproximava. Então ele viu um animal verde-escuro descer a colina aos saltos na direção dele – e outro, e outro.

Comps, pensou ele com um calafrio.

Carniceiros.

Os comps não pareciam perigosos. Tinham o tamanho de uma galinha, e movimentavam-se para cima e para baixo com pequenos trancos nervosos, como galinhas. Mas ele sabia que eram venenosos. Suas mordidas tinham um veneno de ação lenta que eles usavam para matar animais aleijados.

Animais aleijados, pensou ele, franzindo o cenho.

O primeiro dos comps se empoleirou na encosta, fitando-o. Ele ficou a 1,5 metro dele, além de seu alcance, e apenas observou. Outros desceram logo depois, e ficaram em fila. Assistindo. Eles saltavam para cima e para baixo, piavam e acenavam suas mãozinhas com garras.

– Xô! Caiam fora! – gritou ele, jogando uma pedra.

Os comps recuaram, mas apenas trinta ou cinquenta centímetros. Não tinham medo. Pareciam saber que ele não podia machucá-los.

Com raiva, Hammond arrancou um galho de uma árvore e golpeou-os com ele. Os comps se desviaram, morderam as folhas e guincharam, felizes. Eles pareciam achar que ele estava fazendo algum tipo de brincadeira.

Ele pensou outra vez sobre o veneno. Lembrou-se de que um dos cuidadores de animais tinha sido mordido por um comp enjaulado. O cuidador disse que o veneno era como um narcótico: pacífico, como um sonho. Nenhuma dor.

Ele só queria ir dormir.

Pare com essa palhaçada, pensou ele. Hammond apanhou uma pedra, mirou com cuidado e lançou-a, atingindo um comp diretamente no peito. O animalzinho gritou, alarmado, enquanto era derrubado para trás e rolava sobre a própria cauda. Os outros animais imediatamente se afastaram.

Melhor.

Hammond se virou e começou a subir a colina outra vez. Segurando galhos nas duas mãos, ele pulava sobre a perna esquerda, sentindo a dor na coxa. Não tinha andado mais do que três metros quando um dos comps saltou em suas costas. Ele agitou os braços loucamente, derrubando o animal, porém perdeu o equilíbrio e deslizou ladeira abaixo. Quando parou, um segundo comp se adiantou e deu uma mordidinha em sua mão. Ele olhou horrorizado, vendo o sangue fluir sobre seus dedos. Virou-se e começou de novo a subir a encosta.

Outro comp saltou para o seu ombro e ele sentiu uma breve dor quando o bicho mordeu sua nuca. Hammond gritou e deslocou o animal com um tapa. Virou-se para enfrentar os animais, respirando forte, e eles o cercaram, pulando para cima e para baixo e inclinando as cabeças, observando-o. Da mordida em seu pescoço ele sentiu o calor fluir sobre seus ombros, escorrendo pela coluna.

Deitado de costas na colina, ele começou a se sentir estranhamente relaxado, desligado de si mesmo. Mas percebeu que não havia nada de errado. Nenhum engano tinha sido cometido. Malcolm estava bastante errado em sua análise. Hammond deitava-se muito quieto, tão quieto quanto um bebê em seu berço, e sentia-se maravilhosamente em paz. Quando o comp seguinte veio e mordeu-lhe o tornozelo, ele fez apenas um esforço vago para afastá-lo com um chute. Os animaizinhos se aproximaram. Logo estavam piando ao redor dele, como animados pássaros. Ele ergueu a cabeça quando outro comp saltou em seu peito, um animal surpreendentemente leve e delicado. Hammond sentiu apenas uma dor suave, muito suave, quando o comp se abaixou para morder seu pescoço.

A PRAIA

Perseguindo os dinossauros, seguindo as curvas e subidas de concreto, Grant subitamente irrompeu por uma abertura cavernosa e encontrou-se de pé na praia, olhando para o Oceano Pacífico. Por toda a sua volta, os jovens velocirraptors corriam e chutavam a areia. No entanto, um por um, os animais recuaram para a sombra das palmeiras à beira do manguezal, e ali permaneciam, alinhados em seu estilo peculiar, observando o oceano. Eles fitavam fixamente o sul.

– Eu não compreendo – disse Gennaro.

– Eu também não – concordou Grant –, exceto que eles claramente não gostam do sol.

Não estava muito ensolarado na praia; uma leve névoa soprava e o oceano estava obscurecido. Mas por que eles haviam deixado o ninho subitamente? O que trouxera a colônia inteira para a praia?

Gennaro virou o mostrador em seu relógio e olhou para o modo como os animais se alinhavam.

– Nordeste-sudoeste. Do mesmo jeito que antes.

Atrás da praia, mais fundo na floresta, eles ouviam o zumbido da cerca eletrificada.

– Ao menos sabemos como eles saem da cerca – disse Ellie.

Então ouviram o pulsar de motores marinhos a diesel e, através da cerração, viram um navio surgir ao sul. Um grande cargueiro, movendo-se lentamente para o norte.

– Então é por isso que eles saem? – perguntou Gennaro.

Grant assentiu.

– Devem ter escutado o navio chegando.

Enquanto o cargueiro passava, todos os animais observavam, em silêncio, exceto por um guincho ou piado ocasional. Grant ficou espantado pela coordenação do comportamento deles, a maneira como se moviam e agiam em um grupo. Mas talvez não fosse tão misterioso de fato. Em sua mente, ele revisou a sequência de eventos que começara na caverna.

Primeiro os bebês tinham ficado agitados. Em seguida, os adultos notaram. E finalmente todos os animais dispararam para a praia. Aquela sequência parecia implicar que os animais mais jovens, com melhor audição, haviam detectado o barco primeiro. Então os adultos levaram a tropa para fora, para a praia. E enquanto Grant olhava, via que os adultos estavam no comando agora. Havia uma clara organização espacial pela praia, e, conforme os animais sossegavam, ela já não era solta e mutante como havia sido lá dentro. Em vez disso, era bastante regular, quase estrita. O espaço entre os adultos era de cerca de nove metros, e cada adulto estava cercado por uma porção de bebês. Os jovens posicionavam-se entre os adultos, levemente adiante deles.

Mas Grant também viu que nem todos os adultos eram iguais. Havia uma fêmea com uma faixa muito distinta ao longo da cabeça e ela estava exatamente no meio do grupo espalhado pela praia. Aquela mesma fêmea também ficava no centro da área dos ninhos. Ele adivinhou que, como certos grupos de macacos, os raptors eram organizados em uma ordem matriarcal, e que aquele animal listrado era a fêmea alfa da colônia. Os machos, ele notou, estavam dispostos defensivamente no perímetro do grupo.

Todavia, ao contrário dos macacos, organizados de modo solto e flexível, os dinossauros se assentaram em um arranjo rígido – quase como uma formação militar. E havia, também, a estranheza da orientação espacial nordeste-sudoeste. Isso estava além da compreensão de Grant. Contudo, por outro lado, ele não estava surpreso. Paleontólogos vinham escavando ossos há tanto tempo que tinham se esquecido o quão pouco de informação podiam angariar de um esqueleto. Ossos podiam dizer algo sobre a aparência geral de um animal, sua altura e peso. Podiam dizer algo sobre como os músculos se conectavam e, assim, algo superficial sobre o comportamento do animal durante sua vida. Podiam dar pistas para as poucas doenças que afetavam o osso. Mas um esqueleto era algo realmente pobre em tentativas de dedução do comportamento total de um organismo.

Como ossos eram tudo o que os paleontólogos tinham, ossos foram o que eles haviam usado. Como outros paleontólogos, Grant se tornara muito hábil em trabalhar com esse material. E, em algum ponto do caminho, ele começou a esquecer as possibilidades impossíveis de se provar: que os dinossauros podiam ser animais realmente diferentes, que podiam possuir comportamento e vida social organizados em linhas que eram completamente misteriosas para seus descendentes posteriores, os mamíferos. Que, considerando-se o fato de dinossauros serem em essência pássaros...

– Ah, meu Deus – disse Grant.

Ele encarou os raptors, espalhados pela praia em uma formação rígida, silenciosamente observando o navio. E de súbito compreendeu para o que estava olhando.

– Esses animais – disse Gennaro, balançando a cabeça – estão mesmo desesperados para escapar daqui.

– Não – respondeu Grant. – Eles não querem escapar em absoluto.

– Não?

– Não – continuou Grant. – Eles querem migrar.

A ESCURIDÃO SE APROXIMA

– Migração! – disse Ellie. – Isso é fantástico!

– Sim – concordou Grant. Ele sorria.

Ellie disse:

– Para onde você supõe que eles desejem ir?

– Não sei – respondeu Grant.

E então os grandes helicópteros irromperam da névoa, fazendo barulho e girando sobre a paisagem, suas barrigas pesadas de armamento. Os raptors se espalharam, alarmados, quando um dos helicópteros circulou de volta, seguindo a linha da arrebentação, e então moveu-se para a terra da praia. A porta foi aberta e soldados em uniforme verde-oliva vieram correndo na direção deles. Grant ouviu o rápido matraquear de vozes em espanhol e viu que Muldoon já estava a bordo com as crianças. Um dos soldados disse em inglês:

– Por favor, venha conosco. Por favor, não há tempo a perder.

Grant olhou para trás, para a praia onde os raptors tinham estado, mas todos eles haviam sumido. Todos os animais haviam desaparecido. Era como se eles nunca tivessem existido. Os soldados o puxavam e ele se permitiu ser levado sob as lâminas que batiam e embarcou pela grande porta. Muldoon inclinou-se e gritou no ouvido de Grant:

– Eles nos querem fora daqui agora. Vão fazer aquilo agora!

Os soldados empurraram Grant, Ellie e Gennaro em assentos e os ajudaram a prender o cinto de segurança. Tim e Lex acenaram e ele subitamente viu como ambos eram jovens e quanto estavam exaustos. Lex bocejava, apoiando-se contra o ombro do irmão.

Um oficial veio até Grant e gritou:

– *Señor,* é o senhor que está no comando?

– Não – respondeu Grant. – Eu não estou no comando.

– Quem está no comando, por favor?

– Não sei.

O oficial foi até Gennaro e fez a mesma pergunta:

– O senhor está no comando?

– Não – disse Gennaro.

O oficial olhou para Ellie, mas não disse nada. A porta foi deixada aberta enquanto o helicóptero se afastava da praia, e Grant inclinou-se para fora para ver se podia dar uma última olhada nos raptors, mas o helicóptero já estava acima das palmeiras, movendo-se ao norte por cima da ilha.

Grant inclinou-se para junto de Muldoon e gritou:

– E os outros?

Muldoon gritou:

– Eles já evacuaram Harding e alguns trabalhadores. Hammond sofreu um acidente. Encontraram-no na colina perto de seu bangalô. Deve ter caído.

– Ele está bem? – perguntou Grant.

– Não. Os comps o pegaram.

– E o Malcolm?

Muldoon balançou a cabeça negativamente.

Grant estava cansado demais para sentir muita coisa. Ele se voltou e olhou para fora pela porta. Estava escurecendo agora e, na luz que desaparecia, ele mal pôde ver o pequeno rex, suas mandíbulas ensanguentadas, agachado sobre um hadrossauro às margens da lagoa e olhando para cima, para o helicóptero, e rugindo enquanto ele passava.

Em algum lugar atrás deles, ouviram explosões. Então viram outro helicóptero adiante circulando pela névoa acima do centro de visitantes, e um momento depois o prédio explodiu em uma brilhante bola de fogo laranja, quando Lex começou a chorar. Ellie colocou o braço em volta dela e tentou convencê-la a não olhar.

Grant olhava para o chão e teve um último vislumbre dos hipsilofodontes, saltando graciosamente como gazelas, instantes antes de outra explosão iluminá-los em um clarão sob o helicóptero. A nave ganhou altitude e moveu-se para o leste, por cima do oceano.

Grant recostou-se em seu assento. Pensou nos dinossauros de pé na praia, e imaginou para onde eles migrariam se pudessem, e percebeu que jamais saberia, e sentiu-se triste e aliviado ao mesmo tempo.

O oficial aproximou-se mais uma vez, inclinando-se junto ao rosto dele.

– Você está no comando?

– Não – respondeu Grant.

– Por favor, *señor,* quem está no comando?

– Ninguém – disse Grant.

O helicóptero ganhou velocidade enquanto se dirigia para o continente. Estava frio agora e os soldados lutaram para manter a porta fechada. Enquanto faziam isso, Grant olhou para fora só mais uma vez e viu a ilha contra céu e mar profundamente púrpura, envolta em uma neblina profunda que borrava as explosões brancas de calor que disparavam rapidamente, uma após a outra, até parecer que a ilha toda estava reluzindo, um ponto brilhante que encolhia na noite a escurecer.

EPÍLOGO

SAN JOSÉ

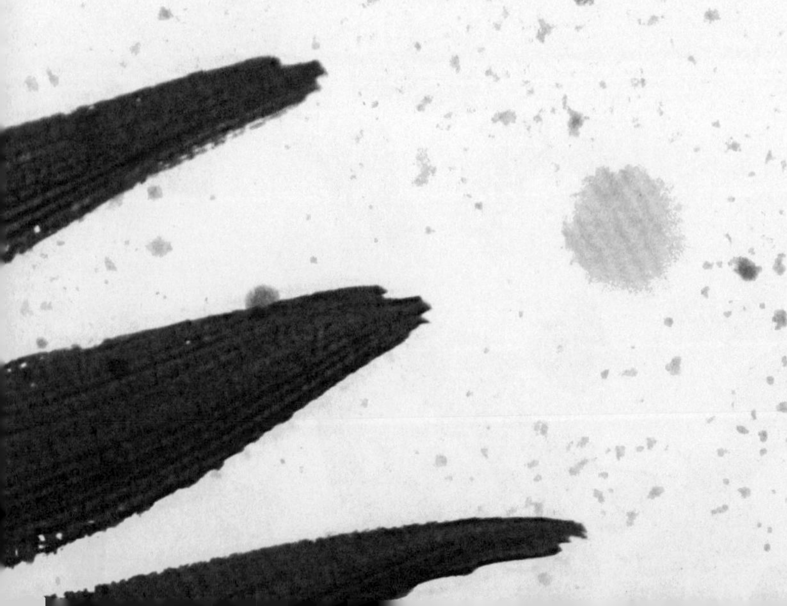

Dias se passaram. O governo foi solícito e os colocou em um belo hotel em San José. Eles eram livres para ir e vir e para telefonar para quem quisessem. Mas não tinham permissão para deixar o país. A cada dia, um jovem da Embaixada Americana vinha visitá-los para perguntar se eles precisavam de alguma coisa e explicar que Washington estava fazendo tudo em seu poder para acelerar a partida deles. No entanto, era fato que muitas pessoas haviam morrido em um território costa-riquenho. Era fato que um desastre ecológico tinha sido evitado por pouco. O governo da Costa Rica se sentia iludido e enganado por John Hammond e seus planos para a ilha. Devido às circunstâncias, o governo não estava disposto a liberar os sobreviventes com tanta facilidade. Sequer haviam permitido o enterro de Hammond ou Ian Malcolm. Eles simplesmente aguardavam.

A cada dia, Grant sentia que era levado a outro escritório do governo, onde era interrogado por outro oficial do governo, cortês e inteligente. Eles o fizeram repetir sua história vezes sem fim. Como Grant conhecera John Hammond. O que Grant sabia do projeto. Como Grant recebera o fax de Nova York. Por que Grant fora para a ilha. O que acontecera na ilha.

Os mesmos detalhes, muitas vezes, dia após dia. A mesma história.

Por um longo tempo, Grant pensou que eles achavam que estivesse mentindo, e que havia algo que eles queriam que ele contasse, embora ele não pudesse imaginar o que fosse. Contudo, por algum estranho motivo, eles pareciam estar aguardando.

Finalmente, uma tarde, ele estava sentado junto à piscina do hotel olhando Tim e Lex jogarem água um no outro, quando um americano em roupas cáqui se aproximou.

– Nós nunca nos encontramos – disse o americano. – Meu nome é Marty Guitierrez. Sou um pesquisador aqui da estação Carara.

– Foi você que encontrou o espécime original do *Procompsognathus* – disse Grant.

– Isso mesmo. – Guitierrez sentou-se perto dele. – O senhor deve estar ansioso para ir para casa.

– Estou – respondeu Grant. – Tenho apenas mais alguns dias para escavar antes da chegada do inverno. Em Montana, sabe, a primeira neve geralmente cai em agosto.

– É por isso que a Fundação Hammond apoiava escavações ao norte? Porque material genético intacto de dinossauros era mais provável de ser recuperado em climas frios?

– Acredito que sim, é o que eu presumo.

Guitierrez anuiu.

– Ele era um homem esperto, o sr. Hammond.

Grant não disse nada. Guitierrez recostou-se na espreguiçadeira.

– As autoridades não vão lhe dizer – disse Guitierrez, finalmente –, porque estão com medo, e talvez um pouco ressentidas do senhor, pelo que fez, mas algo muito peculiar está acontecendo nas regiões rurais.

– As mordidas nos bebês?

– Não; felizmente, isso parou de acontecer. Mas outra coisa. Nessa primavera, na seção de Ismaloya, que fica ao norte, alguns animais desconhecidos comeram as colheitas de um modo bem estranho. Eles se moveram a cada dia em uma linha reta, quase tão reta quanto uma seta, da costa para as montanhas e dali, para a selva.

Grant endireitou-se na cadeira.

– Parece uma migração – disse Guitierrez. – Você não acha?

– Quais colheitas? – perguntou Grant.

– Bem, isso foi estranho. Eles comiam apenas feijão e soja e, às vezes, galinhas.

– Comidas ricas em lisina. O que aconteceu com esses animais?

– Presumivelmente – respondeu Guitierrez –, entraram na selva. De qualquer forma, não foram encontrados. É claro, seria difícil procurar por eles na selva. Uma equipe de busca poderia passar anos nas montanhas Ismaloya e voltar sem nada.

– E nós estamos sendo mantidos aqui porque...

Guitierrez deu de ombros.

– O governo está preocupado. Talvez haja mais animais. Mais problemas. Eles estão sendo cautelosos.

– Você acha que há mais animais?

– Não consigo dizer. O senhor consegue?

– Não – respondeu Grant. – Não consigo.

– Mas suspeita?

Grant assentiu.

– Possivelmente há. Sim.

– Eu concordo.

Guitierrez levantou-se da cadeira. Acenou para Tim e Lex, brincando na piscina.

– Eles provavelmente vão mandar as crianças para casa – disse ele. – Não há razão para não fazer isso. – Ele colocou os óculos de sol. – Desfrute sua estadia conosco, dr. Grant. Este é um país adorável.

– Está me dizendo que não vamos a lugar nenhum?

– Nenhum de nós vai a lugar nenhum, dr. Grant – disse Guitierrez, sorrindo. E então se virou e voltou para a entrada do hotel.

AGRADECIMENTOS

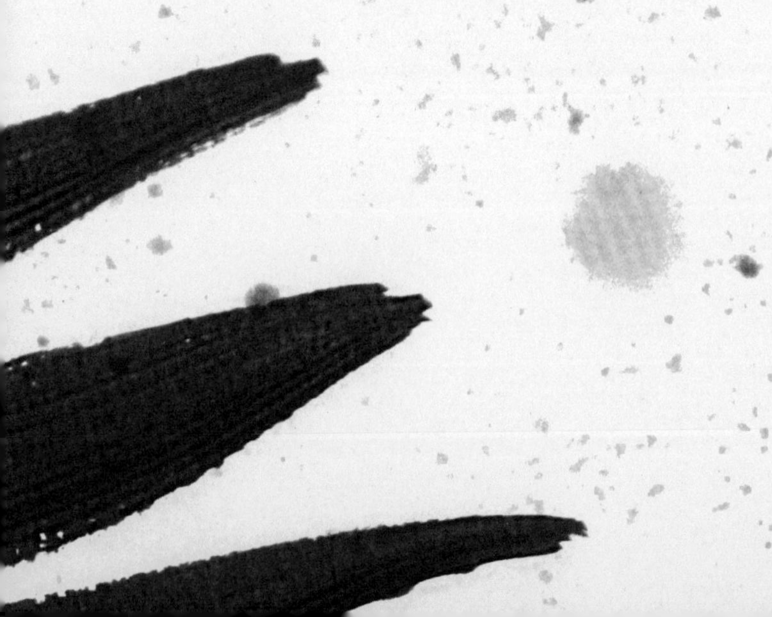

Durante a preparação deste livro, inspirei-me no trabalho de vários paleontólogos eminentes, particularmente Robert Bakker, John Horner, John Ostrom e Gregory Paul. Também usei os esforços da nova geração de ilustradores, inclusive Kenneth Carpenter, Margaret Colbert, Stephen e Sylvia Czerkas, John Gurche, Mark Hallett, Douglas Henderson e William Stout, cujas reconstruções incorporam a nova percepção de como os dinossauros se comportavam.

Certas ideias apresentadas aqui sobre o paleo-DNA, o material genético de animais extintos, foram articuladas pela primeira vez por Charles Pellegrino, baseadas na pesquisa de George O. Poinar Jr. e Roberta Hess, que formavam o Grupo de Estudo de DNA Extinto em Berkeley. Algumas discussões sobre a teoria do caos derivam em parte dos comentário de Ivar Ekeland e James Gleick. Os programas de computador de Bob Gross inspiraram alguns dos gráficos. O trabalho do falecido Heinz Pagels provocou Ian Malcolm.

Contudo, este livro é inteiramente ficcional, e os pontos de vista expressos aqui são os meus próprios, assim como quaisquer erros factuais existentes no texto.

ENTREVISTA

JURASSIC PARK

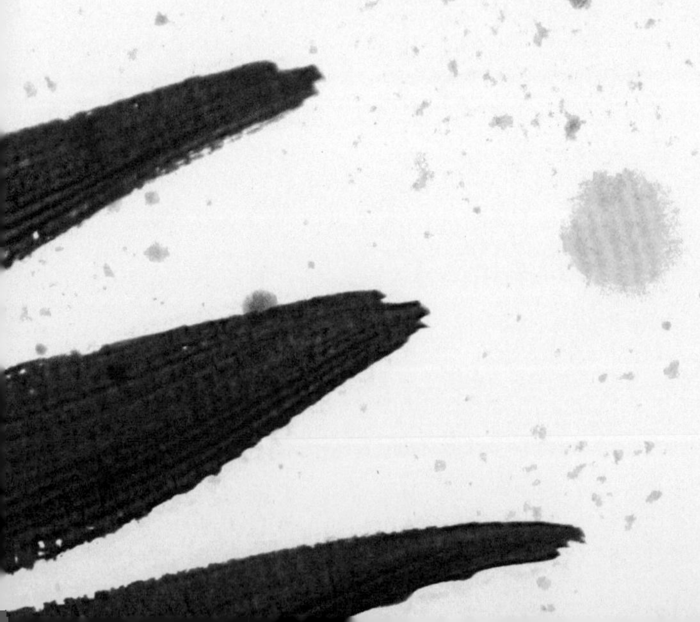

Michael Crichton fala sobre a adaptação de seu romance para o cinema

POR STEVE BIODROWSKI
Cinefantastique, 1º de agosto de 1993

"Paradigma" é apenas outra palavra para um modelo; porém, do modo como os cientistas a utilizam, ela significa algo a mais, uma visão de mundo. Uma maneira maior de ver o mundo. Diz-se que ocorre uma mudança de paradigma sempre que a ciência faz uma grande transformação em sua forma de enxergar o mundo.

MICHAEL CRICHTON, autor de *Jurassic Park*

Em seu romance *Jurassic Park*, Michael Crichton quase – ou assim pode parecer a um leitor descuidado – reinventa o enredo tradicional de ficção científica, no qual se retrata o caos que emerge quando cientistas mexem em coisas com as quais não deveriam. Contudo, em vez de nos dizer que há algumas coisas que o homem não deveria saber, *Jurassic Park* nos diz que existem coisas que não *temos* como saber. O enredo do desastre que engolfa o parque ilustra o próprio tema do livro: ele mostra que existem limites para nossas habilidades de compreender e controlar o mundo e que a ciência, cuja premissa é justamente a de que podemos compreender e controlar tudo, é um sistema ultrapassado que precisa ser substituído por um novo paradigma.

É claro que não é isso que vai atrair o público aos cinemas neste verão[1]. As pessoas irão assistir ao filme porque querem ver dinossauros rugindo e destruindo tudo na telona. E, na verdade, Crichton concebeu originalmente sua história de clonagem de dinossauros como um roteiro, sem o tema nas entrelinhas. "Eu me interessei pela

1 O filme *Jurassic Park* (no Brasil, *Jurassic Park: o parque dos dinossauros*), dirigido por Steven Spielberg, foi lançado em junho de 1993.

ideia de se obter o DNA de dinossauros e de se clonar um dinossauro ainda em 1983", ele relembra seu esforço inicial. "O roteiro não funcionou, e eu apenas esperei para ver se algum dia descobriria como fazê-lo funcionar. Levou alguns anos."

"Era uma história muito diferente", disse Crichton sobre o roteiro original. "Era sobre a pessoa que fez a clonagem, trabalhando sozinha e em segredo. Mas simplesmente não era satisfatório. A conclusão real, para mim, foi que o que se deseja mesmo em uma história assim é ter um tipo de ambiente natural, no qual as pessoas e os dinossauros possam estar juntos. Você quer aquilo que nunca aconteceu na história: gente na floresta e nos pântanos simultaneamente aos dinossauros. Assim que essa ideia começou a ditar como a história seguiria, todo o resto se encaixou, porque havia certas coisas que eu queria evitar, como dinossauros na cidade de Nova York – isso já tinha sido feito."

Trabalhando com esse novo recorte na história, Crichton optou por escrever um romance. "Não revisei o roteiro", disse ele. "Quando finalmente comecei a fazer isso, havia outras considerações. A mais importante era de que não estava claro que alguém algum dia fosse transformar essa história em um filme, pois seria muito caro. Portanto, um jeito de conseguir terminar essa história era escrever um livro. Eu podia fazer isso."

Apesar das origens da história como um roteiro, o romance explica seu material temático em profundidade, principalmente por meio do personagem Ian Malcolm, interpretado por Jeff Goldblum no filme, um matemático cuja teoria homônima, "o Efeito Malcolm", prevê o fracasso do parque. Obviamente, esse material precisou ser condensado ou apagado quando a história completou seu ciclo e voltou a ser um roteiro. "Sou da opinião de que livros devem ser o melhor possível enquanto livros, e que você não deve se preocupar com o que o filme vai fazer depois", diz Crichton sobre sua abordagem nada cinematográfica, o que faz o romance se destacar como uma obra com qualidades muito próprias, em vez de apenas um degrau rumo a um contrato cinematográfico. "Nos filmes, até mesmo um pequeno diálogo desse tipo poderia durar muito tempo. Um filme como *Jurassic Park* não tem o formato adequado a discussões extensas sobre o paradigma científico."

Crichton fez vários rascunhos de roteiro para Spielberg, mantendo os traços básicos de seu romance, mas de forma mais condensada. "Acho que a sensação de todos foi a de que haviam gostado do livro em sua forma e em sua estrutura gerais, e de que queriam manter isso. Então, a questão foi como passá-lo para o filme, já que existem algumas partes – embora não haja uma quantidade imensa delas – em que fica claro que você não pode apenas retirar a ideia diretamente da página e manter a estrutura. Foi uma questão de cortar e tentar manter as coisas do original, porém simplificando-as."

Descrevendo um pouco mais do processo de adaptação, Crichton destacou que "é um livro razoavelmente longo, e o roteiro só poderia conter algo entre dez e vinte por cento do conteúdo. Assim, o que estávamos tentando fazer é contar em uma história curta, como um conto, algo que reproduzisse a qualidade do romance e mantivesse todas as grandes cenas, seguindo o fluxo lógico que aparecia no argumento original, muito maior e mais extenso".

"Um problema similar tem a ver com o que se pode chamar de 'coisas viscerais'", disse o autor-adaptador. "Você pode ter descrições sanguinolentas em um livro, porque cada pessoa é seu próprio projecionista. Eu sempre achei desaconselhável fazer isso em um filme, porque retira o espectador dele. Assim que você vê entranhas, imediatamente pensa: 'Onde eles arranjaram isso? Como eles fizeram?'. Você não acredita nem por um instante que aquilo esteja acontecendo de verdade. Vejo essa questão como um problema insolúvel à apresentação de vísceras, mas o filme sabiamente não faz isso. Eu também acho que a violência explícita serve a um propósito diferente [no livro]. Você não tem certas vantagens que um filme teria, então, de certa forma, a violência é um jeito de dizer: 'Esses são dinossauros verdadeiros, e leve-os a sério, ó Leitor'. No filme, se eles estiverem maravilhosos, então você os leva a sério; não precisa vê-los dilacerando pessoas. Sua decisão de levá-los a sério se baseia em outras coisas; assim, [violência gráfica é] desnecessária."

No processo adaptativo, Crichton foi forçado a abandonar diversas cenas que gostaria de ter mantido; contudo, sua experiência prévia como roteirista o ensinou a ser ponderado sobre o processo. Crichton notou: "Cenas entraram por todo tipo de motivos: orçamento, razões práticas, no sentido de que eram difíceis de executar; elas saíram devido à crença de que eram repetitivas de alguma maneira. Mas acho que a razão principal que dirige isso é o orçamento. Você precisa parar em algum ponto e, onde quer que você pare, vai ter gente dizendo: 'Ah, essa era minha cena favorita e não entrou'".

Embora escritores às vezes adaptem seus próprios romances para a telona, de modo a proteger sua obra das mãos de cineastas atrapalhados, essa não era a intenção de Crichton; na verdade, ele não pretendia, de início, fazer pessoalmente a adaptação. "Eu não tinha em mente fazer o roteiro, mas Steven [Spielberg] disse: 'Nós precisamos muito que alguém corte isso até chegar a um formato administrável para sabermos o que construir, e tem de ser rápido'. Eu disse: 'Tenho a vantagem de ter trabalhado com várias versões diferentes disso, então sei o que funciona; eu faço os cortes. Depois, quando você quiser polir os personagens, chame outra pessoa'. Eu realmente não podia ficar com o projeto por três anos; tinha outras coisas para fazer. Não queria mesmo fazer o roteiro; eu confiava bastante em Spielberg."

"Há algumas desvantagens em se ter o escritor original", prosseguiu Crichton. "As pessoas acham que os escritores se apaixonam por suas próprias palavras. Eu não tenho absolutamente nada disso. O que é difícil para mim é que, ao fazer uma história como essa, você faz vários rascunhos, mudando-a dramaticamente de um para o outro – ao menos foi o que aconteceu nesse livro. Então, você repensou tudo várias vezes; agora, precisa repensar de novo para um filme, e é duro ter de fazer isso tantas vezes. É difícil pegar os mesmos elementos, jogá-los para cima e rearranjá-los de novo, de novo e de novo."

Crichton tem confiança de que esses elementos foram rearrumados em uma ordem satisfatória. "Acho que será um filme sensacional", ele sugeriu, empolgado. "Algumas coisas vão deixar as pessoas muito impressionadas – elas não vão acreditar no que verão. Isso é sempre legal."

POSFÁCIO

por Marcelo Hessel

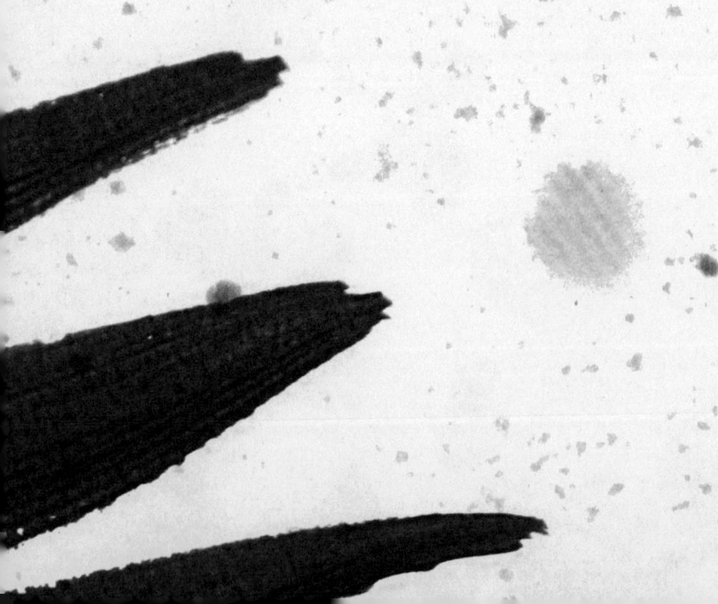

Um díptico de avessos

Michael Crichton começou a esboçar a ideia para *Jurassic Park* em 1983, ao escrever um roteiro sobre um estudante de graduação que conseguia clonar um pterodáctilo a partir do DNA extraído de um fóssil. Depois de decidir ambientar a trama em um parque temático, transformou o roteiro em romance, contado do ponto de vista de uma criança, um menino presente no parque quando os dinossauros fogem ao controle.

Em suas notas da época da publicação de *Jurassic Park*, em novembro de 1990, Crichton conta que todas as pessoas de sua confiança que leram o livro – cinco ou seis pessoas a quem ele encaminhava seus esboços – detestaram o resultado, uma unanimidade que ele diz raramente experimentar. Ninguém sabia precisar o que gerava a antipatia, que se repetia a cada nova versão do texto. Quando um dos leitores disse que detestara o livro porque esperava uma história sob a perspectiva de um adulto, com quem pudesse se identificar, Crichton transformou seu protagonista. Com um olhar adulto e relegando crianças a coadjuvantes, *Jurassic Park* magicamente se tornou um sucesso.

Toda essa história seria apenas mais uma entre tantos pequenos casos inglórios de como best-sellers são escritos e reescritos na base da tentativa e do erro, não fosse a figura de Steven Spielberg. O diretor de cinema tomou contato com *Jurassic Park* em 1989, quando discutia com Crichton um roteiro que se tornaria depois a premissa da série televisiva *ER – Plantão Médico*. Na mão de Spielberg – cineasta conhecido por um senso de encantamento e assombro que dialoga em seus filmes com os medos e as fantasias do imaginário infantil –, *Jurassic Park* voltou a assumir, presumivelmente, seu ponto de vista de origem.

Nessa oposição, o livro de 1990 e o filme de 1993 formam um díptico que ajuda a entender as particularidades das obras de Crichton e de Spielberg. Afinal, o que torna o filme, embalado pelos refrões triunfantes da trilha de John Williams, um conto tão formidável de deslumbre infantil com o perigo? E, ao mesmo tempo, o que faz do romance um exemplar tão eficiente do chamado *cautionary tale*, os contos admonitórios, em seu retrato sem ilusões do mundo dos adultos e, especificamente, do mundo dos homens?

A definição de filme-família

Inverter a lógica e partir do filme nesse comparativo faz sentido porque, enquanto o romance se almeja expansivo, tanto no discurso moral que tenta dar conta de todo o horror da bioengenharia irresponsável quanto na narrativa que envolve esferas sociais, acadêmicas e científicas distintas, Spielberg exercita a contenção. Seu filme se interioriza a cada instante, até se tornar apenas a história (bastante esperançosa, aliás) de como um homem, o paleontólogo Alan Grant, vivido pelo ator Sam Neill, enfim aceita a ordem natural das coisas e começa a nutrir a ideia de ser pai.

Um filme nuclear, afinal, para tratar da preservação dessa noção de um núcleo familiar tradicional, do qual a paleobotânica Ellie Sattler (vivida por Laura Dern) faz o papel velado de mãe para as duas crianças, Tim e Lex – todos eles personagens presentes no romance, embora com personalidades ocasionalmente diferentes. No filme, a estratégia da contenção começa pelas ambientações. As cenas fora da ilha – o resort onde Dennis Nedry (Wayne Knight) encontra o comprador, a área de escavação, a caverna do âmbar – são como espaços de exceção, "não lugares" para gente em trânsito, que não se habitam de fato. A ideia é se concentrar na Ilha Nublar como único hábitat, como se estivéssemos dentro de um globo de neve, onde tudo há de se resolver.

Elemento importante no livro, a questão das embarcações, da migração e do risco de acesso dos velocirraptors ao continente é deixada de lado no filme em nome da preservação desse ambiente fechado – o que traz consigo o espírito, caro aos filmes de Spielberg, de uma ameaça controlada e, por consequência, inofensiva. Que Crichton tivesse optado logo em seus primeiros rascunhos por um parque temático como cenário (ele justifica a escolha dizendo que a engenharia genética é dispendiosa e ninguém se inclinaria a clonar dinossauros se não fosse pelo desejo de entreter) resulta em uma espécie de premonição: a ideia de fuga segura dos parques de diversão encontra em Spielberg, em um filme acima de tudo de terrores fora de contexto, seu mais perfeito apologista.

Não é por acaso que, por anos, uma das atrações mais populares do parque temático do estúdio Universal fosse o tubarão do filme de 1975 de Spielberg. Seu *Jurassic Park* inclusive encontra, mais do que no livro, um Walt Disney reencarnado na figura do bilionário CEO da InGen, John Hammond, interpretado pelo ator e diretor Richard Attenborough. Duas passagens inexistentes no livro e escritas para o filme demarcam esse paralelo: quando Hammond explica a seus convidados o processo de clonagem usando uma mistura de live-action com personagens animados, bem à moda do criador de Mickey Mouse, e, mais tarde, quando a câmera passa pela lojinha de suvenires e mostra roupas com a marca do parque, outro traço inconfundível do conceito de Disneylândia.

"Traga meus netos de volta", pede o bilionário no auge do caos teorizado pelo matemático Ian Malcolm. Enquanto o John Hammond do livro tem a convicção cega de um dr. Moreau – o cientista que brinca de Deus no clássico conto admonitório *A ilha do dr. Moreau*, de H. G. Wells, antepassado legítimo de *Jurassic Park* –, o velho do filme nunca deixa de exercer, mesmo no desespero, seu papel bonachão de guia de excursão infantil.

Quando enfim esse pequeno núcleo disfuncional deixa a Ilha Nublar no filme – com o Ian Malcolm do ator Jeff Goldblum já devidamente removido de seu projeto galanteador e realocado na função do tio excêntrico da família –, a imagem de um pássaro voando ao lado do helicóptero traça uma relação bem leve com o desfecho do livro. Há uma transitoriedade em jogo ali, sim, quando a redoma se abre para o mundo lá fora, mas ela envolve não os dinossauros, a ética científica ou o futuro do capitalismo, mas as pessoas, seus valores e suas relações.

O mundo dos adultos

Embora o roteiro do filme tenha sido escrito por Michael Crichton em parceria com David Koepp, e boa parte desse esforço de contenção possa ser creditado ao autor (Crichton é conhecido por seus romances de curta duração, "para ler em um voo em substituição a um filme", ele dizia, e *Jurassic Park* foi o mais extenso de seus livros até o lançamento de *Assédio sexual* em 1994), a diferença de tom é notável entre a adaptação ao cinema e o material original. A começar pelo recurso da "ficção como fato", a que o escritor já havia recorrido em *O enigma de Andrômeda* (1969) e *Devoradores de mortos* (1976). Enquanto Spielberg e John Williams engrandecem artificialmente a experiência científica do descobrimento com o ponto de vista humildemente apequenado do homem comum, Crichton traz o leitor, logo de cara, para a esfera dos dados e dos números, citados como lastro na introdução que apresenta a InGen para conferir a *Jurassic Park* um aparente caráter documental. É o primeiro indício da "narrativa de adultos para adultos" que seus leitores-testes reivindicavam, ainda que a ficção como fato possa ser, frequentemente, uma manobra ficcionista bastante pueril.

Porém, parece haver nesse início (e depois no preâmbulo que busca cientistas e envolve universidades, países e especialistas na criação de um painel intrincado) uma preocupação legítima em localizar a narrativa de technothriller em uma realidade muito palpável de vale-tudo corporativo do fim dos anos 1980 – como se *Jurassic Park* só fosse capaz de trazer a discussão ética sobre biotecnologia para o mundo real, com efeito, se abraçasse sem questionar esse recurso da "ficção como fato". No fim, é o início que dá o tom do livro, blocado em capítulos divididos por iterações, de ponta a ponta uma disposição para a catalogação "desapegada", documental.

Se Crichton não tem, em si, o mesmo espírito para a fabulação de Spielberg, o escritor compensa com um terror do factual, um terror que possamos identificar, ao aproximar o comportamento de criaturas impensáveis como os dinossauros ao de predadores e aves de rapina corriqueiros de hoje. E é com um certo prazer sádico que o escritor narra detalhadamente cenas sobre lagartos que comem rostos de bebês, sobre o gosto e o calor do sangue, o tipo de ocorrência que os filmes de *Jurassic Park* sempre deixaram no âmbito das histórias de horror para crianças (Grant ensinando uma lição ao menino no começo do filme), diluído em momentos de alívio cômico ou sugerido no extracampo – atrás de um tronco de árvore, no alvoroço da mata ou fora do campo de visão de eventuais sobreviventes.

"A descoberta é sempre um estupro do mundo natural", diz Ian Malcolm no romance, em uma fala que não caberia no filme, mas que é bastante representativa do tipo de confronto e de ordem social que Crichton procura estabelecer. Se a rivalidade é regra tanto no mundo natural quanto na formação do homem, então é ela que organiza esse novo mundo perdido que *Jurassic Park* oferece – não um mundo contido como o do cinema, mas um núcleo que irradiará para o planeta uma nova era de dicotomias entre o civilizado e o selvagem, entre o homem e os animais. Desde a questão da espionagem industrial, do geneticismo não como um sonho mas como uma concorrência, o enunciado das coisas em *Jurassic Park* é o duelo. Essa violência toma a forma do assalto sexual na fala de Malcolm porque, nesses choques de personagens e de ideias que estão na base de toda a articulação dos conflitos do livro, o que importa acima de tudo é anular o outro à força.

Esses confrontos de anulação, de substituição, se dão no romance em níveis bastante distintos. A menção ao pai do menino Tim é um desses casos. No filme, pouco sabemos da história dos dois irmãos, e Alan Grant se torna uma figura paterna para o garoto, que acompanha seu trabalho como se houvesse ali um vácuo que caberia apenas ao paleontólogo preencher – o tal chamado da natureza que Alan Grant teimosamente insistia em não ouvir, em mais uma das muitas histórias de Spielberg sobre lares partidos e infâncias preenchidas pelo talento de fabular. Já no romance, Tim reconta como seu pai desdenhava da ciência e empurrava o filho para os esportes, o estereótipo do homem desinteressado no outro – e se Alan Grant (personagem que Crichton descreve como musculoso e imponente, com suas roupas funcionais, próximo dos acadêmicos aventureiros como Indiana Jones) há de substituir esse pai, ele precisa então se provar mais forte, mais justo. A oportunidade, para Crichton, não aparece sem ruptura.

Que Grant seja um homem vacilante no filme e, no livro, o único capaz de levar a cabo a missão de extermínio, é um bom exemplo de como os dois narradores, Spielberg e Crichton, dispõem seus heróis diante do mundo. O "estupro" da fala de Malcolm não é a única imagem sexual que aqui está a serviço de restabelecer a função do homem em um ambiente natural em desarranjo. A virilidade é o que conta no maniqueísmo que opõe vilões e mocinhos – o nerd gordo e sedentário, Nedry, e o velho demente que infantilmente se apega a seus sorvetes, Hammond, são duas figuras vilanizadas pela emasculação – e há em *Jurassic Park* mais de um homem selvagem (caçadores, administradores) pronto a suplantar os homens de fachada (advogados, burocratas).

A castração da mulher – evidente na objetificação da dra. Ellie, troféu ambulante com seus shorts curtos, personagem pela qual Crichton não esboça muito interesse, e no retrato de Lex como a criança insuportavelmente mimada no livro, crime pelo qual ela é castigada com a língua "como uma tromba de elefante" do tiranossauro rex – se sintoniza com a anulação da alteridade, para que o homem volte a se impor sobre o mundo. Nesse sentido, não seria outro o desfecho de *Jurassic Park* senão dizimar a ninhada dos velocirraptors, a negação da feminilidade e tudo aquilo que ela representa.

Crichton acredita num *status quo* social em que ainda cabe ao macho disciplinado o poder da transformação – uma lei da selva que perduraria até os dias de hoje por uma questão, acima de tudo, de ancestralidade – e, se o desarranjo do "poder sem responsabilidade", como maldiz Malcolm, trouxe sobre nós essa derrocada, é o homem que precisa responder por ela. Enquanto todos os locais visitados no filme são irreais em sua transitoriedade, no livro cada um dos espaços é definido por suas pessoas, desde a reunião de executivos da empresa concorrente da InGen até a vila da parteira na Costa Rica. Não poderia ser mais oposta ao escapismo do filme essa disposição de Crichton de encontrar para cada um dos personagens um lugar a ocupar em seu grande esquema fatalista, mesmo que esse lugar seja, para muitos, sequer a posição de espectador privilegiado, como concede Spielberg, mas sim a mera coadjuvação.

SOBRE O AUTOR

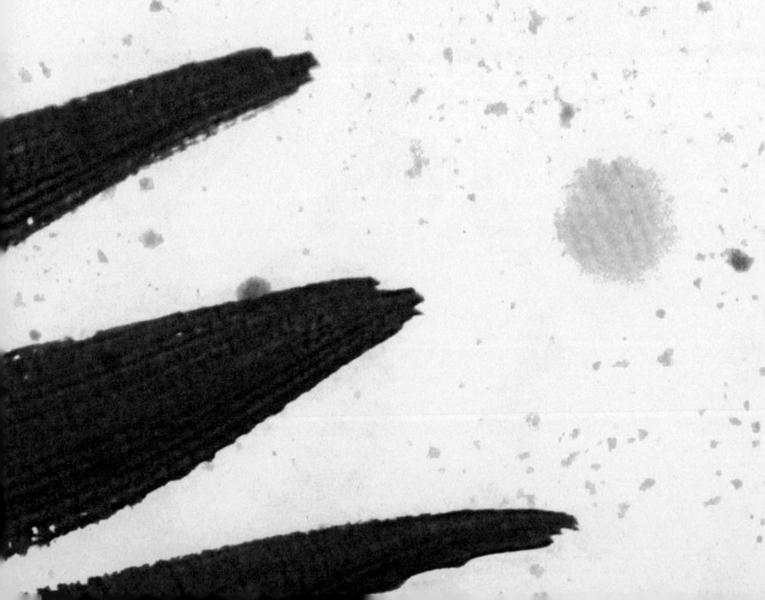

MICHAEL CRICHTON nasceu em 1942 em Chicago, no estado de Illinois, nos Estados Unidos. Se graduou na Harvard Medical School e defendeu seu doutorado em Políticas Públicas pelo Salk Institute for Biological Studies. Publicou seu primeiro best-seller, *O enigma de Andrômeda*, enquanto ainda era um estudante de Medicina. Seus livros já foram lançados no mundo inteiro, tendo sido traduzidos para mais de trinta línguas. Pelo menos treze deles foram adaptados para o cinema.

Crichton é conhecido principalmente pelo fenômeno de público e de vendas *Jurassic Park* e por ser o criador da série *ER – Plantão Médico*, mas também escreveu mais de quinze romances, além de livros de não ficção. É autor de diversos roteiros para para a TV e o cinema, incluindo os filmes *O primeiro assalto de trem* (1979), *Congo* (1995), *Sol nascente* (1993), *Assédio sexual* (1994) e *O mundo perdido: Jurassic Park* (1997).

Em 2002, uma nova espécie de anquilossauro foi descoberta e batizada em sua homenagem: *Crichtonsaurus bohlini*. Crichton faleceu em 2008.

PARK

TIPOGRAFIA: Texto
Athelas

Entretítulos
Steelfish
Story Brush
Besom

PAPEL: Miolo
Pólen Natural 70 g/m²

Revestimento da capa
Couchê 150 g/m²

Guardas
Offset 150 g/m²

IMPRESSÃO: Ipsis Gráfica
Fevereiro de 2025

1ª EDIÇÃO: Maio de 2015
[4 reimpressões]

2ª EDIÇÃO: Dezembro de 2019
[1 reimpressão]

3ª EDIÇÃO: Julho de 2020
[2 reimpressões]

4ª EDIÇÃO: Novembro de 2022
[4 reimpressões]